T0246073

EL REINO DE COBRE

SHANNON
CHAKRABORTY

EL
REINO
DE
COBRE

Traducción de Jesús Cañadas

☾ UMBRIEL

Argentina • Chile • Colombia • España
Estados Unidos • México • Perú • Uruguay

Título original: *The Kingdom of Copper*
Editor original: HarperVoyager, un sello de HarperCollins*Publishers*
Traducción: Jesús Cañadas

1.ª edición: mayo 2024

Reservados todos los derechos. Queda rigurosamente prohibida, sin la autorización escrita de los titulares del *copyright*, bajo las sanciones establecidas en las leyes, la reproducción parcial o total de esta obra por cualquier medio o procedimiento, incluidos la reprografía y el tratamiento informático, así como la distribución de ejemplares mediante alquiler o préstamo público.

© 2019, Shannon Chakraborty.
Designed by Paula Russell Szafranski
Maps by Virginia Norey
Title page art © Aza1976/Shutterstock
Half title and chapter opener art © AZDesign/Shutterstock
Published by arrangement with HarperCollins*Publishers*
All Rights Reserved
© de la traducción 2024 *by* Jesús Cañadas
© 2024 *by* Urano World Spain, S.A.U.
Plaza de los Reyes Magos, 8, piso 1.º C y D – 28007 Madrid
www.umbrieleditores.com

ISBN: 978-84-19030-99-3
E-ISBN: 978-84-10159-21-1
Depósito legal: M-5.585-2024

Fotocomposición: Urano World Spain, S.A.U.
Impreso por: Romanyà-Valls – Verdaguer, 1 – 08786 Capellades (Barcelona)

Impreso en España – *Printed in Spain*

Para Shamik

Elenco de personajes

La familia real

En la actualidad gobierna Daevabad la familia Qahtani, descendiente de Zaydi al Qahtani, el guerrero geziri que lideró la rebelión para derrocar al Consejo Nahid y establecer la igualdad para los shafit hace siglos.

Ghassán al Qahtani, soberano del reino mágico, defensor de la fe.

Muntadhir, hijo mayor de Ghassán, nacido del matrimonio con su primera esposa. Sucesor designado del rey.

Hatset, segunda esposa y reina de Ghassán, perteneciente a una familia muy poderosa de los ayaanle en Ta Ntry.

Zaynab, hija de Ghassán y Hatset, princesa de Daevabad.

Alizayd, hijo menor del rey, desterrado a Am Gezira por traición.

Su corte y guardia real

Wajed, caíd y líder del ejército djinn.

Abu Nuwas, oficial geziri.

Kaveh eh-Prahmuk, gran visir de los daeva.

Jamshid, hijo de Kaveh y confidente del emir Muntadhir.

Abdul Dawanik, enviado comercial proveniente de Ta Ntry.

Abu Sayf, viejo soldado y explorador de la guardia real.

Aqisa y Lubayd, guerreros y rastreadores de Bir Nabat, una aldea de Am Gezira.

Los excelentísimos y benditos Nahid

Los primeros señores de Daevabad, descendientes de Anahid. Los Nahid eran una familia de extraordinarios sanadores mágicos que pertenecían a la tribu daeva.

Anahid, elegida de Salomón y fundadora de Daevabad.

Rustam, uno de los últimos sanadores Nahid, así como botánico experto. Asesinado a manos de los ifrit.

Manizheh, hermana de Rustam. Una de las sanadoras Nahid más poderosas de los últimos siglos. Asesinada a manos de los ifrit.

Nahri, hija de Manizheh. No se sabe a ciencia cierta quién fue su padre. Fue abandonada en la tierra humana de Egipto siendo niña.

Sus seguidores

Darayavahoush, el último descendiente de los Afshín, una familia militar de la tribu de los daeva que sirvió como mano derecha del Consejo Nahid. Se lo conoce como el Flagelo de Qui-zi, debido a los actos violentos que cometió durante la guerra, y a su posterior revuelta contra Zaydi al Qahtani.

Kartir, sumo sacerdote daeva.

Nisreen, antigua asistente de Manizheh y Rustam. Mentora actual de Nahri.

Irtemiz, Mardoniye y Bahram, soldados.

Los shafit

Mestizos medio humanos medio djinn obligados a vivir en Daevabad con derechos extremadamente limitados.

Jeque Anas, antiguo líder del Tanzeem y mentor de Alí. El rey lo mandó ejecutar por traición.

Hermana Fatumai, lideresa del Tanzeem que supervisa los servicios de caridad y cuidado de huérfanos del grupo.

Subhashini y Parimal Sen, médicos shafit.

Los ifrit

Daevas que se negaron a someterse a Salomón hace miles de años, razón por la que fueron malditos. Enemigos mortales de los Nahid.

Aeshma, su líder.

Vizaresh, el ifrit que dio caza a Nahri en el Cairo.

Qandisha, la ifrit que esclavizó y asesinó a Dara.

Esclavos liberados de los ifrit

Injuriados y perseguidos tras el arrebato de locura de Dara y su muerte a manos del príncipe Alizayd, solo quedan en Daevabad tres djinn antiguamente esclavizados. Los sanadores Nahid los liberaron y resucitaron hace años.

Razu, tahúr de Tukharistán.

Elashia, una artista de Qart Sahar.

Issa, erudita e historiadora de Ta Ntry.

Las seis tribus de los djinn

LOS GEZIRI

Rodeados de agua y atrapados tras la espesa franja de humanidad del Creciente Fértil, los djinn de Am Gezira despertaron de la maldición de Salomón en un mundo muy diferente al de sus primos de sangre de fuego. Retirándose a las profundidades del Desierto de Rub al-Jali, a las ciudades moribundas de los nabateos y a las imponentes montañas del sur de Arabia, los geziri acabaron aprendiendo a compartir las penurias de la tierra con sus vecinos humanos, convirtiéndose en fieros protectores de los shafit en el proceso. En este país de poetas errantes y guerreros zulfiqaris nació Zaydi al Qahtani, el rebelde convertido en rey que conquistaría Daevabad y arrebataría el sello de Salomón a la familia Nahid en una guerra que transformaría para siempre el mundo mágico.

LOS AYAANLE

Enclavada entre la caudalosa cabecera del río Nilo y la costa salada de Bet il Tiamat se encuentra Ta Ntry, la patria legendaria de la poderosa tribu ayaanle. Rica en oro y sal, y lo bastante alejada de Daevabad para que su peligrosa política sea más un juego que una realidad tangible, los ayaanle son un pueblo que despierta las envidias ajenas. Pero más allá de sus relucientes mansiones de coral y sofisticados salones se oculta una historia que han empezado a olvidar…, una historia que traza lazos de sangre con sus vecinos geziri.

LOS DAEVA

Extendiéndose desde el Mar de las Perlas y a través de las llanuras de Persia y las montañas de Bactria, rica en oro, se encuentra la poderosa Daevastana. Al otro lado del río Gozán se levanta Daevabad, la oculta ciudad de bronce. Antigua sede del Consejo Nahid, la famosa familia de sanadores que en el pasado gobernó el mundo mágico, Daevastana es una tierra codiciada cuya civilización procede de las antiguas ciudades de Ur, Susa y de los jinetes nómadas de los saka. Un pueblo orgulloso, los daeva se apropiaron del nombre original de la raza djinn para denominar a su propia tribu..., un desaire que las otras tribus no pueden olvidar.

LOS SAHRAYN

Qart Sahar se extiende desde las orillas del Magreb y a través de las vastas regiones del desierto del Sáhara, una tierra de fábulas y aventuras incluso para los djinn. Un pueblo emprendedor al que no le gusta ser gobernado por extranjeros, los sahrayn conocen los misterios de su país mejor que nadie: los exuberantes ríos que fluyen en cuevas profundas bajo las dunas de arena y las antiguas ciudadelas de civilizaciones humanas perdidas en el tiempo y dominadas por una magia olvidada. Hábiles marineros, los sahrayn viajan en barcos de humo mágico y cuerdas recosidas tanto sobre la arena como en el mar.

LOS AGNIVANSHI

Agnivansha se extiende desde los huesos de ladrillo de la antigua Harappa a través de las fértiles llanuras del Decán y los brumosos manglares del bosque Sundarbans. Extraordinariamente exuberante y rica en todos los recursos que se pueda soñar, y separada de sus vecinos mucho más inestables por anchos ríos y elevadas montañas, Agnivansha es una pacífica tierra famosa por sus artesanos y sus joyas... y por su astuta capacidad para mantenerse alejada de la tumultuosa política de Daevabad.

LOS TUKHARISTANÍES

Al este de Daevabad, al otro lado de los picos de las montañas de Karakorum y las vastas arenas del Gobi, se encuentra Tukharistán. El comercio es su razón de ser, y por ello los tukharistaníes construyeron sus hogares en las ruinas de los reinos olvidados a lo largo de la Ruta de la Seda. Viajan sin ser vistos en caravanas de humo y seda a lo largo de las sendas que los humanos trazaron hace milenios, transportando con ellos productos míticos: manzanas de oro que curan cualquier enfermedad, llaves de jade que abren mundos invisibles y perfumes que albergan el aroma del paraíso.

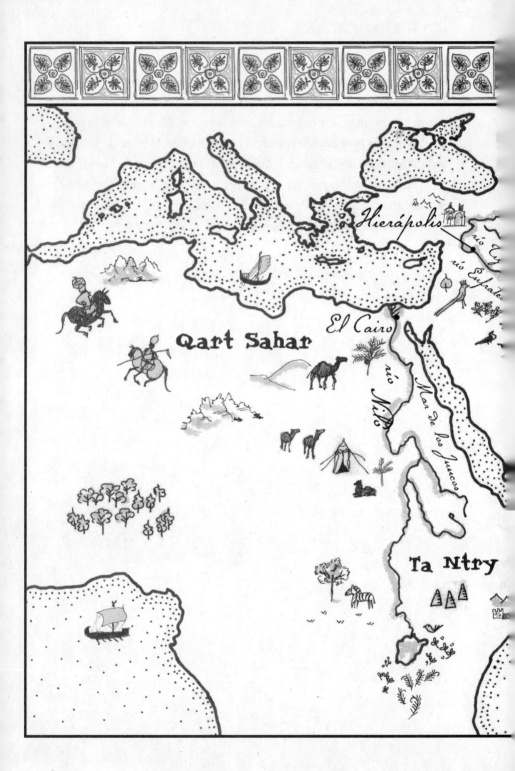

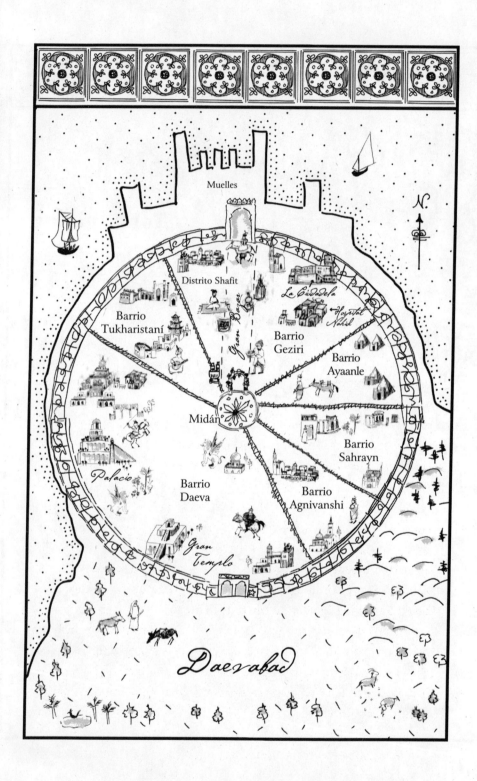

PRÓLOGO
ALÍ

Alizayd al Qahtani no duró ni un mes junto a su caravana.

—¡Corre, mi príncipe, corre! —gritó el único miembro ayaanle de su séquito de viaje tras entrar a trompicones en la tienda de Alí cierta noche en la que habían acampado en el recodo sur del Éufrates.

Antes de que el hombre pudiese añadir nada más, una hoja empapada en sangre le brotó del pecho.

Alí se puso en pie de un salto, las armas ya listas. Abrió un tajo en la parte trasera de la tienda con el zulfiqar y echó a correr en la oscuridad.

Lo siguieron varios jinetes, pero algo más adelante se veía el centelleo del Éufrates, tan negro como aquella noche plagada de estrellas que se reflejaba en la superficie en movimiento del río. Alí elevó una plegaria para que sus armas se mantuviesen seguras y se zambulló en el agua. Las primeras flechas empezaron a caer cerca de él; una le pasó silbando cerca de la oreja.

El frío del agua lo dejó conmocionado, pero Alí era un buen nadador, para quien moverse bajo el agua era tan instintivo como caminar. Nadó más rápido que nunca, con una facilidad y una elegancia que lo habrían sorprendido incluso a él mismo de no haber estado concentrado en salvar la vida. Las flechas se hundieron en el agua a su alrededor, siguiendo su estela, así que descendió aún más y empezó a bucear en medio del agua cada vez más turbia. El

Éufrates era un río muy ancho; Alí tardó tiempo en atravesarlo. Tuvo que abrirse paso entre las elodeas y la fuerte corriente que intentaba arrastrarlo río abajo.

Justo cuando emergía a trompicones en la otra orilla le impactó una idea preocupante: no había tenido que asomar la cabeza a por aire en ningún momento.

Alí tragó saliva y se estremeció mientras la brisa fría de la noche soplaba por entre los resquicios de su dishdasha empapada. Una oleada de náuseas le ascendió hasta el pecho, pero no tenía tiempo de reflexionar sobre lo que acababa de suceder en el agua, porque un grupo de arqueros a caballo merodeaba por la rivera opuesta. Su tienda estaba en llamas, pero el resto del campamento parecía intacto, siniestramente tranquilo, como si entre los demás viajeros de la caravana hubiese corrido la orden silenciosa de ignorar los gritos que quizá se oyesen aquella noche.

Habían traicionado a Alí. Y no pensaba quedarse por allí para averiguar si los asesinos o sus traicioneros compañeros podían cruzar el río. Se puso en pie a duras penas y corrió por su vida en dirección opuesta.

Para cuando sus piernas cedieron, el sol ya despuntaba por el horizonte. Se derrumbó y cayó cuan largo era sobre la arena dorada. Hacía tiempo que había perdido de vista el Éufrates. El desierto se extendía en todas direcciones. El cielo era un cuenco brillante y caliente vuelto del revés sobre su cabeza.

La mirada de Alí deambuló frenética por todo aquel paisaje silencioso mientras intentaba recuperar el aliento. Estaba solo. Lo embargaron tanto el alivio como el miedo. Estaba solo... con aquel enorme desierto ante él y con enemigos a la espalda, armado solo con su zulfiqar y su janyar. No tenía comida, ni agua ni refugio alguno. Ni siquiera había tenido tiempo de echar mano del turbante y las sandalias que podrían haberlo protegido del calor.

Estaba condenado.

Ya estabas condenado antes, idiota. Bien claro te lo dejó tu padre. El destierro de Alí de Daevabad era una condena a muerte evidente para cualquiera que comprendiese cómo funcionaba la política de su tribu. ¿De verdad había pensado que podría oponerse a ella, que tendría una muerte fácil? Si su padre hubiese querido ser misericordioso habría hecho que estrangulasen a su hijo menor mientras dormía, dentro de las murallas de la ciudad.

Por primera vez, una punzada de odio asomó al corazón de Alí. No se merecía aquello. Había intentado ayudar a su ciudad, a su familia, y Ghassán no había tenido la magnanimidad de concederle una muerte limpia.

Unas lágrimas de puro enfado le escocieron los ojos. Alí se las enjugó con un gesto brusco. Se sentía asqueado. No, aquel no iba a ser su fin. No iba a acabar limpiándose lágrimas de autocompasión y maldiciendo a su familia, mientras se consumía en algún rincón desconocido del desierto. Era un geziri. Cuando le llegase la hora, Alí tendría los ojos secos, palabra piadosa en los labios y una hoja en la mano.

Fijó la vista en el sudeste, hacia su patria, la dirección hacia la que había rezado durante toda su vida. Hundió las manos en la arena dorada. Alí llevó a cabo el ritual de limpiarse antes de orar con unos movimientos rutinarios que había repetido múltiples veces al día desde que su madre le había enseñado a llevarlos a cabo.

Cuando acabó, alzó las palmas de las manos, cerró los ojos y captó el punzante aroma de la arena y la sal que se pegaba a su piel. *Guíame*, suplicó. *Protege a quienes me vi obligado a dejar atrás y, cuando me llegue la hora*, se le hizo un nudo en la garganta, *cuando me llegue la hora, por favor, ten más misericordia conmigo que la que ha tenido mi padre.*

Alí se llevó los dedos a la sien. Y luego se puso en pie.

Dado que el sol era lo único con lo que podía orientarse en aquel yermo arenoso, Alí siguió su implacable trayectoria por todo el desierto. Ignoró aquel calor inmisericorde en los hombros, y acabó acostumbrándose a él. La arena candente le quemó los pies desnudos… hasta que dejó de quemárselos. Era un djinn, y aunque no era capaz de sobrevolar y bailar en forma de humo por las dunas, tal y como habían hecho sus ancestros antes de recibir la bendición de Salomón, el desierto no iba a matarlo. Se dedicó a caminar todos los días hasta que lo vencía el agotamiento. Solo se detenía para orar y dormir. Dejó que su mente, su desesperación ante el modo en que había arruinado su vida por completo, se alejase bajo aquel sol blanco y reluciente.

El hambre se cebaba con él. El agua no le suponía un problema; no había vuelto a sentir sed desde que el marid se apoderó de él. Se esforzó por no pensar en las implicaciones de aquello, en ignorar aquella nueva y constante parte de su mente que disfrutaba de la humedad (se negaba a llamarla sudor) que perlaba su piel y corría en regueros por sus extremidades.

No sabría decir cuánto tiempo llevaba caminando cuando, por fin, el paisaje cambió. Unos acantilados rocosos surgieron de entre las dunas arenosas, como enormes dedos que intentasen agarrar el aire. Alí paseó la vista por aquellos riscos escarpados en busca de alguna señal que le indicase que había comida por allí. Había oído que los geziri que vivían en zonas rurales eran capaces de invocar auténticos banquetes a partir de restos de comida de los humanos, pero a él jamás le habían enseñado semejante magia. Era un príncipe criado para ser caíd; había estado rodeado de sirvientes durante toda su privilegiada vida. No tenía la menor idea de cómo sobrevivir estando solo.

Desesperado, muerto de hambre, comió algo de pasto enraizado que consiguió. Fue un error. A la mañana siguiente lo despertaron unas violentas arcadas. Su piel se desmenuzaba convertida en ceniza. Vomitó, pero todo lo que salió de su interior fue una sustancia negra e incandescente que abrasó el suelo.

Con la esperanza de encontrar algo de sombra bajo la que recuperarse, Alí intentó trepar por los acantilados, pero estaba tan mareado que se le nubló la vista y el sendero empezó a bailar frente a él. Perdió pie entre la gravilla suelta y, casi de inmediato, resbaló y cayó por una cuesta escarpada.

Aterrizó de golpe en una fisura rocosa. Se golpeó el hombro izquierdo contra una piedra protuberante. Oyó un crujido húmedo en el hombro y sintió una oleada de dolor abrasador que le recorrió todo el brazo.

Ahogó un grito. Intentó cambiar de postura y soltó un gañido. Un dolor agudo le recorrió el hombro. Inspiró entre dientes y reprimió una maldición, mientras los músculos de su brazo se contraían en un espasmo.

Levántate. Morirás aquí si no te levantas. Sin embargo, las extremidades debilitadas de Alí se negaban a obedecer. De la nariz le corría un reguero de sangre que le empapó la boca. Contempló desesperado los escabrosos acantilados bajo el cielo brillante. Miró la fisura, pero no vio en ella más que arena y piedras. Aquel lugar, nunca mejor dicho, estaba muerto.

Reprimió un sollozo. Había modos peores de morir, lo sabía. Podrían haberlo atrapado y torturado los enemigos de su familia; o bien podría haberlo despedazado algún asesino ansioso de llevarse una «prueba» sangrienta de su victoria. Pero, que Dios lo perdonase, Alí no estaba listo para morir.

Eres un geziri. Crees en el Misericordioso. No te deshonres ahora. Entre temblores, Alí apretó los ojos en medio del dolor e intentó encontrar algo de paz en los textos sagrados que había memorizado hacía tanto tiempo. Sin embargo, le resultó difícil. Los rostros de quienes había dejado atrás en Daevabad no dejaban de asomar en medio de aquella oscuridad creciente: el hermano cuya confianza había acabado por perder, la amiga a cuyo amante había asesinado, el padre que lo había condenado a muerte por un crimen que no había cometido. Sus voces se burlaban de él mientras la consciencia lo iba a abandonando poco a poco.

Cuando despertó le estaban metiendo a la fuerza una sustancia nauseabunda por la garganta.

Abrió los ojos de golpe y sufrió una arcada. Tenía la boca llena de algo crujiente, metálico, de horrible sabor. Se le emborronó la vista hasta que consiguió centrarla en la silueta de un hombre de hombros anchos acuclillado junto a él. Poco a poco fue captando el rostro de aquel tipo: una nariz que habían roto más de una vez, una barba negra enmarañada, unos ojos grises y caídos.

Ojos de geziri.

El hombre le puso una mano pesada en la sien y volvió a introducirle en la boca otra cucharada de aquel repugnante engrudo.

—Come, principito.

Alí tosió.

—¿Qué es esto? —preguntó con apenas un susurro desde su garganta reseca.

El otro djinn esbozó una sonrisa radiante.

—Sangre de órice con saltamontes triturados.

El estómago de Alí reaccionó de inmediato. Giró la cabeza para vomitar, pero el hombre le aferró la boca con una mano que más bien era un cepo y le apretó la garganta para que volviese a deglutir la mezcla.

—No hagas eso. ¿Qué tipo de hombre rechaza la comida que con tanto mimo le ha preparado su anfitrión?

—Pues un daevabadita —dijo una segunda voz.

Alí desplazó la vista hasta sus pies y atisbó a una mujer con gruesas trenzas negras y un rostro que parecía tallado en piedra.

—Los daevabaditas no tienen modales. —Alzó el zulfiqar y el janyar de Alí—. Buenas hojas.

El hombre alzó una raíz retorcida y negra.

—¿Has comido algo así? —Alí asintió y él soltó un resoplido—. Necio. Suerte tienes de no haber quedado reducido a estas alturas a un montoncito de ceniza.

Le tendió otra cucharada de aquel mejunje cartilaginoso y sanguinolento a Alí.

—Come. Necesitarás recuperar fuerzas para el camino de regreso a casa.

Alí apartó la cuchara con gesto débil, aún aturdido y completamente confundido. Una brisa sopló por entre la fisura en la que se encontraban y secó la humedad que se le pegaba a la piel. Se estremeció.

—¿A casa? —repitió.

—Bir Nabat —dijo el hombre, como si fuese la respuesta más obvia del mundo—. Nuestra casa. Está a una semana de camino en dirección oeste.

Alí intentó negar con la cabeza, pero tenía el cuello y los hombros rígidos.

—No puedo —dijo con un graznido—. Voy... voy al sur.

Esa era la única dirección a la que podía dirigirse. La familia Qahtani era oriunda de la imponente cordillera que recorría la húmeda costa sur de Am Gezira. Era el único lugar donde se le ocurría que podría encontrar aliados.

—¿Al sur? —El hombre se echó a reír—. ¿Estás más muerto que vivo y pretendes cruzar Am Gezira? —Le metió a la fuerza otra cucharada en la boca a Alí—. En cada sombra de esta tierra se oculta un asesino que te anda buscando. Se comenta que los adoradores del fuego cubrirán de riquezas a quien asesine a Alizayd al Qahtani.

—Que es justo lo que deberíamos hacer, Lubayd —dijo la otra saqueadora. Señaló el mejunje con un gesto cruel del mentón—. En lugar de malgastar nuestras provisiones con un niñato sureño.

Alí volvió a tragar con dificultad aquella plasta horrible y le dedicó a la mujer una mirada de ojos entrecerrados.

—¿Estaríais dispuestos a matar a un hermano geziri por monedas extranjeras?

—Estaría dispuesta a matar a un Qahtani sin cobrar nada a cambio.

Alí se sobresaltó ante la hostilidad en su voz. El hombre, Lubayd, soltó un suspiro y le lanzó a su compañera una mirada enojada antes de volverse de nuevo hacia Alí.

—Tendrás que perdonar a Aqisa, príncipe, pero no son buenos tiempos para visitar nuestra tierra. —Apartó el cuenco de arcilla—. Hace años que no cae ni una gota de lluvia. Nuestro manantial se está secando, se nos acaba la comida, nuestros bebés y ancianos mueren… por todo ello, enviamos mensajes pidiendo ayuda a Daevabad. ¿Y sabes lo que dijo nuestro rey, nuestro hermano geziri?

—Nada. —Aqisa escupió al suelo—. Tu padre ni siquiera respondió. Así que no me hables de lazos tribales, al Qahtani.

Alí estaba demasiado cansado como para que el odio en su voz lo asustase. Volvió a echar una mirada al zulfiqar en manos de aquella mujer. Alí mantenía su hoja afilada. Al menos, si la mujer decidía usarla para ejecutarlo, el suplicio acabaría con rapidez.

Reprimió otra oleada de bilis que amenazaba con ascender por su faringe. La sangre de órice se le pegaba, densa, a la garganta.

—Bueno… —empezó a decir en tono débil—. En ese caso estoy de acuerdo con vosotros. No hace falta que malgastéis esto conmigo. —Señaló el mejunje de Lubayd.

Hubo unos largos instantes de silencio. Y entonces, Lubayd soltó una carcajada. El sonido reverberó por toda la fisura.

Sin dejar de reír, Lubayd le agarró el brazo magullado a Alí y, sin la menor advertencia, le volvió a encajar el hombro de un tirón.

Alí profirió un chillido. Se le llenó la vista de manchitas negras. Y sin embargo, en el momento en que se le volvió a encajar el hombro, aquel dolor lacerante disminuyó enseguida. Le hormiguearon los dedos, recuperó la sensibilidad de la mano entumecida con pequeñas oleadas de dolor.

Lubayd sonrió sin despegar los labios. Se quitó la ghutra, el turbante de tela con el que los geziri norteños se cubrían la cabeza, y la anudó formando un cabestrillo. Luego puso a Alí de pie de un tirón del brazo bueno.

—No pierdas ese sentido del humor, chico. Lo vas a necesitar.

Un enorme órice blanco esperaba pacientemente en el extremo de la fisura. Una línea de sangre reseca que le cruzaba el flanco. Lubayd ignoró las protestas del príncipe y lo subió a lomo del animal. Alí se agarró a los largos cuernos del órice y vio que Lubayd le arrebataba a tirones el zulfiqar a Aqisa, tras lo que se lo dejó caer sobre el regazo.

—Si ese hombro se cura quizás vuelvas a enarbolarlo.

Alí le lanzó una mirada incrédula a la hoja.

—Pero... yo pensaba...

—¿Que te íbamos a matar? —Lubayd negó con la cabeza—. No. O al menos aún no. No te mataremos mientras sigas haciendo eso.

Señaló con un gesto hacia la fisura. Alí siguió su mirada y se quedó boquiabierto.

Lo que le empapaba la túnica no era sudor. Alrededor del lugar donde había yacido Alí había brotado un pequeño oasis en miniatura. Un manantial borboteaba por las rocas justo donde había apoyado la cabeza y corría por un caminito rodeado de musgo recién crecido. Un segundo manantial burbujeaba por la arena y llenaba el hueco que había ocupado el cuerpo de Alí. Brotes de un tono verde intenso cubrían un trozo de gravilla ensangrentada; con hojas desplegadas ahítas de rocío.

Alí dio una respiración entrecortada al captar la humedad en el aire del desierto. El potencial.

—No tengo ni idea de cómo lo has hecho, Alizayd al Qahtani —dijo Lubayd—, pero si eres capaz de encontrar agua en un trozo de arena árida de Am Gezira, bueno… —Le guiñó un ojo—, diría que vales más que un puñado de monedas extranjeras.

NAHRI

Dentro del apartamento del emir Muntadhir al Qahtani reinaba el silencio. Banu Nahri e-Nahid deambulaba en círculos por la estancia. Los dedos de sus pies desnudos se hundían en la lujosa alfombra. Sobre una mesa espejada descansaba una botella de vino junto a una taza de jade con la forma de un shedu. Aquel vino lo habían traído unos sirvientes de mirada tranquila que habían ayudado a Nahri a desprenderse del pesado atuendo de boda. Quizá se habían percatado de lo mucho que temblaba la Banu Nahida y pensaron que el vino la ayudaría.

Nahri contempló la botella en aquel momento. Tenía un aspecto delicado. Sería sencillo romperla y más sencillo aún esconder una esquirla bajo las almohadas de la cama grande que Nahri intentaba no mirar. Acabar aquella velada de un modo mucho más permanente.

Y entonces morirás. Ghassán pasaría a cuchillo a un millar de sus congéneres de tribu, obligaría a Nahri a ver cómo morían y luego la arrojaría al karkadann.

Apartó la mirada de la botella. Sopló una brisa de las ventanas abiertas. Ella se estremeció. Había llevado un vestido de delicada seda azul y una fina túnica con capucha; ninguno de los cuales la había protegido mucho del frío. Lo único que aún llevaba encima de todo aquel atuendo demasiado ornamentado que se había puesto para casarse era la máscara nupcial. Elegantemente tallada en ébano, con cadenitas y cierres de cobre, aquella máscara tenía grabados tanto su nombre como el de Muntadhir. Había que quemarla tras consumar el matrimonio. La ceniza que marcaría los cuerpos de ambos a la mañana siguiente sería prueba de la validez de la unión. Según le habían contado emocionadas las nobles geziri algo antes, durante el banquete de boda, se trataba de una tradición muy querida entre su tribu.

Nahri no compartía tanta emoción. Había empezado a sudar desde que entró en la habitación. La máscara no dejaba de pegársele a la piel húmeda. Se la despegó un poco para que la brisa le refrescase las mejillas arreboladas. Captó el reflejo de su propio movimiento en el enorme espejo de marco de bronce que había en el otro extremo de la habitación, y apartó la vista. Por más hermosas que fueran aquellas ropas y la máscara, se trataba de ropas geziri, y Nahri no tenía el menor deseo de verse vestida a la manera de sus enemigos.

No son tus enemigos, se recordó a sí misma. «Enemigo» era el tipo de palabra que usaba Dara, y Nahri no pretendía pensar en él. Aquella noche, no. No podía. Pensar en Dara la rompería… y la última Banu Nahida de Daevabad no pensaba romperse. Había firmado el contrato matrimonial con mano firme y había brindado con Ghassán sin temblar. Incluso había esbozado una cálida sonrisa ante aquel rey que la había amenazado con matar niños daeva, que la había obligado a renegar de su Afshín bajo unas acusaciones gravísimas. Si había podido encajar todo aquello, Nahri podía encajar todo lo que sucediese en aquella estancia.

Se giró y volvió a cruzar el dormitorio. El enorme apartamento de Muntadhir se ubicaba en uno de los niveles superiores del gigantesco zigurat del corazón del complejo palaciego de Daevabad. Estaba repleto de obras de arte: cuadros sobre pantallas de seda, delicados tapices y vasijas elegantemente elaboradas. Todo ello estaba colocado con esmero y parecía desprender un aura de magia. Nahri podía imaginarse sin dificultad a Muntadhir, dentro de aquella maravillosa estancia, con una copa de vino caro, pasando el rato con alguna cortesana cosmopolita, citando poesía y charlando sobre los placeres inútiles de la vida. Placeres que Nahri no tenía ni tiempo ni ganas de perseguir. No había un solo libro a la vista. Ni en aquella estancia ni en el resto del apartamento, que ya le habían enseñado.

Se detuvo y contempló el cuadro más cercano, una escena en miniatura de dos bailarines que invocaban en sus piruetas unas flores llameantes que chispeaban y destellaban como el corazón de un rubí.

No tengo nada en común con este hombre. Nahri no alcanzaba a imaginar el esplendor en medio del que Muntadhir se había criado. No podía concebir estar rodeada de un conocimiento acumulado durante milenios y no molestarse en aprender a leer. Lo único que compartía con su nuevo marido era una noche horrible a bordo de un barco en llamas.

La puerta del dormitorio se abrió.

Instintivamente, Nahri se apartó del cuadro y se bajó la capucha. Se oyó un restallido en el exterior, seguido de una maldición. Acto seguido, Muntadhir entró.

No venía solo. De hecho, Nahri sospechaba que no habría conseguido llegar de haberlo hecho. Apoyaba buena parte de su peso en un mayordomo. Nahri casi captó el olor a vino en su aliento desde el otro extremo de la habitación. Los seguían un par de criadas. Nahri tragó saliva mientras ellas dos ayudaban a Muntadhir a desprenderse de la chaqueta y le desliaban el turbante con varias de lo que parecían ser bromitas coquetas en geziriyya, para a continuación llevarlo hasta la cama.

Muntadhir se sentó pesadamente al pie de la cama. Parecía borracho y en cierta medida anonadado de encontrarse en ese lugar. Cubierta de sábanas suaves como nubes, aquella cama era lo bastante grande como para que durmiesen diez personas… y, en vista de los rumores que Nahri había oído sobre su marido, era de sospechar que así había sido en muchas ocasiones. En un rincón ardía incienso dentro de un quemador, junto a un cáliz de leche endulzada y mezclada con hojas de manzano; una bebida tradicional daeva que se preparaba para las recién casadas, con la esperanza de que concibiesen.

Al menos, eso no iba a pasar, o así se lo había asegurado Nisreen. No se trabajaba como ayudante de unos sanadores Nahid durante dos siglos sin aprender un par de métodos casi infalibles de prevenir embarazos.

Aun así, el corazón de Nahri se aceleró cuando se fueron las criadas, que cerraron con suavidad al salir. La tensión inundó el aire, densa y pesada, en extraño contraste con el sonido de la celebración en el jardín de abajo.

Por fin, Muntadhir alzó la vista y la miró a los ojos. La luz de las velas jugueteaba con su rostro. Quizá careciese de la belleza literalmente mágica de Dara, pero era un hombre asombrosamente guapo y, según había oído Nahri, carismático, propenso a reír con facilidad y a sonreír a menudo... al menos con otra gente que no fuese ella. Llevaba el pelo denso y negro muy corto, y la barba recortada con estilo. Había llevado un atuendo de gala para la ceremonia, una túnica de tono ébano ribeteada de oro con patrones azules y púrpuras; así como un turbante dorado de seda. Ambos eran las señas de identidad de la familia al Qahtani, los gobernantes de Daevabad. Sin embargo, en aquel momento, Muntadhir llevaba una dishdasha de un blanco cegador con diminutas perlas en los dobladillos. Lo único que le restaba valor a su cuidada apariencia era la fina cicatriz que le cruzaba la ceja izquierda... recuerdo del latigazo de Dara.

Ambos se contemplaron el uno a la otra durante un largo instante. Ninguno de los dos se movía. Nahri vio que, bajo aquella apariencia de agotamiento alcoholizado, él también parecía nervioso.

Por fin, Muntadhir dijo:

—No me vas a provocar llagas, ¿verdad?

Nahri entrecerró los ojos.

—¿Disculpa?

—Llagas. —Muntadhir tragó saliva y apretó la colcha bordada de la cama—. Tu madre solía provocarles llagas a los hombres que la miraban durante demasiado tiempo.

Nahri no soportó lo mucho que le dolieron aquellas palabras. No era ninguna persona romántica; al contrario, se enorgullecía de su pragmatismo y su capacidad para dejar de lado sus emociones. A fin de cuentas, eso mismo era lo que la había llevado hasta aquella estancia. Sin embargo seguía siendo su noche de bodas y habría esperado quizá una palabra amable por parte de su nuevo marido. Habría esperado ver un hombre ansioso por tocarla, no preocupado de que lo maldijese con algún tipo de enfermedad mágica.

Se desprendió de la túnica sin la menor ceremonia.

—Acabemos con esto.

Se acercó a la cama y toqueteó los delicados cierres de cobre que le sujetaban la máscara nupcial.

—¡Cuidado!

La mano de Muntadhir salió disparada, pero la apartó con un espasmo en cuanto le rozó los dedos a Nahri.

—Disculpa —se apresuró a decir—. Es que… esos cierres eran de mi madre.

Las manos de Nahri se quedaron inmóviles. Nadie en todo el palacio hablaba jamás de la madre de Muntadhir, la primera esposa de Ghassán, fallecida hacía mucho tiempo.

—Ah, ¿sí?

Él asintió. Agarró la máscara nupcial y le abrió los cierres con destreza. En comparación con la opulenta habitación y aquellas resplandecientes joyas que ambos llevaban, los cierres eran bastante sencillos. Y sin embargo, Muntadhir los sostuvo como si le acabasen de dar el mismísimo anillo con el sello de Salomón.

—Llevan siglos en su familia —explicó, pasando el pulgar por las delicadas filigranas—. Siempre me obligaba a prometerle que mi propia esposa y mi hija también se los pondrían en sus respectivas máscaras. —Curvó los labios en una sonrisa triste—. Dicen que traen buena fortuna y los mejores hijos.

Nahri vaciló, pero luego decidió insistir. Puede que lo único que tuvieran en común los dos fuese haber perdido a una madre hacía mucho.

—¿Cuántos años tenías cuando…?

—Era joven —interrumpió Muntadhir, con la voz algo brusca, como si la mera pregunta le provocase dolor—. Le picó un nasnas en Am Gezira cuando era niña, y el veneno permaneció en su cuerpo. De vez en cuando sufría alguna reacción, pero Manizheh siempre la trataba.

Se le oscureció el semblante.

—Hasta el verano en que Manizheh decidió que irse a perder el tiempo a Zariaspa era más importante que salvar a la reina.

Nahri se tensó ante la amargura que impregnaba sus palabras. Adiós a la conexión que podrían haber tenido.

—Ya veo —dijo en tono rígido.

Muntadhir pareció darse cuenta. Sus mejillas se ruborizaron.

—Lo siento. No debería haberte dicho algo así.

—No pasa nada —replicó Nahri, aunque se arrepentía más y más de aquel matrimonio a cada instante que pasaba—. Jamás has disimulado lo que te inspira mi familia. ¿Qué fue lo que me llamaste ante tu padre? ¿«Zorra mentirosa Nahid»? La zorra mentirosa Nahid que sedujo a tu hermano y le ordenó al Afshín que atacase a tus hombres.

El arrepentimiento destelló en los ojos grises de Muntadhir, tras lo que bajó la mirada.

—Fue un error —dijo en tono débil y defensivo—. Mi mejor amigo y mi hermano pequeño se encontraban a las puertas de la muerte. —Se puso en pie y se acercó al vino—. No pensaba con claridad.

Nahri se sentó de golpe en la cama y cruzó las piernas bajo el vestido de seda. Era un atuendo hermoso, de una tela tan fina que casi era transparente, entreverado con aquellos bordados de oro de una finura casi imposible y adornado con delicadas cuentas de marfil. En otro momento, en compañía de otra persona, Nahri quizá se habría deleitado con el modo en que le rozaba la piel.

Decididamente, aquel no era el momento ni la compañía. Le clavó la mirada a Muntadhir, incapaz de creer que estuviese convencido de que semejante excusa bastaba para justificar sus acciones.

Él se atragantó con el vino.

—Esa mirada no me ayuda a olvidarme de lo de las llagas —dijo entre toses.

Nahri puso los ojos en blanco.

—Por el amor de Dios, no voy a hacerte daño. No puedo. Tu padre asesinaría a un centenar de daevas si me atreviese a hacerte aunque fuese un arañazo. —Se pasó la mano por la cabeza y, acto seguido, la extendió hacia el vino. Quizá un trago sirviese para que todo aquello fuese más soportable—. Échame un poco.

Él le sirvió una copa y Nahri la apuró al momento. Frunció los labios ante el sabor amargo.

—Sabe horrible.

Muntadhir compuso una expresión herida.

—Es un antiguo vino de hielo de Zariaspa. No tiene precio, es una de las añadas antiguas más difíciles de encontrar de todo el mundo.

—Pues sabe a zumo de uva derramado sobre pescado podrido.

—Pescado podrido —repitió él en tono débil. Se restregó la frente—. Bueno... si no te gusta el vino, ¿qué quieres beber?

Nahri hizo una pausa y respondió con sinceridad, al ver que no había nada malo en su respuesta.

—Karkadé. Es un té hecho de flores de hibisco. —Se le cerró aún más la garganta—. Me recuerda a mi hogar.

—¿A Calicut?

Ella frunció el ceño.

—¿Qué?

—¿No es de ahí de donde provienes?

—No —respondió ella—. Soy de El Cairo.

—Ah. —Muntadhir pareció algo desconcertado—. ¿Y están cerca?

En absoluto. Nahri intentó reprimir un escalofrío de desagrado. Se suponía que Muntadhir era su marido y ni siquiera sabía de dónde provenía, no conocía la tierra cuya esencia le corría por la sangre y palpitaba en su corazón. El Cairo, la ciudad que echaba de menos con tanta pasión que a veces le faltaba hasta el aliento.

No quiero nada de todo esto. La certeza, rápida y urgente, la embargó. Nahri había aprendido a las malas que no debía confiar en ninguna persona de Daevabad. ¿Cómo iba a compartir lecho con aquel hombre ensimismado que no sabía nada de ella?

Muntadhir la contemplaba. Sus ojos grises se suavizaron.

—Tienes aspecto de estar a punto de vomitar.

Ante eso no se encogió. Quizá Muntadhir no estaba completamente ciego.

—Estoy bien —mintió.

—No pareces estar bien —replicó él, y alargó una mano hacia el hombro de Nahri—. Estás temblando.

Sus dedos le acariciaron la piel. Nahri se tensó y reprimió el impulso de apartarse con brusquedad.

Muntadhir bajó la mano como si su contacto lo hubiese quemado.

—¿Me tienes miedo? —preguntó con voz sorprendida.

—No. —Las mejillas de Nahri se arrebolaron de vergüenza, por más enojada que se sintiese—. Es que... nunca he hecho esto.

—¿Qué es lo que no has hecho, dormir con alguien a quien odias? —La sonrisa irónica se desvaneció de los labios de Muntadhir cuando ella se mordió el labio—. Ah. Vaya —añadió—. Yo suponía que tú y Darayavahoush...

—No —se apresuró a decir Nahri. No quería oír el final de aquella frase—. Nuestra relación no era como piensas. Y no quiero hablar de él. Contigo, no.

Muntadhir tensó los labios.

—Está bien.

El silencio volvió a crecer entre los dos. Lo interrumpían las carcajadas que flotaban hasta ellos desde la ventana abierta.

—Me alegro de que todos estén tan contentos por la unión de nuestras tribus —murmuró Nahri en tono lúgubre.

Muntadhir le lanzó una mirada de soslayo.

—¿Por eso has aceptado?

—Acepté —su voz adoptó un tono sarcástico al pronunciar aquella palabra— porque sabía que, de lo contrario, me habrían obligado a casarme contigo. Me imagine que más valía hacerlo voluntariamente y sacarle a tu padre hasta la última moneda de dote que pudiese. Quizá algún día pueda convencerte para que lo derroques.

Probablemente no era la respuesta más sabia, pero a Nahri cada vez le costaba más que le importase lo que fuera a pensar su nuevo marido.

El rostro de Muntadhir perdió de pronto todo el color. Tragó saliva y apuró el resto del vino antes de girarse y atravesar la estancia. Abrió la puerta y se dirigió en geziriyya a quienquiera que estuviese al otro lado. Por dentro, Nahri se maldijo a sí misma por aquel desliz. Dejando aparte lo que Muntadhir despertaba en ella,

Ghassán había estado decidido a casarlos. Si Nahri arruinaba aquel matrimonio, sin duda el rey encontraría algún modo siniestro de castigarla.

—¿Qué haces? —preguntó cuando Muntadhir regresó, con un ápice de inquietud creciente en la voz.

—He mandado que te traigan un vaso de ese extraño té de flores.

Nahri parpadeó, sorprendida.

—No hacía falta que lo hicieras.

—Quiero hacerlo. —La miró a los ojos—. Porque con toda sinceridad te digo que me aterras, esposa mía. No me parece mala idea ponerte de mi lado.

Agarró la máscara nupcial, que descansaba sobre la cama.

—Puedes dejar de temblar. No voy a hacerte daño, Nahri. No soy ese tipo de hombre. Y esta noche no pienso ponerte un dedo encima.

Ella miró la máscara, que empezaba a derretirse. Carraspeó.

—Pero la gente espera que...

La máscara se convirtió en ceniza en las manos de Muntadhir. Nahri dio un respingo.

—Extiende la mano —le dijo él.

Nahri obedeció y Muntadhir le depositó un puñado de ceniza en la palma. Acto seguido se pasó sus propios dedos, también cubiertos de ceniza, por el pelo y el cuello. Se los restregó por la blanca dishdasha.

—Listo —dijo en tono seco—. Queda consumado el matrimonio.

Señaló la cama con un gesto de la cabeza.

—Me han dicho que me muevo muchísimo mientras duermo. Parecerá que nos hemos pasado toda la noche sellando la paz entre nuestras tribus.

Nahri sintió calor en el rostro. Muntadhir esbozó una sonrisa.

—Lo creas o no, me alegro de ver que hay algo que te pone nerviosa. Manizheh jamás mostró emoción alguna. Era aterrador —su voz se volvió más suave—. Tarde o temprano tendremos que hacerlo. Habrá gente vigilándonos, a la espera de un heredero. Pero iremos despacio. No hay motivo para que sea un suplicio horrible.

—Sus ojos destellaron, divertidos—. A pesar de todas las preocupaciones que lo rodean, el dormitorio puede ser un lugar muy disfrutable.

Los interrumpieron unos golpecitos en la puerta, lo cual fue toda una bendición, pues a pesar de haber crecido en las calles de El Cairo, Nahri no tenía réplica alguna para aquella última frase.

Muntadhir volvió a acercarse a la puerta y regresó con una bandeja de plata sobre la que descansaba un jarro de cuarzo rosa. Lo colocó en la mesa junto a la cama.

—Tu karkadé.

Apartó las sábanas y se desplomó sobre el montoncito de almohadas.

—Y ahora, si no me necesitas, voy a dormir. Se me había olvidado lo mucho que bailan los daevas en las bodas.

La preocupación que Nahri tenía por dentro se alivió un poco. Se echó un vaso de karkadé, ignoró el impulso instintivo de retirarse a uno de los sofás bajos que había junto a la chimenea y se metió ella también en la cama. Dio un sorbito al té y paladeó aquel delicioso sabor.

Un sabor familiar. Sin embargo, el primer recuerdo que vino a ella no fue de alguna cafetería en Egipto, sino de la Biblioteca Real de Daevabad; sentada frente a un príncipe sonriente que sí sabía diferenciar a la perfección entre Calicut y El Cairo. El príncipe cuyo conocimiento del mundo humano había atraído a Nahri con un peligro del que no se había percatado hasta que había sido ya tarde.

—Muntadhir, ¿puedo preguntarte algo?

Las palabras salieron de ella antes de que pudiese pensárselo dos veces.

Oyó la voz de Muntadhir, ya ronca de sueño:

—¿Sí?

—¿Cómo es que Alí no estaba en la boda?

El cuerpo de Muntadhir se tensó al instante.

—Está ocupado con su guarnición en Am Gezira.

Su guarnición. Sí, eso era lo que habían dicho todos los geziri, casi palabra por palabra, cuando Nahri les había preguntado por Alizayd al Qahtani.

Sin embargo, era difícil mantener secretos en el harén real de Daevabad. Por eso Nahri había oído rumores de que Zaynab, la hermana de Alí y Muntadhir, llevaba semanas llorando todas las noches hasta rendirse al sueño, desde que habían enviado a su hermano pequeño a Am Gezira. Zaynab tenía un aspecto consumido desde entonces, como también lo había tenido aquella misma noche, en el banquete de boda.

A Nahri se le escapó la pregunta que realmente quería hacer.

—¿Está muerto? —susurró.

Muntadhir no respondió de inmediato, y en el silencio, Nahri sintió una maraña de emociones enfrentadas que se asentaban en su pecho. Pero entonces, su marido carraspeó.

—No. —Pareció haber pronunciado la palabra con sumo cuidado. Deliberadamente—. Aunque, si no te importa, prefiero no hablar de Alí. Y, Nahri, en cuanto a lo que has dicho antes...

La miró con los ojos cargados de una emoción que ella no consiguió descifrar del todo.

—Que sepas que, en esencia, soy un Qahtani. Mi padre es mi rey. Siempre seré leal a él por encima de todas las cosas.

La advertencia quedaba clara en sus palabras, murmurada en un tono de voz que había perdido cualquier ápice de intimidad. Era el emir de Daevabad quien hablaba, quien le dio la espalda a Nahri sin aguardar respuesta.

Ella dejó el vaso con un golpecito, mientras sentía que la leve calidez que había crecido entre ellos volvía a convertirse en hielo. Una chispa de enojo saltó en su pecho.

Uno de los tapices del otro lado de la habitación se estremeció como respuesta. Las sombras que caían sobre la silueta de Muntadhir, que delineaban la ventana del palacio, de pronto se alargaron. Se volvieron más afiladas.

Nada de ello sorprendió a Nahri. Últimamente no dejaban de suceder cosas extrañas como esa. El antiguo palacio parecía haber despertado y estar reaccionando al hecho de que una Nahid volvía a vivir entre sus muros.

DARA

Bajo la luz carmesí de un sol que jamás se ponía, Darayavahoush e-Afshín dormitaba.

Por supuesto, no era realmente sueño, sino algo más profundo. Más silencioso. No había sueños de oportunidades perdidas ni de amor no correspondido, ni tampoco pesadillas de ciudades empapadas en sangre ni de despiadados amos humanos. Dara yacía en la manta de fieltro que su madre había tejido para él cuando era niño, a la sombra de una cañada repleta de cedros. A través de los árboles captó atisbos de lo que parecía ser un deslumbrante jardín que en ocasiones le llamaba la atención.

Aunque en aquel momento, no. Dara no sabía dónde se encontraba, pero tampoco parecía importarle. El aire olía a su hogar, a comidas junto a su familia, al sagrado humo de los altares de fuego. Sus ojos aleteaban brevemente de vez en cuando, para luego volver a sumirse en el sueño cuando oía el canto de algún pájaro o el sonido de un laúd lejano. Dormir era lo único que quería hacer Dara. Descansar hasta que el cansancio por fin abandonase sus huesos. Hasta que el aroma de la sangre abandonase su memoria.

Una mano pequeña le dio unos golpecitos en el hombro.

Dara sonrió.

—¿Otra vez vienes a ver cómo estoy, hermana?

Abrió los ojos. Tamima estaba arrodillada a su lado y esbozaba una sonrisa a la que le faltaban varios dientes. Un velo envolvía la pequeña silueta de su hermana, que llevaba el pelo negro recogido en pulcras trenzas. Tamima tenía un aspecto muy diferente al momento en que Dara la había visto por primera vez. Cuando había llegado a aquella cañada, el velo de Tamima había estado empapado en sangre. Había tenido la piel rasgada, tajos que formaban nombres trazados en escritura tukharistaní. Solo de verla, Dara había perdido los nervios; había destrozado la cañada entera con sus propias manos una y otra vez hasta acabar derrumbándose entre los pequeños brazos de su hermana.

Sin embargo, las marcas en el cuerpo de Tamima habían ido desapareciendo desde entonces, así como el tatuaje negro que llevaba Dara, el que representaba escalones en una escalera retorcida.

Tamima hundió los dedos de los pies descalzos en la hierba.

—Te están esperando en el jardín para hablar contigo.

La inquietud lo dominó. Dara sospechaba el juicio que lo aguardaba en aquel lugar.

—No estoy listo —replicó.

—No hay que tener miedo al destino que te aguarda, hermano.

Dara cerró los ojos con fuerza.

—No sabes las cosas que he hecho.

—Pues confiésalas y quítate ese peso de encima.

—No puedo —susurró—. Tamima, si empiezo a contarlo todo… acabaré ahogándome. Todo lo que he hecho…

Una oleada de calor repentino le laceró la mano izquierda. El dolor lo tomó por sorpresa. Dara ahogó un grito. Era una sensación que había empezado a olvidar, pero la quemadura se desvaneció tan rápido como había llegado. Alzó la mano.

Llevaba en el dedo un abollado anillo de hierro con una esmeralda.

Dara lo contempló, pasmado. Se enderezó hasta quedar sentado. La pesadez de la modorra abandonó su cuerpo como si se hubiese desprendido de un manto.

La quietud de la cañada empezó a retraerse; una brisa fría se llevó consigo el olor a hogar. Las hojas de los cedros comenzaron a bailar con ella. Dara se estremeció. El viento parecía tener vida propia; le tiraba de las extremidades y le alborotaba los cabellos.

Antes de darse cuenta, Dara ya se había puesto de pie.

Tamima le agarró la mano.

—No, Daru —suplicó—. No te vayas. Otra vez no. Por fin estás cerca.

Sobresaltado, Dara miró a su hermana.

—¿Qué?

Como si respondiesen a su pregunta, las sombras de la cañada se acentuaron, tonos esmeralda y negros que se retorcieron juntos. Fuera lo que fuera aquella magia… resultaba embriagadora, tironeaba del alma de Dara. El anillo palpitaba en su dedo como un corazón vivo.

De pronto le resultó obvio. Por supuesto que se iba a marchar. Era su deber. Era un buen Afshín.

Obedeció.

Se libró de la mano de su hermana.

—Regresaré —dijo—. Lo prometo.

Tamima lloraba.

—Siempre dices lo mismo.

Sin embargo, los sollozos de su hermana se alejaron a medida que Dara se internaba más y más en la arboleda. El canto de los pájaros se desvaneció, para verse reemplazado por un zumbido grave que le alteró los nervios. El aire pareció cerrarse a su alrededor con un calor incómodo. Volvió a sentir calor en la mano, el anillo estaba muy caliente.

Y, de pronto, una fuerza invisible se lo llevó, lo sacó de allí como un pájaro roc que se lo llevase a las fauces.

La cañada de cedros se desvaneció; la reemplazó una completa oscuridad. La nada. Un dolor ardiente, desgarrador, recorrió a Dara; era peor que cualquier otra sensación que pudiese imaginar. Un millar de cuchillos pareció rasgar hasta el último fragmento de su cuerpo al tiempo que tiraban de él, que lo arrastraban a través de una sustancia más densa que el fango. Se vio desmontado y vuelto a formar a partir de trozos tan afilados como cristales rotos.

Una presencia volvió a la vida en su pecho con un trueno que resonó como un tambor. Un líquido recorrió sus venas recién formadas, lubricó los músculos que volvían a crecer. Una pesadez asfixiante se asentó en su pecho. Tosió; su boca se formaba para aspirar aire con el que llenar los pulmones. Volvió a oír, y lo primero que oyó fueron gritos.

Sus propios gritos.

Los recuerdos impactaron contra él. Una mujer gritaba su nombre, susurraba su nombre. Ojos negros y una sonrisa astuta. La boca de la mujer sobre la suya, sus cuerpos apretados el uno contra el otro en una caverna oscurecida. Esos mismos ojos, conmocionados, traicionados, en un dispensario en ruinas. Un hombre ahogado cubierto de escamas y tentáculos se cernía sobre él, con una hoja herrumbrosa en la mano goteante.

Dara abrió de golpe los ojos, pero no vio más que oscuridad. El dolor se desvanecía, pero sentía que no encajaba nada, tenía el cuerpo demasiado ligero, y sin embargo demasiado real. Palpitaba de un modo que no había experimentado en décadas. Siglos. Volvió a atragantarse e intentó recordar cómo se respiraba.

Una mano se cerró con fuerza sobre su hombro, una oleada de calidez y calma recorrió su cuerpo. El dolor se desvaneció. Su corazón al galope aminoró poco a poco el ritmo de sus latidos.

Lo inundó el alivio. Dara reconocería el toque sanador de los Nahid en cualquier parte.

—Nahri —jadeó. Las lágrimas le quemaron en los ojos—. Oh, Nahri, lo siento. Lo siento muchísimo. No pretendía…

Las palabras murieron en su boca. Por el rabillo del ojo se vio la mano. Brillaba con un fulgor ardiente y sus dedos formaban una garra mortalmente afilada.

Antes de que Dara pudiese proferir un grito, el rostro de una mujer apareció ante él.

Nahri. No, no era Nahri, aunque Dara atisbó el fantasma de Nahri en la expresión de la mujer. Aquella daeva era mayor, con más arrugas en el rostro. Tenía vetas plateadas en la melena negra cortada a trazos toscos a la altura de los hombros.

Casi parecía igual de conmocionada que el propio Dara. Contenta pero sorprendida. Alargó una mano y le acarició la mejilla.

—Ha funcionado —susurró—. Por fin, ha funcionado.

Dara se contempló horrorizado las manos ardientes. La esmeralda de aquel odioso anillo de esclavo resplandeció casi como respuesta a su mirada.

—¿Por qué tengo este aspecto? —se le quebró la voz de puro pánico—. ¿Acaso los ifrit…?

—No —se apresuró a tranquilizarlo la mujer—. Estás libre del yugo de los ifrit, Darayavahoush. Estás libre de todo.

Eso no suponía ninguna respuesta concreta. Dara, boquiabierto, contempló aquella incomprensible piel ardiente con la que había vuelto a la vida, el corazón cada vez más embargado por el pánico. No sabía que los djinn y los daeva pudieran tener el aspecto que él tenía en aquel momento, ni siquiera cuando los liberaban de la esclavitud.

En un rincón remoto de su mente, Dara aún podía oír a su hermana suplicándole que regresase al jardín de sus ancestros. *Tamima*. El dolor lo recorrió y por sus mejillas se derramaron lágrimas que sisearon sobre su piel caliente.

Se estremeció. Sentía con truculencia la magia que le recorría la sangre: nueva, irregular, incontrolable. Dio una inspiración entrecortada. Las paredes de la tienda en la que se encontraban ondularon con fuerza.

La mujer le agarró la mano.

—Cálmate, Afshín —dijo—. Estás a salvo. Eres libre.

—¿Qué soy? —Volvió a contemplarse las garras, una visión enfermiza—. ¿Qué me has hecho?

Ella parpadeó. La desesperación de la voz de Dara pareció dejarla de piedra.

—Te he convertido en una maravilla. Un milagro. El primer daeva liberado de la maldición de Salomón en tres mil años.

La maldición de Salomón. Dara la contempló incrédulo mientras las palabras reverberaban en su mente. Aquello no era posible. Era… era una abominación. Su pueblo honraba a Salomón. Se regían por su código.

Dara había matado en nombre de su código.

Se puso en pie de un salto. El suelo se estremeció bajo sus pies. Las paredes de la tienda temblaron, enloquecidas, bajo una ráfaga de viento caliente. Él salió a trompicones al exterior.

—¡Afshín!

Él ahogó un grito. Había esperado encontrarse con las montañas de oscura y profusa vegetación de la ciudad en la isla, pero lo que vio fue el desierto, enorme y vacío. Lo reconoció, horrorizado. Reconoció la línea de los acantilados de sal y la solitaria mole de roca que se alzaba como un centinela en la lejanía.

El Dasht-e-Lut. El desierto al sur de Daevastana, tan caliente e inhóspito que hasta los pájaros caían muertos al suelo cuando lo sobrevolaban. En el punto álgido de la rebelión de los daeva, Dara había atraído a Zaydi al Qahtani hasta el Dasht-e-Lut. Había atrapado y asesinado al hijo de Zaydi en una batalla que debería haber inclinado la balanza de la guerra a favor de los daeva.

Sin embargo, no era así como había acabado la situación en Dasht-e-Lut.

Una risotada devolvió a Dara al presente.

—Bueno, parece que acabo de perder una apuesta... —La voz que oyó a su espalda tenía una suavidad astuta, proveniente de los peores recuerdos de Dara—. La Nahid lo ha conseguido de verdad.

Dara giró sobre sus talones, parpadeando ante la repentina claridad. Había tres ifrit ante él, agazapados entre las ruinas de lo que en su día podría haber sido un palacio humano, rendido ya ante las inclemencias del tiempo y la intemperie. Eran los mismos ifrit que le habían dado caza a él y a Nahri por el río Gozán. Un encuentro desesperado al que habían sobrevivido a duras penas.

Su líder, Aeshma, recordó Dara, se apartó de un muro roto y avanzó hacia él con una sonrisa.

—Hasta tiene el mismo aspecto que nosotros —lo chinchó—. Sospecho que estará conmocionado.

—Es una lástima —La siguiente ifrit que habló era una mujer—. Me gustaba el aspecto que tenía antes.

Esbozó una sonrisa artera y alzó entre las manos un maltrecho yelmo de metal.

—¿Qué me dices, Darayavahoush? ¿Quieres probar si aún te entra?

Los ojos de Dara se centraron en el yelmo. Tenía un tinte verdeazulado a causa de la herrumbre, pero él reconoció al instante el borde de las alas de shedu hechas de latón que brotaban de los laterales. En su día, unas plumas de shedu heredadas de padres a hijos habían coronado la parte superior de aquel yelmo. Dara recordó haber temblado la primera vez que las tocó.

Con creciente horror volvió a contemplar aquellos ladrillos en ruinas. El hoyo oscuro que rodeaban, un vacío negro en medio de la arena iluminada por la luz de la luna. Era el pozo donde lo habían arrojado cruelmente hacía siglos, para ahogarse y volver a formarse, para esclavizar su alma. Había sido la misma ifrit que en aquel momento giraba despreocupada su yelmo sobre un dedo.

Dara retrocedió de golpe y se llevó las manos a la cabeza. Nada de todo aquello tenía el menor sentido, pero todo sugería algo insondable. Inconcebible.

Desesperado, intentó centrarse en la primera persona que vino a su mente.

—N-Nahri —tartamudeó. La había dejado gritando su nombre en aquel barco en llamas, rodeada de enemigos.

Aeshma puso los ojos en blanco.

—Ya os dije que sería el primer nombre que pronunciaría. Los Afshín son como perritos falderos de los Nahid. Se mantienen leales sin importar cuántas veces los azoten. —Volvió su atención hacia Dara—. Tu pequeña sanadora está en Daevabad.

Daevabad. Su ciudad. Su Banu Nahida. La decepción que había asomado a sus ojos oscuros, sus manos en el rostro de Dara al suplicarle que escapase.

Un grito ahogado le subió a la garganta y el calor lo consumió. Giró sobre sus talones, no muy seguro de adónde se dirigía. Solo sabía que tenía que regresar a Daevabad.

Y entonces, con el restallido de un trueno y un destello de fuego hirviente, el desierto desapareció.

Dara parpadeó y retrocedió. Se encontraba de pronto en una orilla rocosa frente a un río caudaloso que resplandecía, oscuro. En la rivera opuesta se alzaban unos acantilados de caliza que despedían un leve resplandor bajo un cielo nocturno.

El río Gozán. Dara no alcanzaba a comprender cómo había llegado hasta allí desde Dasht-e-Lut en apenas un parpadeo. Sin embargo, daba igual. En aquel momento no podía pararse a pensarlo. Lo único que importaba era regresar a Daevabad y salvar a Nahri de la destrucción que él mismo había ocasionado.

Dara avanzó a toda prisa. El umbral invisible que ocultaba Daevabad del resto del mundo estaba a pocos instantes de él, en la orilla. Lo había atravesado incontables veces en su vida mortal, al regresar de excursiones de caza con su padre, o en sus misiones como joven soldado. Era una cortina que se descorría instantáneamente para cualquiera que tuviese aunque fuera una única gota de sangre daeva, y que revelaba las nebulosas montañas verdes que rodeaban el lago maldito de la ciudad.

Sin embargo, en aquel momento, cuando Dara se colocó frente al umbral, no sucedió nada.

El pánico lo embargó. No podía ser. Dara lo intentó de nuevo; cruzó la planicie en zigzag y corrió paralelo al río, esforzándose por encontrar el velo.

Tras lo que debía ser la intentona número cien, Dara cayó de rodillas. Soltó un gemido y de sus manos brotaron llamas.

Resonó un trueno y se oyó el sonido de unos pies a la carrera. Aeshma apareció ante él, con expresión enojada.

Una mujer se arrodilló en silencio a su lado. Era la mujer daeva cuyo rostro había visto al despertar, la que se parecía a Nahri. Un instante de silencio se alargó entre ambos, roto solo por la respiración entrecortada de Dara.

Al cabo dijo:

—¿Es un castigo por lo que he hecho?

—No, Darayavahoush, no estás en el infierno.

El tono calmado de consuelo que había en su voz lo animó a hablar más, y así lo hizo:

—No puedo cruzar el umbral —dijo con voz atragantada—. Ni siquiera puedo encontrarlo. Estoy maldito. Me han expulsado de mi hogar y...

La mujer le agarró el hombro, y la poderosa magia de su contacto le arrebató las palabras.

—No estás maldito —dijo con firmeza—. No puedes atravesar el umbral porque ya no cargas con la maldición de Salomón. Lo que sucede es que eres libre.

Dara negó con la cabeza.

—No comprendo.

—Ya comprenderás. —Acunó la barbilla de Dara entre las manos. Él la miró y sintió el extraño estímulo que había en la urgencia de aquellos ojos oscuros—. Te ha sido concedido más poder del que haya tenido ningún daeva en milenios. Encontraremos un modo de que regreses a Daevabad, te lo prometo. —Sus manos le apretaron el mentón con más fuerza—. Y cuando regresemos... nos haremos con ella. Vamos a salvar a nuestro pueblo. Vamos a salvar a Nahri.

Dara la contempló, desesperado ante la esperanza que ofrecían aquellas palabras.

—¿Quién eres? —susurró.

La boca de la mujer se curvó en una sonrisa tan familiar que le rompió el corazón.

—Soy Banu Manizheh.

1
NAHRI

Nahri cerró los ojos y alzó el rostro hacia el sol, disfrutando de su calor sobre la piel. Inspiró y saboreó el olor terroso de las lejanas montañas y la brisa fresca del lago.

—Llegan tarde —se quejó Muntadhir—. Siempre llegan tarde. Creo que les gusta vernos esperando bajo el sol.

Zaynab resopló.

—Dhiru, no has llegado a tiempo a un solo acontecimiento de tu vida. ¿De verdad te vas a enfadar por esto?

Nahri ignoró la riña entre los dos. Volvió a inspirar hondo, a inhalar el aire frío, a disfrutar de la quietud del entorno. Resultaba extraño que le permitiesen tanta libertad, y pretendía saborearla todo lo que pudiese. Había aprendido por las malas que no le quedaba más alternativa.

La primera vez que Nahri había intentado escabullirse de palacio había sido poco después de aquella noche en el barco. Había buscado desesperada alguna distracción, muerta de ganas de deambular por partes de la ciudad que aún no conocía, lugares donde no la asediase el recuerdo de Dara.

Como respuesta, Ghassán la mandó llamar junto con su criada, Dunoor, y maldijo la lengua de la chica por no informar de la ausencia de la Banu Nahida. Dunoor perdió para siempre la capacidad de hablar.

La segunda vez, Nahri había sentido un arrebato desafiante. Faltaba poco para su boda con Muntadhir. Era la Banu Nahida.

¿Quién se creía que era Ghassán para encerrarla dentro de la ciudad de sus ancestros? Había puesto más cuidado, asegurándose de que sus acompañantes tuvieran coartadas, y había aprovechado el propio palacio para ocultarse en sombras y recorrer los pasillos menos transitados.

Y aun así, Ghassán se había enterado. Había traído ante él al guardia dormido frente al que Nahri había pasado. Lo había mandado azotar hasta que no le quedó un centímetro de espalda intacto.

La tercera vez, Nahri ni siquiera había intentado escabullirse. Recién casada con Muntadhir, solo había decidido regresar al palacio desde el Gran Templo en un día soleado, en lugar de ir en el palanquín acompañada de sus guardias. Jamás habría imaginado que aquello fuese a importarle a Ghassán, que ya era su suegro. De camino se había detenido en un pequeño café en el barrio daeva y había pasado un rato encantador charlando con sus propietarios, tan sorprendidos como encantados.

Al día siguiente, Ghassán mandó llamar a palacio a los dos propietarios. En aquella ocasión no tuvo que hacerle daño a nadie. En cuanto Nahri vio los rostros aterrados de los dos, cayó de rodillas y juró que jamás volvería ir a ninguna parte sin permiso.

Lo cual implicaba que, a aquellas alturas, jamás declinaba una invitación de salir de los muros de palacio. El lago estaba muy silencioso, aparte de las riñas entre los hermanos reales y el chillido de un halcón. El aire la envolvía en una paz bendita y pesada.

El alivio que sentía no pasó desapercibido.

—Tu esposa tiene todo el aspecto de quien acaba de salir de la cárcel tras un siglo aprisionada —murmuró Zaynab a unos pocos pasos de distancia. Había hablado en voz baja, pero Nahri tenía talento para captar susurros—. Hasta yo empiezo a sentirme mal por ella, y eso que la última vez que fui a tomar el té con ella, una de las enredaderas de su jardín me arrancó la taza de la mano.

Muntadhir mandó callar a su hermana con un siseo.

—Estoy seguro de que no pretendía hacerlo. Ese tipo de cosas… suceden cuando Nahri está cerca.

—He oído que una de las estatuas de los shedu mordió a un soldado que abofeteó a su ayudante.

—Pues a lo mejor no debería haberla abofeteado —el susurro de Muntadhir adquirió una cualidad afilada—. Pero basta de chismorreos. No quiero que abba oiga ese tipo de cosas.

Nahri sonrió bajo el velo, sorprendida agradablemente por aquella defensa. A pesar de llevar ya casi cinco años casados, Muntadhir rara vez la defendía frente a su familia.

Abrió los ojos y admiró la escena que tenían delante. Era un día hermoso, uno de los pocos en los que ni una sola nube mancillaba aquel cielo de azul brillante e insondable de Daevabad. Los tres esperaban delante de lo que antaño fue el gran puerto de la ciudad. Aunque los muelles seguían operativos, el resto del puerto se encontraba en ruinas, y al parecer llevaba siglos así. Crecían hierbajos por entre los adoquines rotos, y las columnas decorativas de granito yacían destrozadas por el suelo. Lo único que sugería la postrera grandeza del puerto se encontraba detrás de Nahri, en las relucientes fachadas de bronce que sus ancestros habían colocado en las poderosas murallas de la ciudad.

Frente a ella estaba el lago. Las faldas de las montañas cubiertas de niebla verdosa de la orilla opuesta se deshacían en una playa pedregosa y fina. El lago en sí estaba inmóvil; los marid habían maldecido hacía mucho sus aguas turbias, durante algún enfrentamiento ya olvidado con el Consejo Nahid. Era una maldición en la que Nahri se esforzaba mucho por no pensar. Tampoco permitió que su mirada vagase hacia el sur, donde los acantilados detrás del palacio descendían hasta el agua oscura. No deseaba ahondar en lo que había pasado en aquella zona del lago hacía cinco años.

El aire empezó a resplandecer, a chisporrotear, lo cual atrajo la atención de Nahri hacia el centro del lago.

Los ayaanle habían llegado.

La nave que emergió del velo parecía salida de un cuento de hadas. Se deslizó por entre las nieblas con una gracilidad que contradecía sus dimensiones. Nahri había crecido a orillas del Nilo y estaba acostumbrada a ver barcos, a la profusión de lisas falucas, canoas de pescadores y transportes de mercancías cargados hasta los topes que se deslizaban por el ancho río en un flujo incesante. Sin embargo, aquel navío era del todo distinto. Parecía lo bastante grande como para albergar a cientos de personas. Estaba hecho de madera de teca oscura que destellaba bajo la luz del sol, y flotaba ligero sobre las aguas del lago. Pendían de los mástiles estandartes verdeazulados adornados con pirámides doradas y placas de sal plateada que brillaban como estrellas. Las cubiertas resplandecientes resultaban diminutas en comparación con sus múltiples velas de color ambarino; Nahri contó hasta una docena de ellas. Segmentadas y acanaladas, aquellas velas más bien parecían alas y no tanto parte de un barco; se estremecían y ondulaban bajo el viento como si de seres vivos se tratase.

Nahri, asombrada, se acercó a los hermanos Qahtani.

—¿Cómo han conseguido traer un barco hasta aquí?

La única tierra que había más allá del umbral mágico que rodeaba el enorme lago de Daevabad y sus neblinosas montañas estaba compuesta de inmensas extensiones de desierto rocoso.

—Es que no es una nave cualquiera. —Zaynab sonrió—. Es una nave de arena. La inventaron los sahrayn. Ponen mucho cuidado en que no se conozca la magia que impulsa este tipo de naves, pero un capitán con la pericia suficiente puede volar por todo el mundo a bordo de una de ellas.

Suspiró, con una mirada en la que había tanta admiración como pena.

—Los sahrayn les cobran a los ayaanle una fortuna a cambio de poder usarlas, aunque diría que vale la pena: verlos llegar a bordo de una nave así deja claro su estatus.

Aquella encantadora nave no parecía impresionar tanto a Muntadhir.

—Resulta interesante que los ayaanle puedan permitirse algo así, teniendo en cuenta que los impuestos de Ta Ntry han sido desde siempre muy escasos.

La mirada de Nahri revoloteó hasta el rostro de su marido. Aunque Muntadhir jamás le había confiado directamente los problemas económicos de Daevabad, dichos problemas resultaban evidentes para cualquiera. En especial para la Banu Nahida, que oía quejarse a los soldados de los recortes que habían sufrido sus raciones mientras les curaba las heridas que se hacían en los entrenamientos. La misma Banu Nahida que deshacía los maleficios que los secretarios de las arcas, cada vez más exhaustos y enervados, habían empezado a lanzarse entre ellos. Por suerte, la recesión aún no había tenido un gran efecto sobre los daeva... sobre todo porque ellos mismos se habían negado a comerciar con otras tribus después de la muerte de Dara, momento en que Ghassán había permitido tácitamente que destruyesen los kioscos de los daeva y echasen a sus comerciantes del Gran Bazar. ¿Por qué iban a arriesgarse a comerciar con los djinn, si no había nadie dispuesto a protegerlos?

La nave ayaanle se acercó. Sus velas se desplegaron al tiempo que varios marineros de cubierta, vestidos con atuendos de lino a rayas de vivos colores y gruesos adornos de oro, empezaban a recorrer el navío de un lado a otro. En la cubierta principal, una criatura con aspecto de quimera, con un cuerpo felino cubierto de escamas de rubí, tironeaba de un arnés dorado. Tenía unos cuernos que resplandecían como diamantes y una cola serpentina en perpetuo movimiento.

En el mismo momento en que la nave atracó, un grupo de pasajeros se acercó al séquito real. Entre ellos había un hombre vestido con ropajes voluminosos de color verdeazulado y un turbante plateado liado en cabeza y cuello.

—Emir Muntadhir. —Sonrió e hizo una profunda reverencia—. Que la paz sea contigo.

—Que contigo sea la paz —respondió educadamente Muntadhir—. Álzate.

El ayaanle obedeció y le dedicó a Zaynab lo que parecía ser una sonrisa mucho más sincera.

—Princesita, ¡cómo has crecido! —Se echó a reír—. Qué gran honor para este comerciante que vengas en persona a darme la bienvenida.

—El honor es mío —le aseguró Zaynab con una elegancia que Nahri jamás tendría la paciencia necesaria para imitar—. Espero que el viaje haya sido placentero.

—Alabado sea Dios, así ha sido. —El hombre se giró hacia Nahri. Sus ojos dorados destellaron de sorpresa—. ¿Es la chica Nahid?

Parpadeó. A Nahri no se le escapó que retrocedió levemente, de un modo apenas perceptible.

—Es mi esposa —le corrigió Muntadhir con voz considerablemente más fría.

Nahri miró al hombre a los ojos y se acercó mientras se ajustaba el chador.

—Soy la Banu Nahida —dijo debajo del velo—. He oído que tú te llamas Abul Dawanik.

Él se inclinó.

—Has oído bien. —Su mirada no se apartó de ella. El escrutinio la puso de los nervios. El hombre negó con la cabeza—. Impresionante. Jamás creí que llegaría a conocer a una Nahid auténtica.

Nahri apretó los dientes.

—A veces se nos permite aterrar al populacho.

Muntadhir carraspeó.

—He reservado espacio para ti, tus hombres y tus mercancías en el caravasar real. Estaré encantado de acompañarte hasta allí en persona.

Abul Dawanik suspiró.

—Por desgracia, pocas mercancías traigo. Mi gente necesitaba más tiempo para preparar la caravana de los impuestos.

La máscara civilizada de Muntadhir no se alteró, aunque Nahri sintió que se le aceleraba el pulso.

—No es eso lo que acordamos. —La advertencia en su voz le recordó tantísimo al tono de Ghassán que se le puso la piel de gallina—. Eres consciente de que se acerca Navasatem, ¿verdad? Resulta difícil preparar una celebración que se lleva a cabo una vez cada siglo si los impuestos llegan siempre con retraso.

Abul Dawanik le lanzó una mirada dolida.

—¿Ya empezamos a hablar de dinero, Emir? La hospitalidad geziri a la que estoy acostumbrado suele incluir como mínimo otros diez minutos de charla educada sobre naderías.

La respuesta de Muntadhir fue directa:

—Quizá prefieras la compañía de mi padre a la mía.

Abul Dawanik no pareció amedrentado. Si acaso, Nahri vio un atisbo furtivo en su expresión antes de que respondiese:

—No hay necesidad alguna de amenazas, alteza. Apenas me he adelantado unas pocas semanas a la caravana. —Sus ojos destellaron—. Sin duda disfrutarás de lo que te traeremos.

Se oyó el adhan desde dentro de las murallas, la llamada a la oración del mediodía. El canto se alzó y descendió en oleadas lejanas, mientras otros almuédanos la iban repitiendo. Nahri reprimió una punzada familiar de nostalgia por su hogar. Siempre que oía el adhan pensaba en El Cairo.

—Dhiru, estoy segura de que todo esto puede esperar —dijo Zaynab en un claro intento de aliviar la tensión entre ambos hombres—. Abul Dawanik es nuestro invitado. Ha recorrido un largo camino. ¿Qué os parece si vais a rezar los dos juntos y luego pasáis por el caravasar? Yo llevaré a Nahri al palacio.

Muntadhir no pareció contento, pero tampoco puso objeción alguna.

—¿Te importa? —le preguntó cortésmente a Nahri.

¿Acaso tengo elección? Los portadores de Zaynab ya traían el palanquín, aquella hermosa jaula que devolvería a Nahri a su dorada prisión.

—Por supuesto que no —murmuró. Le dio la espalda al lago y siguió a su cuñada.

No hablaron mucho durante el trayecto de regreso. Zaynab parecía absorta en sus propios pensamientos, y Nahri estuvo encantada de descansar un poco la vista antes de regresar al ajetreado dispensario.

Sin embargo, el palanquín se detuvo con brusquedad antes de llegar al palacio. Nahri salió de golpe de la modorra en la que se había sumido y se restregó los ojos. Frunció el ceño al ver que Zaynab se desprendía a toda prisa de parte de sus joyas. Vio que las amontonaba sobre el cojín que tenía al lado y que, de debajo del asiento cubierto de brocados, sacaba dos abayas lisas de algodón. Se puso una por encima del vestido de seda que llevaba.

—¿Nos están atracando? —preguntó Nahri, esperando a medias que así fuera. Sufrir un robo implicaría tardar más en regresar al palacio, a la presencia constante y vigilante de Ghassán.

Zaynab se cubrió pulcramente los cabellos con un chal negro.

—Claro que no. Es que voy a dar un paseo.

—¿Un paseo?

—Tú no eres la única que quiere escaparse a veces. Yo aprovecho cada oportunidad que se presenta. —Zaynab le lanzó la segunda abaya a Nahri—. Rápido, ponte esto. Y mantén la cara cubierta con el velo.

Nahri la contempló sorprendida.

—¿Quieres que te acompañe?

Zaynab le clavó la mirada.

—Te conozco desde hace cinco años. No pienso dejarte a solas con mis joyas.

Nahri vaciló, tentada. Sin embargo, los rostros aterrados de la gente a la que Ghassán había castigado inundaron al instante su mente. Se le encogió el corazón de miedo.

—No puedo. Tu padre...

La expresión de Zaynab se suavizó.

—Nunca ha descubierto mis paseos. Y si lo hace aceptaré toda la responsabilidad, lo juro. —Le hizo un gesto a Nahri para que la siguiese—. Vamos. Tienes aspecto de necesitarlo aún más que yo.

Nahri repasó a toda prisa sus opciones. Cierto era que Ghassán tenía debilidad por su única hija. Así pues, tras otro instante de indecisión, Nahri acabó por ceder. Se desprendió de las joyas reales más visibles que llevaba, se puso el atuendo que Zaynab le había dado y salió con ella del palanquín.

Con un susurro y un guiño conspiratorio entre la princesa y uno de sus guardias, guiño que hizo pensar a Nahri que aquello era una rutina bien establecida, las dos mujeres se internaron en la multitud de transeúntes. Nahri había estado en muchas ocasiones en el barrio geziri junto a Muntadhir, para ir a visitar a sus parientes. Sin embargo, apenas había visto nada más allá de las cortinas de los palanquines en que viajaban y el lujoso interior de las mansiones. Se suponía que las mujeres de palacio no se mezclaban con los plebeyos, ni mucho menos deambulaban por las calles de la ciudad.

A primera vista, el barrio parecía pequeño. A pesar de que la familia real que gobernaba la ciudad era geziri, se decía que la mayoría de los miembros de la tribu prefería el terreno escarpado de su tierra natal. Sea como fuere, el barrio tenía un aspecto agradable. Los catavientos se alzaban en las alturas y repartían ráfagas de brisa fresca del lago entre pulcras hileras de altos edificios de ladrillo con fachadas pálidas adornadas con contraventanas de cobre y filigranas de estuco blanco. El mercado se encontraba más adelante; lo protegían del sol esteras de caña entretejidas. Atravesaba la calle principal una acequia de agua resplandeciente, repleta de hielo encantado. Al otro lado del mercado se encontraba la mezquita principal del barrio, y junto a esta se alzaba un gran pabellón flotante a la sombra de datileras y cítricos. En él, varias familias se reunían y daban cuenta de oscuros dulces de sésamo, café y otros caprichos comprados en el mercado.

Sobre toda la escena se cernía la recia torre de la Ciudadela, el hogar de la Guardia Real. La sombra de la Ciudadela cubría tanto el barrio geziri como el vecino Gran Bazar, y sobresalía entre los muros de bronce que separaban Daevabad del mortal lago. En cierta ocasión, Nisreen le había dicho a Nahri, con una de las muchas advertencias oscuras que usaba para prevenirla de los geziri, que la Ciudadela había sido la primera estructura que Zaydi al Qahtani había construido tras arrebatarle Daevabad al Consejo Nahid. Zaydi al Qahtani había gobernado en su interior durante años, dejando de lado el palacio, que se había convertido en una ruina desierta en la que solo perduraban las manchas de sangre de sus ancestros.

Zaynab eligió aquel momento para agarrar a Nahri del brazo y tironear de ella hacia el mercado. Nahri se dejó llevar, encantada. Casi sin darse cuenta echó mano de una naranja madura que había en un kiosco de fruta junto al que pasaron. Quizá resultaba imprudente robar, pero había algo liberador en poder recorrer las calles atestadas de una ciudad. Puede que aquello no fuera El Cairo, pero el barullo impaciente de los transeúntes, el aroma de la comida callejera y los grupos de hombres que salían de la mezquita se le antojaban lo bastante familiares como para calmar brevemente aquella nostalgia que sentía por su hogar. Volvía a ser una persona anónima por primera vez en años. Resultaba delicioso.

Aminoraron la marcha en cuanto entraron en las profundidades cubiertas del mercado. Nahri miró en derredor, aturdida. Un cristalero convertía con manos de fuego arena caliente en una botella moteada, mientras que al otro lado de la callejuela angosta en la que se encontraban, un telar de madera trabajaba solo, liando y entrelazando brillantes hilos de lana hasta componer el patrón de una estera para oraciones a medio terminar. Un vivo aroma flotaba desde un kiosco repleto de flores, un perfumista derramaba agua de rosas y almizcle sobre una brillante bandeja de ámbar gris derretido. Justo a su lado, un par de guepardos cazadores cargados con collares de joyas descansaban sobre unos cojines elevados; compartían espacio en una tienda con pájaros de fuego que no dejaban de graznar.

Zaynab se detuvo para acariciar a aquellos grandes felinos. Nahri, por su parte, siguió avanzando. Por otra callejuela adyacente se repartía una hilera de libreros. Nahri se dirigió de inmediato hacia ellos, cautivada por los volúmenes dispuestos en filas sobre alfombras y mesas. Algunos libros tenían un aura mágica, encuadernados en cubiertas escamosas y con páginas que despedían un suave brillo, aunque la mayoría parecía fabricada por manos humanas. Aquello no sorprendió a Nahri. Se decía que los geziri, de entre todas las tribus de los djinn, eran los que más cerca estaban de los humanos con quienes compartían silenciosamente la tierra.

Nahri echó un vistazo por el kiosco más cercano. La mayoría de los libros estaba escrita en árabe. Contemplarlos le provocó una punzada extraña. El árabe era el primer idioma que había aprendido a leer, una habilidad que su mente no conseguía separar del recuerdo del joven príncipe que le había enseñado. Puesto que no quería pensar en Alí, su mirada vagó perezosa hasta la mesa de al lado. En el centro descansaba un libro con un esbozo de tres pirámides.

Nahri se acercó al instante y alargó la mano hacia el libro como quien la alarga hacia un amigo perdido largo tiempo atrás para abrazarlo. Eran las famosas pirámides de Giza, por supuesto. Nahri hojeó el libro y reconoció más señas distintivas de El Cairo: los minaretes gemelos de la puerta Bab Zuweila, el enorme interior de la mezquita de Ibn Tulun. Había mujeres vestidas con el mismo atuendo negro que Nahri había llevado para recoger agua del Nilo, y hombres que recolectaban pilas de cañas de azúcar.

—Tienes buen ojo, señorita. —Un geziri mayor se le acercó—. Es una de mis últimas adquisiciones humanas. Jamás había visto nada parecido. Lo encontró un comerciante sahrayn en un viaje por el Nilo.

Nahri pasó las manos por la primera página. El libro estaba en una escritura que jamás había visto antes.

—¿Qué idioma es?

El hombre se encogió de hombros.

—No lo sé a ciencia cierta. Las letras se parecen en cierta medida a las de los viejos textos en latín que tengo aquí. El comerciante que lo encontró no se quedó mucho tiempo en Egipto; dijo que parecía que los humanos estaban enfrascados en algún tipo de guerra.

Algún tipo de guerra. Los dedos de Nahri apretaron el libro con más fuerza. Cuando se había ido de Egipto, los franceses acababan de subyugar al país, que los otomanos habían gobernado antes que ellos. Al parecer, el destino de Nahri era pertenecer a un pueblo oprimido allá donde iba.

—¿Cuánto pides por él?

—Tres dinares.

Nahri lo miró con ojos entrecerrados.

—¿Tres dinares? ¿Tengo pinta de estar hecha de oro?

El hombre pareció conmocionado.

—Es... es el precio, señorita.

—Quizá sea el precio para otra —dijo con desdén, ocultando la alegría tras una apariencia ofendida del todo falsa—. No te doy ni una moneda por encima de diez dirhams.

El hombre se quedó boquiabierto.

—No es así como...

De pronto, Zaynab apareció a su lado y la agarró con fuerza del brazo.

—¿Qué haces?

Nahri puso los ojos en blanco.

—Se llama regatear, querida hermana. Estoy segura de que jamás has tenido que hacer nada parecido, pero...

—Los geziri no regatean en los mercados comunitarios. —Las palabras de Zaynab rezumaban desagrado—. El regateo fomenta la discordia.

Nahri estaba escandalizada.

—Entonces, ¿pagáis lo que pidan? —No podía creer que se hubiese casado con alguien de un pueblo tan ingenuo—. ¿Y si os están engañando?

Zaynab le tendía ya tres monedas de oro al librero.

—Quizá sería mejor dejar de pensar que todo el mundo quiere engañarte, ¿no crees? —Apartó a Nahri a tirones y le puso el libro en las manos—. Y deja de hacer escenas. La idea es que no nos descubran.

Nahri apretó el libro contra su pecho, algo avergonzada.

—Te devolveré el dinero.

—No me insultes. —La voz de Zaynab adoptó un cariz más tierno—. Además, no eres la primera. Ya ha habido algún que otro idiota sin el menor recato a quien he tenido que comprarle libros humanos subidos de precio en esta misma calle.

Nahri atravesó a la princesa con la mirada. Quiso insistir y, al mismo tiempo, cambiar de tema; lo cual resumía en esencia lo que sentía por Alizayd al Qahtani.

Déjalo correr. Había muchas otras maneras de molestar a su cuñada.

—He oído rumores de que te está cortejando un noble de Malaca —dijo en tono vivo mientras las dos volvían a emprender la marcha.

Zaynab se detuvo.

—¿Dónde has oído tal cosa?

—Me gusta darles conversación a mis pacientes.

La princesa negó con la cabeza.

—Tus pacientes deberían aprender a contener la lengua. Y tú también. Pero claro, me lo merezco por comprarte un libro sobre extraños edificios humanos.

—¿Quieres casarte con él? —preguntó Nahri mientras pelaba la naranja que había robado.

—Por supuesto que no me quiero casar con él —respondió Zaynab—. Malaca está al otro lado del mar. No vería jamás a mi familia. —El desdén le manchó la voz—. Además tiene otras tres esposas, una docena de niños y está a punto de cumplir los dos siglos de edad.

—Pues niégate.

—Es decisión de mi padre. —El semblante de Zaynab se tensó—. Y mi pretendiente es un hombre muy rico.

Ah. Las preocupaciones de Muntadhir sobre el estado de las arcas de la ciudad de pronto cobraron más sentido.

—¿Puede decir algo al respecto tu madre? —preguntó Nahri.

La reina Hatset la intimidaba sobremanera. No podía imaginar que aquella mujer fuese a permitir que mandasen a su hija a Malaca a cambio de un suma de dinero.

Zaynab pareció vacilar.

—Mi madre tiene ahora mismo un frente de batalla más importante en el que luchar.

Se habían acercado hasta una calle más tranquila que pasaba junto a la Ciudadela. Sus pesadas murallas de piedra se cernían sobre ellas en las alturas y bloqueaban el cielo azul de un modo que puso a Nahri nerviosa, que la hizo sentirse pequeña. A través de un par de puertas abiertas llegó el sonido de una risotada, y el inconfundible siseo de dos zulfiqares al entrechocar.

No muy segura de qué replicar, Nahri le tendió la mitad de la naranja a Zaynab.

—Lo siento.

Zaynab contempló la fruta. La incertidumbre floreció en sus ojos grises y dorados.

—Mi hermano y tú erais enemigos cuando os casasteis —dijo con voz titubeante—. A veces parece que aún lo sois. ¿Cómo... cómo conseguiste...?

—Siempre se encuentra una manera. —Las palabras provenían de un lugar duro en el interior de Nahri, un rincón al que se había retirado en incontables ocasiones desde que la habían sacado del Nilo y la habían dejado en El Cairo, sola y asustada—. Te sorprendería la cantidad de cosas que puede hacer una persona para sobrevivir.

Zaynab pareció quedarse de piedra.

—Vas a conseguir que me pregunte si no debería decirle a Muntadhir que duerma siempre con un cuchillo bajo la almohada.

—Yo no le aconsejaría a tu hermano que esconda nada afilado en su cama —dijo Nahri mientras ambas reanudaban la marcha—. Teniendo en cuenta la cantidad de gente que pasa por ella...

Se atragantó. La naranja se le cayó de entre los dedos al tiempo que una oleada de frialdad la recorría.

Zaynab se detuvo al instante.

—¿Te encuentras bien?

Nahri casi no oyó la pregunta. Sintió como si una mano invisible la hubiese aferrado por la barbilla y la hubiese obligado a girarse para contemplar la lúgubre callejuela por la que acababan de pasar. Encajada entre la Ciudadela y el bronce moteado de las murallas exteriores de la ciudad, la calle parecía haber sido destrozada hacía siglos. Mugre y hierbajos cubrían los adoquines rotos, y en los muros de piedra de ambos lados se apreciaban marcas de abrasión. Justo en un extremo había un complejo de ladrillos en ruinas. Ventanas rotas que daban a la calle, con espacios negros que le daban aspecto de una boca abierta a la que le faltaban dientes. Más allá del atrio frontal se apreciaban las copas frondosas de árboles crecidos sin cuidado. Las enredaderas cubrían los edificios, estrangulaban las columnas y colgaban sobre las ventanas aplastadas como si fuesen sogas.

Nahri dio un par de pasos en el interior e inspiró de repente. Un zumbido le recorrió toda la piel. Casi podría jurar que las pesadas sombras se habían atenuado levemente al moverse.

Se giró y vio que Zaynab la había seguido.

—¿Qué sitio es este? —preguntó Nahri, y su voz reverberó contra la piedra.

Zaynab le dedicó a todo el complejo una mirada escéptica.

—¿Una casa en ruinas? No soy lo que se dice una experta en lo que se refiere a edificios en descomposición dentro de una ciudad de tres mil años de antigüedad.

Nahri sentía el calor de la calle bajo los pies, lo bastante intenso como para atravesarle las sandalias.

—Tengo que entrar ahí dentro.

—¿Qué?

Nahri ya se había puesto en movimiento. Dejó de pensar en príncipes e incluso en los posibles castigos horribles de Ghassán. Casi se sintió impulsada, la mirada fija en aquel misterioso complejo.

Se detuvo frente a un par de grandes puertas de bronce en cuya superficie había pictogramas grabados: un órice en pleno salto y la proa de una nave, un altar de fuego daeva y una balanza. El bronce despedía magia. Aunque Nahri no podía imaginarse que nadie viviese en semejante sitio, alzó una mano para llamar a las puertas.

Sus nudillos no habían siquiera rozado la superficie cuando las puertas se abrieron con un quejido. Tras ellas había negrura.

No había nadie al otro lado.

Zaynab le dio alcance.

—Oh, de ninguna de las maneras —dijo—. Si crees que voy a meterme contigo en esta ruina encantada, te has equivocado de Qahtani.

Nahri tragó saliva. Si se encontrase en Egipto, aquello podría ser el inicio de un cuento que se contaba para asustar a los niños, una historia de misteriosas ruinas y aterradores djinn.

Sin embargo, técnicamente era ella la aterradora djinn. El modo gélido en que aquel edificio se aferraba su corazón no hizo sino intensificarse. Era imprudente, un impulso que carecía de sentido... pero pensaba entrar.

—Pues quédate aquí. —Nahri esquivó la mano de Zaynab y entró.

La oscuridad se la tragó al instante.

—Naar —susurró.

Unas llamas florecieron en la palma de su mano e iluminaron lo que en su día debió de ser una gran cámara de entrada. En las paredes quedaban restos de pintura que insinuaban formas de toros alados y algún fénix a punto de remontar el vuelo. Había agujeros por todas partes, lugares en los que probablemente habían arrancado gemas de las paredes.

Dio un paso al frente y alzó las llamas. Se le desorbitaron los ojos.

En fragmentos y sombras, la historia de la creación de los Nahid se desplegaba ante ella en la pared de enfrente. El templo de Salomón se alzaba sobre las cabezas de sus trabajadores daeva. Una mujer con orejas puntiagudas aparecía arrodillada y envuelta en un chador azul y dorado a los pies de un rey humano. Nahri contempló el mural, maravillada. Casi pudo jurar que las figuras empezaron a moverse y entremezclarse: un manchurrón de pintura esmaltada se convirtió en una bandada de shedu al vuelo, la línea desnuda que formaba la imagen de unos sanadores Nahid que mezclaban pociones se llenó de pronto de color. El lejano sonido de botas en movimiento y espectadores que vitoreaban se insinuó en su oreja; un desfile de arqueros con yelmos ceremoniales rematados por plumas bamboleantes.

Nahri ahogó un grito, y al hacerlo, la llama se alejó de la palma de su mano. Puntitos de luz bailaron para iluminar el resto de la cámara. Fue un estallido de magia inconsciente, el tipo de magia que ella asociaba con el palacio, el corazón real de los Nahid cuyo poder aún le corría por la sangre.

Los murales dejaron de moverse de repente. Zaynab acababa de entrar y se acercaba con cautela por entre los escombros que cubrían el suelo.

—Creo que este lugar perteneció a mi familia —susurró Nahri, anonadada.

Zaynab paseó una mirada cautelosa por la estancia.

—Para ser justa... creo que lo mismo puede decirse de toda Daevabad. —Adoptó una expresión exasperada cuando Nahri le clavó la mirada—. Perdona si no me sale ponerme diplomática mientras tengo miedo de que se me caiga encima este edificio en cualquier momento. ¿Podemos marcharnos ya, por favor? Mi padre es capaz de mandarme mañana mismo a Malaca si un montón de ladrillos aplastan a su Nahid.

—Yo no soy la Nahid de tu padre, ni pienso irme hasta que no descubra qué es este lugar.

El hormigueo de la magia aumentó en la piel de Nahri. El calor húmedo de la ciudad resultaba opresivo dentro de aquella cámara cerrada. Ella se desprendió del velo, pensando que era poco probable que fueran a cruzarse con alguien. Acto seguido ignoró la advertencia de Zaynab y trepó por una de las ruinosas paredes.

Aterrizó de pie con suavidad en medio de un corredor largo y cubierto. Una sucesión de arcos separaba una hilera de puertas de un patio cuya vegetación había crecido sin control. El pasillo tenía mejor aspecto que el recibidor. El suelo parecía recién fregado; las paredes, enyesadas y cubiertas con remolinos de pintura colorida.

Con una maldición, Zaynab fue tras ella.

—Por si no te lo he dicho últimamente: creo que te odio.

—Para ser una criatura mágica, no tienes el menor sentido de la aventura, ¿sabes? —replicó Nahri.

Tocó uno de aquellos remolinos pintados, que parecía una ola azul contra la que se dibujaba un bote de ébano. Tras tocarla, la ola se alzó como si estuviese viva y lanzó el bote pared abajo.

Nahri sonrió. Aunque se sentía intrigada, siguió caminando y se asomó al interior de las habitaciones a medida que pasaba junto a ellas. Excepto alguna que otra estantería rota y trozos podridos de alfombra, todas estaban vacías.

Hasta que encontró algo distinto. Nahri se detuvo de pronto frente al umbral de la última habitación. Las paredes estaban cubiertas de estanterías de cedro repletas de rollos y libros que se extendían del suelo al techo. Por el suelo se repartían más textos apilados en montones enormes en precario equilibrio.

Entró antes de fijarse en el escritorio encajado entre dos de las pilas sobre cuya superficie repleta de papeles se encorvaba una figura: un anciano ayaanle vestido con una túnica a rayas que prácticamente se tragaba todo su marchito cuerpo.

—No, no, no… —murmuraba la figura en ntaran, al tiempo que tachaba lo que acababa de escribir con un lápiz de carboncillo—. Esto no tiene sentido.

Nahri vaciló. No podía imaginar qué hacía un estudioso ayaanle en una estancia repleta de libros dentro de un edificio en ruinas. Sin embargo, aquel hombre parecía bastante inofensivo.

—Que la paz sea contigo —lo saludó.

El hombre alzó la cabeza de un latigazo.

Tenía los ojos color esmeralda.

Parpadeó rápidamente y soltó un gañido, al tiempo que se levantaba de su asiento.

—¡Razu! —chilló—. ¡Razu!

Echó mano de un pergamino y lo alzó como si de una espada se tratase.

Al instante, Nahri retrocedió, enarbolando su libro.

—¡No te acerques! —gritó mientras Zaynab llegaba a la carrera. La princesa tenía una daga en una mano.

—Oh, Issa, ¿qué pasa ahora?

Nahri y Zaynab dieron un respingo y giraron sobre sus talones. Dos mujeres habían salido del patio tan rápidamente que casi parecían haber sido invocadas. Una tenía aspecto de sahrayn, con rizos rojo oscuro que le caían hasta la cintura de la galabiya manchada de pintura que llevaba. La más alta de las dos mujeres, la que había hablado, era tukharistaní. Vestía una impresionante capa de diseño evidentemente mágico que le colgaba de los hombros como un manto de cobre derretido. Le clavó la vista a Nahri. Una vez más, ojos verdes, del mismo tono brillante que los de Dara.

Issa, el estudioso ayaanle, se asomó desde detrás de su puerta, aún enarbolando el pergamino.

—¡Parece humana, Razu! ¡Juré que no volverían a atraparme!

—No es humana, Issa.

La mujer tukharistaní dio un paso al frente. Su brillante mirada no se había apartado de la de Nahri.

—Eres tú —susurró. Un aire reverente dominó su rostro. Cayó de rodillas y unió los dedos en señal de respeto—. Banu Nahida.

—Banu Nahida —repitió Issa. Nahri vio que seguía temblando—. ¿Estás segura?

—Lo estoy. —La mujer tukharistaní hizo un gesto hacia el brazalete de hierro con esmeraldas incrustadas que llevaba en la muñeca—. Siento la atracción que provoca en mi recipiente. —Se llevó la mano al pecho y añadió en tono suave—: Y en el corazón. Igual que me sucedía con Baga Rustam.

—Oh. —Issa dejó caer el pergamino—. Oh, vaya… —Intentó hacer una reverencia—. Mis disculpas, señora. No se pueden escatimar precauciones en estos tiempos.

Zaynab, junto a Nahri, respiraba entrecortadamente, con la daga aún alzada. Nahri extendió la mano y le bajó el brazo. Contempló a aquel extraño trío, completamente desconcertada. Sus ojos oscilaban de uno a otro.

—Disculpadme, pero… —empezó a decir, sin palabras—. ¿Quiénes sois?

La mujer tukharistaní se puso de pie. Llevaba la melena plateada, con vetas doradas, recogida en un moño intrincado. Tenía un rostro bien delineado; de haber sido humana, Nahri habría calculado que rondaba los sesenta años.

—Soy Razu Qaraqashi —dijo—. Este con quien ya te has tropezado es Issa, y esta es Elashia —añadió, tocando con aire de afecto el hombro de la mujer sahrayn junto a ella—. Somos los últimos esclavos ifrit de Daevabad.

Elashia frunció el ceño al instante, y Razu inclinó la cabeza.

—Discúlpame, amor mío. —Volvió a mirar a Nahri—. A Elashia no le gusta que la tilden de esclava.

Nahri intentó reprimir una expresión sorprendida. Dejó que sus poderes se extendiesen disimuladamente. No era ninguna sorpresa haber pensado que estaba sola: su corazón y el de Zaynab eran los únicos que latían en todo el complejo. Los cuerpos de los djinn estaban en completo silencio. Al igual que el de Dara.

Porque no eran cuerpos de verdad, comprendió Nahri, recordando lo que sabía de la maldición que los esclavizaba. Los ifrit asesinaban a los djinn que apresaban, y para liberarlos, los Nahid conjuraban nuevas formas, nuevos cuerpos que albergasen sus almas recién liberadas. Nahri no sabía mucho más del proceso; los djinn temían la esclavitud y rara vez la mencionaban, como si bastase con pronunciar la palabra «ifrit» para verse arrastrado a un destino que se consideraba peor que la muerte.

Un destino al que habían sobrevivido las tres personas que había ante ella. Nahri abrió la boca e intentó encontrar algo que decir:

—¿Qué hacéis aquí? —preguntó al fin.

—Nos escondemos —respondió Issa en tono apenado—. Después de lo que le sucedió al Afshín, nadie en Daevabad está dispuesto a darnos cobijo. Temen que nos volvamos locos y empecemos a asesinar a inocentes con magia ifrit. Pensamos que este hospital sería el escondite más seguro.

Nahri parpadeó.

—¿Esto fue un hospital?

Los brillantes ojos de Issa se entrecerraron.

—¿Acaso no es evidente? —preguntó, e hizo un gesto inexplicable hacia las ruinas que los rodeaban—. ¿Dónde pensabas que practicaban tus ancestros?

Razu se apresuró a intervenir.

—¿Qué tal si me acompañáis las dos y tomamos un refrigerio? —sugirió en tono amable—. No todos los días recibimos como huéspedes a dos daevabaditas de la realeza. —Sonrió al ver que Zaynab se encogía—. No temas, princesa, aunque te haya descubierto llevas un disfraz estupendo.

Con la palabra «hospital» aún resonando en los oídos, Nahri la siguió al instante. El patio estaba en el mismo estado lamentable que el resto del complejo. Raíces asomaban retorcidas por entre los azulejos rotos de color amarillo limón. Y sin embargo, aquellas ruinas tenían algo de encantador. Rosas oscuras crecían profusas y salvajes sobre la estatua de un shedu caída largo tiempo atrás, con enredaderas espinosas que se entrelazaban sobre la piedra y preñaban el aire de su fragancia. Un par de bulbules salpicaban y canturreaban en una fuente rota a la sombra de las espesas ramas de los árboles.

—No le hagáis caso a Issa —dijo Razu en tono ligero—. Sus habilidades sociales dejan mucho que desear, pero es un estudioso brillante que ha vivido una vida extraordinaria. Antes de que los ifrit lo atrapasen pasó siglos viajando por las tierras del Nilo. Visitaba sus bibliotecas y enviaba copias de sus obras a Daevabad.

—¿El Nilo? —preguntó Nahri en tono anhelante.

—Pues sí. —Razu le dedicó una mirada por encima del hombro—. Es verdad... creciste allí. En Alejandría, ¿no?

—En El Cairo —la corrigió Nahri, con el vuelco al corazón al que ya se había acostumbrado.

—Disculpa mi error. Creo que en mis tiempos no existía El Cairo —musitó Razu—. Aunque sí que había oído hablar de Alejandría. De todas las Alejandrías. —Negó con la cabeza—. Valiente advenedizo arrogante era Alejandro para ponerle su nombre a todas esas ciudades. Sus ejércitos aterrorizaron a los pobres humanos de Tukharistán.

Zaynab ahogó una exclamación.

—¿Dices que viviste en la misma época que Alejandro Magno?

La sonrisa de Razu fue más enigmática al esbozarla de nuevo.

—Así es. Voy a cumplir veintitrés siglos en la celebración de la generación de este año. Los hijos de Anahid gobernaban Daevabad cuando los ifrit me atraparon.

—Pero… no es posible —jadeó Nahri—. Los esclavos no duran tanto.

—Ah, sospecho que te han dicho que la experiencia nos vuelve locos tras unos pocos siglos, ¿no? —Razu enarcó una ceja—. Al igual que sucede con la mayoría de las cosas de la vida, la verdad es un poco más complicada. Mis circunstancias particulares fueron inusuales.

—¿Y eso?

—Me ofrecí voluntariamente a un ifrit. —Se echó a reír—. Por aquel entonces, yo era una criaturilla terriblemente malvada que apreciaba las historias de tesoros perdidos. Nos convencimos entre ambos de que encontraríamos todo tipo de tesoros legendarios si podíamos recuperar los poderes que habíamos tenido antes de Salomón.

—¿Te entregaste a un ifrit? —Zaynab sonaba escandalizada, pero Nahri empezaba a sentir cierta conexión con aquella misteriosa embaucadora.

Razu asintió.

—A un primo lejano mío. Era un necio muy terco que se negó a rendirse ante Salomón. Aun así, yo le tenía un gran aprecio. —Se encogió de hombros—. Por aquel entonces, la situación entre nuestros pueblos era un tanto… gris. —Alzó la palma de la mano. Tres líneas negras le atravesaban la palma—. Pero fue una necedad. Envié a mis amos en busca de tesoros fantásticos que mi primo y yo habíamos planeado recuperar una vez que yo fuese liberada. Me encontraba cavando entre viejas tumbas con mi tercer amo humano cuando toda la estructura del complejo funerario se derrumbó. Mi humano murió y mi anillo quedó enterrado bajo el desierto.

Chasqueó los dedos y una faja de seda se alzó de un canasto que descansaba bajo un árbol nim. La faja se retorció y creció en el aire hasta formar un columpio. Razu les hizo un gesto a Nahri y a Zaynab para que se sentasen en él.

—Pasaron dos mil años hasta que otro djinn se tropezó conmigo. Me trajo de nuevo a Daevabad y aquí sigo. —El brillo en los ojos de Razu se atenuó—. Jamás volví a ver a mi primo ifrit. Supongo que algún Nahid lo acabó encontrando. O algún Afshín.

Nahri carraspeó.

—Lo siento.

Razu le dio un golpecito cariñoso en el hombro.

—No hay necesidad. Yo tuve ciertamente más suerte que Issa y Elashia. Los pocos amos humanos que tuve jamás me maltrataron. Sin embargo, cuando regresé, mi mundo había desaparecido. Todos mis descendientes conocidos se habían perdido en la historia, y el Tukharistán que yo conocía era una leyenda a ojos de mi propio pueblo. Era más fácil para mí empezar de nuevo en Daevabad. Al menos hasta hace poco. —Negó con la cabeza—. No sé qué hago dándole vueltas al pasado. ¿Qué os trae a vosotras por aquí?

—Falta de cuidado —murmuró Zaynab a media voz.

—No... no sabría decirlo —confesó Nahri—. Hemos pasado por aquí cerca y sentí... —Dejó morir la voz—. Sentí que de este lugar manaba magia. Me recordó al palacio. —Echó una mirada inquisitiva en derredor—. ¿De verdad fue un hospital en su día?

Razu asintió.

—Así es.

Con un chasquido de los dedos hizo aparecer un aguamanil de cristal ahumado junto a tres cálices. Llenó los de Nahri y Zaynab con un líquido de color nube.

—Pasé algún tiempo aquí como paciente en cierta ocasión en que no pude darle esquinazo a uno de mis acreedores.

Zaynab dio un sorbo cauteloso y, al momento, lo volvió a escupir de un modo absolutamente elegante en la copa.

—Oh, esto está prohibidísimo.

Nahri, curiosa, probó de su propio vaso. La intensa quemazón del alcohol le bajó por la garganta y la obligó a toser.

—¿Qué es?

—Soma. La bebida favorita de tus ancestros. —Razu le guiñó un ojo—. A pesar de la maldición de Salomón, los daeva de antaño no habíamos perdido del todo nuestro lado salvaje.

Fuera lo que fuese aquella bebida, dejó claramente más relajada a Nahri. Zaynab parecía lista para echar a correr, pero Nahri disfrutaba más y más con cada alusión al pasado criminal de Razu.

—¿Cómo era entonces? Me refiero a cuando estuviste ingresada en este hospital.

Razu paseó la vista en derredor, pensativa.

—Era un lugar asombroso, incluso en una ciudad tan mágica como Daevabad. Los Nahid debieron de tratar a miles. Todo funcionaba como una rueda bien engrasada. Yo había sufrido una maldición, me habían inoculado un cepa particularmente contagiosa de desesperación, así que me metieron en el ala de cuarentena, por allí—. Ladeó la cabeza hacia un ala medio derruida y dio un sorbo de su bebida—. Los cuidados eran excelentes. Cama, techo y comida caliente. Casi valía la pena estar enfermo.

Nahri se echó hacia atrás, apoyada en las palmas de las manos, reflexionando sobre todo aquello. Conocía bastante bien cómo funcionaban los hospitales. En más de una ocasión se había metido a escondidas en el más famoso de El Cairo, el majestuoso y antiguo bimaristán del complejo Qalawun, para robar suministros o deambular por sus profundidades, fantaseando con formar parte de las filas de estudiantes y médicos que atestaban sus altos corredores.

Intentó imaginar cómo sería aquel mismo ajetreo en el viejo hospital de Daevabad, completo y lleno de miembros de los Nahid. Docenas de sanadores consultando notas y examinando pacientes. Debió de ser una comunidad extraordinaria.

Un hospital Nahid.

—Ojalá tuviese yo algo así —dijo en tono quedo.

Razu sonrió y alzó el cáliz en dirección a Nahri.

—Si intentas reconstruirlo puedes considerarme tu primera recluta.

Zaynab no dejaba de dar golpecitos con el pie, pero en aquel momento se levantó.

—Nahri, deberíamos irnos —advirtió con una señal al cielo. El sol había desaparecido tras los muros del hospital.

Nahri le tocó la mano a Razu.

—Intentaré regresar —prometió—. ¿Estáis a salvo aquí los tres? ¿Necesitáis algo?

Aunque Razu y sus compañeros debían de ser mucho más capaces de cuidar de sí mismos que la propia Nahri, ella sintió un impulso protector hacia aquellas tres almas que había liberado su familia.

Razu le apretó la mano.

—Estamos bien —la tranquilizó—, aunque sí que espero que regreses. Creo que le gustas a este sitio.

2
ALÍ

Alí contempló el borde del acantilado rocoso y entrecerró los ojos ante la brillante luz del sol del desierto. Le latía tan rápido el corazón que lo oía palpitar en las orejas. Respiraba brusca y entrecortadamente. Un sudor nervioso le perlaba la sien y empapaba la guthra de algodón que llevaba en la cabeza. Alzó los brazos y se meció adelante y atrás sobre los pies descalzos.

—No va a hacerlo —oyó la provocación de los otros djinn. Había cinco de ellos sobre los acantilados que rodeaban la aldea de Bir Nabat. Todos eran bastante jóvenes, pues lo que estaban haciendo requería el tipo de imprudencia que solo proporcionaba la juventud—. El principito no piensa arriesgar su cuello real.

—Sí que lo hará —replicó otro hombre. Era Lubayd, el amigo más íntimo que tenía Alí en Am Gezira—. Más le vale. —Alzó la voz—. Alí, hermano, he apostado por ti. ¡No me decepciones!

—Apostar está mal —replicó Alí, inquieto.

Volvió a dar otra inspiración temblorosa e intentó reunir valor. Aquello era muy peligroso, innecesario y necio. Era casi egoísta.

De abajo del acantilado se oyó un sonido reptiliano de olfateo, seguido de un tufillo agudo y desagradable a plumas quemadas. Alí elevó una plegaria en un susurro.

Y entonces echó a correr hacia el borde del acantilado. Corrió tan rápido como pudo y, cuando el acantilado dio paso al aire, se lanzó al vacío. Durante un momento aterrador siguió cayendo. El lejano suelo de piedra contra el que se iba a estrellar se abalanzó hacia él...

...y entonces aterrizó sobre el lomo del zahhak que anidaba en la pared del acantilado. Alí ahogó un grito y la adrenalina le corrió por la sangre. Soltó un chillido de terror y victoria a partes iguales.

Claramente, el zahhak no compartió su entusiasmo. Con un chirrido ultrajado, la serpiente voladora se elevó por los cielos.

Alí se zambulló en dirección al collar de cobre que un djinn con más iniciativa que él le había colocado a la criatura en el cuello hacía años. Apretó las piernas contra las escamas plateadas del liso cuerpo del animal, tal y como le habían dicho que debía hacer. Cuatro enormes alas, de un tono blanco neblinoso y onduladas como nubes, se sacudieron en el aire a su alrededor y lo dejaron sin aliento. Aquel zahhak en particular se asemejaba a un lagarto, si bien un lagarto con la capacidad de vomitar llamas de su boca colmilluda cuando lo acosaba un djinn. Se decía que tenía cuatrocientos años de edad y que llevaba generaciones anidando en los acantilados de Bir Nabat. Quizá apreciaba demasiado la familiaridad de su nido y aguantaba a cambio tener que lidiar con las payasadas de los jóvenes geziri.

Uno de esos mismos jóvenes cerró los ojos en aquel momento; el soplo del viento y el suelo que se desplazaba por debajo de él provocaron otra oleada de miedo en el corazón de Alí. Agarró el collar, pegado al cuello del zahhak.

Abre los ojos, idiota. Teniendo en cuenta que existía la posibilidad de que acabase haciéndose pedazos en el suelo, Alí pensó que más le valía apreciar las vistas.

Así pues abrió los ojos. El desierto lo abarcaba todo ante él, grandes extensiones de arena dorada y rojiza que llegaba hasta el reluciente horizonte azul, salpicada de rocas que brotaban orgullosas del suelo, antiguas formaciones que había esculpido el viento a lo largo de incontables milenios. Senderos escarpados trazaban la línea de los uadis, ríos secados largo tiempo atrás. Un grupo lejano de palmeras oscuras y profusas formaba un diminuto oasis hacia el norte.

—Alabado sea Dios —susurró, asombrado ante la belleza y la magnificencia del mundo a sus pies.

En aquel momento comprendió que Lubayd y Aqisa no hubiesen dejado de azuzarlo para que tomase parte en aquella tradición mortal de Bir Nabat. Puede que Alí hubiese crecido en Daevabad, pero jamás había experimentado nada tan extraordinario como volar de aquella manera.

Entrecerró los ojos para ver mejor el oasis. Su curiosidad aumentó al percatarse de que había tiendas negras y movimiento entre los árboles lejanos. Un grupo de nómadas, quizá. El oasis pertenecía a los humanos, según una costumbre establecida largo tiempo atrás. Los djinn de Bir Nabat no osaban llevarse ni un tazón de agua de sus pozos.

Se inclinó hacia delante y se pegó aún más al cuello de la criatura para ver mejor. El zahhak dejó escapar una nubecilla de humo y un gruñido en señal de protesta. Alí tosió ante el hedor del aliento de la criatura, que tenía pegados a los dientes trozos de cartílago chamuscados de alguna de sus presas. Aunque le habían advertido ya acerca del olor, este era tan potente que Alí se sintió mareado.

Resultaba evidente que él tampoco le caía bien al zahhak. De improviso, la criatura viró, y Alí tuvo que agarrarse con todas sus fuerzas para no caer. Acto seguido, el zahhak retomó la dirección por la que habían venido, cortando el aire como una hoz.

Más adelante, Alí vio la entrada de Bir Nabat. Una puerta imponentemente oscura y vacía, construida directamente en la pared del acantilado. La rodeaban recias tallas de arcilla: águilas medio derruidas posadas sobre columnas decorativas y afilados escalones que se alzaban hacia el cielo. Aquellas tallas las habían realizado hacía eones los primeros habitantes de Bir Nabat, un antiguo grupo de humanos del que no quedaba rastro, y cuyo asentamiento ruinoso habían aprovechado los djinn para hacerse un hogar.

Los compañeros de Alí estaban justo abajo. Agitaban los brazos y golpeteaban un tambor de metal para atraer la ira del zahhak. La criatura soltó un chillido y se abalanzó sobre ellos. Alí se preparó y aguardó hasta que el zahhak estuvo cerca de sus amigos. El animal abrió la boca y dejó escapar un fiero penacho de fuego escarlata que ellos consiguieron esquivar a duras penas. Entonces, Alí saltó.

Rebotó contra el suelo. Aqisa lo apartó de un tirón justo antes de que el zahhak abrasase el lugar donde había aterrizado. Con otro chillido enojado, la criatura se elevó por los aires. Estaba claro que ya se había hartado de los djinn por aquel día.

Lubayd ayudó a Alí a ponerse en pie de un tirón. Le dio unas palmadas en la espalda y dejó escapar un grito de alegría.

—¡Os dije que lo haría! —Le mostró una sonrisa a Alí—. ¿Ha valido la pena el riesgo?

A Alí le dolía hasta el último centímetro del cuerpo, pero estaba demasiado eufórico como para que le importase.

—Ha sido asombroso —dijo a duras penas mientras intentaba recuperar el aliento. Se quitó la ghutra que el viento le había pegado a la boca—. ¿Sabéis qué? Hay un grupo nuevo de humanos en el...

Lo interrumpieron varios quejidos antes de que pudiera siquiera acabar la frase.

—No —interrumpió Aqisa—. No pienso ir otra vez contigo a espiar a los humanos. Estás obsesionado.

Alí insistió:

—¡Pero podríamos aprender algo nuevo! ¿Recordáis la aldea que exploramos hacia el sur, y el reloj solar que usaban para regular los canales? Resultó de gran ayuda.

Lubayd le tendió a Alí sus armas.

—Lo que recuerdo es que los humanos nos persiguieron al percatarse de que habían venido a verlos unos «demonios». Nos dispararon bastante con esos palos... esas cosas explosivas. No pienso arriesgarme a descubrir si esos proyectiles tienen hierro.

—Esos «palos explosivos» se llaman rifles —corrigió Alí—. Todos sufrís de una gran falta de iniciativa.

Avanzaron hasta el saliente rocoso que llevaba hasta la aldea. La arena estaba cubierta de grabados: letras de un alfabeto que Alí no sabía leer, así como dibujos trazados con esmero que representaban animales desaparecidos hacía mucho. En una esquina elevada, un enorme hombre calvo se cernía sobre figuras dibujadas con trazos sencillos; alrededor de sus dedos se enroscaban llamas. Debía de ser un daeva antiguo, o eso pensaban los djinn de la aldea, de la época anterior a la bendición de Salomón. A juzgar por los ojos iracundos y los dientes afilados de la figura, los daeva debían de haber aterrorizado a los humanos del lugar.

Alí y sus amigos cruzaron bajo la fachada de la entrada. Un par de djinn bebían café a la sombra, a todas luces guardias. En las escasas ocasiones en que algún humano curioso se acercaba demasiado, los guardias tenían encantamientos capaces de conjurar vientos huracanados y cegadoras tormentas de arena que los espantaban.

Los dos alzaron la mirada al pasar Alí y sus compañeros.

—¿Lo ha hecho? —preguntó uno de los guardias con una sonrisa.

Lubayd le echó un brazo por encima de los hombros a Alí con aire orgulloso.

—Cualquiera diría que lleva montando en zahhaks desde que lo destetaron.

—Ha sido extraordinario —admitió Alí.

El otro hombre se echó a reír.

—Te convertiremos en un norteño en condiciones, daevabadita.

Alí le devolvió la sonrisa.

—Si Dios quiere.

Atravesaron una cámara oscura y pasaron junto a las tumbas vacías de los monarcas humanos muertos largo tiempo atrás que gobernaron aquella tierra en su día. Nadie había sabido o querido decirle a Alí dónde habían acabado sus cadáveres, y tampoco estaba muy seguro de querer enterarse. Más adelante había una pared de piedra lisa. A ojos de un observador casual, un observador humano, esa pared no tendría nada destacable, aparte del leve resplandor que emanaba de su superficie extrañamente templada.

Sin embargo, aquella misma superficie entonaba un cántico para Alí; la magia hervía en la roca, manaba de ella en oleadas tranquilizadoras. Alí colocó la palma de la mano sobre el muro.

—Pataru sawassam —ordenó en geziriyya.

El muro se convirtió en niebla y reveló tras de sí el profuso follaje de Bir Nabat. Alí hizo una pausa y se tomó un instante para apreciar la belleza fértil y recrecida del lugar que consideraba su hogar desde hacía cinco años. Era una escena hipnótica, muy diferente de la cáscara estragada por el hambre que había visto cuando llegó en su día.

Bir Nabat debía de haber sido un paraíso exuberante cuando la fundaron, a juzgar por los restos de aljibes y acueductos que había, por no mencionar el tamaño y ornamentación de los templos tallados por manos humanas. Todo aquello sugería que hubo una época de lluvias más frecuentas y de población floreciente; los djinn que se habían instalado más adelante jamás llegaron a igualar sus mismos números de habitantes. Durante siglos habían sobrevivido gracias al par de manantiales que quedaban y a los saqueos que llevaban a cabo en busca de alimento.

Sin embargo, para cuando Alí llegó por primera vez, los dos manantiales estaban casi agotados. Bir Nabat se había convertido en un lugar desesperado, un lugar dispuesto a desafiar a su rey y a acoger al extraño y joven príncipe que habían encontrado en una fisura cercana. Un lugar dispuesto a ignorar el hecho de que, a veces, cuando Alí se enfadaba, sus ojos desprendían un fulgor parecido al betún mojado; o que sus brazos estaban cubiertos de cicatrices que no podía haber ocasionado ninguna hoja. Todo eso no les importaba a los geziri de Bir Nabat. Lo que sí les importaba era el hecho de que Alí hubiese descubierto cuatro manantiales nuevos y dos cisternas intactas, agua suficiente como para irrigar Bir Nabat durante siglos. Ahora había plantaciones pequeñas pero prósperas de cebada y melones junto a nuevas casas. Más y más personas optaban por reemplazar las tiendas de humo y pellejo de órice por casas de piedra excavada y vidrio soplado. Las datileras, saludables, gruesas y altas; proyectaban una sombra fresca. El extremo oriental de la aldea se había llenado de vergeles: una docena de retoños de higuera crecía sana entre árboles cítricos, todos protegidos por vallas de la creciente población de cabras de Bir Nabat.

Pasaron junto al pequeño mercado de la aldea, a la sombra del enorme y antiguo templo que había sido tallado en la pared del acantilado, junto con columnas esculpidas con mimo y pabellones repletos de mercancías mágicas. Alí sonrió y repartió asentimientos y salaams entre los varios mercaderes djinn. Una sensación de calma se apoderó de él.

Una de los comerciantes se apresuró a salirle al paso.

—Ah, jeque, te estaba buscando.

Alí parpadeó, de pronto fuera de aquel aturdimiento eufórico. Se trataba de Reem, una mujer de la casta de familias artesanas.

Reem agitó un rollo de pergamino ante él.

—Necesito que me compruebes este contrato. Ese taimado sureño esclavo de Bilqis me está engañando, así te lo digo. Mis encantamientos no tienen igual, y sé que los canastos que le he vendido deberían estar dándome más beneficios.

—Te das cuenta de que yo también soy un taimado sureño, ¿verdad? —señaló Alí.

Los Qahtani provenían de la cordillera sureña de Am Gezira, en la costa. Eran descendientes bastante orgullosos de los sirvientes djinn que Salomón le había concedido a Bilqis, la antigua reina humana de Saba.

Reem negó con la cabeza.

—Tú eres daevabadita. No cuenta. —Hizo una pausa—. La verdad es que es aún peor.

Alí suspiró y aceptó el contrato de manos de Reem. Entre la mañana que había pasado cavando un canal nuevo y la tarde que había dedicado a que un zahhak lo lanzase por los aires, se moría de ganas de irse a la cama.

—Le echaré un vistazo.

—Bendito seas, jeque. —Reem le dio la espalda.

Alí y sus amigos siguieron caminando, pero no llegaron muy lejos: el almuédano de Bir Nabat se les acercó entre resoplidos.

—¡Hermano Alizayd, que la paz y la bendición sean contigo! —Los ojos grises del almuédano recorrieron a Alí—. Tienes mal aspecto, pareces medio muerto.

—Pues sí, lo cierto es que me iba ya...

—Claro que sí. Escucha... —El almuédano bajó la voz—. ¿Sería posible que dieses tú la jutba mañana? El jeque Jiyad no se encuentra bien.

—¿No se encarga el hermano Thabit de dar el sermón cuando su padre no puede?

—Sí, pero... —El almuédano bajó aún más la voz—. No puedo soportar otro berrinche más de Thabit, hermano. No puedo, de verdad. La última vez que dio la jutba no hizo más que quejarse de que la música de los laúdes aparta a los jóvenes de la oración.

Alí volvió a suspirar. No se llevaba bien con Thabit, sobre todo porque este último creía fervientemente en todos los chismorreos que se contaban sobre Daevabad, y no le dolían prendas en despotricar, ante quien quisiera escucharle, que Alí era un mentiroso adúltero a quien habían enviado entre ellos para corromperlos con sus «maneras de ciudad».

—Cuando se entere de que me lo has pedido, no le va a gustar.

Aqisa soltó un resoplido por la nariz.

—Sí que le gustará. Así tendrá algo más de lo que quejarse. Además, la gente disfruta de tus sermones —se apresuró a añadir el almuédano—. Siempre hablas de temas excelentes. —Su voz adoptó un tono astuto—. Es bueno para su fe.

Aquel tipo sabía cómo pedir las cosas, eso Alí tenía que concedérselo.

—Está bien —refunfuñó—. Cuenta conmigo.

El almuédano le apretó el hombro.

—Gracias.

—Cuando Thabit se entere, te toca a ti lidiar con él —le dijo Alí a Aqisa, al tiempo que avanzaba medio a trompicones por el sendero. Casi habían llegado a su casa—. Ya sabes lo mucho que odia...

Se interrumpió. Dos mujeres lo esperaban en la puerta de su tienda.

—¡Hermanas! —las saludó. Se obligó a sonreír aunque por dentro acababa de soltar una maldición—. Que la paz sea con vosotras.

—Y que contigo sea la paz. —Quien había hablado primero había sido Umm Qays, una de las magas de piedra de la aldea. Le dedicó a Alí una sonrisa amplia, si bien extrañamente pícara—. ¿Qué tal estás hoy?

Exhausto.

—Bien, gracias sean dadas a Dios —respondió Alí—. ¿Y vosotras?

—Bien, estamos bien —se apresuró a responder Bushra, la hija de Umm Qays. Evitaba mirar a Alí a los ojos, la vergüenza le arrebolaba visiblemente las mejillas—. ¡Solo pasábamos por aquí!

—Tonterías. —Umm Qays acercó a su hija de un tirón, y la joven soltó un gañido débil y sobresaltado—. Mi Bushra acaba de preparar una kabsa deliciosa... es una cocinera extraordinariamente dotada, ¿sabes? Con un par de huesos y dos pizquitas de especias te puede preparar un festín... pero bueno, lo primero que me ha dicho es que quería dejar aparte una porción para nuestro príncipe. —Le mostró una sonrisa de oreja a oreja a Alí—. Es muy buena chica.

Alí parpadeó. El entusiasmo de Umm Qays lo había dejado algo atónito.

—Eh... gracias —dijo. Por el rabillo del ojo vio que Lubayd se tapaba la boca con la mano, los ojos rebosantes de hilaridad—. Os lo agradezco mucho.

Umm Qays miraba de soslayo a la tienda de Alí. Chasqueó la lengua en señal de desaprobación.

—Qué sitio tan solitario te has buscado, Alizayd al Qahtani. Eres un gran hombre. Deberías tener un hogar en condiciones, en los acantilados, y alguien que te esperase en casa.

Por la misericordia de Dios, otra vez no. Alí tartamudeó como respuesta:

—Te... te agradezco la preocupación, pero la verdad es que aquí estoy bien. Solo.

—Ah, pero es que eres un hombre joven. —Umm Qays le palmeó el hombro y le apretó el brazo, tras lo que una expresión sorprendida dominó su rostro—. Oh, vaya... qué complexión, bendito sea Dios —dijo en tono admirativo—. Ciertamente has de tener necesidades, querido. Es natural.

Alí sintió que el calor le inundaba el rostro... sobre todo al percatarse de que Bushra alzaba levemente la mirada. Lo contempló con un leve matiz de apreciación en los ojos... unos ojos que le provocaron en el estómago un temblor nervioso... y no del todo desagradable.

—Pues...

Gracias a Dios, Lubayd intervino:

—Muy considerado por vuestra parte, hermanas —dijo, y echó mano del plato que habían traído—. Nos aseguraremos de que da buena cuenta de él.

Aqisa asintió con ojos danzarines.

—Huele delicioso.

Umm Qays reconoció que había sido derrotada por el momento. Agitó un dedo frente al rostro de Alí.

—Algún día. —Señaló al interior de la tienda antes de emprender la marcha—. Por cierto, ha venido un mensajero con un paquete de tu hermana.

Las dos mujeres apenas habían doblado el siguiente recodo cuando Lubayd y Aqisa estallaron en carcajadas.

—Basta —siseó Alí—. No tiene gracia.

—Claro que la tiene —replicó Aqisa sacudiendo los hombros—. Podría ver la misma escena una docena de veces.

Lubayd aulló.

—Deberías haber visto su cara la semana pasada, cuando Sadaf le trajo una manta porque decía que su cama «necesitaba calor».

—He dicho basta. —Alí echó mano del plato—. Dámelo.

Lubayd lo esquivó.

—Ah, no, es mi recompensa por salvarte. —Lo alzó, cerró los ojos y aspiró—. Quizá sí que deberías casarte con ella. Así podría sumarme a todas vuestras cenas.

—No me voy a casar con nadie —replicó al instante Alí—. Es demasiado peligroso.

Aqisa puso los ojos en blanco.

—Exagerado. Desde que te salvé de aquel asesino ha pasado un año.

—Sí, el mismo asesino que se me acercó lo bastante como para hacerme esto. —Alí arqueó el cuello para mostrar una cicatriz nacarada que le recorría la garganta y se ocultaba justo bajo la barba.

Lubayd desechó el comentario con un gesto.

—Te hizo eso, pero luego su propio clan lo atrapó, lo destripó y le arrojó el cadáver al zahhak. —Le dedicó a Alí una mirada aguda—. Hay pocos asesinos lo bastante necios como para intentar matar al responsable de la mitad del suministro de agua del norte de Am Gezira. Deberías empezar a asentarte aquí. Sospecho que un matrimonio te mejoraría mucho el humor.

—Sí, lo mejoraría inconmensurablemente —concordó Aqisa. Alzó la mirada e intercambió una sonrisita conspiratoria con Lubayd—. Lástima que no haya nadie de su gusto en Bir Nabat...

—¿Te refieres a alguien con ojos negros y cierta tendencia a la sanación? —lo fastidió Lubayd. Soltó una carcajada ante la mirada que le clavó Alí.

—Sabéis bien que todo eso no son más que estúpidos rumores sin fundamento —dijo él—. La Banu Nahida y yo no éramos más que amigos. Y está casada con mi hermano.

Lubayd se encogió de hombros.

—A mí me gustan estos estúpidos rumores. ¿Quién podría culpar a nadie por inventarse historias emocionantes sobre lo que os pasó a todos? —Su voz adoptó un cariz teatral—. Una bella y misteriosa Nahid encerrada en el palacio, un malvado Afshín dispuesto a mancillarla, un príncipe irritable exiliado a la tierra de sus ancestros...

El temperamento de Alí saltó por fin al acercarse a la puerta de la tienda.

—Yo no soy irritable. ¡Y todos esos rumores os los estáis inventando vosotros!

Como respuesta, Lubayd volvió a reírse.

—Ve dentro, a ver qué te ha mandado tu hermana. —Le lanzó una mirada a Aqisa y alzó el plato—. ¿Tienes hambre?

—Un montón.

Alí negó con la cabeza, se quitó las sandalias y se agachó para entrar en la tienda. Era pequeña, aunque acogedora. Tenía bastante espacio para el almohadón que hacía las veces de cama, y que uno de los primos de Lubayd había alargado misericordiosamente para adaptarlo a la altura «ridícula» de Alí. De hecho, todo lo que había en la estancia era regalado. Alí había llegado a Bir Nabat con nada más que sus armas y la dishdasha ensangrentada a la espalda. Todas sus posesiones eran un recordatorio de los años que había pasado allí: la túnica y las sandalias que se había llevado de una caravana humana abandonada, el Corán que el jeque Jiyad le había dado cuando empezó a impartir clases, las páginas y páginas de esquemas y notas que había tomado mientras observaba los trabajos de irrigación.

Y algo nuevo: un tubo de cobre sellado, de la longitud de su antebrazo, tan grueso como un puño, que descansaba sobre el almohadón pulcramente doblado. Uno de los extremos había sido empapado en un chorro de cera negra, con una firma familiar tallada alrededor del perímetro.

Con una sonrisa, Alí agarró el tubo y desprendió la cera, para revelar el patrón afilado con forma de espada que había debajo. Un sello de sangre, que se aseguraba de que nadie que no tuviese la misma sangre de Zaynab pudiese abrirlo. Era lo más que podía hacer para proteger su intimidad... aunque tanto daba. Quien más probabilidades tenía de interceptar sus comunicaciones era su propio padre, que además podría leer sus cartas, dado que él también compartía su misma sangre. Lo más seguro era que las hubiese leído.

Alí presionó el borde del tubo con el brazo. La parte superior del rollo desapareció en una nube de humo en cuanto la hoja tallada derramó su sangre. Alí lo giró para vaciar su contenido sobre el almohadón.

Un lingote de oro, un brazalete de cobre y una carta de varias páginas de longitud. Pegada al brazalete había una pequeña nota de puño y letra de Zaynab.

Para los dolores de cabeza de los que no dejas de quejarte. Cuídalo bien, hermanito. La Nahid me ha cobrado muchísimo más de lo que vale.

Alí recorrió el brazalete con el dedo mientras miraba el lingote de oro y la carta. *Que Dios te guarde, Zaynab.* Podía ser que Bir Nabat se estuviese recuperando, pero seguía siendo un lugar duro; ese oro le serviría bien allí. Solo esperaba que enviárselo no le hubiese ocasionado ningún problema a su hermana. Alí le había escrito en numerosas ocasiones para prevenirla de enviarle ningún suministro, pero Zaynab no le había hecho caso, desobedeciendo sus consejos con tanta eficacia como desafiaba el decreto oficioso de su padre de que ningún geziri le prestase ayuda. Probablemente, Zaynab era la única que podía hacerlo sin represalias; Ghassán siempre había tenido debilidad por su hija.

Alí se dejó caer en el almohadón y se colocó bocabajo para leer la carta. La letra familiar de Zaynab y sus comentarios afilados eran como un cálido abrazo. Echaba muchísimo de menos a su hermana. Tenían una relación que Alí había sido demasiado joven y santurrón para apreciar hasta aquel momento, después de haber quedado reducida a un puñado de cartas ocasionales. Jamás volvería a ver a Zaynab. No se sentaría junto a ella en el canal en un día soleado para tomar café y compartir chismorreos de la familia, como tampoco estaría a su lado, orgulloso, cuando se desposase. Jamás conocería sus futuros hijos, las sobrinas y sobrinos a los que, en otra vida, habría malcriado y enseñado a usar la espada.

También era consciente de que podría ser peor. Alí le daba gracias a Dios a diario por haber encontrado a los djinn de Bir Nabat en lugar de haber caído en manos de las docenas de asesinos que habían intentado matarlo desde entonces. Sin embargo, el dolor que le provocaba pensar en su familia jamás desaparecía del todo.

En ese caso quizá deberías empezar a formar una familia aquí. Alí se puso bocarriba para disfrutar de la calidez del sol que caía sobre la tienda. En la lejanía oía las risas de los niños y el canturreo de los pájaros. El callado interés de Bushra asomó a su mente. Allí, solo en su tienda, Alí no podía negar que dicho interés le provocaba una leve emoción que le recorría el cuerpo entero.

Daevabad parecía estar a un mundo de distancia. Aparentemente, su padre se había contentado con olvidarse de él. ¿Tan terrible sería permitirse establecerse allí de forma más permanente, abrazar tranquilamente el tipo de vida doméstica que jamás le habrían permitido tener como caíd de Muntadhir?

El pánico lo embargó. *Sí que lo sería,* pareció responder ese pánico a su pregunta, tragándose las sencillas fantasías que le cruzaban por la mente. Según la experiencia de Alí, soñar con un futuro mejor solo desembocaba en la destrucción.

3
NAHRI

Bueno, una cosa estaba clara: los mayores daeva de Nahri no compartían su mismo entusiasmo hacia el hospital Nahid. Nisreen se la quedó mirando.

—¿Te has escapado a escondidas? ¿Otra vez? ¿Tienes la menor idea de lo que hará Ghassán si se entera?

—¡Zaynab me obligó! —se defendió Nahri. Luego, al darse cuenta de que quizá era un poco desagradecido echarle la culpa a su cuñada por una excursión que en realidad había disfrutado bastante, se apresuró a añadir—. Dice que suele darse paseos similares y que nunca la han descubierto. Y me prometió asumir toda la responsabilidad si nos descubrían.

Kartir tenía aspecto francamente alarmado. El sumo sacerdote solía mostrarse indulgente ante las maneras... poco ortodoxas... de Nahri. Sin embargo, aquella última desventura parecía haber hecho pedazos su calma.

—¿Y confías en ella? —preguntó, con aquellas cejas profusas fruncidas en un gesto de preocupación.

—En esto, sí. —La relación de Nahri con su cuñada era bastante espinosa, pero le bastaba ver a una mujer deseosa de un poco de libertad para reconocerla—. ¿Queréis dejar de tener miedo por todo? ¡Esto es muy emocionante! ¿Os lo podéis imaginar? ¡Un hospital Nahid!

Kartir y Nisreen intercambiaron una mirada. Una mirada rápida, pero no había modo de obviar que las mejillas del sacerdote se sonrojaron de culpabilidad.

Nahri adoptó al instante un tono suspicaz.

—¿Ya conocías ese sitio? ¿Por qué no me lo habías contado?

Kartir dejó escapar un suspiro.

—Porque no es ni aconsejable ni agradable discutir lo que sucedió en ese hospital. Dudo que nadie aparte del rey y unos pocos historiadores fieles sepan nada al respecto.

Nahri frunció el ceño ante aquellas vagas palabras.

—Y entonces, ¿cómo lo sabéis vosotros dos?

—Porque Banu Manizheh se enteró de su existencia... y del destino que sufrió —dijo Nisreen en tono quedo—. Siempre estaba investigando entre los viejos libros de su familia. Nos lo contó.

—¿A qué te refieres con «el destino que sufrió»? —Dado que ninguno de los dos contestó, la impaciencia se adueñó de Nahri—. Por el ojo de Salomón, ¿es que todo tiene que ser un secreto por aquí? ¡Tras cinco minutos de conversación con Razu he aprendido más que con vosotros dos en cinco años!

—¿Razu? ¿La Razu de Baga Rustam? —El alivio iluminó el rostro de Kartir—. Gracias sean dadas al Creador. Me temí lo peor cuando su taberna ardió hasta los cimientos.

Nahri sintió una punzada de pena hacia aquella tierna embaucadora que la había acogido tan amablemente.

—Soy la Banu Nahida. Debería haber sabido que les están dando caza a los esclavos ifrit.

Nisreen y Kartir volvieron a intercambiar una mirada.

—Pensamos que sería mejor ocultártelo —dijo Nisreen tras una pausa—. Estabas muy apenada por lo de Dara. No quise que soportases la carga del destino de sus iguales.

Nahri se encogió al oír el nombre de Dara. No podía negar que se había derrumbado en las semanas que siguieron a su muerte.

—Aun así, no debiste tomar la decisión por mí. —Les clavó la mirada a ambos—. No puedo ser la Banu Nahida en el Templo y el dispensario si luego me tratáis como una niña en lo tocante a asuntos políticos que creéis que me van a alterar.

—Asuntos políticos que podrían costarte la vida —corrigió Nisreen a las claras—. En el Templo y en el dispensario hay más margen de error.

—¿Y qué pasa con el hospital? —insistió Nahri—. ¿Qué motivo político hay para que me hayáis ocultado su existencia?

Kartir se contempló las manos.

—No queríamos ocultarte su existencia, Banu Nahida. Queríamos ocultarte lo que le sucedió al hospital durante la guerra.

Kartir volvió a guardar silencio y a Nahri se le ocurrió de golpe una idea:

—Si no me vas a dar una respuesta más clara, me veré obligada a encontrar el modo de regresar. Uno de los djinn liberados era historiador. Estoy segura de que lo sabe todo.

—Por supuestísimo que no vas a regresar —la interrumpió Nisreen, aunque acto seguido soltó un suspiro resignado—. El hospital fue el primer lugar en caer cuando Zaydi al Qahtani se hizo con el control de Daevabad. Los Nahid que había en su interior ni siquiera tuvieron oportunidad de escapar al palacio. Los shafit se alzaron en el momento en que el ejército de Zaydi abrió brecha en las murallas de la ciudad. Irrumpieron en tromba en el hospital y asesinaron a todos los Nahid que había dentro. A todos y cada uno, Banu Nahri. Desde boticarios ancianos a aprendices que apenas habían dejado atrás la infancia.

La sangre abandonó el rostro de Nahri. Kartir abrió la boca y dijo con voz grave:

—Se dice que fue tremendamente violento. Los geziri contaban con zulfiqares, por supuesto, pero los shafit emplearon fuego de Rumi.

—¿Fuego de Rumi? —preguntó Nahri. El término le sonaba vagamente familiar.

—Es un invento humano —explicó Nisreen—. Una sustancia pegajosa como la brea, capaz de abrasar incluso la piel de un daeva. «Fuego para los adoradores del fuego», se dicen que gritaban los shafit. —Bajó la mirada. Parecía que sufriese náuseas—. Hay quien lo sigue usando. Los ladrones djinn que asesinaron a mis padres lo emplearon para quemar el templo de mi familia.

Una culpabilidad dura y rápida recorrió a Nahri.

—Oh, Nisreen, lo siento. No tenía ni idea.

—No es culpa tuya —replicó Nisreen—. La verdad es que sospecho que lo que sucedió en el hospital Nahid fue mucho peor. No leí los registros, como sí hizo Manizheh, pero tras encontrarlos no abrió la boca en varias semanas.

—Hay ciertos indicios que señalan que fue un acto de venganza —añadió Kartir en tono cauteloso—. La violencia... parecía tener un propósito.

Nisreen soltó un resoplido desdeñoso.

—Los djinn no necesitan propósitos para ser violentos. Está en su naturaleza.

El sacerdote negó con la cabeza.

—No finjamos que nuestra tribu no tiene las manos manchadas de sangre, mi señora Nisreen. No es el tipo de lección que me gustaría impartirle a una joven Nahid. —Una sombra le sobrevoló el rostro—. Banu Manizheh solía hablar así, pero ese tipo de ideas no le hace ningún bien al alma.

Los ojos de Nisreen se entrecerraron.

—Tenía buenas razones para hablar así; lo sabes bien.

Sonaron unos golpecitos en la puerta. Nisreen guardó silencio al instante. Puede que estuvieran en el Templo, pero había que tener cuidado de no hablar mal de los Qahtani en cualquier rincón de Daevabad.

Sin embargo, el hombre que asomó la cabeza no era ningún espía.

—¿Banu Nahida? —Jamshid unió los dedos en señal de respeto—. Perdón por la interrupción, pero ha llegado un palanquín desde palacio para ti.

Nahri frunció el ceño.

—No permita el Creador que pase ni un momento en mi propio templo sin autorización. —Se puso en pie y le lanzó una mirada de soslayo a Nisreen—. ¿Vienes?

Nisreen negó con la cabeza.

—Tengo que terminar ciertos asuntos aquí. —Le lanzó a Nahri una mirada severa—. Por favor, te ruego que contengas el impulso de hacer más viajecitos.

Nahri puso los ojos en blanco.

—Apostaría a que mi propia madre habría sido menos controladora que tú.

Nisreen le tocó la muñeca al pasar, un acto que, técnicamente, estaba prohibido en el Templo. La miró con ojos suaves.

—Tu madre no está aquí, mi querida niña. Nos toca a nosotros protegerte.

La genuina preocupación en su rostro atravesó parte del enojo de Nahri. A pesar de las muchas discusiones entre las dos, Nisreen era lo más cercano que Nahri tenía a una familia en Daevabad. Sabía que su mentora se preocupaba por ella.

—Está bien —refunfuñó, y unió las manos en gesto de bendición—. Que los fuegos ardan con fuerza en vuestro honor.

—Y en el tuyo, Banu Nahida —replicaron.

—¿Viajecito? —preguntó Jamshid una vez que la puerta se hubo cerrado—. Tienes aspecto de haberte llevado una buena regañina ahora mismo.

—Más bien una lección nueva y bastante espeluznante sobre la historia de Daevabad. —Nahri compuso una mueca—. Por una vez me gustaría enterarme de que hubo un día en que nuestros ancestros invocaron algún arcoíris y se pusieron a bailar juntos por la calle.

—Los buenos momentos de antaño no suelen ser causa de rencores.

Nahri arrugó la nariz.

—Supongo que tienes razón.

Apartó de sí todo pensamiento sobre el hospital y se giró hacia el chico. En la tenue luz del pasillo, las sombras bajo los ojos de Jamshid se veían muy acentuadas. Sus pómulos y nariz sobresalían, afilados. Habían pasado cinco años del ataque de Dara que casi lo había matado, pero aún se estaba recuperando... a un ritmo extenuantemente lento que nadie entendía del todo. Era una sombra del saludable arquero a quien Nahri había visto arrojando flechas con destreza desde el lomo de un elefante a la carga.

—¿Cómo te encuentras?

—Como si me hicieses esa pregunta todos los días y la respuesta fuese siempre la misma.

—Soy tu Banu Nahida —dijo ella mientras ambos emergían al salón principal de oración del Templo. Era un espacio enorme diseñado para albergar a miles de adoradores, con hileras de columnas decoradas que soportaban el peso del alto techo, y paredes salpicadas de santuarios dedicados a las figuras más idolatradas de la larga historia de su tribu—. Es mi deber.

—Me encuentro bien —la tranquilizó él, y se detuvo a contemplar el ajetreo del templo—. Hoy hay mucha gente.

Nahri siguió su mirada. Pues sí, el templo estaba repleto de gente. Muchos parecían ser viajeros: ascetas con túnicas gastadas y familias de peregrinos de ojos desorbitados que se abrían paso a empujones para ocupar un buen lugar entre los acostumbrados daevabaditas más sofisticados.

—Tu padre no bromeaba cuando dijo que empezaría a llegar mucha gente meses antes de Navasatem.

Jamshid asintió.

—Es nuestra festividad más importante. Otro siglo de libertad del encarcelamiento de Salomón. Un mes para celebrar la vida y honrar a nuestros ancestros.

—Es una excusa para comprar y beber.

—Es una excusa para comprar y beber —se mostró de acuerdo Jamshid—. Pero se supone que ha de ser un espectáculo extraordinario. Todo tipo de competiciones y fiestas, mercaderes que traen las mercancías más nuevas y emocionantes de todos los rincones del mundo. Desfiles, fuegos artificiales…

Nahri soltó un gemido.

—El dispensario va a tener mucho trabajo. —Los djinn se tomaban los festejos muy en serio, no así los excesos en los que se incurrían—. ¿Crees que tu padre habrá regresado para entonces?

Kaveh había ido a visitar el hogar ancestral de los Pramukh en Zariaspa. Se había quejado de una disputa entre sindicatos de cultivadores de hierbas, y una plaga particularmente perniciosa de ranas voraces que había asolado las plantaciones de menta.

—Seguro que sí —respondió Jamshid—. Regresará para ayudar al rey con los últimos preparativos.

Siguieron caminando y pasaron junto al enorme altar de fuego. Era hermoso; Nahri siempre se detenía un instante para admirarlo, incluso cuando no llevaba a cabo ninguna ceremonia. Aquellos altares, punto vital de la religión de los daeva, se habían mantenido a lo largo de los siglos. Estaban formados de una pileta de agua purificada de cuyo centro se elevaba una estructura parecida a un brasero. En el interior ardía un fuego alimentado con madera de cedro que solo se apagaba tras la muerte de su dueño. Había que limpiar con cuidado la ceniza del brasero cada día, siempre al alba, para conmemorar el regreso del sol. También se rellenaban las lamparitas de aceite hechas de cristal que flotaban en el agua y que la mantenían siempre caliente.

Una larga fila de adoradores aguardaba para recibir la bendición del sacerdote. Nahri captó la mirada de una niña que llevaba un vestido de fieltro amarillo, de pie junto a su padre. Le guiñó el ojo y la niña esbozó una sonrisa de oreja a oreja, tras lo que le dio unos tironcitos a la mano de su padre y la señaló, emocionada.

Junto a ella, Jamshid dio un paso en falso, se tambaleó y soltó un siseo de dolor. Nahri intentó agarrarlo del brazo, pero él la apartó con un gesto.

—Puedo hacerlo yo —insistió. Le dio unos golpecitos al bastón que llevaba—. Espero no necesitarlo más para cuando llegue Navasatem.

—Una meta admirable —dijo Nahri en tono amable, más y más preocupada a medida que estudiaba las facciones tercas de Jamshid—. Pero ten cuidado de no cansarte. Tu cuerpo necesita tiempo para sanarse.

Jamshid compuso una mueca.

—Supongo que estar maldito tiene sus inconvenientes.

Ella se detuvo en seco y se giró para mirarlo.

—Tú no estás maldito.

—¿Hay otro modo de explicar que mi cuerpo reaccione tan mal a la sanación de una Nahid?

No. Nahri se mordió el labio. Sus habilidades habían mejorado mucho, pero su incapacidad de curar a Jamshid le minaba la confianza.

—Jamshid... todo esto sigue siendo nuevo para mí, y Nisreen no es Nahid. Lo más probable es que haya algún motivo médico o mágico por el que estés tardando tanto en curarte. Échame la culpa a mí —añadió—. No te culpes a ti.

—Jamás me atrevería a echarte la culpa. —Se estaban acercando a los santuarios que ribeteaban la pared del Templo—. Pero, ahora que lo mencionas... me gustaría que hiciésemos otra sesión pronto, si es posible.

—¿Estás seguro? La última vez que lo intentamos...

Nahri dejó morir la voz, intentando encontrar un modo diplomático de señalar que, la última vez que había intentado sanarlo, Jamshid había empezado a gritar de agonía a los cinco minutos, arañándose la piel.

—Ya lo sé. —Mantuvo la mirada desviada, como si se esforzase por evitar que la esperanza y la desesperación asomasen a su rostro. A diferencia de muchos en Daevabad, Jamshid nunca le había parecido buen mentiroso a Nahri—. Pero me gustaría probar. —Bajó la voz—. El emir... Su padre le ha obligado a nombrar a otro capitán para su guardia personal.

—Oh, Jamshid, no es más que un puesto —replicó Nahri—. Estoy segura de que sabes que eres el compañero más preciado de Muntadhir, da igual qué rango ocupes. No hace sino cantar tus alabanzas.

Jamshid negó con la cabeza, obcecado.

—Debería ser yo quien lo proteja.

—Casi moriste por protegerlo.

Llegaron al santuario de Dara en un momento bastante inoportuno. Nahri sintió que Jamshid se tensaba. El santuario de Dara era de los más populares. Había guirnaldas de rosas alrededor de su estatua de bronce, que representaba a un guerrero daeva a caballo, de pie y orgulloso en los estribos para apuntar con una flecha a sus perseguidores. Por el suelo a los pies de la estatua proliferaba todo tipo de ofrendas. No se permitían espadas en el templo, así que muchos habían traído pequeñas figuritas de arcilla que representaban armas ceremoniales, en su mayor parte flechas.

Un enorme arco de plata colgaba del muro tras la estatua. Nahri lo contempló y notó que se le cerraba la garganta. Había pasado mucho tiempo contemplando ese mismo arco, aunque jamás en compañía de aquel hombre, de aquel amigo, que sabía que tenía todo el derecho de odiar al Afshín que lo había empuñado.

Sin embargo, Jamshid no miraba el arco. Lo que hacía era contemplar con ojos entrecerrados los pies de la estatua.

—¿Eso es un cocodrilo? —preguntó, señalando un pequeño esqueleto carbonizado.

Nahri apretó los labios.

—Eso parece. Alizayd, el mata-afshines —pronunció el título en voz baja. Cómo lo odiaba.

Jamshid parecía molesto.

—Qué barbaridad. Alizayd no me despierta simpatía, pero los mismos que llaman cocodrilos a los ayaanle nos llaman a nosotros adoradores del fuego.

—No todos comparten tu tolerancia —replicó ella—. He visto otros esqueletos de cocodrilo por aquí antes. Supongo que hay gente que piensa que a Dara le gustaría ver a su asesino abrasado ante él.

—Probablemente le gustaría —dijo Jamshid en tono lúgubre. Le lanzó una mirada de soslayo y su expresión cambió—. ¿Lo haces a menudo? Lo de venir por aquí, digo.

Nahri vaciló, no muy segura de qué responder. Dara aún le seguía doliendo mucho, por más que hubieran pasado cinco años de su muerte. Era una zarza emocional que no hacía sino enmarañarse más y más, por mucho que Nahri intentase cortarla. Su recuerdo de aquel guerrero guapo y rezongón hacia quien tanto afecto había desarrollado de camino a Daevabad entraba en conflicto con la certeza de que también era un criminal de guerra con las manos manchadas de la sangre de los inocentes de Qui-zi. Dara se había abierto camino hasta el corazón de Nahri y luego lo había roto en pedazos, tan desesperado por salvarla que estaba dispuesto a arriesgarse a empezar una guerra, sin importar que ella quisiese evitarla.

—No —dijo al fin, conteniendo el temblor en la voz. A diferencia de Jamshid, Nahri sí tenía experiencia ocultando sus emociones—. Intento no venir. Este santuario no está dedicado al Dara que yo conocí.

La mirada de Jamshid aleteó desde el santuario hasta ella.

—¿A qué te refieres?

Nahri se fijó en la estatua, en el guerrero en plena acción.

—Para mí no era un Afshín legendario. Al principio, no. Qui-zi, la guerra, su rebelión... a mí no me contó nada de eso.

Hizo una pausa. Había sido allí, en el Templo, donde Dara y ella habían estado más cerca de hablar en voz alta de lo que había surgido entre ambos. Una pelea que los había separado y le había permitido a Nahri ver por primera vez lo mucho que la guerra le había arrebatado a Dara... lo mucho que la pérdida lo había desviado del camino.

—Creo que no quería que yo lo supiera. A fin de cuentas... —suavizó la voz—, creo que ese no es el tipo de hombre que Dara quería ser. —Se ruborizó—. Lo siento. Precisamente a ti no debería contarte estas cosas.

—Puedes contarme lo que quieras —dijo Jamshid en tono quedo—. Resulta difícil ver el modo en que esta ciudad echa a perder a nuestros seres queridos. —Soltó un suspiro y giró sobre sus talones, apoyado en el bastón—. Deberíamos regresar.

Perdida en sus pensamientos, Nahri no dijo nada mientras ambos salían del Templo y cruzaban sus cuidados terrenos hacia el palanquín que los esperaba. El sol parpadeaba más allá de las lejanas montañas, a punto de desvanecerse en el verdor del horizonte. En el interior del templo empezó a oírse un tambor. Por toda la ciudad llegó a oleadas la llamada a la oración de los djinn. En el ocaso, los devotos djinn y daeva se veían brevemente unidos.

Una vez dentro del palanquín, Nahri se relajó sobre los cojines. El vaivén del transporte la fue amodorrando mientras avanzaban hacia el barrio daeva.

—¿Cansada? —preguntó Jamshid al ver que Nahri bostezaba.

—Siempre. Anoche tuve que tratar hasta tarde a una paciente. Una tejedora agnivanshi que había inhalado los vapores que usa para que sus alfombras vuelen. —Nahri se restregó la sien—. Ni un solo día aburrido.

Jamshid negó con la cabeza con aspecto divertido.

—Puedo ayudarte.

—Te lo agradecería mucho. Avisaré a las cocinas para que nos manden la cena.

Él soltó un gemido.

—Espero que no sea esa extraña comida humana tuya.

—Me encanta mi extraña comida humana —se defendió Nahri. Uno de los cocineros de palacio era un anciano de Egipto, un shafit que sabía bien cuándo tenía que preparar los reconfortantes platos del antiguo hogar de Nahri—. Además...

Del otro lado del palanquín, el grito de una mujer atravesó el aire:

—¡Suéltalo! ¡Por favor! Te lo ruego, ¡no hemos hecho nada malo!

Nahri se enderezó al instante. El palanquín se detuvo y ella descorrió la cortina brocada. Seguían en el barrio daeva, en una calle silenciosa por la que se repartían algunas de las casas más antiguas y elegantes de la ciudad. Delante de la vivienda de mayor tamaño, una docena de miembros de la guardia real rebuscaban entre una pila de muebles tirados en mitad de la calle. Tenían atados y amordazados a dos daevas y a un chico que debía de estar en la adolescencia. Los habían obligado a arrodillarse allí mismo.

Una daeva de edad madura les imploraba a los soldados:

—Por favor, mi hijo no es más que un niño. ¡No ha tenido nada que ver!

Otro soldado salió de las puertas destrozadas, colgantes, de la casa. Soltó un grito emocionado en geziriyya y arrojó un cofre de madera tallada contra el suelo, lo bastante fuerte como para hacerlo pedazos. Se desparramaron monedas y joyas sin cortar, que resplandecieron en el suelo húmedo.

Nahri bajó de un salto del palanquín sin pensárselo un segundo.

—En el nombre de Dios, ¿qué sucede aquí?

—¡Banu Nahida! —Alivio en los ojos húmedos de la mujer—. ¡Acusan a mi marido y a su hermano de traición, y están intentando llevarse a mi hijo! —La mujer ahogó un sollozo y empezó a hablar en divasti—: ¡Pero es mentira! Lo único que han hecho fue celebrar una reunión para discutir los nuevos impuestos sobre la tierra de las propiedades daeva. ¡El rey se ha enterado y nos castiga por decir la verdad!

Una rabia caliente y peligrosa recorrió a Nahri.

—¿Dónde están vuestras órdenes? —exigió saber, girándose hacia los soldados—. No me creo que os hayan dado permiso para saquear su casa.

Los oficiales no parecían muy impresionados ante su intento de imponer autoridad.

—Nuevas reglas —respondió uno con brusquedad—. A la Guardia se le concede una quinta parte de todo lo que se le confisca a los no creyentes... o sea, a vosotros, los daeva. —Su semblante se oscureció—. Resultaba raro; últimamente todo el mundo en esta ciudad estaba sufriendo excepto los adoradores del fuego.

La mujer daeva cayó de rodillas delante de Nahri.

—¡Banu Nahida, por favor! Les he dicho que podían quedarse con todo el dinero y las joyas que quisiesen, ¡pero no permitas que se lleven a mi familia! Una vez que los hayan llevado a las mazmorras, no volveré a verlos.

Jamshid llegó hasta Nahri.

—Tu familia no va a ninguna parte —la tranquilizó. Se giró hacia los soldados y dijo con voz acerada—: Mandad a uno de vuestros hombres a ver al emir. No quiero que les pongáis otra mano encima a estas personas hasta que regrese.

El oficial djinn soltó un resoplido.

—A mí me da las órdenes el rey, no el emir, y desde luego tampoco una especie de tullido aspirante a Afshín. —La crueldad ribeteó su voz al tiempo que señalaba con la cabeza al bastón que llevaba Jamshid—. Tu arco nuevo no intimida tanto como el antiguo, Pramukh.

Jamshid retrocedió de golpe como si lo hubiesen abofeteado, y Nahri dio un paso adelante, enfurecida en su nombre.

—¿Cómo te atreves a hablar con tan poco respeto? ¡Es el hijo del gran visir!

En apenas un parpadeo, el soldado desenvainó el zulfiqar.

—Su padre no está aquí, como tampoco está tu maldito Flagelo. —Le dedicó a Nahri una mirada fría—. No me pongas a prueba, Nahid. El rey ha dejado claras sus órdenes, y créeme que no tengo mucha paciencia para la adoradora del fuego que lanzó a su Afshín sobre mis congéneres. —Alzó el zulfiqar y lo acercó peligrosamente a la garganta de Jamshid—. Así que, a menos que quieras que empiece a ejecutar daeva, te sugiero que te vuelvas al palanquín.

Nahri se quedó helada ante la amenaza y la implicación que acompañaba a aquella abierta hostilidad. Ghassán gobernaba Daevabad con puño de hierro: si sus soldados no tenían problema en intimidar a dos de los daeva más poderosos de la ciudad era porque no les preocupaba que los castigasen.

Jamshid fue el primero en dar un paso atrás, y alargó la mano para agarrar la de Nahri. La de él estaba fría.

—Vámonos —dijo suavemente en divasti—. Cuanto antes nos vayamos, antes podré contarle todo esto a Muntadhir.

Nahri, con el corazón roto, apenas podía mirar a la mujer. En aquel momento, aunque odiaba el recuerdo de aquel Dara guerrero, no pudo sino desear que estuviese allí, que devolviese la vida a las estatuas de los shedu y sacase el arco para atacar a quienes se atrevían a hacer daño a su pueblo.

—Lo siento —susurró mientras maldecía su incapacidad de hacer nada más—. Hablaremos con el emir, lo prometo.

La mujer lloraba.

—No hace falta que te molestes —dijo, con una amarga desesperación en la voz. Las palabras que pronunció abrieron un tajo en Nahri, una herida que le llegó hasta lo más hondo—. Si no puedes protegerte a ti misma, ¿cómo vas a protegernos a los demás?

4

DARA

En la profunda quietud de una noche nevada, Dara avanzaba por un bosque negro.

Y lo hacía en completo silencio; se movía junto a cinco jóvenes daeva que imitaban hasta el último de sus gestos. Se habían liado las botas en tela para amortiguar sus pasos, y habían embadurnado los abrigos de lana con ceniza y mugre para imitar el patrón de los árboles esqueléticos y el terreno rocoso. Había modos mágicos, mejores, de esconderse, pero lo que hacían aquella noche era tanto una misión como una prueba: Dara quería poner a examen a sus jóvenes reclutas.

Se detuvo junto al siguiente árbol y alzó una mano para señalar a sus hombres que hicieran lo mismo. Entrecerró los ojos y estudió a sus objetivos. El aliento le salía a nubecillas blancas de vapor que contenía la tela con la que se cubría la parte inferior del rostro.

Dos exploradores geziri de la Guardia Real, tal y como se rumoreaba. Por aquella desolada parte del norte de Daevastana pululaban rumores sobre su presencia. Al parecer los habían enviado para explorar la frontera norte. Las fuentes de Dara le habían dicho que era un procedimiento normal, un viaje de rutina que se llevaba a cabo cada medio siglo más o menos para acosar a los lugareños para que pagasen impuestos, y para recordarles que no estaban fuera del alcance del rey Ghassán. Sin embargo, el momento en que habían elegido para volver a mandar exploradores despertaba las sospechas de Dara. Para él fue un alivio que Banu Manizheh le ordenase que los trajese ante su presencia.

—¿No sería más sencillo matarlos? —había sido su única objeción. Al contrario de lo que afirmaban los rumores que lo rodeaban, Dara no disfrutaba matando. Sin embargo, tampoco le gustaba la perspectiva de que los dos geziri se enterasen de su existencia y la de Manizheh—. Estamos en una tierra peligrosa. Puedo hacer que parezca que los atacaron dos animales salvajes.

Manizheh había negado con la cabeza.

—Los necesito con vida. —Su semblante se había vuelto severo. La nueva Banu Nahida de Dara empezaba a conocerlo mejor tras los pocos años que llevaba sirviéndola—. Con vida, Darayavahoush. No es negociable.

Y por eso se encontraban allí en ese momento. Habían tardado dos semanas en encontrar a los exploradores, y dos días para apartarlos lentamente de su ruta. Los hombres de Dara cambiaban poco a poco las piedras que marcaban las lindes para desviar a los geziri del camino establecido que llevaba hasta la aldea de Sugdam, para que se internasen más y más en el denso bosque que rodeaba las montañas cercanas.

Los exploradores tenían mal aspecto. Iban envueltos en pieles y mantas de fieltro. Se apretujaban entre sí bajo una lona erigida a toda prisa. Su hoguera era débil; poco a poco iba perdiendo la batalla contra la nevada constante. El explorador de más edad fumaba en pipa; el dulce aroma de las brasas de qat se extendía por el aire.

Sin embargo, lo que preocupaba a Dara no era ninguna pipa, como tampoco lo eran las dagas janyar que llevaban los exploradores en el cinto. Tras pasear un instante la vista por el campamento, Dara vio los zulfiqares que había estado buscando. Descansaban sobre un montículo de piedras que habían levantado los exploradores justo tras de sí. Las vainas de cuero estaban envueltas en una capa de fieltro para proteger las hojas de la nieve, pero Dara vio que una empuñadura asomaba por debajo.

Soltó una maldición silenciosa. Los zulfiqaris experimentados eran muy valiosos. Había albergado la esperanza de que el rey no se hubiese molestado en enviar guerreros tan preciados a lo que debería haber sido una misión bastante aburrida. El zulfiqar, que se había inventado durante la guerra contra el Consejo Nahid (o bien había sido robado a los ángeles que custodiaban el Paraíso, según decían las historias más fantasiosas), parecía ser una cimitarra normal a primera vista. Tenía una estructura de cobre y una punta bífida algo inusual, pero por lo demás nada reseñable.

Sin embargo, los geziri más experimentados, y nadie más, eran capaces de invocar llamas envenenadas en el filo mortal del zulfiqar. Apenas un corte en la piel suponía la muerte, no había forma de curar la herida. Ni siquiera la mano de un Nahid podía sanarla. El zulfiqar era el arma que había cambiado las tornas en la guerra y había acabado con el gobierno del bendito y amado Consejo Nahid, al tiempo que se había cobrado la vida de un número incalculable de daeva.

Dara contempló al guerrero que tenía más cerca. Mardoniye, uno de sus soldados más jóvenes. Había sido miembro de la Brigada Daeva, el pequeño contingente de soldados daeva a los que se les había permitido servir en la Guardia Real. Tras la muerte de Dara en el barco los habían echado a todos de la Ciudadela. Los mismos oficiales djinn a quienes consideraban camaradas les habían ordenado que saliesen de sus barracones; los habían enviado al Gran Bazar solo con lo puesto. Allí los esperaba una turba de shafit. Sin armas, superados en número, los soldados daeva habían sufrido un brutal asalto. Varios habían sido asesinados. Mardoniye aún tenía quemaduras del fuego de Rumi en la cara y los brazos, recuerdos de aquel ataque.

Dara tragó saliva para controlar la preocupación creciente en su pecho. Les había dejado claro a sus hombres que no pensaba ayudarlos a capturar a los geziri. Consideraba que era una de las escasas oportunidades que tenían para poner a prueba su entrenamiento. Sin embargo, luchar con zulfiqaris no era lo mismo que luchar contra soldados normales.

Por otro lado... tenían que aprender. Algún día se enfrentarían a zulfiqaris, si el Creador así lo quería. Lucharían contra los soldados más fieros de Daevabad en una batalla que tendrían que ganar sí o sí.

La idea le provocó un calor llameante en el rostro. Lo reprimió con un estremecimiento; aquel calor era un poder nuevo, truculento, que aún no conseguía dominar del todo. Le hervía bajo la piel, era un fuego que anhelaba escapar. A Dara le costaba más reprimirlo cuando lo dominaban sus emociones... cosa que le sucedía ante la perspectiva de que la hoja de una de aquellas moscas de la arena hiciese pedazos a los jóvenes daeva a los que llevaba años entrenando.

Te has pasado toda una vida formando guerreros. Sabes que pueden hacerlo. Dara dejó de lado sus recelos.

Dejó escapar un bajo ululato, como haría una lechuza. Uno de los djinn alzó la mirada, pero apenas brevemente. Sus hombres se desplegaron, ojos oscurecidos que volaban hacia Dara a medida que se movían. Él contempló cómo sus arqueros encocaban las flechas.

Chasqueó la lengua: la señal definitiva.

Las flechas empapadas en brea de los arqueros se encendieron con llamas invocadas. Los djinn las vieron apenas un segundo antes de que impactasen contra la lona. En apenas un parpadeo, toda la estructura ardía. El geziri de mayor tamaño, un hombre maduro con una gruesa barba entrecana, giró sobre sus talones para echar mano de los zulfiqares.

Mardoniye ya estaba junto a él. Apartó las hojas de una patada y se abalanzó sobre el geziri. Ambos rodaron por la nieve, forcejeando.

—¡Abu Sayf!

El explorador más joven se lanzó hacia su compañeros; una maniobra imprudente que dejó su espalda descubierta cuando emergió el resto de soldados de Dara. Le lanzaron una red con plomadas sobre la cabeza, lo arrastraron y le sujetaron los brazos. En pocos segundos le habían arrebatado el janyar y le habían inmovilizado las muñecas con esposas de hierro diseñadas para bloquear su magia.

Mardoniye seguía forcejeando. El geziri, Abu Sayf, le golpeó con fuerza en la cara y luego se abalanzó sobre un zulfiqar. La hoja empezó a arder. El geziri se volvió a girar hacia Mardoniye.

El arco de Dara ya había abandonado su hombro y tenía una flecha encocada antes de que se diera cuenta siquiera de lo que hacía. «¡Déjalo luchar!», le exigió el Afshín que llevaba en su interior.

Lo único que oía por dentro era la voz de su padre, la de sus tíos, la suya propia. La misericordia no tenía cabida en el fragor de la batalla.

Sin embargo, por el Creador, no era capaz de ver morir a otro daeva sin hacer nada. Dara tensó el arco, el dedo índice en el extremo emplumado. La cuerda tensa era apenas una caricia susurrante en su mejilla.

Mardoniye se lanzó hacia las rodillas del geziri con un aullido y lo derribó en la nieve. Otro de los arqueros de Dara corrió hacia ellos y, enarbolando el arco como si de una maza se tratase, le golpeó la mano al geziri. Abu Sayf dejó caer el zulfiqar y las llamas se extinguieron antes de que el arma aterrizase en el suelo. El arquero golpeó en la cara al djinn, que se derrumbó.

Todo había acabado.

Para cuando Dara apagó a pisotones la hoguera del campamento, ambos exploradores estaban ya prisioneros. Se apresuró a comprobar el pulso del que estaba inconsciente.

—Sigue vivo —confirmó, con un alivio secreto. Señaló al pequeño campamento con la cabeza—. Echad un vistazo a ver qué suministros llevan. Quemad todos los documentos que encontréis.

El djinn que seguía consciente batallaba iracundo contra las esposas que le habían puesto.

—No sé qué os habéis creído, adoradores del fuego, pero somos de la Guardia Real. ¡Esto es un acto de traición! Cuando mi comandante de guarnición se entere de que habéis interferido con una misión, ¡os ejecutará a todos!

Mardoniye le dio una patadita a un saco voluminoso, del que se oyó un tintineo.

—Sospecho que estas son las monedas que le habéis estado robando a nuestro pueblo.

—Impuestos —interrumpió con brusquedad el geziri—. Sé que aquí sois prácticamente salvajes, pero supongo que entenderéis conceptos básicos de gobierno.

Mardoniye soltó un resoplido desdeñoso.

—Nuestro pueblo gobernaba imperios cuando el vuestro aún rebuscaba entre la basura humana para alimentarse, mosca de la arena.

—Ya basta. —Dara le lanzó una mirada a Mardoniye—. Dejad las monedas. Dejadlo todo excepto sus armas y retiraos. Apartadlos como mínimo veinte pasos.

El soldado geziri se revolvió, intentando liberarse, mientras lo ponían en pie de malas maneras. Dara empezó a desliarse la tela con la que se cubría tanto la cabeza como la parte inferior de la cara, pues no quería que ardiese cuando se transmutase. Un jirón se le enganchó brevemente en el anillo de esclavo que aún le inquietaba demasiado quitarse.

—¡Os ahorcarán por esto! —repitió el djinn—. ¡Asquerosos adoradores del fuego follahermanas…!

La mano de Dara salió disparada al tiempo que los ojos de Mardoniye volvían a destellar. Sabía bien lo rápido que podía crecer la tensión entre sus pueblos. Agarró al djinn de la garganta.

—Queda un largo camino hasta nuestro campamento —dijo en tono seco—. Si no puedes comportarte con educación te arrebataré la capacidad de hablar.

Los ojos del djinn recorrieron el rostro ya descubierto de Dara y aterrizaron en su pómulo izquierdo. No hizo falta más para que palideciese del todo.

—No —susurró—. Habías muerto. ¡Habías muerto!

—Sí que había muerto, sí —se mostró de acuerdo Dara en tono frío—. Pero ya no. —No pudo apartar la amargura de su voz. Enojado, lanzó al geziri hacia sus hombres de un empujón—. Vuestro campamento está a punto de sufrir el ataque de un pájaro roc. Más vale que te apartes.

El djinn ahogó un grito y alzó la vista al cielo.

—¿Que está a punto de suceder qué?

Dara ya le había dado la espalda. Esperó hasta que el sonido de sus hombres menguó. La distancia que ponían de por medio no era solo para protegerlos.

Dara no quería que nadie lo viese al transmutarse.

Se desprendió del abrigo y lo dejó a un lado. El calor manó en brumosas ondas desde sus brazos tatuados. La nieve se derritió en el aire antes de que los copos llegasen siquiera a acariciarle la piel. Cerró los ojos e inspiró hondo al tiempo que se preparaba. Odiaba aquella parte.

El fuego estalló en el interior de su piel y se derramó con un resplandor por sus extremidades, borrando su habitual tono marrón. Todo su cuerpo se sacudió con violencia. Cayó de rodillas, con las extremidades sacudiéndose. Había tardado dos años en aprender a transmutar su forma original, de un hombre normal de ojos esmeralda de su tribu, a la de un auténtico daeva, tal y como Manizheh insistía en denominarlo: la forma que había tenido su pueblo antes de que Salomón los cambiase. La forma que aún tenían los ifrit.

La visión de Dara se definió aún más; el sabor de la sangre le inundó la boca mientras se le agrandaban los dientes hasta formar colmillos. Siempre olvidaba prepararse para esa parte.

Sus manos, convertidas en garras, arañaron el suelo helado mientras aquel poder tembloroso acababa de liberarse por completo. Al adoptar aquella forma experimentaba una paz que solo conseguía al convertirse en algo que odiaba. Dejó escapar el aire y de su boca volaron brasas ardientes. Acto seguido se enderezó.

Alzó las manos y de ellas brotaron volutas retorcidas de humo. Con un rápido tajo de la garra en la muñeca, un reguero de sangre dorada y brillante se derramó y se mezcló con el humo, que crecía y se retorcía en el aire mientras Dara le daba forma. Alas y garras, un pico y ojos resplandecientes. Sintió que le faltaba el aliento a medida que se quedaba sin magia.

—Ajanadivak —susurró, una orden que aún le sonaba desacostumbrada en la boca.

Era el lenguaje originario de los daeva, un idioma que solo recordaba un puñado de ifrit. Los «aliados» de Manizheh se habían visto obligados a enseñar al reticente Afshín la antigua magia daeva que Salomón le había arrebatado a su pueblo.

El fuego brotó del interior del pájaro roc, que soltó un graznido. Se elevó en el aire, aún bajo el control de Dara, y destruyó el campamento en cuestión de minutos. Dara se encargó de que el pájaro atravesase el dosel de ramas y de que rajase con las garras varios troncos. Ante cualquiera que tuviese la desgracia de cruzarse con aquel lugar, cualquier miembro de la Guardia Real que buscase a sus dos compañeros perdidos (aunque Dara dudaba de que llegasen tan lejos), parecería que un pájaro roc había devorado a los exploradores. Por otro lado, la fortuna que llevaban en impuestos había quedado intacta.

Liberó al pájaro roc, que se desintegró. Aquella forma nebulosa se convirtió en cenizas que llovieron sobre el suelo. Con un restallido final de magia, Dara volvió a transmutarse. Reprimió un gemido de dolor. Aquel proceso siempre le dolía; era como meter el cuerpo en una jaula estrecha y llena de alambre de espino.

Mardoniye llegó a su lado en pocos instantes, siempre leal.

—Tu abrigo, Afshín —dijo, tendiéndole la prenda.

Dara lo aceptó agradecido.

—Gracias —dijo con un castañeteo de dientes.

El joven vaciló.

—¿Te encuentras bien? Si necesitas una mano...

—Estoy bien —insistió Dara. Era mentira. Ya sentía la brea negra que se le revolvía en el estómago, un efecto secundario de regresar a su cuerpo mortal mientras aún le corría aquella magia nueva por las venas. Sin embargo, se negaba a mostrar debilidad ante sus hombres. No quería arriesgarse a que Manizheh se enterase. Si por ella fuese, Dara mantendría siempre aquella forma que tanto odiaba—. Vete. Me reuniré con vosotros en breve.

Los vigiló hasta que se hubieron perdido de vista. Luego volvió a caer de rodillas y sufrió una arcada, con las extremidades temblorosas. La nieve caía silenciosa a su alrededor.

Ver el campamento siempre apaciguaba en cierta medida la mente de Dara. Las familiares columnas de humo que prometían una comida caliente, las tiendas de fieltro gris que se mezclaba con el horizonte formando un lecho cálido. Eran lujos que solo apreciaría cualquier guerrero que acabase de pasar tres días esforzándose por no arrancarle la lengua a un djinn particularmente irritante. Por el campamento pululaban algunos daeva que se afanaban en cocinar, entrenarse, limpiar y forjar armas. Debían de ser unos ochenta en total, almas perdidas con las que Manizheh se había cruzado en sus años errantes: únicos supervivientes de ataques de zahhaks, bebés no deseados, exiliados que Manizheh había salvado de la muerte, restos de la Brigada Daeva. Le habían jurado lealtad, un juramento que les pudriría la lengua y las manos si llegaban a romperlo.

Manizheh había conseguido que unos cuarenta de ellos se convirtiesen en guerreros, incluyendo un puñado de jóvenes mujeres. En un primer momento, Dara se había opuesto a que hubiese guerreras en sus filas, pues le parecía poco ortodoxo, inapropiado. Luego, Manizheh había señalado sin tapujos que, si Dara podía luchar por una mujer, también podía luchar junto a una mujer. Él tuvo que admitir que tenía razón. Una de las mujeres, Irtemiz, era de lejos su arquera de más talento.

Sin embargo, aquel buen humor se desvaneció en cuanto Dara posó la vista en las caballerizas del campamento. Había un caballo nuevo: una yegua dorada cuya silla de montar, de fabricación elegante, colgaba de la valla.

A Dara se le encogió el corazón. Reconocía aquella yegua.

Kaveh e-Pramukh había llegado pronto.

Tras él oyó un grito ahogado que le llamó la atención.

—¿Este es tu campamento?

Era Abu Sayf, el zulfiqari que casi había matado a Mardoniye, y que sin embargo había demostrado en el viaje de regreso al campamento ser menos molesto que su joven camarada. Formuló la pregunta en un divasti fluido. Le había dicho a Dara que estuvo casado durante décadas con una mujer daeva. Sus ojos grises escrutaron la pulcra hilera de tiendas y carromatos.

—Estáis en movimiento —señaló—. Claro, supongo que tiene sentido. Así os resulta más fácil ocultaros.

Dara lo miró a los ojos.

—Más te valdría guardarte para ti esas observaciones.

El semblante de Abu Sayf se oscureció.

—¿Qué tenéis pensado hacer con nosotros?

No lo sé. Dara tampoco podía pensar en ello, y menos en aquel momento; ver el caballo de Kaveh lo había puesto nervioso hasta el punto de sentir náuseas.

Le lanzó una mirada a Mardoniye.

—Asegúrate de que encierran a los dos djinn, pero llévales agua para lavarse y comida caliente. —Hizo una pausa y contempló a su cansado grupo de soldados—. Y para vosotros lo mismo. Os habéis ganado un descanso.

Dara se giró hacia la tienda principal. Las emociones bullían en su interior. ¿Qué podía decirle al padre del hombre a quien casi había asesinado? Aunque Dara no pretendía matar a Jamshid. No recordaba nada del ataque en la nave de guerra. Todo lo que sucedió entre el extraño deseo de Nahri y el momento en que Alizayd se zambulló en el lago aquella noche aciaga estaba envuelto en niebla. Sin embargo, Dara sí recordaba a la perfección lo que había visto después: el cuerpo de aquel amable joven que había acogido bajo su ala derrumbado en cubierta, con la espalda atravesada por muchas de sus flechas.

Se le encogió del estómago de los nervios. Dara tosió a la puerta de la tienda para avisar de su presencia a quienes estaban dentro. Acto seguido dijo:

—¿Banu Nahida?

—Entra, Dara.

Se agachó y entró. De inmediato empezó a toser más al inhalar la nube de humo púrpura y acre que le salió al paso. Era uno de los muchos experimentos de Manizheh, que se repartían por la enorme mesa de pizarra que la Banu Nahida insistía en llevar con el campamento a todas partes. Todo aquel equipo ocupaba un carromato entero.

Manizheh estaba en aquel momento frente a la mesa, sentada en un almohadón, junto a un frasco flotante de cristal, con un par de fórceps en la mano. Un líquido de color lila hervía dentro del frasco. De ahí brotaba aquella humareda púrpura.

—Afshín —lo saludó en tono cálido mientras dejaba caer un pequeño objeto de plata que se retorció en el líquido hirviente. Hubo un chirrido metálico, tras el que Manizheh retrocedió un paso y se desprendió del paño que le cubría la boca—. ¿Ha tenido éxito tu misión?

—Ahora mismo están poniendo a buen recaudo a los exploradores geziri —dijo, aliviado de que Kaveh no estuviese por allí.

Manizheh enarcó una ceja.

—¿Vivos?

Dara frunció el ceño.

—Tal y como habías pedido.

Una pequeña sonrisa le iluminó el rostro.

—Te lo agradezco mucho. Por favor, dile a tus hombres que me traigan una de sus reliquias lo antes posible.

—¿Sus reliquias?

Tanto los djinn como los daeva llevaban reliquias. Un poco de sangre, a veces un diente de leche o un mechón de pelo, en ocasiones junto a un par de versos sagrados. Todo ello se anudaba junto con algo de metal y se llevaba encima. Eran salvaguardas que se usaban para traer de regreso un alma hasta un cuerpo conjurado en caso de que un ifrit intentase esclavizarla.

—¿Para qué quieres sus...?

La pregunta murió en sus labios. Kaveh e-Pramukh había salido del cuarto trasero de la tienda para unirse a ellos. Dara apenas consiguió que no se le descolgase la mandíbula. No estaba seguro de qué lo había sorprendido más: el hecho de que Kaveh hubiese salido de la pequeña cámara privada donde dormía Manizheh o el aspecto horrible que tenía el gran visir. Bien podría haber envejecido quince años en lugar de cinco; tenía el rostro estragado de arrugas y tanto el pelo como el bigote habían encanecido casi por completo. Estaba delgado, y las bolsas oscuras bajo los ojos indicaban que aquel hombre había visto demasiado y había dormido demasiado poco.

Sea como fuere, por el Creador, cómo lo buscaron los ojos de aquel hombre. Y cuando lo encontraron se llenaron de toda rabia y la decepción que Kaveh debía de haber albergado dentro de sí desde aquella noche en el barco.

Manizheh agarró la muñeca del gran visir.

—Kaveh —dijo en tono suave.

Las palabras de remordimiento que Dara había practicado para sí desaparecieron de su mente. Cruzó la estancia y cayó de rodillas.

—Lo siento mucho, Kaveh. —La disculpa brotó de forma poco elegante de sus labios—. Jamás quise hacerle daño. Habría preferido usar la hoja contra mí mismo, de haber...

—Sesenta y cuatro —interrumpió Kaveh en tono frío.

Dara parpadeó.

—¿Qué?

—Sesenta y cuatro. Es el número de los daeva que fueron asesinados en las semanas posteriores a tu muerte. Algunos murieron mientras los interrogaban; eran inocentes que nada tenían que ver con tu huida. Otros murieron por protestar contra la muerte injusta que habías sufrido a manos del príncipe Alizayd. El resto murió porque Ghassán permitió que los shafit nos atacaran, en un intento de forzar a nuestra tribu a obedecer. —La boca de Kaveh se convirtió en una fina línea—. Si pretendes ofrecerme palabras inútiles de arrepentimiento, al menos deberías saber el alcance de todo lo que has provocado. Mi hijo vive. Otros, no.

A Dara le ardía la cara. ¿Acaso pensaba Kaveh que no se arrepentía hasta lo más hondo de todo lo que habían desencadenado sus actos? ¿Pensaba que no recordaba a diario su error, cada vez que contemplaba a los soldados traumatizados que quedaron de la Brigada Daeva?

Apretó los dientes.

—Así pues, según lo ves tú, debería haber guardado silencio mientras obligaban a Banu Nahri a casarse con esa libidinosa mosca de la arena, ¿no?

—Sí —dijo Kaveh a las claras—. Es exactamente lo que deberías haber hecho. Deberías haber inclinado tu maldita cabeza y haber aceptado el puesto de gobernador de Zariaspa. Así podrías haber dedicado años a entrenar en secreto a una milicia de soldados en Daevastana, mientras Banu Nahri les infundía una falsa sensación de paz a los Qahtani. Ghassán no es joven. Podríamos haber manipulado con facilidad a Alizayd y Muntadhir para que se enfrentasen entre sí en cuanto Muntadhir accediese al trono. Podríamos haber obligado a los geziri a destruirse a sí mismos y luego haber tomado el poder sin derramar apenas sangre. —Sus ojos destellaron—. Te dije que contábamos con aliados y apoyos fuera de Daevabad porque confiaba en ti. Porque no quería que hicieras algo impulsivo antes de que estuviésemos preparados. —Su voz adoptó un tono despreciativo—. Jamás imaginé que el supuestamente inteligente

Darayavahoush e-Afshín, el rebelde que casi venció a Zaydi al Qahtani, nos pondría a todos en peligro porque quería escaparse.

El fuego bajo el frasco de Manizheh llameó junto con la rabia de Dara.

—No me estaba escapando...

—Basta —interrumpió Manizheh, clavándoles la mirada a ambos—. Afshín, cálmate. Kaveh... —Negó con la cabeza—. Fueran cuales fueran las consecuencias, Dara actuó para proteger a mi hija de un destino contra el que yo luché durante décadas. No puedo culparle por ello. Y si crees que Ghassán no se puso a buscar un motivo para aplastar a los daeva en cuanto una Nahid y un Afshín cruzaron las puertas de Daevabad, está claro que no lo conoces en absoluto. —Les lanzó a ambos otra mirada afilada—. No estamos aquí para hacernos pedazos entre nosotros.

Hizo un gesto hacia un montoncito de almohadones en el suelo, que rodeaban su altar de fuego.

—Tomad asiento.

Tras la reprimenda, Dara obedeció; se puso en pie y se acercó a los almohadones. Unos instantes después, Kaveh hizo lo propio, con el ceño aún fruncido.

Manizheh se colocó entre ambos.

—¿Te importa invocar un poco de vino? —le pidió a Dara—. Sospecho que os vendría bien a ambos.

Dara estaba bastante seguro de que lo único que Kaveh querría hacer con su vino sería tirárselo a él a la cara, pero obedeció. Con un chasqueo de dedos aparecieron tres cálices de bronce llenos de un vino de dátiles de tono ambarino oscuro.

Dara dio un sorbo, intentando calmarse. Provocar fuegos que explotasen no iba a convencer a Kaveh de que podía controlar su temperamento.

—¿Cómo se encuentra? —preguntó con cautela—. Jamshid. Si se me permite preguntar.

Kaveh contempló el altar.

—Tardó un año entero en recobrar la consciencia. Y otro más en poder enderezarse y usar las manos. Ahora camina con bastón, pero... —se le quebró la voz y le tembló tanto la mano que casi derramó el vino—. No lleva bien lo de estar herido. Adoraba ser un guerrero... quería ser como tú.

Las palabras fueron como un golpe. Avergonzado, Dara bajó la mirada, pero no antes de mirar a Manizheh por el rabillo del ojo. La mano de la Banu Nahida apretaba con tanta fuerza del cáliz que se le estaban poniendo los nudillos blancos. Dijo:

—Se pondrá bien, Kaveh. Te lo prometo. Jamshid volverá a estar entero, sano, y tendrá todo lo que le ha sido negado.

La intensidad de su voz dejó pasmado a Dara. En los años que habían pasado desde que se conocieron, la calma de Manizheh había sido una constante. Incluso un consuelo, de hecho. El tipo de imperturbabilidad que Dara prefería en cualquier líder.

Son amigos, se recordó a sí mismo. No era de extrañar que Manizheh fuese tan protectora con el hijo de Kaveh.

Dara cambió de tema, pues decidió que hablar de Jamshid no era lo más seguro. Intentó calmar la magia que le palpitaba en las venas.

—¿Y cómo está Banu Nahri? —le preguntó, obligándose a mantener una lejanía desabrida en la voz.

—Pues sobrevive como puede —respondió Kaveh—. Ghassán la tiene atada en corto. A todos nosotros, en realidad. La casaron con Muntadhir menos de un año después de tu muerte.

—La obliga a mantener esa calma, no hay duda —dijo Manizheh en tono lúgubre—. Tal y como he dicho, Ghassán intentó hacer lo mismo conmigo durante décadas. Estaba obsesionado con unir nuestras familias.

—Bueno, ciertamente la ha subestimado. Nahri desplumó a Ghassán de tanto como pudo en las negociaciones del matrimonio. —Kaveh dio un sorbo al vino—. Resultó bastante impresionante. Pero, que el Creador la bendiga, acabó por donar la mayor parte de la dote al Templo. Han usado los fondos para iniciativas de caridad: una escuela femenina nueva, un orfanato, y apoyo a los daeva que se arruinaron en el asalto al Gran Bazar.

—Debe de haberse vuelto muy popular entre nuestra gente. Una maniobra inteligente —estimó Manizheh en tono quedo. Su semblante adoptó un tono oscuro—. Y en cuanto a la otra parte del matrimonio... Nisreen mantiene la situación controlada, ¿verdad?

Kaveh carraspeó.

—No tendrán niños, no.

Mientras hablaban, Dara sentía que sus entrañas se encogían. Sin embargo, aquella respuesta tan cuidadosamente formulada de Kaveh le crispó la piel. No parecía que Nahri tuviese mucho que decir al respecto.

Las palabras abandonaron sus labios antes de que pudiera detenerlas:

—Creo que deberíamos contarle lo que estáis planeando —dijo de pronto—. Tu hija es lista. Tiene mucha fuerza de voluntad. Podría ser de gran ayuda. —Carraspeó—. Y la última vez... no pareció gustarle que no le contaseis nada.

Manizheh negaba ya con la cabeza.

—Es más seguro que no sepa nada. ¿Tienes la menor idea de lo que le hará Ghassán si se descubre nuestra conspiración? Que su inocencia la proteja un poco más.

Kaveh intervino, algo más vacilante.

—He de decir que Nisreen me ha sugerido lo mismo, Banu Nahida. Su relación con tu hija se ha estrechado mucho, no soporta mentirle.

—Y si Nahri lo supiese todo —insistió Dara— quizá podría protegerse mejor.

—O quizá conseguiría que se descubriese todo —replicó Manizheh—. Es joven, Ghassán la tiene atrapada y ya ha mostrado cierta predilección por hacer tratos con los djinn. No podemos confiar en ella.

Dara se envaró. Aquella afirmación bastante cortante sobre Nahri lo ofendió, y tuvo que esforzarse para que no se le notase.

—Banu Nahida...

Manizheh alzó una mano.

—Esto no es un debate. Ninguno de los dos conocéis a Ghassán tan bien como yo. No sabéis todo de lo que es capaz, los modos que tiene de castigar a quienes una más ama. —En sus ojos apareció el destello de un dolor antiguo—. Asegurarnos de que no puede hacerle lo mismo a otra generación de Nahid es mucho más importante que contarle o no la verdad a mi hija. Cuando Ghassán no sea más que ceniza, Nahri podrá gritarme todo lo que quiera por no habérselo contado.

Dara bajó la mirada y consiguió apenas asentir.

—En ese caso, quizá podamos discutir los preparativos —dijo Kaveh—. Pronto será Navasatem; sería un momento idóneo para atacar. La ciudad estará ocupada con el caos de las celebraciones, y la atención del palacio se centrará en los festejos.

—¿Navasatem? —Dara alzó la vista de golpe—. Para Navasatem quedan menos de dieciocho meses. Y yo solo cuento con cuarenta hombres.

—¿Y qué? —dijo Kaveh, desafiante—. Te has librado de la maldición de Salomón, ¿verdad? ¿Acaso no puedes destrozar la Ciudadela con tus propias manos y lanzar a tus bestias de sangre sobre la ciudad? Eso es lo que Banu Manizheh me ha dicho que puedes hacer. Es el motivo por el que te hemos devuelto la vida.

Dara apretó con fuerza su cáliz. Sabía que lo veían como un arma, pero aquella afirmación sin tapujos sobre su valía le dolió igualmente.

—No es tan sencillo. Aún estoy aprendiendo a usar mis nuevas habilidades. Y mis hombres necesitan más entrenamiento.

Manizheh le tocó la mano.

—Eres demasiado humilde, Darayavahoush. Estoy convencida de que tanto tú como tus guerreros estáis más que listos.

Dara negó con la cabeza. Le costaba más ceder en términos militares que en los personales.

—No podemos hacernos con Daevabad con un contingente de apenas cuarenta hombres. —Paseó la vista entre los dos con aire urgente, esperando que le hiciesen caso—. Antes de que los ifrit me matasen, pasé años reflexionando sobre el modo de capturar la ciudad. Daevabad es una fortaleza. No hay manera de escalar las murallas ni de abrir un túnel por debajo de ellas. La Ciudadela tiene miles de soldados...

—De reclutas —interrumpió Kaveh—. Mal pagados y más dispuestos a amotinarse a cada día que pasa. Al menos una docena de oficiales geziri desertaron después de que enviasen a Alizayd a Am Gezira.

Todo pensamiento sobre asaltar Daevabad se desvaneció de la mente de Dara.

—¿Alizayd al Qahtani está en Am Gezira?

Kaven asintió.

—Ghassán lo desterró pocos días después de tu muerte. Pensé que sería temporal, hasta que la situación se calmase, pero no ha regresado. Ni siquiera para la boda de Muntadhir. —Dio otro sorbo de vino—. Algo se cuece, pero resulta difícil saber qué es; los geziri guardan muy bien sus secretos. —Un leve deleite asomó a sus facciones—. Admitiré que me alegré de verlo caer en desgracia. Era un fanático.

—Es más que eso —dijo Dara en tono quedo.

En los oídos le resonó un zumbido y una nubecilla de humo se le retorció entre los dedos. Alizayd al Qahtani, aquel niñato santurrón que lo había atravesado con una hoja. El joven guerrero cuya peligrosa combinación de pericia mortal y fe incuestionable tanto le recordaba a Dara a sí mismo de joven.

Bien sabía cómo habían resultado aquella combinación para él mismo.

—Habría que encargarse de él —dijo—. Con rapidez. Antes de que ataquemos Daevabad.

Manizheh le dedicó una mirada escéptica.

—¿No te parece que a Ghassán le resultaría sospechoso que su hijo apareciese muerto en Am Gezira, y probablemente del modo brutal en el que estás pensando?

—Vale la pena arriesgarse —argumentó Dara—. Yo también fui un joven guerrero en el exilio cuando Daevabad cayó y mi familia fue masacrada. —Dejó que ambos digiriesen las implicaciones de aquella frase—. Os sugiero que no permitáis que un enemigo como Alizayd tenga la oportunidad de crecer. Además, no lo mataría de forma brutal —se apresuró a añadir—. Tengo tiempo de sobra para localizarlo y librarme de él de un modo que no despertaría las sospechas de Ghassán.

Manizheh negó con la cabeza.

—No, no tenemos tiempo. Si queremos atacar durante Navasatem, no puedo permitir que pases semanas deambulando por los yermos de Am Gezira.

—No vamos a poder atacar durante Navasatem —dijo Dara, cada vez más exasperado ante la terquedad de Manizheh—. Ni siquiera puedo cruzar el umbral para entrar en Daevabad. No voy a poder conquistarla.

—El umbral no es el único modo de entrar en Daevabad —replicó Manizheh en tono neutro.

—¿Qué? —dijeron Dara y Kaveh al unísono.

Manizheh dio un sorbo de vino y pareció saborear la conmoción de ambos.

—Los ifrit creen que podría haber otro modo de entrar en Daevabad... un modo por el que quizá debáis dar gracias a Alizayd al Qahtani. O a las criaturas que mueven sus hilos.

—Las criaturas que mueven sus hilos —repitió Dara, con la voz cada vez más vacía. Ya le había contado a Manizheh todo lo que había sucedido en el barco aquella noche. Le había hablado de la magia que lo había dominado, que le había arrebatado la mente. Y del príncipe que había surgido del lago mortal de Daevabad cubierto de tentáculos y escamas, susurrando en un lenguaje que Dara no había oído jamás, con una hoja goteante en la mano. Manizheh había llegado a la misma e imposible conclusión—: No querrás decir...

—Quiero decir que ya es hora de ir a hablar con los marid. —La expresión de Manizheh se encendió ligeramente—. Es hora de vengarse por lo que han hecho.

5

ALÍ

—Sheen —dijo Alí, trazando la letra en la arena mojada frente a sí.

Alzó la vista y puso una expresión severa al ver a dos chicos que se peleaban en la última fila. Los dos se detuvieron de inmediato y Alí prosiguió; les hizo un gesto a sus estudiantes para que copiasen la letra. Todos lo imitaron obedientemente y escribieron en la arena. Usar pizarras y tiza suponía unos recursos de los Bir Nabat no disponía, así que Alí impartía sus lecciones en la fresca arboleda en la que se cruzaban las acequias, donde se podía confiar en que el suelo estaría más húmedo.

—¿Quién sabe una palabra que empiece con «sheen»?

—¡Sha'b! —canturreó una niñita en el centro, mientras el chico que se sentaba a su lado alzaba la mano en el aire.

—¡Mi nombre empieza con sheen! —afirmó—. ¡Shaddad!

Alí sonrió.

—Así es. ¿Y sabes quién tiene tu mismo nombre?

Su hermana respondió:

—Shaddad el Bendito. Me lo ha contado mi abuela.

—¿Y quién fue Shaddad el Bendito? —preguntó Alí. Chasqueó los dedos en dirección de los dos chicos que se habían estado peleando—. ¿Lo sabe alguno de vosotros dos?

El chico más pequeño se encogió, mientras que el otro desorbitó los ojos.

—Eh... ¿un rey?

Alí asintió.

—El segundo rey después de Zaydi el Grande.

—¿Es el que luchó contra la reina marid?

Un silencio absoluto se extendió por la arboleda tras esa pregunta. Los dedos de Alí se detuvieron sobre la arena húmeda.

—¿Qué?

—La reina marid. —Quien había hablado era un niño llamado Faisal. Tenía la expresión seria—. Mi abba dice que uno de tus ancestros derrotó a una reina marid, y que por eso tú puedes encontrar agua para nosotros.

Aquellas sencillas palabras, dichas tan inocentemente, atravesaron a Alí como si de una hoja envenenada se tratase. Un pánico enfermizo le recorrió las extremidades. Hacía tiempo que sospechaba que por Bir Nabat circulaban rumores callados sobre su afinidad con el agua, pero aquella era la primera vez que oía que alguien lo relacionaba con los marid. Probablemente no era nada; una leyenda medio olvidada a la que se le había dado pábulo cuando empezó a descubrir manantiales.

Sin embargo, no podía permitir que pululasen aquellas conexiones.

—Mis ancestros jamás tuvieron nada que ver con los marid —dijo con firmeza, ignorando lo mucho que se le había revuelto el estómago—. Los marid han desaparecido. Hace siglos que nadie los ve.

Sin embargo, ya veía la curiosidad ansiosa que empezaba a prender entre sus alumnos.

—¿Es cierto que te roban el alma si miras demasiado tiempo tu reflejo en el agua? —preguntó una niña pequeña.

—No —respondió otro niño mayor antes de que Alí pudiese abrir la boca—. Pero he oído que los humanos les solían ofrecer bebés en sacrificio. —Alzó la voz con una emoción manchada de miedo—. Y si no se los daban, los marid inundaban sus aldeas.

—Parad ya —suplicó uno de los niños más jóvenes. Parecía a punto de romper a llorar—. ¡Si habláis de ellos vendrán a por vosotros esta noche!

—Basta —dijo Alí, y algunos de los niños se encogieron. La orden le había salido más brusca de lo que pretendía—. Hasta que no hayáis aprendido a escribir, no quiero oír una palabra más de...

Lubayd entró a la carrera en la arboleda.

—Discúlpame, hermano. —Su amigo se dobló sobre sí mismo, agarrándose las rodillas mientras recuperaba el aliento—. Hay algo que deberías ver.

La caravana era lo bastante grande como para ser visible a mucha distancia. Alí la veía aproximarse desde lo alto de los acantilados de Bir Nabat. Contó como mínimo veinte camellos que avanzaban en una hilera constante y retorcida en dirección a la aldea. Dejó atrás la sombra de una enorme duna y el sol destelló sobre las nacaradas losas blancas con las que cargaban los animales. Bloques de sal.

Se le encogió el estómago.

—Una caravana ayaanle —Lubayd le quitó las palabras de la boca a Alí, mientras se hacía sombra en los ojos con una mano—. Y carga con toda una fortuna... parece que tiene suficiente sal como para pagar los impuestos de un año entero. —Dejó caer la mano—. ¿Qué hace aquí?

A su lado, Aqisa se cruzó de brazos.

—No puede ser que se haya perdido. Estamos a semanas de viaje de la ruta de comercio principal. —Le lanzó una mirada de soslayo a Alí—. ¿Crees que puede tratarse de algún pariente de tu madre?

Más vale que no. Aunque sus compañeros no lo sabían, los parientes ayaanle de la madre de Alí eran los que habían conseguido que lo desterrasen de Daevabad. Habían estado detrás de la decisión del Tanzeem de reclutarlo, aparentemente con la esperanza de que los militantes shafit acabasen por convencer a Alí de que se hiciese con el trono.

Había sido una conspiración ridícula, pero en el caos que siguió a la muerte del Afshín, Ghassán no pensaba arriesgarse a que nadie se aprovechase de las lealtades contradictorias de Alí. Y menos que nadie, los poderosos señores de Ta Ntry. Pero, claro, resultaba difícil castigar a los ayaanle, ubicados en su patria rica y cosmopolita al otro lado del mar. Así pues, quien había sufrido el castigo era Alí. Era él a quien habían desterrado de su casa, a quien habían dejado a merced de asesinos.

Basta. Alí reprimió el veneno que se retorcía en su interior, avergonzado por la facilidad con la que había salido a la superficie. No era culpa de toda la familia ayaanle, solo del puñado de parientes conspiradores de su madre. Que él supiera, la caravana de ahí abajo no tenía nada que ver.

Lubayd parecía inquieto.

—Espero que traigan sus propias provisiones. No podremos alimentar a todos esos camellos.

Alí se giró y apoyó la mano en el zulfiqar.

—Vamos a enterarnos.

La caravana había llegado a la aldea para cuando bajaron de los acantilados. Alí se abrió paso entre la multitud de camellos y se percató de que Lubayd había estado en lo cierto: llevaban una auténtica fortuna. Parecía suficiente sal como para abastecer a Daevabad durante un año. Debía de ser algún tipo de impuesto. Hasta aquellos camellos lustrosos de ojos brillantes parecían caros; las sillas y ataduras ornamentadas que cubrían sus pieles doradas y blanquecinas eran más elegantes que prácticas.

Sin embargo, Alí no vio la enorme delegación que habría esperado que desgranase algún tipo de charla intrascendente y educada con el jeque Jiyad y su hijo, Thabit. Con ellos dos solo había un único ayaanle, vestido con el tradicional atuendo verde azulado que solían llevar los djinn ayaanle en misión estatal. Aquel tono se llevaba en honor al color de las fuentes del Nilo.

El viajero giró sobre sus talones. Las joyas de oro que llevaba en las orejas y al cuello destellaron bajo la luz del sol. Descorrió una amplia sonrisa.

—¡Primo! —Se echó a reír en cuanto posó la vista sobre Alí—. Por el Altísimo, ¿será posible que haya todo un príncipe bajo esos harapos?

El hombre se le acercó antes de que Alí pudiese dar respuesta alguna, aturdido como estaba, y alargó los brazos como si quisiese envolverlo con ellos.

La mano de Alí descendió hasta el janyar. Dio un rápido paso atrás.

—No soy muy de abrazos.

El hombre ayaanle sonrió.

—Tan amistoso como me habían dicho. —Sus cálidos ojos dorados brillaron, divertidos—. Sea como sea, que la paz sea contigo, hijo de Hatset.

Recorrió el cuerpo de Alí con la mirada.

—Tienes un aspecto horrible —añadió en ntaran, el idioma de la tribu de su madre—. ¿Qué te ha estado dando de comer esta gente, piedras?

Alí, ofendido, se acercó más a él y lo estudió, aunque no fue capaz de ubicarlo.

—¿Quién eres? —tartamudeó en djinnistani. Después de tanto tiempo en Am Gezira, la lengua común le sonaba extraña.

—¿Que quién soy? —preguntó el hombre—. ¡Soy Musa, claro!

Alí entrecerró los ojos y el otro hombre fingió estar dolido.

—El sobrino de Sham. Primo de Ta Khazak Ras, por la parte de tu tío materno.

Alí negó con la cabeza. La maraña de familiares de su rama materna lo confundía.

—¿Dónde está el resto de tus hombres?

—Muertos. Que Dios se apiade de ellos. —Musa se llevó la mano al corazón, los ojos colmados de pesar—. Mi caravana ha sido maldita con todo tipo de desgracias y daños. Mis últimos dos camaradas se vieron obligados a regresar a Ta Ntry debido a urgentes asuntos familiares hace una semana.

—Está mintiendo, hermano —le advirtió Aqisa en geziriyya—. Un solo hombre no sería capaz de guiar una caravana de este tamaño hasta aquí. Sus amigos deben de estar escondidos en el desierto.

Alí volvió a clavarle la mirada a Musa, cada vez más suspicaz.

—¿Y qué quieres de nosotros?

Musa soltó una risita entre dientes.

—No eres de los que se molestan con charlas educadas, ¿verdad?
Sacó una tablilla blanca de entre sus ropas y se la tiró a Alí.
Él la atrapó al vuelo. Pasó el pulgar por la superficie granulosa.

—¿Qué se supone que tengo que hacer con un trozo de sal?

—Es sal maldita. Embrujamos el cargamento antes de atravesar Am Gezira, para que nadie excepto nuestro pueblo pueda tocarla. Supongo que el hecho de que hayas podido demuestra que eres ayaanle, a fin de cuentas.

Sonrió como si hubiese dicho algo tremendamente ingenioso.

Lubayd, dubitativo, alargó la mano para agarrar la sal que sostenía Alí. Soltó un chillido y apartó la mano. Tanto la sal como su propia piel chisporrotearon ante el contacto.

Musa le echó un largo brazo por encima del hombro a Alí.

—Vamos, primo. Deberíamos hablar.

—Por supuestísimo que no —dijo Alí—. No me compete a mí que los impuestos de Ta Ntry lleguen a Daevabad.

—Primo... muestra algo de compasión por la familia.

Musa dio un sorbito a su café, puso una mueca y lo dejó a un lado. Estaban en el punto de reunión central de Bir Nabat, una gran cámara de arenisca en los acantilados, con las esquinas salpicadas de altas columnas que tenían talladas retorcidas serpientes.

Musa descansaba sobre un gastado almohadón. Por fin le había contado todas sus desventuras. Alí no dejaba de ver por el rabillo del ojo a varios niños curiosos que se asomaban por la entrada de la cámara. Bir Nabad estaba extremadamente aislada. Alguien como Musa, que hacía clara ostentación de la legendaria fortuna de los ayaanle, con su túnica lujosa y sus pesados adornos de oro, debía de ser probablemente lo más emocionante que había sucedido desde la llegada de Alí.

Musa extendió las manos y su anillo destelló a la luz del fuego.

—¿No ibas a ir a casa por Navasatem igualmente? No creo que el hijo del rey quiera perderse el festejo de esta generación.

Navasatem. La palabra resonó en la mente de Alí. En su día fue una festividad daeva, pero se había convertido en el modo en que las seis tribus celebraban el nacimiento de una nueva generación. Se había creado para conmemorar el aniversario de la liberación, y para reflexionar sobre las lecciones que había impartido Salomón. Sin embargo, había acabado convirtiéndose en una frenética celebración de la vida misma. De hecho, se solía bromear con que la natalidad aumentaba en los diez meses después de Navasatem, pues muchos niños eran concebidos durante aquellas alocadas festividades. Al igual que todos los djinn más devotos, aquel mes entero de festejos, fiestas y celebraciones salvajes le provocaba sentimientos encontrados a Alí. Los clérigos de Daevabad, ya fuesen imanes djinn o sacerdotes daevas, solían dedicar todo el mes a chasquear la lengua y sermonear a sus feligreses resacosos.

Y sin embargo, en su vida anterior, Alí había pasado años deseando que llegasen esas celebraciones. Las competiciones marciales de Navasatem eran legendarias y, a pesar de su corta edad, Alí había estado resuelto a participar en ellas, a arrasar y ganarse tanto la admiración de su padre como el puesto que su apellido ya le había granjeado por derecho: el de futuro caíd de Muntadhir.

Alí inspiró hondo.

—No voy a asistir a Navasatem.

—Pero es que te necesito —suplicó Musa en tono desesperado—. No voy a poder seguir hasta Daevabad yo solo.

Alí le lanzó una mirada incrédula.

—¡En ese caso, no deberías haberte apartado de la ruta principal! Podrías haber encontrado ayuda en un caravasar.

—Deberíamos matarlo y quedarnos con su mercancía —sugirió Aqisa en geziriyya—. Los ayaanle pensarán que ha muerto en el desierto. Este necio mentiroso se lo merece.

Lubayd le tocó los dedos a Aqisa para apartárselos con suavidad del zulfiqar.

—Si empezamos a asesinar a todos los huéspedes que nos mienten, la gente pensará que no tenemos hospitalidad alguna.

Musa paseó la mirada entre los dos.

—¿Me estoy perdiendo algo?

—Están discutiendo dónde podemos alojarte esta noche —dijo Alí en tono ligero, en djinnistani. Unió los dedos de las manos—. Para que yo lo entienda: te desviaste de la ruta principal para llegar hasta Bir Nabat, un puesto remoto en el que sabías que no podrían darte cobijo ni a ti ni a tus animales. Y lo hiciste para imponerme a mí tus responsabilidades.

Musa se encogió de hombros.

—Te pido disculpas.

—Ya veo.

Alí se echó hacia atrás y esbozó una sonrisa educada ante los djinn que los rodeaban.

—Hermanos y hermanas —empezó—. Disculpadme, pero ¿os importaría concederme unos momentos a solas con mi... qué has dicho que eres?

—Tu primo.

—Mi primo.

Los demás djinn se alzaron. Thabit les lanzó una mirada punzante. Estaba claro que conocía a Alí lo bastante bien como para oír el peligro en su voz, aunque Musa no lo oyese.

—No manches las alfombras de sangre —advirtió en geziriyya—. Son nuevas.

Apenas se hubieron marchado los demás, Musa dejó escapar un suspiro ansioso.

—Por el Altísimo, ¿cómo has sobrevivido tanto tiempo en medio de este erial? —Se estremeció y picoteó un poco de la cabra que habían preparado para él, una cabra que uno de los aldeanos había estado preparando para la boda de su hija, y que había ofrecido encantado cuando se enteró de que tenían un invitado—. No sabía que los djinn aún viviesen... ¡ah! —gritó cuando Alí lo agarró del cuello bordado de plata y lo arrojó al suelo.

—¿Acaso no te place nuestra hospitalidad? —preguntó Alí en tono frío mientras desenvainaba el zulfiqar.

—Pues ahora mismo.... ¡Espera, no! —Los ojos dorados de Muse brillaron de terror cuando las llamas lamieron la hoja de cobre—. ¡Por favor!

—¿Por qué estás aquí en realidad? —exigió saber Alí—. No se te ocurra contarme más tonterías sobre tus desventuras de viaje.

—¡Estoy aquí para ayudarte, idiota! ¡Para proporcionarte un modo de regresar a Daevabad!

—¿Para ayudarme? ¡Me han desterrado por culpa de vuestros planes!

Musa alzó las manos en gesto de rendición.

—A decir verdad, esos planes los trazó otra rama de la familia... ¡Para! —chilló y retrocedió a trompicones cuando Alí acercó el arma—. ¿Estás loco? ¡Soy sangre de tu sangre! ¡Me protegen las leyes de hospitalidad!

—No se aplica hospitalidad alguna porque no eres mi invitado —replicó Alí—. No soy de Bir Nabat. Y Am Gezira es muy peligroso, todo un... ¿cómo lo has llamado? Un erial. —Escupió, ofendido—. Los comerciantes desaparecen todo el tiempo. Sobre todo los que son tan necios como para deambular por allí ellos solos con tantas riquezas.

Los ojos de Musa se clavaron en los de Alí. Bajo todo aquel miedo había determinación.

—Te he dejado bien claro adónde me dirigía. Si mi mercancía no llega a tiempo a Daevabad para pagar por Navasatem, el rey vendrá a buscarla. —Alzó la barbilla—. ¿Seguro que quieres atraer tantos problemas sobre tus nuevos hermanos y hermanas?

Alí dio un paso atrás. Las llamas desaparecieron de la hoja.

—No me vas a atrapar en otro de vuestros planes. Te mataré yo mismo antes de que amenaces a esta gente.

Musa puso los ojos en blanco.

—Ya me dijeron que tenías mucho temperamento. —Se enderezó y se sacudió la arena de la ropa—, así como una relación alarmantemente estrecha con tu zulfiqar. —Se cruzó de brazos—. Pero no pienso marcharme sin ti. Se ha dedicado una considerable cantidad de recursos a esta tarea, por no mencionar los riesgos. Cualquiera se mostraría agradecido por lo que estoy haciendo.

—Pues vete a buscar a ese cualquiera —replicó Alí.

—¿Y qué sería de ti? ¿De verdad quieres seguir rebuscando entre la basura humana y vendiendo dátiles? Yo te ofrezco ayudarte a regresar a Daevabad antes de que todo se derrumbe.

—Daevabad no se está derrumbando.

—Ah, ¿no? —Musa dio un paso adelante—. ¿Es que no llegan noticias de la capital a este rincón desamparado? El crimen campa a sus anchas y la economía va tan mal que la Guardia Real apenas puede dar de comer a los soldados, ni mucho menos proporcionarles armas en condiciones.

Alí le dedicó una mirada ecuánime.

—¿Y qué papel han desempeñado los ayaanle en estos apuros económicos de los que hablas?

Musa abrió ambas manos.

—¿Por qué habríamos de ser justos con un rey que exilia a nuestro príncipe? Un rey que le da la espalda al legado de su propia familia, que no hace nada mientras subastan a los shafit por remesas.

—Estás mintiendo. —Alí contempló con rencor a aquel hombre—. A tu gente le dan igual tanto los shafit como la ciudad en sí. Para los ayaanle, Daevabad no es más que un juego. Estáis ahí, sentados en Ta Ntry, contando vuestro oro y jugando con las vidas de otra gente.

—En realidad todo esto nos importa más de lo que crees. —Los ojos de Musa destellaron—. Sin los ayaanle, Zaydi al Qahtani no se habría hecho con Daevabad. Sin los ayaanle, tu familia no sería de la realeza. —Curvó la boca en una leve sonrisa—. Y seamos sinceros... tanto el crimen como la corrupción política tienden a afectar negativamente a los negocios.

—Ahí lo tienes, lo que me imaginaba.

—No, en absoluto. —Musa negó con la cabeza—. No te entiendo. ¡Pensé que te encantaría la idea! A mí se me rompería el corazón si me desterrasen de mi hogar. Sé que haría todo lo posible por regresar con mi familia. Y tu familia... —suavizó la voz— no está bien.

La inquietud recorrió la columna de Alí.

—¿De qué hablas?

—¿Cómo crees que reaccionó tu madre cuando te desterraron? Deberías alegrarte de que se haya conformado con una guerra mercantil en lugar de una de verdad. Me he enterado de que tu hermana está desconsolada, de que tu hermano se emborracha más y más por día que pasa, y que tu padre… —Musa hizo una pausa. A Alí no se le escapó el tono calculado con el que habló—: Ghassán es un hombre vengativo, y su ira ha caído directamente sobre los shafit. Está convencido de que fueron ellos quienes te impulsaron a traicionarlo.

Alí se encogió. Aquella última frase había dado en el blanco.

—No puedo hacer nada al respecto —insistió—. Cada vez que intento hacer algo son mis seres queridos quienes lo pagan. Y ahora tengo mucho menos poder que entonces.

—¿Menos poder? ¿Alizayd, el mata-afhsines? ¿El astuto príncipe que ha aprendido a hacer florecer el desierto y viaja con un grupo de los guerreros más fieros de Am Gezira? —Musa le clavó la mirada—. Subestimas tu atractivo.

—Probablemente sea porque, por dentro, sé que todo eso que has dicho no son más que sandeces. No pienso ir a Daevabad. —Alí cruzó la estancia hasta la entrada y les hizo un gesto a sus compañeros para que regresasen—. La decisión está tomada.

—Alizayd, por favor…

Sin embargo, Musa fue lo bastante prudente como para guardar silencio cuando entraron los otros.

—Mi primo se disculpa por abusar de la hospitalidad de Bir Nabat —declaró Alí—. Pretende partir al alba y dice que podemos quedarnos con una quinta parte de sus posesiones para compensar nuestras pérdidas.

Musa se giró hacia él.

—¿Qué? —dijo en ntaran, alterado—. ¡Por supuesto que no he dicho tal cosa!

—Te puedo destripar como si fueras un pescado —le advirtió Alí en el mismo idioma, para a continuación pasar al djinnistani—: …para compensar nuestras pérdidas —repitió con firmeza—, y compensar los estómagos vacíos de los niños que se han quedado sin comer mientras sus camellos se han atiborrado. Además podéis mandar a alguien a llevarse sus provisiones. Las reemplazaremos con langostas y dátiles.

Vio que Musa pasaba de la incredulidad a la ira.

—Has dicho que te sentías algo débil. Te sugiero un cambio de dieta. Esa comida nos ha vuelto muy robustos a todos. —Chasqueó los dientes—. Uno se acostumbra a lo crujiente que es.

La indignación rebosaba los ojos de Musa, pero no dijo nada. Alí se puso en pie y se llevó una mano al corazón, el saludo tradicional geziri.

—Si me disculpas, tengo trabajo que hacer. Te despertaré al alba para la oración.

—Por supuesto —dijo Musa con voz de nuevo fría—. Uno no debe olvidar jamás sus obligaciones.

A Alí no le gustó la mirada en sus ojos, pero ya no tenía nada más que añadir, así que se giró y se dirigió hacia la salida.

—Que la paz sea contigo, primo.

—Y que contigo sea la paz, príncipe.

Alí durmió mal, como siempre dormía en aquel paraje. Soñó que estaba de nuevo en Daevabad, en el encantador pabellón que daba a los jardines del harén, perdido entre sus libros. Una brisa fresca y húmeda mecía suavemente su hamaca. El agua le empapaba la ropa y la dishdasha, y unos dedos pegajosos y fríos le recorrían la piel...

—¡Alí!

Abrió los ojos de golpe. Su mano voló hasta el janyar; la daga emitió un destello plateado en medio de la tienda oscurecida. Vio a Lubayd, que se mantenía sabiamente fuera de su alcance, y dejó caer la hoja.

El janyar aterrizó con un chapoteo en el agua que casi llegaba al nivel del almohadón que le hacía las veces de cama. Alí se enderezó de golpe, alarmado al ver la tienda inundada, y se puso en pie de un salto para agarrar a toda prisa sus libros y notas.

—Ven —dijo Lubayd, abriendo ya la puerta de la tienda—. Parece que hemos sufrido la peor fisura hasta la fecha.

En el exterior de la tienda reinaba el caos. El agua del patio llegaba a la cintura, y a juzgar por su turbulencia, aún salía a chorros de la cisterna que había abajo. Las piedras que Alí había empleado para bloquear los canales habían desaparecido; probablemente las había arrastrado la corriente.

Soltó una maldición.

—Despierta a los demás. Que todos los que estén en condiciones de trabajar se dirijan a los campos y los huertos. No permitáis que se sature el suelo.

Lubayd asintió. Su acostumbrado sentido del humor había desaparecido.

—No te ahogues.

Alí se desprendió de la túnica y se abrió camino por el patio. Comprobó que Lubayd se hubiese marchado antes de zambullirse para comprobar las condiciones bajo tierra. Ahogarse no era algo que le preocupase.

Lo que le preocupaba era que no podía hacerlo.

El sol brillaba ya sobre una empapada Bir Nabat para cuando arreglaron la fisura. Alí estaba tan cansado que tuvieron que sacarlo entre varios de la cisterna. Tenía los dedos hinchados de tanto manosear la piedra, los sentidos entumecidos a causa del agua fría.

Lubayd le colocó una taza de café caliente en las manos.

—Hemos salvado todo lo que hemos podido. No creo que las cosechas se hayan visto muy dañadas, pero va a haber que reparar varios de los acueductos. El enrejado del huerto de higos ha salido muy mal parado.

Alí asintió en silencio. En el agua que le chorreaba por las extremidades reverberaba la misma rabia fría que aumentaba en su interior.

—¿Dónde está?

El silencio reticente de Lubayd confirmó sus sospechas. Lo había sabido en cuanto buceó hasta la cisterna y vio que las rocas que delimitaban la fuente de agua habían sido movidas. Ningún geziri habría buceado tan hondo, del mismo modo que ninguno se habría atrevido a sabotear un pozo. Sin embargo, quien sí podría haberlo hecho era un ayaanle a quien habían enseñado desde niño a nadar. Un ayaanle que jamás había pasado sed en toda su vida.

—Se ha ido. Partió en medio del caos —dijo al fin Lubayd. Carraspeó—. Dejó aquí la mercancía.

Aqisa se dejó caer junto a ellos.

—Deberíamos dejar que se pudra en el desierto —dijo con amargura—. Salvemos lo que podamos, vendamos lo que no podamos salvar y que el resto se hunda bajo las arenas. Al infierno los ayaanle. Que se lo expliquen ellos al rey.

—Darán con un modo de echarnos la culpa —dijo Alí en tono suave. Se contempló las manos, temblorosas—. Robar de las Arcas Reales es un delito capital.

Lubayd se arrodilló ante él.

—Entonces les llevaremos su maldita sal —dijo con firmeza—. Iremos Aqisa y yo. Tú te quedarás en Am Gezira.

Alí intentó librarse del nudo que se le iba haciendo en la garganta.

—Ni siquiera puedes tocarla.

Además, aquel embrollo lo había causado su familia. No iba a obligar a la gente que lo había salvado a cargar con la responsabilidad de arreglarlo.

Se puso en pie, vacilante.

—Tengo… primero tengo que organizar las reparaciones. —Las palabras le dieron náuseas. La vida que se había construido con tanto mimo en Bir Nabat había quedado destrozada en el transcurso de una noche. Unos desconocidos la habían hecho pedazos sin el menor reparo en nombre de sus propias inquinas políticas—. Mañana partiremos hacia Daevabad.

De algún modo, las palabras le sonaron extrañas en la boca.

Lubayd dudó.

—¿Y tu primo?

Alí dudaba que fueran a encontrar a Musa, pero valía la pena intentarlo.

—Ningún hombre capaz de sabotear un pozo merece llamarse pariente mío. Enviad a un par de guerreros en su busca.

—¿Y si dan con él?

—Traedlo hasta aquí. Yo me encargaré de él a mi regreso. —Las manos de Alí apretaron la taza—. Y pienso regresar.

6

NAHRI

—¡Ay! Por el Creador, ¿lo estás haciendo a propósito? ¡La última vez no me dolió tanto!

Nahri ignoró las quejas de su paciente, con la atención centrada en su vientre pulcramente abierto. Unas abrazaderas de metal mantenían la piel separada, siempre al rojo vivo, para mantener la herida limpia. Los intestinos del cambiaformas despedían un pálido fulgor plateado, o al menos así habría sido de no haber estado salpicados de tercas protuberancias rocosas.

Nahri inspiró hondo para centrarse. El aire en el dispensario era sofocante; llevaba dos agónicas horas operando a aquel paciente. Apretaba una mano contra su piel enrojecida para aliviar el dolor del procedimiento, para evitar que lo matase. Con la otra manipulaba un par de pinzas de acero con las que extraía una protuberancia tras otra. Era una operación complicada y larga. Nahri tenía la frente perlada de sudor.

—¡Maldición!

Dejó caer la piedra en un recipiente.

—Deja de convertirte en estatua y no tendrás que pasar por esto. —Se detuvo un instante para dedicarle una mirada—. Es la tercera vez que tengo que tratarte de lo mismo. ¡La gente no debe convertirse en piedra!

Él pareció algo avergonzado.

—Es que resulta muy apaciguador.

Nahri le lanzó una mirada exasperada.

—Pues búscate otro modo de relajarte, te lo ruego. ¡Puntos! —Pidió en voz alta. No hubo respuesta, así que miró por encima del hombro—. ¿Nisreen?

—¡Un momento!

Nahri vio a Nisreen, al otro lado del dispensario, pasando a toda prisa entre una mesa atestada de preparados farmacéuticos y otra con instrumentos preparados para una abrasión mágica. Nisreen echó mano de una bandeja de plata, la sostuvo sobre su cabeza y se abrió paso entre los catres ocupados y los grupos de visitantes. No había asientos en el dispensario; más y más personas se apelotonaban en el jardín.

Nahri suspiró. Nisreen pasó a duras penas entre un artista ayaanle que sufría una maldición de exuberancia y que no dejaba de saltar, y un herrero sahrayn cuya piel estaba cubierta de pústulas humeantes.

—Imagínate si tuviéramos hospital, Nisreen. Un hospital enorme con espacio para respirar y un equipo para hacer todo el trabajo de campo.

—Eso es un sueño —replicó Nisreen, y dejó la bandeja—. Tus puntos. —Se detuvo a contemplar el trabajo de Nahri—. Excelente. Jamás me canso de ver lo mucho que han progresado tus habilidades.

—Apenas se me permite salir del dispensario y me paso todo el día trabajando. Espero que mis habilidades hayan progresado.

Aun así, no pudo esconder del todo su sonrisa. A pesar de las largas horas y el trabajo agotador, el papel de sanadora satisfacía enormemente a Nahri. Podía ayudar a sus pacientes, aunque no fuese capaz de resolver la miríada de problemas que tenía en la vida.

Cosió al cambiaformas con rapidez usando el hilo encantado. Acto seguido vendó la herida y le puso una taza de té mezclado con opio en las manos.

—Bebe y descansa.

—¿Banu Nahida?

Nahri alzó la vista. Un mayordomo que vestía los colores reales se asomaba por las puertas que daban al jardín. Sus ojos se desorbitaron al verla. En medio del calor húmedo del dispensario, Nahri tenía el pelo despeinado, con rizos negros que se escapaban de su velo. Llevaba un delantal manchado de sangre y pociones derramadas. Solo le faltaba un escalpelo en la mano para parecer uno de esos Nahid locos y asesinos de las leyendas djinn.

—¿Qué? —preguntó, intentando reprimir la irritación.

El mayordomo hizo una reverencia.

—El emir quiere hablar contigo.

Nahri abarcó con un gesto todo el caos que la rodeaba.

—¿Ahora?

—Está esperando en el jardín.

Por supuesto que está esperando en el jardín. Muntadhir conocía lo bastante bien el protocolo como para saber que Nahri no podía negarse a verle si aparecía por allí en persona.

—Está bien —gruñó.

Se lavó las manos y se quitó el delantal. Acto seguido fue tras el mayordomo.

Parpadeó bajo la luz del sol. El jardín silvestre del harén, que en realidad era más jungla que harén, había sido podado y domesticado en el terreno frente al dispensario gracias a un equipo de dedicados horticultores daeva. Se habían mostrado eufóricos cuando les asignaron la tarea, ansiosos por recrear los gloriosos paisajes palaciegos por los que los Nahid siempre habían sido famosos, aunque fuese solo en miniatura. Los terrenos del dispensario estaban ahora consteladados de estanques que brillaban con tonos azulados y plateados, senderos perfectamente alineados de albaricoqueros y árboles de pistacho, así como profusos rosales cargados de flores delicadas de tonos que iban desde el amarillo pálido y soleado a los índigos más oscuros. Aunque la mayor parte de las hierbas y plantas que Nahri usaba en su trabajo se cultivaban en Zariaspa, en las haciendas de la familia Pramukh, toda planta que necesitasen fresca se plantaba allí mismo, en parterres cuidados con mimo repletos de temblorosos arbustos de mandrágora y veteados beleños amarillentos. Un pabellón de mármol se alzaba frente al jardín, con bancos tallados y tentadores almohadones.

Muntadhir estaba en medio del pabellón, de espaldas a Nahri. Debía de haber venido de la corte, pues seguía vestido con la vaporosa túnica negra con ribetes dorados que llevaba para los actos ceremoniales. Su turbante de seda de vivo color refulgía al sol. Sus manos descansaban levemente sobre la balaustrada. Contemplaba el jardín con aire autoritario.

—¿Sí? —preguntó Nahri con brusquedad tras entrar en el pabellón.

Él la miró por encima del hombro. Sus ojos le recorrieron todo el cuerpo.

—Vaya aspecto que tienes.

—Estoy trabajando. —Se enjugó algo del sudor que le manchaba la frente—. ¿Necesitas algo, Muntadhir?

Él se giró del todo hacia ella y se apoyó en la barandilla.

—Anoche no viniste.

¿De eso se trataba?

—Estaba ocupada con mis pacientes. Y dudo de que se te quedara la cama fría mucho tiempo. —No pudo resistirse a añadir eso último.

Él apretó los labios.

—Es la tercera noche seguida que me haces lo mismo, Nahri —insistió—. Al menos podrías mandar a alguien a avisarme en lugar de dejarme esperando.

Nahri inspiró hondo. Su paciencia con Muntadhir, que de todos modos no le sobraba, disminuía a cada segundo.

—Te pido perdón. La próxima vez mandaré que te avisen para que puedas irte derecho al salón de bebidas que estés frecuentando estos días. ¿Hemos terminado?

Muntadhir se cruzó de brazos.

—Hoy estás de buen humor. No, no hemos terminado. ¿Podemos hablar en privado en alguna parte? —Hizo un gesto hacia los naranjos en la lejanía—. ¿En el naranjal, quizá?

Un impulso protector dominó el corazón del Nahri. Su tío Rustam había plantado hacía mucho aquel naranjal; le era muy preciado. A pesar de no tener tanto talento para sanar como Manizheh, la madre de Nahri, Rustan sí que había sido un famoso botánico y farmacéutico. Décadas después de su muerte, las plantas cuidadosamente seleccionadas del naranjal seguían creciendo fuertes y sanas.

Sus poderes sanadores eran cada vez más potentes, y su fragancia cada vez más embriagadora. Nahri había solicitado que restaurasen el naranjal a su gloria de antaño, encantada por la intimidad y la sombra que proporcionaba el denso dosel de hojas y arbustos de la cañada, así como por la sensación de encontrarse en un terreno que en su día trabajaron las manos de su misma familia.

—No permito que vaya nadie allí —le recordó a Muntadhir—. Lo sabes bien.

Muntadhir negó con la cabeza, acostumbrado a la terquedad de Nahri.

—Pues demos un paseo.

Se acercó a los escalones sin esperarla. Nahri lo siguió.

—¿Qué ha pasado con la familia daeva de la que te hablé? —preguntó mientras los dos se abrían paso por un caminito serpenteante. Si Muntadhir iba a apartarla de su trabajo, al menos podía aprovecharse de ello—. La que la Guardia Real estaba maltratando.

—Estoy en ello.

Ella se detuvo.

—¿Todavía? La semana pasada me dijiste que hablarías con tu padre.

—Y con mi padre hablé —replicó Muntadhir en tono molesto—. No puedo contravenir las órdenes del rey y poner a unos criminales en libertad solo porque tú y Jamshid estéis enojados. Es más complicado. —Le clavó la mirada—. Y cuanto más interfieres, más difícil se vuelve. Sabes lo que piensa mi padre de que te mezcles en asuntos políticos.

Las palabras fueron un impacto para Nahri. Se enderezó.

—Está bien —dijo en tono amargo—. Puedes ir a decirle que ya me has dado la advertencia.

Muntadhir la agarró de la mano antes de que pudiese girar sobre sus talones.

—No estoy aquí por orden de mi padre —protestó—. Estoy aquí porque soy tu marido. Y a pesar de lo que pensemos los dos sobre nuestro matrimonio, no quiero que sufras.

La llevó hacia un banco a la sombra frente al canal a la sombra de una margosa envejecida, cuyas ramas se curvaban en una profusa cascada de hojas esmeralda que a todos los efectos lo protegía de la vista.

Se sentó y la obligó a sentarse a su lado.

—Me he enterado de que viviste toda una aventura junto a mi hermana la semana pasada.

Nahri se tensó al instante.

—¿Acaso tu padre...?

—No —la tranquilizó Muntadhir—. Me lo ha contado mi hermana —aclaró, quizá viendo la sorpresa en la cara de Nahri—. Estoy al tanto de sus excursioncitas en el barrio geziri. La descubrí hace años. Es lo bastante lista como para mantenerse a salvo, y su guardia sabe que puede acudir a mí si alguna vez se mete en problemas.

—Oh.

Nahri se había quedado pasmada. Y extrañamente, algo celosa. Puede que los Qahtani fuesen sus enemigos ancestrales, un puñado de oportunistas traicioneros, pero la callada lealtad que existía entre los hermanos, una lealtad nacida del típico amor familiar que Nahri jamás había conocido, la colmaba de una suerte de triste envidia.

Apartó de sí esa sensación.

—Imagino que te ha contado lo del hospital.

—Dice que jamás te había visto tan emocionada.

Nahri puso mucho cuidado en mantener una expresión vacía.

—Era interesante.

—¿Interesante? —repitió Muntadhir con incredulidad—. Tú, que no dejas de hablar de tu trabajo en el dispensario, has descubierto el antiguo hospital de tus ancestros, así como a un grupo de esclavos ifrit liberados. ¿Y lo único que dices al respecto es que era interesante?

Nahri se mordió el labio, reflexionando sobre cómo debía responder a aquello. Por supuesto que el hospital había sido mucho más que interesante. Pero las fantasías que había estado urdiendo en su cabeza desde que pasasen por allí parecían frágiles; era mejor guardárselas para sí.

Estaba claro que no iba a engañar fácilmente a Muntadhir. El emir volvió a tomarla de la mano.

—Cuánto me gustaría que hablases conmigo —dijo en tono suave—. Sé que ninguno de los dos quería esto, Nahri, pero podríamos intentar que funcionase. Siento que no tengo la menor idea de lo que te pasa por la cabeza. —Hablaba con tono suplicante, pero no había manera de ocultar el ápice de exasperación de su voz—. Has alzado tantos muros entre tú y yo que nos separa un laberinto.

Nahri no dijo nada. Por supuesto que había alzado muros. Casi todas las personas que había conocido la habían traicionado como mínimo una vez.

Él le acarició la palma de la mano con el pulgar. Los dedos de Nahri se crisparon; puso una mueca.

—He tenido que coser muchas heridas hoy. Creo que mis habilidades sanadoras internas ya no ven los músculos doloridos como algo anormal.

—Permíteme.

Muntadhir le agarró la mano entre las suyas y empezó a masajearla, apretando las articulaciones como si llevase años dedicándose solo a eso.

Nahri dejó escapar el aire de los pulmones. Algo de tensión abandonó de inmediato sus dedos doloridos.

—¿Quién te ha enseñado a hacer esto?

Él le tironeó de los dedos, estirándolos de un modo que se le antojó delicioso.

—Una amiga.

—Y cuando esa amiga te enseñó, ¿llevabais ropa puesta?

—Teniendo en cuenta quién era… lo más seguro es que no. —Le mostró una sonrisa pícara—. ¿Te gustaría saber qué más me enseñó?

Nahri puso los ojos en blanco.

—Como no me sincero contigo estás intentando seducirme empleando el conocimiento que adquiriste de otra mujer. Pues vaya.

La sonrisa de Muntadhir se ensanchó.

—La vida política me ha enseñado a adoptar enfoques creativos. —Sus dedos ascendieron suavemente por la muñeca de Nahri, que no pudo evitar un leve estremecimiento ante el roce—. Está claro que estás demasiado ocupada para venir a mi cama. ¿Cómo podría si no mantener la paz que se supone que tiene que cimentar nuestro matrimonio?

—No tienes la menor vergüenza, ¿lo sabías? —Sin embargo, no había hablado con dureza. Muntadhir era condenadamente bueno.

Sus dedos trazaban delicadas formas en la piel de la muñeca de Nahri. Sus ojos bailaban de pura hilaridad.

—No te quejas tanto cuando por fin encuentras el camino hasta mi cama.

El calor le inundó las mejillas... y no solo de vergüenza.

—Te has acostado con media Daevabad. Es de esperar que hayas aprendido algo.

—Suena a desafío.

El tono travieso de su expresión no contribuía a apagar aquella sensación absolutamente traidora y cálida que se desplegaba en el vientre de Nahri.

—Tengo que trabajar —protestó cuando él se la sentó de un tironcito en el regazo—. Me está esperando como mínimo una docena de pacientes. Y estamos en el jardín. Alguien podría...

Dejó morir la voz cuando Muntadhir le rozó el cuello con los labios, besándole delicadamente la garganta.

—Nadie ve nada —dijo con alma. Su voz le provocó una oleada de calor por la piel—. Y está claro que necesitas relajarte. Considéralo un deber profesional. —Su mano se deslizó por debajo de la túnica de Nahri—. Estoy seguro de que tus pacientes tendrán un mejor servicio si los atiende una Banu Nahida que no está tan susceptible...

Nahri suspiro y se pegó más a él, a su pesar. La boca de Muntadhir había descendido, le hacía cosquillas en el cuello con la barba.

—Yo no estoy susceptible...

Se oyó una educada tos desde detrás del árbol, seguida de un chillidito:

—¿Emir?

Muntadhir no apartó ni las manos ni los labios.

—¿Sí?

—Tu padre quiere hablar contigo. Dice que es urgente.

Nahri se quedó inmóvil. La mera mención a Ghassán le dio frío. Muntadhir suspiró.

—Por supuesto que es urgente. —Se apartó de ella y la miró a los ojos—. ¿Quieres cenar conmigo esta noche? —preguntó—. Pediré que traigan ese extraño té de flores que te gusta. Podrás insultar mi falta de vergüenza tanto como te plazca.

Nahri no tenía muchas ganas de cenar con él, pero tenía que admitir que no le importaría continuar con lo que habían empezado. Últimamente sentía mucho estrés, y solía dormir mejor las noches que compartía cama con Muntadhir; hacía falta que algún paciente se estuviese muriendo *de facto* para que algún sirviente reuniese el valor necesario para interrumpir al emir y su esposa en el dormitorio.

Aparte, la chispa de esperanza en los ojos de Muntadhir tironeaba el último hilo de ternura que quedaba en el corazón de Nahri. Por muchos defectos que tuviese su marido, y vaya si tenía muchos, no le faltaba encanto.

—Lo intentaré —dijo, apenas reprimiendo una sonrisa.

Él sonrió a su vez, con una expresión de genuino deleite.

—Excelente —dijo, y liberó a Nahri.

Ella se apresuró a recomponerse la túnica. No pensaba volver al dispensario con aspecto de... bueno, de haber estado haciendo justo lo que había estado haciendo.

—Buena suerte con lo que sea que quiera tu padre.

Muntadhir puso los ojos en blanco.

—Seguro que no es nada. —Se llevó la mano al corazón—. En paz.

Nahri lo vio alejarse y se tomó un minuto para disfrutar del aire fresco y del canturreo de los pájaros. Era un día hermoso, y su mirada flotó perezosa hasta el jardín de hierbas.

Y aterrizó en el hombre shafit que se agazapaba entre los arbustos.

Nahri frunció el ceño y vio cómo aquel tipo pasaba a toda prisa junto a parterre de salvia, hasta detenerse frente a un sauce. El hombre se enjugó la frente y echó una mirada nerviosa por encima del hombro a izquierda y derecha.

Qué extraño. Había varios shafit entre los jardineros, pero a ninguno se le permitía tocar las plantas Nahid. Además, aquel tipo en concreto no le resultaba familiar. El hombre se sacó un par de tijeras de podar del cinto y las abrió, como si pretendiese cortar una de las ramas.

Nahri se puso en pie al instante. Sus sandalias de seda y una vida entera de allanamientos le permitieron ocultar el sonido de sus pasos. El hombre ni siquiera alzó la mirada hasta que Nahri estuvo casi encima de él.

—¿Qué crees que haces con mi árbol? —preguntó Nahri.

El shafit dio un respingo y se giró tan rápido que se le cayó el gorro que llevaba. Sus ojos humanos de color castaño se desorbitaron de horror.

—¡Banu Nahida! —ahogó un grito—. Estaba... perdóname —suplicó, uniendo las manos—. Solo estaba...

—¿Dándole un corte a mi sauce? Sí, ya lo he visto. —Tocó la rama dañada y una pizca de corteza se extendió bajo sus dedos. Nahri tenía algo de talento para la botánica, aunque aún no había intentado desarrollarlo mucho, para disgusto de Nisreen—. ¿Sabes lo que sucedería si alguien más te viese...?

Dejó morir la voz al ver el cuero cabelludo del hombre. Estaba desfigurado; tenía el pelo largo alrededor de las sienes, pero irritado y parcheado en lo alto de la cabeza, como si se estuviese recuperando de un brusco afeitado. La carne estaba moteada de manchas violáceas, algo hinchada, alrededor de un extraño trozo de piel del tamaño y la forma de una moneda. Rodeaba aquel trozo de piel un tejido cicatrizado con la forma de una media luna... lo habían cosido con bastante pericia.

Dominada por la curiosidad, Nahri alargó la mano y rozó la piel hinchada. Estaba blanda... demasiado blanda. Expandió sus sentidos Nahid y confirmó lo que parecía imposible.

A aquel hombre le habían extraído un trozo de cráneo de debajo de la piel.

Nahri ahogó un grito. La herida se estaba curando, sentía el chisporroteo del hueso que iba creciendo, pero aun así... Dejo caer la mano.

—¿Esto te lo ha hecho alguien?

El hombre parecía petrificado.

—Sufrí un accidente.

—¿Un accidente que te abrió un agujero en el cráneo y lo cosió luego? —Nahri se arrodilló junto a él—. No voy a hacerte daño —lo tranquilizó—. Solo quiero saber qué ha sucedido… y asegurarme de que no hay nadie que vaya por Daevabad cortando monedas de los cráneos de la gente.

—No es eso lo que ha pasado. —El hombre se mordió el labio y miró en derredor—. Me caí de un tejado y me abrí la cabeza —susurró—. Los doctores le dijeron a mi esposa que la sangre se acumulaba bajo el hueso, y que extraer una parte del cráneo podría aliviar la presión y salvarme la vida.

Nahri parpadeó.

—¿Los doctores? —Nahri contempló el árbol del que aquel hombre había estado extrayendo trozos. Sauce. Por supuesto. Tanto las hojas como la corteza eran valiosas; podían destilarse para hacer medicina contra el dolor y las molestias… al menos, el dolor y las molestias de los humanos—. ¿También te pidieron que hicieses esto?

Él negó con la cabeza, sin dejar de temblar.

—Me ofrecí voluntario. Vi un dibujo en uno de sus libros y creí recordar haber visto un árbol parecido cuando trabajé en el tejado el año pasado, aquí mismo. —Le dedicó una mirada suplicante—. Son buenas personas y me salvaron la vida. Quería ayudarlos.

A Nahri le costó dominar la emoción. Doctores shafit capaces de llevar a cabo cirugías, y que tenían textos médicos.

—¿Quiénes son? —preguntó, ansiosa—. ¿Quiénes son esos doctores?

Él bajó la mirada.

—Se supone que no debemos hablar de ello.

—No pienso hacerles daño alguno. —Se llevó la mano al corazón—. Lo juro por las cenizas de mis ancestros. Yo misma les llevaré trozos de sauce, y mucho más. Tengo muchas medicinas seguras para los shafit en mi dispensario.

El hombre parecía indeciso. Nahri lo estudió de nuevo y se fijó en que llevaba los pies descalzos y una galabiya harapienta. Tenía las manos muy callosas.

Se odió a sí misma un poco, pero extrajo un anillo de oro del bolsillo. Se había olvidado de quitárselo antes de empezar a trabajar en el dispensario, así que se había conformado con guardárselo. En la superficie había incrustados pequeños rubíes que formaban un patrón floral.

Se lo colocó al hombre en la mano.

—Dame un nombre y una ubicación. —Los ojos del hombre se desorbitaron al posarse sobre el anillo—. No voy a hacerles daño, lo prometo. Quiero ayudar.

El ansia dominó las facciones del hombre. Nahri imaginó el dinero que podría proporcionarle un anillo así a un trabajador shafit. Le duraría mucho.

—Subbashini Sen —susurró—. La casa con la puerta roja en la calle Sukariyya.

Nahri sonrió.

—Gracias.

Un pequeño ejército de sirvientes esperaba a Nahri para cuando esta acabó de trabajar. En cuanto puso un pie en el humeante hamán, las criadas descendieron para hacerse con sus ropas manchadas de sangre y pociones y llevárselas a lavar. Le dieron un buen baño y le enjuagaron la piel con agua de rosas. Le masajearon las extremidades con aceites preciosos e intentaron domeñar sus salvajes rizos hasta formar una elegante corona de trenzas.

Nahri, a quien jamás le había gustado ceder el control de nada, insistió en elegir por sí misma su atuendo. Aquella noche se decidió por el vestido del lino de más finura que había tocado jamás. No tenía mangas, y le llegaba a los tobillos con una pálida caída que era pura mantequilla derretida. Lo sujetaba un ornamentado collar de cientos de cuentas: lapislázuli, oro, cornalina y topacio. Le recordaba a Nahri a su hogar. El patrón de los adornos podría haber sido copiado de uno de los antiguos templos de Egipto.

Una sirvienta acababa de cerrarle el delicado collar cuando otra se acercó con un discreto frasco de marfil que contenía cosméticos.

—¿Quieres que te empolve la piel, mi señora? —preguntó.

Nahri contempló el recipiente. Era una pregunta inocente, pero siempre conseguía que se le encogiese el estómago. Alzó la vista de forma instintiva y contempló su propio reflejo en el espejo de plata pulida que descansaba sobre su vestidor.

A pesar de que había una clara línea que separaba a los shafit y a los puros de sangre en Daevabad, una línea dibujada tras siglos de violencia y consagrada por la ley, sus diferencias en cuanto a apariencia no eran tan pronunciadas como sugería su división de poderes. Los puros de sangre tenían orejas puntiagudas y ojos de tonos metálicos cuyo color, por supuesto, variaba según la tribu. Y su piel despedía cierto fulgor, un resplandor neblinoso que reflejaba los chorros de sangre caliente que les corrían por las venas. Según los ancestros y la suerte que tuvieran, los shafit tenían una mezcla de sangre humana y rasgos djinn: ojos castaños humanos junto a orejas perfectamente puntiagudas; o quizá la mirada de estaño de los agnivanshi, sin su distintivo fulgor de piel.

Pero luego estaba Nahri.

A primera vista, no había nada mágico en la apariencia de Nahri. Sus orejas eran tan redondas como las de cualquier humano; y su piel era de un tono marrón terroso. Tenía los ojos oscuros, ciertamente, pero siempre había sentido que les faltaban las mismas profundidades de ébano que era marca distintiva de los daeva. También tenía un rostro que había convencido a Dara de que era shafit, apenas sin sangre mágica en las venas. Se trataba de un rostro que, aparentemente, era falso; resultado de la maldición de un marid... o eso habían afirmado los ifrit que le habían dado caza. Ghassán había aprovechado esa afirmación para declararla públicamente pura de sangre.

En privado, por supuesto, el rey decía algo bien distinto. Aunque tanto daba. Nahri sospechaba que jamás descubriría toda la verdad sobre su origen. Sin embargo, aquel modo despreocupado de ver su propia apariencia había cambiado cuando se casó con Muntadhir. Se esperaba que la futura reina de Daevabad pareciese justo eso, una reina, y por ello las peluqueras la peinaban de modo que las trenzas le cubriesen las puntas de las orejas. Mezclaban ceniza con kohl para darle un aspecto más oscuro a sus ojos. Y luego habían traído aquel maldito recipiente de marfil, que contenía un polvo increíblemente caro, hecho con sabría el Creador qué material, y que le concedía a la piel de Nahri el fulgor de los puros de sangre durante horas.

Era una ilusión, una pérdida de tiempo, una absoluta fachada... todo ello por una reina futura que no podía siquiera proteger a los miembros de su propia tribu, que no podía evitar que los apaleasen y les robasen frente a sus narices. El hecho de que sus sirvientes shafit se vieran obligadas a crear una semblanza de la pureza de sangre que circunscribía sus vidas... le daba náuseas a Nahri.

—No —dijo al fin, intentando que no se le notase la repugnancia que sentía—. No lo necesito.

Hubo unos golpecitos en la puerta. Entró Nisreen.

Nahri soltó un gemido.

—No. Necesito descansar una noche. Dile a quien sea que se cure a sí mismo.

Su mentora le enseñó una sonrisa dolida.

—No siempre vengo a buscarte por trabajo. —Les lanzó una mirada a las criadas de Nahri—. ¿Os importa dejarnos?

Todas obedecieron al instante. Nisreen se sentó junto a ella en el vestidor.

—Estás muy guapa —dijo—. Ese vestido es precioso. ¿Es nuevo?

Nahri asintió.

—Regalo de una costurera sahrayn contenta de haber dejado de sufrir viruela de plata.

—A tu marido le costará apartar los ojos de ti con esta prenda.

—Supongo —dijo Nahri, esforzándose por aplacar el azoramiento. No estaba segura de por qué se molestaba siquiera. Muntadhir se había casado con ella por su nombre, no por su rostro. Su marido estaba siempre rodeado de djinn tan hermosos que quitaban el aliento, hombres y mujeres que tenían voces angelicales y sonrisas capaces de volver loco a un humano. Intentar atraer la atención de Muntadhir parecía una pérdida de tiempo.

La mirada de Nisreen voló hasta la puerta, tras lo cual depositó frente a Nahri un pequeño cáliz de plata que había escondido casualmente en las dobleces de su chal.

—Te he preparado tu té.

Nahri contempló el cáliz. El líquido verde pálido despedía un punzante aroma a hierbas. Ambas sabían qué tipo de «té» era: el tipo que Nahri bebía únicamente cuando iba a visitar a Muntadhir.

—Me sigue preocupando que nos descubran.

Nisreen se encogió de hombros.

—Es probable que Ghassán tenga sus sospechas, pero tú eres una sanadora Nahid. En esto al menos le costará adelantarse a ti. Y vale la pena el riesgo para ganarte algo más de tiempo.

—Algo más de tiempo es justo lo que me está consiguiendo, nada más.

Ghassán no la había presionado mucho en el tema de tener nietos. Aún no. Los djinn no concebían con facilidad; era del todo razonable que el emir y su esposa aún no hubiesen recibido la bendición de un hijo. Sin embargo, Nahri dudaba que el rey contuviese la lengua mucho más tiempo.

Nisreen debió de oír la incertidumbre en su voz.

—Basta por ahora. —Le puso la copa en las manos a Nahri—. Vamos a ir poco a poco, día a día.

Nahri se tragó el té y se puso en pie. Se echó una capa con capucha sobre el vestido.

—He de irme.

Tenía tiempo, pero si se iba ya podría escabullirse por entre los pasadizos traseros para disfrutar de unos minutos a solas, en lugar de tener que ser escoltada por una de las ayudas de cámara de Muntadhir.

—No quiero retrasarte. —Nisreen se levantó a su vez. Miró a Nahri a los ojos, con convicción en la mirada—. Ten fe, mi señora. Tu futuro aquí es más luminoso de lo que te imaginas.

—Siempre dices lo mismo. —Nahri suspiró—. Ojalá tuviese tu misma confianza.

—La tendrás algún día —le prometió Nisreen, y la azuzó con un gesto—. Vamos, vete. No te retrases por mi culpa.

Nahri se marchó. Se internó por uno de los corredores privados que llevaban desde el jardín del harén hasta los apartamentos reales en la planta superior del zigurat de palacio. La planta contaba con una vista excelente del lago de Daevabad. Todos los Qahtani tenían sus aposentos allí, excepto Zaynab, que prefería la cercanía del jardín, abajo.

Al igual que Alí. El recuerdo del príncipe llegó hasta ella sin invitación. No quería pensar en Alí en aquel momento. Odiaba pensar en él, y odiaba el hecho de que, cinco años después de aquella noche, aún sintiese una punzada de humillación al pensar que su supuesto amigo los había guiado a ella y a Dara hasta una trampa mortal. Aquel ingenuo y joven príncipe no debería haber sido capaz de embaucarla, y sin embargo así había sido.

Y, sobre todo, Nahri odiaba que, a pesar de todo, parte de ella aún se preocupase por él. Pues daba igual lo mucho que fingiesen los Qahtani, estaba condenadamente claro que Alí no estaba simplemente «liderando una guarnición» en paz en su tierra ancestral. Lo habían desterrado, y Nahri sospechaba que había sido en unos términos nefastos.

Salió al amplio balcón que abarcaba toda la longitud del apartamento de Muntadhir. Al igual que todo lo que poseía el emir, aquel lugar era agónicamente sofisticado, con barandillas enrejadas de madera y pantallas talladas para asemejar un jardín, así como paneles de seda bordada colocados para dar la apariencia de que se encontraban en una tienda. Dentro de un brasero encendido ardía incienso, al otro lado de una pila de almohadones brocados que descansaban de manera que quien se tumbase en ellos tuviese la mejor vista posible del lago.

Almohadones que no estaban en absoluto vacíos. Nahri se quedó abruptamente inmóvil al ver a Jamshid y a Muntadhir sentados uno frente al otro. La presencia de Jamshid allí no la sorprendió, como sí lo hizo el hecho de que resultaba evidente que los dos habían estado discutiendo.

—¡Pues dile a tu padre que le ordene que dé media vuelta! —insistía Jamshid—. ¿Acaso no puede soltar esas malditas mercancías en la playa y marcharse al momento?

—Lo he intentado —Muntadhir sonaba casi histérico—. Se lo he suplicado a mi padre, y ¿sabes qué me ha dicho? —Dejó escapar una risa atragantada, carente de humor—. Que vaya a hacerle un heredero a mi esposa Nahid si tanto me preocupa mi puesto. Para él no somos más que peones en un condenado juego político. Y ahora resulta que su peón favorito, el mejor, regresa.

Nahri frunció el ceño, confusa. Dejó de lado la culpabilidad que sintió por espiarlos, más que nada por Jamshid, que era su amigo, y no tanto por el político que era su marido, quien seguramente habría instalado a un par de espías propios en el dispensario. Se acercó y se ocultó en un hueco entre una maceta con un helecho y una pantalla tallada ornamental.

Inspiró hondo. La magia del palacio era tan impredecible como poderosa. Aunque Nahri había estado reflexionando en silencio sobre el modo de aprender a invocarla, hacerlo siempre implicaba un riesgo. Estaba segura de que, si Ghassán se enteraba de apenas un ápice de lo que estaba haciendo, la castigaría al momento.

Sin embargo, a veces valía la pena correr el riesgo. Nahri se centró en las sombras a sus pies. *Creced*, les instó, se las acercó con un gesto y permitió que aumentase el miedo a que la descubriesen. *Protegedme.*

Y así lo hicieron. Las sombras se deslizaron para rodearla en un manto de oscuridad. Se le calmó un poco la respiración y se acercó a la pantalla para asomarse a través de los huecos en la madera. Los dos hombres estaban solos. Jamshid se sentaba en el extremo de un almohadón mientras contemplaba a Muntadhir con preocupación creciente.

Muntadhir se puso en pie de un salto, temblando visiblemente.

—Su madre me va a matar. —Empezó a dar vueltas arriba y abajo y a tironearse inquieto de la barba—. Esto es lo que los ayaanle han querido desde hace años. En cuanto regrese a Daevabad me voy a acabar despertando con un cordel alrededor del cuello.

—Eso no va a pasar —se apresuró a decir Jamshid—. Muntadhir, tienes que calmarte y pensarlo bien… no. —La mano de Jamshid salió disparada cuando el marido de Nahri se abalanzó sobre la botella de vino que descansaba sobre la mesa—. Para. Eso no te va a ayudar.

Muntadhir esbozó una sonrisa rota.

—No estoy de acuerdo —dijo en tono débil. Parecía a punto de echarse a llorar—. Está comprobado que el vino es un excelente compañero cuando uno está a punto de caer.

—Nadie va a caer. —Jamshid tironeó de Muntadhir para que tomase asiento en el almohadón a su lado—. Nadie —repitió cuando Muntadhir apartó la mirada—. Muntadhir...

Jamshid vaciló. Cuando volvió a hablar, su voz tenía un tono cauteloso.

—El camino hasta Daevabad es largo y peligroso. Seguro que conoces a alguien que podría...

Muntadhir negó con la cabeza violentamente.

—No puedo. No soy capaz de hacer algo así. —Se mordió el labio y contempló el suelo con amarga resignación—. Al menos, aún no. —Se restregó los ojos y dio una profunda inspiración, como si quisiese recomponerse antes de volver a hablar—. Lo siento. No debería agobiarte con estas preocupaciones. Bien sabe Dios que ya has sufrido bastante por las maquinaciones políticas de mi familia.

—No seas ridículo. —Jamshid le tocó la mejilla a Muntadhir—. Quiero que compartas conmigo este tipo de preocupaciones. —Sonrió—. Si te soy sincero... el resto de tus compañeros no son más que un atajo de aduladores incompetentes.

Eso le arrancó una risa al marido de Nahri.

—Mientras que en ti sí que puedo confiar para que me insultes.

—Y para mantenerte a salvo. —La mano de Jamshid descendió y acunó la barbilla de Muntadhir—. No te va a suceder nada malo, lo juro. No lo permitiré. Y para este tipo de juramentos soy repugnantemente honorable.

Muntadhir volvió a reírse.

—Lo sé. —Volvió a inspirar hondo y, de pronto, cerró los ojos de golpe, como si algo le doliese. Cuando volvió a hablar, lo hizo con la voz cargada de pesar—. Te echo de menos.

La cara de Jamshid se contorsionó. El humor desapareció de su semblante. Pareció darse cuenta de dónde tenía la mano, y su mirada descendió hasta la boca del esposo de Nahri.

—Lo siento —susurró—. No pretendía...

El resto de su explicación no llegó a abandonar sus labios, porque de pronto Muntadhir lo estaba besando, con una desesperación que era claramente correspondida. Jamshid hundió la mano en los cabellos oscuros de Muntadhir, se lo acercó…

Y, acto seguido, lo apartó.

—No puedo —dijo con voz atragantada. Temblaba de los pies a la cabeza—. Lo siento, pero no puedo. Ya no. Te lo dije cuando te casaste. Es mi Banu Nahida.

Nahri retrocedió un paso, estupefacta. No era por aquella alusión a la intimidad que había compartido los dos en el pasado, pues había momentos en los que parecía que Muntadhir se había acostado con literalmente la mitad de la gente que conocía Nahri. Sin embargo, todos aquellos amoríos parecían casuales, flirteos con varios ministros extranjeros, devaneos con poetas y bailarinas.

La angustia que irradiaba su marido en aquel momento no era casual. No había rastro del emir seguro de sí mismo que se la había colocado en el regazo en el jardín. Muntadhir se había echado hacia atrás, como si el rechazo de Jamshid hubiese sido un golpe físico. Parecía esforzarse por no llorar. La compasión embargó a Nahri. A pesar de todas las trampas de poder y encanto de la corte, no pudo evitar sorprenderse al ver hasta qué punto estaban solos todos los habitantes de aquel lugar.

Muntadhir contempló el suelo.

—Por supuesto —sonaba como si se esforzase por recobrar la compostura—. En ese caso quizá deberías irte —añadió con voz rígida—. Nahri está a punto de llegar y no soportaría que te vieras en una situación incómoda.

Jamshid suspiró y se puso en pie con lentitud. Se apoyó en el bastón y miró resignado a Muntadhir.

—¿Has conseguido liberar a los daeva de los que te hablamos Nahri y yo?

—No —respondió Muntadhir, en un tono mucho más seco del que había usado con ella al comentar el mismo tema—. Resulta difícil liberar a alguien que es culpable del delito del que lo acusan.

—¿Ahora es delito discutir las implicaciones de las políticas financieras de tu padre en público?

Muntadhir alzó la cabeza de golpe.

—Bastante turbulenta está ya Daevabad sin que corra ese tipo de chismorreos, que le hacen daño a la moral y contribuyen a que el pueblo pierda la fe en su rey.

—Lo mismo que arrestar arbitrariamente a gente que parece tener riqueza y terrenos que se pueden confiscar para las Arcas. —Jamshid entrecerró los ojos—. Y por supuesto, cuando hablo de «gente» me refiero a los daeva. Todos sabemos que no se trata igual al resto de tribus.

Muntadhir negó con la cabeza.

—Mi padre intenta mantener la paz, Jamshid. No vayamos a fingir que tu pueblo se lo pone fácil.

Jamshid apretó los labios hasta formar una fina línea de pura decepción.

—Tú no eres así, Muntadhir. Y ya que hemos dejado claro que soy el único sincero contigo... deja que te advierta que estás siguiendo la misma senda por la que, según tú, tu padre se echó a perder. —Giró sobre sus talones—. Saluda a Nahri de mi parte.

—Jamshid...

Pero Jamshid ya se marchaba. Se dirigía hacia el lugar donde Nahri estaba escondida. Ella retrocedió a toda prisa hasta lo alto de la escalera, como si acabase de llegar.

—¡Jamshid! —lo saludó con falsa alegría—. ¡Qué agradable sorpresa!

Él se las arregló para esbozar una sonrisa que no se contagió a sus ojos.

—Banu Nahida —replicó, con la voz algo ronca—. Mis disculpas. No pretendía ser un intruso en vuestra velada.

—No pasa nada —dijo ella en tono amable. Odiaba aquella expresión descorazonada que Jamshid seguía teniendo escrita claramente por la cara. Muntadhir no los miraba; se había acercado al borde del balcón y centraba la atención en los titilantes fuegos de la ciudad a sus pies. Nahri le tocó el hombro a Jamshid—. Ven a verme mañana. Tengo una cataplasma nueva que quiero ponerte en la espalda.

Él asintió.

—Mañana —pasó junto a ella y descendió las escaleras a las entrañas del palacio.

Nahri dio unos pasos al frente, algo insegura.

—Que la paz sea contigo —le dijo a su marido—. Si vengo en mal momento...

—Por supuesto que no. —Muntadhir se giró hacia ella. Nahri tenía que reconocer sus dotes de actor: aunque estaba pálido, su rostro estaba desprovisto de la emoción que había asomado a él hacía solo unos instantes. Supuso que era el tipo de habilidad que se aprendía tras unas cuantas décadas en la corte real de Daevabad—. Discúlpame. —Carraspeó—. No te esperaba tan pronto.

Por supuesto. Ella se encogió de hombros.

—He terminado antes.

Muntadhir asintió.

—Deja que llame a un sirviente —sugirió, y cruzó el balcón—. Haré que nos traigan algo de comer.

Nahri lo agarró de la muñeca.

—¿Qué tal si te sientas? —sugirió en tono suave—. No tengo hambre. Pensaba que podríamos hablar antes.

En cuanto se aposentaron ambos en los almohadones, Muntadhir echó mano a la botella de vino.

—¿Te apetece un poco? —preguntó mientras llenaba su propia copa hasta el borde.

Nahri lo miró. Ella no era Jamshid, y no se sentía cómoda deteniéndolo.

—No... gracias.

Muntadhir se bebió la mayor parte de la copa y volvió a llenarla.

—¿Va todo bien? —se atrevió a preguntar Nahri—. La reunión con tu padre...

Muntadhir se encogió.

—¿Podemos hablar de algo distinto? ¿Un rato al menos?

Ella se detuvo. Se moría de ganas de descubrir qué había estado discutiendo Muntadhir con Ghassán, qué era eso que había desembocado en una pelea con Jamshid. Sin embargo, cambiar de tema quizá podría sacarlo de su mal humor.

Y desde luego, Nahri tenía un tema listo para discutir.

—Por supuesto. De hecho, quería comentarte algo interesante que me pasó en el jardín justo después de que te marchases. Me encontré con un shafit que tenía un agujero en el cráneo.

Muntadhir se atragantó y se escupió un chorro de vino en la mano.

—¿Has encontrado un shafit muerto en tu jardín?

—Muerto no —corrigió Nahri en tono ligero—. Aparte del agujero tenía bastante buen aspecto. Me dijo que un cirujano había llevado a cabo el procedimiento para salvarle la vida. Un cirujano shafit, Muntadhir. —La admiración se adueñó de su voz—. Alguien con la suficiente habilidad como para abrirle un agujero en el cráneo a un hombre, volver a coserlo y mantenerlo con vida. Y tenía un aspecto perfecto. A ver, el lugar donde se encontraba el agujero estaba un poco esponjoso, pero...

Muntadhir alzó una mano, con un aspecto levemente asqueado.

—No hace falta que me cuentes los detalles. —Contempló aquel vino carmesí y unas leves náuseas le sobrevolaron el rostro. Dejó la copa—. Bueno, ¿y qué le pasaba a ese hombre?

—¿Que qué le pasaba? —exclamó Nahri—. ¡Lo que le ha pasado demuestra un talento extraordinario! El médico que lo operó podría haberse formado en el mundo humano. Convencí a ese hombre para que me diese un nombre y la calle en la que trabaja el médico.

—Pero ¿para qué quieres ese dato? —preguntó Muntadhir, perplejo.

—¡Porque quiero dar con él! Para empezar... soy la Banu Nahida. Debería asegurarme de que es un médico de verdad y no algún tipo de... embaucador que se ha aprovechado de un shafit desesperado. —Nahri carraspeó—. Pero también es que me encantaría conocerlo. Sería un valioso aliado. A fin de cuentas, buena parte de lo que me enseñó Yaqub me sigue sirviendo.

Muntadhir pareció aún más confundido.

—¿Yaqub?

A Nahri se le encogió el estómago. No estaba acostumbrada a hablar de lo que la apasionaba, de todo lo que tenía más cerca del corazón. La perplejidad de Muntadhir no ayudaba.

—Era el boticario con el que trabajé en El Cairo, Muntadhir. El anciano. Mi amigo. Te lo he mencionado antes.

Muntadhir frunció el ceño.

—O sea, que quieres buscar a un médico shafit porque en su día tuviste un amigo boticario en el mundo humano.

Nahri inspiró hondo al ver una posibilidad abierta. Quizá no era el momento idóneo, pero Muntadhir había dicho que quería que hablase más abiertamente con él. En aquel momento sentía el corazón a punto de estallar.

—Porque quiero ver si hay algún modo de que podamos trabajar juntos... Muntadhir, es muy duro ser la única sanadora de por aquí —confesó—. Me siento muy sola. La responsabilidad resulta aplastante. Hay días en los que apenas duermo, apenas como. —Intentó controlar la emoción que asomaba a su voz—. He pensado que... ese viejo hospital Nahid... —se le trabaron las palabras al intentar explicar los sueños a los que llevaba tiempo dando vueltas en la cabeza, desde que visitase aquellas ruinas—. Me pregunto si podríamos reconstruirlo. Traer a un médico shafit para compartir la carga de pacientes y...

Los ojos de Muntadhir se desorbitaron.

—¿Quieres reconstruir ese sitio?

Nahri intentó no encogerse ante la incredulidad horrorizada del semblante de Muntadhir.

—Me... me dijiste que podía acudir a ti, hablar contigo...

—Sí; pero sobre asuntos plausibles, de si quieres que venga otra daeva a la corte, o si quieres tomar parte en los preparativos de Navasatem. Pero lo que estás sugiriendo... —Sonaba conmocionado—. Zaynab me dijo que el edificio estaba medio derruido. ¿Tienes la menor idea del esfuerzo y los costes que supondría restaurarlo?

—Ya lo sé, pero había pensado...

Muntadhir se puso de pie y empezó a caminar en círculos, alterado.

—Y además, ¿quieres trabajar codo con codo con un shafit? —pronunció esa última palabra con un desdén apenas disimulado—. Por supuestísimo que no. Mi padre jamás lo permitiría. Ni siquiera deberías ir a buscar a ese médico. Supongo que comprenderás que lo que está haciendo es ilegal.

—¿Ilegal? ¿Cómo va a ser ilegal ayudar a la gente?

—Los shafit... —Muntadhir se restregó la nuca. La vergüenza asomó a su rostro—. A ver... no se puede... no podemos... actuar de un modo que... les anime a acrecentar su población.

Nahri guardó silencio por un instante. La conmoción le había paralizado la lengua.

—Dime que no piensas eso de verdad —dijo, rezando para que Muntadhir se hubiese equivocado al hablar, para que aquel desagrado que había captado en su voz no hubiesen sido más que imaginaciones—. Eres un Qahtani. Tus ancestros derrocaron a los míos, los masacraron, para proteger a los shafit.

—Eso fue hace mucho. —Muntadhir le dedicó una mirada suplicante—. Y los shafit no son tan inocentes como tú te crees. Odian a los daeva. Te odian a ti.

Ella se enfureció.

—¿Por qué iban a odiarme a mí? ¡Crecí en el mundo de los humanos!

—Y regresaste junto a un hombre famoso por usar un flagelo para determinar el color de la sangre de la gente —señaló Muntadhir—. Te guste o no, Nahri, te has ganado una reputación entre los shafit.

Ella se encogió, pero decidió ignorar la acusación. Bastante horripilante se había vuelto aquella conversación sin que se mencionase al perturbado Afshín y sus sangrientos crímenes.

—Yo no tuve nada que ver con lo que pasó en Qui-zi —dijo a la defensiva—. Ninguno de nosotros estaba siguiera vivo por aquel entonces.

—Eso da igual. —Una advertencia asomaba a los ojos de Muntadhir—. Nahri, los daeva y los shafit comparten un odio antiguo. En realidad lo comparte la mayoría de los puros de sangre y los shafit. No alcanzas a comprender lo mucho que nos odian.

—¿Y tú sí? ¡Probablemente no hayas hablado con un shafit en toda tu vida!

—No, pero he visto las armas humanas que han metido aquí de contrabando con la esperanza de causar un alzamiento. He escuchado las mentiras venenosas que escupen sus predicadores, las amenazas que dirigen hacia tu pueblo antes de que los ejecuten. —Por su rostro cruzó una expresión que Nahri no consiguió descifrar—. Créeme cuando te digo que sé muy bien lo astutos que son a la hora de reclutar a otra gente para su causa.

Nahri no dijo nada. Sentía náuseas, y no por aquel recordatorio de que tanto ella como los demás daeva estaban en peligro, sino porque de pronto comprendió que su esposo, el Qahtani al que, había supuesto ella, menos le importaba la pureza de sangre, quizá compartía los peores prejuicios de su tribu. Nahri aún no sabía qué había visto Ghassán en su apariencia para estar tan seguro de que era tanto Nahid como shafit, pero el rey había dejado claro que lo había comprendido gracias al sello de Salomón.

Y algún día, Muntadhir tendría ese mismo sello. Lo recibiría y vería de verdad a la mujer con la que se había casado.

Se le estremeció el corazón.

—Nada de lo que dices suena a estabilidad política, Muntadhir —dijo ella, eligiendo con cuidado las palabras—. Si la situación está tan mal, ¿no sería mejor intentar colaborar con los shafit? Tú y yo nos hemos casado para promover la paz entre los geziri y los daeva. ¿Por qué no podemos intentar lo mismo con los mestizos?

Muntadhir negó con la cabeza.

—Así no. Me siento mal por los shafit, de verdad. Pero el problema de los shafit lleva cociéndose durante generaciones. Lo que sugieres es demasiado arriesgado.

Nahri bajó la vista. Captó por el rabillo del ojo las cuentas del cuello de aquel hermoso vestido nuevo y se arrebujó más en el manto que llevaba. De pronto se sentía muy estúpida.

Jamás será el aliado que necesito. Aquella dura verdad resonó en su interior: su mente no dejaba de dar vueltas a la negativa de Muntadhir a abordar la persecución de los shafit y a las acusaciones de Jamshid. Extrañamente, Nahri no lo odiaba por ello. Ghassán también la había maltratado, y eso que no era su hijo. No había modo de negar la angustia que sentía Muntadhir por Jamshid, el genuino remordimiento en su voz cuando había mencionado, y rápidamente descartado, el suplicio de los shafit.

Sin embargo, Ghassán no la había derrotado, aún no, no del todo. No quería doblegarse más de lo que ya lo había hecho, aunque ello supusiese quedarse sola.

Muntadhir debió de captar el cambio en su semblante.

—No se trata de un no definitivo —se apresuró a decir—. Pero ahora no es buen momento para proponer algo tan drástico.

Nahri apretó los dientes.

—¿Por Navasatem? —Como se le ocurriese a alguien echarle la culpa de algo más a aquella maldita festividad, Nahri pensaba prenderle fuego a lo primero que viese.

Él negó con la cabeza.

—No, no es por Navasatem. Es por el motivo por el que mi padre quería verme hoy. —Apretó la mandíbula y centró la mirada en el lago lejano, en el agua negra que reflejaba las estrellas desparramadas por el cielo—. Es porque mi hermano va a volver a Daevabad.

7

DARA

Dara estudió el mapa humeante de Daevabad que había invocado. Usó los dedos para girarlo hacia un lado y hacia otro mientras pensaba.

—Suponiendo que encontremos un modo de cruzar el umbral y atravesar el lago de Daevabad, el siguiente problema con el que nos encontraremos será entrar en la ciudad en sí. —Alzó la vista hacia su grupo de guerreros. Había escogido con sumo cuidado a los integrantes. Eran los diez más astutos, los que estaba formando para ser líderes—. ¿Qué sugerís?

Irtemiz paseó alrededor del mapa. Casi parecía acecharlo.

—¿Hay algún modo de trepar por las murallas?

Dara negó con la cabeza.

—No se pueden escalar las murallas. Tampoco se puede abrir un túnel por debajo, ni volar por encima. Las alzó la mismísima Anahid, bendita sea.

Mardoniye intervino: señaló con el mentón a las puertas de la ciudad.

—Las puertas no están bien defendidas. La Guardia Real vigila los barcos que cruzan el lago, pero no estarán atentos a un grupo de guerreros que llegue a la playa desde el agua. Podríamos cruzarlas por la fuerza.

—E irrumpir directamente en medio del Gran Bazar —señaló Dara.

El odio destelló en los ojos de Mardoniye.

—¿Eso es malo? —Se pasó una mano por el rostro cubierto de cicatrices. Tenía la piel moteada allá donde lo había abrasado el fuego de Rumi—. No me importaría vengarme por lo que nos hicieron los shafit.

—Nuestra misión no es vengarnos —lo reprendió Dara—. Y ahora mismo lo único que estamos discutiendo es la estrategia a seguir. Quiero que penséis. El Gran Bazar está a pocas manzanas de la Ciudadela. —Señaló con el mentón a la torre de la Ciudadela, que se cernía sobre el Gran Bazar desde el lugar en el que se alzaba, junto a las murallas de bronce—. Cientos, si no miles, de soldados de la Guardia Real se abalanzarían sobre nosotros en pocos minutos. Nos aniquilarían antes de que llegásemos siquiera a palacio.

Bahram, otro superviviente de la Brigada Daeva, fue el siguiente en hablar:

—Podríamos separarnos —sugirió—. La mitad de nosotros puede quedarse atrás para retrasar a la Guardia mientras vosotros lleváis a la señora y al resto al palacio.

Un escalofrío recorrió a Dara ante la facilidad con la que había hecho la sugerencia.

—Eso supondría la muerte segura de los guerreros que quedasen atrás.

Bahram lo miró a los ojos con un fulgor en la mirada.

—Estamos preparados para hacer semejante sacrificio.

Dara paseó la vista por el grupo. No dudaba de que Bahram tenía razón. Los rostros de sus jóvenes soldados mostraban una fiera resolución, algo que debería haber complacido tremendamente a Dara. Lo había dado todo para entrenarlos; debería estar orgulloso de que estuviesen a su lado.

Y sin embargo, por el Creador, Dara había luchado junto a muchísimos daeva jóvenes cuyas caras había destellado con la misma convicción. Y luego había recuperado sus cadáveres y los había entregado a las llamas como mártires, en lo que empezaba a antojársele una guerra sin final.

Suspiró. Aquella guerra sí que tendría un final. Dara se aseguraría de ello. Pero también tenía que cuidar más de sus hombres.

—Lo único que conseguiríamos sería retrasarlos. Os masacrarían y luego nos darían alcance antes de que llegásemos muy lejos.

—¿Y qué me dices de los necrófagos? —sugirió otro hombre—. Ahora los ifrit son nuestros aliados, ¿no? Uno de ellos, el delgado, presumía de ser capaz de invocar a un ejército entero de necrófagos.

El rostro de Dara se contrajo en una mueca de desagrado ante la mención de aquel ifrit, a quien odiaba en particular. Decir que eran aliados, junto con el recuerdo de los necrófagos, no hizo sino acrecentar su repulsión. Por no mencionar que Vizaresh, el ifrit al que se referían, había amenazado en su día a Nahri. Había dicho que iba a «triturarle el alma hasta convertirla en polvo» por haber envenenado a su hermano... una amenaza que Dara no pensaba olvidar con facilidad.

—No quiero ver a esos seres nauseabundos en nuestra ciudad —se limitó a decir.

Irtemiz sonrió.

—¿Te refieres a los necrófagos o a los ifrit?

Dara soltó un resoplido. Sus soldados eran como una familia para él, pero le profesaba un cariño especial a Irtemiz, cuyo talento innato con el arco se había desarrollado mucho gracias al cuidadoso entrenamiento de Dara. Irtemiz conseguía mantener el buen humor incluso en las sesiones de entrenamiento más duras.

—A ambos —replicó. Luego hizo un gesto hacia el mapa—. Quiero que penséis en todo esto y discutáis soluciones entre vosotros mientras yo no estoy.

Dara no compartía la confianza de Manizheh en que una misteriosa reunión entre Aeshma y los marid fuese a conseguir que pudiesen cruzar el umbral mágico que protegía Daevabad. Sin embargo, por si acaso funcionaba, quería estar preparado.

—¿Deberíamos seguir practicando con Abu Sayf?

Dara se lo pensó. Se las había arreglado para convencer a Abu Sayf para que entrenase a sus soldados... bueno, no, quizá convencer no era la palabra adecuada. Había amenazado con flagelar al explorador geziri más joven e irritante si Abu Sayf no obedecía. Iban a enfrentarse a los zulfiqares de los soldados en su lucha para retomar el control de Daevabad. Contar con aquellos dos exploradores como prisioneros les proporcionaba una oportunidad poco común de aprender a luchar contra esas armas. A Dara no le había gustado hacer una amenaza tan siniestra, pero había pocas cosas que no estuviese dispuesto a hacer para preparar a sus jóvenes guerreros.

Sin embargo, aquellos entrenamientos solo debían llevarse a cabo cuando él estuviese presente. No se fiaba de que los geziri no intentasen algo en su ausencia.

—No. No quiero que los desencadenéis en ningún momento. A ninguno de los dos. —Despachó al grupo con un gesto—. Podéis marcharos. Os veré en la cena antes de marcharme.

Alzó una mano e hizo desaparecer el mapa con un gesto. Los edificios se derrumbaron hasta convertirse en una oleada de humo. El palacio en miniatura cayó y la torre de la Ciudadela se disolvió sobre el muro.

Dara se detuvo. Chasqueó los dedos para volver a invocar la torre y aplastarla una vez más, para derrumbarla. La estructura era tan alta como para que la mitad superior se desplomase sobre las murallas, lo cual abriría un agujero en el mismísimo corazón de la ciudadela… y crearía una entrada a la ciudad.

Esa magia no está a mi alcance. Puede que Manizheh creyese que Dara era invencible, pero él estaba aprendiendo que era mejor tomar con cautela algunas de las historias fantásticas que se comentaban sobre los poderes de sus poderosos ancestros en tiempos de Salomón. Estaba dispuesto a quebrarse por completo para recuperar Daevabad, pero no podía permitirse agotar su magia justo al principio de la invasión.

Apartó de sí la idea y se acercó a la gran alfombra que había enrollada en un rincón. Hacía años que Dara no volaba en alfombra, desde que viajó junto a Nahri hasta Daevabad. Pasó una mano por la superficie de lana.

Encontraré el modo de volver a ti. Lo prometo.

Pero antes, Dara tenía una reunión con el mismísimo diablo.

Manizheh y Dara volaron en dirección este. Atravesaron un asombroso paisaje que se extendía ante ellos como seda arrugada; colinas esmeralda y planicies polvorientas que se entremezclaban, recorridas por las líneas azul profundo de ríos y arroyos. Aquel paisaje provocó una extraña paz en Dara. Khayzur, el peri que lo había sanado en cierta ocasión, había intentado enseñar a Dara a apreciar momentos como aquel, a permitir que el solaz y la belleza del mundo natural lo embargase. Había sido una lección difícil de digerir. La primera vez que había regresado, Dara había recibido la noticia de que su mundo había muerto hacía catorce siglos, y que su pueblo no albergaba de él más que un recuerdo manchado en sangre.

Aunque no para todo el mundo. Resultaba imposible sentarse en aquella alfombra que atravesaba el cielo y no recordar los primeros días que había pasado con Nahri, días que lo había impulsado a beber. La mera existencia de Nahri le había parecido un escándalo, la prueba física de que los benditos Nahid habían roto su regla más sagrada y habían yacido con humanos. El hecho de que Nahri fuese una ladrona y una embaucadora a la que mentir le costaba tan poco como respirar parecía demostrar hasta el último estereotipo negativo que Dara había oído de los shafit.

Pero luego... se había convertido en mucho más que una mera ladrona. A su lado, Dara se había sentido sorprendentemente libre... libre para ser un hombre normal, no el famoso Afshín o el despreciable Flagelo. Libre para intercambiar flirteos ingeniosos con aquella mujer ingeniosa y bella, para deleitarse con el inesperado temblor que aquella sonrisa magnética y burlona despertaba en su corazón. Y todo porque Nahri desconocía su historia. Era la primera persona con la que hubiera hablado Dara en siglos que no conocía nada de su pasado. Por eso había podido dejarlo atrás.

Sabía que se trataba de un afecto estúpido, había sabido que no podía durar. Y sin embargo, había intentado desesperadamente ocultarle a Nahri la peor parte de su pasado... una decisión de la que aún se arrepentía. Si se hubiera sincerado con ella, si se lo hubiese confesado todo... si le hubiese dado la oportunidad de decidir por sí misma... no podía evitar preguntarse si Nahri habría optado por escapar de Daevabad junto a él si no le hubiese puesto una hoja al cuello a Alizayd al Qahtani.

Pero todo eso ya daba igual. Nahri había visto quién era Dara en realidad aquella noche, en el barco.

—¿Te encuentras bien?

Sobresaltado, Dara alzó la vista y vio que Manizeh lo observaba con una expresión sabia en el rostro.

—Tienes aspecto de estar reflexionando sobre algo grave. ¿Es así?

Dara se obligó a sonreír.

—Me recuerdas a tus ancestros —dijo, evitando responder a la pregunta—. Cuando era niño pensaba que eran capaces de leer la mente.

Manizheh se rio; un sonido desacostumbrado.

—No, no podemos hacer nada tan fantástico. Pero cuando pasa una dos siglos sintonizada con cada latido de cada corazón, con cada rubor de la piel y con cada inspiración que la rodea, se acaba pudiendo adivinar lo que piensa la gente. —Le clavó la mirada—. No has respondido.

Dara se encogió. A primera vista, Manizheh y su hija no se parecían mucho. Manizheh era más pequeña y compacta. Le recordaba bastante a su propia madre, una mujer capaz de preparar una comida para cincuenta comensales para luego romperse una cuchara contra la rodilla para apuñalar a un hombre. Sin embargo, los ojos de Manizheh, agudos y negros, algo rasgados en las comisuras... eran los ojos de Nahri. Cuando se encendían con una llama desafiante eran capaces de atravesar a Dara.

—Estoy bien. —Abarcó el lejano suelo con un gesto de la mano—. Apreciando el paisaje.

—Es hermoso —concordó Manizheh—. Me recuerda a Zariaspa. Rustam y yo solíamos pasar allí los veranos con los Pramukh cuando éramos jóvenes. —Su voz adoptó un tono nostálgico—. Fueron los días más felices de mi vida. Correteábamos de un lado para otro, trepábamos por las montañas, corríamos con los simurgh, probábamos todas las plantas y hierbas prohibidas que encontrábamos. —Una sonrisa triste le atravesó el rostro—. Es lo más parecido a la libertad que llegamos a experimentar.

Dara echó hacia atrás la cabeza.

—Quizá tuviste suerte de no contar por aquel entonces con un Afshín. Todo eso suena terriblemente arriesgado. Mi gente jamás lo habría permitido.

Manizheh volvió a echarse a reír.

—No, por aquel entonces no había ningún guardián legendario que pudiese echarnos a perder la diversión. Los Pramukh eran bastante indulgentes con nosotros, siempre y cuando nos llevásemos a Kaveh en nuestras aventuras. Parecían no darse cuenta de que Kaveh era igual de irresponsable que nosotros dos. —Vio la expresión escéptica de Dara y negó con la cabeza—. Que no te engañe ese rostro de gran visir. Cuando lo conocí, Kaveh no era más que un niño de pueblo cubierto de barro. Se le daba mejor escabullirse para cazar salamandras de fuego que contener a dos Nahid incansables. —Miró en la lejanía y la luz menguó en sus ojos—. A medida que fuimos creciendo dejaron de permitirnos ir a Zariaspa con tanta frecuencia. Yo le echaba mucho de menos.

—Sospecho que Kaveh sentía lo mismo —dijo Dara con cautela. Había visto el modo en que Kaveh miraba a Manizheh. A nadie se le había escapado el hecho de que su visitante no había dormido aún en la tienda que le habían preparado. Aquello había dejado confundido a Dara; estaba claro que aquel remilgado gran visir tenía un lado oculto—. Me sorprende que no lo hayas traído con nosotros.

—Por supuesto que no lo iba a traer con nosotros —dijo ella al instante—. No quiero que los ifrit sepan más de lo necesario de él.

Dara frunció el ceño ante la fiereza de la voz de Manizheh.

—¿Por qué no?

—¿Estarías dispuesto a morir por mi hija, Darayavahoush?

La pregunta le sorprendió, aunque la respuesta ya estaba lista en sus labios:

—Sí. Por supuesto.

Manizheh le lanzó una mirada cómplice.

—Pero ¿permitirías que ella muriese por ti? ¿Que sufriese por ti?

Ya ha sufrido por mí.

—No si pudiera evitarlo —dijo Dara en tono quedo.

—Exacto. El afecto supone una debilidad para la gente como nosotros. Es algo que debemos ocultarles a aquellos que quieren hacernos daño. Amenazar a un ser querido es un método de control más efectivo que semanas de tortura.

Pronunció aquellas palabras con una certeza tan gélida que un escalofrío le recorrió la columna a Dara.

—Suena como si hablases por propia experiencia —se atrevió a decir.

—Yo amaba mucho a mi hermano —dijo, contemplando la lejanía—. Los Qahtani jamás me han permitido olvidarlo. —Bajó la vista y se escrutó las manos—. Confieso que mi deseo de atacar durante Navasatem responde a motivos personales.

—¿Por qué?

—Porque Rustam pasó su último Navasatem en las mazmorras. Yo perdí los nervios y le dije algo poco acertado al padre de Ghassán, Khader. —Aquel nombre salió de sus labios como una maldición—. Un hombre aún más duro que su hijo. No recuerdo qué le dije, cualquier tontería insignificante de una jovencita furiosa. Pero Khader se lo tomó como una amenaza. Hizo que sacaran a mi hermano del dispensario y lo metieran en una celda sin ventanas en las profundidades del palacio. Dicen... —Carraspeó—. Dicen que los cadáveres de aquellos que mueren en las mazmorras no se retiran. Hay que yacer ahí con cadáveres. —Hizo una pausa—. Rustam pasó todo el mes de Navasatem ahí dentro. No habló durante semanas. Incluso años después... solo podía dormir con lámparas encendidas toda la noche.

Dara sintió náuseas. Pensó sin quererlo en el destino que había corrido su hermana.

—Lo siento —dijo en tono suave.

—Yo también. Desde entonces he aprendido que la anonimidad resulta mucho más segura para mis seres queridos. —Torció la boca en un gesto amargo—. Aunque no carece de ciertas desventajas crueles.

Él vaciló; las palabras de Manizheh indicaban algo que no podía dejar pasar.

—¿No confías en los ifrit? —preguntó. Él mismo había dejado claro en más de una ocasión la poca estima que profesaba a los ifrit, pero Manizheh se había negado a oírle—. Pensaba que eran tus aliados.

—Son un medio para alcanzar un fin. No suelo dar mi confianza con facilidad. —Se echó hacia atrás y se apoyó en las palmas—. Kaveh me es muy querido. No pienso permitir que los ifrit se enteren de ello.

—Tu hija... —A Dara se le encogió la garganta—. Cuando he dicho que moriría por ella, espero que entiendas que me refería a cualquier Nahid. No lo he dicho por... —se aturrulló—. No voy a pasarme de la raya; sé cuál es mi lugar.

Un ápice de hilaridad le iluminó el rostro a Manizheh.

—¿Cuántos años tenías cuando moriste, Afshín? La primera vez, me refiero.

Dara intentó recordar.

—¿Treinta? —Se encogió de hombros—. Hace mucho, y los últimos años fueron muy difíciles. No lo recuerdo con exactitud.

—Eso pensaba yo.

—No comprendo.

Ella le dedicó una sonrisa irónica.

—A veces hablas como un jovencito que apenas ha cumplido el medio siglo. Tal y como ya hemos comentado... soy una Nahid con una intuición que tú comparas con la capacidad de leer la mente.

Antes de poder controlarse se le pusieron coloradas las mejillas y le dio un vuelco el corazón... justo las señales que había estado buscando Manizheh, claro.

Ella entornó los ojos.

—Ah, creo que ese es el lago donde vamos a encontrarnos con Aeshma. Podemos bajar.

Él volvió a ruborizarse.

—Banu Manizheh, espero que sepas...

Ella lo miró a los ojos.

—Tus afectos son tuyos, Afshín. —Adoptó una mirada algo más dura—. Pero no permitas que se conviertan en debilidades. De ningún modo.

Avergonzado, Dara se limitó a asentir. Alzó una mano y la alfombra empezó a bajar a toda velocidad hacia un lejano resplandor azulado. El lago era enorme, más mar que lago, de aguas de un brillante tono aguamarina, un color tropical que contrastaba fuertemente con las montañas cubiertas de nieve que circundaban sus orillas.

—El lago Ossounes —dijo Manizheh—. Aeshma dice que es un lugar sagrado para los marid desde hace milenios.

Dara le lanzó al lago una mirada inquieta.

—No pienso sobrevolar tanta agua encima de una alfombra.

—No será necesario. —Manizheh señaló a una fina columna de humo que se alzaba desde la orilla situada en el extremo oriental del lago—. Sospecho que es él.

Volaron más cerca, hasta situarse sobre unos riscos pedregosos de color rojo y una playa estrecha y pantanosa. Lo cierto era que el lugar impresionaba. Había hileras de árboles de hoja perenne que se alzaban como centinelas frente a colinas elevadas y valles cubiertos de hierba. Unas cuantas nubes cruzaban el pálido cielo; un halcón volaba en las alturas. El aire tenía un olor fresco que prometía mañanas frías alrededor de hogueras con aroma a pino.

Un anhelo se apoderó del corazón de Dara. Aunque había nacido en Daevabad, aquel era el tipo de tierra que adoraba. Cielos abiertos y paisajes asombrosos. Se podía echar mano de un arco y un caballo y perderse en una tierra como aquella para dormir bajo las estrellas y explorar las ruinas de reinos perdidos en el tiempo.

Algo más adelante, una hoguera brillaba en la playa. Las llamas lamían el aire con un deleite quizá un tanto demasiado malicioso.

Dara inspiró y captó un aroma antiguo a sangre y hierro.

—Aeshma. Está cerca. —Del cuello de su atuendo empezó a brotar humo—. Huelo esa nauseabunda maza que lleva consigo, la que está empapada de la sangre de nuestro pueblo.

—Quizá deberías adoptar tu forma natural otra vez.

Dara frunció el ceño.

—Esta es mi forma natural.

Manizheh suspiró.

—No lo es, y lo sabes. Ya no. Los ifrit ya te han advertido que tu magia es demasiado para este cuerpo. —Le dio unos golpecitos al brazo tatuado de Dara, cuya piel era de un tono marrón pálido, y por supuesto no estaba en llamas—. Así eres más débil.

La alfombra aleteó hasta posarse en el suelo. Dara no replicó, pero tampoco se transmutó. Lo haría si aparecía el marid, y en ningún otro caso.

—Ah, aquí están mis antiguos invitados.

Ante el sonido de la voz de Aeshma, la mano de Dara descendió hasta el largo cuchillo que llevaba al flanco. El fuego de la hoguera se dividió en dos y del hueco apareció el ifrit, con una sonrisa de colmillos negros.

Dara sintió náuseas al ver aquella sonrisa. Ese era el aspecto que tenía cuando se transmutaba: piel brillante como el fuego, ojos dorados, garras en vez de manos; un aspecto idéntico al de los demonios que lo habían esclavizado. El hecho de que sus ancestros tuviesen esa misma pinta antes de la maldición de Salomón no le suponía ningún consuelo. No había sido la sonrisa de ningún ancestro lo que había visto antes de que las fétidas aguas del pozo se cerrasen sobre su rostro.

Aeshma se acercó. Su sonrisa se ensanchó como si percibiese el desagrado de Dara. Probablemente así era; Dara tampoco intentaba ocultarlo. Llevaba la maza apoyada en el hombro, un tosco martillo de metal tachonado de púas. Aeshma parecía disfrutar del efecto que tenía sobre el estado de ánimo de Dara. Sobre todo se deleitaba al mencionar las veces que aquel arma había quedado bañada con sangre de Nahid y Afshín.

Nuestros aliados. La mano de Dara se cerró en torno a la empuñadura del cuchillo.

—¿Un cuchillo? —Aeshma chasqueó la lengua, decepcionado—. Podrías invocar una tormenta de arena que me arrojase al otro lado del lago; solo tendrías que abandonar ese cuerpo inútil. —Sus ojos destellaron de crueldad—. Además, si vas a usar un arma, sería mejor echarle un vistazo a tu famoso flagelo.

Manizheh alzó la mano al instante, en el mismo momento en que el calor empezaba a aumentar, chisporroteante, en el aire.

—Afshín —advirtió antes de centrar su atención en Aeshma—. He recibido tu señal, Aeshma. ¿Qué has oído?

—Los mismos susurros y premoniciones que empezaron a propagarse cuando le devolviste la vida a tu Flagelo —respondió el ifrit—. Mis compañeros han recorrido entre llamas todas las guaridas marid que conocen, mas no ha habido respuesta. Sin embargo, hay algo más... —Hizo una pausa, saboreando al parecer el momento—. Los peri han abandonado las nubes y empiezan a canturrear advertencias en el viento. Dicen que los marid se han pasado de la raya. Que han roto las reglas y habrán de pagar por lo que han hecho... los castigará el ser inferior con quien tienen una deuda de sangre.

Dara le clavó la mirada.

—¿Estás borracho?

Aeshma sonrió. Los colmillos destellaron.

—Discúlpame, a veces me olvido de que hay que explicarte las cosas de un modo sencillo. —Empezó a hablar con burlona lentitud—. Los marid te mataron, Afshín, y ahora tienen una deuda de sangre contigo.

Dara negó con la cabeza.

—Puede que los marid tuviesen algo que ver, pero fue un djinn quien empuñó la hoja.

—¿Y? —intervino Manizheh—. Recuerda lo que me has contado de esa noche. ¿De verdad crees que un niñato al Qahtani sería capaz de matarte él solo?

Dara vaciló. Le había atravesado a flechazos la garganta y los pulmones al príncipe, y lo había arrojado a las profundidades malditas del lago. Alizayd debería haber estado doblemente muerto, pero en cambio trepó a la borda con aspecto de haberse convertido en algún tipo de espectro acuoso.

—¿A qué te refieres con eso de la deuda de sangre? —preguntó.

Aeshma se encogió de hombros.

—Los marid te deben un favor. Lo cual resulta muy conveniente, porque quieres entrar en su lago.

—El lago no es de ellos. Es nuestro.

Manizheh apoyó una mano en la muñeca de Dara, al tiempo que Aeshma ponía los ojos en blanco.

—En su día fue suyo —dijo—. Los marid ayudaron a Anahid a construir la ciudad. Estoy segura de que te habrán enseñado parte de esta historia. Se dice que los adoquines enjoyados que pavimentan los terrenos del Templo fueron un regalo de los marid, como tributo.

Lo cierto era que a los niños Afshín no se les enseñaba en gran detalle la historia de su pueblo, pero Dara sí que había oído la historia de las piedras del Templo.

—¿Y de qué va a servir eso a la hora de cruzar el umbral?

—Olvídate del umbral —dijo Aeshma—. ¿Acaso no imaginas a esos seres de agua cruzando desiertos y montañas? Usan las aguas del mundo para viajar… y antaño les enseñaron a hacer lo mismo a tus amos Nahid. —El resentimiento destelló en sus ojos—. Eso les facilitó mucho la tarea de dar caza a mi pueblo. No nos atrevíamos ni a acercarnos a un estanque, no fuera a ser que algún Nahid venenoso saltase de sus profundidades.

—Esto es una locura —afirmó Dara—. Quieres que amenace a los marid… a los marid, seres capaces de convertir un río en una serpiente del tamaño de una montaña… basándome en supuestos cuchicheos de los peri y en historias que hablan de una magia legendaria que ni Banu Manizheh ni yo vivimos para ver en nuestros días. —Entrecerró los ojos—. Lo que pretendes es matarnos, ¿verdad?

—Si quisiera matarte, Afshín, te aseguro que se me habría ocurrido un método mucho más sencillo y me habría ahorrado unos compañeros tan paranoicos —replicó Aeshma—. ¡Deberías estar emocionado! ¡Vas a poder vengarte del marid que te asesinó! Podrás ser su Salomón.

La comparación aplacó de inmediato la ira de Dara, que se vio reemplazada por el pánico.

—Yo no soy ningún Salomón. —La negativa brotó de entre sus labios; aunque la piel entera le hormigueó ante semejante blasfemia—. Salomón fue un profeta. Fue el hombre que dictaminó nuestras leyes y que nos concedió Daevabad y a nuestros benditos Nahid…

Aeshma se echó a reír a carcajadas.

—Vaya, sí que te lo sabes de memoria. No deja de impresionarme la cantidad de lecciones que el Consejo Nahid os hizo memorizar a palos.

—Déjalo en paz —se apresuró a decir Manizheh. Se giró hacia Dara—. Nadie te pide que seas Salomón —lo tranquilizó con voz más amable—. Eres nuestro Afshín. Es lo único que tienes que ser.

—La confianza en sus ojos contribuyó a calmar a Dara—. Pero esa deuda de sangre es positiva. Una bendición. Quizá podamos aprovecharla para regresar a Daevabad. A mi hija.

Nahri. Su rostro apareció en la memoria de Dara. El aire traicionado en sus ojos oscuros cuando la obligó a decidir en el dispensario. Sus gritos mientras lo apuñalaban.

Sesenta y cuatro, había dicho Kaveh en tono frío. Sesenta y cuatro daeva habían muerto en el caos que Dara había provocado.

Tragó para deshacer el nudo que tenía en la garganta.

—¿Cómo podemos invocar a los marid?

Un disfrute violento revoloteó en el rostro del ifrit.

—Tenemos que enfadarlos. —Giró sobre sus talones—. ¡Venid! He encontrado algo que los va a enfadar lo bastante como para que aparezcan.

—¿Enfadarlos? —Dara se quedó plantado en la arena—. Mi señora… esto podría ser bastante peligroso.

—Lo sé —Manizheh le clavaba la mirada al ifrit que se alejaba de ellos—. Deberías transmutarte.

En esa ocasión, Dara obedeció y dejó que la magia se apoderase de él. El fuego le recorrió las extremidades, brotaron las garras y los colmillos. Envainó el cuchillo y conjuró una nueva arma del humo que giraba por sus labios. La alzó; notó el familiar mango del flagelo cálido en sus manos.

No estaría de más recordarle a Aeshma de lo que era capaz.

—No creas todo lo que te dicen —dijo Manizheh, de pronto tensa—. Los marid son unos mentirosos, todos ellos.

Giró de pronto sobre sus talones y siguió a Aeshma a través de las llamas.

Dara la contempló durante otro instante. *¿Qué es lo que pretenden decirme?* Confuso, siguió a Manizheh, cada vez más inquieto.

Tras el velo de humo, una figura se retorcía en la arenosa playa. Sus manos y piernas estaban atadas, la boca amordazada. Le habían metido una bola de tela en la boca, por entre la que escapaban sus sollozos. Había intentado romper las ataduras; tenía las muñecas ensangrentadas.

Sangre carmesí.

Manizheh fue la primera en hablar.

—¿Un humano? ¿Planeas usar a un humano para invocar a los marid?

—No es un humano cualquiera —explicó Aeshma—. Es un devoto adorador de los marid. Ha sido muy difícil encontrarlo. Los humanos han abandonado las viejas costumbres, pero a este lo descubrí llevando a cabo rituales con la pleamar. —Inspiró, con aire de desagrado—. Les pertenece. Puedo olerlo.

Dara frunció el ceño. De hecho, él también lo olía.

—Sal —dijo en tono suave. Escrutó al humano—. Y algo más... como una suerte de pesar que lleva encima. Algo oscuro. Profundo.

Aeshma asintió y balanceó la maza con una mano.

—Ha sido reclamado.

Manizheh contemplaba al humano con expresión indescifrable.

—¿Eso es importante para ellos?

—Mucho —respondió Aeshma—. La adoración tiene poder y a los marid ya no les quedan muchos seguidores. Perder a uno de ellos los enojará bastante.

El plan del ifrit quedó horriblemente claro en la cabeza de Dara.

—Perder uno... no pretenderás...

—No, yo no. —Aeshma les lanzó a ambos una mirada cautelosa—. Si me equivoco sobre la deuda de sangre, los marid estarán en su derecho de masacrar a quienquiera que mate a su acólito. —Le tendió la maza a Manizheh—. El riesgo es tuyo, Banu Nahida.

Al instante, Dara se interpuso entre los dos.

—No. Banu Manizheh... hay... hay reglas —tartamudeó—. Nuestra tribu siempre ha observado el código de Salomón; eso es lo que nos separa de los djinn. No tocamos a los humanos. ¡Y, desde luego, no los matamos!

Ella negó con la cabeza. Una lúgubre resignación asomó a sus ojos. Echó mano de la maza.

—Tenemos que encontrar un modo de entrar en Daevabad, Afshín. Se nos acaba el tiempo.

El pánico se adueñó del pecho de Dara, pero bajó la mano.

—Pues seré yo quien lo haga. —No podía permitir que su Nahid cometiese aquel pecado.

Manizheh vaciló. Tenía los labios apretados y la columna rígida. Entonces asintió y dio un paso atrás.

Dara agarró la maza. Se dirigió al humano, concentrándose en no prestar atención a sus sollozos ni a la voz que le gritaba dentro de la cabeza.

Le aplastó el cráneo con un único golpe.

Un instante de silencio horrorizado pareció extenderse por el aire. Luego, Aeshma habló con voz tensa.

—Quémalo. En el agua.

Con unas náuseas que recorrían todo su ser, Dara agarró del cuello ensangrentado al humano que acababa de asesinar y lo arrastró hacia los bajíos. El olor a sangre y órganos aplastados lo embargó. En la muñeca, el hombre llevaba una pulsera azul con cuentas de jade. ¿Se la había regalado alguien? ¿Alguien que quizá estaría esperando a que regresase?

Demonio. Las acusaciones susurradas que seguían a Dara en Daevabad regresaron a su mente. *Asesino.*

Flagelo.

La sangre carmesí mancilló el agua clara al brotar del cuerpo. La mancha se hizo cada vez más grande, como una nube de tormenta que fuese dominando el cielo. El agua empezó a calentarse alrededor de sus tobillos. Dara odiaba aquella sensación. Odiaba todo lo que estaba sucediendo. El fuego se derramó de entre sus manos y consumió el cadáver del hombre. Durante un momento, Dara no pudo sino desear que lo consumiese a él también.

Un chillido agudo y lejano atravesó el aire... y entonces el lago atacó.

El agua se alzó con tanta rapidez que Dara ni siquiera tuvo tiempo de moverse. Una ola del doble de su envergadura se cernió sobre él, alzándose como un oso hambriento...

Y entonces la ola cayó, se desplomó alrededor de su cuerpo con un rabioso siseo de vapor. El agua lo intentó de nuevo, cayó y se arremolinó alrededor de sus piernas como si intentase arrastrarlo para ahogarlo. Y una vez más, acabó retrocediendo como si fuese un animal que acabase de recibir una quemadura.

—¡Afshín! —oyó el grito de Manizheh—. ¡Cuidado!

Dara alzó la vista. Desorbitó los ojos. Un barco empezaba a formarse en las profundidades revueltas del lago. Listones de madera cubiertos de percebes y tablones rotos de cubierta empezaron a unirse, un esqueleto formado por pecios. Una enorme ancla, el metal cubierto de una herrumbre anaranjada, voló hasta colocarse en su lugar en la popa, como si de una suerte de ariete se tratase.

El barco se abalanzó sobre él. Dara dio un paso atrás; su primer instinto fue proteger a Manizheh.

—¡Mantén la posición! —Aeshma gritó—. ¡Dale una orden!

¿Que le diese una orden? Demasiado conmocionado como para llevarle la contraria, y sin la menor idea de cómo enfrentarse a aquel pecio de pesadilla que se abalanzaba sobre él, Dara se encontró alzando las manos.

—¡Za marava! —gritó, usando las palabras que el ifrit le había enseñado.

La nave explotó en una nube de ceniza cuyos copos flotaron en medio del aire amargo y cayeron como si de nieve se tratase. Dara se tambaleó entre horribles temblores.

Sin embargo, el lago no había terminado aún. El agua cubrió al humano muerto y desprendió una capa de espuma mientras empapaba las llamas que cubrían su cuerpo.

Y entonces, el hombre se levantó.

El agua se derramaba por sus extremidades. Por las piernas le corrían varios cangrejos y tenía los brazos envueltos en algas. De los hombros le brotaban aletas triangulares que descendían hasta unas manos reptilianas. El cráneo aplastado estaba cubierto de moluscos, y a las mejillas ensangrentadas asomaban escamas. Una maraña de conchas y peces podridos reemplazaba sus ropas sucias. El hombre enderezó el cuello roto con un crujido brusco y parpadeó en dirección a los tres. El blanco de sus ojos había desaparecido bajo una película aceitosa y oscura.

Dara retrocedió, aterrado.

—Es el mismo aspecto que tenía Alizayd —dijo con voz ahogada cuando Manizheh y Aeshma se acercaron a él—. Por el Creador… fueron ellos. Fueron ellos de verdad.

El muerto los contempló y la temperatura descendió. Una humedad pegajosa inundó el aire.

—Daevas —siseó. Hablaba en divasti con una voz aflautada y susurrante que consiguió que a Dara le rechinasen los oídos.

Aeshma dio un paso al frente en la arena humeante.

—¡Marid! —saludó, en un tono casi alegre—. Así que seguís por aquí, amigos de sangre salada. Empezaba a temerme que esa bestia marina que tenéis por madre os hubiese devorado a todos.

El marid siseó una vez más. A Dara se le puso la piel de gallina. Aquel ser ante ellos, una pesadilla muerta y retorcida proveniente de las profundidades del agua oscura, parecía malo en todos y cada uno de los sentidos que podían encontrársele a la palabra.

El ser les enseñó una hilera de dientes reptilianos.

—Has asesinado a mi humano —le acusó.

—Tú me mataste a mí —espetó Dara. Ya no le quedaba duda alguna. Una rabia recién acuñada empezaba a recorrer todo su cuerpo—. O al menos, uno de vosotros. ¿Por qué lo hicisteis? ¡Yo no le he hecho nada a vuestro pueblo!

—No fue nuestra la mano que te asesinó —corrigió el marid, con un extraño tono defensivo en aquella voz susurrante. Una babosa embarrada se arrastró por la aleta escamosa que tenía en el hombro—. Te mató un hombre de tu propia raza.

—Pues volvedlo a matar —dijo Aeshma en tono despreocupado—. Acaba de asesinar a vuestro acólito, ha incendiado su cadáver en vuestras aguas sagradas. Hacedlo pedazos con otro barco. Ahogadlo. —El ifrit dio un paso al frente e ignoró la mirada que le clavó Dara—. Ah, no podéis, ¿verdad? Se propagan ya los susurros que lo anuncian. Tu pueblo rompió las reglas… —Se pasó con rapidez la lengua por los labios, con una expresión de anticipación en el rostro de fuego—. Este daeva podría prender fuego a todas las aguas del mundo y no podríais hacer nada al respecto.

El marid vaciló.

—Se cometió un error al poseer el cuerpo del chico —dijo al fin.

—¿Un error? —El fuego llameó en las manos de Dara—. Me masacrasteis a sangre fría ¿y lo que fue un error fue poseer a Alizayd?

El marid emitió un chasqueo enojado. Una bruma densa empezó a surgir del agua.

—La culpa es de tu Nahid —siseó, clavándole la vista a Manizheh con un odio que surgía de las resplandecientes profundidades de sus ojos—. ¡La que recibió la advertencia, la que pretende contravenir aquello que fue sellado con sangre! —Aquella niebla antinatural se deslizó sobre su piel como una serpiente. Dara se estremeció—. Si pudieras ver la destrucción que auguran tus actos, Darayavahoush e-Afshín, te arrojarías tú solo al mar.

La sorpresa congeló la lengua de Dara, pero Aeshma hizo un gesto despectivo con la mano.

—No le hagas caso. A los marid les gusta fingir que tienen el don de la profecía, pero no son más que un puñado de necios dementes cuyo ingenio está tan aguado como su morada. —El desdén rebosaba de aquellos ojos brillantes—. Hará uno o dos milenios, recuerdo que estas mismas costas estaban repletas de templos resplandecientes, y había una incesante horda de humanos dispuestos a arrojarse a vuestras aguas y a declarar que erais sus dioses. Vuestra raza se echó a reír cuando Salomón castigó a mi pueblo. —Tenía el rostro renegrido de rabia—. Me alegra haber vivido lo suficiente como para ver que alguien os maldice a vosotros.

El marid volvió a sisear.

—Esta criatura no es Salomón. —Sus ojos oleosos se entrecerraron al mirar a Dara—. No es más que un peón manchado de sangre.

—Y sin embargo tenéis una deuda con él. —La voz fría de Manizheh atravesó el aire cargado como si de un cuchillo se tratase—. Una deuda de la que es de imaginar que querréis libraros. Así pues, quizá podríamos tener una conversación en lugar de discutir sobre viejas guerras.

El marid ladeó la cabeza y reflexionó. El agua a sus pies se contraía y ascendía, como si la criatura respirase.

—Habla —dijo al fin.

—Queremos regresar a Daevabad. —Manizheh señaló a Dara—. Mi Afshín ya no puede cruzar el umbral de la montaña. Pero hay leyendas que afirman que mis ancestros encontraron otro modo. Podían introducirse en el lago como si fuese una puerta y volver a salir en cualquier agua en la que pensasen, en cualquier lugar del mundo que deseasen sus corazones.

—Ese tipo de magia no estaba pensado para los daeva. El lago era nuestro. Era Sagrado. —El dolor preñaba la voz de la criatura—. Fue el lugar de nacimiento de Tiamat, que lo encantó para que pudiésemos rendirle homenaje desde cualquier masa de agua.

—¿Tiamat? —repitió Dara, confuso—. ¿Como Bet il Tiamat? ¿El océano del sur?

—No exactamente —respondió Aeshma—. Tiamat era uno de sus dioses, su madre. Un gigantesco monstruo marino nacido del caos de la creación, y muy aficionado a destruir cualquier civilización de sangre impura que provocase su ira. —Sonrió—. Tiamat odiaba a los daeva.

—Tenía motivos para odiarlos —siseó el marid—. Anahid le robó el lago. Rompimos el encantamiento cuando los descendientes de Anahid se volvieron demasiado débiles como para controlarnos. Se merecían ser destrozados por osar entrar en nuestras aguas. —Se giró hacia Manizheh y dio un mordisco en el aire—. Además, no es solo Daevabad lo que buscas, hija de Anahid. No creas que es tan fácil engañarnos. Lo que quieres es el sello de Salomón.

Manizheh se encogió de hombros, tan imperturbable como siempre.

—Voy detrás de aquello que me pertenece. El Creador les concedió Daevabad a los Nahid, al igual que el sello de Salomón. Es de recibo que regresemos. —Hizo un gesto hacia Dara—. ¿Por qué nos habrían devuelto si no a nuestro mejor guerrero, con semejantes habilidades extraordinarias, si no fuese la voluntad del Creador?

El marid hizo un gesto hacia aquella cáscara humana muerta.

—Esto no ha sido voluntad del Creador. Esto es el plan condenado de una mujer hambrienta de poder. —Su mirada revoloteó hasta Dara—. Y tú eres peor. Doblemente no-muerto, las manos manchadas de la sangre de miles... y aun así sirves a quien te convirtió en esta abominación.

Aquella repentina acusación dejó a Dara tan pasmado como dolido. Le había dado de lleno en la parte más oscura de su corazón, una parte entenebrecida que no se atrevía a tocar.

«Hay una ciudad llamada Qui-zi».

La calma con la que una autoridad que Dara había sido criado para no poner jamás en duda había pronunciado aquellas palabras. Los gritos de la gente que vivía allí. Los shafit, que el Consejo Nahid le había asegurado que eran peleles sin alma. Dara lo había creído a pies juntillas hasta que se había cruzado con una mujer shafit, Nahri, cuya compañía había conseguido que temiese que todo lo que le habían contado sobre los mestizos fuese mentira.

Solo que Nahri no era shafit. Ahí residía la mentira, un engaño urdido por la misma criatura que tenía frente a sí. Una maldición marid, una mentira marid.

—¿Puedes conseguirlo? —le preguntó al marid, de repente harto de todos aquellos jueguecitos—. ¿Es posible que atravesemos las aguas y entremos en Daevabad?

—No pensamos ayudar a una Nahid a recuperar el sello de Salomón.

—No es eso lo que te he preguntado —dijo Dara con los dientes apretados—. He preguntado si es posible.

El marid se acercó.

—No aceptamos órdenes de demonios nacidos del fuego.

Esa respuesta le bastaba a Dara.

Apenas le costó invocar el poder que llameaba, puro y brillante, iracundo, en su interior. Dara había derramado mucha sangre; no podía permitir que no hubiese servido para nada. Si los marid tenían que aprender esa lección por las malas, que así fuera.

Abrasó el suelo en una explosión de calor que coció el barro a sus pies y lo convirtió en arcilla. El lecho entero del lago tembló. El agua se agitó y empezó a hervir, a desprender gigantescas nubes de vapor. De las manos de Dara brotaron más llamas que se apresuraron a consumir todo lo que había protegido el lago: las elodeas que danzaban en el fondo y los dientes fosilizados de las criaturas perdidas en el tiempo, un par de anguilas retorcidas y restos de incontables barcas de pesca. Una bandada de grullas echó a volar en rápida retirada. El asustado graznido de las aves atravesó el aire.

El marid aulló mientras su santuario ardía. Cayó de rodillas y emitió un chillido de dolor como si hubiese recibido él mismo aquel ataque. Sus garras arañaron la arena.

Dara se acercó y se arrodilló a su lado. Le agarró la barbilla al marid. Sentía la piel de la criatura como guijarros al contacto con sus dedos. Lo obligó a mirarlo con aquellos ojos oleosos.

—Este demonio nacido del fuego es ahora quien da las órdenes —dijo en tono frío—. Obedecerás esas órdenes, o bien abrasaré todas y cada una de las aguas que tienes por sagradas, todos los lugares que tu pueblo ha considerado su hogar. Lo reduciré todo a cenizas y polvo, asesinaré a todos y cada uno de los seguidores humanos que os queden en vuestras orillas maltrechas.

El marid se libró del contacto de Dara de un tirón. Contempló su santuario en llamas. En los charcos que quedaban había peces que seguían ardiendo. Parecían parodias enfermizas de los altares de fuego de los daeva.

La mirada del marid sobrevoló los restos calcinados de una serpiente de agua.

—Cuando Salomón castigó a tu pueblo, no derramó sangre. Os ofreció una elección... la elección de cumplir condena construyendo un templo en honor al Creador. No os ordenó que tomaseis parte en una guerra.

En ese momento, las palabras le salieron a Dara con más facilidad:

—Yo no soy Salomón.

—No —concordó el marid—. No lo eres.

La criatura parecía haber disminuido de tamaño. Sus dientes y escamas tenían un aspecto apagado.

Pasó un instante en el que solo se oyó el chisporroteo de las llamas. El fuego se extendía hacia los árboles, hacia el bosque de hoja perenne en el que Dara había anhelado brevemente perderse.

El marid volvió a hablar, con voz baja:

—¿Considerarás pagada la deuda de sangre si os dejamos pasar por el lago de Daevabad?

Captó su atención un sonoro crujido que se oyó más adelante. Las llamas habían envuelto un enorme árbol en la orilla opuesta.

Aquel árbol se había alzado solo, como un enorme centinela. Dara vio cómo se rompía a la altura de la base y se derrumbaba. Cayó y aterrizó a lo largo del lago humeante, como la cáscara vacía de un puente.

Guardó silencio.

—No. Ese no será el único precio —dijo en tono suave—. Antes de asesinarme en el lago también me atacasteis en el Gozán. Trasformasteis el río entero en una serpiente, una bestia del tamaño de una montaña. ¿Puedes hacer eso con el lago?

—Quizá. —El marid se tensó—. Brevemente. El lago es el lugar de nacimiento de Tiamat. No resulta sencillo controlar sus aguas. —Frunció el ceño—. ¿Por qué quieres hacer tal cosa?

Los ojos de Dara se desviaron de nuevo al árbol en llamas.

—Quiero derribar una torre.

8
ALÍ

El lago de Daevabad se extendía ante él, una lámina de cristal turbia y verdosa.

No había ondas en el agua oscura, ni tampoco saltaban peces que rompiesen su superficie. El único movimiento provenía de los montones de hojas y hierbas que flotaban por la superficie. El aire denso y frío olía a podredumbre terrosa, a rayos. Un silencio espectral había descendido sobre el barco. El lago parecía muerto, un lugar maldito y abandonado hacía mucho.

Alí sabía que no era así.

Como si se encontrase en trance dio un paso hacia el borde de cubierta. La piel le hormigueó al contemplar cómo se abría paso el barco a través del agua. La proa parecía un cuchillo romo que atravesase aceite. Su avance no provocaba ni una ola. Aún no habían cruzado el velo, y la densa bruma matutina impedía ver nada de lo que dejaban atrás. Alí se sentía como si estuviesen suspendidos en el tiempo, en un lago infinito.

«Dime cómo te llamas». Alí se estremeció ante el recuerdo. El suave susurro del marid era como un dedo de hielo que le recorriese la columna. Un suave zumbido de insectos se instaló en sus oídos. El agua estaba muy cerca, apenas le costaría saltar de la barandilla del barco, hundir las manos en sus frescas profundidades, sumergirse.

La mano de Aqisa cayó sobre su muñeca.

—Demasiado cerca del borde, ¿no te parece?

Alí, sobresaltado, salió de su ensimismamiento. Estaba agarrado a la barandilla, con un pie algo alzado, aunque no recordaba haberse movido. El zumbido de insectos había desaparecido.

—¿Has...? ¿Tú también lo has oído? —preguntó.

—Yo lo único que oigo es a Lubayd soltando todo lo que tiene en el estómago —respondió Aqisa, señalando con el pulgar a su amigo, que en aquel momento se dedicaba justo a eso, a vomitar violentamente por encima de la barandilla del barco.

Alí volvió a estremecerse y se restregó los brazos. Sentía como si algo húmedo y pesado se le pegase a la piel.

—Qué extraño —murmuró.

Lubayd se acercó a trompicones hasta ellos, con el rostro pálido.

—Odio este maldito lugar —afirmó—. ¿Qué tipo de djinn sería capaz de viajar en barco? Somos criaturas de fuego, por el amor de Dios.

Alí le dedicó una mirada compasiva.

—Casi hemos llegado, amigo mío. El velo debería caer ante nosotros en cualquier momento.

—¿Y tienes ya algo planeado para cuando lleguemos? —preguntó Aqisa—. ¿O no?

Alí había enviado misivas al palacio en varias ocasiones durante el viaje a Daevabad, en las que sugería que enviasen a comerciantes ayaanle desde la capital para que les saliesen al paso. Incluso había propuesto dejar el cargamento en la playa a las afueras de la ciudad. Cada carta había tenido la misma respuesta, cada una escrita de puño y letra de un escriba diferente: «Tu regreso nos complace».

—Supongo que lo único que podemos hacer es esperar a ver cómo nos reciben.

Se volvió a hacer el silencio, que ninguno de los tres rompió. Un aroma a humo recorrió a Alí, acompañado del cosquilleo familiar que se sentía al cruzar el velo.

Y entonces, Daevabad se cernió sobre ellos.

La nave era diminuta en comparación con la ciudad, como un jején ante un león. La densa niebla se acumulaba, insignificante, al pie de los enormes y resplandecientes muros de bronce. Era una masa elevada que ocultaba el sol en el cielo. Sobre las murallas asomaban las cúpulas de los minaretes de cristal arenado, las delicadas estupas flotantes, antiguos zigurats de barro cocido y templos de tejas brillantes. Todo ello lo custodiaba la severa torre almenada de la Ciudadela, que se elevaba orgullosa como símbolo de Am Gezira.

Lubayd dejó escapar todo el aire de los pulmones.

—¿Eso es Daevabad? ¿Ahí naciste tú?

—Ahí nací yo —repitió Alí en tono suave.

Ante la estampa de su antiguo hogar se sintió como si alguien le hubiese metido la mano en el pecho y le hubiese dado la vuelta a su corazón. A medida que el barco se acercaba, Alí alzó la vista hacia las fachadas que representaban a los Nahid de antaño, cuyas efigies estaban talladas en las murallas de bronce de la ciudad. Sus lejanas miradas de metal parecían etéreas, aburridas. La llegada de aquel príncipe exiliado convertido en mosca de la arena no era más que una nota a pie de página en la larga historia que habían presenciado. A pesar de que el Consejo Nahid había sido derrocado hacía siglos, nadie había quitado aquellas estatuas. La explicación más aceptada era que a los Qahtani les daba igual; tenían tanta seguridad y confianza en su reinado que los recuerdos ruinosos de los Nahid derrotados no les preocupaban.

Sin embargo, como sucedía con muchos otros aspectos de Daevabad, la realidad en más complicada. No se podía destruir aquellas efigies. Nadie era capaz de hacerlo. En cuanto los albañiles de Zaydi tocaban la superficie con un cincel les crecían en la piel ampollas que estallaban con chorros fétidos de bronce al rojo que los convertían en meros charcos de hueso y metal a medio enfriar.

Desde entonces, nadie se había atrevido a quitarlas.

Los muelles estaban silenciosos y desiertos, excepto por un par de veleros dau y una nave de la arena sahrayn. El puerto estaba en peor estado que cuando Alí se había marchado. Aun así, aquella decadencia le otorgaba un aire majestuoso. Era como entrar en algún tipo de paraíso abandonado largo tiempo atrás, un mundo enorme construido por seres que ellos apenas eran capaces de comprender.

—Bendito sea Dios —susurró Lubayd mientras pasaban junto a la estatua de un guerrero que sostenía un arco y que doblaba en tamaño a Alí, una estatua tan familiar que se le revolvió el estómago—. No había esperado ver algo así en mi vida.

—Yo sí —murmuró Aqisa en tono lúgubre—, pero había supuesto que, cuando sucediese, nos acompañaría un ejército.

Un dolor sordo palpitaba en la cabeza de Alí.

—No puedes decir esas cosas aquí —advirtió—. Ni en broma. Si te escucha quien no debe…

Aqisa soltó un resoplido por la nariz y acarició la empuñadura del janyar.

—No me preocupa. —Le dedicó a Alí una mirada punzante—. Ya he visto lo bien que ha sobrevivido el futuro caíd de Daevabad en el desierto.

Alí le dedicó una mirada dolida.

Lubayd soltó un gemido.

—¿Podemos retrasar un par de días el derramamiento de sangre? No he cruzado un lago maldito en un cuenco de madera gigante para que me decapiten por traición antes de probar siquiera un poco de la cocina real.

—Ese no es el castigo por traición —murmuró Alí.

—¿Y cuál es el castigo por traición?

—Que te mate a pisotones un karkadann.

Lubayd palideció. Alí comprendió que en esa ocasión no se debía a ningún mareo por el vaivén del barco.

—Oh —dijo con voz estrangulada—. Qué familia tan creativa la tuya.

Alí volvió a contemplar las murallas de bronce.

—Mi padre no tolera bien la deslealtad. —Se pasó el pulgar por la cicatriz del cuello—. Puedes creerme.

Dejaron los camellos y el cargamento en el caravasar junto a las puertas de la ciudad. Lubayd se despidió con un arrullo afectuoso de los animales a los que había tomado tanto cariño en el camino, mientras Aqisa y Alí esperaban impacientes.

Alí, que esperaba que los detuviesen en el momento en que atracasen, se sorprendió al ver que nadie los esperaba. No muy seguro de qué más hacer, ordenó que cargasen dos camellos con la mercancía más valiosa de todo lo que llevaban: cofres de oro sin pulir, cajas llenas de finas joyas y un cajón de libros poco comunes para la biblioteca real; libros a los que se había asomado en más de una ocasión durante el viaje.

Una vez seguros los regalos, los tres se dirigieron a palacio. Antes de partir, Alí se cubrió el rostro con un extremo de la guthra que llevaba. Sus facciones mezcla de ayaanle y geziri no resultaban extrañas en un lugar tan cosmopolita como Daevabad, pero si se añadía al conjunto un zulfiqar, sería como ir anunciando su nombre a voz en grito desde los tejados.

El Gran Bazar era un caótico batiburrillo de colores, una densa multitud compuesta de tenderos que discutían, turistas de ojos desorbitados y animales de diferentes encantos mágicos. El sonido de los regateos en una docena de idiomas diferentes llenó los oídos de Alí. Lo asaltó la nostalgia embriagadora de los aromas a sudor de shafit, humo de djinn, dulces fritos, perfumes encantados y cubos de especias. Esquivó a un bebé de simurgh que expulsó un penacho de humo verde, pisó por accidente el pie de una mujer sahrayn que llevaba una capa de piel de serpiente, y que le lanzó un insulto tan vulgar y florido que podría considerarse una obra de arte.

Alí se limitó a sonreír, aunque la guthra disimulaba el atolondramiento que sentía. Daban igual las circunstancias en las que había regresado a Daevabad, no había forma de negar que el espectáculo de su antiguo hogar le aceleraba el corazón. Los misteriosos susurros del lago parecían lejanos. Aquel hormigueo en su mente había desaparecido de momento.

Sin embargo, a medida que se adentraban más y más en la multitud, las condiciones en las que se encontraba el bazar le arrebataron esa sensación de nostalgia. Aquel lugar jamás había estado limpio de verdad; de hecho, durante el breve periodo en que había ocupado el cargo de caíd, Alí había amenazado con cortarle la lengua al ministro de saneamiento, quien no se molestaba en disimular lo corrupto que era. Sin embargo, en aquel momento, las calles de Daevabad estaban decididamente asquerosas. Había basura amontonada y podrida, y las acequias estrechas que atravesaban las calles para arrastrar consigo la lluvia y los detritos rebosaban de desechos. Más inquietante aún era el hecho de que hubiera pocos miembros de la Guardia Real de patrulla por las calles; y los que sí patrullaban llevaban uniformes andrajosos. Los más jóvenes cargaban con espadas normales, en lugar de zulfiqares más costosos. Alí siguió avanzando, cada vez más preocupado. Musa había dicho que Daevabad estaba atravesando un periodo difícil, pero Alí había pensado que solo lo decía para convencerlo de que volviese a casa.

A medio camino del midán, mientras atravesaban un atestado cruce en el mismísimo corazón del barrio shafit de Daevabad, el chillido de una niña resonó por el aire.

Alí se detuvo y tironeó del camello que llevaba para que hiciese lo mismo. El sonido provenía de una tosca plataforma que se alzaba entre las ruinas de un edificio de piedra. Sobre la plataforma había un geziri, vestido con seda amarilla estampada, que llevaba a otro hombre, un shafit cubierto con un mugriento chal de cintura para abajo, hasta el centro de la plataforma.

—¡Baba! —volvió a oírse el grito y una niña pequeña echó a correr desde una empalizada de madera detrás de la plataforma. Corrió hasta el shafit y se lanzó a sus brazos.

Alí los contempló sin comprender qué sucedía. Una multitud de djinn se apiñaba a los pies de la plataforma, todos vestidos con atuendos de aspecto caro. También había otros shafit, hombres, mujeres y niños; atrapados tras la empalizada, rodeados de varios djinn bien armados.

El shafit se negaba a separarse de su hija. Estaba temblando; le acariciaba la espalda y le susurraba al oído mientras la niña sollozaba. Dio un paso atrás al tiempo que los guardias intentaban con desgana separar a la niña de él. Les lanzó una mirada envenenada.

El djinn geziri cruzó los brazos con su fino atuendo de seda y dejó escapar un suspiro. Acto seguido se acercó al frente de la plataforma y esbozó una sonrisa demasiado amplia.

—¿Qué os parecen estos dos a quienes aún no habéis tenido la oportunidad de llevaros una pareja de sucios de sangre? Los dos nacieron en Daevabad, hablan djinnistani con fluidez. Nuestro amigo aquí presente es un cocinero con mucho talento. Cuando lo encontramos llevaba un kiosco de comidas en el bazar. Será todo un aliciente nuevo en la cocina de algún pariente perdido hace mucho.

¿*Qué?* Alí contempló la escena sin comprender.

Aqisa, por su parte, no estaba tan confundida.

—Los están vendiendo —susurró con horror creciente—. Están vendiendo a los shafit.

—No puede ser. —Lubayd volvió a parecer a punto de vomitar—. Es... está prohibido. Ningún geziri se atrevería...

Sin decir una palabra, Alí le puso las riendas del camello a Lubayd en las manos.

Lubayd lo agarró del brazo. Alí intentó zafarse, pero Lubayd señaló a la hilera de hombres que custodiaba la empalizada.

—Fíjate bien, necio impetuoso.

Alí miró... pero no se fijó en los guardias. Ciertos rasgos familiares atrajeron su mirada. Una tienda de alfarería con una puerta de rayas azules, el modo concreto en que dos callejones estrechos discurrían sin llegar a cruzarse, un minarete algo torcido en la lejanía. Alí conocía aquel barrio. Sabía lo que se había alzado en aquel lugar hacía poco. Sabía qué eran las ruinas que había ante sí.

Era la mezquita del jeque Anas. El antiguo líder del Tanzeem cuya vida había acabado en martirio. Era allí donde había predicado.

Alí inspiró hondo. De repente le faltaba la respiración. Puede que su padre le hubiese clavado un cuchillo en el corazón, pero sabía que el verdadero castigo no lo había sufrido el hijo al que había enviado a la lejana Am Gezira, sino los shafit cuyo suplicio lo habían empujado a traicionar a su padre. Los mismos shafit que se estaban subastando ante sus ojos.

La niña lloró aún más fuerte.

—Al infierno con todo —espetó Aqisa, y echó a andar hacia delante.

Alí la siguió. Lubayd también, maldiciendo y tironeando de los camellos. El subastador geziri debió de percatarse de su presencia, porque dejó de soltar aquellas viles arengas de comerciante. Sus ojos se iluminaron de pura anticipación.

—Por el Altísimo, tenéis aspecto de acabar de salir de una tormenta de arena. —El subastador se echó a reír—. Desde luego no parecéis los típicos clientes con los que trabajo, pero supongo que se puede encontrar sangre afín en todas partes. —Alzó una ceja oscura—. Siempre que esa sangre afín pague.

La mano de Aqisa descendió hacia su espada. Alí se apresuró a colocarse frente a ella.

—¿Cuándo ha empezado Daevabad a vender a sus ciudadanos shafit? —inquirió.

—¿Vender? —El hombre chasqueó la lengua—. Nosotros no vendemos a nadie. —Sonaba anonadado—. Tal cosa sería ilegal. Lo que hacemos es ayudar a este hombre a buscar a su familia pura de sangre... y aceptar una suma a cambio como apoyo a nuestra labor. —Se llevó la mano al corazón—. Es más fácil encontrar a tus familiares cuando uno se coloca frente a ellos, ¿no?

Era una coartada patéticamente torpe. Aqisa, junto a Alí, emitió un gruñido. Alí apenas podía imaginar lo horrible que debía de parecerles su hogar a sus amigos. Al igual que muchos geziri, los djinn de Bir Nabat convivían con sus parientes mestizos y desobedecían la ley que exigía que los llevasen a vivir a Daevabad. A los pocos shafit de Bir Nabat se los trataba como iguales, se les asignaban funciones y empleos sin importar que tuvieran o carecieran de habilidades mágicas.

Alí rechinó los dientes.

—No tiene pinta de que este hombre quiera encontrar a sus parientes puros de sangre —dijo—. Has dicho que ya tenía un modo de sustento, ¿no? Es cocinero. ¿Por qué no dejas que siga con su vida?

El comerciante se encogió de hombros.

—Los shafit son como niños. ¿También hemos de permitir que los niños decidan su propio destino?

En ese momento, Aqisa le dio un codazo en el estómago a Alí y aprovechó su distracción para apartárselo de enfrente. Sacó el janyar con un destello en los ojos.

—Debería cortarte la lengua —espetó en geziriyya—. ¡Eres un traidor a nuestra tribu y a todo lo que representa nuestro pueblo!

El comerciante alzó las manos al tiempo que varios de sus guardias lo rodeaban.

—Nada de lo que hacemos es ilegal —dijo. Aquel tono aceitoso había abandonado su voz—. No necesito que venga por aquí ninguna norteña pordiosera a alterar a mis clientes...

—¿Qué precio tienen? —La pregunta que formuló Alí le supo a veneno en la boca—. ¿Cuál es el precio de ese hombre y su hija?

El comerciante se encogió de hombros en dirección a un djinn que llevaba una llamativa túnica a rayas.

—Este caballero de Agnivansha ha ofrecido mil doscientos dinares solo por la niña.

Mil doscientos dinares. Una cantidad repugnantemente baja por el valor de una vida, y sin embargo mucho más de lo que Alí y sus compañeros podían reunir. Alí era tan pobre como el resto de Bir Nabat; cuando su padre lo había desterrado había quedado desprovisto de riquezas. Los camellos que llevaban iban cargados de regalos, pero todo había sido cuidadosamente inventariado; era un regalo de los ayaanle para el palacio.

Alí bajó la mano y sacó el zulfiqar de entre sus ropas.

El comerciante hizo algo más que encogerse: palideció y retrocedió sin disimular el miedo.

—Espera un momento. No sé a quién le habrás robado eso, pero...

—¿Será suficiente con esto? —Los dedos de Alí apretaron la empuñadura de su querida hoja. Tragó saliva y se la tendió al comerciante.

Una mirada astuta se adueñó de los ojos del hombre.

—No —dijo a las claras—. Ahora todos los soldados intentan empeñarlos antes de desertar y volver a Am Gezira. Por eso te doy al padre, pero a la niña, no.

El shafit había presenciado el regateo sumido en lo que parecía una conmoción entumecida. Sin embargo, al oír la oferta del comerciante, su hija soltó un grito y el hombre la apretó contra sí.

—No —la palabra salió en un borbotón de su boca—. No permitiré que la metáis en una jaula. ¡No me vais a arrebatar a mi hija!

La desesperación en su voz fue lo que consiguió desestabilizar del todo a Alí.

—Un zulfiqar al Qahtani. —Lo lanzó a los pies del hombre y se desprendió de la guthra que le cubría el rostro—. Estoy seguro de que cubrirá el coste de ambos.

La boca del comerciante se desencajó. El tono dorado de su piel de volvió de un verde que Alí no habría creído posible, y cayó de rodillas.

—Príncipe Alizayd —ahogó un grito—. Dios mío... perdóname —tartamudeó—. Jamás te habría hablado de manera tan poco respetuosa de haber sabido que eras tú.

La multitud retrocedió de un modo que le recordó a Alí a cuando los djinn de Am Gezira se apartaban de las víboras cornudas.

Alí intentó no prestarle atención a la gente. En cambio permitió que un poco de su vieja arrogancia se destilase en su voz.

—Vamos —dijo en tono desafiante. Señaló el zulfiqar con un gesto del mentón. Se le rompía el corazón ante la idea de desprenderse del arma que lo había mantenido vivo durante su exilio—. Es mi hoja personal. Lleva generaciones en mi familia. Estoy seguro de que cubrirá el precio.

Una mezcla de avaricia y miedo sobrevoló el rostro del comerciante.

—¿Es el arma que usaste para matar al Flagelo?

La pregunta repugnó a Alí. Sin embargo, como sospechaba que la mentira contribuiría a convencer a aquel tipo, no le costó trabajo decir:

—La mismísima.

El hombre sonrió.

—En ese caso te diré que es un placer hacer negocios contigo, mi príncipe. —Hizo una reverencia y le pidió a Alí que se acercase con un gesto—. Por favor... los contratos estarán listos en un momento...

El shafit miraba a Alí con una incredulidad aturdida.

—Pero... tú... la gente dice... —Sus ojos volaron hacia la multitud de puros de sangre y cambió de tema bruscamente—. Por favor, alteza, no nos separes. —Apretó a su hija aún más fuerte—. Te lo imploro. Te serviremos como nos pidas, pero por favor, no nos separes.

—No —se apresuró a decir Alí—. No se trata de una transacción.

El comerciante volvió con los contratos. Alí los leyó antes de firmarlos. Luego se los tendió al padre shafit, que pareció desconcertado.

—No comprendo.

—Sois libres —dijo Alí—. Como es vuestro derecho. —Le lanzó al comerciante la mirada más fría que fue capaz. El hombre se encogió y retrocedió—. Quienes trafican con vidas serán los primeros en arder en el infierno.

—¡Y con eso, mejor lo dejamos aquí! —Lubayd había conseguido por fin llegar hasta ellos entre la multitud, tironeando de los dos camellos que no dejaban de soltar berridos. Le puso las riendas en la mano a Aqisa y agarró el dobladillo de la túnica de Alí. Los alejó a ambos de la plataforma.

Alí miró en derredor, pero no había rastro del padre shafit. Se había desvanecido en la multitud junto con su hija. Alí no podía culparle. Sentía que los ojos de los mirones se le clavaban. Lubayd intentó volver a liarle el rostro con el extremo de la ghutra.

—¿Q-qué haces? —preguntó Alí cuando su amigo le metió un dedo en un ojo—. ¡Ay! ¡Haz el favor de par…!

Las palabras murieron en sus labios al ver la razón por la que sospechaba que Lubayd intentaba sacarlo de allí.

Una docena de miembros de la Guardia Real se había acercado.

Alí estaba en una posición extraña, con la guthra torcida, no muy seguro de cómo saludar a sus antiguos compañeros. Hubo un par de instantes de miradas vacilantes, hasta que uno de los oficiales dio un paso al frente. Se llevó la mano al corazón y a la sien, el saludo geziri.

—Que la paz sea contigo, príncipe Alizayd —le saludó en tono solemne—. Tu padre me ha pedido que te lleve con él.

—Es un lugar encantador para que te ejecuten, eso te lo admito. —dijo Lubayd en tono ligero.

Los escoltaban por un corredor desierto de palacio. Flores de tonos púrpura y aroma dulce trepaban por las columnas, moteadas por los rayos de sol que jugueteaban entre las contraventanas de madera.

—No nos van a ejecutar —dijo Alí, intentando que no se le notase en el rostro la sensación de que se dirigían a la muerte.

—Nos han quitado las armas —señaló Lubayd—. Bueno, nos las han quitado a Aqisa y a mí... tú has regalado la tuya. Una maniobra brillante, por cierto.

Alí le lanzó una mirada lúgubre.

—Aquí, mi príncipe.

El oficial se detuvo y abrió una puerta pintada de azul con un estampado de gacelas saltarinas que la recorría de un lado a otro. La puerta daba a un pequeño patio con jardín rodeado de altos muros de pálido tono crema. En el centro había un pabellón bajo, a la sombra de profusas palmeras. De una fuente que representaba una estrella y rodeada de rayos de sol manaba alegremente el agua. Al otro lado había una alfombra repleta de bandejas de plata con pastas de todos los colores del arcoíris y frutas brillantes como joyas.

—Tu padre vendrá enseguida. Es un honor volver a verte, mi príncipe. —El oficial vaciló y añadió—. Mi familia es de Hegra. Lo que hiciste con nuestro pozo el año pasado... les salvó la vida.

Miró a Alí a los ojos.

—Espero que sepas lo mucho que te apreciamos muchos de los que quedamos en la Guardia Real.

Alí reflexionó sobre aquella frase cuidadosamente formulada.

—Un aprecio que yo también os profeso —replicó—. ¿Cómo te llamas, hermano?

El hombre inclinó la cabeza.

—Daoud.

—Es un placer conocerte. —Alí se llevó las mano al corazón—. Dale mis saludos a tu gente cuando volváis a veros.

—Si Dios quiere, mi príncipe. —Volvió a hacer una reverencia y se marchó. Cerró la puerta tras de sí.

Aqisa le lanzó una mirada a Alí.

—¿Haciendo amigos?

Aliados. Aunque a Alí no le gustó la rapidez con la que aquella palabra se instaló en su cabeza.

—Algo así, sí.

Más adelante, Lubayd se había abalanzado sobre la comida. Dio un bocado de un confite cubierto de miel y de flores azucaradas. Cerró los ojos con una expresión de absoluto placer.

—Es lo mejor que he comido en mi vida.

—Probablemente está envenenado —dijo Aqisa.

—Vale la pena morir por esto.

Alí se acercó a él. Le rugía el estómago. Habían pasado años desde la última vez que había visto semejantes exquisiteces. Como siempre, estaban ahí apiladas para impresionar. Era una cantidad que ni siquiera Alí y sus hambrientos compañeros iban a poder terminar. Era una costumbre en la que nunca había pensado mucho cuando era joven, pero al recordar la visible pobreza que campaba por las calles de Daevabad, de pronto se le antojó pecaminosamente derrochador.

La puerta se abrió.

—¡Pequeño Zaydi!

Alí alzó la vista y vio pasar al jardín a un hombre barrigudo con oficial de uniforme y turbante carmesí.

—¡Tío Wajed! —exclamó en tono alegre.

El sonriente caíd aplastó a Alí en un gran abrazo.

—Por Dios, chico, ¡qué alegría volver a verte!

Alí sintió que parte de la tensión lo abandonaba, o quizá era sencillamente que el abrazo de Wajed lo estaba dejando entumecido.

—Lo mismo digo, tío.

Wajed se separó de él y le echó un vistazo de arriba abajo. Había lágrimas en los ojos del hombre, pero se echó a reír, claramente contento de ver a Alí.

—¿Dónde está el chico desgarbado al que enseñé a enarbolar el zulfiqar? Mis soldados comentan que parecías Zaydi el Grande mientras caminabas hacia el palacio vestido con harapos y con tus compañeros a la espalda.

Alí sospechaba que semejante comparación no agradaría a su padre.

—No creo que nadie vaya a confundirme con Zaydi el Grande —objetó al momento—. Deja que te presente a mis amigos.

Agarró al Wajed del brazo.

—Aqisa, Lubayd... este es Wajed al Sabi, el caíd de la Guardia Real. Prácticamente me crio cuando me mandaron a la Ciudadela.

Wajed se llevó la mano al corazón.

—Un honor —dijo en tono sincero. Un ápice de emoción asomó a la voz bronca del caíd—. Gracias por protegerlo.

Alí oyó que la puerta volvía a abrirse. Se le encogió el corazón y miró por encima del hombro, esperando ver a su padre.

Sin embargo, quien salió a la luz fue Muntadhir.

Alí se quedó helado cuando su hermano lo miró directamente a los ojos. Muntadhir parecía más pálido de lo que Alí recordaba. Tenía ojeras pronunciadas bajo los ojos. Dos finas cicatrices le travesaban la ceja izquierda, un recordatorio del flagelo del Afshín. Sin embargo, no le restaban imponencia a su aspecto. Muntadhir siempre había sido el hermano impresionante, el príncipe guapo y libertino que se ganaba el favor de los nobles con la misma rapidez con que Alí lo perdía. Tenía un aspecto increíble con el atuendo formal de la realeza Qahtani: una túnica negra ribeteada de oro que se arremolinaba como humo a sus pies, y un brillante turbante de seda azul, púrpura y oro que le coronaba la cabeza. Un collar de luminosas perlas negras geziri le colgaba al cuello. De un anillo en el pulgar destellaba un rubí como si de una gota de sangre humana se tratase.

Wajed inclinó la cabeza.

—Emir Muntadhir —saludó con respeto—. Que la paz sea contigo.

—Y que contigo sea la paz —replicó Muntadhir en tono educado. El sonido familiar de su voz le provocó a Alí una oleada de emoción que lo recorrió de pies a cabeza—. Caíd, mi padre solicita que escoltes a los compañeros del príncipe Alizayd a los aposentos de invitados de la Ciudadela. Por favor, asegúrate de que no les falte de nada. —Se llevó la mano al corazón y luego les dedicó una sonrisa encantadora a Aqisa y Lubayd—. Os estaremos eternamente agradecidos por haber acogido a mi hermano en vuestra aldea.

Alí entrecerró los ojos ante aquella mentira tan agradablemente formulada. Ni Aqisa ni Lubayd respondieron con su habitual sarcasmo. En cambio, ambos parecieron bastante impresionados ante la planta del emir de Daevabad.

Sí, supongo que causa mejor impresión que un príncipe empapado y muerto de hambre, medio muerto en una fisura.

Lubayd fue el primero en recobrarse.

—¿Te parece bien, hermano? —le preguntó a Alí.

—Por supuesto que le parece bien —cortó con elegancia Muntadhir—. Comprenderéis que estamos ansiosos de pasar algo de tiempo a solas con el príncipe Alizayd.

A Alí no se le escapó el modo agresivo en que su hermano había pronunciado aquel «estamos» en plural, un modo de decir que estaba del lado de su padre. Bajo las palabras encantadoras de Muntadhir subyacía una sequedad que no le gustaba a Alí. Y aunque probablemente no auguraba nada bueno, de pronto no le importó que sus amigos se alejasen de allí.

—¿Cuidarás de ellos? —le pidió a Wajed.

Wajed asintió.

—Tienes mi palabra, mi príncipe.

Con esto tendría que valer. Alí confiaba en Wajed tanto como en cualquiera de por allí. Miró a Lubayd y Aqisa e intentó esbozar una sonrisa.

—Os veré pronto, si Dios quiere.

—Más te vale —replicó Lubayd, echando mano de otro dulce antes de ponerse en pie.

Aqisa le dio a Alí un rápido abrazo. Alí se envaró de pura sorpresa ante lo inapropiado del gesto, pero entonces notó que le deslizaban algo duro en la doblez del cinturón.

—No mueras —le siseó Aqisa al oído—. Lubayd se quedaría desconsolado.

Bastante seguro de que Aqisa le acababa de pasar a escondidas Dios sabía qué arma que había conseguido introducir en el palacio, Alí asintió en silencio, agradecido.

—Cuídate.

Wajed le apretó el hombro.

—Pasa por la Ciudadela cuando puedas. Así podrás enseñarles a mis críos daevabaditas cómo luchamos en casa.

En cuanto se marcharon, la temperatura pareció descender. Aquella sonrisa educadamente hueca se desvaneció del rostro de Muntadhir.

—Alizayd —dijo en tono frío.

Alí se encogió. Rara vez lo llamaba su hermano por su nombre formal.

—Dhiru —se le quebró la voz—. Me alegro mucho de verte.

La única reacción de Muntadhir fue una leve mueca, como si hubiese mordido algo ácido. Giró sobre sus talones, ignorando a Alí, y descendió al pabellón.

Alí lo intentó de nuevo:

—Sé que no nos separamos en las mejores circunstancias. Lo siento. —Su hermano no dijo nada. Se echo una copa de vino y dio un sorbo, como si Alí no estuviese allí. Él insistió—: Espero que hayas estado bien. Siento haberme perdido tu boda —añadió.

A pesar de sus esfuerzos, oyó que su propia voz se volvía rígida.

Ante aquella última frase, Muntadhir alzó la mirada.

—Has dicho todas las naderías diplomáticas que se te han ocurrido y ya estás hablando de ella.

Alí se ruborizó.

—Solo quería decir...

—¿Cómo está tu primo?

Un sobresalto.

—¿Mi primo?

—Tu primo —repitió Muntadhir—. El ayaanle que cayó tan convenientemente enfermo y que necesitaba que prosiguieses tú el viaje en su lugar.

La sarcástica sugerencia de que Alí había jugado un papel en el plan de Musa consiguió que apretase los dientes.

—Yo no he tenido nada que ver con eso.

—Por supuesto que no. Un plan de los ayaanle te expulsa de aquí y otro plan de los ayaanle te trae de regreso. Y aquí está Alizayd, inocente, ajeno a todo.

—Vamos, Dhiru, no me irás a decir...

—No me llames así —le interrumpió Muntadhir—. Ya te lo dije aquella noche, supongo que la recuerdas, cuando derrumbaste el techo del dispensario sobre mi cabeza. Te dije que no voy a protegerte más. —Dio otro sorbo de su copa. Le temblaban las manos, y a pesar de que su voz no flaqueó, su mirada sí que se apartó, como si mirar siquiera a su hermano pequeño le causase dolor—. No confío en ti. No confío en mí mismo cuando estoy contigo. No voy a permitir que esa debilidad me arrastre.

Dolido, Alí se esforzó por encontrar una respuesta. Las emociones se arremolinaban en su pecho.

Lo primero que respondió fue el dolor.

—Te salvé la vida… el Afshín… el barco…

—Soy muy consciente de ello —dijo Muntadhir con voz cortante, pero en esa ocasión a Alí no se le escapó el aleteo de emoción en los ojos de su hermano—. Permíteme que te devuelva el favor: vete.

Alí se lo quedó mirando.

—¿Qué?

—Que te vayas —repitió Muntadhir—. Sal de Daevabad antes de toparte con algo más que no entiendas y acabe muriendo otro montón de gente. —Una oleada protectora se adueñó de su voz—. Y no te acerques a Zaynab. Sé que te ha estado ayudando. Eso se va a acabar ya. Te mataré yo mismo antes de permitir que arrastres a mi hermanita a otro de tus embrollos.

Alí retrocedió, sorprendido, incapaz de pronunciar palabra ante el odio patente en el rostro de su hermano. No había esperado que Muntadhir le diese la bienvenida con los brazos abiertos, pero aquello…

Por supuesto fue entonces cuando la puerta volvió a abrirse. Su padre entró en el patio.

Una vida entera oyendo que había que respetar a los mayores sirvió para que Alí hiciese una reverencia antes incluso de darse cuenta de lo que hacía. Se llevó la mano al corazón y de ahí a la frente.

Sin embargo se contuvo antes de que una palabra en concreto se le escapase de entre los labios.

—Mi rey —saludó a Ghassán en tono solemne—. Que la paz sea contigo.

—Y que contigo sea la paz, hijo mío —replicó Ghassán.

Alí se enderezó y contempló a su padre mientras este se aproximaba. Ghassán había envejecido más de lo que Alí esperaba. Arrugas de tensión rodeaban los ojos del rey, a juego con las sombras demacradas bajo sus mejillas. Parecía cargar con mucho más peso en los hombros. Tenía una apariencia, si no frágil, al menos más vieja. De pronto parecía un hombre que había vivido dos siglos, un rey que había visto y hecho demasiado.

Ghassán le devolvió la mirada. Contempló a Alí con un alivio nada disimulado. Dio un paso al frente y Alí hincó una rodilla. Alargó la mano para agarrar la mano de su padre y llevársela a la frente. No era el tipo de saludo que los Qahtani hacían en privado, pero Alí se encontró a sí mismo refugiándose de pronto en las formalidades, ansioso por la distancia que proporcionaban la ceremonia y los rituales.

—Que Dios preserve tu reino —murmuró.

Dio un paso atrás, pero Ghassán lo agarró de la muñeca.

—No te apartes, chico. Deja que te vea bien un poco más.

Consciente de que Muntadhir los miraba, Alí intentó no encogerse. Sin embargo, cuando su padre le tocó el rostro, no pudo evitar envararse. Ghassán debió de darse cuenta; hubo un breve instante en el que el dolor asomó a sus ojos arrugados, aunque desapareció al siguiente.

—Puedes sentarte, Alizayd —dijo en tono suave—. Sé que has tenido un viaje largo.

Alí se sentó y cruzó las piernas. El corazón le iba al galope.

—Espero que puedas perdonar mi regreso repentino, mi rey —se apresuró a decir—. Bir Nabat no podía dar cobijo a la caravana ayaanle, y cuando ese condenado mercader la abandonó, no me quedó más alternativa. Yo era el único que podía manejar la sal sin tratar.

—Podrías haber matado a los animales y haber robado la mercancía —sugirió Muntadhir en tono casual—. Los djinn de Bir Nabat son saqueadores, como el resto del norte, ¿no?

—No —dijo Alí, en el mismo tono neutro que su hermano—. Somos granjeros. Se trataba de una pequeña fortuna que se le debía a las Arcas. No quería buscarle ningún problema a la aldea.

Ghassán alzó una mano.

—Las explicaciones no son necesarias, Alizayd. Ya sospechaba que el pueblo de tu madre acabaría por urdir algún truco para traerte de regreso.

Muntadhir miró a su padre, incrédulo.

—Abba, ¿y de verdad crees que él no ha tenido nada que ver?

—Parece listo para bajarse del almohadón y subirse de un salto a la primera alfombra que pueda llevarlo de nuevo al desierto. No, no creo que haya tenido nada que ver. —Se echó una copa de vino—. Además, me ha enviado una carta desde todos y cada uno de los caravasares que hay entre Am Gezira y Daevabad sugiriendo diferentes maneras de evitar este mismo encuentro.

Alí se ruborizó.

—Quería ser concienzudo.

—Pues seamos concienzudos. —Ghassán señaló la cicatriz que cruzaba el pómulo de Alí, curada hacía ya mucho. El mismo lugar donde el marid le había grabado el sello de Salomón en la piel—. Eso tiene peor aspecto.

—Antes de llegar a Am Gezira me clavé mi propio janyar —explicó Alí—. No quería que nadie lo reconociese.

Muntadhir palideció. Incluso su padre pareció algo pasmado.

—Eso no era necesario, Alizayd.

—Que me desterrases no mermó mi lealtad hacia mantener los secretos de nuestra familia —replicó Alí—. Quería ser discreto.

—¿Discreto? —su hermano resopló—. ¿Alizayd, el mata-afshines? ¿El héroe que ha batallado contra muwaswas y que ha conseguido que Am Gezira reverdezca mientras sus parientes holgazanean en el palacio de Daevabad? ¿A eso lo llamas ser discreto?

—No fue más que un muwaswas —se defendió Alí, que recordaba el incidente con aquel iracundo pez de arena mágico a la perfección—. Además, no es para nada cierto que esté reverdeciendo Am Gezira. No hago más que trabajos de irrigación; busco manantiales y cavo acequias y pozos.

—Ya. Y yo me pregunto cómo habrás encontrado todos esos manantiales, Alizayd —musitó su padre en tono distraído—. Los mismos manantiales que los oriundos del lugar jamás han sido capaces de encontrar.

Alí vaciló, pero no tenía sentido mentir; su padre se daría cuenta al instante.

—Me mantengo bajo control. Lo que pasó en el dispensario... no me he vuelto a poner así desde hace años.

Ghassán tenía un aspecto lúgubre.

—En ese caso es un efecto secundario de la posesión del marid.

Alí se apretó las rodillas con las manos.

—No es nada —insistió—. Y allí no le importa a nadie. Están demasiado ocupados intentando sobrevivir.

Su padre no parecía convencido.

—Sigue siendo un riesgo.

Alí no se lo discutió. Por supuesto que era un riesgo, pero no le había importado. Todas esas preocupaciones habían quedado desterradas de su corazón en el mismo momento en que vio Bir Nabat, moribunda, con su gente escuálida y esos niños con los cabellos manchados de la corrosión del hambre.

Miró a su padre a los ojos.

—El norte de Am Gezira lleva años sufriendo. Quería hacer algo bueno por la gente que me acogió... antes de que me asesinasen.

Dejó que la acusación flotase en el aire, y aunque la expresión calmada de Ghassán flaqueó levemente, la voz le salió firme al decir:

—Y sin embargo sigues vivo.

Alí reprimió el impulso de dar una respuesta sarcástica, y se limitó a responder:

—Alabado sea Dios por ello. —Muntadhir puso los ojos en blanco, pero Alí prosiguió—: No tengo ningún deseo de inmiscuirme en los juegos políticos de Daevabad. Mis compañeros necesitan algo de tiempo para descansar. Pretendo obligar a los ayaanle a darnos suministros a cambio del transporte de sus mercancías. Podemos marcharnos dentro de una semana.

Ghassán sonrió.

—No. Lo cierto es que no podéis, Alí.

El pánico atenazó el corazón de Alí, pero Muntadhir reaccionó primero: se enderezó de golpe.

—¿Por qué no? ¿Es que no le oyes? Quiere marcharse.

—Si se marcha tan pronto despertará sospechas. —Ghassán dio otro sorbo de vino—. Hace cinco años que no pasa por casa, no puede marcharse a los pocos días. La gente hablará. No quiero que corran los rumores de nuestro desencuentro, y menos ahora que los ayaanle se están inmiscuyendo.

El rostro de Muntadhir se demudó.

—Ya veo. —Se agarraba las rodillas como si así resistiese el impulse de estrangular a alguien. Seguramente a Alí—. Entonces, ¿cuándo se va?

Ghassán unió los dedos de las manos.

—Cuando yo le dé permiso para irse. El mismo permiso que te doy ahora a ti, Muntadhir. Cuando salgas dile al sirviente de la puerta que traiga el estuche de mi despacho. Sabrá a qué te refieres.

Muntadhir no discutió. No pronunció palabra alguna, de hecho. Se puso en pie con lentitud y partió sin mirar siquiera a Alí. Sin embargo, Alí sí que contempló a su hermano hasta que este se fue. Tenía un nudo en la garganta imposible de deshacer.

Ghassán aguardó hasta que se quedaron solos para hablar de nuevo:

—Perdónale. Últimamente no hace más que discutir con su esposa. Está de un humor de perros.

Su esposa. Alí quiso preguntar por ella, pero no se atrevía a empeorar la situación.

Aun así, su padre captó claramente su reticencia.

—Solías hablar más libremente. Y más alto.

Alí se miró las manos.

—Era joven.

—Sigues siéndolo. Aún no has llegado a tu primer cuarto de siglo.

Un silencio incómodo y tenso cayó entre los dos. Alí sentía que su padre lo escrutaba; una mirada que le provocaba un hormigueo en la columna. No se debía a su juventud, comprendió, sino a algo más profundo y complicado.

Se debía a la rabia. Alí estaba rabioso. Rabioso por la cruel sentencia que su padre le había impuesto, rabioso de que el rey estuviese más preocupado de los chismorreos en Am Gezira que por el hambre que pasaba su pueblo. Estaba más que rabioso por todo lo que les sucedía a los shafit de Daevabad en las horrendas ruinas de la mezquita de Anas.

Y estaba rabioso por la vergüenza que le provocaba sentirse así hacia su padre.

Por suerte, en aquel instante llegó un sirviente con un sencillo estuche de cuero del tamaño de una caja para turbantes. El sirviente hizo una reverencia y la depositó junto a Ghassán. Antes de que se girase para marcharse, Ghassán le hizo un gesto para que se acercase a él y le susurró al oído algo que Alí no llegó a captar. El hombre asintió y se fue.

—No voy a entretenerte mucho más, Alí —dijo Ghassán—. Ha sido un viaje largo y me imagino que estarás ansioso por darte un baño caliente y meterte en la cama. Pero tengo algo que debería haberte dado hace mucho, según nuestras tradiciones.

Hizo un gesto hacia el estuche.

Inquieto, Alí lo agarró. Consciente de la mirada intensa de su padre, lo abrió con cuidado. En el interior había una hoja de hermosa factura... una hoja daeva.

Le resultaba familiar. Alí frunció el ceño.

—Es la daga de Nahri, ¿no?

Nahri solía llevarla al cinto.

—En realidad perteneció a Darayavahoush —replicó su padre—. Debió de dársela a Nahri la primera vez que se marchó de Daevabad. —Ghassán se repantigó en el almohadón—. Rebuscaron la habitación de Nahri tras la muerte del Afshín. Yo no podía permitir que un arma así siguiera en su poder. Fuiste tú quien lo mató, así que te la has ganado.

El estómago de Alí se revolvió con fuerza. Le habían robado aquel arma a Nahri para dársela a él. Como si fuera algún tipo de premio.

—No la quiero. —Alí cerró la caja de golpe y la apartó de sí—. Lo mataron los marid. Lo único que pasó es que me utilizaron para hacerlo.

—Ese dato no debe saberlo nadie —le advirtió Ghassán, con palabras tranquilas pero afiladas. Dado que Alí no hizo movimiento alguno para volver a tocar la caja, el rey suspiró—. Haz lo que te plazca con ella, Alizayd. Es tuya. Si no la quieres, dásela a los daeva. Tienen un santuario dedicado a Darayavahoush en el Gran Templo; creen que no sé nada al respecto.

Se puso en pie.

Alí se apresuró a imitarlo.

—Eso que Muntadhir ha preguntado... ¿cuándo puedo regresar a Am Gezira?

—Después de Navasatem.

Alí casi se tambaleó. Tenía que ser una broma.

—Navasatem se celebra dentro de siete meses.

Ghassán se encogió de hombros.

—No hay ni un alma en Daevabad que vaya a creerse que mi hijo, uno de los mejores zulfiqaris del mundo, sea capaz de marcharse antes de las mayores competiciones marciales celebradas en un siglo; sobre todo si nuestra relación sigue siendo amigable. Te quedarás aquí y celebrarás Navasatem con tu familia. Luego discutiremos cuándo te marcharás.

Ali reprimió el pánico. No podía quedarse tanto tiempo en Daevabad.

—Abba —imploró. La desesperación había hecho brotar esa palabra de su interior. No había pretendido usarla con el hombre que lo había enviado a morir en el desierto—. Por favor. Tengo responsabilidades en Am Gezira.

—Estoy seguro de que aquí también podrás encontrar responsabilidades —dijo Ghassán en tono despreocupado—. Habrá mucho que hacer a medida que se acercan los festejos. Y Wajed siempre puede encontrarte alguna ocupación en la Ciudadela. —Le lanzó una mirada punzante a su hijo—. Aunque se le ha ordenado que te escarmiente si te acercas demasiado a las puertas de la ciudad.

Alí no sabía qué decir. Sintió que los muros se cerraban a su alrededor.

Ghassán pareció interpretar su silencio como aquiescencia. Le tocó el hombro a Alí... y le puso el estuche que contenía la daga del Afshín entre las manos.

—A finales de semana voy a celebrar una fiesta para darte la bienvenida en condiciones. De momento, descansa. Abu Sara te llevará a tus aposentos.

¿Mis aposentos? Alí no sabía qué decir. *¿Aún tengo aposentos?* Entumecido, se dirigió a la puerta.

—Alizayd.

Alí miró por encima del hombro.

—También he dispuesto que cierta posesión tuya te sea devuelta. —Una nota de advertencia vibró en la voz de Ghassán—. Cuídate bien de no volver a perderla.

9
ALÍ

Alí paseó la vista por sus antiguos aposentos, asombrado. El cuarto parecía intacto. Sobre el escritorio yacían libros desordenados, justo donde los había dejado hacía cinco años. Las ropas que había arrojado a un lado y a otro mientras hacía la maleta para marcharse a Am Gezira seguían desparramadas por el suelo. Una hoja de papel arrugada, una carta que pretendía escribirle a Nahri y que abandonó porque le faltaban las palabras, seguía hecha una bola junto a su pluma favorita y el resto de cera de una vela que, recordó, quería haber cambiado. Aunque no se apreciaba polvo por ninguna parte y acababan de limpiar, estaba claro que no había cambiado nada.

Nada excepto Alí. Si Ghassán pensaba que podría encajar a su hijo tan fácilmente en esa antigua vida, se equivocaba.

Alí inspiró hondo, y al hacerlo captó un ápice de incienso y el amargo aroma del vino de tamarindo que le gustaba a su padre. Un almohadón gastado yacía en el suelo, en el lugar donde Alí solía llevar a cabo sus rezos. Reconoció uno de sus gorros, depositado pulcramente sobre la superficie del almohadón. Lo agarró y el olor de su padre se hizo más intenso. El gorro estaba manoseado, con arrugas marcadas por donde lo habían doblado y desdoblado repetidas veces.

Alí se estremeció al pasar a la alcoba interior. El lugar donde dormía era tan frugal como lo había sido hacía cinco años. Empezaba a sentir que estaba visitando su propia tumba. Miró hacia la cama. Parpadeó.

Sobre la colcha pulcramente doblada descansaba su zulfiqar.

Alí atravesó la estancia en un instante. Dejó caer la caja con el cuchillo del Afshín sobre la cama. Sí, era su zulfiqar, la empuñadura y el peso le resultaban tan familiares como su propia mano. Y por si le quedaba alguna duda, los contratos que había firmado descansaban junto al arma.

Tenían la marca de un escriba real, que los declaraba nulos.

Alí se dejó caer en la cama como si le hubiesen cortado las piernas a la altura de las rodillas. Pasó la vista por las páginas con la esperanza de estar equivocado, pero las pruebas estaban clarísimas en precisos términos legales ante sus ojos. El padre y la hija shafit habían sido devueltos al comerciante geziri.

Se puso en pie de golpe. No. Aquellas personas eran inocentes. No eran luchadores del Tanzeem, no suponían una amenaza para nadie. Sin embargo, en cuanto echó mano del zulfiqar, la advertencia de su padre regresó a su mente. Ghassán lo había hecho para darle una lección. Había destruido las vidas de dos shafit porque Alí se había atrevido a interferir.

¿Qué haría si Alí luchaba?

Alí cerró los ojos. Las náuseas lo embargaron al pensar en el rostro surcado de lágrimas de la pequeña niña. *Que Dios me perdone.* Pero no se trataba solo de la niña, sino también del jeque Anas y Rashid, de Fatumai y los huérfanos. De la tarima de subastas erigida sobre las ruinas de una mezquita.

Mi padre rompe a todos aquellos a quienes intento ayudar. Nos rompe a todos.

Apartó la mano del zulfiqar. Le hormigueaba toda la piel. No podía quedarse allí. No podía seguir en aquella habitación cuidadosamente preservada. No podía permanecer en aquella ciudad mortal donde cada maniobra equivocada tenía como consecuencia que alguien más sufriese.

De pronto pensó en Zaynab. Alí no se atrevía a mezclarse más con su madre, pero seguro que su hermana podría ayudarle. Podría sacarlo de aquel apuro.

La advertencia de Muntadhir resonó en sus oídos, y el aleteo de esperanza que había empezado a avivarse en su pecho al pensar en su hermana se apagó. No, Alí no podía ponerla en peligro. Cerró los ojos con fuerza para reprimir la desesperación. Le goteaba agua de las manos, algo que no le había sucedido desde hacía años.

Respira. Contente. Abrió los ojos.

Su mirada cayó sobre el estuche.

Un aliento después, Alí había cruzado la estancia. Abrió el estuche, sacó la daga y se la metió en el cinturón. Al infierno con las órdenes de su padre.

Había recorrido medio camino hasta el dispensario cuando empezó a preguntarse si no estaba actuando de forma impulsiva.

Alí aminoró la marcha en mitad del camino, en uno de los muchos senderos que cruzaban el corazón del jardín del harén. No era que realmente estuviese planeando ir a ver a Nahri, razonó. Alí esperaría a que saliese algún sirviente del dispensario y luego preguntaría si podría hablar con Nisreen, su ayudante. Podría darle a Nisreen la daga junto con un mensaje, y si Nahri prefería no verle, no había problema. Ningún problema en absoluto. Maldición, quizá Muntadhir se enterase y lo asesinase por intentar hablar con su esposa, y así Alí no tendría que preocuparse más por estar atrapado en Daevabad hasta después de Navasatem.

Inspiró hondo aquel aire húmedo, preñado del olor de la tierra húmeda de lluvia y flores ahítas de rocío. Poco a poco se le deshizo el nudo que tenía en el pecho. Los sonidos mezclados de la acequia y el agua que goteaba de las hojas componían un arrullo parecido a una nana. Alí suspiró y se tomó un instante para contemplar un par de pequeños pájaros del color del zafiro que revoloteaban a toda velocidad entre los árboles oscuros. Ojalá el resto de Daevabad fuese igual de pacífico que aquel jardín.

Una oleada de humedad fresca le corrió por los dedos. Sorprendido, Alí bajó la vista y descubrió que una trenza de niebla empezaba a arremolinarse alrededor de su cintura. La niebla ascendió hacia su hombro como el abrazo de un amigo a quien hubiese echado mucho de menos. Se le desorbitaron los ojos. Desde luego, en Am Gezira jamás le había sucedido nada similar. Y sin embargo, sonrió, encantado ante el agua que danzaba sobre su piel.

La sonrisa se desvaneció tan rápido como había aparecido. Echó una rápida ojeada al verdor que lo rodeaba, pero por suerte, el sendero estaba desierto. Los susurros que había oído en el barco volvieron a él, aquella extraña atracción del lago y la velocidad con la que el agua había brotado de su piel en su habitación. Alí no había pensado lo mucho que le costaría ocultar sus nuevas habilidades en la neblinosa Daevabad, donde el agua abundaba.

Pues más vale que lo averigües. No podía permitir que lo descubriesen. Allí, no. Podía ser que los aldeanos de Bir Nabat estuvieran dispuestos a pasar por alto sus extrañezas ocasionales, pues a fin de cuentas, Alí los había salvado, pero no podía arriesgarse con la población de Daevabad, mucho más volátil. En aquel mundo se temía a los marid. Eran los monstruos cuyos nombres mencionaban los padres djinn en los cuentos de miedo que les contaban a sus niños antes de dormir, el terror incognoscible contra el que los viajeros se ponían amuletos de protección. De niño, Alí había oído la oscura historia de un pariente ayaanle lejano que había sido arrojado al lago tras ser acusado injustamente de sacrificar a un niño daeva a un supuesto señor marid.

Alí reprimió un estremecimiento y siguió caminando hacia el dispensario. Sin embargo, al llegar al terreno circundante volvió a detenerse en seco, asombrado ante la transformación que había sufrido aquel lugar. Los jardines formales por los que los daeva eran famosos componían un paisaje hermoso, con parterres de hierbas brillantes rodeados de paneles enrejados repletos de flores, así como árboles frutales que daban sombra a pajareras de cristal y fuentes de las que brotaban suaves chorros de agua. En el mismo centro del jardín, entre dos estanques rectangulares, se alzaba un asombroso naranjal. Los árboles se habían plantado unos cerca de otros, y las ramas estaban cuidadas con esmero para entrelazarse hasta formar una suerte de techo. Un pequeño recinto, comprendió Alí, de un follaje tan lleno de frutos grandes y flores blancas que era imposible ver a través de él. Encantado, Alí siguió caminando, atraído por aquel lugar. Quienquiera que lo hubiese plantado había realizado un trabajo excelente. Incluso había podado una arcada entre las hojas para crear...

Alí se detuvo tan en seco que casi cayó de espaldas. Nahri no estaba en el dispensario, no. Estaba allí mismo, rodeada de libros, como si acabase de salir de los recuerdos que Alí más atesoraba.

Y lo que era más: parecía pertenecer a aquel lugar. La Banu Nahida real en el palacio de sus ancestros. La impresión no tenía nada que ver con joyas o ricos brocados; al contrario, Nahri vestía una sencilla túnica blanca que le llegaba a las pantorrillas, así como pantalones holgados de color púrpura. Llevaba un tosco chador de seda de vivo tono ocre sujeto justo sobre las orejas con pinzas de diamante, que le caía sobre los hombros para revelar cuatro trenzas negras que le llegaban hasta la cintura.

¿Te sorprende? ¿Qué había esperado Alí de Nahri? ¿Que fuese una versión desvaída de la aguda mujer que había conocido, pálida a causa de las muchas horas que debía pasar atrapada en el dispensario? Esa no habría sido la Banu Nahida a la que en su día consideró amiga suya.

Alí cerró la boca, consciente de pronto de que la tenía desencajada, de que le clavaba la vista como un idiota y de que no debía estar allí en absoluto. Bastó una mirada para comprobar que no había guardias ni sirvientes cerca. Nahri estaba sola, sentada en un amplio columpio con un enorme volumen abierto en el regazo y un montón de notas desparramadas de cualquier manera sobre una alfombra bordada a sus pies, así como una bandeja sobre la que descansaba una taza de té intacta. Alí vio que Nahri fruncía el ceño ante el texto, como si este la hubiese ofendido personalmente.

De pronto lo único que quiso hacer fue acercarse a ella y dejarse caer a su lado. Preguntarle qué estaba leyendo y retomar aquella estrambótica y sociable amistad que ambos tenían, irse de búsqueda a las catacumbas de la Biblioteca Real y discutir sobre gramática árabe. Nahri había sido para él una luz durante una época muy oscura. Hasta aquel momento, Alí no comprendió cuánto la había echado de menos.

Pues deja de mirarla como si fueras un necrófago. Con los nervios aleteando en el estómago, Alí se obligó a acercarse.

—Sabah el-noor —saludó suavemente en el dialecto egipcio que Nahri le había enseñado.

Nahri dio un respingo. El libro se le cayó del regazo, y sus ojos negros, sobresaltados, le recorrieron el rostro a Alí. Se detuvieron en el zulfiqar que llevaba a la cintura y acabaron aterrizando sobre la tierra bajo sus pies.

Alí soltó un grito y se tambaleó cuando una raíz brotó de la hierba y se le entrelazó en el tobillo. La raíz dio un tirón y Alí cayó cuan largo era. Se golpeó la cabeza con el suelo.

Unas manchitas negras brotaron ante sus ojos. Cuando se aclararon vio que la Banu Nahida estaba de pie ante él. No parecía contenta.

—Bueno... —empezó a decir en tono débil—. Tus poderes han aumentado mucho.

La raíz le apretó dolorosamente el tobillo.

—¿Qué demonios haces en mi jardín? —preguntó Nahri.

—Eh... —Alí intentó enderezarse, pero la raíz lo mantuvo firme en el sitio. Le retorció el tobillo y se le metió por la túnica para liarse alrededor de su pantorrilla. La sensación era demasiado similar a las algas que lo habían agarrado bajo el lago. Se encontró intentando reprimir el pánico—. Perdóname —balbuceó en árabe—. Solo quería...

—Calla —aquella sencilla palabra en djinnistani fue como una bofetada—. No te atrevas a hablar árabe conmigo. No quiero que esa lengua de mentiroso que tienes hable en mi idioma.

Alí la contempló, conmocionado.

—Lo... siento —repitió en djinnistani, las palabras le salían con más lentitud. La raíz había ascendido hasta su rodilla, zarcillos pelosos que brotaban y se extendían. Se le puso la piel de gallina, un doloroso picor que recorría las cicatrices que el marid había dejado sobre su piel.

Cerró los ojos con fuerza. La frente se le perló de sudor acuoso. *Solo es una raíz. Solo es una raíz.*

—¿Podrías quitarme esa cosa, por favor?

Necesitó de todas sus fuerzas para no echar mano del zulfiqar y cortarla de cuajo. Probablemente, Nahri haría que la tierra se lo tragase si sacaba el arma.

—No has respondido a mi pregunta. ¿Qué haces aquí?

Alí abrió los ojos. No había misericordia alguna en la expresión de Nahri. En cambio, lo que hacía era girar el dedo en un movimiento idéntico al que hacía la raíz en torno a su pierna.

—Quería verte —las palabras le salieron como si Nahri le hubiese inyectado uno de los sueros de la verdad de sus ancestros. Y además era cierto, comprendió Alí. Había querido verla, independientemente de la maldita daga de Darayavahoush.

Nahri dejó caer la mano y la raíz lo liberó. Alí dio una inspiración temblorosa, avergonzado por lo mucho que aquello lo había asustado. Por el Altísimo, podía enfrentarse a asesinos armados con flechas y hojas, pero una raíz lo reducía casi hasta las lágrimas.

—Lo siento —dijo por tercera vez—. No debería haber venido.

—No, desde luego que no —espetó ella—. Tengo solo un sitio en Daevabad que de verdad es mío, un sitio en el que ni siquiera mi marido se atreve a entrar. Y sin embargo, aquí dentro estás. —Su rostro se contrajo de ira—. Aunque supongo que Alizayd el mataafshines hace lo que le viene en gana.

Las mejillas de Alí le ardían.

—No soy nada de eso que dices —susurró—. Tú estabas allí. Sabes bien qué fue lo que lo mató.

Nahri chasqueó la lengua.

—Oh, no. Bien que me corrigieron. Tu padre dijo que mataría a todos los niños daeva de la ciudad si me atrevía a pronunciar la palabra «marid». —Las lágrimas asomaban a sus ojos, brillantes—. ¿Sabes lo que me obligó a decir en cambio? ¿Lo que me obligó a decir que Dara intentó hacer conmigo? ¿Lo que, supuestamente, tú interrumpiste?

Las palabras lo hirieron hasta lo más hondo.

—Nahri...

—¿Sabes lo que me obligó a decir?

Alí bajó la cabeza.

—Sí.

Los rumores lo habían seguido hasta Am Gezira. A fin de cuentas, había una razón por la que la gente no tenía problema en creer que aquel manso príncipe había matado a otro hombre.

—Te salvé. —Nahri dejó escapar una risa aguda y carente de humor—. Te sané con mis propias manos. Más de una vez, de hecho. Y a cambio, no dijiste nada cuando subimos al bote, aunque sabías que nos esperaban los hombres de tu padre. ¡Por Dios, si hasta te propuse que vinieses con nosotros! Que escapases de la ira de tu padre, que huyeses de esta jaula y vieras el resto del mundo. —Se abrazó a sí misma y se arrebujó en el chador, como si así pudiese levantar una pared entre los dos—. Deberías estar orgulloso, Alí. No hay mucha gente más lista que yo. Pero tú conseguiste que creyese que eras mi amigo hasta el final.

La culpa lo embargó. Alí no tenía ni idea de que Nahri se sentía así. Aunque la había considerado una amiga, Nahri siempre había parecido mantener cierta distancia cautelosa con él. Comprender que su relación había supuesto más para ella, y que él la había destruido, le dio náuseas.

Se esforzó por encontrar las palabras:

—No sabía qué más hacer aquella noche, Nahri. Darayavahoush se comportaba como un loco. ¡Iba a comenzar una guerra!

Ella tembló.

—No iba a empezar guerra alguna. Yo no se lo habría permitido —hablaba con voz seca, pero parecía esforzarse por mantener la compostura—. ¿Estás contento ya? Ya me has visto. Has irrumpido en mi intimidad para hacerme recordar la peor noche de mi vida. ¿Deseas algo más?

—No. Es decir, sí, pero... —Alí se maldijo por dentro. No parecía el momento idóneo de sacar la daga de Dara y admitir que su padre se la había robado y la había guardado como una especie de trofeo de guerra. Intentó otro enfoque—. Intenté... escribirte...

—Sí, tu hermana me dio tus cartas. —Se dio unos golpecitos en la ceniza que tenía en la frente—. Me sirvieron para mantener el fuego de mi altar.

Alí contempló la marca de ceniza en la frente de Nahri, sorprendido. No se había percatado entre las sombras del naranjal. Cuando la había tratado, Nahri no le había parecido el tipo de persona dispuesta a mantener los rituales religiosos de su pueblo.

Ella se percató de su escrutinio; una mirada desafiante le asomó a los ojos. Alí no podía culparla. Se había referido a la religión del fuego con términos bastante... claros. Una perla de sudor le corrió por el cuello y le empapó el cuello de la dishdasha.

La mirada de Nahri pareció seguir el movimiento del agua que le corría por la garganta.

—Los llevas contigo, están dentro de ti —susurró—. Si fueses otra persona habría oído los latidos de tu corazón, habría sentido tu presencia...

Alzó una mano y Alí se encogió, pero por suerte no le atacaron más plantas. En cambio, Nahri se limitó a escrutarlo.

—Te han cambiado, ¿verdad? Los marid te han cambiado.

Alí se quedó frío.

—No —insistió, tanto para sí mismo como para ella—. No me han hecho nada.

—Embustero —se mofó en tono suave. Ante aquel insulto, Alí fue incapaz de disimular la rabia que le asomó al rostro—. Ah, ¿no te gusta que te llamen así? ¿Qué es peor, eso o ser un hombre capaz de hacer tratos con demonios de agua?

—¿Tratos? —repitió él, incrédulo—. ¿Crees que pedí nada de lo que sucedió aquella noche?

—¿A cambio de que te ayudasen a matar al mayor enemigo de tu familia? ¿A cambio de la fama de poder acabar con el hombre a quien no pudo asesinar tu ancestro? —El rencor le rebosaba por los ojos—. Sí, mata-afshines, lo creo.

—Pues te equivocas. —Alí sabía que Nahri estaba enfadada, pero ella no era la única a quien la vida le había dado un vuelco aquella noche—. Los marid no habrían podido usarme para asesinar a tu Afshín si él no me hubiese arrojado al lago antes. ¿Sabes cómo se apoderaron de mí, Nahri? —Se le quebró la voz—. Se abrieron paso en mi mente y me mostraron visiones de la muerte de todos mis seres queridos. —Se alzó la manga. Las cicatrices se veían acentuadas ante la falta de luz, marcas escarpadas de dientes triangulares, y una franja de piel maltrecha que le corría por la muñeca—. Mientras me hacían esto. —Estaba temblando; el recuerdo de aquellas horribles visiones lo embargaba—. Menudo trato.

Podría haber jurado que vio un asomo de sorpresa en el rostro de Nahri, pero apenas duró un segundo. Porque, entre que yacía en el suelo y que se acababa de subir la manga, Alí se dio cuenta demasiado tarde de lo que se le veía a la altura de la cintura.

La mirada de Nahri se posó en la inconfundible empuñadura de la daga de Darayavahoush. Las hojas del naranjal se estremecieron.

—¿Qué haces con eso?

Oh, no.

—Ve-venía a dártela —se apresuró a decir Alí, palmoteándose la cintura para sacar la daga.

Nahri se abalanzó sobre él y se la arrebató de las manos. Pasó los dedos por la empuñadura y acarició con suavidad las incrustaciones de lapislázuli y cornalina. Se le humedecieron los ojos.

Él tragó saliva, intentando decir algo. Lo que fuera. Sin embargo, no había palabras capaces de borrar lo que había entre ambos.

—Nahri...

—Vete —le dijo en árabe, el idioma que en su día había supuesto los cimientos de su amistad, el idioma con el que Alí le había enseñado a invocar llamas—. ¿Quieres evitar una guerra? Pues lárgate de mi jardín antes de que te hunda esta daga en el corazón.

10
NAHRI

Nahri cayó de rodillas en cuanto Alí desapareció entre los árboles. Sentía el peso de la daga en las manos. «No, sujétala así», recordó que le había corregido la postura Dara cuando le enseñó a lanzarla. Los dedos calientes de Dara le habían acariciado la piel, su respiración le había cosquilleado en la oreja. Su risa al viento cuando Nahri había soltado un juramento de pura frustración.

Las lágrimas le nublaron la visión. Sus dedos se curvaron sobre la empuñadura y se llevó el puño libre a la boca para reprimir el sollozo que le ascendía por el pecho. Alí debía de seguir por allí cerca, y maldita fuera si pensaba dejar que la oyese llorar.

Debería haberle hundido la daga en el corazón igualmente. Por supuesto que Alizayd al Qahtani tenía que ser quien irrumpiese en su santuario de Daevabad y pusiese patas arriba todas sus emociones. La enojaba tanto la osadía de Alí como su propia reacción; rara vez perdía Nahri la compostura hasta ese punto. Discutía muchísimo con Muntadhir y se moría de ganas de que llegase el día en que viese con deleite a Ghassán arder en una pira funeraria. Lo que no hacía era llorar ante ellos como una niñita triste.

Pero claro, ninguno de ellos la había engañado. Alí, sí. A pesar de las mejores intenciones de Nahri, había caído en la red de su amistad. Había disfrutado de pasar tiempo con alguien que compartía su mismo intelecto y curiosidad, con alguien que no la hacía sentir vergüenza por su propia ignorancia del mundo mágico o de tener piel humana. Alí le gustaba, le gustaba su encantadora exuberancia cuando parloteaba de abstrusas teorías económicas, le gustaba la callada amabilidad con la que trataba a los sirvientes shafit de palacio.

Pero todo era mentira. Todo lo que había hecho Alí era mentira. Incluyendo lo que acababa de decir de los marid. Tenía que ser mentira.

Nahri inspiró hondo y se apartó el puño de la boca. Las piedras incrustadas en la empuñadura de la daga le habían dejado marcas en la palma de la mano. Nahri jamás había esperado volver a ver la hoja de Dara. Después de su muerte le había preguntado a Ghassán dónde estaba, y el rey había dicho que había ordenado que la derritiesen.

Había mentido. Se la había dado a su hijo como premio. A su hijo el mata-afshines.

Nahri se restregó los ojos con manos temblorosas. No sabía que Alí había regresado. De hecho había hecho esfuerzos conscientes para evitar oír nada de él. Lo único que necesitaba saber sobre los avances de Alí en dirección a Daevabad era el creciente estrés de Muntadhir, la mano cada vez más temblorosa con la que sostenía sus copas de vino.

Se acercaron pasos al otro lado del naranjal.

—¿Banu Nahida? —graznó una voz femenina—. La señora Nisreen me ha pedido que venga a buscarte. Dice que Jamshid e-Pramukh te espera.

Nahri suspiró y miró el libro que había estado estudiando antes de que Alizayd la interrumpiese. Era un texto Nahid sobre maldiciones que, según se decía, podían impedir la sanación. Una de las novicias del Gran Templo lo había encontrado mientras ordenaba viejos archivos, y Nahri había mandado de inmediato que se lo trajesen. Sin embargo, el divasti en el que estaba escrito era tan confuso y arcaico que se temía que iba a tener que devolverlo para que lo tradujesen.

Aunque Jamshid no podía esperar. Llevaba semanas implorándole que volviese a intentar sanarlo, con una desesperación gemela al creciente nerviosismo de Muntadhir. Nahri no tuvo que preguntar el motivo. Sabía que no poder proteger personalmente a Muntadhir como capitán de su guardia estaba matando a Jamshid.

Inspiró hondo.

—Enseguida voy.

Dejó a un lado el libro, sobre un volumen escrito en árabe sobre hospitales. O, al menos, Nahri pensaba que trataba de hospitales, porque en realidad no había tenido tiempo de leerlo. Puede que Muntadhir hubiese acabado con sus sueños recién nacidos de restaurar el hospital de sus ancestros, pero Nahri no pensaba abandonar.

Se puso en pie y se introdujo la vaina de la daga en el cinto, bajo la túnica. Se obligó a apartar a Alí de su mente. Y a Dara también. Su primera responsabilidad era hacia sus pacientes, y en aquel momento podría resultar todo un alivio permitir que el trabajo la consumiese.

El dispensario estaba tan animado como siempre, atestado y con olor a sulfuro. Nahri atravesó un área de pacientes y cruzó la cortina que separaba su espacio de trabajo privado. El tacto de la cortina se le antojó resbaladizo, estaba encantada para amortiguar el sonido a ambos lados. Podía retirarse allí y hablar francamente con Nisreen sobre cualquier diagnóstico negativo sin que alguien las oyese.

La cortina también podía disimular los gritos de dolor de un hombre.

Jamshid y Nisreen aguardaban. Jamshid yacía sobre un jergón, con aspecto pálido pero resuelto.

—Que los fuegos ardan con fuerza en tu honor, Banu Nahida —la saludó.

—Y en el tuyo —replicó Nahri al tiempo que unía las puntas de los dedos. Se apretó el velo para mantener en su sitio las trenzas y se lavó las manos en la bacinilla. Luego se echó algo de agua fría en el rostro.

Nisreen frunció el ceño.

—¿Te encuentras bien? —preguntó—. Tus ojos...

—Estoy bien —mintió Nahri—. Frustrada. —Cruzó los brazos y decidió lanzar las emociones que había avivado Alí en otra dirección—. Ese libro está escrito en un condenado idioma antiguo que no consigo descifrar. Voy a tener que devolverlo al Gran Templo para que lo traduzcan.

Jamshid alzó la vista con un pánico evidente.

—Pero eso no supondrá que no hagamos una sesión hoy, ¿verdad?

Nahri se detuvo.

—Nisreen, ¿puedes dejarnos un momento?

Nisreen hizo una inclinación.

—Por supuesto, Banu Nahida.

Nahri aguardó hasta que se hubo marchado para arrodillarse junto a Jamshid.

—Te estás precipitando —dijo con tanta amabilidad como pudo—. Y no deberías. Tu cuerpo se recupera. Solo necesita tiempo.

—No tengo tiempo —replicó Jamshid—. Ya no.

—Sí que lo tienes —dijo Nahri—. Eres joven, Jamshid. Tienes décadas, siglos por delante. —Le agarró la mano—. Sé que quieres volver a estar a su lado, ser capaz de lanzarte de un caballo y disparar una docena de flechas. Y lo conseguirás. —Lo miró a los ojos—. Pero tienes que aceptar que podrían pasar años. Estas sesiones... sé que te hacen mucho daño y que se cobran un gran precio con tu cuerpo...

—Quiero hacerlo —dijo en tono obcecado—. La última vez dijiste que habías estado cerca de reparar los nervios dañados que crees que causan la mayor parte de la debilidad de mi pierna.

Dios, cómo le habría gustado a Nahri tener una década más de experiencia en el dispensario, o bien una sanadora de mayor rango a su lado para ayudarla con aquella conversación. La mirada en los ojos de sus pacientes cuando le imploraban que les diese algo de seguridad era ya bastante difícil; que Jamshid fuera su amigo lo empeoraba todo.

Intentó otra táctica:

—¿Dónde está Muntadhir? Suele venir contigo.

—Le dije que había cambiado de idea. Bastantes preocupaciones tiene ya como para verme sufriendo.

Por el Creador, desde luego Jamshid no estaba facilitando aquella situación.

—Jamshid...

—Por favor —la palabra se le clavó—. Puedo aguantar el dolor, Nahri. Puedo soportar que me deje encamado durante unos días. Podemos parar, pero solo si crees que los efectos serán peores.

Ella suspiró.

—Deja que te examine primero. —Lo ayudó a desliarse el chal que llevaba en los hombros—. Túmbate.

Habían hecho aquello mismo tantas veces que los pasos les salían a ambos de forma natural. Nahri echó mano de una barra roma de bronce de la bandeja que Nisreen había depositado a su lado y se la pasó por la pierna izquierda.

—¿Sientes la misma quemazón entumecida?

Jamshid asintió.

—Pero no la debilidad de la pierna derecha. Esa es la que más problemas me da.

Nahri lo ayudó a ponerse bocabajo. Se encogió al verle la espalda desnuda, como siempre. Seis cicatrices cuyas líneas escarpadas señalaban los lugares en los que se le habían clavado las flechas de Dara. Una se le había alojado en la columna, y otra le había punzado el pulmón derecho.

Deberías estar muerto. Era la inquietante conclusión a la que Nahri llegaba cada vez que veía aquellas heridas. Ghassán había obligado a Kaveh a encontrar a los supuestos cómplices de Dara, y para obligarlo había ordenado que no se tratasen las heridas de su hijo durante una semana, tiempo que Jamshid había pasado con las flechas clavadas en el cuerpo. Debería haber muerto. El hecho de que no hubiera sido así suponía un misterio parejo a aquella resistencia a su magia sanadora.

La mirada de Nahri flotó hasta el pequeño tatuaje negro que Jamshid llevaba en el hombro. Lo había visto en numerosas ocasiones: tres glifos entrecruzados. Era un recuerdo desvaído de los elaborados tatuajes que decoraban la piel de Dara, símbolos familiares y marcas de clan, recuerdos de hazañas heroicas y fetiches protectores. Cuando Nahri le había preguntado al respecto, Jamshid había puesto los ojos en blanco. Al parecer, la costumbre de tatuarse había muerto en su mayor parte en las generaciones de daeva nacidos después de la guerra, sobre todo en Daevabad. Era una superstición anticuada, se había quejado Jamshid en tono burlón, que evidenciaba que provenía de un ambiente rural lejos de la capital.

Nahri le tocó la espalda y Jamshid se tensó.

—¿Quieres un poco de vino? —le preguntó ella—. Podría amortiguar el dolor.

—Me he bebido tres copas solo para reunir el valor de venir.

Encantador. Nahri agarró un trozo de tela.

—Esta vez me gustaría atarte las manos. —Con un gesto le indicó que se agarrase al cabecero del jergón—. Agárrate ahí. Te daré algo para que puedas apretarlo.

Jamshid empezó a temblar.

—¿Tienes algo para morder?

Le pasó en silencio un delgado trozo de madera de cedro bañado en opio y le colocó las manos en la espalda desnuda. Echó un vistazo por encima del hombro para asegurarse de que la cortina estaba corrida del todo.

—¿Listo?

Él asintió con un espasmo.

Nahri cerró los ojos.

En apenas unos segundos se encontró frente al cuerpo abierto de Jamshid. El latido desbocado de su corazón, que bombeaba caliente sangre de ébano a través del delicado mapa de sus venas. El gorjeo del ácido del estómago y demás humores. Los pulmones, que se expandían y contraían como fuelles.

Los dedos de Nahri le presionaron la piel. Casi podía ver los nervios de la columna, de colores brillantes, en la negrura de su mente. Filamentos danzantes que protegían las crestas huesudas de las vértebras. Sus dedos descendieron y recorrieron las irregulares cicatrices. No solo en la piel, sino a un nivel más profundo: por los músculos destrozados y los nervios maltrechos.

Dio una inspiración firme. Podía hacer todo aquello sin causarle dolor. El cuerpo de Jamshid solo reaccionaba cuando Nahri intentaba activamente sanarlo. De haberse tratado de otra persona, Nahri podría haberles pedido a esos nervios que volviesen a anudarse, podría haber disipado las cicatrices que habían crecido sobre el músculo hasta dejarlo rígido y dolorido. Era una magia poderosa que la dejaba agotada, y probablemente hubiese necesitado varias sesiones para sanarlo por completo, pero de haber funcionado, Jamshid habría vuelto a montar a caballo arco en mano hacía años.

Nahri se concentró en una pequeña área de nervios ondulantes, fláccidos. Se preparó y les ordenó que volviesen a conectarse.

La magia la golpeó, pura, protectora y poderosa, como un impacto contra su propia mente. Nahri, que ya estaba preparada, se resistió y encajó un nervio seccionado en su lugar. Jamshid sufrió un espasmo y se le escapó un gruñido de entre los dientes apretados. Nahri no hizo caso y se centró en el siguiente nervio.

Había arreglado tres nervios cuando Jamshid empezó a gimotear.

Se sacudió bajo ella y empezó a tironear de las ataduras. La piel le ardía al contacto de los dedos de Nahri, abrasaba al mero tacto. Todos los receptores de dolor estaban en llamas. Nahri aguantó, con la cara cubierta de sudor. Solo quedaban cinco nervios en aquella zona en concreto. Se dirigió a otro, con las manos temblorosas. Tuvo que emplear toda su fuerza física para contener la reacción del cuerpo de Jamshid y llevar a cabo la magia; una fuerza que se le agotaba con rapidez.

Otro nervio se colocó en su lugar y resplandeció levemente en la cabeza de Nahri. Se dirigió al siguiente.

El bloque de madera se le cayó a Jamshid de la boca y su grito atravesó el aire. Se le empezaba a acumular ceniza sobre la piel. Y entonces, con un estallido de magia, las ataduras de sus manos empezaron a arder.

—¿Jamshid? —Una voz que no era bienvenida allí se oyó a espaldas de Nahri—. ¡Jamshid!

Muntadhir entró en tromba. La sorpresa de aquella interrupción la desestabilizó, y el poder que albergaba el cuerpo de Jamshid, fuera lo que fuese, aprovechó la oportunidad para expulsarla con una oleada de energía tan fiera que Nahri retrocedió a trompicones. La conexión se había cortado.

Jamshid se quedó inmóvil. A pesar de los dolorosos latidos que sentía en la cabeza, Nahri se puso en pie enseguida y fue a comprobarle el pulso. Era rápido pero seguía presente. Solo se había desmayado. Ella se apresuró a apagar las llamas alrededor de sus muñecas.

Rabiosa, se giró hacia Muntadhir.

—¿Qué demonios estabas pensando? —espetó—. ¡Estaba haciendo progresos!

Muntadhir compuso una expresión anonadada.

—¿Progresos? ¡Estaba ardiendo!

—¡Es un djinn! ¡Puede aguantar un poco de fuego!

—¡Ni siquiera se supone que deba estar aquí! —replicó Muntadhir—. ¿Le has convencido para volver a intentarlo?

—¿Que si le he convencido yo? —Nahri, furiosa, tuvo que esforzarse para controlar las emociones que brotaban en su interior—. No, pedazo de idiota. Lo está haciendo por ti. ¡Si no fueras tan egoísta lo habrías comprendido!

Los ojos de Muntadhir destellaron. No había rastro de la elegancia acostumbrada en él. Con movimientos espasmódicos cubrió a Jamshid con un chal.

—Pues no deberías habérselo permitido. Te has vuelto imprudente; estás tan ansiosa de demostrar tu valía…

—No me he vuelto imprudente. —Una cosa era pelearse con Muntadhir por política y por su familia, pero no pensaba permitir que le echase en cara sus dudas sobre sus habilidades sanadoras—. Sabía lo que hacía y él estaba preparado. Has sido tú quien nos ha interrumpido.

—¡Le estabas haciendo daño!

—¡Le estaba sanando! —Ahí perdió los nervios—. ¡Quizá se encontraría mejor si hubieses sacado este genio cuando tu padre estaba dispuesto a dejarlo morir!

Aquellas palabras le brotaron solas de dentro, una acusación que, por más peleas que hubiesen tenido, se había prometido que no iba a lanzarle. Sabía bien el miedo que Ghassán empleaba para controlar a su pueblo, el terror que atenazaba su propia garganta cuando pensaba en la ira del rey.

Y sabía condenadamente bien lo que Muntadhir sentía por Jamshid.

Su marido retrocedió como si lo hubiese abofeteado. Una conmoción dolorida, acompañada de bastante culpabilidad, destelló en el rostro de Muntadhir, junto con puntos rojos, iracundos, que le asomaron a los pómulos.

Al instante, Nahri se arrepintió de haber dicho aquello.

—Muntadhir, lo que quería decir...

Él alzó una mano y la cortó. Señaló a Jamshid con un dedo tembloroso.

—La única razón de que esté sufriendo es Darayavahoush. Es culpa tuya. Culpa de una niñita perdida de El Cairo que pensó que estaba viviendo en una especie de cuento de hadas. Por más lista que fuera esa niña, no vio que el brillante héroe que la había salvado era en realidad el monstruo. O quizá era que le daba igual. —Su voz adoptó un tono frío—. Puede que a Dara le bastase con contarte una de sus historias lacrimógenas y dar un par de pestañeos con esos preciosos ojos verdes para convencerte de hacer lo que le viniese en gana.

Nahri contempló a Muntadhir, perpleja. Las palabras reverberaron en su cabeza. Ya había visto antes a Muntadhir borracho, pero no sabía que podía ser tan cruel.

No sabía que podía herirla tanto.

Inspiró, entre temblores doloridos, traicionados. Precisamente por eso alzaba muros entre sí y el resto de la gente. Precisamente por eso ocultaba su corazón. Porque estaba claro que no podía confiar ni en una maldita persona de toda aquella ciudad. Le hervía la sangre. ¿Quién se creía que era Muntadhir para decirle todo aquello? A ella, a la Banu Nahida, en su propio dispensario.

El palacio pareció mostrarse de acuerdo, porque la magia de sus ancestros se le arremolinaba en la sangre. Las llamas del pozo de fuego se avivaron como si quisieran alcanzar a Muntadhir, esa nueva encarnación de las moscas de la arena que le habían arrebatado su hogar.

Entonces, la rabia que tenía dentro se le antojó diferente. Con un propósito. Sintió a Muntadhir como si pudiese ponerle las manos encima. El rápido latido de su corazón, el rubor de su piel. Los vasos cavernosos, delicados, en su garganta. Los huesos y articulaciones que podía romper a voluntad.

—Creo que deberías marcharte, emir.

Era Nisreen quien había hablado, de pie en el mismo borde de la cortina. Nahri no sabía cuándo había llegado, pero era evidente que la madura daeva había oído lo suficiente como para contemplar a Muntadhir con un desprecio apenas disimulado.

—La Banu Nahida está tratando a tu compañero. Es mejor que nadie los moleste.

La boca de Muntadhir se apretó hasta formar una línea obcecada. Parecía tener más que decir... y claramente no comprendía lo cerca que estaba Nahri de hacer algo que no podría deshacer luego. Sin embargo, tras un instante, tocó la mano de Jamshid y entrelazó brevemente sus dedos con los de él. Acto seguido, sin mirar Nahri ni a Nisreen, se enderezó, giró sobre sus talones y se marchó.

Nahri dejó escapar todo el aire de los pulmones. Aquel impulso oscuro la abandonó; le tembló todo el cuerpo.

—Creo... creo que he estado a punto de matarlo.

—Se lo habría merecido.

Nisreen se acercó a comprobar el estado de Jamshid. Tras un instante, Nahri se unió a ella. El pulso de Jamshid estaba algo acelerado, y aún tenía la piel caliente, pero empezaba a respirar con normalidad.

—No permitas que ese borracho repugnante te vuelva a tocar.

Nahri empezó a sentir náuseas.

—Nisreen, es mi marido. Se supone que tenemos que esforzarnos para mantener la paz entre las tribus.

Hablaba con voz débil, con palabras casi irrisorias.

Nisreen acercó el cubo lleno de hielo que habían dejado junto al jergón. Humedeció un trapo sobre el agua fría y se lo colocó a Jamshid en la espalda.

—Yo no me preocuparía mucho sobre el futuro de tu matrimonio —murmuró en tono lúgubre.

Nahri contempló a Jamshid. Una oleada de desesperación la recorrió al recordar sus súplicas. Se sintió una completa inútil. Era demasiado: el peso de sus responsabilidades y sus sueños constantemente desinflados. Aquel baile mortal que se veía obligada a ejecutar con Ghassán y los ojos implorantes de los daeva que le suplicaban que los salvase. Nahri lo había intentado, de verdad que lo había intentado. Se había casado con Muntadhir. Pero ya no le quedaba más que entregar.

—Quiero irme a casa —susurró con ojos húmedos. Era un deseo sin el menor sentido, un impulso patéticamente pueril. Y sin embargo, el corazón le dolió con un anhelo tan fuerte por El Cairo que casi se quedó sin respiración.

—Nahri... —Avergonzada, ella intentó darle la espalda, pero Nisreen le agarró el rostro entre las manos—. Niña, mírame. Esta es tu casa.

La estrechó entre sus brazos y le acarició la nuca. Nahri no pudo sino hundirse en aquel abrazo. Las lágrimas se derramaron por fin. Era el tipo de afecto físico que nadie le daba, así que lo aceptó agradecida.

Tan agradecida, de hecho, que no llegó a cuestionarse el fervor en la voz de Nisreen cuando dijo a continuación:

—Te lo prometo, mi señora. Todo saldrá bien. Ya lo verás.

11

ALÍ

El zulfiqar de Alí se estrelló contra el de Wajed. Aprovechó la inercia para esquivar la hoja de Aqisa, que le pasó por encima de la cabeza.

¿Cómo esperabas que reaccionase Nahri? Llegaste sin advertencia alguna y con la daga de Darayavahoush. ¿De verdad creías que te iba a invitar a hablar sobre libros con una taza de té?

Alzó el arma y bloqueó el siguiente ataque de Wajed.

Aún no puedo creer que piense que yo deseaba nada de todo esto. A fin de cuentas, Alí no le había pedido que lo secuestrasen, ni que su preciado Afshín le disparase con el arco. No se creía ni por un segundo que Nahri hubiese pasado aquellos cinco años sin enterarse de lo que había sucedido en Qui-zi, así como los otros crímenes innumerables que había cometido Darayavahoush. ¿Cómo podía seguir defendiéndolo?

Apartó de un empellón la hoja del caíd y giró sobre sí mismo para volver a enfrentarse a Aqisa, cuyo ataque detuvo por muy poco.

Por amor, claro. Era evidente incluso para Alí, quien normalmente no se fijaba en esas cosas, que entre Nahri y aquel brutal demonio de hombre había algo más que la acostumbrada devoción de un Afshín y su Nahid. Qué emoción tan inútil, qué distracción. Qué ridículo ver una hermosa sonrisa y perder todo el sentido de...

Aqisa lo golpeó en pleno rostro con la parte plana de la espada.

—¡Ay! —Así siseó de dolor y bajó el zulfiqar. Se llevó una mano a la mejilla y al apartarla vio que tenía los dedos manchados de sangre.

Aqisa resopló por la nariz.

—No es aconsejable distraerse mientras se entrena.

—No estaba distraído —dijo en tono acalorado.

Wajed también bajó el arma.

—Sí que lo estabas. Te llevo entrenando desde que me llegabas a la cintura. Sé qué cara pones cuando no estás centrado. Tú, en cambio... —Se giró hacia Aqisa con aire de admiración—. Manejas ese zulfiqar de forma excelente. Deberías unirte a la Guardia Real. Te conseguiríamos uno para ti sola.

Aqisa volvió a resoplar.

—No se me da bien aceptar órdenes.

Wajed se encogió de hombros.

—La oferta sigue en pie.

Hizo un gesto hacia la esquina opuesta del patio de la Ciudadela, donde Lubayd parecía haberse montado una corte de jóvenes reclutas que lo escuchaban ensimismados. Sin duda les contaba alguna versión exagerada de las aventuras de ellos tres en Am Gezira.

—¿Qué tal si descansamos un poco y nos tomamos un café con vuestro ruidoso amigo? —propuso Wajed.

Aqisa sonrió y abrió la marcha, pero Wajed sujetó un instante más a Alí.

—¿Te encuentras bien? —preguntó en voz baja—. Te conozco, Alí. No solo es que estés distraído, te estás reprimiendo. He visto esa misma expresión en tus ojos cuando entrenas a otros.

Alí apretó los labios hasta formar una fina línea. Wajed había quedado más cerca de dar en el clavo de lo que le hubiera gustado. Alí se estaba reprimiendo, aunque no del modo que el caíd pensaba. Y lo que lo distraía no era solo el recuerdo de Nahri.

Era el lago, que no dejaba de atraerlo desde que había llegado a la Ciudadela. Se había sentido impelido en incontables ocasiones a acercarse a las murallas y apretar las manos contra la fría piedra, para sentir el agua al otro lado. Cuando cerraba los ojos volvían a él los susurros que había captado en el barco: un zumbido incomprensible que le hacía galopar el corazón con una urgencia que no comprendía. Sus habilidades marid parecían más cercanas, más salvajes, de lo que las había sentido en años. Era como si, con un chasquido de los dedos, pudiese cubrir todo el patio de la Ciudadela con un manto de bruma.

No podía decirle nada de todo eso a Wajed. O, francamente, a nadie en absoluto.

—No es nada —insistió Alí—. Es que estoy cansado.

Wajed le clavó la mirada.

—¿Es por tu familia? —Alí esbozó una sonrisa y el rostro del caíd se colmó de comprensión—. No has pasado ni un día en el palacio, Alí. Deberías irte a casa e intentar hablar con ellos.

—Ya estoy en casa —repitió Alí—. Mi padre quiso que me criase en la Ciudadela, ¿no?

Mientras hablaba, su mirada captó a dos guardias que entraban en servicio. Ambos vestían uniformes cubiertos de remiendos. Solo uno de ellos llevaba un zulfiqar.

Negó con la cabeza, pensando en las joyas de Muntadhir y en aquella lujosa bandeja de pastas. Estaba claro que no era el único que se había percatado de la discrepancia: había oído muchas quejas desde que llegó a la Ciudadela. Sin embargo, mientras que Alí sospechaba que los ayaanle estaban detrás de muchas de las penurias económicas de Daevabad, tal y como había sugerido Musa, dudaba de que sus compañeros soldados fuesen capaces de comprenderlo. Lo único que veían era el derroche de los nobles y los autocomplacientes habitantes de palacio. Estaba claro que no le echaban la culpa a él; le habían dado una cálida bienvenida y apenas habían dejado caer algún que otro comentario sarcástico sobre las escasas comidas de lentejas y pan, que Alí también compartía con ellos.

Cierto alboroto en la puerta principal captó su atención. Alí se asomó y vio que varios soldados iban a toda prisa hacia la entrada… para a continuación retroceder torpemente en bloque. Algunos hombres tropezaban con sus propios pies, con la vista clavada en el suelo.

Una mujer sola entró en la Ciudadela. Alta, con una elegancia esbelta que Alí reconoció de inmediato, llevaba una abaya del color de la medianoche, bordada con hileras de diamantes que resplandecían como estrellas. Una larga shayla de plata le cubría el rostro y solo dejaba ver sus ojos dorados y grises.

Ojos dorados y grises muy enfurecidos. Ojos que se clavaron en el rostro de Alí. La mujer alzó una mano, con brazaletes de oro y anillos de perlas que resplandecieron bajo la luz del sol, e hizo un único gesto brusco para que Alí la siguiera. Acto seguido giró sobre sus talones y volvió a salir.

Wajed miró a Alí.

—¿Era tu hermana? —preguntó con la voz preñada de preocupación—. Espero que todo vaya bien. Casi nunca sale de palacio.

Alí carraspeó.

—Puede... puede que haya venido a la Ciudadela sin haber pasado antes a verla a ella y a mi madre.

Alí no sabía que el caíd de Daevabad, que era un hombre muy corpulento que cargaba orgulloso con dos siglos de cicatrices, pudiese palidecer tanto.

—¿Que no has ido a ver a tu madre? —Retrocedió como si quisiese poner distancia física entre sí mismo y lo que estaba a punto de sucederle a Alí—. Mejor no le digas que te voy a dejar dormir aquí.

—Traidor. —Alí frunció el ceño pero no pudo negar el miedo que sintió al echar a andar tras su hermana.

Zaynab ya estaba sentada en su palanquín para cuando Alí subió y cerró la cortina.

—Ukhti, no habrás...

Su hermana le cruzó la cara de un revés.

—Asqueroso desagradecido —dijo, echando humo. Se apartó la shayla de la cara—. He pasado cinco años intentando salvarte la vida y ni siquiera te molestas en venir a verme. Y cuando por fin te localizo te atreves a intentar darme un sermón sobre cómo hay que comportarse. —Volvió a alzar la mano... cerrada en un puño en esa ocasión—. Pedazo de santurrón...

Alí esquivó el puño y la agarró por los hombros.

—¡No es eso, Zaynab! ¡Lo juro!

La soltó.

—¿Y qué es entonces, niñato? —Entrecerró los ojos, dolida—. ¡Porque me estoy pensando si no debería decirle a mis portadores que te tiren a un basurero!

—No quería meterte en problemas —se apresuró a decir Alí, y la agarró de las manos—. Te debo la vida, Zaynab, y Muntadhir me ha dicho...

—¿Qué te ha dicho Muntadhir? —interrumpió Zaynab. Su expresión se había suavizado, pero la ira aún hervía en su voz—. ¿Te has molestado en preguntarme qué pienso yo? ¿Has pensado por un momento que soy perfectamente capaz de tomar mis decisiones sin que mi hermano mayor tenga que darme permiso?

—No —confesó Alí. Lo único que había pensado era en salir de palacio antes de hacerle daño a alguien más. Y, por supuesto, al salir de palacio le había hecho daño a alguien más—. Lo siento. Me entró el pánico. No pensaba con claridad y...

Zaynab soltó un gañido, y Alí se apresuró a soltarle las manos, al darse cuenta de que se las estaba aplastando.

—Lo siento —volvió a decir.

Zaynab le clavaba la mirada. Una preocupación alarmada empezaba a reemplazar la ira en su rostro. Recorrió con la mirada el rostro ensangrentado y la túnica desastrada de Alí. Le agarró la mano y le acarició con el pulgar las uñas irregulares.

Alí se avergonzó.

—Intento no mordérmelas, pero es un tic nervioso.

—Un tic nervioso —repitió ella. Le temblaba la voz—. Tienes un aspecto horrible, akhi.

Alzó una mano y le acarició la mejilla, en el lugar donde estaba la cicatriz de Salomón.

Alí intentó esbozar una sonrisa débil, y fracasó.

—Am Gezira no era tan acogedor como yo había esperado.

Zaynab se encogió.

—Pensé que jamás volvería a verte. Cada vez que llegaba un mensajero me temía que fuese a decirme que... que habías...

Pareció incapaz de acabar la frase. Las lágrimas se le agolpaban en los ojos.

Alí se la acercó y la abrazó. Zaynab se aferró a él y profirió un sollozo estrangulado.

—Estaba tan preocupada por ti —lloró—. Lo siento, Alí. Se lo supliqué. Le supliqué a abba a diario. Si hubiese podido convencerlo...

—Oh, Zaynab, nada de esto es culpa tuya. —Alí apretó más a su hermana contra sí—. ¿Cómo puedes pensar algo así? Eres una bendición, tus cartas y tus suministros... No tienes ni idea de cuánto los necesitaba. Y estoy bien. —Se apartó para mirarla—. La situación está mejorando. Y ahora estoy aquí, vivo. Y ya te estoy poniendo furiosa.

En esa ocasión sí que consiguió esbozar una pequeña sonrisa.

Ella negó con la cabeza.

—La situación no está mejorando, Alí. Amma... está rabiosa.

Alí puso los ojos en blanco.

—Tampoco hace tanto que he regresado. ¿De verdad está tan enfadada?

—No está enfadada contigo —replicó Zaynab—. Bueno... sí, pero no me refiero a eso. Está enfadada con abba. Cuando se enteró de lo que te había pasado volvió a Daevabad hecha una furia. Le dijo a abba que lo iba a ahogar en deudas.

Alí se imaginaba bien cómo habría sido la conversación.

—Hablaremos con ella —la tranquilizó—. Encontraré el modo de arreglarlo todo. Olvídate de eso por ahora. Cuéntame cómo estás.

Imaginó que nada de todo aquello había sido sencillo para Zaynab, al ser la única que seguía hablando con todos sus familiares enfrentados.

La compostura de Zaynab se quebró durante un instante, pero luego una sonrisa serena le iluminó el rostro.

—Todo va bien —dijo con suavidad—. Alabado sea Dios.

Alí no se lo creyó ni por un instante.

—Zaynab...

—De verdad —insistió ella, aunque sus ojos habían perdido algo de la chispa anterior—. Ya me conoces... una princesa malcriada sin una sola preocupación.

Alí negó con la cabeza.

—Esa no eres tú. —Sonrió—. Bueno, la primera parte quizá sí sea cierta.

Se agachó para esquivar una nueva bofetada de Zaynab.

—Espero que contengas la lengua mejor cuando estés delante de amma —le advirtió Zaynab—. No le ha hecho nada de gracia que te hayas largado a la Ciudadela. Alguna que otra cosa ha dicho sobre el destino que les aguarda a los hijos ingratos.

Alí carraspeó.

—¿Mencionó algo… específico? —preguntó, reprimiendo un estremecimiento.

Zaynab esbozó una sonrisa dulce.

—Espero que hayas dicho tus oraciones, hermanito.

Los extensos aposentos de la reina Hatset estaban ubicados en uno de los niveles más altos del zigurat palaciego. Alí no pudo sino admirar la vista mientras ascendían las escaleras. La ciudad parecía un juguete a sus pies, una extensión de edificios en miniaturas y habitantes del tamaño de hormigas que correteaban de aquí para allá.

Se agacharon para pasar bajo la puerta de teca de intrincados grabados que daba al pabellón de su madre. Alí contuvo la respiración. El pabellón estaba diseñado para imitar los encantos de su querida tierra natal. A primera vista parecía ser la ruina de lo que en su día fuese un magnífico castillo de coral, como los muchos palacios humanos que salpicaban la costa de Ta Ntry. Sin embargo, con un juguetón remolino de humo y magia, el palacio recuperó su gloria ante los ojos de Alí: un lujoso talón de arcadas de coral con incrustaciones de gemas, hileras de macetas con tierra de marisma, palmeras esmeraldinas y lilas del Nilo. El pabellón había sido un regalo de boda de Ghassán y pretendía en cierto modo paliar la añoranza del hogar de su nueva novia ayaanle; un gesto que evidenciaba una versión más amable de su padre, no la que Alí conocía. El aire olía a mirra y el sonido de un laúd se derramaba, acompañado de risas, desde detrás de unas cortinas púrpuras y doradas que se mecían suavemente.

Una risa familiar. Alí se preparó al cruzar la cortina. Sin embargo, fuera lo que fuese lo que estaba esperando... no era la escena que encontró frente a sí.

La reina Hatset se sentaba en un sofá bajo, medio inclinada sobre un hermoso tablero de juego tallado en lapislázuli. Compartía una risita con dos shafit, un hombre y una mujer. En su regazo se sentaba una niña pequeña que jugueteaba con los ornamentos de oro de las trenzas de Hatset.

Alí contempló la escena, asombrado. Era la niña y el padre shafit que habían subastado, los que Alí temía haber condenado. Allí estaban, sonrientes, vestidos con ropas dignas de nobles ayaanle.

Hatset alzó la vista. Gozo, alivio y algo de malicia inofensiva asomaron a sus ojos dorados.

—¡Alu! Qué alegría verte por fin. —Le dio un golpecito en la mejilla a la niña y se la tendió a la otra mujer, que a juzgar por el parecido, debía de ser su madre—. Les he estado enseñando a tus amigos a jugar al senet. —Se alzó con elegancia y atravesó el pabellón—. Por lo visto he tenido bastante tiempo libre mientras esperaba a que aparecieses.

Alí seguía sin poder pronunciar palabra cuando su madre llegó hasta él.

—Madre...

Ella lo estrechó en un fiero abrazo.

—Oh, baba —suspiró, y lo apretó con fuerza. Tenía las mejillas húmedas—. Alabado sea Dios por haberme permitido verte de nuevo.

Alí no estaba preparado para aquella oleada de emoción que lo arrastró al encontrarse en brazos de su madre por primera vez en años. Hatset. La mujer que le había dado a luz, y cuya familia lo había traicionado para luego planear arrancarlo de la vida que se estaba construyendo en Bir Nabat. Debería haber estado furioso, y sin embargo, cuando su madre se apartó para acariciarle la mejilla, Alí sintió que parte de la ira que llevaba consigo se evaporaba. Dios, cuántas veces había contemplado aquel rostro siendo niño, cuántas veces se había aferrado al dobladillo de su shayla, cuántas veces la había seguido absorto por el harén. Cuántas veces la había llamado en ntaran, llorando, durante las primeras y aterradoras noches en la Ciudadela.

—Que la paz sea contigo, amma —consiguió decir. Las miradas curiosas de la familia shafit lo devolvieron al presente. Alí retrocedió un paso e intentó calmar sus propias emociones—. ¿Cómo has...?

—Me enteré del aprieto en que se encontraban y decidí ayudar. —Hatset miró a la familia shafit con una sonrisa—. Les sugerí que entrasen a formar parte de mi servicio aquí, en palacio, en lugar de regresar a su casa. Es más seguro.

La mujer shafit se llevó la mano al corazón.

—Estamos en deuda con vos, mi reina.

Hatset negó con la cabeza y tironeó con firmeza de Alí.

—Tonterías, hermana. Es una desgracia que hayáis estado separados aunque fuese brevemente.

La mujer se ruborizó e inclinó la cabeza.

—Os dejamos para que disfrutéis un poco de vuestro hijo a solas.

—Gracias. —La madre de Alí lo obligó a sentarse con un empujón que pareció innecesariamente fuerte, y luego paseó la vista por las demás damas presentes—. Mis señoras, ¿os importa preguntar en las cocinas si pueden preparar algo de comida ntaran en condiciones para mi hijo? —Le dedicó una sonrisa encantadora—. Parece un halcón hambriento.

—Sí, mi reina.

Todas desaparecieron y dejaron a Alí solo con su madre y su hermana.

En un segundo, las dos mujeres se giraron hacia él y se cernieron sobre el sofá en el que lo habían obligado a sentarse. Ninguna de las dos parecía contenta.

De inmediato, Alí alzó las manos en gesto de rendición.

—Juro que iba a venir a verte, madre.

—Ah, ¿sí? ¿Cuándo? —Hatset se cruzó de brazos. La sonrisa había desaparecido—. ¿Después de ver a todos los demás habitantes de Daevabad?

—Solo han pasado dos días —protestó él—. Ha sido un viaje muy largo. Necesitaba tiempo para recuperarme...

—Y sin embargo has tenido tiempo de ir a ver a la esposa de tu hermano.

Alí se quedó boquiabierto. ¿Cómo se había enterado su madre?

—¿Te hacen los pájaros de espías ahora?

—No pienso compartir este palacio con una Nahid vengativa y su boticaria de venenos sin saber en qué andan metidas a cada instante. —Se le oscureció la expresión—. No deberías haber ido a verla solo. A la gente le gustan los chismes.

Él se mordió el labio, pero guardó silencio. No podía discutírselo.

La mirada de su madre lo recorrió y se posó sobre la cicatriz que tenía en la sien.

—¿Qué es eso?

—No es más que una cicatriz —se apresuró a decir Alí—. Me la hice picando piedra para abrir acequias en Bir Nabat.

Hatset siguió escrutándolo.

—Tienes aspecto de haber asaltado una caravana —dijo a las claras, y arrugó la nariz—. Y del mismo modo hueles. ¿Por qué no has pasado por el hamán y te has puesto algo que no esté cubierto de la sangre de Dios sabrá quién?

Alí frunció el ceño. Tenía buenas razones para evitar el hamán: no quería que nadie viese las cicatrices que le cubrían el cuerpo.

—Me gusta esta túnica —dijo a la defensiva.

Zaynab tenía pinta de estar reprimiendo una carcajada. Se dejó caer en el asiento junto a Alí.

—Lo siento —se apresuró a decir cuando Hatset le lanzó una mirada exasperada—. O sea... ¿de verdad creías que estar ahí fuera le iba a cambiar la personalidad?

—Sí —replicó Hatset en tono afilado—. Habría esperado que, después de que lo mandasen a morir a Am Gezira, se habría espabilado un poco. Tu aspecto dictamina tu imagen pública, Alizayd. Deambular por Daevabad en harapos ensangrentados con aspecto de oveja descarriada no resulta particularmente impresionante.

Un tanto ofendido, Alí replicó:

—¿Eso es lo que estás haciendo con esa pobre familia? ¿Los estás vistiendo de gala y paseándolos por ahí para mejorar tu imagen?

Hatset entrecerró los ojos.

—¿Cómo se llaman?

—¿Qué?

—Que cómo se llaman. Cuáles son los nombres de las personas que has convertido en objetivos. —Alí se ruborizó y ella insistió—: No lo sabes, ¿verdad? Pues te lo digo yo: la mujer se llama Mariam, es una shafit de Sumatra. Su marido es Ashok, y su hija se llama Manat. A pesar de los problemas de la ciudad se las iban arreglando bien. Tan bien, de hecho, que el éxito de Ashok al frente de su kiosco de comida despertó los celos de uno de sus vecinos, que fue quien los entregó a los nastuerzos de ese asqueroso comerciante de personas. Sin embargo, a Ashok le gusta cocinar, así que le he conseguido un puesto en las cocinas de palacio, y unos aposentos donde vivir con su esposa, que me ayuda en el harén. Su hija da clases con los demás niños.

Alí se sintió escarmentado, pero no lo bastante como para dejar de lado sus sospechas.

—¿Y por qué lo has hecho?

—Porque alguien tenía que arreglar el error de mi hijo. —Alí se ruborizó y ella prosiguió—. Soy creyente, y maltratar a los shafit es un gran pecado. Ten por seguro que lo que está pasando en Daevabad también me parece una aberración.

—Mi «primo» Musa dijo algo parecido antes de sabotear el pozo de mi aldea en un intento de obligarme a llevar su cargamento —replicó Alí—. Imagino que tú también estabas detrás de todo eso.

Hubo un momento de silencio. Las dos mujeres intercambiaron una mirada antes de que Zaynab hablase, con voz desacostumbradamente abatida:

—Puede... puede que eso fuese idea mía. —Alí se giró hacia ella y Zaynab le dedicó una mirada indefensa—. ¡Estaba preocupada, me temía que no fueras a volver jamás! ¡Mis mensajeros me dijeron que parecías estar asentándote allí!

—¡Es que me estaba asentando! ¡Es un lugar muy agradable!

Alí no podía creer lo que oía. Se apretó las rodillas con las manos, luchando contra su temperamento. Puede que hubiese sido un plan de Zaynab, pero era parte de un juego que había empezado su madre.

—Si vamos a sincerarnos entre nosotros, quizá podríamos discutir la razón por la que me mandaron a Am Gezira.

Su madre esbozó una sonrisa genuina. Resultó algo inquietante ver aquella afilada expresión de deleite que le habían dicho en más de una ocasión que él mismo también ponía. Los años no habían tratado tan mal a Hatset como al padre de Alí. Era una reina de la cabeza a los pies, y se enderezó como si Alí la hubiese desafiado. Se ajustó la shayla como si de una armadura de batalla se tratase.

—Zaynab, mi amor... —empezó a decir despacio, sin apartar los ojos de Alí. Un hormigueo de miedo le correteó por la nuca—. ¿Te importa dejarnos?

Su hermana paseó la vista entre los dos, con aspecto alarmado.

—Quizá sería mejor que me quedase.

—Quizá sería mejor que te marchases. —La cuidadosa sonrisa de su madre no flaqueó mientras tomaba asiento en el sofá de enfrente, pero a su voz asomó un leve tono autoritario—. Está claro que tu hermano quiere decirme algo.

Zaynab suspiró y se puso en pie.

—Buena suerte, akhi. —Le apretó el hombro y se marchó.

—Alu —dijo Hatset en un tono que dejó claro a Alí que estaba a punto de recibir otro bofetón—. Sé que no insinúas que la mujer que te tuvo en su vientre y te dio a luz, con esa enorme cabeza de patata que tenías, tuvo algo que ver con esa estúpida conspiración del Tanzeem.

Alí tragó saliva.

—Abba dijo que tenían apoyos entre los ayaanle —dijo para defenderse—. Y que uno de ellos era tu primo...

—Cierto, uno de ellos era mi primo. Era —repitió su madre con una intención mortal que quedó clara en su voz—. No trato a la ligera a aquellos que ponen en peligro las vidas de mis seres queridos. Y encima con un plan a medio cocer. —Puso los ojos en blanco—. Una revolución. Qué idea tan innecesariamente sangrienta.

—Suena a que lo que te molesta es el método, no la idea de la traición.

—¿Y? —Hatset echó mano de una taza de té aromático de una mesa cercana y dio un sorbito—. Si esperas que defienda el gobierno de tu padre, te equivocas de persona. Hace años que no va en la buena dirección. Y si tú te uniste al Tanzeem, está claro que estás de acuerdo con lo que digo.

Él se encogió. Las palabras de Hatset habían dado por fin en el blanco. Alí había estado radicalmente en desacuerdo con el modo en que su padre trataba a los shafit. Y seguía estándolo en gran medida.

—Yo solo intentaba ayudar a los shafit —insistió—. No había nada político en ello.

Su madre le lanzó una mirada casi compasiva.

—No hay nada político en que alguien llamado Zaydi al Qahtani intente ayudar a los shafit.

Ante eso, Alí no pudo sino bajar la mirada. Su nombre no le parecía una inspiración en aquel momento, sino más bien una carga.

—A él le salió decididamente mejor que a mí.

Hatset suspiró y se sentó al lado de Alí.

—Sigues siendo en buena parte el muchacho que recuerdo —dijo con la voz algo más suave—. Desde que fuiste capaz de andar me seguías por el harén y parloteabas sobre todo lo que veías. Las cosas más pequeñas te llenaban de gozo, de maravilla... las demás mujeres afirmaban que eras el niño más curioso que habían visto jamás. El más dulce. —Sus ojos destellaron, manchados de una traición antigua—. Pero entonces Ghassán te apartó de mi lado. Te encerraron en la Ciudadela, te pusieron un zulfiqar en la mano y te enseñaron a ser el arma de tu hermano. —Se le rompió la voz con aquella última palabra—. Pero yo sigo viendo la inocencia que hay en ti. La bondad.

Alí no supo qué contestar. Pasó los dedos por la seda azul a rayas del sofá. Se le antojó tan suave como un pétalo de rosa, de mucha más finura que ningún otro mueble de Am Gezira. Y sin embargo, era en Am Gezira donde deseaba estar, por más asesinos que hubiera. El lugar donde ayudar a los demás se reducía a la sencilla tarea de excavar un pozo.

—Esa bondad no me ha acercado en absoluto a Daevabad. Todos aquellos a quienes intento ayudar acaban peor.

—No dejamos de luchar en una guerra porque perdamos batallas, Alizayd. Lo que hacemos es cambiar de táctica. Estoy segura de que es una lección que habrás aprendido en la Ciudadela.

Alí negó con la cabeza. Se iban dirigiendo poco a poco a una conversación que no quería tener.

—Aquí no hay guerra alguna que ganar. Al menos, yo no puedo ganarla. Abba quiso darme una lección, y bien que la he aprendido. Me quedaré en la Ciudadela con un zulfiqar en la mano y la boca bien cerrada hasta Navasatem.

—¿Mientras, calle abajo, se subasta a los shafit como si fueran ganado? —dijo Hatset, desafiante—. ¿Mientras tus hermanos de la Ciudadela se ven obligados a entrenar con cuchillos romos y a comer comida echada a perder, para que los nobles puedan atiborrarse y bailar durante sus festejos?

—No puedo ayudarles. Y tú no eres inocente en todo esto —acusó Alí—. ¿Crees que no sé los juegos que se traen entre manos los ayaanle con la economía de Daevabad?

Hatset lo miró con una hostilidad idéntica a la de él.

—Eres demasiado inteligente para creer que los ayaanle son lo único que hay detrás de los problemas económicos de Daevabad. Nosotros solo somos los chivos expiatorios, una leve reducción en los impuestos no puede ocasionar todo el daño que has visto. Lo que sí ocasiona ese daño es mantener a un tercio de la población oprimido por la esclavitud y la mugre. —Adoptó un tono resuelto—. El pueblo no florece bajo el yugo de un tirano, Alizayd. No se llevan a cabo avances cuando se está ocupado intentando mantenerse con vida. Las ideas creativas se reprimen cuando los errores tienen como castigo los cascos del karkadann.

Alí se puso en pie. Ojalá pudiese refutar aquellas palabras.

—Cuéntale todo eso a Muntadhir. Él es el emir.

—Muntadhir no tiene lo que hay que tener para actuar —dijo Hatset con voz sorprendentemente amable—. Me gusta tu hermano.

Es el hombre más encantador que conozco, y también tiene buen corazón. Pero tu padre ha grabado sus creencias en su interior, más hondo de lo que piensas. Reinará del mismo modo que Ghassán: con tanto miedo a su pueblo que preferirá aplastarlo.

Alí paseó de un lado a otro, esforzándose por reprimir el agua que intentaba salir a borbotones de sus manos.

—¿Y qué quieres que haga, amma?

—Ayúdale —insistió Hatset—. No tienes que ser un arma para ser valioso.

Alí ya negaba con la cabeza.

—Muntadhir me odia —dijo con amargura. Aquella afirmación sin tapujos no hizo sino echar sal en la herida que su hermano le había infligido en cuanto regresó—. No va a escuchar nada de lo que yo le diga.

—No te odia. Está dolido, y perdido, y se está revolviendo. Sin embargo, todo eso son impulsos peligrosos en un hombre que tiene el poder de tu hermano. Va a recorrer una senda de la que quizá no consiga regresar. —Su voz se oscureció—. Y ese camino, Alu, puede suponerte a ti disyuntivas mucho peores que hablar o no con tu hermano.

Alí de pronto fue consciente de la presencia del agua que había dentro de la jarra en la mesa junto a él, la de las fuentes que ribeteaban el pabellón, la de las tuberías bajo el suelo. Esa agua tiraba de él, contribuía a su inquietud creciente.

—Ahora no puedo hablar de todo esto, amma. —Se pasó la mano por la cara y se tironeó de la barba.

Hatset se quedó inmóvil.

—¿Qué tienes en la muñeca?

Alí bajó la vista. Le dio un vuelco el corazón al percatarse de que la manga de aquella maldita túnica había vuelto a arremangarse sola. Se mordió por dentro. Tras su encuentro con Nahri había jurado que iba a buscarse otra prenda que ponerse. Sin embargo, en la Ciudadela escaseaban los uniformes, y Alí no soportaba ser una inconveniencia para aquellos hombres que ya estaban pasando escaseces.

Hatset ya estaba en pie y a su lado antes de que Alí reaccionase; no sabía que su madre pudiese moverse con tanta rapidez.

Ella lo agarró del brazo. Alí intentó zafarse, pero como no quería hacerle daño, subestimando la fuerza de Hatset, no consiguió evitar a tiempo que ella le acabase de subir la manga hasta el hombro.

La reina ahogó un grito y apretó el irregular borde de la cicatriz que le rodeaba la cintura.

—¿Dónde te has hecho esto? —preguntó con una alarma creciente en la voz.

Alí entró en pánico.

—En-En Am Gezira —tartamudeó—. No es nada. Una vieja herida.

Hatset volvió a recorrerle todo el cuerpo con la mirada.

—No has ido al hamán… —dijo, un eco de las palabras que había pronunciado antes—. Y tampoco te has desprendido de esa asquerosa túnica. —Lo miró a los ojos—. Alu… ¿tienes más cicatrices como esta en el cuerpo?

A Alí se le encogió el estómago. Su madre había formulado esa pregunta en un tono demasiado intencionado.

—Quítatela.

Antes de que Alí pudiera siquiera moverse, su madre ya le estaba quitando la túnica por los hombros a tirones. Por debajo, Alí llevaba una camisola sin mangas, y una faja a la altura de la cintura, que le llegaba hasta las pantorrillas.

Hatset tomó aire. Lo agarró de los brazos y examinó las cicatrices que le cruzaban la piel. Sus dedos sobrevolaron las ásperas líneas desgarradas que unos dientes de cocodrilo le habían dibujado justo bajo la clavícula. Luego le agarró la mano y tocó la huella que había dejado en ella un enorme anzuelo de pesca. Sus ojos se preñaron de horror.

—Alizayd, ¿cómo te has hecho todo esto?

Alí tembló, indeciso entre la promesa que le había hecho a su padre de no hablar de aquella noche y el desesperado deseo de saber qué le había sucedido bajo las aguas oscuras del lago. Ghassán había dado a entender que los ayaanle tenían lazos antiguos con los marid, que habían utilizado su ayuda en la conquista de Daevabad. En sus días más oscuros, Alí había sufrido la terrible tentación de buscar a alguien de la tierra natal de su madre y suplicarle que le diese algo de información.

Dijo que nadie debía saberlo. Abba había dicho que nadie debía saberlo.

Hatset debió de ver la indecisión que forcejeaba en su semblante.

—Alu, mírame. —Le tomó el rostro entre las manos y lo obligó a mirarla a los ojos—. Sé que no confías en mí. Sé que tenemos nuestras diferencias. Pero esto... esto va más allá de todo eso. Necesito que me cuentes la verdad. ¿Dónde te has hecho esas cicatrices?

Él contempló aquellos cálidos ojos dorados, ojos en los que Alí había encontrado consuelo desde que era un niño que se despellejaba los codos cuando trepaba a los árboles del harén. La verdad le salió de dentro:

—El lago —dijo con una voz que era el más mínimo susurro—. Me caí dentro del lago.

—¿El lago? —repitió ella—. ¿El lago de Daevabad? —Se le desorbitaron los ojos—. En la lucha contra el Afshín. Oí que te tiró por la borda pero que conseguiste agarrarte antes de caer al agua.

Alí negó con la cabeza.

—No fue así —replicó con un nudo en la garganta.

Ella inspiró hondo.

—Oh, baba... y yo aquí discutiendo de política. —Le agarró las manos—. Cuéntame lo que pasó.

Alí negó con la cabeza.

—No recuerdo mucho. Darayavahoush me disparó una flecha. Perdí el equilibrio y caí al agua. Había algo dentro, alguna especie de presencia que me hizo pedazos, que me hizo pedazos la mente, y cuando vio en ella al Afshín... —Se estremeció—. Fuera lo que fuese, estaba furioso, amma. Dijo que necesitaba saber mi nombre.

—¿Tu nombre? —Hatset alzó la voz—. ¿Y se lo dijiste?

Él asintió, avergonzado.

—Me obligó a presenciar unas visiones... Daevabad destruida, todos vosotros asesinados... —Se le quebró la voz—. Me hizo verlas una y otra vez mientras se pegaba a mí, me mordía la piel, la rasgaba. Zaynab y Muntadhir me suplicaban a gritos que los salvase, que le dijese cómo me llamo. Y... me rompí.

Apenas pudo decir esas últimas palabras.

Hatset lo estrechó en un abrazo.

—No te rompiste, hijo —insistió, acariciándole la espalda—. No podrías haber luchado contra ellos.

Los nervios revolotearon en su estómago.

—Entonces, ¿sabes qué era lo que había en el lago?

Su madre asintió y volvió a separarse de él para tocar la cicatriz del anzuelo que llevaba en la palma de la mano.

—Soy ayaanle. Sé qué es lo que deja estas marcas.

La palabra flotó entre los dos un instante más sin que ninguno la pronunciase, hasta que Alí no pudo soportarlo más.

—Fue un marid, ¿verdad? Esto me lo hizo un marid.

No se le escapó el modo en que sus ojos dorados revolotearon por el pabellón antes de responder... que lo hiciese por aquello y no por hablar sobre traición resultaba elocuente. Y nada tranquilizador.

—Sí. —Le soltó las manos—. ¿Qué pasó después de que le dijeses cómo te llamas?

Alí tragó saliva.

—Me poseyó. Muntadhir dijo que parecía que me hubiesen poseído, que me puse a hablar en un idioma extraño. —Se mordió el labio—. Me utilizó para matar a Darayavahoush, pero no recuerdo nada desde que le dije mi nombre hasta que me desperté en el dispensario.

—¿El dispensario? —La voz de su madre sonó afilada—. ¿Sabe esa chica Nahid...?

—No. —El peligro que entrañaba aquella pregunta y una leve punzada de lealtad le sacaron aquella mentira de los labios—. No estaba allí. Solo abba y Muntadhir saben lo que pasó.

Hatset entrecerró los ojos.

—¿Tu padre sabía lo que te hicieron los marid y aun así te mandó a Am Gezira?

Alí puso una mueca, pero no pudo obviar el alivio que lo embargaba. Sentaba bien poder hablar por fin de todo aquello con alguien que supiese del tema, alguien que pudiese ayudarle.

—No estoy muy seguro de haber podido sobrevivir a Am Gezira si no me hubiese poseído el marid.

Ella frunció el ceño.

—¿A qué te refieres?

Él la miró, sorprendido.

—A mis habilidades, amma. Ya te habrás dado cuenta de qué es lo que hay detrás de todos esos trabajos de irrigación que he llevado a cabo.

Demasiado tarde, Alí reconoció el horror que asomó al rostro de su madre.

—¿Tus habilidades? —repitió ella.

La sorpresa en su voz le lanzó el corazón al galope.

—Mis… mis habilidades con el agua. Abba dijo que los ayaanle tienen relación con los marid. Tú acabas de reconocer sus marcas… —Una esperanza apremiante le atenazó el corazón—. Eso significa que todo esto les ocurre también a los djinn de Ta Ntry, ¿no?

—No, baba. —Hatset volvió a tomarlo de las manos—. Así, no. Lo que pasa es que encontramos… —Carraspeó—. Encontramos cadáveres, amor mío. Cadáveres con marcas como las tuyas. Pescadores djinn que no se recogen después del ocaso, niños humanos que los marid atraen hasta las riberas de los ríos. Los asesinan, los ahogan y los drenan.

Alí retrocedió. ¿Cadáveres?

—Pero yo pensaba… —Se atragantó con las palabras—. ¿Acaso no reverenciaban nuestros ancestros a los marid?

Hatset negó con la cabeza.

—No sé qué harían nuestros ancestros, pero los marid han supuesto un terror para nosotros desde que tengo conciencia. No lo vamos contando por ahí, preferimos ocuparnos de nuestros asuntos que traer soldados extranjeros a Ta Ntry. Además, rara vez nos atacan. Hemos aprendido a evitar los lugares en los que les gusta vivir.

Alí se esforzaba por comprender lo que estaba oyendo.

—Entonces, ¿cómo es que he sobrevivido?

Su madre, que siempre era la más sabia, parecía igual de desconcertada que él.

—No lo sé.

Se oyó el chirrido de un gozne y Alí se bajó de golpe la manga, tan rápido que saltaron algunas de las costuras. Para cuando llegaron un par de criados, Hatset tenía el rostro sereno. Sin embargo, a Alí no se le escapó el dolor de su madre cuando lo veía moverse.

La reina les dedicó una sonrisita a los criados, que depositaron una bandeja llena de fuentes de plata.

—Gracias.

Quitaron las tapas de las fuentes y tanto el corazón como el estómago de Alí dieron un vuelco al percibir los olores familiares de los platos ntaran que tanto adoraba de niño. Plátanos fritos y arroz especiado con anís, pescados ahumados en hojas de banano con jengibre y raspadura de coco, y melosos bollos rellenos.

—Recuerdo tu comida favorita —dijo Hatset en tono suave cuando los volvieron a dejar a solas—. Una madre no se olvida de estas cosas.

Alí no respondió. No sabía qué decir. Las respuestas que había anhelado durante años sobre los marid habían dejado a su paso preguntas más graves y más misterios. Lo que le había sucedido no les sucedía a otros ayaanle. Los marid aterrorizaban Ta Ntry, eran monstruos temidos.

Unos monstruos que lo habían salvado. Alí cambió de postura, al borde de un ataque. La posesión del lago había sido violentísima, pero las habilidades que había obtenido a raíz de ella se le antojaban... tranquilizadoras. El solaz que sentía cuando pasaba las manos por una acequia, la sensación casi juguetona con la que los manantiales burbujeaban bajo sus pies. ¿Qué significaba todo aquello?

Su madre le tocó la muñeca.

—Alu, no te preocupes —dijo, rompiendo el silencio—. Estás vivo. Es lo único que importa. Sea lo que sea lo que te han hecho los marid... se ha acabado.

—Amma, es que... no se ha acabado —dijo Alí con suavidad—. Está empeorando. Desde que llegué a Daevabad... siento que hay algo en mi interior, algo que se desliza por mi piel, que me susurra en la cabeza... si llego a perder el control... —Se estremeció—. La gente solía matar a los djinn sospechosos de tener lazos con los marid.

—Eso no va a pasar —afirmó ella con firmeza—. A ti no te va a pasar. Me encargaré de ello.

Alí se mordió el labio. Quería creerla, pero comprendía que ninguno de los dos tenía claro el modo de salir de aquello, pues ni siquiera lo comprendían del todo.

—¿Cómo?

—En primer lugar, arreglaremos... esto —dijo, abarcando su cuerpo con un gesto de la mano—. A partir de ahora usarás mi hamán. Diles a los sirvientes que se vayan con una de tus peroratas sobre la modestia, y nadie tendrá problema alguno en dejar que te bañes solo. También tengo un sastre agnivanshi en quien confío por completo. Le diré que fue el Afshín quien te hizo esas cicatrices y que quieres ocultarlas. Estoy seguro de que te diseñará ropas nuevas con las que no se vean.

—Alizayd el mata-afshines —repitió él en tono lúgubre—. Qué suerte que me conozcan por matar a un hombre que disfrutaba flagelando a sus oponentes.

—Un golpe de suerte que estoy dispuesta a aceptar —replicó Hatset—. De momento voy a contactar con un sabio que conozco. Puede ser algo... difícil, pero probablemente sabe más sobre los marid que nadie más en el mundo.

La esperanza volvió a crecer en la voz de Alí.

—¿Crees que puede ayudarnos?

—Vale la pena intentarlo. De momento, no pienses más en este asunto de los marid. Y come. —Hatset le pasó las fuentes—. Para cuando acabe esta semana quiero que dejes de parecer un espectro.

Alí echó mano de un jarro de agua de rosas para lavarse las manos.

—¿Qué pasa cuando acabe esta semana?

—Que tu padre va a organizar un festín para celebrar tu regreso.

Alí frunció el ceño mientras agarraba con los dedos un poco de arroz con estofado.

—Preferiría que organizase un festín para celebrar que me va a mandar a algún lugar que no sea una isla rodeada de un lago embrujado por los marid.

—No te va a mandar a ninguna parte, si yo tengo algo que decir al respecto. —Llenó una copa de zumo de tamarindo y se la tendió—. Acabo de recuperarte, baba —dijo con voz fiera—. Si tengo que luchar con algún marid para que te quedes, que así sea.

12
NAHRI

«Una niñita perdida de El Cairo que pensó que estaba viviendo en una especie de cuento de hadas. Por más lista que fuera esa niña, no vio que el brillante héroe que la había salvado era en realidad el monstruo».

Nahri cerró los ojos y obedeció en silencio las órdenes susurradas de las criadas que le maquillaban el rostro. Aquellas crueles frases de Muntadhir se repetían sin cesar en su cabeza. Llevaba días pensando en aquellas palabras. La acusación era aún peor porque, por su vida, Nahri no podía mentirse: contenían un atisbo de verdad.

Una de las criadas se acercó con una selección de peines ornamentados con la forma de diferentes pájaros.

—¿Cuál te gusta más, mi señora?

Nahri contempló los peines enjoyados, demasiado abatida para siquiera evaluarlos en silencio. Ya tenía las trenzas deshechas y sus rizos negros caían, salvajes, hasta la cintura. Se tocó el pelo y enredó un rizo en el dedo.

—Así está bien.

Dos de las criadas intercambiaron miradas nerviosas. Del otro lado de la habitación, desde donde había estado observando a Nahri vestirse, cada vez más preocupada, Nisreen tosió.

—Mi señora, con todo respeto… entre tu pelo y el vestido, no parece del todo que vayas a asistir a un evento ceremonial —dijo su mentora con delicadeza.

No, probablemente parece que vaya a pasar por la cama de mi esposo, cosa que resulta irónica, porque ni muerta pienso volver a acercarme por allí. Nahri había vuelto a decidirse por un vestido de lino sin mangas con un elaborado collar de cuentas que le recordaba a Egipto. La perspectiva de interactuar con los Qahtani la ponía nerviosa y quería aferrarse a algo familiar.

Además, en realidad le daba igual lo que pensasen los demás al respecto.

—Voy a ir así. Es una fiesta geziri; de todos modos en la sección femenina no habrá ningún hombre que pueda verme.

Nisreen suspiró, quizá en reconocimiento de su derrota.

—Asumo que tendré que inventarme algún tipo de emergencia para que puedas retirarte pronto, ¿verdad?

—Por favor. —Nahri no podía hacerle un completo desaire al festín, pero sí que podía asegurarse de pasar allí el menor tiempo posible—. ¿Sabes si Jamshid se ha marchado?

—Sí, se ha marchado. Insistió en ayudarme a reponer las estanterías de la botica, pero luego se fue. Le dije que necesitaba un día más para recuperarse, pero…

—Pero quiere estar al lado de Muntadhir. —Nahri esperó hasta que las criadas se hubieron marchado para acabar la frase—. Muntadhir no se lo merece.

—No te llevaré la contraria. —Nahri hizo ademán de levantarse y Nisreen le tocó el hombro—. ¿Te andarás con cuidado con la reina esta noche?

—Siempre me ando con cuidado con ella.

Era cierto. Nahri evitaba a Hatset como si le debiese dinero. Según lo que había podido ver, la reina rivalizaba con Ghassán en astucia y recursos. Sin embargo, mientras que el rey necesitaba a Nahri como aliada… o al menos su apellido… Hatset no quería tener nada que ver con ella. La trataba con el cauteloso desdén que cualquiera mostraría ante un perro no muy bien entrenado.

Por Nahri no había problema, sobre todo aquella noche. Dedicaría unos minutos a comer, y probablemente robaría uno de los cuchillos trinchantes de oro que se usaban en los actos de estado, solo para sentirse mejor. Luego se marcharía sin haber tenido que hablar con ninguno de los príncipes Qahtani.

Se echó por encima un chador blanco como la nieve, bordado con rayos de sol hechos de zafiro. Siguió a una acompañante por un pasillo abierto que llevaba a los jardines oficiales frente al salón del trono de Ghassán. Globos con llamas encantadas de tonos arcoíris se asentaban entre los árboles frutales; sobre el césped recién cortado habían colocado elegantes alfombras con escenas de caza bordadas. Diminutos colibríes zumbaban, resplandecientes, y sobrevolaban delicados comederos de cobre, desgranando una canción que se entremezclaba con los rasgueos de los laúdes. El aire estaba preñado de una roma a jazmín, almizcle y carne asada. Aquel último olor le provocó un rugido en el estómago a Nahri. No había tocado nada de carne desde que se había entregado por completo a sus responsabilidades como Banu Nahida.

Justo delante de ella había una enorme tienda construida con cortinajes de seda plateada que resplandecía bajo la luz de la luna. La acompañante apartó una de las cortinas nacaradas y Nahri entró en el perfumado interior de la tienda.

La opulencia de aquel lugar era una imitación burlona hacia las tiendas que los geziri nómadas habrían considerado su hogar en tiempos pasados. En el suelo yacían impresionantes alfombras tejidas a mano con un amplio espectro de colores. Un ilusionista había invocado una constelación de fuegos artificiales en miniatura que revoloteaban y chisporroteaban en las alturas. Había amplias lámparas de oro encendidas; pues los djinn tenían aversión a las lámparas pequeñas y cerradas que a veces usaban los ifrit como recipientes.

En la tienda había un ambiente cálido; estaba atestada de gente. Nahri se desprendió del chador y se lo tendió a la ayudante que esperaba a su lado. Parpadeó para ajustar los ojos al interior iluminado por el fuego de las lámparas. Más allá de las numerosas sirvientas e invitadas que había a la entrada de la tienda, Nahri captó un atisbo de la reina Hatset y la princesa Zaynab, que recibían a las cortesanas sentadas en una tarima elevada de mármol por la que había desparramados todo tipo de almohadones de tonos ébano y dorado. Nahri maldijo la etiqueta que la obligaba a saludarlas a ellas primero y se abrió paso por la tienda. Estaba resuelta a ignorar las cejas alzadas que sabía que provocaría su vestido, así que se obligó a no mirar a ninguna de las otras mujeres... con lo cual se percató demasiado tarde que muchas se habían arrebujado con más fuerza en sus shaylas y velos.

El motivo de tanto recato estaba sentado entre su madre y su hermana.

Nahri tardó un instante en reconocer al joven elegantemente vestido con un atuendo de noble ayaanle como el antiguo amigo y traidor a quien se había planteado asesinar en el jardín hacía algunos días. Aquella túnica asquerosa de viaje y la ghutra desastrada habían desaparecido. Allí llevaba una lujosa dishdasha negra ribeteada de pálidas piedras de luna, sobre la cual se había puesto una túnica verde hierba con patrones plateados confeccionados en ikat; un atuendo colorido y alegre tremendamente desacostumbrado en aquel príncipe siempre taciturno. Se cubría la cabeza con un turbante plateado liado al estilo geziri, que dejaba a la vista la reliquia de cobre que llevaba prendida en la oreja.

Alí pareció igualmente pasmado al ver a Nahri. Su mirada conmocionada fue desde la cabeza descubierta a los brazos desnudos. Nahri oyó cómo Alí daba una agitada respiración. Se tensó de inmediato. Dadas las ideas conservadoras del príncipe, aquel vestido lo desagradó mucho más que a Nisreen.

—Banu Nahida —la saludó Hatset, y le hizo a Nahri un gesto con una mano salpicada de anillos dorados—. Has llegado. ¡Ven, acércate!

Nahri se acercó e inclinó la cabeza al tiempo que unía las manos.

—Que la paz sea con todos vosotros —dijo en un intento de hablar con educación obsequiosa.

—Y que contigo sea la paz, querida hija. —Hatset le mostró una sonrisa cálida.

Las dos mujeres de la realeza tenían un aspecto impresionante, como siempre. Hatset llevaba una abaya de seda, cuya tela resplandecía como una llama, bajo una shayla del color de la medianoche ribeteada de perlas geziri. Zaynab, ante quien los hombres caían de rodillas aunque llevase puesto un saco, iba vestida con un camisón que daba la impresión de que una cascada había cobrado vida para adorarla; era una cascada de tono verde azulado, esmeralda y azul cobalto que sujetaba un collar de auténticas flores de loto.

—Al ver que no has llegado junto a tu marido empecé a temerme que te hubiera pasado algo.

Pronunció aquellas palabras con toda intención, pero Nahri no se sorprendió: había pocas cosas que Hatset no supiese sobre las cuitas domésticas de palacio. No le cabía la menor duda de que unas cuantas de sus criadas trabajaban para la reina… y que ya le habían contado su riña con Muntadhir.

Sin embargo, Nahri no pensaba discutir sus penurias matrimoniales con aquella mujer. Fingió una sonrisa.

—Perdonad el retraso. Tenía un paciente.

Los ojos dorados de Hatset destellaron.

—No es necesario disculparse. —Hizo un gesto hacia el vestido de Nahri—. Una prenda encantadora. Algo diferente, por supuesto, pero muy hermosa. —Su voz adoptó un tono travieso y le preguntó a su hijo—: Alu, ¿no te parece preciosa?

La mirada de Alí se dirigía a todas partes menos hacia Nahri.

—Eh… sí —tartamudeó—. Debería irme. Los hombres deben de estar esperándome.

Hatset lo agarró de la muñeca.

—Alizayd, recuerda hablar con todo el mundo, y no solo sobre hadices y economía, por el amor de Dios. Cuéntales alguna historia emocionante sobre Am Gezira.

Alí se puso en pie. Nahri no soportaba admitirlo, pero tenía un aspecto impresionante con aquella ropa nueva. Esa túnica de hermosos tonos resaltaba sus altivas facciones y aquella luminosa piel oscura que tenía. Supuso que eso era lo que pasaba cuando uno permitía que lo vistiese su madre.

El príncipe pasó a su lado con la mirada clavada en el suelo.

—En paz —dijo con suavidad.

—Vete a tirarte al lago —replicó ella en árabe con un susurro. Vio que Alí se tensaba, pero no se detuvo.

Hatset sonrió al verlo marchar, con una expresión tan orgullosa como fieramente protectora.

Por supuesto que está orgullosa. Debe de llevar años conspirando para que regrese. Desde su encuentro con Alí, Nahri no había dejado de darle vueltas a la conversación que había oído a escondidas entre Muntadhir y Jamshid. Se preguntó si había algo de fundamento en las preocupaciones de su marido acerca de las intenciones de aquella madre que había mencionado, y que ahora Nahri sabía que era Hatset.

La mirada de la reina se centró en Nahri.

—Querida, ¿por qué sigues de pie? Siéntate —ordenó, e hizo un gesto hacia el almohadón junto a Zaynab—. Mi hija ya ha tirado accidentalmente el panel que da la tienda que tenemos enfrente para que tengas mejor vista. Y siempre te escondes en estos eventos. —Hizo un gesto hacia las bandejas que las rodeaban—. He ordenado que traigan de las cocinas varios platos vegetarianos para ti.

Nahri pasó en un instante del asombro a la suspicacia. Estaba claro que Hatset tramaba algo; tanto era así que la reina apenas intentaba esconder sus intenciones, con aquella pregunta sobre Muntadhir y esa exagerada amigabilidad. Por no mencionar aquel comentario tan evidente que le había hecho a Alí sobre el vestido de Nahri.

Las mejillas de Nahri empezaron a arderle de pronto. Oh, no... no pensaba dejarse arrastrar entre aquellos dos hermanos que no se hablaban. Ya tenía bastantes problemas ella sola. Pero tampoco podía ser maleducada. Hatset era la reina; rica, poderosa y con el mismo puño de hierro en el harén que su marido en el resto de la ciudad. El harén real de Daevabad se consideraba enormemente influyente; allí se discutían los matrimonios de las familias más poderosas, se otorgaban puestos y contratos capaces de cambiar una vida... y todo ello bajo la mirada atenta de la reina djinn.

Así pues, cuando Hatset volvió a hacer un gesto hacia el almohadón junto a Zaynab, Nahri tomó asiento.

—Imagino que tiras paneles con la misma frecuencia con la que tu palanquín se pasea vacío por el bazar geziri —le susurró a su cuñada. Zaynab puso los ojos en blanco y Nahri prosiguió con un gesto a las bandejas de frutos y pastas que había ante ella—. Esto me recuerda a la primera vez que nos conocimos. Me refiero a cuando me emborrachaste hasta el punto de desmayarme.

Zaynab se encogió de hombros.

—Intentaba ser buena anfitriona —dijo en tono frívolo—. ¿Cómo iba a saber la potencia de semejantes sustancias, que me están prohibidas?

Nahri negó con la cabeza y echó una mirada de soslayo a los ondulantes cortinajes que separaban la parte masculina de la femenina en la tienda. Las estacas enjoyadas que deberían haber sujetado las cortinas frente a ellas habían sido arrancadas, tal y como había dicho la reina. Desde allí, Nahri tenía una buena vista de la otra sección. Ahí delante, los hombres Qahtani se sentaban junto a sus sirvientes más cercanos en una hermosa plataforma de jade que se elevaba sobre la exuberante hierba. La plataforma en sí era impresionante; tenía los bordes tallados con un surtido de órices en pleno salto, esfinges de ojos astutos y simurghs al vuelo. Piedras preciosas y gemas resaltaban toda la longitud del cuerno de un animal, el giro de una cola o el delicado conjunto de las plumas de un ala. Los hombres estaban repantigados en almohadones, entre copas de vino y pipas de agua.

En el centro se encontraba Ghassán al Qahtani. A Nahri le hormigueó la piel al contemplar al rey djinn. Siempre le pasaba lo mismo; habían pasado muchas cosas entre los dos. Era el hombre que tenía la vida de Nahri entre sus manos, que la controlaba tan concienzudamente como si la hubiese encerrado en una celda. Sus cadenas eran las vidas de los daeva y demás amigos que Ghassán destruiría si Nahri se atrevía a pasarse de la raya.

El rey parecía tan calmado e inescrutable como siempre. Iba vestido con un atuendo real y un impresionante turbante de seda; un turbante al que Nahri no podía mirar sin recordar el tono frío con el que le había contado la verdad sobre Dara y Qui-zi, en aquel pabellón empapado por la lluvia, hacía cinco años. Al principio de su matrimonio, Nahri le había pedido suavemente a Muntadhir que se quitase el turbante siempre que estuviesen a solas… una petición a la que Muntadhir había accedido sin hacer comentario alguno, y que mantenía religiosamente.

La mirada de Nahri fue hacia su marido. No había hablado con él desde la pelea que tuvieron en el dispensario. Al verlo allí, vestido con el mismo atuendo y turbante oficial que llevaba su padre, la inquietud de Nahri se avivó. Jamshid estaba junto a Ghassán, por supuesto; las rodillas de ambos se tocaban. Sin embargo, también había otros; Nahri conocía a la mayoría. Hombres ricos y con muchos contactos... que también eran amigos de Muntadhir, verdaderos amigos. Uno de ellos parecía estar contando alguna historia estrambótica, mientras que otro le tendió una pipa de agua.

Parecía como si se esforzasen por mantener el buen humor... o quizá distraer a Muntadhir del otro extremo de la plataforma, donde se sentaba Alí. Aunque no tenía el mismo conjunto de joyas impresionantes de su hermano, la severidad de su compostura parecía elevarlo. A la izquierda de Alí había varios oficiales de la Guardia Real, junto con un hombre de barba profusa y sonrisa contagiosa, y una mujer de ojos severos vestida a la manera de un hombre. A su derecha, el caíd parecía estar contando una historia que le arrancó a Ghassán una carcajada. Alí se mantuvo en silencio; su mirada revoloteaba entre sus compañeros y un gran jarrón de cristal lleno de agua que descansaba en la alfombra frente a él.

Y aunque era una noche hermosa en un jardín encantado, repleta de invitados que parecían salidos de las páginas de un libro de leyendas, Nahri tenía una sensación aciaga. Todo lo que Muntadhir le había susurrado a Jamshid, lo que fuera que Hatset estaba planeando... Nahri casi podía ver cómo se desarrollaban los acontecimientos ante ella. Las sofisticadas élites de Daevabad, nobles literatos y adinerados mercaderes, se habían arremolinado en torno a Muntadhir. Los hombres más rudos, los que enarbolaban espadas, los que se plantaban frente a las multitudes cada viernes a colmar sus corazones de propósitos sagrados... todos estaban con Alí.

Y si esos dos hermanos seguían divididos, si esos grupos se volvían unos contra otros... Nahri suponía que no acabaría bien. Para ninguno de ellos.

Le retumbó el estómago. Con o sin guerra civil en ciernes, con el estómago vacío no había mucho que Nahri pudiera hacer para salvar a su tribu. Sin preocuparse mucho por el protocolo, se abatió sobre un plato de cristal lleno de knafe y una bandeja de cáñamo llena de frutas, resuelta a atiborrarse de pastelitos de queso y melón.

Sintió un cosquilleo en la nuca. Alzó la mirada.

A través del estrecho hueco que había entre ambas secciones, Alí la miraba.

Ella le devolvió la mirada a aquellos atribulados ojos grises. Nahri solía intentar reprimir sus habilidades en medio de multitudes como aquella, pues los latidos superpuestos y humores burbujeantes de todos los cuerpos suponían una distracción. Sin embargo, durante apenas un instante, las dejó fluir libres.

Alí resaltaba como una mancha, un profundo silencio en un océano de sonidos.

«Se te da bien ser mi amiga», recordó Nahri que le dijo la primera vez que le había salvado la vida, con la absoluta confianza que le habían provocado las nieblas del opio. «El tiempo que he pasado contigo me ha dado luz», había añadido cuando le había suplicado que no siguiese a Dara.

Enojada por culpa de aquel sentimiento inquietante e indeseado que le había provocado el recuerdo, Nahri echó mano de uno de los cuchillos. Sin dejar de mirar a Alí a los ojos lo clavó en un trozo de melón y empezó a cortarlo con precisión quirúrgica. Alí se envaró, con aspecto sobresaltado y aun así sin perder el aire de superioridad. Nahri le clavó la mirada hasta que, por fin, Alí apartó los ojos.

Delante de él, Ghassán dio una palmada. Nahri contempló cómo el rey paseaba la vista por la multitud, con aire cálido.

—Amigos míos, os agradezco que hayáis honrado a mi familia con vuestra presencia esta noche. —Le dedicó una amplia sonrisa a Alí—. Y le doy gracias a Dios por permitirme el gozo de volver a ver a mi hijo menor. Es una bendición cuyo valor no llegué a comprender hasta que llegó a mi palacio vestido a la manera de los saqueadores norteños.

La mayoría de los integrantes de la multitud de geziri soltó una risita. Ghassán prosiguió:

—El príncipe Alizayd, por supuesto, no deseaba celebraciones. De haber sido por él, estaríamos compartiendo un único plato de dátiles y quizá una jarra del café que, según me he enterado, elabora él mismo. —La voz de Ghassán adoptó un tono travieso—. Y luego nos daría una charla sobre los beneficios de los impuestos estatales.

Los compañeros de Alí se echaron a reír. Muntadhir apretaba la copa de vino. A Nahri no se le escapó el modo disimulado con el que Jamshid le bajaba la mano a su esposo.

—Sin embargo, os pienso ahorrar los sermones —dijo Ghassán—. De hecho, he planeado algo distinto. Mis cocineros no dejan de competir entre sí en preparación para Navasatem, así que esta noche les he propuesto un desafío: que preparen su mejor plato y que mi hijo elija al mejor cocinero de todos. El ganador será quien prepare el menú para las celebraciones de la generación.

Nahri se sintió algo intrigada ante aquello. Tras cinco años en Daevabad aún no se había acostumbrado del todo a sus maravillas. Estaba segura de que, fuera lo que fuese lo que los cocineros reales hubiesen ideado, sería en verdad magnífico. Vio que más sirvientes se abrían paso por la plataforma real. Algunos vertían agua de rosas en las manos de los hombres mientras que otros les rellenaban las copas. Alí rechazó a un copero y le hizo un gesto educado a un joven que sostenía un jarro preñado de gotas heladas de condensación para que se acercase.

Antes de que el sirviente llegase hasta el príncipe, Jamshid lo detuvo, extendiendo el brazo con un gesto levemente brusco, o quizá ebrio. Agarró el jarro y se llenó su propio vaso con zumo de tamarindo, para después volver a dárselo al sirviente. Dio un sorbo y depositó el vaso, tras lo que alargó rápidamente la mano y le apretó la rodilla a Muntadhir.

Ghassán volvió a dar una palmada y Nahri dejó de mirar a Jamshid.

Porque acababa de aparecer un maldito barco.

Tallado en madera de teca y lo bastante grande como para que cupiese toda la familia real, el barco entró deslizándose sobre una nube de humo encantado. Era una versión en miniatura de los grandes navíos de vela que se decía que habían atravesado el océano Índico. La vela de seda de aquel navío tenía grabado el emblema de la tribu sahrayn, y de hecho el hombre que lo acompañaba era sahrayn. Vestía una capa a rayas con la capucha echada hacia atrás, que dejaba ver una cabellera negra veteada de rojo.

Hizo una pronunciada reverencia.

—Majestad, altezas reales, que la paz sea con todos vosotros.

—Y que contigo sea la paz —replicó Ghassán, perplejo—. Una presentación impresionante. ¿Qué nos has traído, pues?

—El manjar más delicado de Qart Sahar: anguilas de cueva. Se encuentran solo en los aljibes más profundos y prohibidos del Sahara. Las capturamos vivas y las traemos en grandes recipientes de agua salada. Luego las cocinamos en un caldo aromático con los más delicados perfumes y vinagres de preservación. —Esbozó una amplia sonrisa e hizo gesto hacia el barco... no, hacia el recipiente, comprendió Nahri, al captar varias sombras sinuosas que se retorcían en el oscuro líquido que llenaba el fondo—. Han estado nadando ahí dentro una quincena entera.

Por la expresión de Alí casi valió la pena toda aquella velada. Se atragantó con el zumo de tamarindo.

—Nadando... ¿siguen vivas?

—Por supuesto. —El cocinero sahrayn compuso una expresión perpleja—. Tienen que revolverse bien, para que la carne salga más dulce.

Por fin, Muntadhir sonrió.

—Anguilas sahrayn. Qué honor, hermano. —Dio un sorbo de vino—. Creo que el primer bocado debería ser para ti.

El cocinero sonrió de oreja a oreja. Casi parecía a punto de estallar de orgullo.

—¿Me permites, mi príncipe?

Alí parecía asqueado, pero le hizo un gesto para que procediese.

El chef introdujo un brillante tridente de bronce en el barco. Se oyó un chillido metálico que provocó gritos sobresaltados entre el público. La anguila aún se retorcía, pero el cocinero la arrojó a una red y la colocó con cautela sobre un azulejo de reluciente estampado. Se la puso por delante a Alí con una floritura.

Muntadhir lo observaba todo con un deleite nada disimulado en el rostro. Nahri tuvo que admitir que, al menos en aquello, tanto ella como su marido estaban unidos. Alí agarró el azulejo y tragó un bocado de anguila. Tragó con esfuerzo antes de hablar:

—Es… está muy buena —dijo en tono débil—. Se nota lo mucho que se ha… revuelto.

El cocinero tenía lágrimas en los ojos.

—Me llevaré tu cumplido a la tumba —lloriqueó.

Los otros dos competidores no ofrecieron el mismo nivel de presentación, pero los comensales parecieron bastante más satisfechos con sus brochetas de kebab de pájaro roc (Nahri no quería ni pensar en cómo habrían atrapado a uno de esos animales) asadas con manzanas doradas tukharistaníes, especiadas y servidas aún ardiendo.

Se estaban llevando la bandeja más grande de kabsa que Nahri hubiese visto jamás, una astuta maniobra por parte de un cocinero geziri que probablemente había sospechado que un príncipe que viviese en la campiña quizá anhelase algo de comida casera tras los platos más «creativos» de la competición. En ese momento, Ghassán frunció el ceño.

—Qué extraño —dijo—. No he visto al concursante agni…

Un simurgh sobrevoló el jardín con un chillido.

El resplandeciente pájaro de fuego, del doble de tamaño de un camello, voló sobre la multitud. Sus alas humeantes prendieron fuego a un albaricoquero. Para cuando se posó en el suelo, la mitad de los hombres presentes echó mano de sus armas.

—¡Ja! ¡Ha funcionado! —Apareció un sonriente agnivanshi con el bigote chamuscado—. ¡La paz sea con vosotros, mi rey, mis príncipes! ¿Qué os parece mi creación?

Nahri vio que las manos se apartaban lentamente de las empuñaduras de las dagas, pero entonces aplaudió encantada al darse cuenta de a qué se refería aquel hombre. El simurgh no era realmente un simurgh. Era un compuesto, un constructo hecho con lo que parecían ser una vertiginosa combinación de dulces de todos los colores que existían en la creación.

El cocinero parecía desmesuradamente orgulloso de sí mismo.

—Un tanto diferente, lo sé, pero… ¿cuál sería el propósito de Navasatem sino celebrar la dulzura de haberse liberado de la esclavitud de Salomón?

Hasta el rey parecía deslumbrado.

—Te daré puntos extra por creatividad —propuso Ghassán. Le lanzó a Alí una mirada de soslayo—. ¿Qué dices?

Alí se había puesto en pie para examinar al simurgh más de cerca.

—Un encantamiento impresionante —confesó—. Jamás había visto nada igual.

—Ni jamás has probado nada igual —dijo el cocinero en tono adulador.

Le dio un golpecito al ojo de cristal del simurgh, que le cayó pulcramente en las manos, como una bandeja a la espera de que la rellenasen. Hizo una rápida selección de dulces y se la tendió al príncipe con una inclinación.

Alí sonrió y dio un bocado a un crujiente pastelito cubierto con un papel de plata. Su rostro se iluminó, apreciativo.

—Está delicioso —admitió.

El cocinero agnivanshi les dedicó una mirada triunfal a sus competidores, al tiempo que Alí daba un sorbo a su cáliz y probaba otro dulce. Sin embargo, en esa ocasión frunció el ceño y se llevó la mano a la garganta. Enganchó los dedos al cuello de la dishdasha y se tironeó de la rígida tela.

—Si me disculpáis —dijo—. Creo que…

Alargó la mano hacia la copa, tropezó con ella y la tumbó.

Ghassán se enderezó con una mirada que Nahri jamás había visto en sus ojos.

—¿Alizayd?

Alí, tosiendo, no respondió. Se llevó la otra mano a la garganta. La confusión en su rostro se convirtió en pánico y sus ojos se cruzaron con los de Nahri desde el otro lado del panel de la tienda.

No había ira en ellos, ni acusación alguna. Solo un dolorido remordimiento que le provocó a Nahri una oleada de frío pánico incluso antes de que Alí cayese de rodillas.

El príncipe ahogó un grito. Con aquel sonido, Nahri se vio retraída de nuevo al barco, a aquella horrible noche de hacía cinco años. Dara había emitido aquel mismo sonido, un susurro de auténtico miedo, una emoción que Nahri no sabía que el Afshín podía sentir, al caer de rodillas. Sus hermosos ojos se habían cruzado con los de ella y había ahogado un grito, para acto seguido deshacerse en polvo mientras Nahri chillaba.

Por el rabillo del ojo vio que Hatset se ponía en pie de un salto.

—¡Alizayd!

Luego se hizo el caos.

Alí se desplomó, ahogándose, aferrándose la garganta. Hatset irrumpió en la otra sección de la tienda, olvidado todo el decoro. Echó a correr hacia su hijo. Zaynab gritó, pero antes de que pudiese echar a correr, dos mujeres guardias descendieron y casi apartaron de un empellón a Nahri para poner a salvo a la princesa. La Guardia Real hacía exactamente lo mismo en la sección de los hombres. Los soldados arrastraban a un aturdido Muntadhir. El caíd desenvainó el zulfiqar y agarró a Ghassán con fuerza, protector.

Nadie detuvo a Hatset. Bueno, uno de los guardias lo intentó y la reina le estrelló el cáliz que llevaba en la mano contra la cara. Acto seguido se dejó caer al lado de Alí, sin dejar de gritar su nombre.

Nahri no se movió. Veía ante sí la cara estragada de lágrimas de Dara.

«Ven conmigo. Nos iremos, viajaremos por el mundo».

Sus cenizas en las manos de Nahri. Sus cenizas en la túnica mojada de su asesino.

Todo pareció sumirse en la más absoluta inmovilidad. Los gritos de la multitud se desvanecieron, el golpeteo de pasos disminuyó. Un hombre moría ante ella. Era una escena que conocía bien del dispensario, familiares desesperados y ayudantes que correteaban de un lado a otro. Nahri había aprendido a no dudar, había aprendido a anular sus emociones. Era una sanadora, una Nahid. La médica que siempre había querido ser.

Y en sus sueños, sus estúpidos sueños de aprender de los grandes doctores de Estambul, de ocupar un puesto en uno de los famosos hospitales de El Cairo… en esos sueños, jamás era el tipo de médica capaz de quedarse sentada sin hacer nada mientras un hombre moría.

Así que se puso en pie de un salto.

Estaba a medio camino de Alí, lo bastante cerca como para ver los fulgurantes vapores plateados que emanaban de los arañazos que el príncipe se había hecho en la garganta. En ese momento, el sello de Salomón impactó contra ella.

Nahri perdió el aliento e intentó respirar como pudo, débil y atolondrada debido al repentino estallido de muchísimos idiomas incomprensibles. Vio que el sello resplandecía en la cara de Ghassán. Hatset se giró hacia ella, enarbolando el cáliz. Nahri se quedó inmóvil.

Alí empezó a chillar.

La manó sangre de la boca, de la garganta, del cuello. Esquirlas de plata brotaron de su piel en estallidos sanguinolentos. Eran los vapores de plata, comprendió Nahri; se habían convertido en metal sólido en el mismo momento en que Ghassán había invocado el poder del sello. Su forma neblinosa debía de haber sido mágica.

Al intentar salvar a su hijo, Ghassán lo acababa de matar.

Nahri corrió.

—¡Levantad el sello! —gritó—. ¡Lo estáis matando!

Alí sufría convulsiones mientras se agarraba la garganta desgarrada. Nahri se dejó caer junto a Hatset, agarró una de las esquirlas de plata y la sostuvo frente a la aterrorizada reina.

—¡Miradlo vos misma! ¿No acabáis de ver cómo se solidificaba?

La mirada de Hatset osciló, demente, entre la esquirla y su moribundo hijo. Se giró hacia Ghassán.

—¡Levanta el sello!

Un instante después, el poder del sello quedó anulado. Los poderes de Nahri volvieron a recorrerla.

—¡Ayudadme a darle la vuelta! —gritó mientras los compañeros de Alí se abalanzaban sobre ellos.

Le metió un dedo por la boca hasta la garganta hasta que Alí dio sufrió una arcada. Acto seguido le dio un golpe en la espalda; de su boca manó una sangre negra mezclada con plata.

—¡Traed un transporte! ¡Hay que llevarlo al dispensario inmediata…!

Una hoja pasó vibrando en el aire junto a su rostro.

Nahri retrocedió, pero en realidad aquella hoja no iba destinada a ella. Hubo un golpe sordo y un grito ahogado: el criado que le había servido el zumo a Alí cayó muerto en la entrada del jardín, con el janyar de la compañera del príncipe enterrado en la espalda.

No tuvo mucho tiempo de reflexionar sobre ello. Alí abrió los ojos de golpe en cuanto lo colocaron en una manta estirada.

Tenía los ojos negros como la pez. Igual de negros que cuando lo poseyó el marid.

Hatset se los cubrió con una mano, quizá con demasiada rapidez.

—Al dispensario —concordó con voz temblorosa.

13
NAHRI

Trabajaron el resto de la noche para salvarlo. Aunque había vomitado la mayor parte del veneno, lo que quedaba en su cuerpo era dañino. Le recorría la sangre y se arremolinaba hasta solidificarse y salir por su piel buscando aire. En cuanto Nahri rajaba, limpiaba y sanaba un forúnculo plateado, otro volvía a brotar. Para cuando terminó, Alí era un desecho sanguinolento. Había trapos manchados de plata por todas partes.

Luchando contra una oleada de agotamiento, Nahri le puso una mano sobre la frente empapada de sudor. Cerró los ojos y esa extraña sensación regresó a ella: una cortina profunda, impenetrable, a través de la cual apenas podía captar el latido de su corazón. Aroma a sal, a una presencia fría y absolutamente ajena.

Pero ya no quedaban trazas de aquel veneno destructivo. Se echó hacia atrás en la silla, se enjugó la frente e inspiró hondo. Un violento temblor le recorrió el cuerpo. Era una sensación que solía abrumarla tras las sanaciones Nahid especialmente terroríficas. Sus nervios volvían a activarse una vez había acabado.

—¿Se encuentra bien? —dijo el amigo de Alí, Lubayd, según él mismo se había presentado.

Era el único que seguía sentado con ella en la habitación, en su propio dormitorio. Ghassán así lo había dispuesto, insistiendo en que su hijo necesitaba intimidad. Como respuesta, Nahri los había echado tanto a él como a Hatset, declarando que no podía trabajar si tenía encima a los padres preocupados de su paciente.

—Creo que sí.

O al menos eso esperaba. Había tratado con envenenamientos, tanto intencionados como todo lo contrario, en muchas ocasiones desde que llegó a Daevabad. Sin embargo, nunca se había enfrentado a algo que trabajase con tanta rapidez y de forma tan mortífera. Aunque era obvio que aquellos vapores de plata lo habrían acabado ahogando, el modo en que se habían convertido en esquirlas de metal en cuanto Ghassán usó el sello de Salomón… suponía una crueldad diabólica. Nahri no tenía ni idea de quién podría haber ideado algo tan malvado.

Lubayd, aliviado, asintió y se retiró a un rincón de la estancia mientras Nahri volvía al trabajo. Se inclinó sobre Alí para examinar las heridas del pecho. El veneno había estallado peligrosamente cerca del corazón.

Frunció el ceño al ver un borde irregular de piel sobre la herida. Una cicatriz. Una línea retorcida y salvaje, como si algún tipo de enredadera picuda le hubiese recorrido el pecho para luego ser arrancada.

Se le hizo un nudo en el estómago. Antes de poder pensarlo dos veces, Nahri acercó una bacinilla que Nisreen había llenado de agua. Humedeció un paño y apartó la sangre que cubría las extremidades de Alí.

Había cicatrices así por todas partes.

Una escarpada línea de perforaciones en el hombro, donde unos dientes del tamaño de su pulgar habían penetrado la piel. La huella de un anzuelo de pescar en la palma de la mano izquierda, remolinos de carne destrozada cuya apariencia hacía pensar en elodeas y tentáculos. Oquedades en el estómago, como si hubiesen intentado comérselo los peces.

Nahri se cubrió la boca, horrorizada. El recuerdo de Alí trepando de nuevo al barco volvió a ella: su cuerpo cubierto de desechos del lago, el hocico de un cocodrilo pegado a su hombro, anzuelos enganchados en su piel. Nahri había pensado que ya estaba muerto, y había sentido tanto pánico de que Dara y ella fueran los siguientes que no había pensado mucho en lo que le había sucedido. Las historias sobre «Alizayd el mata-afshines», que se paseaba como quería por Am Gezira, la habían llevado a creer que Alí se encontraba bien. Y Nahri no lo había vuelto a ver desde lo sucedido en el barco.

Pero Nisreen sí. Había tratado a Alí... y jamás le había dicho nada de todo aquello.

Nahri se apartó de la cama y le hizo un gesto a Lubayd al pasar para que la siguiera.

—Deberíamos dejarles al rey y a la reina un momento a solas con él.

Hatset y Ghassán esperaban de pie, cada uno en un extremo opuesto del pabellón que había fuera de la estancia, sin mirarse el uno a la otra. Zaynab y Muntadhir se sentaban en un banco entre los dos. Muntadhir le agarraba la mano a su hermana.

—¿Está bien? —la voz de Hatset tembló ligeramente.

—De momento —respondió Nahri—. He detenido el sangrado y no hay trazas de veneno en él. Al menos que yo pueda detectar —aclaró.

Ghassán parecía haber envejecido medio siglo de pronto.

—¿Sabes qué era?

—No —dijo ella en tono seco. No era el tipo de respuesta a la que se pudiera poner paños calientes—. No tengo la menor idea de qué era. Jamás he visto o leído nada parecido. —Vaciló y recordó al copero que había salido corriendo... y la daga lanzada que había cortado su huida—. Supongo que ese copero no...

El rey negó con la cabeza, con aire lúgubre.

—Murió antes de que pudiésemos interrogarlo. Una compañera de Alizayd fue demasiado impetuosa.

—Me atrevería a decir que esos compañeros y su impetuosidad son probablemente la única razón de que tu hijo siga con vida —dijo Hatset con voz más afilada de lo que Nahri había oído jamás.

Muntadhir se puso en pie.

—Entonces, ¿vive?

Nahri se obligó a mirar a su esposo a los ojos. No se le escapó la maraña de emociones que había en ellos.

—Sobrevivirá.

—Está bien.

La voz de Muntadhir sonó bastante grave y atribulada. Nahri vio que Hatset lo miraba con ojos entrecerrados. Muntadhir no pareció darse cuenta. En cambio, giró sobre sus talones con brusquedad y descendió los escalones que daban al jardín.

Zaynab se apresuró a seguirlo.

—Dhiru...

Ghassán suspiró. Los contempló a ambos un instante más antes de volverse de nuevo hacia Nahri.

—¿Podemos verlo?

—Sí. Necesito preparar un tónico para su garganta. Pero no lo despertéis. Ha perdido mucha sangre. Ni siquiera creo que debamos moverlo. Dejémoslo aquí al menos unos cuantos días más.

El rey asintió y se encaminó a la habitación. Sin embargo, Hatset agarró a Nahri de la muñeca.

—¿De verdad no sabes nada de ese veneno? —preguntó—. ¿No hay nada en las viejas notas de tu madre?

—Somos sanadores, no asesinos —replicó Nahri—. Sería una necedad por mi parte mezclarme en algo así.

—No te estoy acusando —dijo Hatset, con la voz algo más suave—. Solo quiero asegurarme de que, si se te ocurre algo, si sospechas algo, vengas a mí, Banu Nahida. —Su expresión cobró un cariz cargado de intención—. Yo no soy mi marido —añadió en tono quedo—. Sé recompensar la lealtad... no me gusta aterrorizar a la gente para que me sea leal. Y no olvidaré lo que has hecho por mi hijo esta noche.

Le soltó la muñeca a Nahri y siguió a Ghassán sin pronunciar más palabra. Con la mente dando vueltas, Nahri se dirigió al dispensario.

Nisreen ya estaba trabajando en un tónico. Transfirió una cucharada de un brillante tono anaranjado, piel de salamandra recién molida, de un mortero de piedra a una poción del color meloso que hervía en un matraz de cristal suspendido sobre una llama desnuda. Una nubecita de humo brotó del recipiente y la mezcla se volvió carmesí, incómodamente cercana al color de la sangre humana.

—He empezado sin ti —dijo Nisreen por encima del hombro—. Me he imaginado que te vendría bien algo de ayuda. Solo necesita un poco más para acabar de hervir.

El estómago de Nahri se encogió. La leal Nisreen, siempre dos pasos por delante de lo que Nahri necesitaba. Su mentora y su confidente más cercana. La única persona de Daevabad en la que podía confiar.

Se acercó a ella, colocó las manos en la mesa de trabajo y se esforzó para que la emoción que burbujeaba en su interior no le saliese a borbotones.

—Me mentiste —dijo en tono quedo.

Nisreen alzó la mirada con aspecto pasmado.

—¿Qué?

—Me mentiste sobre Alí. Después de que Dara mu... de lo que pasó aquella noche en el barco. —Hablaba con voz temblorosa—. Me dijiste que Alí estaba bien. Me dijiste que tenía rasguños. —Le dedicó a Nisreen una mirada incrédula—. No hay un solo rincón de su piel que no tenga cicatrices.

Nisreen se envaró.

—Tendrás que disculpar que sus heridas no me pareciesen gran cosa teniendo en cuenta que Dara y otra docena de daeva habían muerto, y que Ghassán se estaba planteando ejecutarte.

Nahri negó con la cabeza.

—Deberías habérmelo contado. Cuando intenté hablar de ello aquella noche, no me hiciste caso. Conseguiste que dudase de mi propio recuerdo...

—¡Porque no quería que esos recuerdos te consumiesen! —Nisreen dejó a un lado el mortero y dedicó toda su atención a Nahri—. Mi señora, estabas entonando cánticos a las tinieblas y abriéndote las venas para intentar devolverle la vida a Dara. No necesitabas saber más.

Nahri se encogió ante aquella descripción tan directa de su dolor, pero aun así, aquellas últimas palabras de Nisreen le hicieron hervir la sangre.

—Tú no decides lo que yo tenga o no que saber. Ni con esto, ni con el hospital ni con nada. —Hizo un aspaviento—. Nisreen, estoy harta. Necesito poder confiar en al menos una persona en esta maldita ciudad, una persona que me diga la verdad sin importar cuál sea.

Los ojos oscuros de Nisreen se desviaron. Cuando volvió a hablar, su voz era suave, cargada tanto de conmiseración como de desagrado.

—No sabía qué podía decirte, Nahri. Cuando lo trajeron casi no parecía un djinn. Siseaba y escupía como una serpiente, chillaba en algún idioma que nadie podía reconocer. Todo lo que tenía pegado a la piel se resistía a que lo arrancásemos. ¡Tuvimos que amarrarlo porque intentó estrangular a su propio padre!

Nahri desorbitó los ojos, pero estaba claro que Nisreen aún no había acabado.

—¿Qué es lo que crees que derrumbó el techo del dispensario? —Alzó la cabeza de golpe—. Fue Alizayd, o lo que sea que tuviese dentro. —Nisreen bajó la voz aún más—. Yo hice de ayudante de tu madre y de tu tío durante siglo y medio; presencié cosas que jamás podrías imaginar. Y sin embargo, Nahri… nada de lo que he visto se acerca a lo que le sucedió a Alizayd al Qahtani.

Alargó una mano enguantada al recipiente de cristal calentado y vertió la poción en una copa de jade que, acto seguido, le tendió a Nahri.

—Su amistad fue una debilidad que no deberías haberte permitido. Ahora supone una amenaza que apenas puedes entender.

Nahri no hizo ademán alguno de tomar la copa entre sus manos.

—Pruébala.

Nisreen le clavó la mirada.

—Pruébala. —Nahri hizo un gesto brusco con el mentón hacia la puerta—. O lárgate de mi dispensario.

Sin bajar la mirada, Nisreen se llevó la copa a los labios y dio un sorbo. La volvió a depositar con un golpecito.

—Jamás te pondría en riesgo de esa manera, Banu Nahida. Jamás.

—¿Sabes quién puede haber hecho ese veneno?

La mirada oscura de Nisreen ni siquiera se alteró.

—No.

Nahri tomó la copa. Le temblaban las manos.

—Si lo hubieses hecho tú, ¿me lo dirías? ¿O sería otra de esas verdades que no soy capaz de encajar?

Nisreen suspiró.

—Nahri...

Pero Nahri ya se alejaba.

Lubayd se encontraba en los escalones del pabellón, a cierta distancia de la entrada a su dormitorio.

—Yo no los interrumpiría si fuese tú —advirtió.

Nahri pasó a su lado.

—Son ellos los que me están interrumpiendo a mí.

Siguió hacia su habitación, pero se detuvo ante la cortina que hacía las veces de puerta. Pasó bajo la sombra de un enrejado preñado de rosas. Oyó las voces de la pareja real en el interior.

—... arder en el infierno por condenar a tu hijo a semejante destino. Tenía dieciocho años, Ghassán. Dieciocho. ¡Y lo enviaste a morir en Am Gezira después de que un demonio del lago lo torturase!

—¿Acaso crees que es lo que quería hacer? —siseó Ghassán—. Tengo tres hijos, Hatset. Y treinta mil veces más súbditos. Daevabad es lo primero. Siempre te lo he dicho. Deberías haberte preocupado por su seguridad antes de que tus parientes y sus amigos intentasen mezclarlo en sus sangrientos tejemanejes para que cometiese traición.

Nahri permaneció en completo silencio, consciente de que las dos personas más poderosas de Daevabad estaban teniendo una discusión, y que oírla a escondidas era poco menos que coquetear con la muerte. Sin embargo, no consiguió apartarse.

Y Hatset aún no había terminado.

—Daevabad es lo primero —repitió—. Unas palabras preciosas para un rey que se está esforzando por destruir todo aquello por lo que lucharon nuestros ancestros. Estás permitiendo que subasten a los shafit al mejor postor, mientras que tu emir se está buscando una muerte prematura en el fondo de un vaso de vino.

—Muntadhir no se va a buscar ninguna muerte prematura —dijo Ghassán para defender a su hijo—. Siempre ha sido más capaz de lo que tú estás dispuesta a admitir. Está sellando la paz con los daeva, una paz que deberíamos haber alcanzado hace mucho.

—¡Esto no es paz! —La rabia y la exasperación batallaron en la voz de Hatset—. ¿Cuándo piensas darte cuenta? Los daeva no quieren tu paz; quieren que nos vayamos. Manizheh te despreciaba, tu gran visir te rajaría la garganta mientras duermes si pudiese. Y esa chica a la que has obligado a casarse con Muntadhir no piensa olvidar lo que le has hecho. En cuanto se quede preñada serás tú a quien envenenarán. Tanto ella como los Pramukh meterán a Muntadhir en un fumadero de opio y, de pronto, volveremos a encontrarnos bajo el reinado de los Nahid. —Una advertencia impregnó su voz—. Y los daeva nos devolverán en sangre todo lo que tu familia les ha hecho.

Nahri retrocedió y se llevó una mano a la boca, conmocionada. La reina acababa de unir pulcra y horriblemente todos los hilos de un futuro que Nahri apenas se atrevía a contemplar... y el tapiz que había tejido con ellos resultaba espantoso. Era un calculado plan de venganza, aunque lo único que quería Nahri era justicia para su tribu.

Pero justicia era lo que también quería Dara, ¿verdad? Y fíjate en el precio que estaba dispuesto a pagar por ella. Nahri tragó saliva. Sintió cierta debilidad en las piernas.

Ghassán alzó la voz.

—Por eso Alizayd habla y actúa así. Por eso se lanza imprudentemente a ayudar a cualquier shafit con el que se cruza. Por tu culpa.

—Porque quiere arreglar la situación, y lo único que tú le has dicho que haga es que cierre la boca y enarbole un arma. He oído las historias que vienen de Am Gezira. Alizayd ha hecho más por el bien de la gente de allí en cinco años que tú en cincuenta.

El rencor preñó la voz de Ghassán:

—Esposa mía, lo que tú deseas no es que Alizayd lidere Am Gezira. No me tomes por ingenuo. No pienso permitir que vuelvas a interferir. La próxima vez que te pases de la raya te mandaré a Ta Ntry. Para siempre. Jamás volverás a ver a ninguno de tus hijos.

Hubo un momento de silencio antes de que la reina respondiese:

—Es por eso, Ghassán —su voz tenía una calma gélida—. Por ser capaz de amenazar así a la madre de tus hijos. Por eso tu pueblo te odia. —Nahri oyó que se abría la puerta—. Me rompe el corazón recordar al hombre que fuiste una vez.

La puerta se cerró. Nahri se inclinó y atisbó entre las rosas. Vio a Ghassán, que contemplaba a su hijo inconsciente. Inspiró hondo y, con un vuelo de su túnica negra, giró sobre sus talones y se marchó.

Nahri se estremeció al entrar en la estancia. *Debería haber sido más vehemente cuando pedí la dote*, pensó de pronto. No le habían pagado lo suficiente para entrar en aquella familia.

Fue junto a Alí. El pecho del príncipe ascendía y caía bajo la luz de la chimenea. Recordó la primera vez que lo había curado. Aquella tranquila noche en la que había matado a su primer paciente para luego salvar al príncipe, la primera vez que tuvo que admitir con amargura que el hombre que Nahri insistía para sí que no era más que otra víctima a la que timar se estaba convirtiendo en realidad en lo más cercano que tenía a un amigo.

Nahri cerró los ojos con fuerza. Alí y Nisreen. Muntadhir. Dara. Todos aquellos a quienes había permitido echar un vistazo más allá de los muros que Muntadhir la había acusado de levantar alrededor de su corazón habían terminado por mentirle, por utilizarla. En su día, Nahri había temido en secreto que fuese culpa suya, que crecer sola en las calles de El Cairo con habilidades que aterraban a todo el mundo la hubiese roto por dentro, que se hubiese convertido en una persona que no sabía cómo establecer un vínculo genuino con nadie.

Pero no era ella. O al menos, no era solo ella. Era Daevabad. Daevabad aplastaba a todos sus habitantes, desde aquel rey tirano a los trabajadores shafit que correteaban aquí y allá en su jardín. El miedo y el odio gobernaban la ciudad, construida a través de siglos de sangre derramada y sus consecuentes agravios. Era un lugar donde todo el mundo estaba demasiado ocupado intentando sobrevivir y asegurarse de que sus seres queridos sobrevivían; por eso no había espacio para cultivar nuevas confianzas.

Dejó escapar el aliento y abrió los ojos; Alí se revolvió en sueños. Una mueca de dolor le torcía el rostro. La respiración sonaba áspera en su garganta. El aspecto que tenía el príncipe espantó los oscuros pensamientos de Nahri, que recordó la poción que aún tenía en la mano. No había acabado de trabajar todavía.

Acercó un taburete con un almohadón. Además de aquellas cicatrices, Alí parecía haber vivido en Am Gezira una vida más dura de lo que Nahri había imaginado. Tenía el cuerpo escuálido y nervudo, las uñas mordidas. Nahri frunció el ceño al ver otra cicatriz justo bajo su mandíbula. Aquello no eran las escarpadas heridas que dejaban los marid, sino un tajo limpio.

Parece que alguien intentó rajarle el gaznate. Nahri no podía imaginar quién podría ser tan necio como para intentar asesinar a un príncipe Qahtani en las profundidades de Am Gezira. Alargó la mano y le tocó la barbilla. Tenía la piel húmeda y pegajosa. Nahri le giró la cabeza para examinar un trozo de piel cicatrizada que Alí tenía en la sien. Ya no se atisbaban bien las líneas de la estrella de ocho puntas que le habían grabado, una versión del sello de Salomón. Al parecer, habían sido los marid. Aun así, Nahri no había olvidado cómo había destellado el sello en esa cicatriz aquella noche.

Se lo quedó mirando. *¿Qué te han hecho?* Y, quizá, una pregunta más acuciante: *¿Por qué?* ¿Por qué estaban tan decididos los marid a atacar a Dara?

Un movimiento cerca de su mano le atrajo la mirada. Nahri se sobresaltó. La poción en la copa se movía. La superficie del líquido ondulaba como si cayesen sobre ella gotas invisibles.

Los ojos de Alí aletearon hasta abrirse. Tenía la mirada aturdida, febril. Intentó inspirar y tosió con una expresión de dolor que le retorció el rostro.

Nahri reaccionó de inmediato.

—Bébete esto —ordenó, y le puso una mano en la nuca para ayudarlo a enderezarse—. No, no intentes hablar —añadió al ver que Alí movía los labios—. Te han desgarrado la garganta. Hasta tú deberías ser capaz de contener la lengua un instante.

Lo ayudó a apurar el contenido de la copa. Alí se estremecía con violencia. Ella lo ayudó a posarse de nuevo en la almohada cuando terminó.

—¿Notas algo afilado dentro del cuerpo? —preguntó—. ¿Algo que te zumbe bajo la piel?

—No —graznó él—. ¿Qu-qué ha pasado?

—Alguien intentó envenenarte. Evidentemente.

La desesperación asoló su semblante.

—Oh —susurró, y bajó la mirada hasta las manos—. Así que incluso en Daevabad lo intentan —añadió con una suave amargura que dejó pasmada a Nahri. Estaba claro que aquel tónico funcionaba; la voz de Alí se volvía más suave, aunque apesadumbrada—. Pensé que aquí dejarían de intentarlo.

Nahri frunció el ceño.

—¿Quiénes?

Él negó la cabeza con aire rígido.

—Da igual. —Alzó la vista y la preocupación asomó a sus ojos—. ¿Ha salido herido alguien más? Mi madre...

—Tu madre está bien —Era mentira, por supuesto. Hatset casi había visto a su hijo morir en sus brazos—. Nadie más ha salido herido, pero el copero que te sirvió intentó escapar y lo mataron.

Alí compuso una expresión dolorida.

—Ojalá no lo hubiesen hecho. No era más que un crío. —Se cubrió la boca y empezó a toser de nuevo. Cuando apartó la mano, la tenía manchada de sangre.

Nahri volvió a llenar la copa con agua de una jarra.

—Bebe —dijo, y se la puso en las manos—. Sospecho que tendrás la garganta irritada durante unos cuantos días. He hecho lo que he podido, pero el veneno era muy potente.

Dio un sorbo, pero no apartó los ojos de la cara de Nahri.

—Pensé que habías sido tú —dijo en tono quedo.

Ella se apartó, molesta porque la acusación le había hecho daño.

—Sí, ya lo sé. Tú y todo el mundo. Tu gente no guarda en secreto lo que piensan de mí.

La culpabilidad floreció en sus ojos.

—No era eso a lo que me refería. —Bajó la copa y acarició el borde con el pulgar—. Digo que no te habría culpado por querer verme muerto.

—Querer verte muerto y matarte de verdad son dos cosas muy diferentes —se apresuró a decir ella—. No soy ninguna asesina.

—No, no lo eres —dijo Alí—. Eres una sanadora. —Volvió a mirarla a los ojos—. Gracias por salvarme la vida. —Se mordió el labio; un cierto humor desesperado le asomó al rostro—. Por cuarta vez, creo.

Nahri se esforzó por no poner expresión alguna. Maldijo la parte de su corazón que quiso ablandarse ante sus palabras. Con la respiración entrecortada y los ojos brillantes de dolor, Alí no parecía ningún «mata-afshines» en aquel momento. Parecía enfermo y débil, un paciente que la necesitaba. Un viejo amigo que la había echado de menos.

Una debilidad.

Nahri, que no confiaba en sus propias emociones, se puso en pie de repente.

—Es mi deber —dijo con brusquedad—. Nada más. —Se giró hacia la puerta—. Un sirviente te traerá ropa nueva. Tengo otros pacientes.

—Nahri, espera —dijo él con voz rasposa—. Por favor.

Ella se detuvo, odiándose a sí misma.

—No vamos a hacer esto, Alí.

—¿Y si te dijera que tienes razón?

Nahri le devolvió la mirada.

—¿Qué?

Alí la contempló con expresión suplicante.

—Tenías razón sobre esa noche, sobre lo que pasó en el barco. —La vergüenza se adueñó de su semblante—. Sí que sabía que la Guardia Real nos iba a estar esperando.

Ella negó con la cabeza.

—Me alegra saber que eres igual de brutal cuando te sinceras que cuando mientes.

Él intentó enderezarse y se encogió de dolor.

—No sabía qué más hacer, Nahri. Jamás me había enfrentado a nadie que usase la magia como la usaba Darayavahoush. Jamás había oído siquiera hablar de alguien que pudiese emplearla así. Pero también sabía… muchas otras cosas sobre él. —Un remordimiento enfermizo le cruzó el rostro—. Todos esos libros que no quería que leyeses. Si te hubiese llevado con él, si me hubiese matado… nuestro pueblo habría ido a la guerra. —Alí se estremeció—. Y yo sabía de sobra las cosas que hizo Dara en la guerra.

«¿Acaso no sabes por qué le llaman el Flagelo de Qui-zi?». El remordimiento que pesaba como un manto sobre Dara, el miedo franco que provocaba su nombre.

—No habría empezado otra guerra —intentó insistir ella, con voz ronca—. Yo no se lo habría permitido.

Y sin embargo le bastó decirlo para comprender que ni ella misma lo creía del todo. La acusación de Muntadhir le había dolido tanto porque escondía cierta verdad.

En aquella noche aciaga, un Dara desesperado le había demostrado lo lejos que estaba dispuesto a llegar. La había obligado a actuar, de un modo que Nahri no lo creía capaz, con una violencia temeraria que la había anonadado.

Y parte de ella aún se preguntaba si no debería haberlo visto venir.

—No podía arriesgarme. —Alí tenía el rostro demudado, una brillante película de humedad le cubría la frente—. Tú no eres la única que tiene un deber que cumplir.

Se hizo el silencio entre los dos. Nahri se esforzó por mantener la compostura. No soportaba el modo en que la había conmovido la confesión afligida de Alí. Casi quería creerle. Creer que el chico que le había enseñado a invocar llamas era sincero, que el hombre en que se había convertido no la estaba manipulando una vez más, creer que no había que dudar de todo y de todos en aquella desgraciada ciudad.

Una debilidad. Nahri espantó aquel pensamiento e ignoró la soledad que le atenazó el pecho al hacerlo.

—¿Y el resto?

Él parpadeó.

—¿El resto?

—Los marid —lo invitó ella a hablar, con voz firme.

Él la contempló con incredulidad. Le enseñó las palmas para que le viese las cicatrices.

—No creerás que esto es algo que yo iba buscando.

—¿Qué querían los marid? ¿Por qué te utilizaron para matar a Dara?

Alí se estremeció.

—No es que mantuviésemos una conversación allá abajo. Me mostraron ciertas imágenes... la destrucción de Daevabad, de Am Gezira. Me dijeron que sería Dara quien haría todo eso. Me lo mostraron haciéndolo todo... aunque no parecía él.

Nahri entrecerró los ojos.

—¿A qué te refieres?

Alí frunció el ceño, como si intentase recordar.

—Me mostraron que se había convertido en algo distinto. Su piel y sus ojos eran como el fuego, y sus manos eran garras negras...

Un escalofrío le recorrió la columna ante aquella descripción.

—¿Te mostraron a Dara convertido en un ifrit?

—No lo sé —replicó Alí—. Intento no pensar en aquella noche.

No eres el único. Nahri lo contempló; una tensión cautelosa y cargada se adueñó del espacio entre los dos. Se sentía herida, expuesta; los detalles revelados de aquella noche aciaga, una noche que se había esforzado en no recordar en profundidad, la habían dejado más vulnerable de lo que quería.

Sin embargo, era una vulnerabilidad que veía reflejada en la cara de Alí. Aunque su corazón le advertía que saliese de aquella habitación, no podía dejar escapar la oportunidad de aprender más sobre la peligrosa fisura que crecía más y más entre la familia que controlaba su vida.

—¿Por qué has vuelto a Daevabad, Alizayd? —preguntó sin rodeos.

Alí vaciló pero respondió:

—Un comerciante ayaanle, primo mío, cayó enfermo mientras cruzaba Am Gezira. —Se encogió de hombros en un pobre intento de mostrarse despreocupado—. Me ofrecí a hacerle el favor de traer su cargamento hasta aquí. Pensaba que podría disfrutar de la oportunidad de celebrar Navasatem con mi familia.

—Seguro que se te ocurre una mentira mejor.

Él se ruborizó.

—Es el motivo por el que estoy aquí. No hay más.

Nahri se acercó.

—Tu madre parece pensar que sí que hay más. Muntadhir también parece creerlo.

La mirada de Alí salió disparada hacia la de ella.

—Jamás le haría daño a mi hermano.

Esa frase permaneció entre los dos durante otro largo instante. Nahri se cruzó de brazos y le mantuvo la mirada hasta que Alí la apartó, aún algo avergonzado.

Su atención cayó sobre los libros apilados de cualquier manera en la mesa junto a la cama. Carraspeó.

—Eh... ¿Estás leyendo algo interesante?

Nahri puso los ojos en blanco ante aquel intento tan obvio de cambiar de tema.

—Nada que sea de tu incumbencia.

Y nada que debiera haber sido incumbencia suya. No iba a poder reconstruir el hospital, y mucho menos encontrar aquel misterioso cirujano shafit para que trabajase con ella.

Tan despistado como siempre, Alí no pareció captar el tono malicioso en su voz.

—¿Quién es ibn Butlan? —preguntó, inclinándose para leer más de cerca las palabras en árabe escritas en la cubierta del libro—. ¿El Banquete de los Médicos?

Ella echó mano de aquel montón de libros con gesto posesivo.

—Ocúpate de tus propios asuntos. ¿No estabas lloriqueando ahora mismo por todas las veces que te he salvado la vida? Imagino que me debes algo de intimidad.

Con eso, Alí guardó silencio. Sin embargo, mientras Nahri se aproximaba al otro extremo de la estancia para dejar los libros sobre el sofá, una pieza encajó en su mente.

Alí sí que estaba en deuda con ella. Repasó la discusión de Ghassán y Hatset. Había sido un imprudente a la hora de tratar con los shafit, tan santurrón en un su intento de ayudarles que se había lanzado a todo tipo de planes sin pensárselos bien.

Nahri se enderezó y se giró hacia él.

—Conoces los barrios shafit.

Las cejas de Alí se unieron en un fruncimiento confundido.

—Sí... o sea, supongo que sí.

Ella intentó controlar la emoción que empezaba a arremolinarse en su pecho. No. Era una idea demencial. Si Nahri tenía algo de sentido común, lo mejor que podía hacer era no acercarse a Alí, contener la lengua y no hablar del hospital.

¿Y piensas seguir así para siempre? ¿Iba Nahri a permitir que Ghassán destruyese su capacidad de albergar la esperanza de un futuro mejor? ¿Que la endureciese hasta convertirla en la amenaza que Hatset había sugerido que sería algún día? ¿Era ese el tipo de vida que quería vivir en Daevabad?

Alí se echó hacia atrás.

—¿Por qué me miras así? Resulta alarmante.

Ella frunció el ceño.

—No te miro de ninguna manera. Tú no me conoces. —Echó mano de la copa—. Voy a traerte algo de comida. Si vuelves a tocar mis libros te meto arañas de hielo en el café. Y no te mueras.

La confusión sobrevoló el rostro de Alí.

—No comprendo.

—Estás en deuda conmigo, al Qahtani. —Nahri se dirigió a la puerta y la abrió—. No te vas a librar de pagármela.

14
DARA

Tenían a los exploradores geziri en una tosca cabaña de ramas cortadas que Dara se aseguraba de mantener siempre húmeda y cubierta de nieve. En un primer momento había conjurado una pequeña tienda para sus prisioneros, un lugar que habría sido más cálido, pero a cambio, aquellos dos le habían devuelto el favor prendiendo fuego a la lona en medio de la noche, tras lo que habían usado las vigas como arma y le habían roto los huesos a dos de sus guerreros al intentar escapar. Los geziri podían ser muchas cosas, pero sobre todo eran un pueblo de gran voluntad, acostumbrados a encontrar el modo de sobrevivir en ambientes inhóspitos. Dara no pensaba volver a darles otra oportunidad de escapar.

Sus botas crujieron sobre la nieve al acercarse a la cabaña. Dara alzó la voz en tono de advertencia:

—Abu Sayf, dile a tu compañero que si vuelve a darme la bienvenida tirándome una piedra, se la pienso meter por la garganta.

Hubo una breve conversación en geziriyya en el interior. Abu Sayf sonaba cansado y exasperado, mientras que el joven, que seguía negándose a decir su nombre, parecía irritable. Al cabo, fue Abu Sayf quien dijo:

—Entra, Afshín.

Dara agachó la cabeza parar entrar y parpadeó en la tenue luz. El interior estaba gélido y apestaba. Olía a sangre, a hombres sin lavar. Tras su último intento de huida mantenían a los djinn con grilletes de hierro y solo les daban mantas en las noches más frías. A pesar de que Dara comprendía la necesidad de medidas de seguridad, aquellas brutales condiciones lo intranquilizaban cada vez más. No había capturado a Abu Sayf y a su compañero en el campo de batalla, como contendientes. Eran exploradores: uno joven, Dara sospechaba que era su primera misión; y otro mayor, un guerrero con un pie en la jubilación.

—Ah, mira, si es el mismísimo diablo —dijo el djinn joven en tono airado al ver entrar a Dara. Parecía afiebrado, y lo miraba con tanto odio como era capaz de reunir.

Dara le devolvió la mirada hostil y se arrodilló para depositar la bandeja que había traído consigo. La empujó hacia los pies del joven.

—El desayuno. —Miró de soslayo a Abu Sayf—. ¿Cómo te encuentras hoy?

—Un poco entumecido —confesó Abu Sayf—. Tus guerreros son cada vez mejores.

—Tengo que darte las gracias por ello.

El geziri más joven resopló por la nariz.

—¿Las gracias? Le has dicho que me flagelarías vivo si no entrenaba con tu banda de traidores.

Abu Sayf le lanzó una mirada al otro djinn y añadió algo en aquel idioma incomprensible, para luego señalar con el mentón a la bandeja.

—¿Es para nosotros?

—Es para él. —Dara se acercó a Abu Sayf y le abrió los grilletes de hierro—. Ven conmigo. Un paseo te vendrá bien para relajar las extremidades.

Dara llevó al otro hombre al exterior. Se dirigieron a su tienda, un lugar frugal muy adecuado para un hombre que no pertenecía a ninguna parte. Chasqueó los dedos y el fuego del interior se reavivó. Le hizo un gesto a Abu Sayf para que tomase asiento en la alfombra.

El geziri obedeció y se restregó las manos frente al fuego.

—Gracias.

—No es nada —replicó Dara, y tomó asiento frente a él.

Volvió a chasquear los dedos y conjuró una bandeja de estofado humeante y pan caliente. El estallido de magia, al estar bajo su forma humana, le causó una punzada en la cabeza, pero pensaba que aquel hombre se lo merecía. Era la primera vez que invitaba a Abu Sayf a su tienda, pero no la primera vez que conversaban juntos. Quizá fuera un enemigo, pero Abu Sayf hablaba divasti con fluidez y sus dos siglos sirviendo a los djinn lo habían convertido en un compañero ameno. Dara les profesaba un gran afecto a sus jóvenes reclutas y era tremendamente leal a Manizheh. Y sin embargo, por el ojo de Salomón, a veces solo quería contemplar las montañas e intercambiar algunas palabras sobre caballos con un viejo que también estuviese harto de la guerra.

Dara le tendió un manto.

—Toma. Está haciendo frío. —Negó con la cabeza—. Ojalá me dejaseis invocar una tienda de verdad para los dos. Tu compañero es idiota.

Abu Sayf se acercó el estofado y arrancó un trozo de pan.

—Prefiero quedarme con mi compañero de tribu. No lleva bien estar aquí. —Una tristeza agotada se apoderó de su semblante—. Echa de menos a su familia. Justo antes de que nos destinasen aquí se enteró de que su esposa estaba embarazada de su primer hijo. —Le lanzó una mirada de soslayo a Dara—. Su mujer está en Daevabad. Él teme por ella.

Dara apartó de sí la punzada de culpabilidad. Era normal que un guerrero dejase atrás a su esposa, era parte de su deber.

—Si estuviese en Am Gezira, donde todos debéis estar, estaría totalmente a salvo —propuso, obligándose a hablar con una convicción que no sintió del todo en su voz.

Abu Sayf no mordió el anzuelo. Jamás lo hacía. Dara sospechaba que era un soldado de la cabeza a los pies, y que no tenía el menor deseo de defender unas políticas en las que apenas tenía voz ni voto.

—Tu Banu Nahida ha vuelto a sacarnos sangre —dijo en cambio—. Y aún no le ha devuelto su reliquia a mi amigo.

Ante eso, Dara echó mano de su cáliz y vio cómo se llenaba de vino de dátiles con una orden silenciosa.

—Seguro que no es nada.

Lo cierto era que no sabía lo que hacía Manizheh con las reliquias. Tanto secretismo empezaba a preocuparlo.

—Tus hombres dicen que pretende experimentar con nosotros. Hervirnos vivos y machacar nuestros huesos para hacer pociones. —El miedo asomó a la voz de aquel hombre—. Dicen que puede capturar un alma al igual que hacen los ifrit, atarla de modo que jamás llegue a ver el Paraíso.

Dara mantuvo el rostro impávido, pero sintió dentro del pecho cierto enojo hacia sus soldados, y hacía sí mismo, por no haberlos controlado antes. En el campamento era común la animadversión hacia los djinn y los shafit. A fin de cuentas, muchos de los seguidores de Manizheh habían sufrido a manos de ambos. Cierto era que Dara no había dedicado mucho tiempo a pensar en ello cuando lo devolvieron a la vida. Durante su propia rebelión, hacía catorce siglos, tanto él como sus compañeros supervivientes habían expresado un odio similar… y habían llevado a cabo oscuros actos de venganza. Sin embargo, habían estado consumidos por el dolor por el saqueo de Daevabad, y desesperados por salvar lo poco que quedaba de su tribu. La situación de su pueblo en la actualidad había cambiado del todo.

Carraspeó.

—Siento mucho que os hayan estado acosando. Te aseguro que hablaré con ellos. —Suspiró e intentó cambiar de tema—. ¿Puedo preguntar por qué llevas tanto tiempo en esta parte de Daevastana? Dijiste que habías vivido aquí medio siglo, ¿no? No parece el destacamento ideal para un hombre del desierto.

Abu Sayf esbozó una leve sonrisa.

—Resulta que me encanta la nieve, por más brutal que sea el frío. Y los padres de mi esposa están aquí.

—Podrías haber aceptado un puesto en Daevabad y habértelos llevado contigo.

Él soltó una risita entre dientes.

—Si dices algo así tan a la ligera es que nunca has tenido suegros.

Aquel comentario lo desestabilizó en cierta manera.

—No —dijo Dara—. Jamás me he casado.

—¿No ha habido nadie que te llamase la atención?

—Sí. Alguien —dijo en tono suave—. Pero no podía ofrecerle el futuro que se merecía.

Abu Sayf se encogió de hombros.

—En ese caso tendrás que aceptar mi opinión en lo tocante a los suegros. Además, yo no quería ningún puesto en Daevabad. Habría supuesto seguir órdenes que yo no estaba dispuesto a aceptar.

Dara lo miró a los ojos.

—Hablas desde la experiencia.

Él asintió.

—Luché en la guerra del rey Khader cuando era joven.

—Khader. El padre de Ghassán, ¿no?

—Correcto. La mitad occidental de Qart Sahar intentó alzarse en rebelión durante su reinado, hará unos doscientos años.

Dara puso los ojos en blanco.

—Sí, los sahrayn tienden a rebelarse. Intentaron hacer lo mismo antes de que yo naciese.

Abu Sayf torció los labios.

—Para ser sincero... creo que en tu época estaban de moda las rebeliones.

Dara gruñó. Si otro djinn le hubiese dicho eso mismo, se habría molestado bastante. Sin embargo, teniendo en cuenta que Abu Sayf era su prisionero, contuvo la lengua.

—Tienes razón. Entonces luchaste contra los sahrayn, ¿no?

—No estoy seguro de que «luchar» sea el término correcto —replicó Abu Sayf—. Nos enviaron a aplastarlos, a aterrorizar un puñado de diminutas aldeas de la costa. —Negó con la cabeza—. Eran unos sitios asombrosos. Los sahrayn erigen sus construcciones directamente con la arena del lecho marino. La convierten en cristal, con el que construyen sus hogares en los acantilados. Si se apartan las alfombras se puede ver a los peces nadando justo debajo. El modo en que el cristal de las casas reflejaba el sol cuando llegamos... —Sus ojos se colmaron de melancolía—. Por supuesto, lo destruimos todo. Quemamos sus naves, atamos a sus líderes y los arrojamos al mar y nos llevamos a sus niños para entrenarlos en la Guardia. Khader era un hombre duro.

—Tú seguías órdenes.

—Supongo —dijo Abu Sayf en tono quedo—. No parecía lo correcto, sin embargo. Tardamos meses en salir de allí. Jamás he llegado a entender de verdad qué tipo de amenaza suponían para Daevabad unas pocas aldeas pequeñas en el fin del mundo.

Dara cambió de postura. No le gustaba el hecho de verse obligado a defender a los Qahtani.

—Imagino que si te preguntas cómo es que Daevabad gobierna sobre una lejana aldea sahrayn, también te preguntarás cómo es que una familia geziri gobierna una ciudad daeva.

—Supongo que jamás he pensado en Daevabad como una ciudad daeva. —Abu Sayf compuso una expresión casi sorprendida—. Siempre me ha parecido que el centro de nuestro mundo debía pertenecernos a nosotros.

Antes de que Dara pudiera responder se oyó el sonido de pasos que se acercaban a la carrera a la tienda. Se puso en pie de un salto.

Mardoniye apareció en la entrada un instante después, sin aliento.

—Ven enseguida, Afshín. Ha llegado una carta de casa.

15
ALÍ

Bueno, pues aquí estamos —dijo Alí, y extendió el brazo para impedir que Nahri siguiese caminando y lo dejase atrás—. ¿Me piensas decir ahora por qué tenías que venir a la calle Sukariyya?

Nahri, a su lado, era la viva imagen de la calma. Sus ojos oscuros escrutaban el bullicioso barrio shafit como una cazadora escrutaría a su presa.

—La casa de la puerta roja —dijo entre dientes.

Alí, desconcertado, siguió su mirada hasta una casa estrecha de tres plantas con aspecto de haber sido encajada entre los dos edificios de piedra mucho más altos que se alzaban a cada lado. Había un pequeño porche abierto en el frontal de la casa, con una puerta roja que tenía dibujos de flores naranjas. La tarde estaba nublada y las sombras se tragaban el edificio, lo oscurecían entre penumbras.

Alí se inquietó al instante. Las ventanas estaban entablonadas por fuera, pero había suficientes grietas como para poder asomarse al interior desde la calle. Un hombre se sentaba en los escalones del edificio adyacente mientras leía un panfleto con quizá demasiado interés. En un café al otro lado de la calle, otros dos hombres jugaban ostensiblemente al backgammon, aunque sus miradas revoloteaban de vez en cuando hacia la puerta roja.

—La están vigilando —dijo Alí, quien no en vano se había formado en la Ciudadela.

—¿Y por qué crees que te he traído si no? —preguntó Nahri. Un sonido estrangulado de incredulidad salió de los labios de Alí, y ella le dedicó una mirada de rencor—. Por el Altísimo, ¿puedes controlar los nervios?

Él le clavó la mirada.

—Intentaron asesinarme hace una semana.

Nahri puso los ojos en blanco.

—Vamos. —Echó a andar sin pronunciar una sola palabra más.

Alí, horrorizado, vio a Nahri acercarse resuelta hacia la casa vigilada. Cierto era que nada evidenciaba quién era en realidad. Iba vestida en una abaya algo tosca, cubierta con un chal; de esa guisa encajaba a la perfección con la multitud de cuchicheantes tenderos shafit y trabajadores enfrascados en discusiones.

Desde luego, aquel atuendo era bien distinto al vestido dorado que había llevado en la fiesta. Un súbito calor ascendió al rostro de Alí. No, no iba a pensar en aquel vestido. Otra vez no. En cambio se apresuró a seguirla, maldiciéndose a sí mismo por haberse dejado arrastrar al misterioso asunto que Nahri había afirmado que la aguardaba en el distrito shafit. No estaba seguro de qué locura lo había llevado a aceptar; los días desde que lo habían envenenado no habían sido más que un borrón sumido en dolores, con el rostro de su madre suspendido sobre él, las preguntas interminables de los investigadores de la Guardia Real y aquellas pociones cada vez más nauseabundas de la Banu Nahida.

Probablemente, Nahri lo había hechizado para que aceptase. Los Nahid eran capaces de tal cosa, ¿verdad? Alí no podía ser tan imprudente como para escabullirse de palacio junto a su cuñada, y para encima asumir la culpa si los descubrían. Tenía que tratarse de eso; lo había hechizado.

Para cuando Alí llegó a su altura, Nahri caminaba con una mano en el bajo vientre, que de pronto se veía abultado. La bolsa había desaparecido de su hombro; sabría Dios cuándo se la había metido bajo la abaya. Al acercarse a la casa, Nahri empezó a dar resoplidos. Se restregó los ojos y fingió que cojeaba al andar.

El hombre de al lado dejó el panfleto y se puso en pie para salirle al paso.

—¿Puedo ayudarte, hermana?

Nahri asintió.

—La paz sea contigo —saludó—. Lo… —Inspiró entre dientes y se agarró el vientre con gesto exagerado—. Lo siento. Mi prima me dijo que aquí hay alguien… alguien que ayuda a las mujeres.

El hombre los recorrió con la mirada.

—Si tu prima te hubiera dicho eso de verdad, sabrías que tendría que haber venido contigo para responder por ti. —Le clavó la mirada a Alí—. ¿Este es tu marido?

—No le dije que quien necesitaba ayuda era yo —Nahri bajó la voz—. Y no, no es mi marido.

La sangre abandonó el rostro de Alí.

—Eh…

La mano de Nahri salió disparada y le aferró el brazo con la fuerza de un torno.

—Por favor… —ahogó un grito y se dobló sobre sí misma—. Tengo muchos dolores.

El hombre se ruborizó y echó un vistazo por la calle, importante.

—Bueno, está bien… —cruzó el porche y se apresuró a abrir la puerta roja—. Entrad, rápido.

El corazón de Alí se desbocó. Su mente empezó a advertirle a gritos que era una trampa. A fin de cuentas, no era la primera vez que entraba en un edificio en ruinas de los shafit. Sin embargo, Nahri ya lo llevaba a tirones escalones arriba. La madera, blanda por culpa del húmedo aire de Daevabad, crujió bajo sus pies. El shafit cerró la puerta tras ellos y los dejó sumido en una penumbra plomiza.

Se encontraban en un recibidor bastante sencillo, con paredes de madera laqueada y dos puertas. No había ventanas, pero el techo estaba abierto al cielo nublado. Daba la impresión de que los hubiesen arrojado a un pozo. La única fuente de luz, aparte del cielo, provenía de una pequeña lámpara de aceite que descansaba junto a una bandeja repleta de dulces, frente a un cuadro rodeado de guirnaldas de papel de arroz que representaba a una mujer pertrechada de armas y sentada a horcajadas sobre un tigre.

La paciencia que Alí estaba teniendo con Nahri se desvaneció de pronto. Alguien había intentado asesinarlo hacía menos de una semana. No pensaba cruzar la línea que suponía merodear por una misteriosa casa shafit mientras fingía que había preñado a la esposa de su hermano.

Se giró hacia ella y eligió con cuidado las palabras:

—Querida —empezó—. ¿Te importa decirme, por favor, qué hacemos aquí?

Nahri miraba el recibidor con evidente curiosidad.

—Hemos venido a conocer a un médico shafit llamado Subhashini Sen. Aquí es donde trabaja.

El hombre que los había traído se enderezó de pronto.

—¿Médico? —En su rostro asomó la sospecha, y se echó mano a la cintura.

Alí fue más rápido. Desenvainó el zulfiqar en lo que dura un aliento, y el shafit retrocedió, la mano congelada sobre una porra de madera. Abrió la boca.

—No grites —se apresuró a decir Nahri—. Por favor. No queremos hacerle daño a nadie. Solo quiero hablar con el médico.

La mirada del hombre voló con rapidez a la puerta de la izquierda.

—No... no podéis...

Nahri pareció pasmada.

—¿Disculpa?

El shafit tragó saliva.

—No lo entendéis... es difícil tratar con ella...

La curiosidad incendió los ojos de Nahri. Debió de darse cuenta de la puerta a la que había mirado el shafit, porque un instante después echó mano al pomo.

Alí entró en pánico y dijo sin pensar:

—Nahri, espera, no...

El shafit se quedó boquiabierto.

—¿Nahri?

Que Dios me guarde. Nahri entró en la habitación y Alí echó a correr tras ella. Se acabó la discreción; iban a salir los dos de allí.

Una entrecortada voz femenina con mucho acento daevabadita le salió al paso en cuanto cruzó el umbral.

—Te he dicho... como mínimo una docena de veces... que si me interrumpes mientras llevo a cabo este procedimiento, tú serás el siguiente con quien lo pruebe.

Alí se quedó inmóvil. No tanto por la advertencia, sino por la persona que la había formulado. Frente a ellos había una mujer shafit, vestida con un sencillo sari de algodón, arrodillada junto a un anciano que yacía sobre un almohadón.

Tenía una aguja insertada en el ojo del hombre.

Horrorizado ante la espeluznante escena, Alí abrió la boca para protestar, pero Nahri se la tapó con la mano antes de que pudiera hablar.

—No —susurró. Se había desprendido del velo, con lo que se apreciaba el absoluto gozo que dominaba sus facciones.

El guardia shafit llegó hasta ellos, retorciendo las manos.

—Perdóname, doctora Sen. Jamás se me habría ocurrido interrumpirte. Es que… —Paseó una mirada nerviosa entre Alí y Nahri. Sus ojos volvieron a recorrer la altura de Alí y la longitud de su zulfiqar—. Parece que tienes visita de palacio.

La doctora vaciló, pero apenas un instante, y ni sus manos ni su concentración llegaron a alterarse.

—Sea eso cierto o síntoma de locura, vais a tener que tomar asiento ahora mismo. Aún me queda un buen trozo de catarata que quitar.

No había posibilidad de desobediencia ante la voz severa de aquella mujer. Alí retrocedió tan rápidamente como el guardia, y se dejó caer en uno de los bajos sofás que se repartían contra la pared. Paseó la vista por la habitación. Tenía mucha luz proveniente de un patio adyacente y de numerosas lámparas. Cabría en ella aproximadamente una docena de personas. Había tres camastros en el suelo; dos de ellos libres y cubiertos de pulcras y holgadas sábanas de lino. En la pared se alineaban varias estanterías, y junto a ellas había un escritorio que daba al patio, sobre el que acumulaban altas pilas de libros.

Nahri, por supuesto, ignoró la orden de la doctora. Alí, impotente, vio que se acercaba al escritorio y empezaba a hojear a un libro con una sonrisa en la cara. Ya había visto aquella misma expresión cuando aún eran amigos: cuando había leído su primera frase con éxito y cuando habían contemplado la luna con un telescopio humano, reflexionando sobre el origen de sus sombras. Aquel ansia por aprender que tenía Nahri había sido una de las cosas que habían atraído a Alí hacia ella, algo que tenían en común. Sin embargo, Alí no había esperado que esa ansia los llevase hasta una doctora shafit en uno de los barrios más peligrosos de la ciudad.

El llanto de un bebé rompió el silencio. La puerta volvió a abrirse y el sonido aumentó.

—Subha, amor, ¿has acabado ya? —se oyó otra voz, el gruñido grave de un hombre—. Tiene hambre pero no quiere comer nada de... oh.

El hombre dejó morir la frase al entrar en el dispensario.

El recién llegado era enorme, podía ser uno de los hombres más grandes que Alí hubiese visto jamás. Tenía una mata de desordenados rizos negros que le llegaba hasta los hombros y una nariz torcida que le debían de haber roto en varias ocasiones. Alí alzó al instante el zulfiqar, aunque el hombre solo enarbolaba una cuchara de madera y un bebé.

Alí bajo el arma, algo avergonzado. Quizá Nahri tenía razón en lo de controlar los nervios.

—Y con esto hemos acabado —anunció la doctora. Dejó a un lado la aguja y se echó hacia atrás. Agarró una lata de bálsamo y se apresuró a vendarle los ojos al hombre—. Tienes que tenerlos vendados una semana entera, ¿entendido? No te toquetees la venda.

La doctora se puso en pie. Parecía más joven de lo que Alí habría esperado, pero quizá se debía a su sangre djinn, sangre que era evidente. Aunque aquella piel marrón oscuro no tenía el claro brillo de una pura de sangre, las orejas de la doctora eran tan puntiagudas como las de él mismo, y apenas había un destello marrón en sus ojos típicos de una agnivanshi. Llevaba el pelo negro recogido en una gruesa trenza que le llegaba a la cintura, anudada pulcramente con un hilo de color bermellón.

La doctora se limpió las manos en un trapo que llevaba sujeto a la faja de la cintura y los miró contrayendo los músculos bajo las mejillas. Era una mirada analítica que fue del bebé que lloraba hasta Alí y de Alí a Nahri, para luego volver al bebé.

No parecía alterada, sino más bien poco impresionada y bastante irritada.

—Manka… —empezó a decir, y el guardia de la puerta alzó la cabeza de golpe—. Quiero que lleves a Hunayn a la sala de recuperación. Parimal, tráeme al bebé.

Ambos hombres obedecieron al instante. Uno ayudó al paciente algo aturdido mientras que el otro le pasó el bebé a la doctora, que lo agarró sin dejar de mirar a Alí y a Nahri a la cara. Se retiró el sari del pecho y los sollozos del bebé se convirtieron en un feliz sonido de succión.

Alí tragó saliva y clavó la mirada en la pared opuesta. A Nahri no pareció molestarle nada de todo aquello. Seguía de pie junto al escritorio, con un libro en la mano.

La doctora entrecerró los ojos y le clavó la vista a la Banu Nahida.

—Si no te importa…

—Por supuesto. —Nahri dejó el libro y tomó asiento junto a Alí—. ¿Estabas llevando a cabo una cirugía de cataratas?

—Sí. —La voz de la mujer seguía sonando tensa. Tomó asiento en un taburete de madera frente a ellos—. Es un proceso delicado y complicado… que no me gusta que interrumpa nadie.

—Lo sentimos —se apresuró a decir Alí—. No pretendíamos irrumpir así.

La expresión de la mujer no cambió. Alí intentó no retorcerse. Se sentía como si tuviese enfrente a una mezcla de Hatset y de alguno de sus tutores más aterradores.

La doctora apretó los labios y señaló el zulfiqar con el mentón.

—¿Te importa guardar eso?

Él se ruborizó.

—Por supuesto. —Envainó al momento la espada y se desprendió del embozo que llevaba sobre el rostro. No le parecía bien inmiscuirse en medio de aquella gente y seguir en el anonimato. Carraspeó y dijo débilmente—: Que la paz sea contigo.

Los ojos de Parimal se desorbitaron.

—¿Príncipe Alizayd? —Su mirada voló hasta Nahri—. ¿Significa eso que tú eres…?

—¿La nueva Nahid de Daevabad? —interrumpió la doctora con la voz preñada de rencor—. Eso parece. Así que habéis venido a destruir todo esto, ¿no? ¿Planeáis subirme a ese bote de bronce por intentar ayudar a mi gente?

La mención del bote de bronce llenó de hielo las venas de Alí. Eso era justo lo que lo habían obligado a hacer con unos cuantos shafit a los que habían capturado en una revuelta que su padre había urdido para provocar al Tanzeem.

—No —dijo al punto—. Por supuesto que no.

—Dice la verdad —dijo Nahri—. Yo solo quería conocerte. Me topé hace poco con uno de tus pacientes. Un hombre con un agujero en el cráneo, como si le hubiesen cortado...

—Perforado. —Nahri parpadeó, y la doctora continuó con voz fría—. Se llama trepanación. Si te las das de sanadora deberías hablar con propiedad.

Alí sintió que Nahri se tensaba a su lado, pero su voz permaneció calmada:

—Perforado, pues. El hombre afirmó que eras doctora. Quise averiguar si era cierto.

—Ah, ¿sí? —Las cejas de la doctora se unieron en un gesto de incredulidad—. Así que la niñita que elabora pociones para la buena suerte y hace cosquillas con plumas de simurgh para suprimir los malos humores ha venido a evaluar mi formación.

A Alí se le secó la boca.

Nahri se crispó.

—Me atrevería a decir que lo que hago es un poco más avanzado que todo eso.

La doctora alzó la barbilla.

—Pues adelante, examíname. Ya has entrado sin permiso en mi casa; supongo que no se nos permite protestar. —Giró la cabeza de golpe hacia Alí—. Por eso has traído a tu príncipe, ¿no?

—Yo no soy su príncipe —se apresuró a corregir Alí. Nahri le lanzó una mirada enojada, que él le devolvió—. Te dije que te traería a la calle Sukariyya —dijo a la defensiva—, pero no que nos íbamos a colar en casa de una doctora fingiendo que éramos... que tú estabas... —El recuerdo nada deseado del vestido dorado de Nahri volvió a aparecer en su mente, sin ayudar ni un poco. Un calor avergonzado se adueñó de su rostro. —Da igual —tartamudeó.

—Traidor —dijo Nahri, y en tono más bajo añadió algo mucho menos amable en árabe.

Sin embargo, ni aquel revés por parte de Alí ni la hostilidad de la doctora iban a detenerla. Se puso en pie y se acercó a la estantería.

—Es una colección impresionante —señaló con voz anhelante. Echó mano de dos volúmenes—. Ibn Sina, al Razi... ¿Dónde has conseguido todo esto?

—Mi padre era médico en el mundo humano. —La doctora se señaló las orejas puntiagudas—. A diferencia de mí, tenía aspecto humano, y como tal actuaba. Viajaba y estudiaba donde le apetecía. Delhi, El Cairo, Marrakech. Tenía doscientos cincuenta años cuando algún asqueroso cazador de recompensas sahrayn lo encontró en Mauritania y lo llevó a rastras hasta Daevabad. —Sus ojos sobrevolaron los libros—. Trajo consigo todo lo que pudo.

Nahri pareció aún más asombrada.

—¿Tu padre pasó doscientos años estudiando medicina en el mundo humano? —La doctora hizo un asentimiento y Nahri insistió—. ¿Dónde está ahora?

La médica tragó saliva antes de responder.

—Murió el año pasado. De un ataque.

La expresión anhelante desapareció del rostro de Nahri. Dejó el libro con cuidado donde estaba.

—Lo siento.

—Yo también. Fue una pérdida para la comunidad. —No había la menor autocompasión en la voz de la doctora—. Nos formó a unos cuantos. Mi marido y yo somos los mejores.

Parimal negó con la cabeza.

—Yo no soy más que un arreglahuesos con ínfulas. Subha es la mejor. —Había un orgullo afectuoso en su voz—. Hasta su padre lo decía, y no era un hombre a quien le saliesen los cumplidos con facilidad.

—¿Y esos otros doctores que formó también ejercían la medicina aquí? —preguntó Nahri.

—No. No vale la pena arriesgarse. Los puros de sangre prefieren que nos mate un ataque de tos antes de que podamos procrear. —Apretó con más fuerza al bebé contra sí—. Si la Guardia Real se asomase por aquí, cualquiera de mis instrumentos serviría como prueba para meterme en prisión, bajo la prohibición de armas. —Frunció el ceño—. Aunque los shafit tampoco son inocentes del todo. Estamos en tiempos desesperados y hay quien cree que somos ricos. Tuve un cirujano de gran talento proveniente de Mombasa trabajando aquí hasta que un grupo de ladrones secuestró a su hija. Vendió todo lo que tenía para pagar su rescate y escapó. Iban a intentar salir a escondidas de la ciudad. —Se le demudó el rostro—. No he vuelto a saber nada de ellos. Muchos de los botes no consiguen llegar al otro lado del lago.

¿Los botes? Alí se quedó inmóvil. No era fácil escapar de un lugar como Daevabad. El valor y la desesperación que hacía falta para subir a toda la familia en el desvencijado bote de un contrabandista y rezar para que atravesase aquellas aguas asesinas…

Les hemos fallado. Les hemos fallado por completo. Contempló a la pequeña familia ante sí y recordó a los shafit que su madre había salvado. Había miles como ellos en Daevabad. Hombres, mujeres y niños cuyo potencial y perspectivas se habían visto fríamente cercenadas para ajustarse a las necesidades políticas de la ciudad en la que no les quedaba más alternativa que vivir.

Perdido en sus pensamientos, Alí se fijó en que Nahri alargaba la mano hacia un armarito. Parimal se abalanzó sobre ella.

—Espera, Banu Nahida, no…

Pero Nahri ya lo había abierto. Alí oyó que se quedaba sin respiración.

—Imagino que esto es para protegeros de esos secuestradores, ¿no? —preguntó al tiempo que sacaba un pesado objeto metálico.

Alí tardó un instante en reconocerlo. Cuando lo hizo se le heló la sangre.

Era una pistola.

—Nahri, deja eso —dijo—. Ahora mismo.

Ella le lanzó una mirada irritada.

—Confía un poco en mí. No voy a dispararme.

—Es una herramienta de hierro y pólvora. Y tú eres la Banu Nahida de Daevabad. —Ella frunció el ceño, la expresión confusa. Alí prosiguió con voz alarmada—: ¡Esa cosa explota, Nahri! Somos literalmente seres de fuego. ¡No podemos acercarnos a la pólvora!

—Ah. —Ella tragó saliva y volvió a dejarla en su sitio, tras lo cual cerró con cuidado la puerta del armarito—. En ese caso, mejor andarse con cuidado.

—Es mía, de nadie más —se apresuró a decir Parimal, una evidente mentira—. Subha no sabía nada al respecto.

—No deberías guardarla ahí —le advirtió Alí—. Es increíblemente peligrosa. ¿Y si os descubren? —Paseó la vista entre los dos—. Que un shafit posea aunque sea una pequeña cantidad de pólvora se castiga con la ejecución.

Cierto era que Alí sospechaba que semejante castigo respondía tanto al miedo hacia los shafit como al miedo hacia la pólvora. Ningún djinn puro de sangre quería un arma que los shafit pudiesen manejar con más pericia.

—Si además de pólvora lo que tienes es una pistola, son capaces de arrasar toda la manzana.

Subha le lanzó una mirada cautelosa.

—¿Es una advertencia o una acusación?

—Una advertencia —replicó él mirándola a los ojos—. Y te suplico que la tengas en cuenta.

Nahri volvió a su lado, ya sin tanta arrogancia.

—Lo siento —dijo en tono quedo—. De verdad. No estaba segura de qué pensar cuando vi a aquel hombre. Había oído rumores de lo desesperados que están los shafit, y sé lo fácilmente que la gente puede aprovecharse de ese tipo de miedo.

Subha se envaró.

—Que pienses algo así dice más de ti que de mí.

Nahri se encogió.

—Probablemente tienes razón. —Bajó la mirada ante la reprimenda desacostumbrada, y echó mano a la bolsa—. Te he... te he traído algo. Hierbas curativas que corteza de sauce de mi jardín. Pensé que te vendrían bien.

Le tendió la bolsa.

La doctora no hizo ademán alguno de agarrarla.

—Si crees que voy a darle «medicina» preparada por una Nahid a un shafit es que no sabes nada de la historia de tu familia. —Entrecerró los ojos—. ¿Por eso has venido, para propagar algún tipo de enfermedad entre nosotros?

Nahri retrocedió.

—¡Por supuesto que no! —Una sorpresa genuina le preñaba la voz. A Alí se le encogió el corazón al oírla—. Yo solo quería… ayudar.

—¿Ayudar? —La doctora le clavó la mirada—. ¿Has allanado mi consulta porque querías ayudar?

—Porque quería ver si podríamos trabajar juntas —se apresuró a decir Nahri—. En un proyecto que quiero proponerle al rey.

Subha contempló a la Banu Nahida como si le hubiese crecido otra cabeza.

—¿Quieres trabajar conmigo? ¿En un proyecto que quieres proponerle al rey de Daevabad?

—Sí.

De alguna manera, la mirada de la doctora se volvió aún más incrédula.

—¿Y qué proyecto es?

Nahri apretó las manos.

—Quiero construir un hospital.

Alí la miró boquiabierto. Bien podría haber dicho que planeaba arrojarse al karkadann.

—¿Quieres construir un hospital? —repitió la doctora en tono perplejo.

—Bueno, no tanto construir, sino reconstruir —explicó Nahri a toda prisa—. Mis ancestros tenían un hospital antes de la guerra, pero ahora se encuentra en ruinas. Me gustaría restaurarlo y volver a abrirlo.

¿El hospital Nahid? No podía referirse a… Alí se estremeció, en busca de algo que decir:

—¿Quieres recuperar el hospital Nahid? ¿El que está cerca de la Ciudadela?

Ella le miró sorprendida.

—¿Conoces ese sitio?

Alí se esforzó por mantener la compostura. No había nada en la voz de Nahri que sugiriese más que inocencia a la hora de formular aquella pregunta. Se atrevió a mirar a Subha de soslayo, pero la doctora parecía perdida.

Carraspeó.

—Puede... eh... puede que haya oído un par de cosas sobre él, sí.

—¿Un par de cosas? —insistió Nahri, mirándolo de cerca.

Más que un par de cosas. Pero lo que Alí sabía de aquel hospital, de lo que se había hecho allí antes de la guerra, de los castigos brutales y sangrientos que habían sufrido los Nahid por ello... nada de eso se sabía públicamente, y Alí no pensaba contarlo en aquel momento. Sobre todo en medio de una pelea entre una Nahid y una shafit.

Cambió de postura, incómodo.

—¿Qué tal si nos cuentas más sobre ese plan tuyo?

Nahri siguió con la mirada fija en él. Lo sometió un instante más a un pesado escrutinio, pero al cabo suspiró y se giró hacia Subha.

—Un único dispensario atestado no es buen lugar para tratar a toda la población de Daevabad. Quiero empezar a ver a gente que no haya tenido que sobornar a nadie para llegar hasta mí. Y cuando reabra el hospital, quiero que esté abierto para todo el mundo.

Subha entornó los ojos.

—¿Para todo el mundo?

—Para todo el mundo —repitió Nahri—. Sin importar su sangre.

—Pues te estás engañando a ti misma. O bien mientes. Algo así nunca se permitirá. El rey lo prohibiría y tus sacerdotes se morirían de sorpresa y horror...

—Hará falta convencerlos —interrumpió Nahri en tono ligero—. Lo sé. Pero creo que puede hacerse. —Señaló a la estantería—. Hay más libros como esos en la Biblioteca Real; los he leído. He sanado a gente del mundo humano durante años, y sé qué valor tienen esos métodos. Sigue habiendo muchas ocasiones en las que prefiero jengibre y salvia a la sangre de zahhak y los encantamientos. —Le lanzó a Subha una mirada suplicante—. Por eso he venido a buscarte. Pensé que podríamos trabajar juntas.

Alí se echó hacia atrás en el asiento, aturdido. Al otro lado de la estancia, frente a él, Parimal parecía igualmente asombrado.

La expresión de Subha se tornó más gélida.

—Y si traigo a ese hospital a un shafit que se esté muriendo de un ataque... —Le tembló un poco la voz, pero las palabras eran precisas—. Una dolencia que sospecho que puedes sanar con solo tocarlo... ¿le impondrías las manos, Banu Nahida? En presencia de testigos, de tus amigos puros de sangre, ¿usarías la magia Nahid para curar a un mestizo?

Nahri vaciló. Una oleada de rubor le subió al rostro.

—Creo que... en un primer momento... sería mejor si cada una tratase a pacientes de su raza.

La doctora shafit se echó a reír. Fue una risa amarga y totalmente desprovista de humor.

—Ni siquiera te das cuenta, ¿verdad?

—Subha... —intervino Parimal, con un denso tono de advertencia en la voz.

—Deja que hable —le interrumpió Nahri—. Quiero oír lo que va a decirme.

—Y vaya si me oirás. ¿Dices que no quieres hacernos daño? —Los ojos de Subha destellaron—. Eres el daño hecho carne, Nahid. Eres la líder de la tribu, de la religión, que afirma que no tenemos alma. Eres la última descendiente de una familia que sacrificó a los shafit durante siglos, como si fuéramos ratas. Eras la compañera del Flagelo de Qui-zi, un carnicero que podría haber llenado el lago con la sangre shafit que derramó. Tienes la arrogancia de irrumpir en mi dispensario, en mi hogar, sin invitación, y de inspeccionarme como si fueras superior a mí. Y ahora te sientas aquí y me ofreces bonitos sueños de hospitales, mientras que yo me pregunto cómo puedo sacar a mi bebé con vida de este cuarto. ¿Por qué iba a trabajar contigo?

Un silencio atronador siguió a las fieras palabras de Subha. Alí sintió el impulso de hablar por Nahri, pues sabía que tenía buenas intenciones. Pero también sabía que la doctora estaba en lo cierto. Había visto de primera mano la destrucción que las torpezas de los puros de sangre podían causar entre los shafit.

Un músculo se tensó en la mejilla de Nahri.

—Mis disculpas por el modo en que he llegado —dijo en tono rígido—. Pero mis intenciones son sinceras. Puede que sea una Nahid y una daeva, pero quiero ayudar a los shafit.

—Pues vete a tu Templo, renuncia a las creencias de tus ancestros delante del resto de tu pueblo y declara que somos tus iguales —la desafió Subha—. Si quieres ayudar a los shafit, ocúpate primero de tus daeva.

Nahri se rascó la cabeza con aire resignado.

—No puedo hacer eso. Aún no. Perdería su apoyo y no le sería de utilidad a nadie. —Subha dio un resoplido, y Nahri la miró con un nuevo aire enojado—. Los shafit no son víctimas inocentes en toda esta situación —replicó, la voz cada vez más acalorada—. ¿Sabes lo que les pasó a los daeva que estaban en el Gran Bazar después de la muerte de Dara? Los shafit cayeron sobre ellos como animales, les lanzaron fuego de Rumi y...

—¿Animales? —espetó Subha—. Ah, claro, porque eso es lo que somos para vosotros. ¡Animales salvajes que hay que controlar!

—En realidad no es una idea tan terrible.

Las palabras le salieron a Alí por la boca antes de que pudiera siquiera pensar. Ambas mujeres se giraron hacia él. El príncipe intentó mantener la compostura. Estaba casi tan sorprendido de haber hablado como ellas... pero es que la idea realmente no era tan terrible. De hecho... era bastante brillante.

—A ver, si mi padre lo aprobase y las dos procedieseis con cuidado, creo que una colaboración entre los shafit y los daeva sería extraordinaria. Construir un hospital que Daevabad pudiese utilizar de verdad sería un logro increíble.

Miró a Nahri a los ojos, que estaban prendidos de una emoción que Alí no consiguió descifrar. Aun así, no parecía del todo contenta con su apoyo repentino.

Subha tampoco.

—Así que tú eres parte de este plan —le dijo.

—No —dijo Nahri en tono seco—. No lo es.

—Pues en ese caso, no se te da bien convencer a la gente de que trabaje contigo, Nahid —replicó Subha, mientras se llevaba a la niña al hombro para que eructase—. Si hubieras tenido al príncipe de tu lado, quizá me habría creído algo de esta nueva preocupación que pareces sentir hacia los shafit.

—¿Estarías dispuesta a trabajar con él? —repitió Nahri, con incredulidad ultrajada—. ¿Te das cuenta de que es su padre quien persigue ahora mismo a tu pueblo?

—Vaya si me doy cuenta —respondió Subha—. Pero no hay un solo shafit en Daevabad que no sepa que el príncipe está descontento con la situación. —Centró su atención en Alí—. He oído hablar del padre y la hija que salvaste de los traficantes. Se dice que están viviendo ahora mismo en el palacio, como nobles.

Alí le clavó la mirada, con el corazón encogido. Por primera vez creyó ver un aleteo de interés en los ojos de Subha, pero no podía soportar la idea de mentirle.

—Por culpa de mi falta de cuidado casi regresan a manos de ese mismo traficante. Creo que el plan de la Banu Nahida es admirable, de verdad. Pero cuando las cosas se tuercen en Daevabad... —Hizo un gesto entre sí mismo y Nahri—. La gente como nosotros no suele pagar el mismo precio que los shafit.

Subha hizo una pausa.

—Parece que a ninguno de los dos se os da bien convencer a la gente para que trabaje con vosotros —dijo en tono calmado.

Nahri lanzó un juramento entre dientes, pero Alí se mantuvo firme.

—Las relaciones que se cimentan en mentiras no son relaciones ni son nada. No querría mentirte y ponerte en peligro sin que lo supieras.

Parimal alargó la mano para tocar uno de los rizos del bebé.

—Podría ser buena idea —le dijo en tono suave a Subha—. Tu padre soñaba con construir un hospital aquí.

Alí le lanzó una mirada a Nahri.

—¿Y bien?

Nahri parecía lista para asesinarlo.

—¿Qué sabes tú de construir hospitales?

—¿Y qué sabes tú de construir cualquier cosa? —preguntó él—. ¿Te has pensado ya cómo reunir y administrar los fondos necesarios para restaurar un complejo antiguo y en ruinas? Va a ser increíblemente caro. Va a necesitar dedicación absoluta. ¿Te vas a poner a evaluar contratos, a reclutar a cientos de trabajadores, entre paciente y paciente del dispensario?

La mirada de hostilidad de Nahri no hizo sino intensificarse.

—Qué bonito eso que has dicho sobre cimentar una relación sobre un engaño.

Alí se encogió, recordando la pelea que habían tenido en el jardín.

—Dijiste que estoy en deuda contigo —replicó con cautela—. Permíteme que te pague esa deuda. Por favor.

No estuvo seguro de si su frase dio o no en el blanco. Nahri se irguió y toda emoción se desvaneció de su rostro al girarse hacia Subha.

—Está bien, sí, el príncipe está conmigo. ¿Te basta con esto?

—No —dijo la doctora sin el menor tapujo—. Consigue el permiso del rey. Encuentra dinero y elabora un plan de verdad. —Señaló a la puerta con el mentón—. Y no vuelvas hasta que lo tengas todo. De lo contrario, no quiero que mi familia se mezcle en todo este embrollo.

Alí se puso de pie.

—Disculpa la intromisión —se disculpó con voz rasposa. Su garganta, que aún se estaba curando, no apreciaba tantas discusiones—. Te diremos algo pronto, si Dios quiere.

Chasqueó los dedos para llamar la atención de Nahri, que se había acercado una vez más al escritorio y a sus tesoros. No parecía muy dispuesta a irse.

—Nahri.

Ella apartó la mano del libro que había estado a punto de agarrar.

—Bueno, está bien. —Se llevó la mano al corazón e hizo una reverencia exagerada—. Me encantará volver a hablar contigo, doctora, y enterarme de qué nuevos insultos se te ocurren para mis ancestros y mi tribu.

—Cuento con suministro ilimitado, te lo aseguro —respondió Subha.

Alí sacó a Nahri de allí antes de que pudiese dar replica alguna. Le temblaron las manos mientras se volvía a cubrir el rostro con el extremo del turbante. Cerró la puerta exterior al salir. Luego se apoyó contra ella. Las implicaciones de todo lo que acababa de comprometerse a hacer cayeron sobre él.

Nahri seguía imperturbable. Contemplaba el ajetreado barrio shafit a sus pies. Aunque se había tapado el rostro con el niqab, inspiró hondo al ver pasar un hombre que cargaba con un tablón cargado de panes humeantes, y la tela se le pegó a los labios de un modo que le arrancó una maldición a Alí por haberse fijado tanto en ella.

Nahri le dedicó una mirada.

—Esto no significa que volvamos a ser amigos —dijo con voz afilada.

—¿Qué? —tartamudeó él, descolocado ante aquella frase tan dura.

—Que trabajemos juntos… no significa que seamos amigos.

Le había dolido más de lo que quería admitir.

—Está bien —replicó, incapaz de controlar la brusquedad de su voz—. Ya tengo otros amigos.

—Claro que los tienes. —Nahri cruzó los brazos sobre la abaya—. ¿A qué se refería Subha con eso de la familia shafit y los traficantes? La situación no puede haber empeorado tanto por aquí.

—Es una larga historia. —Alí se frotó la garganta dolorida—. Pero no te preocupes. Sospecho que la doctora Sen estará más que dispuesta a contártelo todo al respecto, y muchas cosas más.

Nahri compuso una mueca.

—Eso si lo conseguimos. ¿Cómo crees que deberíamos empezar? —preguntó—. Te pregunto porque ahí dentro parecías muy convencido de tus habilidades para lograrlo.

Alí suspiró.

—Tenemos que hablar con mi familia.

16
DARA

Dara estaba sentado en la tienda de Manizheh, sumido en un silencio conmocionado. Intentaba digerir lo que Kaveh acababa de leer en voz alta de un pergamino.

—¿Tu hijo ha envenenado a Alizayd al Qahtani? —repitió—. ¿Tu hijo? ¿Jamshid?

Kaveh le clavó una mirada punzante.

—Sí.

Dara parpadeó. Las palabras de la carta que Kaveh sostenía en la mano no se correspondían con el recuerdo de aquel joven arquero, jovial y amable, que tenía un apego lamentablemente sincero hacia sus opresores Qahtani.

—Pero si es leal a la familia.

—El leal a uno de los miembros de la familia —corrigió Kaveh—. El Creador maldiga a ese condenado Emir. Lo más probable es que Muntadhir haya caído en el alcoholismo y la paranoia desde el regreso de su hermano. Jamshid estaría dispuesto a hacer semejante necedad para ayudarle. —Le lanzó una mirada enojada a Dara—. Recordarás que Jamshid se llevó seis flechazos por salvarle la vida.

—Salvar una vida y quitar una vida son cosas muy diferentes. —Una preocupación empezaba a crecer en la mente de Dara, y no le gustaba en absoluto—. ¿Cómo sabía Jamshid qué hay que hacer para envenenar a alguien?

Kaveh se pasó una mano por el cabello.

—Sospecho que lo descubrió en las bibliotecas del Templo. La sabiduría de los Nahid siempre lo ha fascinado. Cuando era apenas un novato solía meterse a escondidas en los archivos y llevarse muchas reprimendas por ello. —Sus ojos volaron hacia Manizheh—. Nisreen dice que el efecto veneno se parece...

—¿... a mis experimentos? —completó Manizheh—. Así es, aunque dudo que nadie aparte de ella misma fuera a darse cuenta. Jamshid debió de toparse con alguna de mis antiguas anotaciones. —Cruzó los brazos con expresión grave—. ¿Cree que alguien sospecha de él?

Kaveh negó con la cabeza.

—No. Todos piensan que fue el copero de Alí. El chico murió en la refriega posterior, aunque dice que aún están interrogando al personal de cocina. También ha dicho que... si empiezan a sospechar de Jamshid, está dispuesta a asumir la culpa.

Dara estaba asombrado.

—¿Qué? Disculpad, pero ¿por qué iba a hacer tal cosa? El culpable es tu hijo, que ha cometido una terrible necedad. ¿Y si el rastro de los ingredientes del veneno los conduce al dispensario? ¡Podrían culpar a Nahri!

Manizheh inspiró hondo.

—¿Estás seguro de que nadie ha seguido esta carta?

Kaveh abrió las manos.

—Hemos tomado todas las precauciones que nos dijiste. Nisreen solo debía contactarme en caso de emergencia. Y con todo el respeto, Banu Nahida, se nos acaba el tiempo. —Señaló a la mesa de trabajo con el mentón—. Tus experimentos... ¿has conseguido averiguar cómo limitar...?

—Eso no importa. Ya no. —Manizheh soltó todo el aire de los pulmones—. Cuéntame otra vez tus planes —le ordenó a Dara.

—Con la ayuda de los marid y los ifrit cruzaremos el lago hasta la ciudad y derrotaremos a la Guardia Real —respondió Dara automáticamente—. Un contingente de mis hombres se quedará en retaguardia con Vizaresh y sus necrófagos. —Hizo un esfuerzo para que no se le notase el desagrado en la voz—. Nosotros nos dirigiremos a palacio. —Paseó la vista entre los dos—. Me dijisteis que teníais un plan para encargaros del rey, ¿verdad?

—Así es —dijo Manizheh en tono brusco.

Dara hizo una pausa. Manizheh llevaba guardando silencio al respecto de ese plan desde hacía meses. A pesar de que Dara no quería cruzar los límites que ella había establecido, pensaba que había llegado el momento de comprender todo el alcance de sus planes.

—Mi señora, soy tu Afshín. Me sería de gran ayuda si me contases más. —Alzó la voz en tono de advertencia—. No sabemos cómo reaccionará mi magia ante el sello de Salomón. Si el rey consigue neutralizarme...

—Ghassán al Qahtani habrá muerto antes de que ninguno de nosotros ponga siquiera un pie en palacio. Ya está todo dispuesto. Podré decirte más dentro de unos días. Pero, hablando del sello de Salomón... —Su mirada revoloteó de Dara a Kaveh—. ¿Has descubierto algo más sobre el anillo?

El rostro del gran visir se demudó.

—No, mi señora. He sobornado y engatusado a todos mis contactos, desde concubinas a sabios. Nada. Nadie ha visto que Ghassán lleve siempre el mismo anillo. No hay registros que indiquen cómo se cede el anillo a otro propietario. El año pasado ejecutaron a un historiador por intentar investigar sobre los orígenes del sello.

Manizheh compuso una mueca.

—Yo tampoco he conseguido nada. Pasé décadas registrando los archivos del Templo; no hay textos ni registros al respecto.

—¿Nada? —repitió Dara—. ¿Cómo es posible?

El éxito de su plan dependía de que Manizheh se hiciese con el anillo que tenía el sello de Salomón. Sin él...

—Es probable que Zaydi al Qahtani quemase todos los registros cuando se hizo con el trono —dijo Manizheh con amargura—. Pero recuerdo que Ghassán tuvo unos días de retiro después del funeral de su padre. Cuando regresó tenía aspecto de haber estado enfermo... y llevaba el sello grabado en la cara. —Hizo una pausa y reflexionó al respecto—. Jamás volvió a salir de la ciudad. Cuando era joven solía ir a cazar en las tierras más allá del Gozán. Pero después de llegar a rey, jamás volvió a ir más allá de las montañas dentro del umbral.

Kaveh asintió.

—Puede que el anillo de sello esté atado a Daevabad. Desde luego nunca lo han usado para detener ninguna guerra fuera de la ciudad. —Le lanzó una mirada a Dara—. A no ser que la situación fuese distinta en tu época.

—No —replicó lentamente Dara—. Los miembros del Consejo Nahid se cedían el sello unos a otros y lo usaban por turnos. —Se esforzó por pensar, por recordar… siempre le dolía pensar en su antigua vida—. No recuerdo haber visto nunca un anillo, solo se apreciaba quién llevaba el sello en la cara.

Tras otro instante, Manizheh volvió a hablar.

—Entonces necesitamos a su hijo. Tendremos que asegurarnos de que Muntadhir sobrevive al asedio inicial para que pueda decirnos cómo hacernos con el sello. Es el sucesor de Ghassán. Tiene que saberlo. —Miró a Kaveh—. ¿Puedes asegurarte de ello?

Kaveh parecía inquieto.

—No creo que Muntadhir vaya a estar dispuesto a darnos esa información… sobre todo después de la muerte de su padre.

—Lo que yo creo es que no será difícil obligar a hablar a ese hijo bueno para nada que le ha salido a Ghassán —replicó Manizheh—. Imagino que la posibilidad de que lo metamos a solas en una habitación con Dara conseguirá que suelte todos los secretos reales que queramos.

Dara bajó la vista, con el estómago tenso. No era ninguna sorpresa que pretendiesen usarlo como amenaza. A fin de cuentas era el Flagelo de Qui-zi. Nadie, y menos aún el hombre con quien habían obligado a casarse a Nahri, querría ser el receptor de su supuesta venganza.

La cara de Kaveh pareció reflejar sus mismos recelos, pero luego el gran visir hizo una reverencia.

—Entendido, Banu Nahida.

—Bien. Kaveh, quiero que te prepares para regresar a Daevabad. Si hay un conflicto creciente entre esas moscas de la arena vestidas de príncipes, asegúrate de que nuestra gente, por no hablar de nuestros respectivos hijos, se mantiene al margen. Dara encantará una alfombra para ti y te enseñará cómo se vuela. —Manizheh volvió a su mesa de trabajo—. Tengo que terminar esto.

Dara salió de la tienda junto a Kaveh. En cuanto hubieron salido lo agarró de la manga.

—Tenemos que hablar.

Kaveh le dedicó una mirada enojada.

—Ya me enseñarás más tarde a volar en uno de tus condenados tapices.

—No es sobre eso.

Llevó a Kaveh a tirones hasta su tienda. No era una discusión que quisiese que nadie oyese. Asimismo sospechaba que el tema no le iba a sentar bien a Kaveh.

El gran visir entró a trompicones y echó un vistazo en derredor de la tienda de Dara. Su expresión se tornó aún más amarga.

—¿Duermes rodeado de armas? ¿De verdad no tienes una sola posesión que no sirva para dar muerte?

—Tengo lo que necesito. —Dara cruzó los brazos frente al pecho—. Pero no estamos aquí para discutir mis posesiones.

—Y entonces, ¿qué es lo que quieres, Afshín?

—Quiero saber si la lealtad de Jamshid hacia Muntadhir nos va a suponer un problema.

Los ojos de Kaveh destellaron.

—Mi hijo es un daeva leal. Teniendo en cuenta lo que le hiciste, hace falta valor para poner en duda nada de lo que haga.

—Soy el Afshín de Banu Manizheh —dijo Dara en tono seco—. Estoy al frente de su conquista militar y de la seguridad futura de nuestra ciudad… así que sí, Kaveh, necesito saber si un exsoldado bien entrenado y con contactos, un exsoldado que acaba de envenenar al rival político de Muntadhir, nos va a suponer un problema.

Una expresión de pura hostilidad cruzó el rostro de Kaveh.

—Esta conversación se ha acabado. —Giró sobre sus talones.

Dara inspiró hondo. No soportaba lo que estaba a punto de hacer.

—Mis habilidades de esclavo regresaron a mí aquella noche… antes del barco —dijo antes de que Kaveh llegase a la puerta de la tienda—. Fue por poco tiempo y, francamente, sigo sin saber qué sucedió. Pero cuando estaba en la fiesta de la bailarina sentí una ráfaga de magia y pude ver sus anhelos; sus deseos aparecieron ante mí. —Hizo una pausa—. La bailarina tenía como mínimo una docena. Fama, dinero, un retiro de lujo junto a un Muntadhir enamorado de ella. Pero luego vi lo que había en la mente de Muntadhir... y lo que la ocupaba no era la bailarina.

Kaveh se detuvo, las manos a los flancos, apretadas, convertidas en puños.

—Tampoco había trono alguno en su mente, Kaveh —dijo Dara—. Ni riquezas, ni mujeres, ni sueños de ser rey. El único deseo de Muntadhir era tener a tu hijo a su lado.

El gran visir temblaba, aún de espaldas a Dara. Él prosiguió en voz baja:

—No le deseo el menor perjuicio a Jamshid, te lo juro. Lo juro por los Nahid —añadió—. Y no hay motivo para que lo que se diga aquí salga jamás de esta tienda. Pero, Kaveh... —adoptó un tono suplicante—. Banu Manizheh depende de nosotros dos. Tenemos que poder hablar de este tema.

Un momento de silencio se alargó entre los dos, entre la jovial charla y el repiqueteo de los entrenamientos que llevaban a cabo los soldados al otro lado de la tienda, en contraste con la tensión que aumentaba en su interior.

Y entonces Kaveh habló:

—No hizo nada —susurró—. Jamshid se llevó seis flechazos por él, y lo único que hizo Muntadhir fue agarrarle la mano mientras su padre dejaba que mi chico sufriese. —Giró sobre sus talones, con aspecto consumido... y viejo, como si aquel recuerdo lo hubiese envejecido—. ¿Cómo se le puede hacer eso a alguien a quien afirmas que amas?

Dara pensó sin querer en Nahri. No tenía respuesta alguna a eso. De pronto, él también se sintió bastante viejo.

—¿Cuánto...? —carraspeó. Sospechaba que Kaveh podría salir en tromba en cualquier momento—. ¿Cuánto tiempo llevan... los dos...?

Kaveh arrugó el rostro.

—Como mínimo diez años —confesó en tono suave—. Si no más. Jamshid puso mucho cuidado en ocultármelo desde el principio. Sospecho que temía que no lo viese con buenos ojos.

—Un miedo entendible —dijo Dara con compasión—. A menudo la gente no entiende ese tipo de relaciones.

Kaveh negó con la cabeza.

—No, no se trata de eso. Es decir... en parte sí, pero nuestro nombre y nuestra riqueza han protegido a Jamshid de la peor parte. Yo lo habría protegido —dijo con voz cada vez más fiera—. Lo que a mí me importa es su felicidad y su seguridad, no los cuchicheos de la gente. —Suspiró—. El problema era Muntadhir. Jamshid cree que es diferente porque es encantador, habla divasti, le encanta el vino y mantiene una corte cosmopolita. Pero no lo es. Muntadhir es un geziri hasta la médula. Su lealtad primera y principal siempre será hacia su padre y su familia. Jamshid se niega a verlo, sin importar cuántas veces le rompa el corazón.

Dara se sentó en su almohadón. Palmeó el que tenía al lado, y Kaveh se dejó caer en él, aún medio reticente.

—¿Lo sabe Banu Manizheh?

—No —se apresuró a decir Kaveh—. No quiero importunarla con este tema. —Se frotó las sienes plateadas—. Puedo alejar a Jamshid de Daevabad durante la invasión y los primeros días subsiguientes... si hace falta lo encerraré bajo llave. Pero cuando se entere de lo de Muntadhir... de lo que va a pasar una vez que Manizheh consiga su objetivo... —Negó con la cabeza—. Jamás me perdonará por ello.

—Pues échame la culpa a mí —propuso Dara. Se le encogió el estómago solo de decirlo—. Dile que habíais dispuesto mantener con vida a Muntadhir como rehén pero que yo lo maté en un ataque de ira. —Apartó la vista—. De todos modos es lo que todo el mundo espera de mí.

Dara podía usar aquella fama para aplacar el rencor entre los Pramukh. Bastante daño les había hecho ya.

Kaveh se contempló las manos y jugueteó con el anillo de oro que llevaba en el pulgar.

—Creo que dará igual —dijo al fin—. Estoy a punto de convertirme en uno de los más infames traidores de nuestra historia. No creo que Jamshid me vuelva a ver con los mismos ojos, independientemente de lo que le suceda a Muntadhir. Nadie me volverá a ver igual.

—Ojalá pudiese decirte que con el tiempo se vuelve más fácil. —La mirada de Dara paseó por la tienda, por las armas acumuladas que eran sus únicas posesiones, su única identidad en aquel mundo—. Supongo que nuestra reputación es un pequeño precio a pagar a cambio de la seguridad de nuestro pueblo.

—Un pequeño consuelo, si nuestros seres queridos no vuelven a dirigirnos la palabra. —Miró de soslayo a Dara—. ¿Crees que ella podrá perdonarte?

Dara sabía a quién se refería Kaveh, como también sabía bien la respuesta, en lo más profundo de su corazón.

—No —dijo con sinceridad—. No creo que Nahri llegue a perdonarme jamás. Pero estará a salvo con el resto de nuestra gente, y se reencontrará con su madre. Eso es lo único que importa.

Por primera vez desde que había vuelto a ver a Kaveh, Dara captó un atisbo de compasión en la voz del gran visir.

—Creo que se llevarán bien —dijo en tono suave—. Nahri siempre me ha recordado a su madre, tanto que a veces resulta doloroso. De niña, Manizheh disfrutaba de su agudeza mental del mismo modo que Nahri. Era lista, encantadora, y tenía una sonrisa que casi era un arma. —Le asomaron lágrimas a los ojos—. Cuando Nahri afirmó que era su hija, yo sentí como si me hubiesen arrebatado el aliento.

—Me lo puedo imaginar —dijo Dara—. A fin de cuentas pensabas que había muerto.

Kaveh negó con la cabeza. Su semblante se volvió lúgubre.

—Sabía que Manizheh seguía con vida.

—Pero… —Dara recordó lo que Kaveh le había contado—. Me dijiste que tú habías encontrado su cadáver… parecías muy alterado…

—Porque esa parte era cierta —replicó Kaveh—. Del todo. Fui yo quien encontró al grupo de Manizheh y Rustam después de que desaparecieran. Fui yo quien dio con aquella llanura abrasada y los restos destrozados de sus compañeros. Con Manizheh, o quien yo creí que era Manizheh, y Rustam, ambos con la cabeza… —dejó morir la frase con voz temblorosa—. Traje sus cadáveres de regreso hasta Daevabad. Fue la primera vez que vi la ciudad, la primera vez que me encontré con Ghassán. —Se restregó los ojos—. Casi no recuerdo nada de todo aquello. De no haber sido por Jamshid me habría tirado a la pira funeraria.

Dara estaba estupefacto.

—No lo entiendo.

—Era todo parte del plan de Manizheh. Había planeado que yo encontrase los cadáveres. —Kaveh tenía una expresión vacía—. Sabía que Ghassán solo me creería a mí, y esperaba que mi dolor fuese tan evidente que evitaría que la persiguiesen. A esos extremos la obligó a llegar ese demonio.

Dara se lo quedó mirando, sin palabras. No podía imaginar lo que sería toparse con el cadáver de la mujer que uno amaba, y encima de esa guisa. Seguramente, él también se habría arrojado a la pira funeraria, aunque con el destino maldito que le había tocado, lo más probable era que alguien hubiese conseguido sacarlo. El hecho de que Manizheh hubiese sido capaz de hacerle algo así a Kaveh, a un hombre a quien claramente amaba, evidenciaba una oscura falta de escrúpulos que Dara no habría creído propia de ella.

Luego se le ocurrió algo más:

—Kaveh, si Manizheh fue capaz de fingir su muerte de ese modo, ¿crees que Rustam…?

Kaveh negó con la cabeza.

—Fue lo primero que le pregunté cuando volvimos a encontrarnos. Lo único que me dijo fue que Rustam había intentado conjurar una magia que jamás debería haber empleado. Es lo único que dice al respecto. —Hizo una pausa y un dolor viejo le sobrevoló el rostro—. Estaban muy unidos, Dara. A veces parecía que Rustam era el único capaz de mantenerla con los pies en la tierra.

Dara pensó en su propia hermana. La brillante sonrisa de Tamima, sus constantes travesuras. El modo brutal en que la habían asesinado… castigada en lugar de Dara.

Y ahora, Dara estaba a punto de provocar más brutalidad, más derramamiento de sangre, en el mundo. La culpabilidad le atenazó el corazón y le hizo un nudo en la garganta.

—Deberías intentar hacer todo lo posible para alejar a Jamshid y a Nahri de los Qahtani, Kaveh. De todos ellos —aclaró, pues no le cabía duda de que Alizayd ya intentaba volver a congraciarse con Nahri como el gusano que era—. Eso facilitaría mucho lo que está por venir.

Volvió a hacerse el silencio entre los dos, hasta que Kaveh preguntó al fin:

—¿Puedes conseguirlo, Afshín? ¿De verdad puedes tomar la ciudad? Porque... no podemos volver a pasar por todo esto otra vez.

—Sí —dijo Dara en tono quedo. No le quedaba otra opción—. Pero ¿puedo preguntarte algo?

—¿Qué?

—No sé qué destino correré tras la Conquista. No estoy seguro... —Hizo una pausa, en busca de las palabras adecuadas—. Sé lo que soy para la gente de esta generación. Lo que le hice a Jamshid, a Nahri... puede que llegue el día en que a Manizheh le resulte más fácil gobernar si el «Flagelo de Qui-zi» no está a su lado. Pero tú sí que estarás ahí.

—¿Qué me quieres pedir, Afshín?

Resultaba elocuente que Kaveh no pusiese objeciones al futuro que acababa de describir Dara, que se obligó a reprimir las náuseas.

—No permitas que se vuelva como ellos —dijo a borbotones—. Manizheh confía en ti. Prestará oídos a tus consejos. No permitas que se vuelva como Ghassán.

En silencio, en su corazón, Dara añadió las palabras que aún no era capaz de pronunciar. *No permitas que se vuelva como sus ancestros, que me convirtieron en el Flagelo.*

Kaveh se envaró. Parte de su hostilidad habitual regresó.

—Manizheh no será como Ghassán. Es imposible. —Le temblaba la voz. Quien hablaba era el hombre que amaba a Manizheh y pasaba las noches a su lado, no el cauteloso gran visir—. Pero, francamente, no podría culparla si desease cobrarse venganza.

Se puso en pie. Aparentemente no se percató de que sus palabras acababan de destrozarle el corazón a Dara.

—Debería irme.

Dara apenas podía hablar. Se limitó a asentir, y Kaveh salió de la tienda. La cortina que hacía las veces de puerta ondeó ante el viento frío.

Esta guerra no acabará jamás. Dara contempló de nuevo sus armas y cerró los ojos. Inspiró hondo aquel aire con aroma a nieve. *¿Por qué las haces?* El recuerdo de Khayzur volvió a él. Tras encontrar a Dara, el peri lo había llevado a las desoladas montañas heladas que eran su hogar. En aquellos primeros años después de la esclavitud, Dara había sido un despojo. Tenía el alma destrozada y sus recuerdos eran en mosaico sanguinolento de violencia y muerte. Antes de poder siquiera recordar su propio nombre había empezado a construir armas con todo lo que podía encontrar. Las ramas caídas se convertían en lanzas, las rocas se tallaban hasta ser hojas. Era un instinto que Dara no comprendía. No había sido capaz de responder a la pregunta que Khayzur le había formulado en tono amable. Ninguna de las preguntas del Peri tenía sentido. «¿Quién eres? ¿Qué te gustaba? ¿Qué te hace feliz?»

Confundido, Dara se había limitado a clavarle la mirada. «Soy un Afshín», respondía cada vez, como si eso lo respondiese todo. Tardó años en recordar las mejores partes de su vida. Las tardes con su familia, galopando a caballo por las planicies que rodeaban el Gozán. Los sueños que había albergado antes de que su nombre se convirtiese en una maldición, el modo en que Daevabad zumbaba de pura magia durante los días festivos.

Para entonces, las preguntas de Khayzur habían cambiado: «¿Te gustaría regresar?» El peri había sugerido una docena de formas distintas de conseguirlo. Podía intentar quitarle su marca de Afshín, Dara podría asentarse en alguna lejana aldea Daeva bajo un nombre nuevo. Jamás perdería el tono esmeralda de los ojos, pero su pueblo no trataba mal a los antiguos esclavos de los ifrit. Quizá podría haberse labrado una nueva vida.

Y sin embargo… Dara no había querido. Recordaba demasiado de la guerra. Demasiado del precio que había pagado por cumplir con su deber. Tenía que regresar con su pueblo; era algo que jamás le había dicho ni siquiera a Nahri.

Y allí estaba de nuevo, con sus armas, con una causa.

Todo acabará, intentó decirse a sí mismo al tiempo que apartaba los recuerdos de Khayzur.

Él se aseguraría de ello.

17
NAHRI

Debería haber sido una mañana encantadora. Se habían reunido en un pabellón en lo alto de las murallas de palacio, en el mismo lugar donde Alí y Nahri habían contemplado las estrellas en cierta ocasión. El sol calentaba y no había una sola nube en el cielo. El lago se extendía como un frío espejo de cristal a sus pies.

Habían depositado bajo seda pintada una mullida alfombra bordada con una espesura mayor que la mano de Nahri, lo bastante grande como para que se sentasen cincuenta personas. Sobre ella descansaba un lujoso festín. Ante ellos se desplegaban todas las frutas que pudieran imaginar, desde gajos de mangos dorados y brillantes caquis a resplandecientes cerezas que emitían un característico crujido metálico al morderlas, así como trémulas chirimoyas carmesíes que se asemejaban tanto a un corazón que Nahri se echó a temblar al verlas. Delicadas pastas de cremosa miel, queso endulzado y frutos secos tostados compartían espacio con cuencos de yogurt apelmazado hasta formar pelotas cubiertas de hierbas y bandejas de gachas de sémola especiada.

Y mejor aún: un plato de habas fritas con cebolla, huevos y pan de campo, una delicadeza inesperada que indicaba que aquel callado y viejo cocinero egipcio que trabajaba en las cocinas del palacio había participado en la preparación de aquel desayuno. En los primeros y oscuros meses tras la muerte de Dara, Nahri se había percatado de que aparecían en sus comidas unos cuantos platos de su antiguo hogar. Nada lujoso, sino más bien la comida casera y los reconfortantes platos callejeros que más adoraba. Durante un ataque de nostalgia por su hogar perdido, Nahri había intentado dar con aquel cocinero, pero su encuentro no había ido nada bien. El hombre había roto a llorar cuando Nahri se había presentado con una sonrisa. Más tarde, sus colegas de cocina le habían dicho a Nahri que el cocinero rara vez hablaba y que pensaban que no andaba bien de la cabeza. Nahri no volvió a atreverse a importunarlo, pero él seguía preparando calladamente su comida y, de vez en cuando, deslizaba alguna que otra ofrenda en sus platos: una guirnalda de jazmín, un junco doblado hasta tener aspecto de faluca, una pulsera de madera tallada. Aquellos regalos la encantaban tanto como la entristecían: eran recordatorios de que Daevabad la separaba de un antiguo compatriota.

—¿Te ha dicho Muntadhir que hemos encontrado un grupo de invocadores, abba? —preguntó Zaynab, sacando a Nahri de sus pensamientos.

La princesa llevaba intentando valientemente establecer algún tipo de charla intrascendente con ellos desde que se sentaron, una tarea que Nahri envidiaba. Muntadhir se sentaba frente a ella, tan rígido que casi parecía que lo hubiesen embalsamado. Hatset le daba un palmetazo a Alí en la mano cada vez que este intentaba agarrar un plato que ella no hubiese probado antes, porque «está claro que los catadores de tu padre son unos inútiles».

—Son excelentes —prosiguió Zaynab—. Pueden invocar toda una bandada de pájaros capaces de entonar las más encantadoras melodías. Serán perfectos para Navasatem.

—Entonces espero que hayan firmado un contrato —dijo Ghassán en tono ligero. Extrañamente, el rey djinn parecía satisfecho y contento con aquel tenso desayuno familiar—. En los últimos eid que hemos celebrado, los artistas que había contratado acabaron yéndose a Ta Ntry a causa de ciertas promesas de misteriosos contratos en los que les ofrecían el doble de lo que habíamos acordado antes de firmar.

Hatset sonrió y le pasó otro plato cargado a Alí.

—Alu-baba, deja ya esos pergaminos —lo reprendió, señalando al montón de papeles que había junto a Alí—. ¿Cómo vas a tener ya tanto trabajo?

—Sospecho que esos pergaminos tienen que ver con el motivo por el que Alí ha organizado este desayuno —dijo Ghassán en tono sabio, tras lo que dio un sorbo de café.

Muntadhir se envaró aún más.

—No me habías dicho que lo había organizado Alizayd.

—No quería que te buscases un motivo para no acudir. —Ghassán se encogió de hombros—. Además, levantarte antes del mediodía por una vez no te va a hacer daño. —Se giró de nuevo hacia su hijo menor—. ¿Cómo te encuentras?

—Recuperado del todo —dijo suavemente Alí, y se llevó la mano al corazón al tiempo que asentía en dirección a Nahri—. Algo que le debo por completo a la Banu Nahida.

La atención de Ghassán se centró en Nahri.

—¿Y ha conseguido la Banu Nahida descubrir algo más sobre el veneno que emplearon?

Nahri se obligó a mirar al rey a los ojos. Ghassán era su captor, eso jamás lo olvidaba... pero en aquel momento lo necesitaba de su lado.

—Por desgracia, no. Nisreen piensa que habían mezclado en el zumo de tamarindo algo diseñado para reaccionar al azúcar de los dulces. Se sabe que el príncipe prefiere esa bebida al vino.

Muntadhir resopló por la nariz.

—Supongo que eso le pasa por ser tan odiosamente inflexible a la hora de seguir sus creencias religiosas.

Los ojos de Alí destellaron.

—Y qué interesante, akhi, que seas tú quien siempre se burla de mí por mis creencias.

Hatset intervino:

—¿Has descubierto tú algo más sobre el veneno? —dijo mirando a Ghassán—. Me dijiste que ibas a interrogar al personal de cocina.

—En ello estoy —replicó suavemente Ghassán—. Wajed se encarga personalmente de la investigación.

La reina mantuvo la mirada de su esposo un instante más, con aire poco impresionado, para luego mirar a su hijo.

—¿Qué te parece si nos dices por qué nos has reunido aquí?

Alí carraspeó.

—En realidad no es solo cosa mía. Mientras me recuperaba, la Banu Nahida y yo hemos empezado a discutir la posibilidad de trabajar juntos en un proyecto muy prometedor. Su dispensario... está atestado.

Se detuvo, como si aquello lo explicase todo. Al ver confusión en sus rostros, Nahri maldijo en silencio a su compañero y añadió a las claras:

—Quiero construir un hospital.

—Queremos —murmuró Alí, dando un golpecito al montón de pergaminos—. ¿Qué? —preguntó a la defensiva cuando Nahri le lanzó una mirada enojada—. No me he pasado toda la semana haciendo números para que ahora me dejes fuera.

Muntadhir depositó la copa con tanta fuerza que el líquido de oscuro tono ciruela que contenía salpicó. Eso sí que no parecía zumo.

—Por supuesto que has ido a hablar con él. Yo intento hacerte entrar en razón y como respuesta vas a toda prisa a pedírselo al zopenco de tu tutor en cuanto regresa...

—Ni que fuese a suponer una diferencia —interrumpió Ghassán, con una mirada que los silenció a todos—. Quiero oír lo que proponen. —Se giró hacia Nahri—. ¿Quieres construir un hospital?

Nahri asintió, intentando ignorar las dagas que Muntadhir le lanzaba por los ojos.

—Bueno, no tanto construir un hospital nuevo como restaurar uno viejo. Me he enterado de que el complejo que usaban mis ancestros en su día sigue en pie cerca de la Ciudadela.

Ghassán la evaluó con la mirada con aire tan calmado que se le pusieron de punta los vellos de la nuca.

—Mi querida hija, ¿dónde te has enterado de eso?

Le dio un vuelco el corazón. Tenía que andarse con mucho cuidado o algún pobre daeva pagaría por ello, no le cabía duda.

—Por un libro —mintió, intentando que su voz no sonase tensa—. Y algunos rumores.

Zaynab parpadeó en su dirección con una alarma poco disimulada. Muntadhir escrutó la alfombra como si fuese lo más fascinante que había visto en su vida. Nahri alzó una plegaria para que no dijesen nada.

—Un libro —repitió Ghassán—. Y algunos rumores.

—Así es —replicó Nahri a toda prisa, como si no hubiese captado la suspicacia en la voz del rey—. Las descripciones del hospital en su día son extraordinarias.

Echó mano a su taza de té con gesto despreocupado.

—También he oído que en las ruinas vive un trío de djinn liberados de la esclavitud de los ifrit.

—Mucha información para apenas algunos rumores.

La ayuda llegó de una dirección inesperada.

—Vamos, deja de amenazar ya a la pobre chica, Ghassán —interrumpió Hatset—. No va desencaminada. Yo también he oído hablar de esos antiguos esclavos.

Nahri se la quedó mirando.

—Ah, ¿sí?

Hatset asintió.

—Uno de ellos es paisano mío. —A Nahri no se le escapó la breve mirada que le lanzó a Alí—. Un estudioso brillante... si bien tremendamente excéntrico. Se niega a volver a Ta Ntry, así que de vez en cuando le echo un ojo y me aseguro de que no se muera de hambre. He conocido también a las otras dos mujeres. La mayor, Razu, conoce alguna que otra historia interesante sobre el pasado del hospital. Su magia es formidable, y sospecho que tanto ella como su compañera estarían encantadas de colaborar en la reconstrucción de ese sitio.

Nahri tragó saliva. La reina le clavaba la vista, con unos ojos que sabían mucho más de lo que contaba. Sin embargo, Nahri también sospechaba que Hatset no iba a traicionarla... mientras Alí estuviese de su lado.

—Eso espero yo también.

Ghassán estudió a su familia con una suspicacia que no se molestaba en disimular. Sin embargo, lo dejó pasar. Volvió a centrar su atención en Nahri:

—Una fantasía admirable, Banu Nahida, pero aunque contases con un edificio, no serías capaz de gestionarlo. Apenas puedes lidiar con el volumen de pacientes que tienes ahora. ¿Cómo ibas a tratar a un hospital entero?

Nahri estaba preparada para aquella pregunta. Su mente le había estado dando vueltas desde que había dejado a los Sen. El padre de Subha había llegado solo a Daevabad, con dos siglos de conocimientos médicos, conocimientos que había empleado para formar a otros. A buen seguro podría Nahri hacer lo mismo.

—Contaré con ayuda —explicó—. Quiero empezar a dar clases.

Una sorpresa genuina iluminó el rostro del rey.

—¿Clases? Yo pensaba que el tipo de sanación que haces solo es posible para alguien de tu misma sangre.

—Y así es, en su mayoría —admitió Nahri—. Pero se pueden enseñar muchos conocimientos básicos. Podría delegar parte de mi carga de trabajo a otros, siempre que tuvieran la formación adecuada. Podríamos atender a más gente y yo podría permitir que se quedasen en el hospital para recuperarse en condiciones, en lugar de echarlos del dispensario lo más rápido posible.

Ghassán dio un sorbito de café.

—Y sin duda ganarte así algo de renombre para tu tribu por haber recuperado una institución que fue en su día tan importante para los daeva.

—Esto no va de políticas tribales ni de orgullo —argumentó Nahri—. No pretendo enseñar solo a los daeva. Aceptaré estudiantes de cualquier trasfondo siempre que sean listos y estén dispuestos a aprender.

—Y entre tus deberes actuales en el dispensario y enseñar a nuevos estudiantes, ¿cuándo tendrías tiempo para supervisar la reconstrucción de un hospital antiguo en ruinas? Por no mencionar los costes… ah. —Entrecerró los ojos en dirección a Alí—. Ese «queremos». Un proyecto de obra pública ridículamente caro. No me extraña que hayas aceptado formar parte.

—Me dijiste que me buscase algo que hacer —replicó Alí con cierto soniquete rencoroso en la voz. Nahri apretó la taza y reprimió el impulso de tirársela a la cabeza. Si ella era capaz de dominar su temperamento, también lo sería Alí—. Pero no sería ridículamente caro si se gestiona bien —prosiguió él, con un gesto hacia el montón de pergaminos que había traído consigo—. He estado calculado presupuestos con los empleados de las Arcas. Hemos diseñado numerosas propuestas. —Echó mano de uno de los pergaminos más gruesos—. Sé lo importantes que son las finanzas, por eso no he escatimado en detalles.

Ghassán alzó una mano.

—Esos detalles te los puedes ahorrar. Si te dejo hablar en profundidad nos vamos a quedar aquí sentados hasta Navasatem. Cuéntamelo por encima y ya haré que mis contables comprueben tus propuestas más tarde. —Ladeó la cabeza—. A fin de cuentas, ya sé que tienes una cabeza privilegiada para los números.

Las palabras quedaron suspendidas entre ambos durante un instante. Nahri se apresuró a hablar, para que fuera cual fuera el drama que rodeaba a sus parientes políticos no eclipsase la idea del hospital:

—Yo estoy dispuesta a ofrecer parte de mi dote, lo suficiente para cubrir los costes materiales de un aula con pizarra para veinte estudiantes. Una vez que empecemos a ver pacientes, podemos empezar a cobrar en proporción a quienes puedan costearse un tratamiento.

—He pensado que quizá la reina pueda ayudarme a organizar una reunión con el enviado comercial de los ayaanle —añadió Alí—. Si Ta Ntry puede aportar alguna compensación por la desafortunada situación que se ha dado con sus impuestos, quizá podríamos usar esos ingresos públicos para arreglar muchas de las cosas que no funcionan en Daevabad.

Hatset alzó las palmas de las manos, con una sonrisa dulce.

—Resulta difícil prever cómo se comportará la economía.

Alí le devolvió la sonrisa.

—Con una auditoría sí que es posible, amma —dijo en tono amable.

Hatset se echó hacia atrás, con aire perplejo. Nahri vio que en el rostro de Ghassán aparecía una sonrisa más genuina.

Sin embargo, esa sonrisa no erradicó todo su escepticismo.

—¿Y los costes de personal? —preguntó—. Por más formidable que sea su magia, un puñado de djinn liberados no van a poder construir y mantener un complejo de ese tamaño.

Antes de que Nahri pudiese responder, Alí volvió a adelantarse:

—Yo he estado pensando en una alternativa. —Jugueteó con unas pocas de las cuentas de plegaria que tenía enrolladas en la muñeca—. Me gustaría sacar a los shafit... del Gran Bazar... y reutilizar los materiales del mercado de subastas para la construcción. Liberaría a esos shafit y les ofrecería, tanto a ellos como a cualquier otro interesado, un trabajo en el proyecto de restauración del hospital.

Nahri parpadeó, sorprendida pero complacida por la sugerencia. No estaba segura de a qué subastas se refería Alí, aunque el desdén patente en su voz dejaba claro lo que pensaba de ellas. En cualquier caso, las acusaciones de Subha sobre la complicidad de Nahri en la opresión de los shafit de Daevabad le habían dolido bastante. Nahri no sabía nada de la vida del pueblo al que pertenecía en secreto, pero aquella idea parecía un buen modo de ayudar a algunos de ellos.

Sin embargo, la expresión de Ghassán se había ensombrecido.

—Creía que habías aprendido a andarte con más cautela a la hora de mezclarte con los shafit, Alizayd.

—No se trata solo de Alizayd —intervino Muntadhir, con la mirada clavada en la de Nahri—. Sospecho que esto no es lo único que planean. Este plan tiene que ver con ese médico shafit que estabas ansiosa por localizar, ¿a que sí? —Se giró hacia su padre—. Vino a verme hace semanas para hablar de ello. Me dijo que quería empezar a trabajar con médicos shafit, tratar a pacientes shafit.

Se adueñó del pabellón una conmoción tan pesada que Nahri casi la sintió físicamente. Zaynab dejó caer la copa y la reina dio una inspiración entrecortada.

Nahri maldijo en silencio. Al parecer a Muntadhir no le bastaba con no estar de acuerdo. También tenía que desautorizarla contándole a Ghassán con malas maneras un plan que había querido perfeccionar con más detalle antes de proponérselo al rey.

Ghassán fue el primero en recuperarse de la sorpresa.

—¿Pretendes curar a los shafit?

Nahri respondió con sinceridad, aunque aquellas palabras la repugnaron:

—No. Yo en persona, no... o al menos no al principio. Trabajaríamos y estudiaríamos codo con codo; los djinn usarían magia y los shafit, técnicas humanas. Espero que suponga un nuevo comienzo para los daeva y los shafit, y que quizá, en un futuro, podamos cruzar esos límites.

Ghassán negó con la cabeza.

—Tus sacerdotes jamás aprobarían algo así. Yo mismo no sé si lo apruebo. En cuanto un médico shafit le haga daño a un daeva, o al revés, estallarán revueltas en las calles.

—O quizá aprendan a llevarse mejor. —Había sido la reina, aún algo perpleja, a pesar de que había pronunciado palabras de aliento—. Es la Banu Nahida quien propone este proyecto. Los daeva le deben obediencia, ¿no es así? —Se encogió levemente de hombros, como si la conversación no hubiese adoptado un cariz tenso—. Si quiere provocarlos, es su responsabilidad; es ella quien corre con el riesgo.

—Aprecio vuestro apoyo —replicó Nahri, reprimiendo el tono sarcástico—. Me imagino que podríamos empezar con las reconstrucciones... estoy segura de que mi gente accedería a eso al menos. Después iré a reunirme con los sacerdotes y les contaré mis planes para con los shafit. Bueno, contarles no —aclaró—. Lo que haré será escucharles, escuchar sus inquietudes. Pero, tal y como ha dicho la reina, soy la Banu Nahida. Es decisión mía compartir mis habilidades en mi hospital.

Ghassán se echó hacia atrás.

—Ya que estamos hablando sin tapujos... ¿qué sacamos nosotros de todo esto? Me estás pidiendo que ponga dinero, que me arriesgue, para restaurar un monumento de tus ancestros... de gente que, como bien recordarás, eran enemigos de los míos. —Arqueó una ceja oscura—. Dejando aparte la salud de Daevabad, no soy tan ingenuo como para no ver que esto te empodera a ti, no a mí.

—Pero ¿y si lo convirtiésemos en un proyecto genuinamente conjunto? —Había sido Zaynab quien había hablado en esa ocasión, en un primer momento con suavidad, aunque su voz fue ganando confianza al proseguir—: una extensión de tu relación con los daeva, abba. Sería un gran gesto simbólico, sobre todo teniendo en cuenta los festejos de la generación. —Le sonrió a su padre—. Quizá podríamos intentar llevarlo a cabo a tiempo para Navasatem. Podrías inaugurarlo personalmente, todo un logro regio para tu gobierno.

Ghassán inclinó la cabeza, aunque su expresión se había suavizado ante la sonrisa cálida de su hija.

—Un intento muy directo de estimular mi vanidad, Zaynab.

—Es porque te conozco bien —lo chinchó ella—. Querías que Muntadhir y Nahri se casasen por la paz entre las tribus, ¿no? Pues quizá podría acompañarla Muntadhir a pedir la bendición de los sacerdotes del Templo.

Nahri tuvo que esforzarse para mantener una expresión neutral. Se alegraba de contar con el apoyo de Zaynab, pero sabía hasta qué punto defendían los daeva sus costumbres.

—Solo se permite entrar en el Templo a los daeva. Ha sido así desde hace siglos.

Hatset le lanzó una mirada penetrante.

—Banu Nahida, si estás dispuesta a aceptar dinero de los djinn para tu hospital, supongo que estarás dispuesta a permitir que uno de nosotros cruce el umbral de tu Templo. —Le puso una mano en el hombro a su hijo—. Pero debería ser Alizayd quien vaya. Es él quien desea emprender esa iniciativa contigo.

—Debería ser Muntadhir —corrigió Zaynab, con agradable firmeza—. Es su marido, y su pasado es menos… complicado… en lo tocante a los daeva. —Echó mano de un dulce rosado de una de las bandejas y dio un grácil bocado—. ¿No sería estupendo verlos a los dos trabajando juntos, abba? Creo que serviría para aplacar todos estos rumores innecesarios y divisorios que pululan entre algunas de las demás tribus.

A Nahri no se le escapó la sonrisa azucarada que Zaynab le dedicó a su madre… ni el modo en que Hatset asintió una sola vez con sumo cuidado, no tanto para mostrarse de acuerdo como en gesto de aprobación de la maniobra de su hija.

Muntadhir paseaba la vista entre las tres, ultrajado.

—¿Yo? ¡Si yo ni siquiera estoy de acuerdo con este plan! ¿Por qué tendría que convencer yo a los sacerdotes de nada?

—Yo me encargo de convencerlos —se apresuró a decir Nahri. No pensaba dejar que Muntadhir echase a perder el plan—. Puede que incluso disfrutes de la reunión —añadió en seguida, intentando hablar con más tacto—. Jamshid hace unas visitas maravillosas del templo.

Como respuesta, su marido le lanzó una mirada asesina, pero guardó silencio.

Ghassán pareció volver a estudiar a Nahri. Era la misma mirada que le había dedicado cuando le dio la bienvenida a Daevabad. La misma mirada que había tenido la primera vez que habían negociado la dote. La mirada de un tahúr dispuesto a apostar fuerte siempre que pudiese calcular bien el riesgo.

La primera vez, aquella expresión la había tranquilizado en cierta manera; Nahri siempre había preferido a los pragmáticos. Sin embargo, en aquel momento le puso la piel de gallina. Había visto de lo que Ghassán era capaz cuando se le torcía una apuesta.

—Sí —dijo el rey al fin, y el corazón de Nahri le dio un vuelco—. Podéis proceder. Con extrema cautela. Quiero que me consultéis todos y cada uno de vuestros movimientos y que me contéis todos y cada uno de los imprevistos con los que os topéis. —Agitó un dedo en dirección a Alí—. En concreto, tú tienes que andarte con mucho ojo. Sé lo mucho que pueden llegar a obsesionarte este tipo de cosas. Vas a construir un hospital, nada más. No pretendas luego subirte a un minbar a dar sermones sobre igualdad a las masas. ¿Entendido?

Hubo un destello en los ojos de Alí, y a Nahri no se le escapó la rapidez con la que Zaynab le tocó «accidentalmente» la rodilla al alargar la mano para agarrar un cuchillo.

—Sí, abba —dijo Alí con voz ronca—. Entendido.

—Bien. En ese caso puedes ir a decirles a tus sacerdotes que cuentas con mi bendición, Banu Nahida. Y llévate a Muntadhir contigo. Pero que les quede claro que ha sido idea tuya, no nuestra. No quiero que corran rumores entre los daeva de que los hemos obligado a llevar a cabo este proyecto.

Ella asintió.

—Entendido.

El rey los contempló a todos.

—Esto me complace —afirmó, y se puso en pie—. Será bueno para Daevabad vernos trabajando juntos en paz. —Vaciló un instante y chasqueó los dedos hacia Alí—. Acompáñame, Alizayd. Ya que te has puesto a presumir de tus dotes financieras, ahora me vas a tener que ayudar. Tengo una reunión con un gobernador bastante escurridizo que viene de Agnivansha. Puede que me seas de utilidad.

Alí puso una expresión insegura, pero tras un codazo de su madre, se levantó. Nahri empezó a hacer lo mismo.

La mano de Muntadhir cayó con ligereza sobre su muñeca.

—Siéntate —siseó a media voz.

Con una rápida mirada entre ambos, Zaynab se puso en pie a toda prisa. Nahri no podía culparla; el hermoso rostro de Muntadhir estaba furioso. Le palpitaba una vena en la frente.

—Que disfrutes de la visita al Templo, akhi —lo fastidió.

—Hablando de eso... —Hatset se acercó a su hija de un tironcito—. Ven a dar un paseo conmigo, hija.

La puerta que daba a las escaleras se cerró. Nahri y Muntadhir se quedaron a solas, con la única compañía del viento y las gaviotas.

Muntadhir se giró hacia ella. Un rayo de luz iluminó las sombras de cansancio que se acentuaban bajo sus ojos. Tenía aspecto de no haber dormido en varios días.

—¿Esto es por la pelea que hemos tenido? —exigió saber—. ¿De verdad estás dispuesta a aliarte con Alí en sus ideas lunáticas por lo que te dije?

El temperamento de Nahri llameó.

—No me voy a aliar con nadie. Hago esto por mí misma, y por mi pueblo. Además, tal y como recordarás, fue a ti a quien acudí en primer lugar. Intenté hablarte de todo esto, de esta idea tan íntima para mí, y me despreciaste. —Se esforzó por apartar al amargura de la voz—. Supongo que no debería haberme sorprendido. Me dejaste claro lo que piensas de una niñita idiota de El Cairo.

Él apretó los labios hasta formar una fina línea. Acto seguido bajó la mirada. El momento se alargó, tenso, en silencio.

—No debería haber dicho eso —dijo al fin—. Lo siento. Estaba enfadado por Jamshid y por el regreso de Alí...

—Estoy harta de que los hombres me hagáis daño por vuestros enfados. —Habló con voz tan dura que Muntadhir se sobresaltó. Pero a Nahri le dio igual. Se puso en pie y se echó el chador sobre la cabeza—. No pienso aceptar algo así por el hombre que dice ser mi marido. Ya no.

Muntadhir la miró a los ojos.

—¿A qué te refieres?

Nahri se detuvo. ¿A qué se refería? Al igual que en El Cairo, en Daevabad se permitía el divorcio. De hecho era bastante común, teniendo en cuenta lo larga que eran las vidas de los djinn, por no mencionar su temperamento. Sin embargo, Nahri y Muntadhir eran de la familia real. El mismísimo Ghassán había bendecido su matrimonio. Nahri no iba a poder ir a buscar al primer juez que encontrase a contarle sus penurias.

Sin embargo había líneas que su marido no iba a cruzar. Había dejado una de esas líneas bien clara en su noche de bodas.

—Voy a hacer esto, Muntadhir. Por mi pueblo, por mí misma... contigo o sin ti. Quiero construir ese hospital. Quiero ver si hay un modo de sellar la paz con los shafit. Si quieres unirte, estaré encantada de dejarte entrar en el Templo de mi gente. Si no eres capaz de reunir la voluntad para entrar... —Hizo una pausa y escogió con sumo cuidado las palabras—... no estoy segura de que debas seguir viniendo a verme.

Una incredulidad aturdida cruzó el rostro de Muntadhir. Nahri le dio la espalda. Que reflexionase un poco sobre las implicaciones de lo que acababa de decir.

Tenía la mano en el pomo de la puerta cuando Muntadhir respondió al fin:

—Es mucho más peligroso de lo que crees. —Nahri miró por encima del hombro y Muntadhir prosiguió con voz grave—: Lo comprendo, lo creas o no. Te conozco. Y conozco a Alí. Sospecho que erais amigos de verdad. Imagino que era una bonita amistad. A fin de cuentas, el palacio puede ser un lugar muy solitario. Y, maldita sea, sé perfectamente que le importas.

Nahri se quedó inmóvil.

—Pero es justo eso, Nahri. A Alí le importa la gente... hasta extremos imprudentes. Apasionados. Le importan los shafit. Le importa su aldea en Am Gezira. Tanto le importan que está dispuesto a ponerse a sí mismo en riesgo, y a todos los que lo rodean. Se niega a aceptar las zonas grises, el mal menor en servicio del bien mayor. —Un tono de advertencia ribeteó su voz—. Mi hermano está dispuesto a morir por sus causas. Pero es un príncipe de Daevabad, así que nunca es él quien paga el precio. Siempre son otras personas. Y tú debes proteger a toda una tribu de esas mismas personas.

Nahri retorció el dobladillo del chador en el puño. Ojalá pudiese decir que Muntadhir se equivocaba. Pero Alí se había arriesgado a despertar la ira de su padre escabulléndose del palacio con ella porque se sentía culpable. Casi había impedido que Subha colaborase con ellos porque no quería mentir. Había venido aquella mañana a solicitar el favor del rey, y Alí había sido brusco, tan santurrón como siempre.

No importa. Nahri había decidido seguir aquel camino por el motivo correcto, y contaba con los recursos para intentar hacer fructificar su sueño. Alí era un medio para alcanzar un fin. No pensaba dejar que se convirtiese de nuevo en una debilidad.

Abrió la puerta.

—Nisreen me espera en el dispensario —dijo, obligándose a hablar con una firmeza que no sentía—. Mandaré que te avisen cuando vayamos a ir al Gran Templo.

Nahri casi soltó un gemido al ver a Jamshid esperándola en el área privada del dispensario. Lo último que necesitaba en aquel momento era que volviese a suplicarle que le diese otra sesión de sanación, o que se pusiese a hablar de Muntadhir. Pero entonces se percató de la inquietud que irradiaba su cuerpo; le temblaba una pierna y se pasaba nervioso el bastón de una mano a otra. Frente a él, Nisreen caminaba en círculos con expresión agobiada.

Qué extraño. Nisreen solía ser muy permisiva con Jamshid. Nahri frunció el ceño y se acercó.

—¿Todo bien?

Jamshid alzó la vista, los ojos demasiado brillantes bajo las ojeras que los circundaban.

—¡Banu Nahida! —hablaba con una extraña tensión en la voz—. Que los fuegos ardan con fuerza en tu honor. —Carraspeó—. Todo bien, claro. —Miró a Nisreen y parpadeó—. ¿Verdad que todo bien?

Nisreen le clavó una mirada amenazadora.

—Eso espero, desde luego.

Nahri paseó la vista entre los dos.

—¿Va algo mal en tu casa? ¿Has recibido noticias de tu padre?

Nisreen negó con la cabeza.

—No, todo en orden. Aunque sí que es cierto que hace poco que le he escrito a su padre. Justo después del festín del príncipe —añadió, y Jamshid se ruborizó—. Regresará pronto a Daevabad, si el Creador quiere.

Mejor que sea tarde. Nahri estaba convencida de que el poderoso y muy ortodoxo gran visir daeva se iba a negar en redondo a aceptar sus ideas sobre el hospital o sobre los shafit.

Lo cual implicaba que tenía que ponerse en marcha con rapidez.

—Bien, bien. Pues, ya que estáis los dos aquí, quisiera hablar con vosotros. —Tomó asiento frente a Jamshid y le hizo un gesto a Nisreen para que hiciese lo propio—. Acabo de tener una reunión con los Qahtani. —Inspiró hondo—. Vamos a reconstruir el hospital Nahid.

Ambos tardaron un instante en digerir sus palabras. La expresión de Jamshid se iluminó, intrigada. Al mismo tiempo, la de Nisreen se ensombreció.

—¿Hay un hospital Nahid? —preguntó Jamshid en tono animado.

—Lo que hay es una ruina antigua empapada de la sangre de nuestros ancestros —intervino Nisreen. Contempló a Nahri, sorprendida—. ¿Le has dicho a Ghassán que fuiste a ver el hospital?

—La verdad es que no, esa parte no la mencioné —dijo Nahri en tono ligero—. Pero sí, vamos a restaurarlo, el rey ha accedido.

—¿A quién te refieres exactamente con ese «vamos», mi señora? —preguntó Nisreen, aunque estaba claro que ya sabía la respuesta.

—A los Qahtani, por supuesto —replicó Nahri, decidiendo que era mejor no concretar.

—¿Vas a reconstruir el hospital Nahid con la ayuda de los Qahtani? —repitió Nisreen con voz débil—. ¿Ahora?

Nahri asintió.

—Esperamos poder reabrirlo a tiempo para Navasatem. —Parecía una estimación tremendamente optimista, pero ese había sido el precio de la bendición de Ghassán, así que Alí y ella tendrían que encontrar el modo de conseguirlo—. Quiero mejorar la situación de Daevabad. Vamos a reconstruir el hospital, a contratar a los djinn liberados que viven allí ahora mismo, a aceptar aprendices...

Sonrió, con una esperanza que no había sentido en bastante tiempo. Incluso podría decirse que estaba un poco feliz.

—Retrásalo —dijo a las claras Nisreen—. No lo hagas. Ahora no. Hay demasiada crispación.

Nahri se sintió algo desinflada; había esperado que su mentora compartiese aunque fuese un ápice de su emoción.

—No puedo retrasarlo. Ghassán ha accedido a cambio de que lo presentemos como un gesto de unión de las tribus durante las celebraciones. Además, no quiero retrasarlo —añadió, algo dolida—. Pensé que te gustaría saberlo.

—Suena extraordinario —dijo Jamshid, entusiasmado—. No sabía que había un hospital, pero me encantaría verlo.

—Yo preferiría que hicieras algo más que verlo —replicó Nahri—. Me gustaría que fueras mi primer alumno.

El bastón de Jamshid se le cayó al suelo con un repiqueteo.

—¿Qué? —susurró.

Nahri se inclinó para recogerlo y sonrió.

—Eres listo. Tratas muy bien a los demás pacientes del dispensario, y ya estás siendo de mucha ayuda. —Le tocó la mano—. Únete a mí, Jamshid. Puede que este no sea el modo en que habías pensado servir a nuestra tribu... pero creo que serías un excelente sanador.

Él inspiró hondo. La propuesta parecía haberlo aturdido.

—Eh... —Su mirada voló hacia Nisreen—. Si Nisreen no pone ninguna objeción.

Nisreen tenía el aspecto de quien se pregunta qué ha hecho para merecer tantas desgracias.

—Eh... sí. Creo que Jamshid tiene... talento para sanar. —Carraspeó—. Aunque quizá podría andarse con más cuidado a la hora de sacar ingredientes de la botica... y de leer textos antiguos. —Su mirada volvió a Nahri—. Al parecer, Jamshid se topó con algunas de las notas de Manizheh que había almacenadas en el Templo.

—Ah, ¿sí? —preguntó Nahri—. Me encantaría verlas.

Jamshid palideció.

—Intentaré... encontrarlas de nuevo.

Nahri sonrió.

—¡Esto sería perfecto para ti! Aunque no será fácil —advirtió—. No tengo mucho tiempo, y tú tampoco lo tendrás. Prácticamente tendrás que instalarte aquí. Leerás y estudiarás a cada momento en que no estés trabajando. Puede que al final me acabes odiando.

—Jamás. —Jamshid la agarró de la mano—. ¿Cuándo empiezo?

—Un detalle más antes de que aceptes. —Le lanzó una mirada a Nisreen. Su asistente parecía estar intentando controlar el pánico, cosa que a Nahri le pareció una auténtica exageración. No era posible que Nisreen odiase a los Qahtani tanto como para no querer un hospital—. Nisreen, ¿te importa dejarnos? Me gustaría hablar a solas con Jamshid un momento.

Nisreen resopló.

—¿Y qué más daría si sí me importa? —Se puso de pie—. Un hospital con los Qahtani antes de Navasatem... que el Creador se apiade de nosotros...

—¿Qué detalle es ese? —preguntó Jamshid, y atrajo de nuevo la atención de Nahri—. No sé si me ha gustado tu tono al decirlo —dijo en tono juguetón.

—Es solo una cosa, pero considerable —confesó ella—. Y necesitaré que me guardes el secreto por ahora. —Bajó la voz—. Pretendo abrir el hospital para todo el mundo. Sin importar qué sangre tenga.

La confusión arrugó el ceño de Jamshid.

—Pero… eso está prohibido. No… no pretenderás curar a mestizos, Banu Nahida. Podrías perder tu magia si lo haces.

Aquel comentario, un prejuicio que Nahri ya había oído murmurar a muchos daeva temerosos, no le dolió menos por haber sido pronunciado desde la más sincera ignorancia.

—Eso no es cierto —dijo con firmeza—. Yo misma soy la prueba de que no lo es. Me pasé años sanando a humanos en Egipto antes de venir a Daevabad, cosa que jamás ha afectado a mi magia.

Jamshid debió de captar la alteración en su voz al responder, pues se reprimió.

—Perdóname. No pretendía ponerte en duda.

Ella negó con la cabeza. Si no era capaz de encajar las dudas de Jamshid, menos aún podría sobrevivir a la reacción de los sacerdotes del Gran Templo.

—No, no, quiero que me pongas en duda. Espero que puedas ayudarme a convencer al resto de nuestra tribu. Eres un noble formado en el Templo, hijo del gran visir… ¿qué podría convencer a alguien como tú para que apoye esta iniciativa?

Él tamborileó con los dedos contra la pierna.

—No tengo claro que puedas conseguirlo tú sola. Dejando aparte lo que dice la ley de Salomón sobre compartir magia con ellos… es que los shafit nos desprecian. Ya sabes lo que les hicieron a los daeva que atraparon después de la muerte de Dara. Probablemente nos asesinarían mientras dormimos si pudieran.

—¿Y eso no hace que la idea de la paz suene más bien deseable?

Él suspiró.

—No veo cómo va a ser posible. Fíjate en nuestra historia. Siempre que los shafit ascienden somos nosotros los que salimos perdiendo.

—Jamshid, ¿has tenido alguna vez una conversación de más de diez minutos con un shafit?

Él tuvo la decencia de ruborizarse.

—Se supone que no debemos interactuar con los mestizos de sangre humana.

—No, lo que se supone que no debemos hacer es merodear por el mundo humano seduciendo vírgenes y empezando guerras. En ninguna parte pone que no podamos hablar. —Él guardó silencio, pero no parecía convencido—. Di algo, Jamshid —insistió Nahri—. Di que soy una necia o una tirana, pero di algo.

Vio que Jamshid tragaba saliva.

—¿Por qué tendríamos que hacerlo? —acabó por explotar—. Este es nuestro hogar. No somos responsables de los shafit. Que sean los djinn quienes les construyan hospitales. ¿Por qué hemos de ofrecer nosotros la paz si ellos no han hecho nada para merecerla?

—Porque este es nuestro hogar —dijo ella en tono amable—. Y porque tiene que haber una manera mejor de protegerlo, de protegernos a todos. ¿Tienes alguna idea del tamaño de los barrios shafit, Jamshid? ¿De lo atestados que están? En Daevabad hay probablemente más shafit que todas las demás tribus djinn juntas. No podemos confiar en que los Qahtani impidan siempre que nos lancemos unos sobre otros. —Aquellas ideas llevaban años dándole vueltas en la cabeza, solidificándose más y más a cada día que pasaba—. De lo contrario somos vulnerables.

Él pareció reflexionar sobre lo que había dicho.

—Pues eso es lo que debes argumentar —dijo al fin—. La gente tiene miedo. Convence a todo el mundo de que este es el mejor modo de garantizar la seguridad.

Eso puedo hacerlo.

—Excelente. Y ahora debería empezar a ver a mis pacientes.

El rostro de Jamshid se iluminó.

—¡Maravilloso! ¿Puedo...?

Ella se echó a reír.

—Oh, no.

Señaló al escritorio más cercano. O al menos, Nahri sabía que era un escritorio. En aquel momento no se veía nada; estaba cubierto por completo por pilas de libros, notas desordenadas, plumas, tinteros y tazas de té vacías.

—Aún no vas a tocar a mis pacientes. Primero métete todos esos libros en la cabeza y luego hablamos.

Jamshid desorbitó los ojos.

—¿Todos?

—Todos. —Abrió un rollo de pergamino en blanco—. Escríbeles a tus sirvientes y diles que te manden tus cosas aquí. —Señaló al sofá con el mentón—. Eso es tuyo. Ponte cómodo aquí.

Él pareció aturdido, pero aun así dispuesto.

—Gracias, Banu Nahida. Espero que sepas lo mucho que esto significa para mí.

Ella guiñó un ojo.

—Ya veremos si sigues diciendo lo mismo en un mes.

Se aproximó a la cortina pero se detuvo para mirar por encima del hombro.

—¿Jamshid?

Él alzó la vista.

—Deberías… deberías saber que Muntadhir está en contra de esta iniciativa. Cree que me estoy comportando de un modo imprudente. Seguro que la próxima vez que lo veas te dirá que voy a ser la ruina de Daevabad. —Hizo una pausa. Si Muntadhir había acudido a Jamshid cuando se enteró de que su hermano iba a regresar, no le cabía duda de que haría lo mismo después de la conversación que habían tenido en la terraza—. Si eso te pone en una posición incómoda…

—Tú eres mi Banu Nahida. —Jamshid vaciló y Nahri vio el conflicto entre lealtades reflejado en su rostro. Extrañamente, el modo en que se fruncieron aquellos ojos oscuros le resultó familiar—. Y ante todo soy daeva. Tienes mi apoyo. —Le dedicó una sonrisa esperanzada—. Quizá pueda convencerlo para que también te apoye.

Una mezcla de alivio y culpabilidad llameó dentro de Nahri. No quería inmiscuir a Jamshid en su matrimonio, pero pensaba aprovechar cualquier ventaja que pudiese. Y lo cierto era que Jamshid ya estaba inmiscuido.

—Te lo agradecería. —Señaló a los libros con el mentón y sonrió—. Y ahora, a trabajar.

18
NAHRI

Dos semanas después de aquel crispado desayuno familiar, Nahri se encontraba de nuevo en el hospital, contemplando a Razu con total atención.

—Hermoso —dijo en tono admirativo.

La antigua tahúr tukharistaní intercambió una vez más las joyas con un juego de manos que no se apreciaba en absoluto: Razu depositó una brillante gema de cristal delante de ella, una baratija hermosa, pero de ninguna manera el rubí que había hecho desaparecer.

—¿No lo haces con magia?

—En absoluto —respondió Razu—. No se puede confiar siempre en la magia. ¿Y si tienes las manos atadas con hierro y necesitas esconder la llave que acabas de escamotear?

—¿Te has encontrado en una situación así?

Ella le dedicó una sonrisa críptica.

—Por supuesto que no. Soy... ¿qué era lo que íbamos a decirles a tus legales amigos que soy?

—Una antigua comerciante de Tukharistán que tenía una taberna respetable.

Razu se echó a reír.

—La última taberna que tuve no tenía nada de respetable. —Suspiró—. Hazme caso, después de un par de vasos de soma, tu doctora y tu príncipe estarán de acuerdo con todo lo que les digas.

Nahri negó con la cabeza. Estaba bastante segura de que un único sorbo del soma de Razu dejaría a Alí fuera de combate, mientras que Subha seguramente pensaría que intentaban envenenarla.

—Primero vamos a intentar un enfoque algo más ortodoxo. Aunque de todos modos, no me negaría a que me enseñases a hacer ese truco —dijo, señalando a la gema de cristal.

—Soy la sierva de mi Banu Nahida —replicó Razu. Le colocó la gema a Nahri en la palma de la mano y le movió los dedos—. Veamos, tienes que mover la muñeca así y...

En el otro extremo del patio se oyó un cloqueo de desaprobación. Elashia, la djinn liberada de Qart Sahar, estaba pintando una tortuga que había tallado en madera de cedro. Nahri le había traído pintura, un gesto que Elashia había recibido con lágrimas en los ojos y un fiero abrazo.

Sin embargo, en aquel momento Elashia miraba a Razu con patente desaprobación.

—¿Qué? —preguntó Razu—. La chiquilla quiere aprender. ¿Quién soy yo para negarme?

Elashia le dio la espalda con un suspiro y Razu le lanzó a Nahri una sonrisa conspiradora.

—Cuando se vaya te voy a enseñar un hechizo para darle aspecto de joya hasta a una piedra.

Sin embargo, la mirada de Nahri seguía prendada de la mujer Sahrayn.

—¿Habla alguna vez? —preguntó con suavidad en el arcaico dialecto del tukharistaní que hablaba Razu.

La tristeza se adueñó de las facciones de la djinn.

—No mucho. A veces habla conmigo cuando estamos solas, pero tardé años en conseguirlo. Fue liberada hace algunas décadas, pero jamás habla de aquel periodo de esclavitud. Un compañero mío la trajo a mi taberna tras encontrarla viviendo en las calles. Desde entonces ha estado a mi lado. En cierta ocasión, Rustam me dijo que creía que su abuelo la había liberado, y que había estado esclavizada durante quinientos años. Es un espíritu amable —añadió, mientras Elashia soplaba sobre la tortuga y luego la dejaba libre, sonriente. El animal cobró vida y avanzó a trompicones por el borde de la fuente—. No sé cómo pudo sobrevivir.

Nahri la contempló, pero no era Elashia a quien veía con la mente. Era a Dara, cuyo cautiverio había durado tres veces más que el de ella. Sin embargo, Dara no recordaba casi nada de su época como prisionero… y los pocos recuerdos que habían compartido juntos habían sido tan escalofriantes que Dara le había confesado sentirse aliviado por no recordar nada más. En aquel momento, Nahri no había estado de acuerdo; le había parecido pasmoso haber olvidado un segmento tan grande de vida. Pero quizá había en ello una misericordia que no había comprendido. Una de las pocas misericordias que había tenido Dara.

Se oyó un golpetazo en la entrada.

—Creo que tus amigos ya están aquí —dijo Razu.

Nahri se puso en pie.

—Yo no los llamaría amigos.

Alí y Subha entraron en el patio. No podían parecer más diferentes: el príncipe djinn sonreía, los ojos brillantes de anticipación al mirar las ruinas. En directo contraste, la inquietud se pintaba en todo el cuerpo de Subha, desde los labios apretados a los brazos cruzados con fuerza.

—Que la paz sea con todas vosotras —saludó Alí, llevándose la mano al corazón al verlas.

Aquel día llevaba un sencillo atuendo geziri: una dishdasha blanca que le caía hasta las sandalias de los pies y un turbante color carbón. El zulfiqar y el janyar colgaban de un pálido cinto verde. Al hombro llevaba un bolso de cuero lleno de pergaminos enrollados.

—Y que contigo sea la paz. —Nahri se giró hacia Subha y le hizo una reverencia educada—. Doctora Sen, me alegro de volver a verte. Razu, esta es la doctora Subhashini Sen, y aquí el príncipe Alizayd al Qahtani.

—Es un honor —dijo Razu, llevándose la mano izquierda a la frente—. Yo soy Razu Qaraqashi, y esta es Elashia. Tendréis que disculpar a nuestro tercer compañero, que está escondido en su habitación. Issa no lleva bien eso de hablar con invitados.

Alí avanzó.

—¿Has visto sellos en la puerta? —preguntó ansioso.

Nahri pensó en los pictogramas tallados que había visto cuando encontró el hospital.

—Sí, ¿por qué? ¿Qué son?

—Son los viejos símbolos tribales —explicó Alí—. Se usaban antes de que tuviésemos una lengua escrita común. El gran sabio Grumbates dijo en cierta ocasión...

—¿Podemos dejar la lección de historia de lado? No me apetece otra —dijo Subha en un tono que hizo que Nahri sospechase que el camino hasta el hospital en compañía del parlanchín príncipe Alizayd se le había hecho largo. La mirada de la doctora paseó por todo el patio, como si esperase que algún tipo de bestia mágica fuese a saltar sobre ellos para atacarlos—. Bueno... desde luego parece que este sitio lleva catorce siglos abandonado.

—Nada que no podamos arreglar —Nahri esbozó una sonrisa. Estaba determinada a ponerse a la sanadora de su lado aquel día—. ¿Os apetece un refrigerio antes de ir a ver todo el hospital? ¿Queréis un té?

—Para mí, no —replicó Subha con expresión contrariada—. Acabemos con esto.

Aquel rechazo a su hospitalidad dicho sin tapujos agitó algo en las profundidades de la parte egipcia del corazón de Nahri, pero se obligó a ser educada.

—Por supuesto.

Alí intervino:

—He localizado los antiguos planos del hospital. Le pedí a un arquitecto daeva de la Biblioteca Real que los repasase conmigo para hacer anotaciones que pudiésemos seguir.

Nahri se quedó asombrada.

—Qué buena idea.

—Sí. Casi se diría que las lecciones de historia resultan útiles —resopló Alí en tono altivo. Sacó uno de los pergaminos y lo desplegó ante ellos—. Esta parte ha sido siempre un patio. El arquitecto dijo que había notas que mencionaban que contenía un jardín.

Nahri asintió.

—Me gustaría mantenerlo así. Sé que mis pacientes del dispensario disfrutan de las ocasiones en que pueden ir dar un paseo por los jardines. Les viene bien para el ánimo. —Le lanzó una mirada a Subha—. ¿Te parece correcto?

La doctora entrecerró los ojos.

—Has visto dónde trabajo, ¿no? ¿Crees que saldríamos a que nos diese el aire al lado de montones de basura sin recoger?

Nahri se ruborizó. Se moría de ganas de encontrar algo en común con aquella otra sanadora, una doctora que, en el breve lapso de tiempo en que Nahri la había visto, parecía ir sobrada de la confianza profesional que ella aún tenía que fingir. Dudaba de que Subha se echase a temblar como una hoja al implementar un procedimiento nuevo, o que rezase desesperadamente para no matar a alguien cada vez que llevase a cabo una cirugía.

Alí consultó sus notas:

—Según esto… esa cámara abovedada se usaba para desórdenes humorales del aire. Dice que se ataba a los internos al suelo para impedir que se hiciesen daño al flotar…

—¿Y eso? —preguntó de repente Nahri, señalando a una hilera de columnas derruidas. Sospechaba que Subha no estaba lista para comentar nada sobre habitaciones diseñadas para encerrar a djinn voladores—. Parece un corredor.

—Es un corredor. Lleva a un ala de cirugía.

Eso sonaba más prometedor.

—Empecemos por ahí.

Los tres echaron a andar por el camino serpenteante. La tierra estaba blanda bajo sus pies. El sol resplandecía con brillantes rayos que se colaban por entre los profusos árboles. El aire olía a piedra vieja y lluvia fresca. Había mucha humedad; Nahri se abanicó con el extremo de su chador de lino.

El silencio caía pesado entre los tres. Incómodo. Por más que lo intentase, Nahri no podía olvidar que, la última vez que daeva, geziri y shafit habían estado juntos en aquel lugar, todos se habían asesinado brutalmente unos a otros.

—He estado discutiendo opciones de financiación con las Arcas —dijo Alí, con una sonrisa extrañamente complacida en la boca—.

Tras una visita de mi compañera, Aqisa, creo que el enviado comercial ayaanle se mostró de repente más interesado en ofrecer ayuda financiera.

Subha negó con la cabeza y paseó la mirada, abatida.

—No se me ocurre cómo podría convertirse todo esto en un hospital operativo en el plazo de seis meses. Con varios milagros, quizá se consiguiese en seis años.

Un mono de color marrón dorado eligió aquel preciso instante para saltar sobre sus cabezas con un chillido, abriéndose paso entre los árboles hasta aterrizar sobre una columna rota. El animal les clavó la mirada mientras mordisqueaba un albaricoque mohoso.

—Eh… despejaremos esto de monos enseguida —dijo Nahri, avergonzada.

De pronto llegaron al final del corredor. El área de cirugía estaba rodeada de gruesos y altos muros de bronce. El que tenían delante estaba cubierto de marcas de abrasión. El bronce se había derretido hasta formar una barrera impenetrable.

Nahri tocó una de las marcas.

—No creo que podamos entrar ahí dentro.

Alí dio un paso atrás y se hizo sombra sobre los ojos.

—Parece que parte del tejado se ha hundido. Puedo trepar por ahí y asomarme.

—No creo que puedas…

Pero Alí ya había empezado a subir antes de que las palabras abandonasen la boca de Nahri. Fue enganchando los dedos en asideros que Nahri ni siquiera alcanzaba a ver.

Subha lo vio subir la pared.

—Si se rompe el cuello, no pienso asumir la responsabilidad.

—Tú jamás has estado aquí. —Nahri suspiró mientras Alí ascendía hasta el tejado y desaparecía de la vista—. ¿Se ha quedado tu marido con tu hija? —preguntó, resuelta a proseguir con la conversación.

—Suelo recomendar que los niños no se acerquen a ruinas devastadas.

Nahri tuvo que morderse la lengua para no devolverle a su vez otro comentario sarcástico. Estaba llegando al límite de su diplomacia.

—¿Cómo se llama?

—Chandra —dijo Subha, y su rostro se suavizó un tanto.

—Un nombre muy bonito —replicó Nahri—. Parecía muy saludable. Fuerte, mashallah. ¿Está bien?

Subha asintió.

—Nació antes de lo que a mí me hubiera gustado, pero va creciendo. —Sus ojos se ensombrecieron—. He visto justo lo contrario en demasiadas ocasiones.

Nahri también, tanto en El Cairo como en Daevabad.

—La semana pasada tuve un caso —dijo en tono quedo—: una mujer del norte de Daevastana que tuvieron que traer a toda velocidad aquí porque la había mordido un basilisco. Le quedaba un mes para dar a luz. Ella y su marido llevaban intentando engendrar desde hacía décadas. Pude salvarla, pero al bebé... la mordedura del basilisco es tremendamente venenosa, y no tuve manera alguna de administrarle el antídoto. Nació muerto. —Se le encogió la garganta al recordarlo—. Los padres... creo que no lo entendieron.

—Jamás lo entienden, la verdad. El dolor nubla la mente y hace que la gente diga cosas terribles.

Nahri hizo una pausa.

—¿Llega...? —Carraspeó, de pronto avergonzada—. ¿Llega a ser más fácil tratar con esos casos?

Subha la miró por fin a los ojos. En los suyos, de color hojalata, había comprensión, si bien nada de calidez.

—Sí... y no. Una aprende a distanciarse. Es trabajo, los propios sentimientos no importan. En todo caso interfieren. —Suspiró—. Confía en mí; algún día podrás pasar de presenciar las peores tragedias a sonreír y jugar con tu bebé en menos de una hora. Y te preguntarás si no es mejor así. —Contempló el hospital en ruinas—. Lo que importa es el trabajo. Una arregla lo que puede y se mantiene lo bastante entera como para pasar al siguiente paciente.

Las palabras resonaron en el interior de Nahri. Su mente voló a otro paciente: el único que no era capaz de sanar.

—¿Puedo preguntarte otra cosa?

Subha asintió levemente.

—¿Me recomiendas algo para las heridas de columna? ¿Para un hombre que intenta volver a andar?

—¿Se trata de tu amigo, el hijo del gran visir? —Los ojos de Nahri se desorbitaron, sorprendidos, y Subha ladeó la cabeza—. Antes de aceptar colaborar con alguien llevo a cabo mis propias indagaciones.

—Sí, se trata de él —admitió Nahri—. De hecho, probablemente lo conocerás pronto. Ahora es mi aprendiz. Pero le dieron varios flechazos en la espalda hace cinco años, y no he podido curarlo. Mejora poco a poco con ejercicio y descanso, pero... —Hizo una pausa—. A mí se me antoja que he fracasado.

Subha pareció meditar; quizá la naturaleza médica de la conversación estaba consiguiendo soltarle la lengua.

—Si quiere puedo examinarlo. Hay algunas terapias que podrían funcionar.

Antes de que Nahri pudiese responder, Alí bajó de un salto. Aterrizó tan en silencio que Nahri dio un respingo y Subha profirió un gañido.

La expresión del príncipe no era esperanzadora.

—Bueno... la buena noticia es que sí que parece un área de cirugía. Incluso hay instrumental tirado por ahí.

—¿Qué tipo de instrumental? —preguntó Nahri con la curiosidad avivada.

—Es difícil de decir. La mayor parte está inundada. Parece ser que el sótano se hundió. —Alí se detuvo un instante—. Y hay serpientes. Muchísimas.

Subha suspiró.

—Esto es una locura. Jamás podrás restaurar este sitio.

Nahri vaciló. La resignación empezaba a hacer mella.

—Quizá tengas razón.

—Tonterías —afirmó Alí. Subha le lanzó una mirada penetrante, pero él se irguió—. No me iréis a decir que ya estáis dispuestas a abandonar. ¿De verdad creíais que esto iba a ser fácil?

—Lo que no creía es que fuera a ser imposible —contraatacó Nahri—. Mira en derredor, Alí. ¿Tienes idea de cuánta gente necesitaríamos solo para empezar?

—Lo sabré a final de esta semana —dijo con confianza—. Además, mucho trabajo nunca ha sido malo; significa que necesitaremos muchos trabajadores. Nuevos puestos de trabajo y formación para cientos de personas que tendrán dinero para comida, para pagar una escuela, para buscarse un techo. Este proyecto es una oportunidad. El tipo de oportunidad que no hemos tenido desde hace generaciones.

Subha compuso una mueca.

—Suenas como un político.

Él sonrió.

—Y tú suenas pesimista. Pero eso no implica que no podamos trabajar juntos.

—Pero ¿y el dinero, Alí? —replicó Nahri—. ¿Y el tiempo...?

El desechó ambas preguntas con un gesto.

—El dinero lo puedo conseguir. —Un destello ansioso brilló en sus ojos—. Puedo formar gremios comerciales para fomentar bienes habices y aumentar los impuestos de los artículos de lujo... —Quizá se percató de que las dos sanadoras se habían perdido, porque se detuvo—. No os preocupéis. Vosotras decidme qué necesita el hospital y yo me preocuparé de conseguirlo. —Se giró sin esperar respuesta alguna—. Y ahora, vamos. Los planos dicen que ese edificio de ahí delante era la botica.

Subha parpadeó, un tanto perpleja, pero siguió a Alí, quejándose en voz baja sobre la juventud. Nahri estaba igual de pasmada, pero también se sentía agradecida. Dejando aparte lo que había sucedido entre ellos dos, quizá asociarse con Alí no había sido mala idea. Desde luego parecía seguro de sí mismo.

Siguieron por el sendero cubierto de hierba, apartaron frondosas palmeras y telarañas resplandecientes. Había columnas hechas añicos en el suelo, medio engullidas por enredaderas gruesas y retorcidas. Una enorme serpiente negra se deslizó por los restos de un pequeño pabellón.

Cruzaron bajo un imponente arco que daba a la cámara ensombrecida de la antigua botica. Nahri parpadeó mientras sus ojos se acostumbraban a la falta de luz. El suelo del lugar había desaparecido, se lo había tragado la mugre. Solo quedaban secciones desparramadas de mampostería rota. Probablemente, el alto techo había sido hermoso en su día; aún quedaban trocitos de mosaico azules y dorados en su superficie de estuco delicadamente tallada. En una elaborada cornisa descansaba un nido de golondrinas.

Un estallido de luz la cegó de pronto. Nahri miró por encima del hombro y vio que Subha había invocado un par de llamas que bailaban en la palma de su mano.

Ante el asombro de Nahri, una expresión desafiante iluminó el rostro de la doctora.

—Imagino que sabes que los shafit son capaces de usar magia. *Más de lo que tú te crees.*

—Ah, claro —dijo Nahri en tono débil—. Me lo habían dicho.

Se giró para estudiar la estancia. La pared opuesta estaba repleta de cajones, cientos de ellos. Aunque los cubría el óxido, estaban todos unidos a una estructura de inteligente diseño, hecha de metal y mármol. Numerosas puertas de bronce bien cerradas mantenían unido todo el contenido. Había docenas de cajones cerrados, con superficies de volutas mancilladas por una herrumbre verde y rojiza.

—¿Te apetece ver qué aspecto tienen los ingredientes misteriosos y mágicos después de catorce siglos guardados en un cajón? —bromeó Nahri.

—Mejor no —replicó Subha, y apartó la mano de Alí de un manotazo cuando el príncipe ya la alargaba hacia uno de los cajones—. No. Ya saciaréis vuestra curiosidad después de que yo me haya ido.

Nahri disimuló una sonrisa. La doctora aún parecía exasperada, pero Nahri prefería la exasperación a la hostilidad patente.

—Creo que aquí hay espacio más que suficiente para todos nuestros suministros.

—Sospecho que sí, teniendo en cuenta que los míos caben en un arcón —replicó Subha—. Normalmente tengo que mandarles a mis pacientes que compren las medicinas que he de prepararles. No puedo permitirme el gasto.

—Ya no tendrás que pagar ni una moneda más —dijo suavemente Nahri—. Bueno, al menos mientras nuestro patrocinador real siga tan seguro de sí mismo. —Le dedicó a Alí una sonrisa dulce a la que el príncipe respondió con una mirada airada.

Un destello metálico en el suelo captó su atención. Nahri recordó que Alí había mencionado que en el área de cirugía había instrumental desparramado, y se agachó. Fuera lo que fuera lo que había destellado, estaba medio enterrado, escondido tras la raíz de un árbol que brotaba del suelo y manchaba una baldosa roja con montones de tierra oscura.

—¿Qué es? —preguntó Subha al tiempo que Nahri echaba mano de aquel objeto.

—Parece un escalpelo —respondió Nahri, apartando la mugre—. Pero está atascado ahí dentro.

Alí se inclinó sobre ella.

—Tira con más fuerza.

—Ya estoy tirando con fuerza.

Nahri dio otro fuerte tirón y la hoja de pronto salió, rociando tierra oscura en derredor. También salió la mano esquelética que aún sujetaba el escalpelo.

Nahri la soltó y cayó hacia atrás con un chillido sobresaltado. Alí la agarró del brazo y la echó hacia atrás mientras llevaba la mano libre al zulfiqar.

Subha echó un vistazo tras ellos dos.

—¿Eso es una mano? —Se le desorbitaron los ojos de terror.

Alí se apresuró a soltar a Nahri.

—Este lugar fue destruido durante la guerra —dijo con voz entrecortada y un brillo de culpabilidad en los ojos—. Quizá… quizá no enterraron a todas las víctimas.

—Es evidente que no —dijo Nahri en tono ácido.

Si Subha no hubiese estado allí le habría soltado a Alí un comentario bastante más afilado, pero no se atrevía a empezar una pelea sobre la guerra delante de la médica, que bastante inquieta estaba ya.

Sin embargo, fue Subha quien continuó:

—Parece terrible atacar un sitio como este —dijo en tono lúgubre—. Da igual lo justa que sea la guerra.

Alí contemplaba los huesos.

—Quizá no es eso lo que sucedió aquí.

—¿Y qué crees que sucedió entonces? ¿Qué es lo que según tú justifica destruir un hospital y masacrar a sus sanadores? —replicó Nahri, furiosa por la respuesta de Alí.

—No he dicho que estuviese justificado —se defendió Alí—. Lo que digo es que quizá pasó algo distinto.

—Creo que ya estoy harta de oír hablar del tema —interrumpió Subha con aire enfermizo—. ¿Qué tal si seguimos y dejamos lo de cavar para quienes puedan ocuparse en condiciones de estos restos?

Restos. La palabra parecía fría, clínica. *Familia*, corrigió Nahri en silencio, consciente de que había muchas probabilidades de que la persona que había sido asesinada aún con el escalpelo en mano hubiera sido Nahid. Se quitó el chador y envolvió cuidadosamente los huesos con él. Regresaría allí con Kartir.

Para cuando se volvió a levantar, Subha ya había cruzado la puerta de la botica, aunque Alí seguía allí.

Nahri lo agarró de la muñeca antes de que saliese él también.

—¿Hay algo de este lugar que no me estés contando?

Alí apartó rápidamente la mirada.

—Es mejor que no lo sepas.

Nahri apretó con más fuerza.

—No te atrevas a ser condescendiente conmigo. ¿Acaso no dijiste lo mismo sobre Dara? ¿No había muchos libros para los que yo «no estaba preparada»? ¿Cómo te salió esa jugada, eh?

Alí se libró de ella de un tirón.

—Todo el mundo sabía lo de Darayavahoush, Nahri. El único problema es que no había consenso sobre si era un monstruo o un héroe. Pero lo que condujo a esto... —Ladeó la cabeza y abarcó toda la estancia con un gesto—. Lo que condujo a esto está enterrado. Y si quieres empezar de nuevo, más vale que así siga.

19
DARA

—A tacaremos la segunda noche de Navasatem —dijo Dara mientras contemplaban el mapa que había invocado: una sección de la estrecha playa de Daevabad. Las murallas de la ciudad y la Ciudadela se cernían justo tras ella—. Habrá luna nueva y poca luz. La Guardia Real no nos verá aproximarnos hasta que su torre se desplome sobre el lago.

—O sea, la noche después del desfile, ¿correcto? —preguntó Mardoniye—. ¿Seguro que es aconsejable?

Kaveh asintió.

—Puede que no haya presenciado nunca un Navasatem en Daevabad, pero he oído hablar mucho sobre el primer día de celebraciones. Se empieza a beber al alba y no se acaba hasta después de las competiciones en el estadio. A medianoche, media ciudad estará inconsciente en la cama. Tomaremos por sorpresa a los djinn y la mayor parte de los daeva estará en su casa.

—Y Nahri se encontrará en el dispensario, ¿verdad? —preguntó Dara—. ¿Estás seguro de que Nisreen puede mantenerla a salvo?

—Por vigésima vez, Afshín: sí. —Kaveh suspiró—. Nisreen bloqueará la puertas del dispensario en cuanto vea esa… creativa señal… que quieres hacer.

Dara no estaba convencido.

—Nahri no es de las que se quedan encerradas contra su voluntad.

Kaveh le dedicó una mirada ecuánime.

—Nisreen lleva años a su lado. Estoy seguro de que puede encargarse de ello.

Y yo estoy seguro de que no tiene ni idea de que la Nahid a su cargo se ganaba la vida en su día entrando y saliendo de sitios sin que la vieran. Dara, inquieto, le lanzó una mirada a Mardoniye.

—¿Puedes ir a ver si Banu Manizheh está lista para venir? —pidió.

Manizheh apenas había salido de su tienda en los últimos días. Trabajaba en sus experimentos a un ritmo febril.

El joven soldado asintió, se puso en pie y se dirigió al otro extremo del campamento. El cielo tenía un pálido tono rosa entre los árboles oscuros. Las nieves habían empezado por fin a derretirse y la tierra ahíta de rocío resplandecía bajo los primeros rayos de sol del día. Los arqueros de Dara ya se habían ido a caballo al valle de abajo, a practicar el tiro. Otro par de guerreros traían a Abu Sayf, aún bostezante, a la zona de entrenamientos. Dara había dejado claro a sus soldados que solo debían entrenarse con Abu Sayf en su presencia.

Aeshma soltó un resoplido que atrajo la atención de Dara.

—Aún no puedo creer que vayan a celebrar lo que nos hizo Salomón —le dijo a Vizaresh.

El humor de Dara se ensombreció al instante. El ifrit había regresado al campamento el día anterior. Cada hora que Dara pasaba junto a ellos se le hacía más y más difícil.

—Celebramos liberarnos de su yugo —replicó—. Recordarás... la parte en que los nuestros obedecieron y, como consecuencia, no les arrebataron su magia. A buen seguro habréis celebrado algún tipo de festejo en su día.

Aeshma puso una expresión nostálgica.

—A veces, los humanos de mi tierra sacrificaban vírgenes en mi honor. Proferían unos gritos horribles, pero la música era encantadora.

Dara cerró los ojos un instante.

—Olvida que te lo he preguntado. Hablando del ataque... ¿estáis preparados? ¿Podréis manejar a los necrófagos?

Vizaresh inclinó la cabeza.

—Estas cosas se me dan bien.

—¿Lo bastante bien como para que no ataquen a mis guerreros?

Él asintió.

—Yo mismo estaré en la playa junto a ellos.

Eso no consiguió que Dara se sintiese mucho mejor. Odiaba la idea de separar a su pequeña milicia y dejar a un grupo de guerreros no muy avezados en el otro extremo de la ciudad. Pero no tenía alternativa.

Aeshma sonrió.

—Si te preocupa, Afshín, estoy seguro de que Qandisha estará encantada de unirse a nosotros. Te echa muchísimo de menos.

El fuego del campamento dio un sonoro chasquido como respuesta.

Kaveh le lanzó una mirada de soslayo.

—¿Quién es Qandisha?

Dara se concentró en respirar; contempló las llamas mientras intentaba controlar la magia que amenazaba con brotarle de las extremidades.

—La ifrit que me esclavizó.

Vizaresh chasqueó la lengua.

—Estaba muy celoso —confesó—. Jamás he conseguido esclavizar a alguien tan poderoso.

Dara se crujió sonoramente los nudillos.

—Sí, vaya una lástima.

Kaveh frunció el ceño.

—¿La tal Qandisha no trabaja con Banu Manizheh?

—Sí, pero él no permite que ande por aquí —se burló Aeshma, ladeando la cabeza hacia Dara—. Cayó de rodillas ante su Nahid y le suplicó que la enviase a otra parte. Dijo que era su única condición. Aunque puedo imaginarme por qué. —Aeshma se pasó la lengua por los dientes—. A fin de cuentas, Qandisha es la única que recuerda todo lo que hiciste como esclavo. Y debes de tener curiosidad. Catorce siglos de recuerdos... —Se inclinó hacia delante—. Piensa en todos los deliciosos deseos que debes de haber cumplido.

La mano de Dara descendió hasta su cuchillo.

—Tú dame un solo motivo, Aeshma —dijo, rabioso.

Los ojos de Aeshma danzaban.

—No es más que una broma, querido Afshín.

Dara no tuvo oportunidad de replicar. Se oyó un grito sobresaltado detrás de él, un golpe y el inconfundible sonido de dos cuerpos al chocar.

Y luego el terrible siseo de un zulfiqar que encendía sus llamas.

Antes de dar una sola inspiración más, Dara ya giraba sobre sus talones, con el arco en las manos. Percibió la escena ante sí a fragmentos. Una Manizheh exhausta que acababa de salir de la tienda. Los dos guardias de Abu Sayf en el suelo. El zulfiqar encendido en las manos del geziri, que se lanzó hacia ella...

La flecha de Dara salió disparada, pero Abu Sayf estaba listo para ello; alzó un tablón de madera con una velocidad y una pericia que tomaron a Dara por sorpresa. Aquel no era el hombre que había estado entrenando con sus soldados. Volvió a disparar y un grito le salió de la garganta al ver que Abu Sayf se abalanzaba sobre Manizheh.

Mardoniye saltó entre el explorador geziri y Manizheh. Detuvo el ataque del zulfiqar con su espada. El hierro siseó contra las llamas invocadas. Apartó a Abu Sayf de un empellón y apenas consiguió bloquear el siguiente ataque al tiempo que, sin darse cuenta, se interponía entre Dara y su objetivo.

Sin embargo, estaba claro quién era mejor espadachín. Mardoniye no pudo esquivar el siguiente ataque de Abu Sayf.

El zulfiqar le atravesó el estómago.

Un instante después, Dara corría hacia ellos. Su magia ascendía; el hielo y la nieve se derretían bajo sus pies. Abu Sayf extrajo el zulfiqar del estómago de Mardoniye, que se desplomó. Volvió a alzarlo sobre Manizheh...

Ella chasqueó los dedos.

Dara, a tres metros de distancia, oyó cómo se quebraban los huesos de la mano de Abu Sayf. El geziri soltó un chillido de dolor y dejó caer el zulfiqar. Manizheh lo contempló con un odio frío en sus ojos oscuros. Para cuando Dara llegó hasta ellos, sus soldados ya habían inmovilizado al geziri. Tenía la mano horriblemente rota, los dedos doblados en diferentes direcciones.

Dara se dejó caer junto a Mardoniye. Los ojos del joven daeva brillaban, su rostro ya estaba pálido. La herida era un agujero abierto y escalofriante. Sangre negra se amontonaba bajo su cuerpo. Aunque algunos zarcillos del veneno negro verdoso del zulfiqar le corrían por la piel, Dara supo que no sería eso lo que lo mataría.

Manizheh se puso a trabajar al instante: le rajó las ropas al joven guerrero, le impuso las manos sobre el estómago y cerró los ojos.

No pasó nada. No iba a pasar nada. Dara lo sabía. Nadie, ni siquiera una Nahid, curaba el tajo de un zulfiqar.

Manizheh ahogó un grito, un sonido estrangulado de rabiosa incredulidad en su garganta. Apretó el vientre de Mardoniye con más fuerza.

Dara le tocó la mano.

—Mi señora...

Los ojos de Manizheh volaron hacia los suyos, más desesperados de lo que Dara había visto jamás. Él negó con la cabeza.

Mardoniye chilló de dolor, agarrando la mano de Dara.

—Duele —susurró, con lágrimas corriéndole por las mejillas—. Oh, Creador, por favor.

Dara lo tomó con ternura en sus brazos.

—Cierra los ojos —lo arrulló—. El dolor pasará pronto, amigo mío. Has luchado bien.

Tenía un nudo prieto en la garganta. Las palabras salían automáticamente de él, de tantas veces como había cumplido con aquel horrible deber.

La sangre se derramaba de la boca de Mardoniye.

—Mi madre...

—Tu madre vendrá a vivir a mi palacio y no volverá a pasar una sola necesidad. —Manizheh hizo una bendición sobre la frente de Mardoniye—. Yo misma la llevaré a visitar tu santuario en el templo. Me has salvado la vida, hijo, y por ello tus ojos se abrirán pronto en el Paraíso.

Dara acercó los labios al oído de Mardoniye.

—Es hermoso —susurró—. Hay un jardín, una pacífica arboleda de cedros, donde esperarás junto a tus seres queridos...

La voz se le acabó por romper y las lágrimas rebosaron sus ojos. Mardoniye sufrió un espasmo y luego quedó inmóvil. Su sangre, caliente, manchaba poco a poco las ropas de Dara.

—Ha muerto —dijo Manizheh en tono suave.

Dara le cerró los ojos a Mardoniye y lo depositó con delicadeza en la nieve ensangrentada. *Perdóname, amigo mío.*

Se puso en pie y extrajo el cuchillo que llevaba al cinto. Antes incluso de aproximarse a Abu Sayf ya le corrían llamas por los brazos, en los ojos. El geziri estaba ensangrentado, con la nariz rota. Lo sujetaban cuatro de los guerreros de Dara.

La rabia lo recorrió por completo. El cuchillo en su mano se transmutó; se convirtió en una nube de humo que dio paso a un flagelo.

—Dime por qué no debería flagelarte hasta reducirte a pedazos ahora mismo —siseó Dara—. ¿Por qué no habría de hacerle lo mismo a tu compañero y obligarte a oír sus gritos, sus súplicas para que lo mate de una vez?

Abu Sayf lo miró a los ojos, con una mezcla de derrota y lúgubre determinación en el semblante.

—Porque tú en mi lugar habrías hecho lo mismo. ¿Crees que no sabemos quién eres? ¿Que no sabemos lo que tu Nahid está haciendo con nuestra sangre, con nuestras reliquias? ¿Crees que no sabemos lo que planeáis hacer en Daevabad?

—La ciudad no es vuestra —espetó Dara—. Te he tratado con amabilidad, y así es como me lo pagas.

La incredulidad atravesó el rostro de Abu Sayf.

—No puedes ser tan ingenuo, Afshín. Amenazaste con torturar al joven guerrero a mi cargo si no entrenaba a tus hombres para matar a mis congéneres. ¿De verdad crees que un par de comidas compartidas y algo de conversación cambian eso?

—Lo que creo es que eres un mentiroso de una tribu de mentirosos. —Dara prosiguió, consciente de que no era Abu Sayf con quien estaba enfadado—. Una horda de moscas de la arena que mienten, manipulan y fingen amistad para ganarse la confianza.

—Alzó el flagelo—. Creo que lo primero que debería hacer es arrancarte es la lengua.

—No.

La voz de Manizheh cortó el aire.

Dara se giró.

—¡Ha matado a Mardoniye! ¡Iba a matarte a ti!

Estaba tan furioso consigo mismo como con Abu Sayf. Dara jamás debería haber permitido que algo así sucediera. Sabía lo peligrosos que eran los geziri, y sin embargo les había permitido quedarse en el campamento. Había caído en la autocomplacencia por culpa del divasti que Abu Sayf hablaba con fluidez, por la comodidad de las historias compartidas con otro guerrero. Y como consecuencia, Mardoniye había muerto.

—Voy a matarlo, Banu Nahida —dijo Dara en tono seco; por una vez no le costó mostrarse desafiante—. Es un asunto de guerra que tú no comprendes.

Hubo un destello en los ojos de Manizheh.

—No te atrevas a ser condescendiente conmigo, Darayavahoush. Baja el arma. No te lo pediré de nuevo. —Se giró hacia Kaveh sin aguardar a que Dara respondiese—. Trae el suero y la reliquia de mi tienda. Y quiero que traigan también al otro geziri.

Dara se encogió, humillado.

—Banu Nahida, lo que quería decir es…

—Me da igual lo que quisieras decir. —Su mirada lo redujo aún más—. Puede que te tenga cariño, Darayavahoush, pero no soy tan ignorante como mi hija en cuanto a nuestra historia. Tú obedeces mis órdenes. Aun así, si te sirve de algo… —Pasó a su lado sin siquiera mirarlo—. No pienso dejar con vida a estos hombres.

Kaveh regresó.

—Aquí tienes, mi señora —dijo, y le tendió una pequeña botellita de cristal con tapón de cera roja.

Los hombres de Dara regresaron un instante después, arrastrando al segundo explorador geziri, que forcejeaba y maldecía. Se quedó callado en cuanto vio a Abu Sayf. Sus ojos grises se cruzaron y una mirada de entendimiento pasó entre los dos.

Por supuesto, idiota. Debían de haberlo planeado. Se estaban riendo a tus espaldas de ti, de tus debilidades. Una vez más, Dara se maldijo a sí mismo por subestimarlos. Cuando era más joven habría sido bien distinto. Cuando era más joven los habría matado en el bosque.

Manizheh le tendió la reliquia a uno de sus hombres.

—Pónsela de nuevo en la oreja. Y atadlos... aquí y aquí —dijo, indicando un par de árboles separados unos diez pasos entre sí.

El explorador más joven empezaba a ceder al pánico. Se revolvió mientras le volvían a colocar la reliquia en la oreja, los ojos desesperados.

—Hamza —dijo Abu Sayf en tono suave—. No les des la satisfacción de verte así.

Una lágrima cruzó la mejilla del explorador, pero dejó de resistirse.

Mardoniye, se recordó Dara. Dejó de mirar al asustado geziri y se giró hacia Manizheh.

—¿Qué es eso? —preguntó, mirando la botella.

—La otra parte de nuestro plan. Una poción en la que llevo décadas trabajando. Un modo de matar a un hombre que podría estar bien protegido. Un modo muy rápido de detenerlo.

Dara se puso rígido.

—¿Un modo de matar a Ghassán?

La mirada de Manizheh parecía lejana.

—Entre otros. —Abrió la botellita.

Un fino vapor cobrizo brotó de su interior y se retorció en el aire como si tuviese vida propia. Pareció vacilar, buscar.

Y de pronto, sin previo aviso, se lanzó hacia Abu Sayf.

El explorador de mayor edad se echó hacia atrás justo cuando el vapor pasó frente a su rostro y se arremolinó alrededor de su reliquia. Se disolvió en apenas un parpadeo. El metal líquido destelló en una niebla cobriza que desapareció dentro de su oreja.

Hubo un instante de conmoción sobresaltada y horrorizada en su rostro. Acto seguido, Abu Sayf se llevó las manos a la cabeza y aulló.

—¡Abu Sayf! —gritó el djinn más joven.

Él no respondió. Por los ojos, las orejas y la nariz le corrían regueros de sangre mezclados con vapores cobrizos.

Kaveh ahogó un grito y se cubrió la boca.

—¿Es eso... es eso lo que mi Jamshid...?

—Sospecho que Jamshid encontró una versión anterior en mis notas —respondió Manizheh—. Esta es mucho más avanzada. —Guardó un breve silencio mientras Abu Sayf quedaba inmóvil. Sus ojos ciegos miraron al cielo y tragó saliva, con un sonido tan alto que Dara lo oyó—. Lo atraen las reliquias geziri. Las consume para propagarse, hasta constreñir el cerebro y matar a quien lleva la reliquia.

Dara no podía apartar los ojos de Abu Sayf. Tenía el cuerpo ensangrentado, retorcido, el rostro congelado en una máscara de agonía. La explicación de Manizheh le provocó un escalofrío que apagó las llamas que aún le lamían las extremidades.

Intentó recomponerse en cierta medida.

—Pero se trata de magia. Si lo intentas usar contra Ghassán, él se limitará a activar el sello.

—Funciona también sin magia. —Manizheh sacó un escalpelo—. Si se elimina la magia, tal y como hace la sangre Nahid, tal y como hace el sello de Salomón... —Se hizo un corte en el pulgar y lo apretó hasta que salió una gota de sangre negra, que aterrizó sobre un zarcillo de vapor que brotaba del cadáver de Abu Sayf. Una esquirla irregular de cobre cayó al instante sobre la nieve manchada de sangre—... eso es lo que te entrará en el cráneo.

El otro explorador intentaba librarse de las ataduras mientras vociferaba en geziriyya. Y entonces empezó a gritar.

El vapor se arrastraba hacia sus pies.

—¡No! —chilló mientras aquella cosa se le enrollaba por el cuerpo y avanzaba hacia su oreja—. No...

El chillido quedó cercenado. En esa ocasión, Dara sí que apartó la mirada, para centrarla en el cadáver de Mardoniye hasta que el segundo explorador dejó de gritar.

—Bueno —dijo Manizheh en tono lúgubre. No había triunfo alguno en su voz—. Supongo que funciona.

Junto a ella, Kaveh se tambaleó. Dara lo sujetó poniéndole una mano en el hombro.

—¿Quieres que le dé esto a Ghassán? —preguntó el visir con voz ronca.

Manizheh asintió.

—Vizaresh ha diseñado uno de sus viejos anillos para que la joya, falsa, pueda rellenarse de vapor. Solo tendrás que romperlo en presencia de Ghassán. Matará a todos los geziri que haya en la estancia.

«Matará a todos los geziri que haya en la estancia». Kaveh parecía a punto de vomitar. Dara no podía culparlo.

Aun así, fue él quien dijo:

—Puedo hacerlo yo. No hace falta que el gran visir se ponga en peligro.

—Sí que hace falta —replicó Manizheh, aunque en su voz se percibía una callada preocupación—. No sabemos si Ghassán podrá usar contra ti el sello de Salomón, Dara. No podemos arriesgarnos a averiguar la respuesta. El rey ha de morir antes de que tú pongas un pie en el palacio. El puesto de Kaveh le asegura un acceso relativamente fácil y desprotegido.

—Pero...

—Lo haré —la voz de Kaveh no sonó menos amedrentada, pero habló con determinación—. Lo haré por lo que Ghassán le hizo a Jamshid.

El estómago de Dara se encogió. Contempló a los exploradores muertos. La tierra fría humeaba a medida que se extendía su sangre manchada de cobre. Así que en eso había estado trabajando tan entregada Manizheh en los últimos meses.

¿Acaso pensabas que no sería violento? Dara conocía la guerra. Sabía, más que ninguna otra persona, lo que los Nahid eran capaces de hacer.

Pero, por el Creador, cómo odiaba ver que esa violencia arrastraba a la Banu Nahida.

La misma violencia que también había arrastrado a Mardoniye, se recordó a sí mismo. La que había arrastrado a Nahri y a Jamshid. Ghassán llevaba años aterrorizando y matando a los daeva. Si la victoria de su pueblo requería que el rey y algunos de sus guardias muriesen entre horribles dolores, Dara no pensaba poner objeciones. Pensaba poner fin a aquella guerra y asegurarse de que Manizheh no tenía que volver a recurrir jamás a esos extremos.

Carraspeó.

—Parece que sí que tendrás que ser tú, Kaveh. Y ahora, si me disculpáis... —Se dirigió al cadáver de Mardoniye—. He de enterrar a un guerrero.

Dara construyó la pira funeraria de Mardoniye con sus propias manos y se mantuvo a su lado hasta que quedó reducido a cenizas. Los restos abrasados proyectaban una débil luz en medio de la noche oscura. Para entonces, Dara ya se había quedado solo. Manizheh había supervisado los ritos funerarios y luego se había ido a despedirse de Kaveh. Dara le había ordenado al resto de sus soldados que siguiese con sus deberes. Notaba que estaban alterados; por más devoción y entrenamiento que tuviesen, pocos habían presenciado el tipo de lucha que acaba con un hombre desangrándose en la nieve. Dara veía una pregunta no formulada en sus ojos: ¿acabarían ellos así también en Daevabad?

Dara odiaba no poder decirles que no sería así.

Alguien le tocó el hombro y lo sobresaltó. Miró por encima del hombro.

—¿Irtemiz?

La joven arquera se acercó un paso más.

—Hemos pensado que alguien debería venir a ver cómo estás —dijo en tono suave. Su mirada cayó sobre la pira humeante—. No puedo creer que se haya ido. —Le tembló la voz—. Debería haber tenido el arco a mano en todo momento, tal y como me dijiste...

—No es culpa tuya —dijo Dara con firmeza—. Esa mosca de la arena se limitaba a esperar a la oportunidad idónea. —Le apretó el hombro—. Además consiguió bloquear mis flechas. No se te ocurrirá decirme que eres mejor que tu maestro, ¿verdad? —añadió en fingido tono de ofensa.

Esa frase le dibujó una pequeña y triste sonrisa en los labios.

—Dame una década más y ya verás. —La sonrisa se desvaneció—. Hay... hay algo más que hemos pensado que deberías ver.

Dara frunció el ceño al oír el tono en que había hablado.

—Dime.

Irtemiz lo llevó entre los árboles oscuros. Sus botas crujían contra el suelo.

—El primero que se dio cuenta fue Bahram, cuando sacó los caballos. Dice que llega hasta donde alcanza la vista.

Rebasaron la arboleda y el valle se extendió a sus pies. El río era un lazo resplandeciente de luz de luna, que normalmente habría irradiado su fulgor por toda la llanura que los rodeaba.

Sin embargo, la hierba de primavera no se veía oscura, sino que brillaba con el mismo tono cobrizo que había tenido el vapor de Manizheh. Una niebla baja y mortal que se pegaba a la tierra.

—Bahram... ha cabalgado hasta bastante lejos, Afshín. Dice que está por todas partes. —Tragó saliva—. Aún no se lo hemos dicho a la Banu Nahida. No estamos seguros de que debamos ser nosotros quienes se lo digan, pero esperamos... esperamos que esto no implique...

Dejó morir la voz, incapaz de formular el mismo miedo horrible que dominaba el corazón de Dara.

—Debe de haber alguna explicación —dijo al fin—. Hablaré con ella.

Dara fue directo a la tienda de Manizheh, ignorando las miradas de los guerreros y las risitas entre dientes de los ifrit junto a su hoguera llameante. A pesar de lo tarde que era, Manizheh estaba despierta; la luz de las lámparas de aceite brillaba en el interior de la tienda. Dara captó el olor del té recién hecho.

—¿Banu Manizheh? —llamó—. ¿Puedo hablar contigo?

Ella apareció un instante después. En lugar del familiar chador de siempre, llevaba un grueso chal de lana. Estaba claro que se preparaba para irse a dormir, deshechas las trenzas negras y plateadas. Parecía sorprendida de ver a Dara.

—Afshín —saludó. Le escrutó el rostro con ojos preocupados—. ¿Qué sucede?

Dara se ruborizó, avergonzado de abordarla de aquella guisa.

—Disculpa mi intromisión, pero se trata de un tema que sería mejor discutir en privado.

—Pues entra. —Abrió la cortinilla de entrada a la tienda—. Tómate un té conmigo. Y siéntate. Ha sido un día terrible.

El afecto en su voz lo tranquilizó. Parte del pánico que crecía en su corazón amainó. Se quitó las botas y colgó la capa antes de tomar asiento en uno de los almohadones. Al otro lado de la tienda, la cortina que separaba la pequeña estancia donde Manizheh dormía estaba descorrida.

Una de las gorras de Kaveh seguía allí. Dara apartó la vista de ella, pues presentía que no era de su incumbencia.

—¿Se ha marchado el gran visir?

—Justo después del funeral —replicó ella, echándole algo de té—. Quería cubrir algo de distancia antes del ocaso.

Dara aceptó la taza que le tendió.

—Kaveh lleva la alfombra mejor de lo que yo habría pensado —dijo—. Esas historias sobre carreras de caballos en Zariaspa que cuenta a veces deben de ser ciertas.

Manizheh tomó asiento frente a él.

—Está ansioso por regresar a Daevabad. Lleva preocupado por Jamshid desde que recibimos la carta de Nisreen. —Manizheh dio un sorbo a su bebida—. Pero algo me dice que Kaveh no es el motivo de que estés aquí.

—No, la verdad es que no. —Dara dejó el té—. Mi señora, mis jinetes me han llamado la atención sobre algo que creo que deberías saber. El vapor cobrizo que mató a los exploradores... parece haberse extendido. A mí me parece menos intenso, pero está por todas partes. Flota por el suelo hasta el valle del río.

La expresión de Manizheh no se alteró.

—¿Y?

Aquella respuesta entrecortada le desbocó el corazón a Dara.

—Dices que la niebla se ve atraída por las reliquias geziri, que las consume para expandirse... —Se le quebró la voz—. Pero, Banu Nahida, ¿cuándo se detiene?

Ella lo miró a los ojos.

—No lo sé. En eso he estado trabajando todos estos meses. He estado intentado encontrar un modo de contener su avance y el lapso de tiempo en que es tan potente. —Sus ojos se atenuaron—. Pero no he tenido mucho éxito, y se nos acaba el tiempo.

—Vas a permitir que Kaveh suelte eso en el palacio —susurró Dara. Intentó controlarse mientras las implicaciones lo asaltaban—. Banu Manizheh... debe de haber cientos de geziri en el palacio. Los estudiosos de la biblioteca, secretarios, ayudantes. Las mujeres y niños del harén. La hija de Ghassán. Todos llevan reliquias. Si Kaveh libera la niebla en mitad de la noche... podría matar a todos los geziri de ahí dentro.

Manizheh dejó en silencio la taza de té. Un silencio que consiguió que Dara se tambalease.

No. Por el Creador, no.

—No será solo el palacio. —Ahogó un grito entre los labios—. Piensas que la niebla podría matar a todos los geziri de Daevabad, ¿verdad?

No había manera de confundir el suave tono de desesperación en su voz al replicar:

—Creo que es probable que suceda, sí. —Pero entonces, sus ojos negros se endurecieron—. Pero ¿qué más da? ¿Cuántos daeva murieron cuando Zaydi al Qahtani se apropió de Daevabad? ¿Cuántos de tus amigos y parientes murieron, Afshín? —El rencor preñó su voz—. Esas moscas de la arena no son unos completos idiotas. Al menos, algunos de ellos comprenderán lo que está pasando y se desprenderán de sus reliquias. Por eso es tan importante actuar en el momento adecuado.

Una voz gritaba en la cabeza de Dara, pero no sentía calor alguno, nada de magia que intentase escapar de su piel. Sentía más frío que nunca antes en su vida.

—No lo hagas —dijo. Le temblaba todo el cuerpo—. No comiences tu reinado con tanta sangre en las manos.

—No tengo alternativa. —Dara apartó la vista y Manizheh insistió con voz más firme—. Es el único modo de vencer. Y tenemos que vencer. Si Ghassán sobrevive, si nuestra victoria no es completamente decisiva, nos aniquilará. No descansará hasta que quede destruido el último resto de nuestro pueblo. ¿Sientes dolor por Mardoniye? Imagino que comprenderás cuántos de tus guerreros sobrevivirán si no quedan soldados con los que luchar para cuando lleguemos a palacio.

—Nos convertirás en monstruos. —El hielo alrededor de su corazón se hizo pedazos. Dara empezó a perder la lucha contra sus propias emociones—. Eso es lo que seremos si permites que algo así suceda… y, Banu Nahida, no es el tipo de reputación que se llega a perder. —Le dedicó una mirada suplicante—. Te lo ruego, mi señora. Hablamos de gente inocente. Niños. Viajeros que vienen a celebrar Navasatem.

El recuerdo lo consumía. Todo aquello sonaba demasiado familiar.

Mercaderes. Comerciantes. Tejedores cuyas sedas de finos bordados se mancharon de sangre demasiado carmesí. Niños que no sabían que el tono marrón de sus ojos había sellado su destino. Las calmadas órdenes y las explicaciones fríamente razonadas de otra generación de Nahid.

La legendaria ciudad de Qui-zi reducida a ruinas humeantes. Los gritos y el olor de la sangre terrosa, que jamás abandonarían sus recuerdos.

—Pues monstruos habremos de ser —afirmó Manizheh—. Pagaré ese precio a cambio de poner fin a esta guerra.

—No le pondrás fin —argumentó Dara, desesperado—. Cada geziri capaz de empuñar un arma acudirá a la rivera del Gozán en cuanto se entere de que hemos masacrado a sus congéneres sin provocación previa. Lucharán contra nosotros hasta el Día del Ju…

—Pues lanzaré la niebla en su tierra natal. —Dara se echó hacia atrás y Manizheh prosiguió—. Que las tribus djinn sepan el precio que tiene la rebelión. No deseo mancharme las manos con tanta muerte, pero si sirve para sofocar las rebeliones de los sahrayn y los ardides de los ayaanle, que así sea. Que el destino de los geziri pese sobre las mentes de los tukharistaníes que aún maldicen tu nombre, de los agnivanshis que piensan que los protegen sus anchos ríos.

—Suenas como Ghassán —acusó Dara.

Los ojos de Manizheh destellaron de ira.

—Pues quizá haya estado en lo cierto al gobernar así —dijo con amargura—. Pero al menos, esta vez no será mi familia y mi tribu la que viva con miedo.

—Hasta la siguiente guerra —dijo él, incapaz de reprimir el salvaje resentimiento que crecía en su interior—. En la que supongo que me obligarán a mezclarme, si es que muero en esta. —Se puso de pie—. Se suponía que ibas a ser mejor que todo esto. Mejor que los Qahtani. ¡Mejor que tus ancestros!

Cruzó la tienda y echó mano a su capa.

—¿Adónde vas? —preguntó Manizheh en tono afilado.

Dara se puso las botas.

—A detener a Kaveh.

—Por supuesto que no. Estás bajo mis órdenes, Darayavahoush.

—Te dije que te ayudaría a recuperar Daevabad, no a crear otro Qui-zi.

Echó mano de la cortinilla de la tienda, que salió ardiendo al tiempo que una punzada lacerante le recorría el brazo.

Dara soltó una exclamación, más de sorpresa que de dolor. Giró sobre sus talones.

Manizheh chasqueó los dedos y el dolor se desvaneció.

—Esta conversación no ha acabado —dijo, furiosa—. He arriesgado y perdido demasiado para que mis planes fracasen ahora por culpa de un guerrero a quien de pronto le ha salido conciencia a pesar de tener más sangre en las manos de la que puedo siquiera imaginar. —Tenía la expresión gélida—. Si de verdad te consideras un Afshín, te vas a sentar ahora mismo.

Dara la contempló, incrédulo.

—Tú no eres así, Banu Manizheh.

—Tú no sabes cómo soy, Darayavahoush. No sabes lo que ya me has costado.

—¿Qué te he costado? —La acusación era casi irrisoria. Dara se golpeó el pecho con el puño—. ¿Acaso crees que quiero estar aquí?

La rabia se retorció en su corazón y de pronto empezó a liberarse… la línea que se había jurado que jamás cruzaría, el resentimiento que se alimentaba de las partes más oscuras de su alma:

—¡Yo no quiero nada de esto! ¡Tu familia destruyó mi vida, mi honor, mi reputación! ¡Me obligasteis a llevar a cabo uno de los peores crímenes de nuestra historia, y cuando nos explotó en la cara, me echasteis la culpa a mí!

Ella le clavó una mirada hostil.

—No fui yo quien te puso un flagelo en la mano.

—No, tú solo eres quien me ha devuelto la vida. Dos veces. —Las lágrimas le emborronaron la vista—. Yo estaba con mi hermana. Estaba en paz.

Los ojos de Manizheh llameaban.

—No tienes derecho a añorar la paz con tu familia después de lo que le hiciste a la mía.

—Tu hija jamás estaría de acuerdo con esto.

—No me refiero a mi hija. —La mirada de Manizheh lo atravesó. Dara podría jurar que sentía su magia, el fantasma de unos dedos alrededor de su garganta, una tirantez afilada en el pecho—. Sino a mi hijo.

La confusión lo atravesó.

—¿Tu hijo?

Sin embargo, antes de que acabase de formular la pregunta del todo, la mirada de Dara cayó sobre la gorra de Kaveh, apoyada en la cama de Manizheh. Recordó las fieras palabras que había pronunciado sobre mantener escondidos a sus seres queridos...

Y pensó, de repente, en el joven de buen corazón a quien había rociado de flechas.

—No —susurró Dara—. No... no tiene habilidades de Nahid.

Dara no podía ni pronunciar su nombre; decirlo volvería cierta aquella horrorizada sospecha que le pasaba por la mente.

—Dijo que su madre era una sirviente, que había muerto al dar a luz...

—No lo sabe —dijo Manizheh con brusquedad—. No tiene madre porque, si los Qahtani descubriesen la verdad, lo habrían metido en la misma jaula en la que estaba yo. No tiene habilidades de Nahid porque, cuando no tenía ni una semana de edad, tuve que marcar a mi bebé con un tatuaje que las inhibiese. Para darle una vida, una futuro pacífico en mi querida Zariaspa, no me quedó más remedio que negarle todos sus derechos de nacimiento. —Le temblaba la voz—. Jamshid e-Pramukh es mi hijo.

Dara inspiró para que le entrase aire en los pulmones, intentando hablar.

—No puede ser.

—Es mi hijo —repitió Manizheh—. Es tu Baga Nahid, si es que eso significa algo para ti. —En aquel momento sonaba más dolida que enfadada—. Y casi lo mataste a consecuencia de tu imprudencia con mi hija. Le arrebataste el único futuro que siempre quiso, lo dejaste hecho un despojo, en medio de un dolor físico tan grande que Kaveh dice que hay días en los que no puede salir de la cama. —Se le torció el semblante—. ¿Cuál es el castigo por algo así, Afshín? ¿Por coser a flechazos a un hombre a quien deberías haber saludado aplastando tu cara contra el suelo?

Dara estaba de pronto sentado, aunque no tenía noción alguna de haberse movido. Tenía las rodillas débiles y la cabeza embotada.

Estaba claro que Manizheh no había acabado:

—No te lo iba a decir, ¿sabes? Al menos hasta que hubiésemos vencido. Hasta que Jamshid estuviese a salvo y yo hubiese podido borrar esa maldita marca que lleva a la espalda. Pensé que ya habías sufrido bastante. Me temía que la culpabilidad te rompiese del todo.

Podía ver en los ojos de Manizheh que todo era cierto, y vaya si se rompió. Lo rompió comprender que Manizheh había pasado todos aquellos años en los que Jamshid tanto la necesitaba en compañía del hombre que lo había herido.

—Lo siento —susurró.

—No quiero tus disculpas —espetó Manizheh—. Quiero a mis hijos. Quiero mi ciudad. Quiero el trono y el sello que Zaydi al Qahtani les robó a mis ancestros. Quiero que los daeva de mi generación dejen de sufrir por los actos de los daeva de la tuya. Y te seré sincera, Afshín: me importa un bledo que no apruebes mis métodos.

Dara se pasó la mano por los cabellos.

—Tiene que haber un modo mejor de hacerlo. —Podría oír la súplica en su voz.

—No lo hay. Tus guerreros me han jurado lealtad. Si vas a buscar a Kaveh, para cuando regreses ya nos habremos marchado. Me los llevaré a Daevabad y soltaré el veneno yo misma. Espero que mate a Ghassán antes de que comprenda lo que pase y mande masacrar a Nahri, a Jamshid y a todos los daeva que pueda atrapar. —Le clavó la mirada—. O, como alternativa, puedes ayudarme.

Las manos de Dara se apretaron hasta formar puños. Se sentía más preso de lo que se había sentido en años, como si se hubiese dejado atrapar por una red en la que se había metido sin darse cuenta. Y, que el Creador lo perdonase, no veía modo alguno de escapar sin que muriesen más de sus seres queridos.

Bajó la mirada y cerró brevemente los ojos. *Perdóname, Tamima*, imploró suavemente. Quizá Manizheh tuviese razón. Aquel acto brutal podría bastar para someter permanentemente a las demás tribus.

Sin embargo, por estar a su lado mientras lo llevaba a cabo, Dara imaginó que jamás volvería a ver el jardín donde le esperaba su hermana.

Abrió los ojos, con el alma tan pesada como el hierro.

—Mis soldados hacen preguntas —dijo lentamente—. No quiero que esto pese sobre sus conciencias. —Le clavó la mirada su Nahid y volvió a inclinar la cabeza—. ¿Qué quieres que les diga?

20
ALÍ

—Llevaos los ladrillos también —dijo Alí, protegiéndose los ojos de la brillante luz del sol para escrutar el montículo de escombros que sus trabajadores habían desenterrado mientras arrancaban la plataforma que habían levantado sobre las ruinas de la mezquita del jeque Anas—. Ya encontraremos dónde darles uso.

Uno de los hombres sacó de un tirón un trozo de tela medio podrida del montón de escombros.

—Parece una alfombra vieja. —La tiró a los pies de Alí—. Probablemente no valga la pena recuperarla, ¿no?

Alí centró la vista en aquel fragmento hecho jirones. Lo que quedaba del patrón geométrico de la alfombra le resultó al instante conocido. Alí había rezado sobre aquella alfombra, se había sentado en un silencio arrebatado mientras escuchaba los atronadores sermones del jeque Anas.

—No —dijo, con un nudo en la garganta a causa del recuerdo del jeque asesinado—. Probablemente no.

Una mano pesada le aterrizó sobre el hombro y lo distrajo de sus pensamientos con un sobresalto.

—Las mujeres y los niños se han ido con Aqisa —anunció Lubayd—. Hay tiendas para ellos fuera del hospital. Esa doctora gruñona que os habéis buscado va a examinarlos a todos.

—Esa doctora gruñona tiene nombre —respondió Alí, cansado—. Y te recomendaría que no le buscases las cosquillas. Pero en cualquier caso, gracias.

Lubayd lo miró con ojos entrecerrados.

—¿Va todo bien, hermano? No tienes buen aspecto.

Alí suspiró y se apartó de la alfombra.

—No me resulta fácil estar por aquí. —Paseó la vista por la calle en la que unos cuantos hombres shafit que acababan de liberar daban cuenta de la comida que había enviado su hermana desde las cocinas de palacio. Como acababan de llegar, más bien a rastras, desde el mundo humano hasta Daevabad, no tenían hogares a los que regresar—. Y no resulta fácil oír todas estas historias.

Lubayd siguió su mirada.

—Me gustaría lanzar al lago a los puros de sangre que supervisaban este lugar. Valiente puñado de ladrones y rufianes.... Robaban joyas, acosaban a las mujeres y golpeaban a los hombres que les plantaban cara. —Negó con la cabeza—. Y todo bajo el pretexto que ayudar a los shafit recién llegados a encontrar a sus familias. Vaya un plan malvado.

—No era solo a los recién llegados —señaló Alí—. He estado hablando con mucha gente que fue raptada y obligada a servir, como el padre y la niña con los que nos cruzamos al llegar.

—Y dijiste que el jefe era un geziri, ¿correcto? ¿Un tal Tariq al no sé qué? —Lubayd parecía asqueado—. Qué vergüenza. Ese tipo de comportamiento va en contra de todo aquello por lo que hemos luchado.

—El dinero cambia a la gente —dijo Alí—. Y creo que por aquí se ganaba bastante.

Echaron a caminar.

—A propósito de dinero, ¿vamos a amenazar hoy a más ricachones? —preguntó Lubayd.

Alí negó con la cabeza y se limpió el polvo de la cara con un extremo del turbante.

—No es amenazar... es corregir un déficit fiscal. Pero no, hoy no. He sellado un plan de compensaciones con Abul Dawanik —dijo, refiriéndose al enviado comercial de los ayaanle—. Su primer pago debería llegar a las Arcas en un mes. Dawanik estuvo de acuerdo en encargarse enseguida de cubrir los costes de los nuevos uniformes de la Guardia Real, así como de zulfiqares nuevos para los cadetes. Las raciones que se les asignan deberían mejorar también dentro de poco. Resulta que el oficial a cargo de contratar las comidas de la Ciudadela se estaba llevando un pellizco del dinero que le asignaban. Su secretario lo había descubierto pero le daba miedo ir a contárselo a mi padre.

—Imagino que dicho secretario tiene ahora el puesto de ese oficial.

Alí sonrió.

—Y mi gratitud eterna.

Lubayd chasqueó la lengua.

—¿Alguna vez descansas entre una tarea y otra? Serás consciente de que la gente duerme por las noches, ¿verdad? No las pasan encorvados sobre un montón de páginas llenas de números murmurando en voz baja.

—Me gusta trabajar duro —replicó Alí—. Así no pienso en otras cosas.

—Pues este parece el tipo de sitio donde deberías mantener la mente alerta. —Lubayd hizo un gesto hacia el trío de djinn que apartaba trozos de escombros—. ¿Soldados?

—Amigos de mis años de cadete. Hoy tenían el día libre y querían echar una mano.

—Sospecho que no son los únicos. —Lubayd bajó la voz—. Me he fijado en que vuelven a correr esos rumores. ¿Recuerdas que me pediste que estuviese atento por si volvían a surgir?

Alí se detuvo.

—¿En la Guardia?

Lubayd asintió.

—Muchos soldados te tienen en alta estima, Alí. Muy alta, de hecho. Cuando esos nuevos uniformes y raciones lleguen a la Ciudadela, la gente sabrá que tú has sido quien los ha conseguido.

Alí se detuvo.

—Bien.

Lubayd dio un respingo.

—¿Bien?

—Mi padre pasó cinco años dejando claro que le daba igual si yo seguía vivo o no —dijo Alí a la defensiva—. ¿Acaso debo yo fingir que no me agrada que la gente como yo...? Sobre todo cuando esa gente es quien tiene las armas.

Su amigo lo recorrió con una mirada astuta.

—Puede que no sea ningún cortesano daevabadita, Alí, pero hasta yo sé lo que parece cuando un hijo segundo y amargado empieza a hacer amigos entre los militares. —Con toda intención, añadió—: Ese no era el plan, ¿lo recuerdas? El plan era regresar a Am Gezira con tu cabeza aún pegada al cuerpo. Y con mi cabeza pegada al mío.

Los interrumpió el sonido de caballos, al menos una docena, cuyos cascos golpeteaban los adoquines a toda velocidad. Alí alzó la vista, listo para reprender a quien fuese por cabalgar a tanta velocidad en un lugar tan atestado.

Las palabras murieron en su boca. Se trataba de Muntadhir... y parecía furioso. Justo detrás de él cabalgaba un séquito de compañeros suyos, los acaudalados diletantes que orbitaban a su alrededor como lunas particularmente inútiles. Resaltaban mucho en aquel barrio, uno de los más pobres de Daevabad, con joyas que destellaban al sol y chillonas sedas de vivos colores.

A pesar de la multitud, Muntadhir cruzó toda la plaza en apenas unos instantes. Siempre había sido un jinete excelente. Cuando llegaron hasta Alí, su montura se detuvo sin esfuerzo, como si fuese capaz de leer los pensamientos de su jinete. Era un animal hermoso, con manchas plateadas repartidas por su piel de ébano como una rociada de estrellas en el cielo nocturno.

Alí se puso tenso. No esperaba que apareciese por allí su hermano. Al contrario; Muntadhir había evitado con admirable éxito los intentos cada vez más desesperados de Alí de hablar con él. Su hermano lo ignoraba cuando estaba en la corte, y había evidentemente ordenado a sus formidables y leales sirvientes que se asegurasen de que jamás estuviesen a solas. En cuanto Alí lo arrinconaba tras una reunión, un mayordomo aparecía mágicamente y se llevaba a Muntadhir por causa de alguna tarea «urgente» que jamás llegaba a especificar.

—Emir —saludó Alí, inquieto. Cada uno de sus instintos le advertía que se anduviese con cuidado—. Que la paz sea contigo.

—Paz es lo único que no me has traído —espetó Muntadhir. Le lanzó un grueso pergamino enrollado a Alí. Él lo esquivó por puro instinto—. ¿Esto qué es, una broma?

Pasmado, Alí desenrolló el pergamino. Lo reconoció al momento... sobre todo porque se lo había arrojado hacía unas pocas horas a los hombres que había encontrado forzando a un grupo de shafit robados a entrar en los repugnantes rediles que los trabajadores de Alí acababan de destrozar. Era una proclamación real de que el área era propiedad del rey y que cualquier shafit que estuviese en la zona era libre de marcharse.

Frunció el ceño.

—¿Dónde has encontrado esto?

—Qué raro que me lo preguntes: se lo ha dado a mi primo uno de sus siervos esta misma mañana.

Un frío terrible envolvió a Alí.

—¿Tariq al Ubari es tu primo? ¿Uno de tus parientes es responsable de este sitio?

Un geziri emergió de entre la multitud de animados amigos de Muntadhir. Iba sobre un hermoso semental rojo, sentado en una silla de montar bañada en oro, y llevaba una capa de fino brocado tejida con hilo de plata y con cuentas de jade prendidas. Hileras de perlas le adornaban el cuello; y de la mayor de ellas colgaba un prendedor de oro del tamaño del puño de Alí, con rubíes incrustados que imitaban la forma de un zahhak.

A Alí le desagradó al instante.

—Imagino que tú eres Tariq al Ubari —dijo.

—Primo de tu Emir, que Dios lo guarde —afirmó Tariq en tono frío con el mismo desdén con el que había hablado Alí—. La reina Saffiyeh, que su alma descanse en paz, compartía conmigo un tátara-tío.

Oh. La mención de la madre de Muntadhir aterrizó como un peñasco entre todos ellos. Alí intentó mantener la calma, y vio que Muntadhir hacía lo propio. Rara vez hablaba Muntadhir de su madre. Alí no había llegado a conocerla; había muerto antes de que él naciese, cuando Muntadhir no era más que un niño. Sin embargo, había oído que Muntadhir y ella habían tenido una relación muy estrecha. Sabía que su pérdida lo había afligido mucho.

Al ver a Tariq, primo por parte de un tercer tátara-tátara-tío, Alí sospechó que este también lo sabía, y que estaba dispuesto a aprovechar la ventaja que le proporcionaba. La rabia se despertó en el corazón de Alí. No necesitaba más razones para odiar al hombre que había detrás de aquel lugar abominable, pero el hecho de que utilizase tan evidentemente a Muntadhir consiguió que la intensidad del fuego que le ardía por dentro se centuplicase.

Aun así, la situación que tenía entre manos era delicada. Si Tariq hubiese tenido una relación más cercana con Muntadhir, Alí habría reconocido el nombre y habría actuado con más discreción. Bien sabía Dios lo tensa que estaba ya la situación entre él y su hermano.

Dio un paso hacia el caballo del emir.

—¿Por qué no me lo habías dicho antes?

Muntadhir se ruborizó.

—No lo sabía. ¿Tú te sabes todas las pertenencias de tus parientes?

—Lo que sé es que ninguno de mis parientes se lucra vendiendo a los shafit como esclavos —Alí siseó aquellas palabras entre dientes, aunque claramente no las pronunció lo bastante bajo, porque Tariq se envaró.

—¿Esclavos? —Tariq puso los ojos en blanco y dijo aquella palabra en tono condescendiente—. Por el Altísimo, príncipe Alí, sé que todos tenemos los nervios a flor de piel cuando se trata de los shafit, pero aquí no había esclavos. Dios no lo permita. Lo que aquí había era shafit buscando trabajo, además de a sus familiares puros de sangre.

Alí no podía creer el descaro de aquel hombre.

—¿Buscando trabajo? —preguntó, incrédulo—. ¡La primera vez que pasé por este sitio, tus hombres estaban subastando a una niña que llamaba a gritos a su padre!

Muntadhir se giró hacia Tariq, sorprendido.

—¿Eso es cierto?

Alí tenía que concederle a aquel tipo que tenía unos nervios de acero: ni siquiera movió un músculo.

—Por supuesto que no. —Se llevó la mano al corazón—. Vamos, emir, tú me conoces. Y sabes lo mucho que les gusta a los shafit exagerar sus penurias… sobre todo frente a un hombre famoso por ser un manirroto y tener el corazón muy tierno. —Negó con la cabeza—. No tengo la menor duda de que habrán vertido en los oídos de tu hermano todo tipo de cuentos sobre palizas y maltratos.

Lubayd alargó la mano y detuvo a Alí antes de que se abalanzase sobre él. Lo que no pudo detener fue su lengua.

—Serpiente mentirosa…

—Basta —espetó Muntadhir—. Los dos.

Su hermano parecía más molesto que alterado. La duda que había asomado a sus ojos cuando Alí mencionó a la niña había desaparecido ya.

—No hemos venido a pelear, Alí. La orden viene de abba y Tariq no piensa contravenirla. Lo que quiere es una compensación adecuada.

Alí apretó los dientes.

—Ya la ha recibido. Yo mismo puse los términos de la compensación en el pergamino.

—¿Cien dinares? —se burló Tariq—. Eso no es nada. Ah, espera, disculpa… y un pasaje para ir a la Meca —añadió en tono sarcástico—. Está claro que, más que una oferta, es una orden.

Alí estaba empleando todo su autocontrol en no tirar a aquel tipo del caballo. Si Muntadhir no hubiese estado allí, probablemente eso era lo que había hecho. Sintió que el agua empezaba a brotar de sus manos, así que las apretó fuerte. No se atrevía a perder el control en aquel lugar.

—El permiso para retirarse a la Meca es un gran honor —dijo con tono seco—. Solo permitimos que un puñado de djinn acceda cada año a la ciudad santa. Hay quienes llorarían por una compensación así.

—Pues yo no soy uno de ellos —replicó Tariq—. Mi vida y mis negocios están en Daevabad. No pienso marcharme, e insisto en que me des una compensación adecuada.

—Puedo dejarte en compañía de los shafit a quienes afirmas haber ayudado a «buscar trabajo y familiares» —sugirió Alí en tono frío—. ¿Qué te parece como compensación?

—No —dijo Muntadhir rotundamente. Sus ojos brillaron y su primo palideció—. Pero si vuelves a amenazarlo, esta conversación va a cambiar por completo. —Le clavó la mirada a Alí—. Este hombre es pariente mío —dijo, en voz baja, con toda intención—. Está bajo mi protección. No me deshonres tratándolo con desdén. Tiene que haber algún tipo de punto medio que podamos acordar.

Alí lo miró a los ojos. Comprendía bien los conceptos geziri de orgullo y honor a los que intentaba recurrir su hermano.

Pero ese no era el único código por el que se regía su tribu.

—Aquí no se va a llegar a ningún punto medio, Dhiru —replicó Alí—. No pienso darle a este hombre ni una moneda más. No disponemos de fondos. Lo que me pides es que les quite el pan de la boca a los soldados que protegen tu vida, que reste ladrillos al hospital donde se van a tratar tus ciudadanos... para que un hombre que ya es rico, un hombre que no ha hecho sino retorcer nuestras creencias más sagradas en su beneficio, vea aplacado su orgullo. —Negó con la cabeza—. No pienso hacerlo.

Demasiado tarde, Alí se dio cuenta de que buena parte de la multitud que los rodeaba había guardado silencio, y que muchos habían oído sus palabras. Empezaba a reunirse más gente, shafit y djinn trabajadores de los barrios adyacentes. Gente que contemplaba al emir y a sus compañeros demasiado elegantes con un rencor nada disimulado.

Muntadhir también pareció darse cuenta. Sus ojos grises sobrevolaron la muchedumbre cada vez mayor. Alí vio que sus manos se crispaban sobre las riendas.

Tariq insistió en tono arrogante:

—Un discurso precioso delante de tu gente, príncipe Alizayd. Supongo que da igual que se cimente en los embustes de un puñado de mestizos desagradecidos, ni que vaya a suponer la ruina de uno de tus congéneres, un hombre que escoltó a la mismísima madre del emir hasta Daevabad. —Le clavó la mirada a Alí, y cuando volvió a hablar, lo hizo con palabras precisas—: Puede que tus palabras dejen claro lo poco que te importa la familia.

Alí se mordió la lengua con tanta fuerza que le dolió. Le dio las gracias a Dios por estar en medio de un día soleado y seco. De lo contrario, estaba bastante seguro de que podría aprender nuevas y mortales técnicas que emplear con la lluvia.

—Los shafit no mienten. Lo vi con mis propios ojos...

—Ah, ¿sí? —interrumpió Tariq—. ¿Y dónde están los látigos, príncipe Alizayd? ¿Dónde están las cadenas y esos niños llorosos que afirmas que he maltratado tan horriblemente?

—Los he enviado a un lugar donde puedan cuidar de ellos. —Alí señaló a los escombros con un gesto—. No hay pruebas porque llevamos aquí desde el alba. Pero, maldita sea, puedes estar seguro de que he apuntado el nombre de cada uno de los shafit a los que has maltratado aquí, y estaré encantado de testificar contra ti.

—Eso después de que les hayas suavizado la lengua, imagino. —Tariq resopló—. A fin de cuentas, así actúan los ayaanle.

De pronto, Alí perdió la batalla que había estado manteniendo contra su propio temperamento. Bajó la mano hacia el janyar.

—¿Quieres que lo arreglemos al modo geziri? —siseó en geziriyya—. Deberías huir a la Meca. Si temieses aunque fuese un poco a Dios, deberías pasar el resto de tus días arrepintiéndote del mal que has hecho aquí, antes de que te consuma el fuego infernal por toda la...

—Basta. —La voz de Muntadhir resonó por toda la plaza—. Si sacas esa hoja, Alizayd, haré que te detengan. No. —Alzó una mano e interrumpió a Tariq, que abría ya la boca para hablar—. Ya he oído bastante por parte de los dos. Vuélvete a tu casa, primo. Está claro que aquí no vamos a negociar nada. Yo me ocuparé personalmente de ti y de tu esposa. —Les hizo un gesto con el mentón al resto de sus hombres—. Nos vamos.

Alí apartó la mano del janyar.

—Dhiru, lo que quería decir...

—Ya sé lo que querías decir. Y te he dicho que no me llames así. —De repente, Muntadhir pareció agotado, hastiado y asqueado por toda aquella situación—. Dios mío, y pensar que Nahri casi me convenció para que apoyase toda esta locura... —Negó con la cabeza—. Quizá debería estarte agradecido, en cierto modo.

—¿Agradecido por qué? —se atrevió a preguntar Alí, aunque el estómago se le encogió de inquietud.

—Por recordarme que siempre pones tus creencias por delante de tu familia. —Muntadhir se tocó la frente antes de girar al caballo—. Veremos hasta qué punto te ayuda ese comportamiento a medrar en Daevabad, hermanito.

21
NAHRI

Nahri volvió a llamar a la puerta de las habitaciones de su marido.

—Muntadhir, me da igual quién esté ahí dentro contigo o qué estés bebiendo, abre la puerta. Tenemos que irnos.

No hubo respuesta.

Su frustración alcanzó niveles peligrosos. Sabía que su marido no funcionaba bien por las mañana, pero había tardado semanas en organizar aquella visita al Gran Templo, y ya llegaban tarde.

Volvió a golpear en la puerta.

—Si tengo que sacarte a rastras de la cama…

La puerta se abrió de repente. Nahri casi cayó hacia delante; consiguió mantener el equilibrio por poco.

—Banu Nahida… —Muntadhir apoyó todo su peso en el marco de la puerta—. Esposa —aclaró, llevándose una copa de vino a los labios—. Siempre tan impaciente.

Nahri se lo quedó mirando, completamente sin palabras. Muntadhir estaba a medio vestir. Llevaba lo que parecía ser el chal de una mujer liado a la cintura, y una gorra picuda de noble tukharistaní en la cabeza.

Una carcajada a su espalda llamó la atención de Nahri. Miró por encima del hombro de Muntadhir y vio a dos mujeres impresionantes, cada una igualmente desvestida. Una fumaba de una pipa de agua, mientras que la segunda, que apenas llevaba puesto el turbante de la corte de Muntadhir de una guisa para la que no se había diseñado, colocaba fichas en un tablero de juego.

Nahri inspiró hondo, reprimiendo el deseo repentino de pegar fuego a toda la estancia.

—Muntadhir —dijo con la mandíbula apretada—. ¿Recuerdas que hoy teníamos que ir de visita al Gran Templo?

—¿Sabes qué? La verdad es que sí lo recordaba. —Muntadhir apuró la copa.

Nahri hizo un aspaviento.

—Y entonces, ¿qué es esto? ¡No puedo llevarte al lugar más sagrado de mi pueblo así, borracho y con el chal de una cortesana!

—No pienso ir.

Nahri parpadeó.

—¿Disculpa?

—No pienso ir. Ya te lo he dicho: creo que este plan para contratar y sanar a los shafit es una locura.

—Pero... habías accedido a venir hoy. ¡Y tu padre te dijo que lo hicieras! —alzó la voz, alarmada.

—Ah, ahí te equivocas —declaró Muntadhir, agitando un dedo frente al rostro de Nahri—. No me dio esa orden específica. Lo que dijo es que contabas con nuestro apoyo. —Se encogió de hombros—. Así que ve a decirles eso mismo a tus sacerdotes.

—¡No me creerán! Y si no apareces pensarán que tienen motivos para no creerme. —Negó con la cabeza—. No puedo arriesgarme a darles otra excusa para oponerse a mí. Se lo tomarán como un insulto.

Muntadhir resopló.

—Será todo un alivio para ellos. Eres la única daeva que quiere ver a un Qahtani en vuestro templo.

Las dos mujeres volvieron a reír ahí atrás. Una de ellas tiró unos dados. Nahri se encogió.

—¿Por qué haces esto? —susurró—. ¿Tanto me odias?

Aquella expresión desinteresada se descolgó un poco.

—Yo no te odio, Nahri. Pero estás recorriendo una senda que no puedo apoyar, con un compañero que destruye todo lo que toca. No voy a sentarme junto a mis futuros súbditos en un lugar que consideran sagrado y hacerles promesas en las que no creo.

—¡Eso podrías habérmelo dicho la semana pasada!

Muntadhir inclinó la cabeza.

—La semana pasada, Alí aún no había amenazado a mi primo con el fuego del infierno delante de una muchedumbre de mestizos enfadados.

Nahri lo agarró de la muñeca.

—Que ha hecho ¿qué?

—Intenté advertirte. Pregúntale a tu jeque si no me crees. Maldita sea, pídele a él que te acompañe al Templo. Estoy segura de que resultará de lo más entretenido.

Muntadhir se libró de ella de un tirón y le cerró la puerta en la cara.

Durante lo que dura un aliento, Nahri se quedó ahí plantada, aturdida. Luego la emprendió a puñetazos contra la puerta.

—¡MUNTADHIR!

La puerta siguió cerrada. La furia creció dentro de Nahri. Un par de grietas aparecieron en la madera y los goznes empezaron a humear.

No. Dio un paso atrás. Maldita sea, no pensaba humillarse delante de aquel despojo borracho de su marido, ni aunque fuera para mantener su palabra. ¡Pero malditos fuesen aquellos príncipes y sus estúpidas peleas!

Giró sobre sus talones y echó a caminar a paso vivo pasillo abajo. Si la imprudencia de Alizayd al Qahtani arruinaba sus planes de aquel día, Nahri pensaba envenenarlo.

Encontró la puerta de los aposentos de Alí cerrada al llegar. Un soldado se puso en pie al verla. A Nahri ya no le quedaba paciencia, y la magia del palacio le recorría las venas, así que Nahri chasqueó los dedos: un brasero de pared se abrió y derramó por el suelo el fuego que contenía. Una llama se enrolló alrededor del tobillo del soldado y lo arrojó al suelo de un tirón. La puerta se abrió de golpe ante ella.

Nahri entró y se detuvo, no muy segura de si había entrado en la estancia correcta. Los aposentos de Alí eran un caos. Media docena de secretarios de aspecto agobiado ocupaban otros tantos escritorios bajos, había pergaminos y libros de registros por todas partes, así como más sirvientes que llevaban papeles de aquí para allá y discutían en múltiples idiomas.

La voz airada de Alí llegó hasta ella desde el otro extremo de la estancia.

—… y yo te digo que ya he concedido el contrato. No me importa quién sea el tío de tu jefe, así no hacemos las cosas por aquí. Las tuberías del hospital las va a instalar un gremio que no tiene fama de maldecir a sus competidores.

Nahri empezó a acercársele, esquivando a varios escribas. Alí se percató de su avance y al instante se enderezó… tan rápido, de hecho, que se derramó un frasquito de tinta por la dishdasha azul pálido que llevaba.

—Banu Nahida, que la paz sea contigo —tartamudeó, restregándose la tinta—. Eh… ¿no se supone que deberías estar en el Gran Templo?

—Sí que se supone, sí. —Se apartó el extremo del chador y le clavó un dedo en el pecho—. Con mi marido, que es a quien esperan mi gente y mis sacerdotes. Y sin embargo, mi marido está borracho con una compañía que desde luego no es su esposa, y afirma que eres un irresponsable. Que te pusiste a gritar en plena calle que su primo iba a arder en el infierno. —Le volvió a clavar el dedo en el pecho—. ¿Es que no tenéis ni una gota de sentido común entre los dos?

La expresión de Alí se atribuló al instante.

—No dije que iba a arder en el infierno —se defendió—. Le sugerí que se arrepintiese antes de que tal cosa sucediese.

Nahri sintió que todo le daba vueltas. Cerró los ojos un minuto, obligándose a calmarse.

—Alizayd. He pasado semanas peleándome con los sacerdotes para que nos dejen ir a verlos. Si Muntadhir no aparece lo verán como un revés. Y si lo ven como un revés… si creen que no cuento con el apoyo de tu familia… ¿cómo crees que van a reaccionar cuando les diga que quiero contravenir siglos de tradición para colaborar con los shafit? Me juego la reputación en este hospital. Si el proyecto fracasa porque no eres capaz de mantener la boca cerrada, el fuego del infierno va a ser el último de tus problemas.

Nahri podría haber jurado que el aire chispeó cuando la amenaza salió de sus labios. No se le pasó por alto la velocidad con la que varios de los djinn más cercanos retrocedieron.

Alí tragó saliva.

—Yo lo solucionaré, te lo prometo. Ve al Templo y espera a que llegue Muntadhir.

Nahri no se sentía nada optimista.

Jamshid, junto a ella, cambió de postura.

—Ojalá me hubieses dejado ir a hablar con él.

Ella negó con la cabeza.

—Esto es entre Muntadhir y yo. Tú no deberías ir solucionando sus problemas todo el tiempo, Jamshid.

Él suspiró y se reajustó el gorro. Al igual que Nahri, iba vestido con el atuendo formal del Templo. Habían cambiado la bata manchada de sangre y ceniza del hospital por ropajes de seda.

—¿Le has dicho a Nisreen el auténtico motivo de nuestra visita?

Nahri cambió el peso de un pie a otro.

—No —confesó. Nisreen se había quedado a supervisar el dispensario, cosa que alivió en secreto a Nahri. No necesitaba tener otra voz en contra—. No... no andamos muy de acuerdo últimamente.

—No me parece el tipo de persona que disfrute de que no compartan un secreto con ella —señaló Jamshid en tono manso.

Nahri puso una mueca. No le gustaba la tensión que había crecido entre ella y su mentora, pero tampoco sabía cómo arreglarla.

Jamshid echó un vistazo hacia la puerta.

—Hablando de mayores descontentos, debería decirte que mi padre...

Lo interrumpió un sonido de cascos. Nahri alzó la vista y vio a un jinete vestido con una túnica de color ébano que trotaba hacia ellos. El pecho le llameó de alivio.

Pero apenas duró un instante, porque ese jinete no era su marido.

Alí se detuvo a su lado en pocos segundos. Parecía... bueno, maldita sea, parecía muy principesco sobre aquel magnífico semental gris. Vestía los colores reales; era la primera vez que Nahri lo veía de esa guisa. La túnica negra de ribetes dorados humeaba alrededor de sus tobillos; y tenía un turbante azul, púrpura y dorado muy brillante en la cabeza. Se había recortado la desaliñada barba para dar una apariencia más compuesta, e incluso llevaba joyas: un colgante de perlas alrededor del cuello y un pesado anillo de plata rematado con uno de los famosos diamantes rosa de Ta Ntry en el pulgar izquierdo.

Nahri lo contempló, boquiabierta.

—Tú no eres Muntadhir.

—Pues no —concordó él, y se bajó del caballo. Debía de haberse preparado a toda prisa, olía a madera de agar recién quemada, y aún tenía gotas de agua en el cuello—. Mi hermano sigue indispuesto.

Jamshid miraba a Alí con hostilidad nada disimulada.

—¿Son esas sus ropas?

—Parece que no las va a necesitar hoy. —Alí miró hacia atrás, en la dirección por la que había venido—. ¿Dónde se ha metido esta mujer? —preguntó, al parecer para sí mismo—. Venía justo detrás de mí...

Jamshid se interpuso entre ambos.

—Nahri, no puedes dejar que entre —le advirtió en divasti—. ¡La gente quema efigies suyas en el Templo!

Nahri no tuvo oportunidad de responder. Otro caballo llegó hasta ellos. Ver a su jinete los sorprendió aún más que Alí.

—Que la paz sea con vosotros —dijo Zaynab en tono gallardo al desmontar—. Un día encantador, ¿verdad?

Nahri se quedó literalmente boquiabierta. La princesa Qahtani tenía un aspecto aún más impresionante que su hermano. Vestía unos ondulantes pantalones dorados de auriga y una guerrera con brillantes rayas de color índigo. Llevaba una shayla negra medio suelta bajo un tocado de centelleantes zafiros. Tenía el rostro parcialmente oculto bajo una máscara geziri de plata. En cada uno de sus dedos relucían joyas.

Zaynab tomó la mano de su hermano y les dedicó una sonrisa victoriosa a los dos daeva, que los contemplaban anonadados. No había modo de negar que los dos hermanos reales presentaban una estampa extraordinaria, cosa que Zaynab parecía disfrutar.

—¿Qué... qué haces tú aquí? —consiguió preguntar Nahri.

Zaynab se encogió de hombros.

—Alí vino corriendo a verme y me dijo que necesitabas que unos cuantos Qahtani te ayudasen a convencer a tus sacerdotes. Bueno, aquí tienes un par. Y lo que es mejor, me tienes a mí. —Su tono era azúcar puro—. Por si no lo sabíais, vosotros dos podéis ser bastante desagradables. —Señaló a Nahri y a Alí.

Su mirada fue más allá de Nahri.

—¡Jamshid! —exclamó en tono cálido—. ¿Cómo estás? ¿Qué tal está tu padre?

Parte de la rabia que había en el rostro de Jamshid desapareció ante la agresiva amabilidad de Zaynab.

—Estamos bien, princesa. Gracias por preguntar. —Le lanzó una mirada a Nahri—. De hecho, ya que mencionas a mi padre... está aquí.

Nahri cerró los ojos. Todo aquello empezaba a parecer un sueño horrible.

—¿Tu padre ha vuelto? ¿Kaveh está aquí?

Jamshid asintió y tragó saliva.

—Suele ir derecho al Templo después de un viaje, para darle las gracias al Creador por haberlo mantenido seguro.

—Qué tradición tan encantadora —dijo Zaynab en tono jovial, y le dedicó una mirada afilada a su hermano. Al oír mencionar el nombre de Kaveh, el rostro de Alí se había retorcido como si hubiese mordido un limón—. ¿Verdad que sí, Alizayd?

Alí se las arregló para hacer algo parecido a un asentimiento.

—Sí, encantadora.

—¿Vamos? —dijo Zaynab, y se colocó entre ellos dos—. Jamshid, ¿te importaría hacerme una visita guiada? Imagino que Alí y Nahri tienen asuntos extremadamente aburridos que discutir.

—¿Tu hermana? —siseó Nahri en cuanto Jamshid y Zaynab estuvieron lo bastante lejos como para no oírlos.

Alí la miró, impotente.

—¿Kaveh?

—Yo tampoco me lo esperaba —dijo ella en tono lúgubre—. Es muy ortodoxo. Se opondrá a la idea con argumentos de peso.

—Y no le gustará verme aquí —advirtió Alí—. No... no hemos tenido la mejor de las relaciones en el pasado.

—¿Tú y Kaveh? —preguntó Nahri con voz sarcástica—. No me imagino por qué.

Suspiró y contempló las puertas del Templo. Por más miedo que le diese, traer a Alizayd al Qahtani al templo no era ni la mitad de malo que decir que pretendía colaborar con los shafit.

—Deja tus armas en mi palanquín.

La mano de Alí salió disparada al zulfiqar, con un gesto análogo al de una madre sobreprotectora que agarra a su criatura.

—¿Por qué?

—Porque no permitimos armas en el Templo. Ninguna —añadió, presintiendo que tendría que aclarar ese punto de antemano con el príncipe guerrero.

—Está bien —murmuró él. Se desprendió del zulfiqar y el janyar y los depositó con delicadeza dentro del palanquín de Nahri. Se sacó un pequeño cuchillo de una vaina tobillera, así como un pincho de la manga. Se giró de nuevo hacia ella y el sol resplandeció sobre la reliquia de cobre que llevaba en la oreja.

—Vamos.

Zaynab y Jamshid ya estaban en mitad del camino principal. La voz rítmica de Zaynab llegaba hasta ellos. Los terrenos del Templo estaban tan atestados como siempre; daevabaditas locales paseaban por aquel cuidado lugar, y familias numerosas de peregrinos se sentaban en alfombras desliadas a la sombra de los árboles. La gente se detenía a contemplar a Zaynab. Miraban y señalaban emocionados en dirección a la princesa.

En cambio, ver a Alí provocaba una reacción diferente. Nahri oyó un par de gritos ahogados y atisbó tanto ojos entrecerrados como patente horror.

Prefirió ignorar todo aquello. Irguió los hombros y mantuvo la barbilla bien alta. No pensaba mostrarse débil aquel día.

Alí paseó la vista por el complejo del templo con una mirada apreciativa. No pareció percatarse de la hostilidad a su alrededor.

—Es hermoso —dijo en tono admirativo al pasar junto a una hilera de enormes cedros—. Estos árboles tienen pinta de llevar aquí desde la época de Anahid. —Se arrodilló, pasó los dedos por uno de los discos de vivos colores que formaban parte de los caminos del Templo—. Jamás he visto algo así.

—Son del lago —explicó Nahri—. Se supone que los marid los trajeron como tributo.

—¿Los marid? —Alí sonó sobresaltado, y hasta se enderezó, sin soltar la piedrecita, que tenía el tono brillante del ocaso, salpicados de motas carmesíes—. No sabía…

La piedra en su mano empezó de repente a brillar. Refulgía como si estuviese bajo un pálido mar.

Nahri lo obligó a soltarla de un manotazo.

Alí desorbitó los ojos.

—Lo… lo siento.

—Está bien. —Nahri se atrevió a mirar en derredor. Había gente mirando, claro, pero nadie parecía haberse dado cuenta.

Oyó que Alí tragaba saliva.

—¿Suelen hacer eso estas piedras? —preguntó, esperanzado.

—Que yo sepa, no lo han hecho jamás —le dedicó una mirada afilada—. Pero claro, considerando quién las trajo…

Él carraspeó para acallarla.

—¿Podemos no hablar de eso aquí?

Tenía razón.

—Está bien, pero no toques nada más. —Nahri se detuvo y recordó de pronto a quién iba a meter en el Templo—. Quizá lo mejor sea que no digas nada. Nada en absoluto.

Una expresión contrariada le sobrevoló el rostro a Alí, pero este guardó silencio. Llegaron a la altura de Jamshid y Zaynab, en la entrada del Templo.

Los ojos de Zaynab resplandecían.

—Un lugar extraordinario —dijo, entusiasmada—. Jamshid me ha hecho una visita maravillosa. ¿Sabías que fue novicio aquí, Alí?

Él asintió.

—Muntadhir me contó que te habías formado para el sacerdocio —dijo con aire curioso—. ¿Cómo es que abandonaste tus estudios para meterte en la Guardia?

Jamshid tenía el rostro pétreo.

—Quería ser más proactivo a la hora de defender a mi pueblo.

Zaynab se apresuró a tomar a su hermano del brazo.

—¿Qué tal si entramos?

Jamshid los guio al interior del Templo. La sanadora que Nahri llevaba dentro no pudo evitar fijarse en que parecía apoyarse menos en el bastón. Quizá la sesión que Muntadhir había interrumpido le había hecho algo de bien, a fin de cuentas.

—Estos son nuestros santuarios —explicó Jamshid—. Están dedicados a los ancestros a quienes más honramos. —Le lanzó una mirada a Alí—. Creo que bastantes de ellos murieron a manos de tu pueblo.

—Un favor que nos devolvieron en más de una ocasión, si mal no recuerdo —replicó Alí ácidamente.

—Quizá podamos volver a discutir sobre la guerra más tarde —sugirió Nahri, apretando el paso—. Cuanto más tiempo paso lejos del dispensario, más probable es que suceda alguna emergencia.

Sin embargo, Alí se quedó de pronto muy rígido a su lado. Nahri se giró hacia él y vio que tenía la mirada clavada en el último santuario. Saltaba a la vista, claro; era el más popular del Templo. Estaba atestado de guirnaldas de flores y ofrendas.

Nahri oyó que la respiración de Alí se aceleraba.

—¿Ese es...?

—¿El santuario de Darayavahoush? —La voz de Kaveh sonó detrás de Alí. El gran visir se acercó, aún cubierto con su capa de viaje—. Sí, así es.

Unió las manos en señal de bendición.

—Darayavahoush e-Afshín, el último gran defensor del pueblo daeva, guardián de los Nahid. Que descanse a la sombra del Creador.

Por el rabillo del ojo, Nahri vio que Jamshid daba un respingo, pero guardó silencio. Resultaba evidente que su lealtad primera y principal era hacia su tribu, sobre todo delante de visitantes.

—Gran visir —saludó ella en tono diplomático—. Que los fuegos ardan con fuerza en tu honor.

—Y en el tuyo, Banu Nahida —replicó Kaveh—. Princesa Zaynab, la paz sea contigo. Es todo un honor y una sorpresa verte aquí.

Se giró hacia Alí y la calidez se esfumó de su rostro.

—Príncipe Alizayd —dijo en tono seco—. Has vuelto desde Am Gezira.

Alí no pareció captar la brusquedad con la que había hablado. Su mirada no se había apartado del santuario de Dara. Tenía aspecto de estar esforzándose por mantener la compostura. Sus ojos volaron al arco que llevaba la figura a la espalda. Nahri vio que el príncipe se ponía rígido. No podía culparlo; había visto a Jamshid reaccionar de la misma manera ante la réplica del arma que casi le había costado la vida.

Entonces, Alí se acercó y su mirada cayó a los pies de la estatua de Dara. A Nahri se le encogió el corazón. *No. Hoy no.*

Alí recogió un objeto de la pila de ofrendas. Por más chamuscado y ennegrecido que estuviese, los rasgos reptilianos eran instantáneamente reconocibles.

Zaynab ahogó un gemido. Puede que aquel esqueleto fuese demasiado para ella.

—¿Eso es un cocodrilo? —preguntó, la voz ribeteada por la ira.

Nahri aguantó la respiración al ver que Alí se crispaba. Maldijo en silencio a quienquiera que la hubiese dejado. Hasta ahí habían llegado. Alí iba a explotar; iba a decir algo tan ofensivo que los sacerdotes mandarían que lo echasen. Todos sus planes para los shafit darían al traste antes incluso de proponerlos.

—¿Lo han puesto aquí por mí? —preguntó Alí tras un instante de silencio.

Kaveh fue el primero en hablar:

—Creo que sí, esa era la intención.

Junto a él, Jamshid parecía avergonzado.

—Alí… —empezó a decir Nahri.

Pero Alí ya estaba dejando el cocodrilo, no en el mismo lugar, sino a los pies del caballo de piedra de Dara, cuyos cascos aplastaban moscas de la arena talladas, como sin duda el príncipe habría percibido, Nahri estaba segura de ello.

Alí unió los dedos.

—En ese caso, en honor a Darayavahoush e-Afshín —dijo, con apenas la más leve traza de sarcasmo en sus exageradas maneras educadas—. El mejor guerrero, el más aterrador, al que se haya enfrentado este cocodrilo.

Acto seguido giró sobre sus talones y le dedicó a Kaveh lo que casi era una sonrisa amedrentadora.

—Vamos, gran visir —dijo, al tiempo que le echaba el brazo por encima de los hombros y lo atraía hacia sí—. Hace mucho que no coincidimos y sé que nuestra brillante Banu Nahida está ansiosa por contarte sus planes.

Kartir, frente a Nahri, se retorcía las manos. El sacerdote anciano estaba más pálido de lo que Nahri había visto jamás. Se habían reunido en una cámara sin ventanas, de altos muros. Había antorchas que derramaban su luz sobre los íconos de los ancestros de Nahri, que rodeaban la habitación y parecían mirarla con ojos desaprobadores.

—¿Los shafit? ¿Pretendes colaborar con los shafit? —preguntó al fin Kartir después de que Nahri explicase sus planes para el hospital. Sonó como si le suplicase que dijese lo contrario.

—Así es —respondió Nahri—. Ya estoy colaborando con una de ellas. Una médica con mucha más formación y experiencia que yo misma. Tanto ella como su marido son doctores de pericia increíble.

—Pero son gente de sangre sucia —casi escupió una de las sacerdotisas en divasti—. Son la progenie sin alma de la lujuria entre djinn y humanos.

Nahri dio gracias de que ni Alí ni Zaynab hablasen el idioma daeva con la misma fluidez que su hermano mayor.

—Son tan inocentes en su creación como tú y yo —dijo con voz acalorada—. Olvidas que me crie en el mundo humano. No pienso tolerar que insultes a quienes comparten su misma sangre.

Kartir unió las manos en un gesto apaciguador, al tiempo que le lanzaba una mirada admonitoria a la sacerdotisa.

—Yo tampoco lo voy a tolerar. Semejantes sentimientos no tienen cabida en el Templo. Pero, Banu Nahida... —añadió, lanzándole una mirada implorante—, por favor, entiende que lo que sugieres es imposible. No puedes usar tus habilidades sobre un shafit. Está prohibido. —Sus ojos se colmaron de miedo—. Se dice que los Nahid pierden sus habilidades si tocan a un shafit.

Nahri mantuvo el rostro impertérrito, por más que le hubiesen dolido aquellas palabras. Y pensar que provenían de un hombre amable que le había enseñado sobre su religión, que había colocado el altar original de Anahid en sus manos y que había apaciguado sus miedos y dudas en más de una ocasión... y sin embargo, Kartir tenía los mismos prejuicios que el resto de su pueblo. Tal y como había sucedido con Dara. De hecho, casi todos sus seres queridos los tenían.

—Una conjetura incorrecta —dijo al fin—. Aun así, no pretendo sanar personalmente a los shafit —aclaró, obligándose a pronunciar aquellas palabras despreciables—. Trabajaríamos y estudiaríamos codo con codo, nada más.

Otro sacerdote intervino:

—¡Interactuar de cualquier forma con los shafit supone una violación del código de Salomón!

Nahri se daba cuenta de la mirada de Kaveh; la desaprobación del gran visir era patente, si bien de momento no la había puesto en palabras. Nahri sospechaba que estaba esperando al momento idóneo para atacar.

—No es ninguna violación del código de Salomón —arguyó, pasando al djinnistani para que Alí y Zaynab comprendiesen—. No es más que otra interpretación distinta.

—¿Otra interpretación distinta? —repitió Kartir en tono débil.

—Así es —replicó ella, con voz firme—. Estamos en Daevabad, amigos míos. Una ciudad mágica protegida, oculta a los humanos. Lo que hagamos aquí, cómo tratemos a quienes tienen su misma sangre, no tiene efecto alguno en el mundo humano más allá de nuestras puertas. Tratar con respeto y amabilidad a quienes ya viven en nuestro mundo no contradice la orden de Salomón de que dejemos en paz a la humanidad.

—¿Seguro que no? —preguntó Kartir—. ¿No sería un modo de aprobar actos semejantes en el futuro?

—No —dijo Nahri secamente, aún en djinnistani—. Que un djinn obedezca o no las leyes fuera de nuestras fronteras es bien distinto a cómo tratamos a quienes viven dentro. —Alzó la voz—. ¿Habéis estado en alguno de los distritos shafit? Hay niños que pululan por entre aguas residuales, madres que mueren al dar a luz. ¿Cómo os podéis considerar siervos del creador y pensar que algo así es permisible?

Esa última pregunta pareció acertar de lleno con Kartir, que compuso una expresión levemente avergonzada. Alí la miraba con patente orgullo.

Kaveh se dio cuenta y, por fin, habló:

—Ha sido el príncipe quien te ha metido estas ideas en la cabeza —afirmó en divasti—. Mi señora, se sabe que Alizayd es un radical. No debes permitir que su fanatismo hacia los shafit te convenza.

—No necesito que ningún hombre me meta ideas en la cabeza —replicó Nahri—. Ese comentario ha estado fuera de lugar, Kaveh e-Pramukh.

Él alzó las manos.

—No pretendía faltarte al respeto, Banu Nahida. —Aun así, no había rastro de disculpa en su voz. Hablaba como quien se dirige a un niño, cosa que molestó bastante a Nahri—. Lo que sugieres suena encantador e indica que tienes un gran corazón...

—Lo que indica es que esta mujer aprendió la lección cuando Ghassán retiró la protección de nuestra tribu tras la muerte de Dara —dijo Nahri en divasti—. Lo que me impulsa es la amabilidad, pero también el pragmatismo. Jamás estaremos seguros en Daevabad, a no ser que alcancemos la paz con los shafit. Es necesario que lo veáis así. Hay casi tantos como nosotros en la ciudad. Depender de que los djinn mantengan la paz entre nosotros es una necedad; nos vuelve débiles y nos pone a su merced.

—Lo hacemos por necesidad —argumentó Kaveh—. Mi señora, con todo el respeto... eres muy joven. Yo he visto bastantes iniciativas de paz tanto hacia los djinn como hacia los shafit a lo largo de mi vida. Ni una sola ha acabado bien.

—Eso es una decisión que he de tomar yo sola.

—Y sin embargo vienes a pedir nuestra bendición —señaló con amabilidad Kartir—. ¿Verdad?

Nahri vaciló. Paseó la mirada por las imágenes que representaban a sus ancestros. El Templo cuya construcción había supervisado Anahid, el pueblo que había unido después de que Salomón los maldijese.

—No, no es verdad —dijo, y dejó que las palabras en djinnistani cayesen entre ellos mientras paseaba la vista por entre los mayores que la rodeaban—. Vengo a informaros por mero respeto. Se trata de mi hospital. Se trata de mis habilidades; no requiero vuestro permiso. Soy la Banu Nahida, y lo creas o no, Kaveh —dijo, dejando aparte su título deliberadamente—, en los pocos años que llevo en Daevabad he aprendido el significado y el pasado de mi título. Tú no te habrías atrevido a poner en duda a mis ancestros.

Un silencio aturdido fue la única respuesta. El gran visir la contempló, conmocionado. Algunos de los sacerdotes se echaron hacia atrás.

—Y sin embargo, los Nahid gobernaban en forma de consejo —señaló Kartir, resuelto—. Tus ancestros discutían cada tema entre ellos, así como con sus sacerdotes y consejeros. No gobernaban como reyes que no respondían ante nadie.

No miró a ninguno de los dos al Qahtani al decir aquello, pero lo que implicaban sus palabras estaba claro.

—Y los derrocaron, Kartir —replicó Nahri—. Y desde entonces no hemos dejado de luchar. Es hora de probar algo distinto.

—Creo que resulta obvio de qué lado está la Banu Nahida —dijo Kaveh con voz cortante.

—Y yo con ella. —Jamshid no había hablado desde que entrasen en la habitación, pero lo hizo en aquel momento, y miró a su padre a los ojos—. Tiene mi apoyo, baba.

Kaveh les dedicó a ambos una mirada inescrutable.

—En ese caso supongo que ya está decidido. Si me disculpáis… —Se puso de pie—. Acabo de regresar de un viaje muy largo.

Sus palabras parecieron dar por concluida la reunión, y aunque a Nahri la irritaba que hubiese sido el gran visir quien la había terminado, también se sintió aliviada. Había dejado clara su decisión, y aunque a los sacerdotes no les gustaba, ninguno parecía de verdad dispuesto a oponerse abiertamente a ella.

Kartir habló una vez más:

—La procesión. Si quieres que te apoyemos en esta iniciativa imagino que podremos contar con tu presencia en ella.

Nahri reprimió un gemido. Debería haber sabido que no iba a ser tan fácil.

—Por favor, no me obliguéis a hacerlo.

Alí frunció el ceño.

—¿Hacer qué?

—Quieren vestirme como Anahid y ponerme a desfilar por Navasatem. —Le lanzó a Kartir una mirada desesperada—. Es muy vergonzoso.

—Será divertido —aclaró el sacerdote con una sonrisa—. La procesión daeva es una de las partes más queridas de Navasatem. Hace siglos que no participa una Nahid.

—Pero antes estaba mi madre.

Él le clavó la vista.

—¿Algo de lo que te he contado sobre Banu Manizheh te ha hecho pensar que era el tipo de persona que se prestaría a participar en algo así? —Su rostro adoptó una expresión suplicante—. Por favor. Hazlo por tu pueblo.

Nahri suspiró, comida por la culpa.

—Está bien. Si apoyáis mi hospital me pondré un disfraz y sonreiré como una idiota. —Le dedicó una mirada de fingido enojo—. Eres más astuto de lo que pensaba.

El anciano sacerdote se llevó una mano al corazón.

—Los sacrificios que hay que hacer por la tribu —dijo, juguetón.

Tras eso dejaron el santuario y salieron del Templo. Al salir a la brillante luz de la tarde, frente a Nahri bailaron pequeñas manchas solares.

Alí se detuvo en los escalones.

—Este lugar es realmente encantador —dijo mientras contemplaba los estanques moteados de azucenas. Una brisa arrastraba el aroma de los cedros que circundaban el perímetro—. Gracias por dejarnos venir. Aparte de las circunstancias... ha sido un honor. —Carraspeó—. Y siento mucho esas circunstancias. Intentaré andarme con más cuidado, lo prometo.

—Sí. Y a cambio, yo te doy las gracias por no estrangular al gran visir. —Aun así, Nahri recordó el caos que había en los aposentos de Alí y añadió un tanto reticente—: Y gracias por todo el trabajo que has estado poniendo en el hospital. No creas que se me ha pasado.

Alí se giró hacia ella y una sonrisa sorprendida le iluminó la cara.

—¿Eso ha sido un cumplido?

—No —dijo ella, obligándose a poner un tono gruñón que en realidad no sentía—. No es más que un hecho.

Los dos empezaron a cruzar el jardín.

—Bueno —prosiguió Alí con un soniquete juguetón en la voz—, ¿y qué era eso de disfrazarse de Anahid?

Ella alzó la vista y le dedicó una mirada severa.

—No empieces, al Qahtani. Me he dado cuenta de que te has parado a admirar tu propio reflejo en cada superficie abrillantada con la que nos hemos cruzado desde que te bajaste del caballo.

La vergüenza le arrebató el humor de la expresión a Alí.

—¿Tan obvio ha sido? —susurró.

Nahri se detuvo y saboreó aquel azoramiento.

—Solo para quien mirase en tu dirección. —Esbozó una sonrisa dulce—. O sea, para todo el mundo.

Alí se crispó y alzó la mano para tocarse el turbante.

—Jamás había esperado llevar este turbante —dijo en tono suave—. No he podido evitar preguntarme qué aspecto me daba.

—Suerte con esa excusa cuando Muntadhir se entere de que te lo has llevado. —Había que admitir que Alí presentaba una figura imponente con el turbante, aquellas rayas doradas captaban la calidez de sus ojos grises. Aun así, a Nahri no le gustaba vérselo puesto—. No te pega —dijo, tanto para sí como para Alí.

—No —replicó él sin entonación alguna—. Supongo que, entre Muntadhir y yo, es él quien tiene más aspecto de príncipe Qahtani.

Nahri se percató demasiado tarde del doble significado que habían tenido sus palabras.

—Oh, no, Alí. No era eso lo que quería decir. De verdad que no. —Cada vez que Nahri se cubría las orejas humanas con el chador, también tenía la sensación de que su apariencia no se ajustaba a lo que se esperaba de ella. Pensar que podría haberle dado esa misma impresión a otra persona la hizo sentirse enferma—. Lo que quería decir es que odio ese turbante. Odio lo que representa. La guerra, Qui-zi... parece enraizado en las peores partes de nuestro pasado.

Alí se detuvo y se giró para encararse directamente con ella.

—No, ya me imaginaba que a una Banu Nahida que acaba de enfrentarse a un grupo de hombres con un milenio de experiencia entre todos no le haría gracia una tradición así. —Sonrió y negó con la cabeza—. Tu pueblo puede considerarse dichoso de que seas su líder. Espero que lo sepas.

Dijo las palabras en tono cálido, con lo que parecía ser toda la sincera amabilidad que cabía en el mundo entero.

La respuesta de Nahri fue inmediata:

—Quizá también llegue a ser la líder de tu pueblo, algún día.

Había pretendido decirlo en tono desafiante, y de hecho, Alí se echó hacia atrás, algo sobresaltado. Sin embargo acabó por esbozar una lenta sonrisa, con un destello de oscura hilaridad en los ojos.

—Bueno, en ese caso más me vale volver a centrarme en construir tu hospital. —Se llevó la mano al corazón y a la frente en el saludo tradicional geziri. Claramente estaba reprimiendo una risa—. Que la paz sea contigo, Banu Nahida.

Nahri no respondió, como tampoco Alí esperó respuesta alguna. En cambio giró sobre sus talones y se dirigió hacia Zaynab, que ya lo esperaba en la puerta.

Nahri lo observó al marcharse, de pronto consciente de cuántos daeva hacían eso mismo: el callado escrutinio con el que, sospechaba, muchos habían observado su interacción.

Con expresión severa miró a la multitud hasta que toda aquella gente retomó a toda prisa sus actividades. Nahri había sido sincera con los sacerdotes: pensaba hacer aquello a su manera. Una buena Banu Nahida no podía mostrar debilidad.

Así que Nahri se aseguraría de no tener ninguna.

22

ALÍ

Alí sonrió al accionar la palanca. Un chorro de agua fría salpicó en el suelo.

—La nueva especialidad de tu hijo —bromeó con la mujer que tenía delante.

Los ojos dorados de Hatset recorrieron el manchurrón de barro que tenía Alí en la dishdasha.

—Cuando imaginé un futuro más brillante para ti, baba, en mi mente estabas más... limpio.

—Me gusta ensuciarme las manos. —Alí se enderezó y se limpió los dedos en un trapo que llevaba enganchado al cinto—. Pero bueno, ¿qué piensas? —preguntó mientras señalaba la línea de ajetreados talleres frente al hospital.

—Estoy impresionada —replicó su madre—. Aunque por otro lado, considerando la fortuna que le has sacado a mi tribu desde que llegaste a Daevabad, qué menos que estarlo.

Alí se llevó una mano al corazón en fingido gesto de ofensa.

—Ay, ¿qué ha sido de todo eso que decías sobre hacer el bien por mi ciudad? —Le guiñó un ojo—. ¿Acaso creías que iba a ser barato?

Ella negó con la cabeza, pero también sonreía. Su mirada se posó en un grupo de niños sentados en la escuela del campamento de trabajo.

—Ha valido la pena el coste. Estoy orgullosa de ti. Algo exasperada, pero orgullosa igualmente.

Continuaron hacia el hospital y Alí saludó con un cabeceo a un par de carpinteros que martilleaban en una ebanistería.

—Son los shafit quienes están haciendo la mayor parte del trabajo —replicó—. Yo soy más bien un supervisor con ínfulas; mi mayor problema es encontrarles un trabajo a todos los que quieren unirse al proyecto. Ha sido asombroso ver lo que la gente ha hecho cuando se les ha presentado esta oportunidad. ¡Y en apenas unos meses!

—Es hermoso ver que lo que creías sobre los shafit se hace realidad, imagino.

Alí asintió fervientemente.

—Nada me haría más feliz que ver cómo prospera este lugar. Que todos los que tienen esas pretensiones de sangre pura vean lo que han conseguido hacer aquí los shafit. —Unió las manos a la espalda y jugueteó con sus cuentas de oración—. Ojalá pudiera convencer a abba para que viniera a verlo. Sería más seguro invertir en los shafit que aporrearlos para que obedezcan.

—Pues eso suena a que deberías ir abandonando esa idea tuya de Bir Nabat y empezar a convencer a tu padre de que te permita quedarte en Daevabad. —Hatset lo miró con toda intención mientras entraban en el hospital—. El tipo de cambio que desearías necesita tiempo y paciencia, hijo. Ahora te ves como una especie de granjero, ¿no? ¿Acaso tiras las semillas al suelo y las abandonas con la esperanza de que crezcan sin ocuparte de ellas?

Alí contuvo la lengua. Y no solo por el barullo de trabajadores que los rodeaban, sino porque, en realidad, con cada día que pasaba en Daevabad estaba menos seguro de lo que quería.

Hatset dejó escapar una exclamación sorprendida mientras salían al pasillo principal.

—Bueno, bueno, pero si esto es encantador —dijo, admirando los vívidos murales que Elashia había pintado en las paredes: deslumbrantes naves de arena que atravesaban las dunas y lujuriantes oasis de Qart Sahar, junto con imágenes de los escarpados acantilados y los mares azules de la zona.

—Deberías ver lo que hacen cuando Nahri pasa por aquí —dijo Alí—. Estas imágenes cobran vida; las olas se estrellan contra la playa y los árboles florecen. La magia Nahid de este lugar es increíble.

—Sí, cada vez está más claro que esa chica lo tiene todo hechizado —dijo Hatset en tono ligero.

Alí se inclinó sobre una de las balaustradas para comprobar el progreso del trabajo de aquel día. A primera vista, el corazón del hospital ya nada tenía que ver con las ruinas cubiertas de hierbajos que Nahri le había enseñado en un principio. Aquel jardín crecido se había transformado en una pequeña porción del paraíso. Visitantes y pacientes podían pasear por los senderos embaldosados y disfrutar del dulce aroma del agua de las fuentes y el fresco a la sombra de las palmeras. Habían vuelto a levantar las paredes interiores, y los carpinteros estaban colocando un techo de vidrio que maximizaría la cantidad de luz natural que entraba en las habitaciones. La cámara principal de auscultación estaba terminada, a la espera de que llegasen los muebles y los trabajos de ebanistería.

—¡Príncipe Alizayd!

Una voz captó su atención. Alí echo un vistazo al otro lado del patio y vio a un grupo de costureras shafit sentadas entre una pila de cortinas bordadas. Una mujer que parecía tener más o menos su misma edad se acababa de poner de pie, con una sonrisa tímida en el rostro.

Siguió hablando cuando ambos se miraron a los ojos, con las mejillas ruborizadas:

—Siento mucho molestarte, alteza, pero si vas a estar por aquí más tarde, estábamos pensando… —Hizo un gesto hacia las demás mujeres. Varias de ellas soltaron risitas—. Esperábamos que pudieras ayudarnos a colgar estas cortinas.

—Ah… por supuesto —replicó Alí, algo confundido ante la petición—. Avisadme cuando hayáis terminado.

Ella volvió a sonreír y Alí no pudo evitar percatarse de que su sonrisa era bastante encantadora.

—Ya te daremos caza luego.

La chica volvió a sentarse y a intercambiar susurros con sus compañeras.

—Resulta fascinante —dijo su madre en tono seco— que en todo este gran complejo mágico, el único modo de colgar unas cortinas pase por recurrir a un príncipe demasiado alto, guapo y soltero.

Alí se apresuró a apartar la mirada de aquellas mujeres.

—Estoy seguro de que era del todo inocente.

Hatset soltó un resoplido.

—Ni siquiera tú eres tan ingenuo. —Engarzó su brazo al de Alí, y ambos siguieron caminando—. Pero... ¿sabes una cosa? Quizá no sería la peor de las ideas que quemases la máscara nupcial con una buena chica shafit. A lo mejor así te dejarías caer de vez en cuando en una cama en lugar de matarte a trabajar.

Un calor avergonzado se adueñó del rostro de Alí con tanta rapidez que este casi creyó que iba a estallar en llamas.

—Amma...

—¿Qué? ¿No se me permite querer que mi único hijo tenga algo de felicidad?

Él ya negaba con la cabeza.

—Sabes que no se me permite casarme.

—No, lo que no se te permite es celebrar ceremonias chabacanas con alguna noble que vaya a ofrecerte aliados políticos y herederos que puedan competir con los de Muntadhir... y precisamente por eso, no estoy sugiriendo tal cosa. —Lo escrutó con ojos suaves—. Pero me preocupas, baba. Pareces muy solo. Si quieres que Zaynab o yo misma te busquemos...

—No —dijo Alí, e intentó que la voz no le saliese dolida. Su madre no andaba desencaminada... pero esa era solo una parte de su vida en la que no le gustaba ahondar. Al crecer como futuro caíd de Muntadhir, Alí había intentado prepararse para lo que pudiese ser su futuro: una vida violenta y solitaria en la Ciudadela para él; mientras que para Muntadhir sería riqueza, una familia y el trono. Le había resultado más fácil no pensar en todo lo que le habían negado, los lujos reservados para su hermano.

Sin embargo, todo aquello eran juramentos que había hecho siendo niño, demasiado joven como para comprender su coste. Aunque ya daba igual. Alí jamás sería caíd, y no podía fingir que el resentimiento no se había abierto camino hasta su corazón. Sin embargo, no había nada que hacer al respecto. Había sido sincero con Lubayd y Aqisa cuando lo habían estado fastidiando con la idea de casarse: no tomaría los votos con ninguna mujer inocente si pensaba que no iba a ser capaz de cumplirlos. Y en aquel momento, Alí era apenas capaz de protegerse a sí mismo.

Su madre seguía mirándolo, expectante.

—¿Podemos discutirlo en otra ocasión? —preguntó—. ¿Quizá algún día en que no vayamos a intentar obligar a un sabio temperamental a reunirse a la fuerza con nosotros?

Hatset puso los ojos en blanco.

—No vamos a obligar a nadie a hacer nada, querido. Llevo años tratando con Ustadh Issa.

Alí se alegró de que su madre tuviese tanta confianza en sí misma. Se había asombrado al enterarse de que el sabio ayaanle que su madre esperaba que pudiese contarles algo más sobre los marid era el mismo anciano chalado que vivía encerrado en una habitación del hospital. Alí aún no lo conocía en persona: al enterarse de que gente desconocida iba a entrar en el hospital, el anciano había llenado el pasillo frente a sus aposentos con todo tipo de trampas mágicas. Por fin, después de que varios trabajadores se llevasen algún que otro buen mordisco por parte de libros encantados, Nahri y Razu, las únicas personas a las que Issa les dirigía la palabra, habían conseguido negociar un punto intermedio: no se permitiría a nadie acercarse a su habitación y, a cambio, el anciano dejaría de maldecir el pasillo.

—Deberíamos haberle pedido a Nahri que viniese —dijo Alí una vez más—. Le cae bien a Issa, y se le da muy bien sonsacarle información a la gente.

Su madre le dedicó una mirada sombría.

—Más te vale que no te esté sonsacando información a ti. Esa mujer es el tipo de aliada con la que hay que andarse con ojo.

Se detuvieron delante de la puerta cerrada del sabio. Hatset llamó.

—Ustadh Is...

Su madre ni siquiera había acabado de pronunciar la palabra cuando Alí sintió un susurro mágico. La obligó a retroceder de un tirón... justo antes de que un sable, formado por lo que parecían los trozos desencajados de un astrolabio, diera un tajo que atravesó el umbral de la puerta.

Alí soltó una maldición en geziriyya, pero Hatset se limitó a negar con la cabeza.

—Vamos, Ustadh —lo amonestó en ntaran—. Ya hemos hablado de que tienes que ser más sociable. —Un soniquete astuto resonó en su voz—. Además… tengo un regalo para ti.

La puerta se abrió de repente, si bien apenas un ápice. Alí dio un salto hacia atrás; un par de ojos verde esmeralda aparecieron en mitad de la lúgubre oscuridad.

—¿Reina Hatset? —hasta la voz de Issa sonaba antigua.

Su madre se sacó de entre la túnica un saquito color ceniza.

—Creo que, la última vez que nos encontramos, dijiste que tenías cierto interés en esto.

Alí inspiró y reconoció el olor penetrante.

—¿Pólvora? ¿Vas a darle pólvora? ¿Para sus experimentos?

Hatset chistó para mandarlo callar.

—Una charlita nada más, Issa —dijo en tono suave—. Una charlita breve y muy confidencial.

Los luminosos ojos del sabio oscilaron a toda prisa entre los dos.

—¿No hay humanos con vosotros?

—Lo hemos hablado un centenar de veces, Ustadh. No hay humanos en Daevabad.

La puerta se abrió y el saquito de pólvora se desvaneció de entre las manos de Hatset demasiado rápido como para que los ojos de Alí captasen siquiera el movimiento.

—¡Entrad, entrad!

Issa los hizo pasar con un gesto y cerró la puerta de golpe una vez que hubieron cruzado el dintel, susurrando lo que parecía una cantidad poco razonable de encantamientos de cierre en voz baja.

Alí se arrepentía más y más de la decisión de venir a aquel lugar a cada instante que pasaba, pero siguió a su madre hasta una cámara cavernosa. Había libros apilados hasta el techo, y pergaminos enrollados metidos en estanterías que Issa parecía haber recompuesto a base de magia a partir de trozos desastrados de las ruinas del dispensario. Una larga hilera de vitrales llenos de polvo arrojaban una luz tenue sobre una mesa baja atestada de resplandecientes instrumentos de metal, trozos de pergamino y velas encendidas. Había un catre entre dos enormes pilas de libros, tras una parte del suelo cubierta de cristales rotos; como si el sabio temiese que alguien fuese a atacarlo mientras dormía. Solo había un rinconcito de la estancia que se mantenía pulcro: un par de almohadones en el suelo rodeaban una otomana descubierta sobre la que descansaba una bandeja con una tetera, vasos y, a juzgar por el olor, varios de esos dulces de cardamomo que tanto le gustaban a Nahri.

Deberíamos haberla traído con nosotros, pensó una vez más Alí con culpabilidad. Bien sabía Dios que ya le ocultaba bastantes secretos.

El sabio se acomodó en un almohadón gastado en el suelo, cruzó las delgadas piernas bajo el cuerpo como si fuese algún tipo de ave desgarbada. Siendo como era un djinn que había sido esclavizado para luego ser resucitado, resultaba imposible saber la edad de Issa. Su rostro estaba cubierto de arrugas, níveas tanto sus cejas como la profusa barba. Y la expresión de desaprobación de su rostro resultaba… extrañamente familiar.

—¿Te conozco? —preguntó Alí despacio, estudiando a aquel hombre.

Los ojos de Issa revolotearon sobre él.

—Sí —se limitó a decir—. En cierta ocasión te eché de una clase de historia porque hacías muchas preguntas. —Ladeó la cabeza—. Eras mucho más bajo.

—¿Ese eras tú?

El recuerdo regresó de inmediato a Alí. No muchos tutores se habían atrevido a tratar al hijo de Ghassán con semejante falta de respeto. Alí había sido joven, no más de diez años de edad, pero el hombre que recordaba que lo había echado había sido un sabio imponente y furioso vestido con elegantes ropas… no aquel viejecito frágil que tenía delante.

—No lo comprendo. Si ocupabas un puesto en la Biblioteca Real… ¿qué haces aquí?

Los ojos brillantes del sabio se colmaron de dolor.

—Me obligaron a dimitir.

Hatset tomó asiento frente a Issa y le hizo un gesto a Alí para que hiciese lo mismo.

—Tras la destrucción que provocó el Afshín hubo muchos actos violentos contra el resto de los antiguos esclavos djinn de la ciudad. La mayoría huyó, pero Issa es demasiado terco. —Negó con la cabeza—. Ojalá te volvieses a casa, amigo mío. Estarías más cómodo en Ta Ntry.

Issa frunció el ceño.

—Soy demasiado viejo para viajar por ahí. Además, odio los barcos. —Lanzó una mirada irritada en dirección a Alí—. El hospital era un hogar perfecto hasta que llegaron los trabajadores de este. No dejan de martillear. —Dijo con voz herida—. Y espantaron a la quimera que vivía en el sótano.

Alí no se creía lo que oía.

—Intentó comerse a alguien.

—¡Era un espécimen poco común!

Hatset se apresuró a intervenir.

—Hablando de especímenes poco comunes… hemos venido a hablar contigo de otras criaturas bastante escurridizas. Los marid.

El semblante de Issa cambió. Aquella expresión cascarrabias dio paso a otra de alarma.

—¿Y qué queréis saber de los marid?

—Queremos saber las historias de antaño —respondió Hatset en tono calmado—. Para mi generación son poco más que una leyenda. Sin embargo, he oído que en tu época era más común toparse con uno de ellos.

—Puedes considerar una bendición que prácticamente hayan desaparecido. —La expresión de Issa se volvió aún más sombría—. No es aconsejable hablar de los marid con los jóvenes, mi reina. Sobre todo con los jóvenes demasiado ambiciosos que hacen demasiadas preguntas.

Hizo una señal contrariada con el mentón en dirección a Alí.

La madre de Alí insistió.

—No se trata solo de curiosidad, Ustadh. Necesitamos tu ayuda.

Issa negó con la cabeza.

—Me he pasado toda mi carrera viajando a lo largo del Nilo. He visto a más djinn de los que puedo recordar destruidos por culpa de la fascinación con los marid. Le di las gracias a Dios cuando me enteré de que tu generación había superado esa locura. No pienso reavivarla.

—No te pedimos que reavives nada —replicó Hatset—. Y no somos nosotros quienes han dado el primer paso. —Agarró la muñeca de Alí y, con suavidad, abrió el botón que sujetaba la manga de la dishdasha y la arremangó para mostrar sus cicatrices—. Los marid han venido a nosotros.

Los ojos verdes de Issa se clavaron en las cicatrices de Alí. Inspiró y se enderezó de repente.

Y a continuación le cruzó la cara a Alí de una bofetada.

—¡Necio! —chilló—. ¡Apóstata! ¿Cómo te atreves a hacer un pacto con ellos? ¿Qué espantosa abominación has cometido para convencerles de que te perdonen la vida, Alizayd al Qahtani?

Alí retrocedió y esquivó una segunda bofetada.

—¡Yo no he hecho ningún pacto con nadie!

—¡Mentiroso! —Issa agitó un dedo frente a su rostro con aire iracundo—. ¿Acaso crees que no estoy al tanto de tus antiguos fisgoneos?

—¿De mis qué? —balbuceó Alí—. En el nombre de Dios, ¿de qué hablas?

—A mí también me gustaría saberlo —dijo en tono duro Hatset—. Preferiblemente antes de que vuelvas a golpear a mi hijo.

Issa cruzó en tromba la habitación. Con un chisporroteo airado, un cofre cerrado apareció en medio del aire y aterrizó con un golpe polvoriento. Issa lo abrió y sacó un rollo de papiro, que agitó como si de una espada se tratase.

—¿Te acuerdas de esto?

Alí frunció el ceño.

—No. ¿Tienes idea de cuántos rollos de pergamino he visto en mi vida?

Issa desenrolló el pergamino y lo desplegó sobre la mesa.

—¿Y cuántos de esos rollos de pergamino eran instrucciones para invocar a un marid? —preguntó en tono conspirador, como si hubiese descubierto a Alí.

Totalmente confundido, Alí dio un paso al frente. En el pergamino había pintado un brillante río azul. Era un mapa, comprendió.

Un mapa del Nilo, a juzgar por lo que podía interpretar de los bordes toscamente dibujados. Fue todo lo que pudo discernir; aunque había anotaciones, estaban escritas en una letra hecha de pictogramas extraños y totalmente incomprensibles.

Entonces recordó.

—Es el mapa que Nahri y yo encontramos en las catacumbas de la Biblioteca Real.

Issa le clavó una mirada hostil.

—¿Así que admites haber intentado contactar con los marid?

—¡Por supuesto que no! —Alí iba perdiendo rápidamente la paciencia con aquel anciano y su mal carácter—. La Banu Nahida y yo estábamos indagando sobre esa supuesta historia de que un marid ocultó su apariencia bajo una maldición y la dejó en Egipto. Nos enteramos de que este pergamino lo había escrito el último djinn que había visto un marid en esa zona. Yo no sabía leerlo, así que lo mandé traducir. —Entrecerró los ojos en dirección a Issa—. Y así, probablemente, llegó a tus manos.

Hatset intervino:

—¿Puedes por favor decirme qué hay en este mapa que tanto te altera, Ustadh?

—No es solo un mapa —respondió Issa—. Es un objeto malvado, diseñado para servir de guía a los desesperados. —Clavó un dedo nervudo sobre un conjunto de anotaciones—. Estas señales marcan lugares del río que, se cree, son sagrados para los marid. Las notas describen lo que se hizo, lo que se sacrificó, para invocarlos en cada sitio.

Los ojos de Hatset emitieron un destello.

—Cuando hablas de sacrificar... no te referirás a...

—Me refiero justo a lo que he dicho —interrumpió Issa—. Hay que ofrecer sangre para atraerlos.

Alí estaba horrorizado.

—Ustadh Issa, ni Nahri ni yo sabíamos nada al respecto. Jamás he estado en el Nilo. Y jamás he deseado tener contacto alguno con los marid, ¡mucho menos sacrificarles a nadie!

—Se cayó en el lago, Ustadh —explicó Hatset—. Fue un accidente. Dijo que los marid lo torturaron para que les dijese su nombre y que luego lo utilizaron para asesinar al Afshín.

Alí se giró hacia ella.

—Amma…

Ella lo acalló con un gesto.

—Tenemos que saberlo todo.

Issa contemplaba a Alí, conmocionado.

—¿Un marid te utilizó para matar a otro djinn? ¿Te poseyó? Pero… eso no tiene sentido… la posesión es el acto definitivo de un acólito.

La repugnancia se adueñó de Alí.

—¿De qué hablas?

—Es un pacto —replicó Issa—. Una asociación… aunque no del todo equilibrada. Si un marid acepta tu sacrificio, te acogerá bajo su protección. Y te dará casi todo lo que puedas desear durante du vida mortal. Sin embargo, al final… el acólito le debe al marid su alma. Y el marid lo posee y se la arrebata. —Recorrió a Alí con los ojos—. Nadie sobrevive a algo así.

Alí se quedó frío del todo.

—Yo no soy acólito de ningún marid. —La última palabra abandonó sus labios con fiera negación—. Creo en Dios. Jamás cometería la blasfemia que estás sugiriendo. Y, desde luego, no he hecho ningún sacrificio —añadió, cada vez más acalorado. Su madre le puso una mano en el hombro—. ¡Esos demonios me torturaron y me obligaron a presenciar alucinaciones de las muertes de todos mis seres queridos!

Issa inclinó la cabeza y estudió a Alí como si se tratase de algún tipo de ecuación.

—Pero sí que les dijiste cómo te llamas, ¿verdad?

Alí hundió los hombros. No por primera vez, maldijo el momento en que se había roto bajo las aguas.

—Sí.

—En ese caso, eso pudo ser todo lo que necesitaban… Son criaturas astutas, y bien sabe Dios que han tenido siglos para aprender a retorcer las reglas. —Issa se dio unos golpecitos en el mentón, con aspecto desconcertado—. Lo que no entiendo es el motivo que hay detrás. Planear el asesinato de un daeva, de un ser inferior, supondría un riesgo, aunque utilizasen a otro djinn para llevarlo a cabo.

Hatset frunció el ceño.

—Que tú sepas, ¿tienen los marid alguna disputa con los daeva?

—Se dice que un marid maldijo el lago tras pelearse con el Consejo Nahid —respondió Issa—. Pero eso debió de suceder hace dos mil años. Que yo sepa, desde entonces no ha habido ningún marid en Daevabad.

A Alí le hormigueó la piel. Sabía que eso no era del todo cierto. Después de su posesión, Alí le había dicho eso mismo a su padre, quien le había contado en voz baja que sí que se había visto un marid... entre los aliados ayaanle de Zaydi al Qahtani.

Sin embargo prefirió contener la lengua. Le había jurado a su padre por su tribu y por su sangre que no revelaría aquella información. Hasta el más leve susurro que indicase que sus ancestros habían conspirado con los marid para derrocar a los Nahid sacudiría los cimientos de su gobierno. Zaydi al Qahtani había tomado un trono que incluso él sabía que Dios les había concedido en su día a Anahid y sus descendientes. Sus razones y métodos para hacerlo tenían que quedar fuera de toda sombra de duda. Si Hatset e Issa no lo sabían ya, Alí no pensaba decir nada.

—¿Cómo puedo liberarme? —preguntó en tono brusco.

Issa lo contempló.

—¿Liberarte de qué?

—De mi conexión con los marid. De estos... susurros que tengo en la cabeza —dijo Alí a toda prisa. Sentía que empezaba a perder el control—. De mis habilidades. Quiero librarme de todo ello.

—¿Tus habilidades? —repitió asombrado el estudioso—. ¿Qué habilidades?

De repente, Alí dejó escapar la magia que había estado conteniendo. Le chorreó agua de las manos y una niebla se arremolinó a sus pies.

—Estas —jadeó.

El sabio retrocedió a toda prisa.

—Oh —susurró—. Eso. —Parpadeó con rapidez—. Eso es nuevo.

—No —dijo Hatset—. No lo es.

Alí se giró hacia su madre. Ella le lanzó una mirada de disculpa.

—Nuestra familia tiene una leve... muy leve... afinidad con la magia de agua. Suele aparecer entre nuestros niños y normalmente se desvanece cuando llegan a la adolescencia. Y no se parece en nada a lo que me has contado que puedes hacer —añadió al ver que Alí desorbitaba los ojos—. Un berrinche de un niño podría en ocasiones volcar una jarra de agua en el otro extremo de la habitación. Cuando Zaynab pensaba que yo no estaba mirando solía hacer salir chorritos de agua de las tazas.

Alí ahogó un gemido.

—¿Zaynab? ¿Zaynab tiene estas habilidades?

—Ya no —dijo Hatset con firmeza—. Por aquel entonces era muy joven. Probablemente ni siquiera se acuerda. Cuando yo veía lo que hacía solía castigarla con dureza. —Su madre negó con la cabeza, con aire lúgubre—. Me aterraba que alguien pudiera verla. —Volvió a mirar a Alí—. Pero jamás te lo expliqué. Tú fuiste siempre geziri, incluso de niño. Y cuando te uniste a la Ciudadela eras tan leal a su código...

—... que te daba miedo que lo contase —concluyó Alí cuando su madre dejó morir la voz. Sentía náuseas. Ni siquiera podía decir que jamás lo habría hecho.

Hubo momentos, de niño, en los que estaba tan resuelto a demostrar su valía ante la tribu de su padre y su hermano, en los que tenía una visión tan rígida de su fe, que sí, seguramente habría dejado caer algún secreto de los ayaanle. Comprenderlo lo avergonzó. Se dejó caer de pronto hasta quedar sentado y se pasó las manos mojadas por el rostro.

—Pero ¿por qué no me dijiste nada cuando te conté lo de posesión del marid?

Las palabras de su madre fueron amables:

—Alu, habías entrado en pánico. Llevabas en Daevabad menos de una semana. No era el momento adecuado.

Issa paseaba la vista entre los dos como si de pronto se arrepintiese de haberlos dejado entrar.

—Deja de hacer eso —advirtió y agitó una mano en dirección al remolino de niebla que rodeaba ya la cintura de Alí—. ¿Tienes idea de lo que podría pasar si alguien te viera hacer eso? ¡A mí me echó del palacio una muchedumbre solo por tener los ojos de color esmeralda!

—Pues ayúdame —suplicó Alí, esforzándose por volver a contener el agua—. Por favor. Cada vez me resulta más difícil controlarlo.

—Yo no sé cómo ayudarte —replicó Issa con voz atónita. Miró a Hatset y, por primera vez, puso cara de humillación—. Perdóname, mi reina. No sé qué esperabas, pero jamás me he encontrado con nada parecido. Deberías llevártelo a Ta Ntry. Allí estaría más seguro y tu familia quizá tenga algunas respuestas.

—No puedo llevármelo a Ta Ntry —dijo su madre a las claras—. La situación en palacio está demasiado tensa. Su padre y su hermano pensarán que lo estoy preparando para dar un golpe de estado. Y si alguno de los dos se entera de esto… —Señaló con el mentón a la niebla que aún rodeaba a Alí—. No confío en ellos. Ghassán pone la estabilidad de esta ciudad por encima de todo lo demás.

Issa negó con la cabeza.

—Reina Hatset…

—Por favor. —La palabra cortó el aire—. Es mi único hijo, Ustadh —insistió—. Te traeré todo lo que se haya escrito jamás sobre los marid. Te conseguiré copias de mis registros familiares. Lo único que te pido es que encuentres la manera de ayudarnos. —Adoptó un tono más taimado—. Además, vamos: debe de hacer décadas desde la última vez que tuviste un buen misterio entre manos.

—Puede que no os gusten las respuestas —señaló Issa.

Enfermo de pánico, Alí había clavado los ojos en el suelo. Aun así sintió el peso de sus miradas, la preocupación que manaba de su madre.

Hatset volvió a hablar:

—No creo que tengamos alternativa.

Aunque su madre había dado por concluida la reunión con la firme orden de que Alí mantuviese la calma y dejase que tanto ella como Issa se encargasen del asunto, aquella conversación que habían tenido en el hospital no dejaba de obsesionarlo. Como respuesta, Alí se volcó aún más en su trabajo, intentando desesperadamente ignorar los susurros que corrían por su mente cuando se bañaba, o el hecho de que la lluvia, que no había cesado en días, cayese con más fuerza cada vez que perdía los nervios. No estaba durmiendo mucho, y últimamente, cuando cerraba los ojos, sus sueños se infestaban de imágenes de un lago ardiente y naves destrozadas, de pseudópodos escamosos que lo arrastraban bajo aguas lodosas, de ojos fríos y verdes que se estrechaban ante él hasta no ser más gruesos que el asta de una flecha. Luego se despertaba, tembloroso, empapado en sudor, y se sentía como si alguien le acabase de susurrar una advertencia al oído.

El efecto que aquellos cambios tenían en su humor no pasó desapercibido.

—Alizayd. —Su padre le chasqueó los dedos delante de la cara mientras salían de la sala del trono tras una sesión—. ¿Alizayd?

Alí parpadeó y salió de su aturdimiento.

—¿Sí?

Ghassán le clavó la mirada.

—¿Te encuentras bien? —preguntó, con algo de preocupación en la voz—. Estaba seguro de que tendrías algún que otro comentario afilado para el cambista de Garama.

Alí no recordaba a ningún cambista de Garama.

—Disculpa. Es que estoy cansado.

Su padre entrecerró los ojos.

—¿Hay algún problema en el hospital?

—En absoluto —se apresuró a decir él—. Nuestro trabajo continúa sin dificultades. Deberíamos cumplir los plazos y estar listos para inaugurar en Navasatem, Dios mediante.

—Excelente. —Ghassán le palmeó la espalda al tiempo que ambos llegaban a un recodo—. Ten cuidado de no matarte a trabajar. Ah... y hablando de alguien que sí podría matarse a trabajar... Muntadhir. —Saludó a su hijo mayor al verlo acercarse—. Espero que tengas una buena excusa para no haber estado presente hoy en la corte.

Muntadhir se llevó la mano al corazón y a la sien.

—Que la paz sea contigo, mi rey —dijo, ignorando a Alí—. La verdad es que sí. ¿Podemos hablar dentro?

Alí intentó apartarse, pero Ghassán lo agarró de la muñeca.

—No. Tú puedes quedarte unos minutos. No creáis que no me he dado cuenta de que os estáis ignorando el uno el otro. Es un comportamiento tremendamente pueril.

Alí se ruborizó y Muntadhir se enderezó aún más. Le lanzó a Alí una mirada desdeñosa, como si de algún tipo de insecto irritante se tratase, para a continuación entrar en el despacho... lo cual fue positivo, porque Alí sintió el repentino impulso infantil de obligar a la fuente que había frente al despacho de su padre a echar a perder la costosa capa que cubría los hombros de su hermano.

Decir que la situación entre los dos príncipes se había agriado aún más desde que Alí fuese al templo daeva en lugar de Muntadhir era quedarse muy corto. A pesar de sus esfuerzos, Alí y Zaynab no habían conseguido volver a dejar el atuendo de gala de Muntadhir en su vestidor sin que los descubriesen. Muntadhir, con un moratón en la barbilla sin duda cortesía de su padre, los había reprendido con fiereza: le había gritado a su hermano pequeño hasta que Zaynab había estado a punto de llorar y Alí a punto de hacer que explotasen las botellas de bebidas alcohólicas repartidas por toda la estancia.

No había vuelto a intentar acercarse a su hermano. Sentía que Muntadhir lo vigilaba constantemente, que lo escrutaba con una calma implacable que lo inquietaba y le rompía el corazón. Cualquier esperanza que pudiese haber albergado de reconciliarse con aquel hermano mayor a quien había adorado en su día, aquel hermano a quien aún amaba, empezaba a desaparecer.

Aun así, siguió a Muntadhir al interior del despacho, pues no le quedaba más alternativa.

—¿... cómo que has resuelto el problema de los jeques geziri sureños? —preguntaba en aquel momento Ghassán. Se había sentado frente a su escritorio. Muntadhir estaba de pie frente a él—. Porque, a menos que hayas sido capaz de invocar otro caravasar, no sé cómo pretendes alojar a mil invitados a los que no esperábamos.

—Acabo de reunirme con el administrador de los terrenos del palacio —replicó Muntadhir—. Creo que deberíamos instalar el campamento de viajeros en los jardines delanteros. Los daeva pensarán que es un horror, por supuesto, y después de los festejos tardaremos algo de tiempo en restaurar el terreno, pero podríamos hacer algo hermoso: invocar tiendas de seda entre las palmeras, un jardín de agua y un patio donde podríamos instalar a los mercaderes que vendan artesanía tradicional, quizá algún cuentacuentos o músicos que hagan una representación de las antiguas épicas. —Esbozó una sonrisa vacilante—. He pensado que sería un bonito homenaje a nuestras raíces... y los jefes no podrían ofenderse si los colocamos junto a nuestro propio palacio.

Una expresión anhelante se había apoderado del rostro de su padre.

—Es una sugerencia excelente. Muy bien, Muntadhir. Estoy impresionado. Estás haciendo un gran trabajo con las preparaciones de Navasatem.

Muntadhir descorrió una sonrisa completa, quizá la sonrisa más genuina que Alí había visto en su rostro en meses, como si acabasen de quitarle un peso de los hombros.

—Gracias, abba —dijo con sinceridad—. Espero que te enorgullezcas de mí y poder honrar nuestro apellido.

—Estoy seguro de que así será. —Ghassán desplegó las manos—. Sin embargo, Muntadhir, después de los festejos espero que concentres todas tus atenciones y tu encanto en tu esposa.

Se desvaneció el breve placer que había florecido en el rostro de su hermano.

—Mi esposa y yo estamos bien.

Ghassán le clavó la mirada.

—Emir, estamos en mi palacio. Sé todo lo que sucede dentro de estos muros, lo cual significa que estoy al tanto de que tú y Nahri no habéis compartido cama desde hace más de cuatro meses. Os casé para unificar nuestras tribus, ¿lo recuerdas? Han pasado casi cinco años. En menos tiempo, Hatset ya me había dado dos niños.

Alí carraspeó.

—¿Puedo... puedo irme?

Ninguno de los otros dos lo miró siquiera. Muntadhir contemplaba el escritorio de su padre, con la mandíbula tensa.

—Estas cosas llevan su tiempo, abba —dijo al fin.

—Llevan su tiempo porque pasas tus noches con cualquiera que no sea tu esposa, cosa que ya te he prevenido más de una vez que no debes hacer. Si hay otra persona... daeva... que te esté distrayendo de tu deber... bueno, esa persona se puede eliminar con facilidad.

Muntadhir alzó la cabeza de golpe. Alí se sobresaltó ante la furia apenas contenida que había en el rostro de su hermano.

—No me está distrayendo nadie —espetó Muntadhir. Sujetaba el borde del escritorio de Ghassán con tanta fuerza que los nudillos se le pusieron blancos—. Y soy muy consciente de mis deberes; llevas dándome palizas desde que era niño para que no olvide su importancia.

Los ojos de Ghassán llamearon.

—Si tu puesto te parece una carga, emir —dijo en tono frío—, tengo a otro que podría reemplazarte. Alguien que, sospecho, estaría encantado de aceptar tus deberes maritales. Alguien cuya compañía ya prefiere tu esposa.

A Alí le ardieron las orejas ante aquella insinuación.

—Eso no es...

El desdén torció las facciones de Muntadhir.

—Lo que mi esposa prefiere es el bolsillo sin fondo de la reina Hatset, y a un idiota a quien puede manipular para que le construya un hospital. —Se giró para mirar a Alí—. Un idiota que, una vez completado el hospital, no tendrá valor para ella.

Aquellas palabras crueles dieron en el blanco y punzaron algo inseguro y vulnerable en el corazón de Alí.

—Ella vale diez veces más que tú —respondió con un resentimiento dolido que ascendió por su cuerpo e hizo pedazos su autocontrol—. Está haciendo algo brillante y valiente, mientras que tú no puedes ni apartarte de tus cortesanas lo suficiente como para...

La puerta del despacho se abrió de repente y golpeó contra la pared. Alí se giró y desenvainó el zulfiqar, al tiempo que se interponía entre su familia y el umbral. Sin embargo, el único que apareció fue Wajed, con aspecto angustiado y alarmado.

—Abu Muntadhir. —Saludó a Ghassán en geziriyya. Tras él, Alí oyó los gritos de una mujer, que reverberaban por el pasillo—. Perdonadme, pero ha sucedido un crimen terrible.

—¡Mi señora, por favor! —Alí se puso rígido al oír la voz de Kaveh—. ¡No puedes presentarte ante el rey de esta guisa!

—¡Sí que puedo! —chilló una mujer—. ¡Tengo derecho como ciudadana!

Siguió una hilera de palabras en divasti, interrumpidas por sollozos.

Ghassán se puso de pie; una mujer daeva cubierta con un chador empapado en sangre apareció a la vista. Kaveh venía junto a ella, pálido y tenso, al igual que otro puñado de daeva y dos miembros de la Guardia Real.

—¿Qué sucede? —inquirió Ghassán en djinnistani.

Kaveh dio un paso adelante al tiempo que la mujer se hincaba de rodillas ante ellos y se echaba a llorar, con las manos cubriéndole el rostro.

—Disculpad a mi congénere, mi rey —suplicó Kaveh—. Ha perdido el control mientras nos suplicaba venir a verte.

—Tiene venia para venir a verme —replicó Ghassán. Alí oyó auténtica preocupación en su voz—. Mi querida señora, ¿qué ha pasado? ¿Te han herido? Puedo mandar llamar a la Banu Nahida....

La mujer empezó a llorar con más fuerza.

—Ya es tarde para eso. Mi marido ya está muerto. Le han cortado la garganta.

Wajed tenía aire lúgubre.

—Unos cuantos de mis hombres los encontraron. Su marido... —Negó con la cabeza—. Ha sido espantoso.

—¿Los habéis atrapado? —preguntó con rapidez Alí.

Wajed se detuvo.

—No... los encontramos en el barrio geziri. Habían ido a comprar perlas y...

—Esto no ha pasado en el barrio geziri —espetó Kaveh—. Sé dónde los habéis encontrado, caíd.

Ghassán preguntó con la voz cargada de intención:

—Mi señora, ¿quién os ha atacado?

—Los shafit —escupió ella—. Queríamos ver el hospital Nahid, pero ni siquiera habíamos cruzado del todo la zona de obras cuando unos hombres asquerosos empezaron a tironearnos de las ropas. Nos llevaron hasta un callejón y amenazaron… amenazaron con deshonrarme. Parvez les suplicó, les dijo que les daría todo lo que teníamos…

Negó con la cabeza como si así pudiese apartar de sí la imagen. Se le cayó el velo del rostro.

Alí, sorprendido, reconoció aquella cara. Su mirada salió disparada hacia el gran visir. No. No era posible.

Muntadhir había atravesado el despacho para llenar un vaso de agua de una jarra que descansaba sobre el alféizar. Fue hasta la mujer y se lo puso en la mano con unas suaves palabras en divasti. Ella dio un suspiro tembloroso, se restregó los ojos y bebió.

Con aquel segundo vistazo a su rostro, a Alí no le cupo más duda. Había visto a aquella mujer en otras dos ocasiones. Y ambas habían sido bastante memorables. La primera vez había sido en la taberna que había visitado junto a Anas, donde la mujer había estado riendo y apostando junto a un grupo de cortesanas. La segunda vez había sido en sus propios aposentos; la mujer lo había estado esperando durante su primera mañana en la corte. La habían enviado para «darle la bienvenida» a palacio.

Una «bienvenida» que había organizado Kaveh e-Pramukh.

Fue el propio Kaveh quien habló a continuación.

—Intenté advertir a la Banu Nahida que tuviese cuidado con el campamento —dijo, alzando la voz mientras se retorcía las manos—. Los de sangre sucia son peligrosos. Es antinatural trabajar con ellos, y ahora han asesinado a un daeva a plena luz del día. Habría que echar abajo el complejo entero.

Alí carraspeó e intentó mantener la calma.

—¿Ha habido testigos?

Kaveh le dedicó una mirada incrédula.

—¿No basta su palabra?

Si tú estás mezclado en esto, no. Sin embargo, Alí no dijo eso. En cambio se llevó la mano al corazón y habló con sinceridad:

—No pretendía ofender a tu empleada, gran visir. Es que nos sería de ayuda para atrapar…

—No soy su empleada —afirmó la mujer—. ¿De qué habla este? ¡Soy una mujer noble! ¡Yo no pertenecía a nadie más que a mi Parvez!

Alí abrió la boca, pero Ghassán alzó una mano:

—¿Ha habido testigos? No dudo de tu testimonio, mi señora, pero de haberlos, nos sería más sencillo encontrar a los culpables.

Wajed negó con la cabeza.

—No ha habido testigos, mi rey. Nadie quería hablar con nosotros, aunque la situación era bastante caótica cuando llegamos. —Vaciló y añadió—. Un gran número de daeva se estaba reuniendo para exigir que se encuentre y procese a quien lo haya hecho.

Una sensación de alarma chisporroteó dentro de Alí.

—Los shafit del campamento están bajo nuestra protección. Hay cientos de mujeres y niños.

—Pues no deberían estar ahí —replicó Kaveh—. Esto es culpa tuya. Fuiste tú quien vertió tus mentiras venenosas en los oídos de mi Banu Nahida. Y como consecuencia ha muerto un daeva.

Una sospecha se apoderó de Alí. En el Templo, Kaveh había dejado claro que se oponía a que Nahri trabajase con los shafit. Sin embargo, no tendría tanto odio dentro como para planear algo así...

Consciente de lo poco convincente que sonaba todo, Alí empezó a hablar en geziriyya, para que los daeva no le entendiesen:

—Abba, conozco a esta mujer —dijo en tono suave—. Kaveh también la conoce. Cuando me mudé al palacio me la mandó al dormitorio. —Los ojos de Ghassán volaron hacia él, pero su rostro no evidenció siquiera un ápice de emoción. Alí insistió—. Muntadhir, estoy seguro de que tú también la reconoces. Tú estabas allí. Si se quitase el velo del todo la recordarías.

Muntadhir le contempló y pareció reflexionar sobre la situación.

Acto seguido, una calma implacable se adueñó de su rostro.

—Ya he dejado claro lo que pienso del modo en que ves a los shafit. —Cuadró de repente los hombros y una indignación calculada le retorció el rostro—. ¡Y no pienso pedirle a esta pobre mujer que se desprenda del velo solo porque tú pienses que es una prostituta!

Esas últimas palabras, que Muntadhir pronunció en djinnistani, no en geziriyya, retumbaron por toda la estancia. Kaveh ahogó un grito y la mujer dejó escapar un chillido estridente.

Alí se giró y vio horror en los rostros del cada vez mayor número de gente que había acudido en respuesta a los gritos de la mujer.

—Y-yo no he dicho eso —tartamudeó, aturdido ante la traición de Muntadhir—. Lo que quería decir...

—¿Cómo te atreves? —acusó Kaveh—. ¿Es que no tienes vergüenza, príncipe Alizayd? ¿Tanto odias a los daeva que estarías dispuesto a mancillar a una mujer que llora con las manos aún manchadas de la sangre de su marido?

—¡Yo no he dicho eso!

Hábilmente, Muntadhir pasó junto a él y se arrodilló junto a la mujer.

—Encontraremos y castigaremos a quienquiera que lo haya hecho —prometió, con la sinceridad pintada en cada línea de su hermoso rostro. Le lanzó una mirada a Ghassán—. Kaveh tiene razón, abba. He intentado advertirte tanto a ti como a Nahri. Los shafit son peligrosos. Algo así tenía que acabar pasando. Alí ha perdido el juicio, su fanatismo ha infectado a todos los que lo rodean.

Alí lo miró boquiabierto.

—Dhiru...

—Alizayd, déjanos —dijo Ghassán en tono seco—. Tú y tus compañeros habréis de quedaros en los límites de palacio hasta que yo diga lo contrario. —Sus ojos destellaron—. ¿Entendido? Te vas directo a tus aposentos; no quiero que empeores aún más la situación.

Antes de que Alí pudiese protestar, su hermano lo agarró y lo llevó a rastras hacia las puertas.

—¡Abba, no! —chilló él—. Ya has oído a Wajed, se está formando una turba de gente. ¡Los shafit son inocentes!

Ghassán ni siquiera lo miró.

—Nos encargaremos de ello.

Muntadhir lo sacó de un empujón, lo bastante fuerte como para hacerle perder el equilibrio.

—¿Hay alguna situación que no seas capaz de empeorar? —espetó en geziriyya.

—Has mentido —acusó Alí, temblando de puro nervio—. Sé que tú...

—Tú no sabes nada de mí —dijo Muntadhir en voz baja y venenosa—. No tienes la menor idea de lo mucho que me ha costado este puesto. Y, maldita sea, no pienso perderlo por un fanático obsesionado con los shafit que no es capaz de contener la lengua.

Le cerró la puerta en la cara a Alí.

Él retrocedió a trompicones, con el corazón prendido de furia. Quería destrozar la puerta y arrastrar a su hermano al otro lado. Jamás había sentido una necesidad física tan grande de pegarle a alguien.

La delicada mesa de agua, un añadido reciente y bastante encantador a la decoración del pasillo, un constructo hermosamente invocado que tenía pájaros de cristal pintado que parecían revolotear en las aguas tranquilas de un mosaico que imitaba un estanque... explotó de pronto, y el agua se convirtió en niebla con un siseo.

Alí apenas se dio cuenta. «Nos encargaremos de ello», había dicho su padre. ¿Qué había querido decir? Alí pensó en sus trabajadores, en sus familias, enfrentados a una turba de daeva. Pensó en Subha y en su hijita. Se suponía que no debía volver a comportarse de forma imprudente, ya no. Pero ¿cómo iba a permitir que se desatase la violencia sobre aquella gente que había jurado proteger? Conocía bien la política de su padre; Ghassán no iba a arriesgarse a lanzar a la Guardia Real sobre aquellos daeva dolientes solo para proteger a los shafit.

Sin embargo había alguien a quien los daeva quizá sí escucharían. Los nervios aletearon en el pecho de Alí. Muntadhir lo iba a matar; eso si Ghassán no lo mataba antes.

Da igual. Ahora da igual.

Alí se puso en pie de golpe y echó a correr hacia el dispensario.

23
NAHRI

Por más daeva que fuera, Nahri estaba bastante segura de que jamás iban a gustarle los caballos.

Como si hubiese oído sus pensamientos, su montura se lanzó al galope y dobló el siguiente recodo a una velocidad de vértigo. Nahri cerró con fuerza los ojos y se sujetó con más fuerza a la cintura de Alí.

El príncipe dejó escapar un gemido ahogado de protesta.

—No entiendo por qué no has venido en tu propio caballo —dijo por lo que parecía ser novena vez—. Habría sido más apropiado.

—Así vamos más rápido —dijo ella a la defensiva. No quería admitir sus defectos como jinete, pues era otra de las habilidades de las que se enorgullecían los daeva—. Muntadhir no deja de hablar de lo mucho que adora a este caballo. Dice que es el más rápido de toda Daevabad.

Alí gimió.

—Deberías haberme dicho que era su caballo favorito antes de robarlo.

El temperamento de Nahri llameó.

—Quizá deberías haberte preocupado por eso antes de entrar en tromba en mi dispensario soltando incoherencias sobre conspiraciones.

—Pero ¿me crees? —preguntó Alí con esperanza en la voz.

Lo que creo es que Kaveh trama algo. El gran visir había dejado patente la hostilidad que sentía hacia los shafit, aunque Nahri no lo creía capaz de urdir un acto tan vil. Siempre había habido una parte de él en la que no había confiado, pero no se le antojaba un hombre cruel.

Así pues prefirió dar otra respuesta:

—Es una historia tan monumentalmente absurda, hasta para ti, que supongo que hay una posibilidad de que sea verdad.

—Qué magnánimo por tu parte —murmuró Alí.

Se agacharon para evitar una hilera de ropa tendida muy baja. Cruzaban un callejón trasero del barrio geziri que Alí pensaba que era más rápido. Las extensiones sin ventanas de las anchas mansiones de piedra se cernían sobre ellos. Un leve aroma a desechos flotaba en el aire. El caballo saltó por encima de un amplio canal de desagüe y Nahri soltó una maldición, agarrando con más fuerza a Alí, los dedos clavados en el cinto donde llevaba las armas. Aquel cinturón era el tipo de objeto al que sabía que podía aferrarse; Alí lo tendría bien amarrado.

Oyó que el príncipe murmuraba una plegaria entre dientes.

—¿De verdad tienes que rezar ahora? —le siseó al oído, luchando contra el bochorno.

Nahri no pensaba fingir que el príncipe fuese la persona menos... aceptable, a la hora de abrazar a alguien. Era una mujer adulta, podía percibir sin alterarse, en silencio, los efectos positivos que los entrenamientos diarios tenían en un hombre. Era Alí quien estaba volviendo aquella situación innecesariamente incómoda.

—¿Sabes qué? Para recordar tan bien a la cortesana de Kaveh, te comportas como todo un mojigato.

—¡Yo no hice nada con las cortesanas de Kaveh! —escupió, a la defensiva—. Jamás se me ocurriría. ¡Perdón por acordarme de su cara!

Nahri se sintió algo insultada por lo acalorado de la voz de Alí.

—¿Acaso tienes algo contra las mujeres daeva?

—Eh... no, claro que no —tartamudeó él. Cambió de postura para dejar algo de espacio entre los cuerpos de ambos, pero una nueva sacudida del caballo los volvió a dejar pegados el uno a la otra—. ¿Podemos... podemos no hablar de esto ahora?

Nahri puso los ojos en blanco, pero lo dejó pasar. Pelearse con Alí no iba a ayudarla a enfrentarse a una muchedumbre de daeva.

Los nervios le aletearon en el estómago. Nahri sabía que los daeva le harían caso, y confiaba bastante en su habilidad para persuadirlos... pero la idea de enfrentarse a una turba enfurecida la asustaba incluso a ella.

No saldrá mal, intentó asegurarse a sí misma. *Jurarás por el nombre de tu familia que se hará justicia y les ordenarás que se vayan a casa.* Lo más importante era evitar que la situación se descontrolase.

El callejón no tardó en ensancharse. Giraron otro recodo y Alí aminoró la marcha del caballo. Cruzaron una arcada y Nahri vio la calle. El repiqueteo de los cascos del caballo se suavizó.

Y el sonido se vio reemplazado de inmediato por llantos. Nahri inspiró; el aire templado olía a sangre y a humo. Alí azuzó al caballo hasta salir del todo del callejón, con un gemido ahogado de negación en los labios...

Habían llegado tarde.

No había turba de daeva. No había cordón alguno de guardias reales que intentasen establecer el orden. En cambio, lo que había sido un barrio feliz y vivo de talleres y nuevas casas aquella misma mañana había quedado reducido a ruinas abrasadas. El aire estaba preñado de humo, una niebla gris oscurecía buena parte del campamento.

—No —suplicó Alí en voz baja al tiempo que descendía del caballo—. Dios, no...

Nahri bajó tras él. Se oía el llanto de un bebé. Consumida de miedo por la familia de Subha, echó a correr hacia delante.

Alí la agarró de la muñeca.

—Nahri... —dijo con la voz cargada de emoción—. Estamos solos. Si te echan la culpa a ti, si quieren venganza...

—Pues querrán venganza. —Nahri le clavó la mirada—. Suéltame... y no vuelvas a intentar detenerme.

Él la soltó, como si de pronto quemase al tacto.

—Lo siento.

—Bien. Vamos.

Entraron en silencio en el campamento.

Tiendas y talleres humeantes los rodeaban. Una de las bombas de agua que Alí había instalado había sido aplastada y rociaba sin control agua en un amplio arco. El lodo del camino estaba revuelto por el paso de cascos de caballos; los pies de Nahri se hundieron al pasar junto a muebles destrozados y ollas rotas. Y sin embargo, parecía que la mayor parte del daño se lo había llevado la vía principal. Una pequeña misericordia de Dios; quizá los daeva que habían atacado no se habían atrevido a internarse con los caballos entre las callejuelas más estrellas. Varios shafit, conmocionados y cubiertos de sangre y polvo, intentaban recuperar lo que podían de sus hogares destruidos, mientras que otros se sentaban, inmóviles, en medio de una incredulidad aturdida.

Se fue haciendo el silencio a medida que los iba reconociendo más y más gente. Algo más adelante, Nahri vio un grupo de shafit reunidos en torno a una figura que yacía en el suelo. Un cuerpo.

Nahri se tambaleó. Estaba abrasado hasta el punto de que era imposible reconocerlo. Tenía aspecto de ser joven, y la boca abierta, atrapada en un grito permanente.

—Lo han quemado vivo.

Nahri giró sobre sus talones y vio a Subha. La médica shafit estaba mugrienta, con la ropa y la piel cubierta de ceniza y un delantal ensangrentado a la cintura.

—Era un chico más joven que tú —le escupió a Alí—. Apenas era capaz de juntar dos palabras seguidas. Lo sé bien, yo misma asistí el parto y le deslié el cordón umbilical que le atenazaba el cuello... —dejó morir la voz. Apartó la vista del joven asesinado, con expresión angustiada—. Por supuesto, lo quemaron después de haber abrasado nuestros hogares y haber destrozado nuestros talleres. Después de atropellar a quienes no respondían a sus preguntas y apalizar a quienes no contestaban lo bastante rápido. Como ese chico no podía hablar decidieron que era el culpable. No había hecho nada.

Se le quebró la voz y los señaló a ambos con un dedo acusador.

—Vinimos aquí a ayudaros. A construir un hospital bajo vuestra protección.

—Y os hemos fallado. —Alí tenía lágrimas en los ojos, aunque su voz no tembló—. Lo siento, Subha. Lo siento con toda mi alma.

La doctora negó con la cabeza.

—Tus palabras no le devolverán la vida, Alizayd al Qahtani.

Nahri no era capaz de apartar la vista del chico asesinado.

—¿Dónde están los heridos? —preguntó en voz baja.

Subha señaló con el mentón a los restos de una tienda improvisada. Una lona hecha jirones era lo único que protegía a alrededor de una docena de personas que yacía en su interior.

—Ahí. Parimal va a traer más suministros.

—No necesito suministros.

Nahri se acercó al grupo. El más cercano era un chico que yacía solo sobre una manta sucia. Parecía estar conmocionado. Tenía el labio roto y la mandíbula ensangrentada y magullada. Se apretaba otra manta empapada en sangre contra el abdomen.

Nahri se arrodilló y la apartó. Lo habían apuñalado, prácticamente destripado. Era un milagro que aún no hubiese muerto. Moratones púrpuras hinchaban la piel. Nahri captó el olor de los intestinos desgarrados. Subha no iba a poder ayudarle, ni siquiera con suministros.

Pero Nahri sí podía. Inspiró hondo, consciente del paso que estaba a punto de dar, de lo que significaría.

Y luego le impuso las manos.

Cúrate. La piel se retorció de inmediato bajo las puntas de sus dedos. Las hinchazones se desvanecieron, los músculos y la carne desgarrada volvieron a unirse. El joven soltó un jadeo estrangulado y Nahri sintió cómo le latía el corazón, al galope. Abrió los ojos y contempló la expresión aturdida de Subha.

Carraspeó.

—¿Quién es el siguiente?

Para cuando resonó la llamada a la magrib por toda Daevabad, Nahri había perdido la cuenta del número de shafit a los que había curado. Las heridas eran brutales: huesos rotos, extremidades aplastadas y quemaduras horrendas. Por lo que pudo averiguar, el ataque había sido breve pero salvajemente efectivo: una muchedumbre de jinetes había atravesado el campamento lanzando bolas de fuego mágicas, para a continuación apresar y quemar vivo al joven a quien habían declarado culpable.

Había veintitrés muertos, una cifra que seguramente se habría duplicado sin su intervención. Un tercio del campamento había huido al interior del hospital a ocultarse, refugiándose tras las puertas que los jinetes daeva no se habían atrevido a cruzar.

—¿Por qué no huyó todo el mundo? —había preguntado Nahri.

—Esos hombres afirmaban que venían en nombre de los Nahid —había sido la respuesta directa de Subha—. No estábamos seguros de que un hospital Nahid fuese a resultar seguro.

Nahri no había hecho más preguntas. Para cuando atendió a la última paciente, una niña de seis años de edad con una fractura en el cráneo a quien habían encontrado en brazos del cadáver de su padre, Nahri estaba seca de todas las maneras que puede secarse una persona.

Se apartó de la niña e inspiró hondo varias veces, en un intento de estabilizarse. Sin embargo, el agrio olor del humo y de la sangre le revolvía el estómago. Se le nubló la vista y entrecerró los ojos, intentando ver a pesar del mareo que la embargaba.

Subha le puso una mano en el hombro.

—Calma —dijo mientras Nahri se tambaleaba—. Pareces a punto de desmayarte. —Le puso un odre en las manos—. Bebe.

Nahri lo agarró de buena gana y bebió. Se vertió algo de agua en las palmas y se la echó por la cara.

—Encontraremos y castigaremos a los culpables —prometió—. Lo juro.

La doctora ni siquiera se molestó en asentir.

—Quizá sería así, si el mundo fuera diferente.

Demasiado tarde, Nahri percibió ruido de cascos. Resonaron un par de gritos de alarma. Ella dejó el odre y giró sobre sus talones, temiéndose a medias que la turba hubiese regresado.

Fue casi peor. Se trataba de Ghassán.

El rey, por supuesto, no venía solo. Tras él venían el caíd y un contingente de la Guardia Real, todos bien armados, así como Muntadhir y Kaveh. La sangre de Nahri hirvió de furia al ver al gran visir. Si la mano de Kaveh había estado detrás del ataque que había desembocado en aquellas horribles represalias, lo pagaría. Nahri se aseguraría de que así fuera, maldición. Sin embargo, también pensaba andarse con cuidado; no iba a ir gritando acusaciones que no podía demostrar, como había hecho Alí, pues todos ellos podrían usarlas en su contra.

Se enderezó.

—Subha, ¿está tu familia en el hospital?

La doctora asintió.

—Están con Razu.

—Bien. —Nahri se restregó las manos contra la bata—. ¿Te importa ir con ellos? Creo que lo mejor es no llamar la atención del rey ahora mismo.

Subha vaciló.

—¿Y tú?

—Yo tengo que poner a un par de hombres en su sitio.

Sin embargo, Ghassán ni siquiera miró en su dirección cuando Nahri salió de la tienda y se acercó. El rey había bajado del caballo y cruzaba los adoquines ensangrentados hacia su hijo, como si no hubiese nadie más en la calle.

Alí pareció percatarse de ello un instante demasiado tarde. Cubierto de sangre y de polvo, no había parado un momento desde que habían llegado. Se había dedicado a hacer todo lo que los shafit le habían pedido: apartar escombros, reparar tiendas, distribuir mantas.

Alzó las manos.

—Abba...

Ghassán le golpeó el rostro con la empuñadura metálica de su janyar.

El golpe reverberó por toda la calle, un sonido que silenció al campamento entero. Nahri oyó que Alí contenía una exhalación. Su padre volvió a golpearle y el príncipe se tambaleó hacia atrás, con un chorro de sangre por el rostro.

—De rodillas —espetó Ghassán. Como Alí no se movió con bastante rapidez, el rey lo obligó a arrodillarse de un empujón. Desenvainó el zulfiqar.

Nahri, horrorizada, corrió hacia ellos. Sin embargo, Muntadhir fue más rápido: bajó de un salto del caballo y se adelantó.

—Abba, espera…

—Hazlo —la voz de Alí, estragada de angustia, interrumpió a su hermano. Escupió sangre y le clavó la vista a su padre, los ojos llameantes—. Que se acabe ya esta farsa. —Tosió y se le rompió la voz con esa última palabra—. ¡Que lo hagas!

Las manos de Ghassán siguieron en el zulfiqar.

—Me has desobedecido —acusó—. Te dije que yo me ocuparía de la situación. ¿Cómo te atreves a venir aquí? ¿Cómo te atreves a poner en peligro a la esposa de tu hermano?

—¡Porque tu manera de ocuparte de la situación es permitir que muera gente! ¡Porque obligas a todos los que no somos nosotros a pasar tanto tiempo luchando entre sí que luego no les quedan fuerzas para oponerse a ti!

La acusación flotó en el aire como una cerilla encendida. Todos contemplaban conmocionados a los dos Qahtani.

Pareció que Ghassán empleó hasta la última gota de autocontrol que tenía en bajar el zulfiqar. Giró sobre sus talones, le dio la espalda a su hijo y les hizo un gesto a los soldados de la Guardia Real.

—Llevad al príncipe Alizayd a las mazmorras. Quizá unos meses de dormir entre los cadáveres de quienes me han desafiado le enseñarán a contener la lengua. Y echad todo este sitio abajo.

Nahri le salió al paso.

—Por supuesto que no.

Ghassán le lanzó una mirada enojada.

—Apártate, Banu Nahida —dijo en tono condescendiente—. No me queda paciencia para tus discursos con ínfulas ahora mismo. Que tu marido te castigue como crea conveniente.

Fue lo peor que podría haber dicho.

El suelo bajo los pies de Nahri dio una única y rabiosa sacudida. Hubo varios gritos de sorpresa; varios caballos se sobresaltaron y retrocedieron. Nahri, mugrienta y harta, apenas se dio cuenta. La energía le chisporroteaba por las extremidades. La ciudad entera palpitaba, furiosa, en su sangre. No había venido a aquel lugar, al hospital que habían reconstruido sobre sus ancestros masacrados, para que la despreciasen así. No había roto el tabú más sagrado de su pueblo para que le dijesen que «se apartase».

—No —dijo en tono seco—. No vais a destruir este lugar. Nadie va a tocar mi hospital, y nadie va a llevar a mi socio a pudrirse a las mazmorras.

La incredulidad asomó a las facciones de Ghassán... que luego se endurecieron de un modo que le heló la sangre a Nahri.

—¿Disculpa?

Un murmullo susurrado recorrió al grupo a su espalda. Kaveh avanzó, con el semblante espantado.

—Dime que no es cierto —imploró—. Dicen que has curado a un shafit con tus propias manos. Dime que están mintiendo.

—He sanado a unos cincuenta —corrigió ella en tono frío. Antes de que Kaveh pudiese decir nada, Nahri alzó el escalpelo y se abrió un profundo corte en la palma de la mano. Apenas habían caído al suelo tres gotas de sangre cuando la herida se cerró—. Y sin embargo, parece que el Creador no ha querido privarme de mis habilidades.

Kaveh parecía horrorizado.

—Pero, en el Templo, prometiste...

—Una promesa así no significa nada cuando hay gente muriendo. Mi tribu ha cometido un crimen abyecto... cuyo origen tú y yo vamos a discutir, no te quepa duda. De momento, he hecho lo que he podido para rectificarlo. —Negó con la cabeza, asqueada—. ¿Lo comprendes? Lo que ha sucedido es una tragedia, y tú has permitido que sus consecuencias se descontrolen. Un puñado de criminales ataca a una pareja inocente, ¿y eso justifica una guerra en las calles? ¿Ese es el tipo de persona que sois, Ghassán? —Le lanzó al monarca una mirada desafiante, pero escogió con cuidado sus siguientes palabras—. ¿Dónde está el rey que estaba dispuesto a dejar todo esto atrás?

Era tanto un desafío como una oportunidad. Nahri alzó una plegaria para que todos se aferrasen a lo segundo. No pudo descifrar la expresión de Kaveh. De pronto se preguntó si llegaría algún día a comprender sus verdaderas intenciones.

Sin embargo, Ghassán... le dedicaba una expresión evaluadora. Como si la viese por primera vez.

Nahri lo miró a los ojos.

—Me he portado justamente con vos en cada ocasión, rey Ghassán —dijo con voz grave—. Renuncié a mi Afshín. Me casé con vuestro hijo. Inclino la cabeza cuando os sentáis en el trono del shedu. Pero si intentáis arrebatarme esto, destrozaré esta ciudad y a vuestra familia con ella.

Ghassán entrecerró los ojos y se acercó. Nahri necesitó todo su valor para no retroceder un paso.

—No puedes ser tan necia como para amenazarme —dijo en voz lo bastante baja como para que solo ella lo oyese—. Podría decirle a todo el mundo ahora mismo que eres shafit.

Nahri no bajó la vista. Y entonces, en un único y aterrador instante, decidió seguir adelante con el farol. Nahri sabía identificar a sus víctimas, fueran o no reyes djinn, y estaba dispuesta a apostar que Ghassán al Qahtani prefería ser conocido como el rey que unió a las tribus, no tanto como el que destruyó a la última Nahid.

—Pues hacedlo —desafió en tono igualmente bajo—. Ya veremos a quién creen los daeva. A quién creen vustros hijos. Yo he mantenido mi palabra. Si haces esto, seréis vos quien actúa de mala fe, no yo.

Puede que la expresión letal que empezaba a apoderarse del semblante de su padre fuese lo que impulsó a Muntadhir a acercarse. Parecía asqueado; sus ojos horrorizados oscilaron por la calle ensangrentada y los edificios abrasados.

—Abba, ha sido un día muy largo. Deja que me la lleve a palacio.

—Me parece una sugerencia excelente. —Ghassán no apartó los ojos de ella—. Estás en lo cierto, Banu Nahida —prosiguió en tono diplomático—. Has actuado de buena fe, y estoy seguro de que solo pretendías salvar vidas. —Se encogió de hombros—. Quizá, algún día, los daeva lleguen a olvidar que, para hacerlo, has contravenido por completo el código de Salomón.

Nahri no se encogió.

—¿Y qué pasa con mi hospital?

—Puedes quedarte con tu proyectito, pero no regresarás aquí hasta que esté completado. —Ghassán le lanzó una mirada a Alí—. Y del mismo modo, tú no volverás a salir de aquí hasta que yo lo ordene. Un contingente de la Guardia, que no serán los que tu madre ha sobornado, te detendrá si lo intentas. —Paseó la vista entre Alí y Nahri—. Creo que será mejor poner algo de distancia entre estos dos... asociados. Si necesitáis discutir los trabajos de construcción, podéis comunicaros mediante un mensajero... un mensajero que, os lo puedo asegurar, estará a mi servicio.

Muntadhir le agarró la mano a Nahri y tironeó de ella para apartarla.

—Entendido —se apresuró a decir, quizá al ver la mirada desafiante en sus ojos—. Nahri, vamos...

—No he terminado —interrumpió Ghassán, y su voz le heló la sangre a Nahri. Sin embargo, el rey volvía a centrar su atención en Alí—. Puede que la Banu Nahida haya actuado de buena fe, pero tú no. Tú me has desobedecido, Alizayd, y no se me escapa quién te ha estado vertiendo quién sabe qué comentarios en los oídos y abasteciéndote de oro. Todo eso se da por concluido hoy.

Alí se puso en pie de golpe, los ojos llameantes.

—¿Disculpa?

Ghassán le devolvió la mirada a su hijo.

—Has dejado claro que tu propia vida no te importa nada, pero no puedes comportarte de un modo tan irresponsable y pretender que no vas a hacerle daño a nadie. —Su expresión se afiló—. Así pues, serás tú quien le diga a tu hermana que jamás volverá a ver a su madre. —Giró sobre sus talones y se dirigió al caballo—. Kaveh, prepara un navío. La reina Hatset se marcha a Ta Ntry mañana.

24
DARA

El lago que Dara había destrozado hacía seis meses aún se estaba recuperando. El tajo que había abierto en su lecho apenas era ya visible, lo ocultaba una sinuosa red de elodeas de color verde mar que se extendían, retorcidas, de un extremo a otro, entrelazadas como si de un encaje se tratasen. Los árboles que rodeaban el lago eran cáscaras ennegrecidas y esqueléticas, y la playa en sí estaba cubierta de ceniza, así como de los diminutos huesos de varias criaturas acuáticas. Sin embargo, el agua regresaba, fresca, azul y suave como un cristal, aunque en aquel momento apenas le llegase por las rodillas.

—¿Pensabas que no se recuperaría?

Dara se estremeció ante el sonido de la voz rasposa del marid. Aunque les habían dicho que regresasen allí, no había estado muy seguro de qué iba a encontrar.

—Pensé que tardaría algo más de tiempo —confesó Dara. Unió las manos a la espalda mientras contemplaba el horizonte.

—No hay manera de detener el agua. Siempre regresa. Siempre regresamos. —El marid clavó los ojos muertos en Dara. Seguía bajo la forma del acólito humano asesinado. Su cuerpo había quedado reducido a huesos blanqueados por la sal y cartílagos podridos, que asomaban allá donde no lo cubría una armadura de caracolas y escamas—. El agua derriba montañas y alimenta la vida. El fuego se acaba apagando.

Dara le devolvió la mirada, poco impresionado.

—¿Sabes una cosa? Crecí oyendo historias en las que los marid aparecían como sirenas seductoras o aterradores dragones marinos. Este cuerpo podrido resulta bastante decepcionante.

—Podrías ofrecerte a mí —replicó con suavidad el marid. Su cobertura de caracolas repiqueteó bajo el áspero viento—. Dime tu nombre, daeva, y te enseñaré todo aquello que quieras ver. Tu mundo perdido, su familia asesinada. Tu chica Nahid.

Un dedo de hielo le acarició la columna a Dara.

—¿Qué sabes tú de chicas Nahid?

—Estaba en la mente y los recuerdos del daeva de quien nos apoderamos.

—¿El daeva qué…? —Los ojos de Dara se entrecerraron—. ¿Te refieres al cuerpo que usasteis para asesinarme? —Su boca se torció—. Alizayd al Qahtani no es ningún daeva.

El marid guardó un silencio que se contagió incluso a las caracolas y huesos que lo componían.

—¿Por qué no?

—Es un djinn. Al menos, así se llaman a sí mismos los necios miembros de esa tribu.

—Ya veo —dijo el marid tras reflexionar otro momento en silencio—. Djinn, daeva, da igual. Todos sois tan estrechos de miras y destructivos como el elemento que arde en vuestros corazones. —Pasó las manos huesudas por el agua y creó diminutas ondas que bailaron en la superficie—. Te irás pronto de mi hogar, ¿verdad?

—Ese es el plan. Pero, si intentas engañarme, supongo que comprendes lo que haré. —Dara le clavó la mirada al marid.

—Has dejado claras tus intenciones. —Un par de diminutos peces plateados nadaron a toda prisa entre sus manos—. Te ayudaremos a volver a tu ciudad, Darayavahoush e-Afshín. Rezo para que el derramamiento de sangre te satisfaga y jamás vuelvas a nuestras aguas.

Dara se negó a que aquellas palabras le hicieran daño.

—¿Y el lago? ¿Serás capaz de recrear el encantamiento que te he pedido?

El marid echó la cabeza hacia atrás.

—Derrumbaremos esa torre de piedra de la que hablas. Y luego entiendo que habremos acabado. No aceptaremos más responsabilidad por lo que haga tu gente.

Dara asintió.

—Bien.

Giró sobre sus talones y se alejó. Sus botas se hundieron en la arena mojada mientras se dirigía al campamento que habían levantado en un risco cubierto de hierba lejos del agua. Menos de una semana después de la muerte de Mardoniye, Dara había propuesto que recogiesen el campamento y se marchasen de la montaña. Aunque la niebla de vapor cobrizo había empezado a desvanecerse para entonces, su mera existencia despertaba entre sus hombres preguntas que Dara no podía responder. Así pues, se pusieron en marcha y se dirigieron a aquel lugar, donde pasarían las últimas semanas antes de Navasatem.

En aquel momento faltaban tres días para las celebraciones de la generación. Dentro de tres días entrarían en aquellas aguas y serían transportados a Daevabad. En tres días, Dara estaría en casa. En tres días vería a Nahri.

En tres días, la sangre de miles volverá a manchar tus manos.

Cerró los ojos en un intento de apartar de sí aquel pensamiento. Dara jamás había imaginado que sentiría semejante desesperación durante las vísperas de una conquista que llevaba años anhelando. Desde luego, no había sido así cuando era el Flagelo de Qui-zi, el astuto Afshín que había contrariado durante años los planes de Zaydi al Qahtani. Aquel hombre había sido un valiente rebelde, un líder apasionado que había recompuesto una tribu hecha añicos, que había vuelto a unir a su pueblo con promesas de un futuro mejor. De un día en el que irrumpirían en Daevabad como vencedores y sentasen a un Nahid en el trono de los shedu. Por aquel entonces, Dara también había tenido sus sueños, menos grandilocuentes. Fantasías breves de recuperar la casa de su familia, de encontrar una esposa y tener hijos.

Ninguno de aquellos sueños se cumpliría, y por lo que había hecho Dara, por lo que estaba a punto de hacer, tampoco tenía derecho a esperarlo. Sin embargo, Nahri y Jamshid sí que tendrían sueños parecidos. Sus soldados también. Sus hijos serían los primeros daeva en siglos que crecieran sin tener el cuello aplastado bajo la bota de un extraño.

Dara tenía que creerlo.

El sol destelló, carmesí, tras las montañas. Un tamborileo grave y rítmico llegó hasta él desde el campamento ya iluminado. Una distracción más que bienvenida ante aquellos lúgubres pensamientos. Su grupo se reunía mientras Manizheh se preparaba para las ceremonias del ocaso frente a un altar improvisado que no era más que un cuenco de bronce sobre un círculo de rocas. Dara no pudo sino recordar, nostálgico, el magnífico altar resplandeciente en el Gran Templo de Daevabad.

Se unió a la hilera de soldados cansados, hundió las manos en la ceniza caliente que había en el brasero y se limpió los brazos con ella. La reunión tenía un aire apagado, cosa que no le sorprendió. La muerte de Mardoniye había sido la primera vez que la mayor parte de sus soldados había presenciado lo que podía hacer de verdad un zulfiqar. Si a ello se añadían los comentarios susurrados que Dara intentaba sofocar, y que se referían al vapor que había matado a los exploradores geziri, el resultado era una atmósfera lúgubre y tensa que imperaba en todo el campamento.

Manizheh lo miró a los ojos y le hizo una seña para que se acercase.

—¿Has encontrado al marid? —preguntó.

Él arrugó la nariz.

—Pudriéndose entre las rocas de la orilla al otro extremo del lago, y con la misma rectitud santurrona. Aun así, están listos para ayudarnos. He dejado claro lo que sucederá si nos traicionan.

—Sí, no me cabe duda de que te has explicado bien. —Los ojos negros de Manizheh destellaron. Había vuelto a tratar a Dara con su típico afecto cálido a partir de la mañana después de la discusión que habían tenido. ¿Por qué no habría de hacerlo? A fin de cuentas había ganado, lo había puesto en su sitio con un par de palabras rápidas—. ¿Y tú, estás listo?

Su respuesta fue automática:

—Siempre estoy listo para servir a los daeva.

Manizheh le tocó la mano. Dara se quedó sin respiración ante la oleada de magia que sintió, una ráfaga de calma similar a la modorra del alcohol, que lo recorrió.

—Tu lealtad será recompensada, amigo mío —replicó en tono suave—. Sé que hemos tenido nuestros desacuerdos y veo que te encuentras en un punto oscuro. Pero nuestra gente sabrá lo que has hecho por ella. Por toda la tribu —dijo con toda intención—. Estamos en deuda contigo, y por ello, Dara, te prometo... que me aseguraré de que encuentres algo de felicidad.

Dara parpadeó. Los sentimientos que había intentado reprimir mientras regresaba empezaron a crecer y a retorcerse en su interior.

—No merezco nada de felicidad —susurró.

—No es cierto. —Manizheh le acarició la mejilla—. Ten fe, Darayavahoush e-Afshín. Eres una bendición, la salvación de nuestro pueblo.

Varias emociones se enfrentaron en su corazón. Por el Creador, cómo le gustaría aferrarse a aquellas palabras. Cómo le gustaría abrazar aquella creencia de todo corazón, la fe que en su día le había resultado tan fácil tener, y que a aquellas alturas parecía imposible de alcanzar.

Pues oblígate. Dara miró a Manizheh. El chador gastado y el cuenco de bronce abollado ante ella estaban lejos del espléndido atuendo ceremonial y el impactante altar de plata del Gran Templo, pero seguía siendo la Banu Nahida... la elegida de Salomón, la elegida del Creador.

Dara consiguió decir con algo de convicción:

—Lo intentaré —prometió—. De hecho... me gustaría hacer algo por todos vosotros después de la ceremonia. Un regalo para elevar el espíritu.

—Suena encantador. —Señaló con el mentón al resto del grupo, sentado en la hierba—. Ve con tus soldados. Quiero dirigirme a todos vosotros.

Dara tomó asiento junto a Irtemiz. Manizheh alzó una mano en gesto de bendición. Dara inclinó la cabeza junto al resto y unió las manos. La luz destelló en la esmeralda de su anillo y brilló sobre el hollín que le cubría los dedos. Contempló a Manizheh seguir todos los pasos de la ceremonia sagrada: primero vertió aceite en las lámparas de cristal que flotaban en el agua caliente y luego las prendió con una ramita de cedro encendida. Se llevó la ramita a la frente y se la marcó con ceniza sagrada. Cerró los ojos y movió los labios en una plegaria silenciosa.

Y entonces dio un paso al frente.

—Tenéis todos un aspecto horrible —dijo en tono llano. Algunos daeva hundieron los hombros al oír aquellas palabras. Sin embargo, la boca de Manizheh se torció en una sonrisa desacostumbrada, genuina—. Pero no pasa nada —añadió en tono amable—. Tenéis derecho a sentiros así. Me habéis seguido en lo que debe de parecer el sueño de una necia, y lo habéis hecho con una obediencia que os ha ganado el acceso a los jardines eternos del Creador. Habéis contenido la lengua a pesar de las muchas preguntas que debéis de tener. —Los contempló; sus ojos cayeron sobre todos y cada uno de los hombres y mujeres allí reunidos, uno tras otro—. Y por ello, hijos míos, os prometo… que ya sea en este mundo o en el otro, nada os habrá de faltar, ni a vosotros ni a vuestra gente. Nuestra tribu hablará de vosotros en sus leyendas y encenderá tributos en vuestro honor en el Gran Templo.

»Pero ese momento aún no ha llegado. —Se apartó del altar—. Sospecho que a algunos de vosotros os preocupa que nos estemos precipitando. Que estemos empleando métodos oscuros y crueles. Que atacar a gente que celebra un festividad muy querida está mal.

»Mi respuesta a eso es: se nos acaba el tiempo. A cada día que pasa empeora la persecución de Ghassán sobre nuestro pueblo. Sus soldados han empezado a destrozar nuestras tierras, a saquear nuestros hogares. Decir algo en su contra es atraer la muerte. Y por si fuera poco, Kaveh me dice que su hijo mestizo de tribus, ese radical que se atreve a denominarse «mata-afshines», ha regresado a Daevabad para agitar aún más a sus seguidores de sangre sucia.

Dara se puso tenso. Kaveh no había dicho eso. Aunque no se le escapaba lo que Manizheh estaba intentando hacer, la facilidad con la que soltó aquella mentira le recordó demasiado al ocupante actual del trono de Daevabad.

Manizheh prosiguió:

—En otro momento, semejante noticia podría haberme complacido. De hecho, nada me satisfaría más que ver que el fanatismo sangriento de los Qahtani los destroza por completo. Pero no es así como se comportan las moscas de la arena. Lo que hacen es reunirse, amontonarse, devorar. Su violencia se extenderá. Ya se ha extendido. Y hundirá nuestra ciudad en el caos. —Su voz era grave e intensa—. Y los daeva pagarán el precio. Siempre pagamos nosotros. Ya hay suficientes efigies de mártires en el Gran Templo. Aquellos de vosotros que se encontraban en la Brigada Daeva ya habéis presenciado de primera mano la violencia de los shafit, cuando os echaron de la Ciudadela.

Manizheh hizo un gesto hacia los últimos rayos del sol, que ya desaparecía. Se arrodilló y levantó un puñado de arena.

—Esta es nuestra tierra. Desde el Mar de Perlas al polvo de las planicies a las montañas de Daevabad. Salomón se lo concedió todo a nuestra tribu, a aquellos que lo sirvieron más fielmente. Nuestros ancestros crearon una ciudad con magia, con pura magia daeva, para levantar una maravilla incomparable en todo el mundo. Alzamos una isla de las profundidades de un lago embrujado por los marid y la llenamos de bibliotecas y encantadores jardines. Leones alados sobrevolaban sus cielos, y en sus calles, nuestras mujeres y niños caminaban con completa seguridad.

»Ya habéis oído las historias del Afshín. La gloria que fue Daevabad en su día. La maravilla. Invitamos a otras tribus a formar parte de ella, intentamos enseñarles, guiarlas, y se volvieron contra nosotros. —Hubo un destello en sus ojos y dejó caer el polvo—. Nos traicionaron de la peor manera posible: nos robaron nuestra ciudad. Y entonces, no satisfechos con haber roto la ley de Salomón en su tierra, dejaron que los descendientes de los shafit mancillaran la nuestra. A día de hoy mantienen a esas penosas criaturas en la ciudad, como servidores. ¡O peor aún! Los hacen pasar por niños djinn y ensucian irrevocablemente su linaje, poniéndonos en riesgo a todos.

Negó con la cabeza. La tristeza le recorrió el rostro.

—Y sin embargo, durante mucho tiempo, yo misma no he visto un modo de revertir la situación. La ciudad me llamaba, llamaba a mi hermano, Rustam, con una fuerza que nos rompía el corazón. Sin embargo, parecía peligroso incluso soñar con un futuro mejor. Por la seguridad de todos nosotros, yo misma incliné la cabeza mientras Ghassán al Qahtani se apoltronaba en el trono de mis ancestros. Y entonces... —Hizo una pausa—. Entonces el Creador me concedió una señal imposible de ignorar.

Manizheh le hizo un gesto a Dara para que se pusiese de pie. Él obedeció y se acercó. Ella le puso una mano en el hombro.

—Darayavahoush e-Afshín. Nuestro mejor guerrero, el hombre que hizo temblar al mismísimo Zaydi al Qahtani. Darayavahoush regresó a nosotros, libre de la maldición de Salomón, tan poderoso como nuestros legendarios ancestros. Mi gente, si buscáis pruebas de que el Creador nos favorece, las tenéis en Dara. Nos aguardan días difíciles. Puede que tengamos que actuar de formas que parecerán brutales. Pero os aseguro... que todo será necesario.

Manizheh guardó silencio momentáneamente, quizá evaluando el impacto de sus palabras. Dara vio algunas de las caras frente a él resplandecer de pura maravilla, pero no todas. Muchos parecían no muy seguros, inquietos.

Podía ayudar a Manizheh con eso.

Inspiró hondo. Lo más pragmático habría sido abandonar su forma preferida, pero la idea de hacerlo ante el campamento entero lo avergonzaba. En cambio, lo que hizo fue alzar las manos y dejar que el calor brotase de ellas en ondas humeantes y doradas que tocaron el altar. Las piedras revueltas sobre las que se aposentaba se fundieron hasta formar una resplandeciente base de mármol. El cuenco abollado se transformó en un recipiente de plata en condiciones que resplandeció como si estuviese compuesto de la luz del sol poniente. El humo rodeó a Manizheh y convirtió su atuendo sencillo en ropajes ceremoniales de delicada seda azul y blanca. Acto seguido, el humo se elevó sobre el resto de sus seguidores.

Dara cerró los ojos. En la negrura de su mente soñó con su ciudad perdida. Compartir comidas y risas con sus primos Afshín entre los entrenamientos. Las vacaciones que pasaba con su hermana, probar a escondidas sus platos favoritos mientras su madre y sus tías cocinaban. Cabalgar por las planicies al otro lado del río Gozán con sus amigos íntimos, mientras el viento soplaba entre ellos. Ni una sola persona de aquellos recuerdos había sobrevivido al saqueo de Daevabad. Dara insufló magia al anhelo de su corazón, al dolor que suponía que siempre estaría allí.

Hubo varias exclamaciones ahogadas. Dara abrió los ojos y se esforzó por mantener la consciencia, mientras se vaciaba de magia.

Los daeva estaban sentados sobre elegantes alfombras tejidas con lana verde del color de la hierba en primavera, con diminutas flores vivas entretejidas con hilo resplandeciente. Los hombres llevaban uniformes a juego, capas de patrones grises y negros y calzas a rayas, el mismo atuendo que habían llevado los primos Afshín de Dara. Ante ellos había dispuesto un auténtico festín sobre lino blanco. Dara tardó lo que dura un aliento en comprender que todos aquellos platos eran recetas de su familia. Las sencillas tiendas de fieltro habían dado paso a un círculo de estructuras de seda que ondeaban en el aire como humo. En unas caballerizas con mamparas de mármol, docenas de caballos color ébano y brillantes ojos dorados hacían cabriolas y resoplaban.

No, no era solo que hicieran cabriolas. Los ojos de Dara se clavaron en aquellos caballos. Tenían alas; cuatro ondulantes alas cada uno, más oscuras que la noche, que se movían como sombras. El Afshín que había en él vio de inmediato la ventaja que suponían aquellas criaturas: llevarían a sus soldados a toda velocidad hasta el palacio. Sin embargo, en su corazón… oh, en la parte más traicionera de su corazón… deseó de pronto robar uno de esos caballos y huir de toda aquella locura.

Manizheh lo agarró del hombro para aprovechar el visible asombro de sus seguidores.

—Contemplad —dijo. Su voz reverberó en el aire, en medio de la creciente oscuridad—. Contemplad esta maravilla, ¡señal de la bendición del Creador! Vamos a hacernos con Daevabad. Vamos a recuperarla. Arrancaremos la Ciudadela de sus cimientos y a los

Qahtani de sus lechos. No descansaré hasta que aquellos que nos han hecho daño, aquellos que amenazan a nuestras mujeres y niños en una ciudad que es nuestra ¡por designio del Creador!, hayan sido arrojados al lago. Hasta que las aguas se hayan tragado sus cadáveres. —Del cuello de su atuendo salía humo—. Daremos la bienvenida a la nueva generación como líderes de todos los djinn ¡tal y como designó Salomón!

Un joven cerca de la parte delantera dio un paso al frente y se postró a los pies de Manizheh.

—¡Por los Nahid! —gritó—. ¡Por la señora!

Los que estaban más cerca de él lo imitaron y cayeron postrados ante Manizheh. Dara intentó imaginarse a Nahri o a Jamshid al lado de ella, los jóvenes Nahid no solo a salvo sino rodeados del glorioso legado que durante tanto tiempo se les había negado.

Sin embargo, un ardor enfermizo empezaba a recorrerlo. Lo reprimió al ver que la mirada de Manizheh caía sobre él. La Banu Nahida tenía expectación y un ápice de desafío en los ojos.

Dara cayó de rodillas en gesto de obediencia.

—Por los Nahid —murmuró.

Un triunfo satisfecho colmó la voz de Manizheh.

—Ven, pueblo mío. Recibiremos nuestras bendiciones y disfrutaremos del festín que ha conjurado nuestro Afshín. ¡Regocijaos! ¡Celebrad lo que estamos a punto de hacer!

Dara retrocedió un paso y puso todo su esfuerzo en no tambalearse, en busca de una mentira que le permitiese escapar de allí antes de que se percatasen de su debilidad.

—Los caballos... —balbuceó, consciente de que era una excusa patética—. Si no os importa...

Se alejó a trompicones. Por suerte, el resto de los daeva estaba ocupado rodeando a Manizheh. Dara vio suficientes jarras de vino entre el festín como para sospechar que nadie lo echaría de menos durante un largo rato. Se metió entre las tiendas y dejó que lo engullese el creciente ocaso. Apenas había recorrido cuatro pasos cuando cayó de rodillas y vomitó.

Se le nubló la vista. Cerró los ojos. Los tambores resonaban en su cabeza, dolorosos, mientras se agarraba a la mugre del suelo.

Transfórmate, idiota. Dara no podía recuperarse de la magia que acababa de ejecutar si seguía en su forma mortal. Intentó transmutarse, desesperado por expulsar por las temblorosas extremidades el fuego que le palpitaba en el corazón.

No sucedió nada. Las estrellas florecían ante sus ojos. Sintió un tintineo metálico en los oídos. Dominado por el pánico, lo intentó de nuevo.

El calor llegó hasta él... pero no fue fuego lo que le envolvió los brazos, sino el liviano susurro de la nada.

Y de pronto desapareció. No tenía peso ni forma, y sin embargo estaba más vivo de lo que jamás se había sentido. Paladeaba en el aire el hormigueo de una tormenta que se aproximaba, notaba el sabor de las calientes y reconfortantes hogueras del campamento. El murmullo de criaturas que no alcanzaba a ver parecía llamarle, el mundo refulgía y se movía con sombras y formas en medio de una total y absoluta libertad que lo instaba a volar...

Regresó de golpe a su cuerpo. Las llamas le recorrían la piel. Se quedó ahí tumbado, con las manos sobre el rostro.

—Por el ojo de Salomón —susurró, aturdido—. ¿Qué ha pasado?

Dara sabía que debería haberse sentido aterrado, pero la breve sensación había sido embriagadora.

Las leyendas de su pueblo le inundaron la mente. Historias de cambiaformas, de seres capaces de viajar por el desierto convertidos en poco más que viento caliente. ¿Era eso lo que acababa de hacer? ¿Era eso lo que había sido?

Se enderezó hasta quedar sentado. Ya no se sentía agotado ni enfermo; casi estaba mareado de emoción. Puro, como si acabase de tocar una chispa de energía que aún lo recorriese. Quiso intentarlo de nuevo, ver qué se sentiría al volar por el viento frío y correr por los picos cubiertos de nieve.

Las risas y la música del festín captaron su atención, un recordatorio de que ahí estaba su pueblo, tan insistente como una correa.

Pero, quizá por primera vez en su vida, Dara no pensó en sus responsabilidades hacia su pueblo. Hechizado, seducido, volvió a recurrir a la magia.

Esa segunda vez desapareció incluso más rápido. El peso de su cuerpo se desvaneció. Giró, riendo para sí mismo, mientras la tierra y las hojas se arremolinaban y danzaban a su alrededor. Se sintió inmenso, y aun así notablemente ligero. La brisa se lo llevó en cuanto él se lo permitió. Segundos después, el lago no era nada más que un espejo resplandeciente de luz de luna, mucho más abajo.

Y, por el Creador… la gloria que se extendía ante él. Las imponentes montañas parecían de pronto apetecibles, sus escarpados picos y ominosas sombras eran un laberinto que recorrer, que explorar a toda prisa. Dara sentía el mismísimo calor que se filtraba por debajo de la densa corteza terrestre, el mar de piedra fundida que discurría bajo la tierra, y que siseaba allá donde se topaba con el agua y el viento. Todo palpitaba de actividad, de vida, con una energía salvaje y una libertad que, de pronto, Dara anheló por encima de todo lo demás.

No estaba solo. Había otros seres como él, en aquel estado carente de forma. Dara los percibía, oía las invitaciones susurradas, las risas incitantes. No le costaría nada agarrar a uno de esos fantasmas de una mano, echar a correr y viajar por reinos que no había sabido que existieran.

Dara vaciló, aunque el deseo lo atravesaba de cabo a rabo. ¿Y si no podía volver? ¿Y si no encontraba el camino de regreso, justo cuando su pueblo lo necesitaba más que nunca?

La resolución de Manizheh, su amenaza, se abatió sobre él. Podía verla liberando el veneno y fracasando a la hora de tomar la ciudad. Podía ver a Ghassán, furioso, arrancándole la reliquia de cobre y matándolo, para luego agarrar a Nahri de los cabellos para arrastrarla ante su madre y atravesarle el corazón con un zulfiqar.

Un miedo denso y asfixiante se apoderó de él, acompañado de un deseo de regresar que impulsaba el pánico. Dara volvió con mucha menos elegancia; adoptó su forma mortal mientras aún se encontraba en el aire. Aterrizó de golpe en el suelo, tan fuerte que se le salió todo el aire de los pulmones.

Jadeando, destrozado de dolor, Dara no estuvo muy seguro de cuánto tiempo permaneció ahí tirado, parpadeando bajo el denso racimo de estrellas en el cielo… hasta que una risa atrajo su atención.

—Bueno... —dijo lentamente una voz familiar—. Veo que has tardado bastante en aprender a hacer eso. —Vizaresh avanzó un paso y se cernió sobre su cuerpo—. ¿Necesitas ayuda? —se ofreció en tono ligero, extendiendo una garra—. Te sugiero que, la próxima vez, aterrices antes de transmutarte.

Dara estaba tan aturdido que llegó a dejar que el ifrit lo ayudase a sentarse. Se dejó caer contra el tronco de un árbol muerto.

—¿Qué ha sido eso? —susurró.

—Eso ha sido lo que fuimos antaño. —Un anhelo preñó la voz de Vizaresh—. Lo que éramos capaces de hacer.

—Pero... —Dara se esforzó por encontrar las palabras, aunque ninguna parecía hacer justicia a la magia que acababa de experimentar—. Pero si ha sido... pacífico. Hermoso.

El ifrit entrecerró los ojos amarillos.

—¿Y por qué te sorprende algo así?

—Porque no es eso lo que cuentan nuestras historias —respondió Dara—. Los primeros daeva eran belicosos. Embusteros que engañaban y cazaban a los humanos a pl...

—Ay, ¿quieres hacer el favor de olvidarte de una vez de esos condenados humanos? —La exasperación arrugó el ardoroso rostro de Vizaresh—. Tu pueblo está obsesionado. A pesar de todas las leyes que tenéis en contra de acercaros a los humanos, tu pueblo es idéntico a ellos ahora mismo; os plagan los politiqueos y las guerras constantes. —Agarró la mano de Dara y, con una oleada de magia, la envolvió en llamas—. Este es vuestro origen, de lo que estáis hechos. Fuisteis creados para arder, para existir entre los mundos... no para dividiros en ejércitos ni entregar vuestras vidas a líderes dispuestos a tirarlas como si fueran basura.

Las palabras se acercaban demasiado a todas las dudas que Dara intentaba mantener enterradas.

—Banu Manizheh no va a tirar nuestras vidas —se apresuró a defenderla—. Tenemos el deber de salvar a nuestro pueblo.

Vizaresh soltó una risita entre dientes.

—Ah, Darayavahoush, siempre hay alguien a quien salvar. Y siempre hay hombres y mujeres astutos que encuentran el modo de aprovecharse del deber de salvarlos para convertirlo en poder. Si fueses sabio, si fueses un auténtico daeva, te habrías reído en la cara de Manizheh en el mismo momento en que te devolvió la vida, y te habrías desvanecido en el viento. Estarías disfrutando de esto, de la posibilidad de todas las maravillas que podrías aprender.

Dara recuperó la respiración a pesar del anhelo tirante que sentía en el pecho.

—Una existencia solitaria, carente de propósito —dijo, obligándose a hablar con un desdén que no sintió del todo en la voz.

—Una vida errante llena de asombros —corrigió Vizaresh con hambre en los ojos—. ¿Crees que no sé lo que acabas de experimentar? Hay mundos que no puedes ver como mortal, seres y tierras y reinos más allá de tu comprensión. Cuando deseábamos compañía nos la buscábamos, para luego separarnos amigablemente cuando llegaba la hora de volver a surcar los vientos. Hubo siglos enteros en los que mis pies jamás tocaron el suelo. —Su voz se tiñó de nostalgia; y una sonrisa le curvó los labios—. Aunque admitiré que, cuando sí lo tocaban, solía ser por la atracción de algún entretenimiento humano.

—Semejantes entretenimientos atrajeron la ira de uno de los profetas del Creador sobre vosotros —señaló Dara—. El precio a pagar fue esa existencia que describes con tanto cariño.

Vizaresh negó con la cabeza.

—Salomón no nos castigó por tontear de vez en cuando con algún humano. O al menos, no fue el único motivo.

—¿Y qué otra razón hubo?

El ifrit esbozó una sonrisa traviesa.

—¿Ahora te pones a hacer preguntas? Creía que lo único que hacías era obedecer.

Dara contuvo el genio. Puede que despreciase a aquel ifrit, pero en cierto modo empezaba a entender a su raza… o al menos entendía cómo se sentía uno al ser el último de sus congéneres.

Y lo cierto era que todo lo que estaba diciendo Vizaresh le despertaba auténtica curiosidad.

—Y yo que pensaba que querías enseñarme cosas nuevas —dijo en tono astuto—. A menos que no fuesen más que fanfarronadas y en realidad no sepas nada.

Los ojos de Vizaresh danzaron.

—¿Qué me darías a cambio de lo que puedo contarte?

Dara sonrió.

—Lo que haré será no aplastarte contra una montaña.

—Siempre tan violento, Darayavahoush. —Vizaresh lo contempló mientras jugueteaba con una llama, retorciéndola entre las manos como si fuera un juguete. De pronto, cayó sentado junto a Dara—. Está bien, te diré la razón por la que nos maldijo Salomón. No fue por jugar con los humanos... sino porque guerreamos con los marid precisamente por esos mismos humanos.

Dara frunció el ceño. Nunca había oído nada parecido.

—¿Fuimos a la guerra con los marid por los humanos?

—Así es —respondió Vizaresh—. Piensa, Darayavahoush. ¿Cómo invocó Aeshma al marid de este lago?

—Me obligó a matar a uno de sus acólitos —dijo Dara despacio—. Un acólito humano. Dijo que los marid estarían obligados a responder.

—Exacto.

—¿Cómo que exacto?

Vizaresh se inclinó hacia él, como si fuese a confiarle un secreto.

—Pactos, Darayavahoush. Un humano me invoca para envenenar a un rival, y más adelante me quedo con su cadáver y lo convierto en necrófago. Una aldea cuyas cosechas se están muriendo ofrece la sangre de uno de sus miembros, que muere entre gritos, al río; y los marid inundan sus campos con cieno rico en nutrientes.

Dara se echó hacia atrás.

—Hablas de pactos malvados.

—No te tenía por alguien tan sensible, Flagelo. —Dara le clavó la mirada y él se encogió de hombros—. Lo creas o no, hubo una época en la que yo pensaba como tú. Estaba satisfecho con mi propia magia innata, pero no todos los daeva pensaban lo mismo. Disfrutaban de la servidumbre humana, de su devoción, y la alentaban siempre que podían. Y eso a los marid no les gustaba.

—¿Por qué no?

Vizaresh jugueteó con la abollada cadena de bronce que llevaba al cuello.

—Los marid eran criaturas antiguas, incluso más que los daeva. La costumbre humana de alimentarlos llevaba establecida desde antes incluso de que los humanos empezasen a construir cuidades. Cuando algunos de esos humanos empezaron a preferirnos a nosotros... —Chasqueó la lengua—. Los marid tienen un hambre de venganza equiparable a la de tus Nahid, o a la de los Qahtani. Si un humano les daba la espalda para suplicar la intercesión de un daeva, lo que hacían era ahogar a toda su aldea. Como venganza, nuestro pueblo empezó a hacer lo mismo. —Dejó escapar un suspiro exasperado—. Inundamos y abrasamos demasiadas ciudades, y de pronto nos vimos arrastrados frente a un furioso profeta humano que poseía un anillo mágico.

Dara intentó asimilar todo aquello.

—Si lo que dices es cierto, ese castigo suena bastante merecido. Lo que no entiendo es que... si los marid tenían parte de la culpa, ¿cómo es que no fueron castigados?

Vizaresh le dedicó una fugaz sonrisa burlona. Sus colmillos asomaron por entre los labios estirados.

—¿Quién dice que no lo fueron? —Parecía encantado ante la confusión de Dara—. Serías mejor compañero si fueses listo. Me reiría tanto al ver el caos que un daeva auténtico desataría en tu lugar.

Yo no causaría ningún caos. Lo que haría sería marcharme. Dara apartó la idea en cuanto apareció.

—Yo no soy como tú. —Su mirada se topó con la cadenita con la que Vizaresh seguía jugueteando. Empezó a sentirse irritado—. Y si tú fueses listo, no llevarías eso en mi presencia.

—¿Esto? —El ifrit se desprendió de la cadena. Tres anillos de hierro colgaban de ella, coronados con esmeraldas que titilaban con una malicia antinatural—. Confía en mí, Darayavahoush, no soy tan necio como para tocar a uno de tus seguidores, por más que me lo suplicasen. —Acarició los anillos—. Ahora están vacíos, pero han sido mi salvación durante siglos más oscuros.

—¿Esclavizar las almas de otros compañeros daeva ha sido tu salvación?

Una ira auténtica destelló por primera vez en los ojos del ifrit.

—No eran compañeros míos —espetó—. Eran seres débiles que juraron lealtad entre gimoteos a la familia de esos supuestos sanadores, los envenenadores Nahid que dieron caza de mis auténticos compañeros. —Inspiró por la nariz—. Deberían regocijarse por el poder que les concedí; era un poco de lo que fuimos en su día.

Las palabras de Vizaresh consiguieron que a Dara le hormiguease la piel. ¿Cómo podía dejar que Vizaresh le llenase la mente de sueños y mentiras probables que podían acabar apartándolo de Manizheh? ¿Tan necio era Dara como para olvidarse de lo engañoso que podía llegar a ser el ifrit?

Se puso de pie.

—Quizá no recuerde mucho de la época que pasé como esclavo, pero te aseguro que no disfruté de verme obligado a usar la magia, por más poderosa que fuera, al servicio de violentos caprichos humanos. Me resultó despreciable.

Se alejó sin esperar a que Vizaresh respondiese. Desde más adelante captó el sonido de las risas y la música del festín al otro lado de las tiendas. La noche había caído, un pequeño gajo de luna y un denso racimo de estrellas teñían las tiendas de un resplandor blanco como el hueso al reflejar su luz celestial. El olor del arroz especiado con cerezas amargas y gachas dulces de pistacho, receta de su familia, le causó una dolorosa punzada en el estómago. Por el ojo de Salomón, ¿cómo era posible que aún los echase tanto de menos?

Llegó hasta sus oídos una risita cercana que sonaba bastante ebria.

—¿… y qué me das a cambio?

Se trataba de Irtemiz, que sostenía juguetona una botella de vino a la espalda. Los brazos de Bahram le rodeaban la cintura. Ambos aparecieron ante su vista, pero el joven soldado palideció al fijarse en la presencia de Dara.

—¡Afshín! —Se apartó de Irtemiz tan rápido que casi tropezó—. No pretendía… eh… pretendíamos… interrumpir… tus tribulaciones. —Le ardían los ojos de vergüenza—. ¡Tribulaciones no! No quería decir eso. Pero bueno, que no hay nada malo en…

Dara lo cortó con un gesto, un tanto humillado, a decir verdad.

—No pasa nada. —Los miró y se fijó en que Irtemiz ya llevaba la capa abierta, y que a Bahram le faltaba el cinturón—. ¿No estáis disfrutando del festín?

Irtemiz esbozó una débil sonrisa. Sus mejillas se arrebolaron.

—Estábamos... ¿dando un paseo? —aventuró—. Ya sabes, para... hacer sitio para una comida tan pesada.

Dara resopló. En otro momento quizá habría intentado poner fin a semejantes devaneos, pues no necesitaba rencillas de enamorados entre sus soldados. Sin embargo, teniendo en cuenta la misión mortal que se cernía sobre ellos dentro de pocos días, decidió que no había nada malo en lo que estaban haciendo.

—Pues id a pasear en otra dirección. Vizaresh está agazapado por allí. —Aunque se sentía algo contrariado, no pudo evitar añadir—: Si seguís la playa hacia el este encontraréis una calita encantadora.

Bahram pareció muy avergonzado, pero Irtemiz sonrió, los ojos oscuros chispeantes de júbilo. Agarró la mano del joven.

—Ya has oído al Afshín.

Entre risas y tirones se llevó a Bahram con ella.

Dara los vio marchar. Una callada tristeza se apoderó de su alma en cuanto se quedó solo. De pronto, sus compañeros se le antojaban muy jóvenes, muy diferentes.

Este no es mi mundo. Lo tenía más claro de lo que lo había tenido nunca antes. Aquella gente le importaba, los amaba, pero el mundo del que provenía había desaparecido. Y no iba a regresar. Dara siempre estaría ligeramente fuera.

Como los ifrit. Dara no soportaba aquella comparación, pero sabía que era adecuada. No cabía duda de que los ifrit eran monstruos, pero no debía de haberles resultado fácil ver su mundo destruido y vuelto a reconstruir, haber pasado milenios intentando recuperarlo mientras, uno tras otro, constantemente, iban muriendo.

Dara no estaba listo para perecer. Cerró los ojos y recordó la exultante sensación de carecer de peso, el modo en que las oscuras montañas parecían atraerlo. En aquella ocasión no pudo reprimir el anhelo en el corazón, así que se zambulló en él, junto con una nueva capa de determinación. Debía olvidar los jueguecitos de los ifrit y los secretos perdidos largo tiempo atrás de los marid… todo ello pertenecía a un pasado al que Dara no iba a permitir que se adueñase de él.

Iba a concluir aquella guerra por su pueblo. Para que estuviese seguro.

Y entonces, quizá, sería el momento de descubrir qué más podía ofrecerle el mundo.

25
ALÍ

Alí contempló con callada aprobación la estancia que iba a ser el despacho de Nahri. El asiento junto a la ventana había sido colocado aquella misma mañana, en un acogedor nicho que daba a la calle. Alí se dejó caer en el almohadón sobre el banco, satisfecho de lo cómodo que era. Todo el hueco estaba cubierto de estanterías al alcance de la mano desde el asiento... Aquel lugar iba a ser perfecto para leer.

Espero que le guste. Alí miró más allá de la estancia, al otro lado de la balconada que daba al patio interior del hospital. Los sonidos de la construcción, en sus etapas finales, llegaron hasta sus oídos. *Espero que este hospital valga el precio que hemos pagado por él.*

Suspiró y se giró para asomarse por la mampara de madera desde la que se veía la calle. Era lo más que Alí podía acercarse al campamento de trabajo shafit, que se iba recuperando poco a poco. Su padre había dejado claro que él mismo se aseguraría de cobrarse el doble de víctimas mortales del primer ataque si Alí se atrevía siquiera abrir la boca para protestar por ello.

Sonaron unos golpecitos en la puerta y Lubayd lo llamó desde el otro lado de la arcada.

—¿Puedo entrar? ¿O necesitas un minuto?

Alí puso los ojos en blanco.

—Entra. —Se apartó de la ventana—. ¡Pero sin la pipa! —regañó a Lubayd, y lo ahuyentó hasta el otro lado del dintel, al tiempo que aventaba el humo—. ¡Todo este sitio va a apestar por tu culpa!

Los ojos de Lubayd emitieron un destello divertido.

—Vaya, vaya, qué bien proteges el pequeño santuario de tu Nahid.

—Protejo todo lo que hay por aquí —replicó Alí, incapaz de controlar el tono defensivo y acalorado de su voz. Como era consciente de que las bromas de Lubayd no tenían piedad alguna una vez que descubría un punto débil, se apresuró a cambiar de tema—: De todos modos, no deberías fumar en el hospital. La doctora Sen ha dicho que te va a echar a patadas la próxima vez que te vea fumando.

Lubayd inhaló.

—¿Qué es la vida sin un poco de riesgo? —Ladeó la cabeza hacia las escaleras—. Ven. Aqisa ha llegado de palacio y te espera.

Alí salió junto a él. Fue devolviendo los diferentes salaams y asentimientos que le dedicaban los trabajadores al pasar por el complejo hospitalario. El hospital había sido un hogar y su prisión durante los últimos dos meses, pero ya casi estaba completo. Los asistentes se preparaban para la ceremonia de apertura del día siguiente; desenrollaban alfombras bordadas de seda y conjuraban delicadas lámparas flotantes. Algunos músicos habían llegado y se habían puesto a practicar. El constante soniquete de un tambor de copa reverberaba por el patio.

Alí vio a Razu y a Elashia sentadas en un columpio a la sombra de un árbol de lima. Se llevó la mano a la frente a modo de saludo al pasar, pero ninguna de las dos pareció fijarse en él. Razu acariciaba una de las sedosas flores blancas que Elashia llevaba tras la oreja, y la siempre silenciosa sahrayn esbozaba una sonrisita.

Debe de estar bien tener una amistad tan íntima, pensó Alí, reflexivo. Por supuesto, él tenía a Lubayd y Aqisa, que eran amigos más sinceros y leales de lo que merecía. Y aun así, Alí tenía que mantener cierta distancia con ellos; los muchos secretos que albergaba eran demasiado peligrosos para revelarlos por completo.

Aqisa esperaba a la sombra de un gran recibidor. Iba vestida con un atuendo sencillo y llevaba las trenzas anudadas y recogidas bajo un turbante.

—Tienes un aspecto horrible —lo saludó sin tapujos.

—Se le nota sobre todo en los ojos —concordó Lubayd—. Y en esos andares a trompicones. Si estuviese un poco más delgado cualquiera lo confundiría con un necrófago.

Alí les clavó la mirada. Entre las pesadillas que sufría y la carrera por acabar el hospital, lo cierto era que apenas dormía. No se le escapaba que su apariencia reflejaba el estado en que se encontraba.

—Yo también me alegro de verte, Aqisa. ¿Cómo va todo en el palacio?

—Bien. —Aqisa se cruzó de brazos y se apoyó contra la pared—. Tu hermana te manda saludos.

A Alí se le encogió el corazón. La última vez que había visto a Zaynab había sido cuando se vio obligado a contarle que habían desterrado a su madre. A pesar de que Hatset había mantenido una calma lúgubre y les había dicho a ambos que se mantuvieran fuertes, y que volvería, sin importar las órdenes de Ghassán, Zaynab se había roto ante Alí por primera vez en su vida.

—¿Por qué no has podido hacerle caso? —Lloró mientras escoltaban a la fuerza a Alí fuera de allí—. ¿Por qué no podías contener la lengua por una vez?

Alí tragó saliva para deshacer el nudo que sentía en la garganta.

—¿Se encuentra bien? —le preguntó a Aqisa.

—No —dijo ella en tono seco—. Pero sobrevive, y es más fuerte de lo que siempre la has creído.

Él se encogió ante la regañina. Esperaba que tuviera razón.

—¿Y a ti no te han puesto problemas para entrar y volver a salir del harén? Me preocupaba que te estuvieses poniendo en peligro.

Aqisa se echó a reír de verdad.

—Por supuesto que no. Puede que a veces se te olvide, pero soy una mujer. El harén existe para mantener lejos a hombres desconocidos y peligrosos. Los guardias apenas me prestan atención. —Acarició la empuñadura de su janyar—. Por si no te lo digo muy a menudo, tu sexo puede ser notablemente idiota. —El humor abandonó su rostro—. Sin embargo, no he tenido tanta suerte en el dispensario.

—¿Sigue vigilado? —preguntó Alí.

—Día y noche. Dos docenas de los hombres más leales de tu padre.

¿Dos docenas de hombres? Una oleada de miedo enfermizo, que lo había acompañado constantemente desde el ataque, recorrió a Alí. Estaba más preocupado por Nahri que por sí mismo. A pesar de la tensión que había en su relación con Ghassán, Alí sospechaba que su padre no estaba dispuesto a ejecutar directamente a su propio hijo. Nahri, sin embargo, no era de su sangre. Alí jamás había visto a nadie desafiar públicamente a Ghassán del modo en que lo había hecho ella en las ruinas del campamento shafit. Aún la recordaba, pequeña en comparación con su padre, agotada y cubierta de ceniza, pero completamente desafiante: el calor que ondeaba en el aire cuando hablaba, la calle de piedra que se estremecía de magia.

Había sido uno de los actos más valientes que Alí había presenciado jamás. Y lo había dejado petrificado, porque sabía a la perfección cómo lidiaba su padre con las amenazas.

Giró sobre sus talones y empezó a caminar en círculos. Estar allí encerrado lo estaba volviendo loco. Estaba atrapado en el otro extremo de la ciudad, lejos de su hermana y de Nahri. Una película húmeda le bajó por la espalda. Se estremeció. Entre la lluvia de aquel día y aquellas emociones en ebullición, cada vez le costaba más contener sus habilidades acuáticas.

Automáticamente, su mirada fue hacia el corredor que llevaba a la estancia de Issa. Hatset había dispuesto que el estudioso ayaanle se quedase allí para seguir investigando el «problema» de Alí. Sin embargo, el príncipe no era optimista. No tenía el mismo toque que su madre con aquel anciano errático. La última vez que había intentado comprobar los avances de Issa había encontrado al sabio en medio de un enorme círculo de pergamino que formaba el árbol familiar en el que debía de aparecer hasta la última persona relacionada tangencialmente con Alí. De un modo más bien impaciente, Alí había preguntado qué demonios tenía que ver su árbol familiar con sacarse al marid de la cabeza. Issa, en cambio, le había lanzado una esfera justo ahí, a la cabeza, y había sugerido que abrírsela de un golpe sería un buen método para sacar al marid.

Una sombra los cubrió a los tres. La silueta de un hombre alto se interpuso en el gajo de luz de sol que venía del jardín.

—Príncipe Alizayd —retumbó una voz grave—. Creo que tu padre ha dejado claras sus órdenes.

Alí frunció el ceño y se giró para clavar una mirada hostil en Abu Nuwas, el oficial geziri de alto rango que habían enviado a «vigilarlo».

—No pretendo escapar —dijo en tono ácido—. Imagino que se me permite estar de pie en la entrada.

Abu Nuwas le lanzó una mirada hosca.

—Una mujer te está buscando en el ala este.

—¿Te ha dicho su nombre? Este sitio está atestado de gente.

—No soy tu secretario. —Abu Nuwas husmeó en el aire—. Era una shafit con pinta de abuela.

Giró sobre sus talones sin pronunciar una palabra más.

—Oh, no seas maleducado —dijo Lubayd al ver que Alí ponía los ojos en blanco—. No hace más que seguir las órdenes de tu padre. —Expulsó un anillo de humo por la boca—. Además, este tipo me gusta. Hace unas semanas salimos a emborracharnos. Es un poeta excelente.

Alí se quedó boquiabierto.

—¿Que Abu Nuwas es poeta?

—Oh, sí. Tiene un material maravillosamente escandaloso. Lo odiarías.

Aqisa negó con la cabeza.

—¿Hay alguien en toda esta ciudad de quien no te hayas hecho amigo? La última vez que estuvimos en la Ciudadela había guerreros adultos peleándose por ver quién te invitaba a almorzar.

—El elegante séquito del emir no me soporta —replicó Lubayd—. Creen que soy un bárbaro. Pero la gente normal, los soldados... —Sonrió—. Todos saben apreciar a un buen contador de historias.

Alí se masajeó las sienes. La mayoría de las «historias» de Lubayd eran cuentos urdidos para mejorar la reputación del príncipe. Lo odiaba, pero cuando le pidió que lo dejase, su amigo no hizo sino redoblar sus esfuerzos.

—Voy a ver a ver quién es esa mujer.

El ala este estaba bastante silenciosa para cuando llegó Alí. Solo había un par de baldosadores que estaban acabando de decorar el último tramo de pared. También había una anciana diminuta con un desvaído velo floral, de pie junto a la barandilla que daba al jardín, apoyada pesadamente en un bastón. Alí se acercó a ella, suponiendo que era la mujer a la que se había referido Abu Nuwas. Quizá era la abuela de alguien; no sería la primera vez que una pariente anciana venía a buscarle trabajo a algún jovencito bueno para nada.

—Que la paz sea contigo —dijo Alí al acercarse—. ¿Cómo puedo...?

Ella se giró hacia él y Alí dejó de hablar.

—Hermano Alizayd. —La hermana Fatumai, en su día la orgullosa líder del Tanzeem, le devolvió la mirada. Aquellos familiares ojos marrones eran afilados como cuchillos y rebosaban de ira—. Cuánto tiempo.

—Siento que tengas problemas de suministros —dijo Alí en voz alta mientras apartaba a la hermana Fatumai de los curiosos trabajadores. La llevó hasta una habitación llena de sábanas limpias. Casi se sorprendió de poder mentir así, teniendo en cuenta lo alterado que se encontraba. Sin embargo, sabiendo la cantidad de espías que había metido su padre en el hospital, no le quedaba alternativa—. A ver qué podemos darte...

Entró en la estancia junto con la líder del Tanzeem. Tras un rápido vistazo para asegurarse de que estaban solos, cerró la puerta y susurró un encantamiento en voz baja que la bloqueó. En las estanterías descansaba una lámpara de aceite medio llena, y Alí se apresuró a encenderla. La llama conjurada bailó por el pabilo e iluminó la pequeña estancia con una luz débil.

Se giró hacia ella, con la respiración agitada.

—He-hermana Fatumai —tartamudeó Alí—. Lo... l-lo siento mucho. Cuando me enteré de lo que le pasó a Rashid... y vi la mezquita del jeque Anas... supuse...

—¿Que estaba muerta? —propuso Fatumai—. Una suposición adecuada; desde luego tu padre se empleó a conciencia para conseguirlo. Y, para ser sincera, yo pensé lo mismo de ti cuando te mandaron a Am Gezira. Me imaginé que era un cuento que iban contando para ocultar que te habían ejecutado.

—No andas muy desencaminada. —Tragó saliva—. ¿Y el orfanato?

—Ya no existe —respondió Fatumai—. Intentamos evacuarlo cuando arrestaron a Rashid, pero la Guardia Real alcanzó al último grupo. Vendieron a los más jóvenes como sirvientes y ejecutaron a los demás. —Su mirada se volvió fría—. Mi sobrina fue una de las que asesinaron. Quizá la recuerdes —añadió con un ribete acusador en la voz—. Te preparó un té cuando viniste a vernos.

Alí se apoyó en el puro. Le costaba respirar.

—Dios mío… lo siento mucho, hermana.

—Y yo también —dijo ella en tono quedo—. Era una buena mujer. Se había prometido con Rashid —añadió, apoyándose ella también contra la pared—. Me queda quizá el pequeño consuelo de que ambos entraron juntos en el Paraíso como mártires.

Alí clavó la vista en el suelo, avergonzado.

Ella debió de percatarse.

—¿Te molesta que diga algo así? En su día fuiste uno de los alumnos más entregados del jeque Anas, pero ya sé que la fe no es más que un ropaje que quienes viven en el palacio visten sin mucho cuidado.

—Jamás he perdido la fe —Alí pronunció despacio aquellas palabras, aunque había un ápice de desafío en ellas.

Había conocido a la hermana Fatumai después de que Rashid, otro miembro del Tanzeem, lo engañase para visitar uno de sus escondites, un orfanato en el barrio tukharistaní. Había sido una visita ideada para insuflar algo de culpabilidad en el acaudalado príncipe, para convencerlo de que los financiase. Un paseo en el que le mostraron a los huérfanos enfermos y hambrientos que allí vivían… aunque, convenientemente, ninguna de las armas que Alí sabía que también estaban comprando con su dinero. Alí no había regresado jamás. El uso de la violencia por parte del Tanzeem, posiblemente contra daevabaditas inocentes, era una línea que no pensaba cruzar.

Cambió de tema:

—¿Te apetece sentarte? ¿Te traigo algo de beber?

—No he venido a disfrutar de la hospitalidad geziri, príncipe Alizayd.

Cambió el peso de un pie a otro. Bajo aquella apariencia exterior cansada y aquel pelo plateado, dentro de Fatumai seguía habiendo acero, algo que lo mortificó y preocupó a partes iguales. El Tanzeem había tenido corazón. Habían salvado y refugiado a niños shafit, les habían puesto libros en las manos y dado pan que llevarse a la boca. Alí no había dudado por un segundo que fuesen creyentes, tan temerosos de Dios como él mismo.

Tampoco había dudado que varios de ellos tuviesen las manos manchadas de sangre.

—¿Está a salvo el resto de los niños?

Ella se rio, un sonido duro.

—De verdad que no conoces a tu padre, ¿no?

Alí no pudo obligarse a responder a aquella pregunta.

—¿A qué te refieres?

—¿Crees que a Ghassán le supuso un problema que algunos fueran niños? —Chasqueó la lengua—. Oh, no, hermano Alizayd. Éramos un peligro. Una amenaza que había que localizar y exterminar. Habíamos entrado en su casa y habíamos robado el corazón de su benjamín. Ghassán envió a soldados que se abrieron paso a sangre y fuego por el distrito shafit hasta dar con nosotros. Con cualquiera relacionado con nosotros: familia, vecinos, amigos. Ghassán los mató a puñados. Estábamos tan desesperados que intentamos huir de la mismísima Daevabad.

—¿Huir de Daevabad? ¿Pudisteis contratar a un contrabandista?

—«Contratar» no es la palabra que yo usaría —dijo ella, con una rotundidad mortal en la voz—. Pero da igual. Yo me ofrecí voluntaria para quedarme con aquellos demasiado jóvenes para emprender semejante viaje, así como con quienes eran demasiado mágicos como para entrar en el mundo humano. —Le tembló la voz—. Del resto… me despedí con besos en la frente, limpiándoles las lágrimas… y vi cómo los pájaros de fuego de tu padre quemaban los botes.

Alí se echó hacia atrás.

—¿Qué?

—Si no te importa, prefiero no repetirlo —dijo ella secamente—. Bastante tuve con oír sus gritos mientras el lago los hacía pedazos. Supongo que tu padre pensó que valía la pena, para acabar con el puñado de luchadores del Tanzeem que acompañaba a los niños.

Alí se sentó de golpe. No pudo evitarlo. Sabía que su padre había hecho muchas cosas horribles, pero hundir un bote lleno de niños refugiados que intentaban escapar era pura maldad. Daba igual a quién estuviese dando caza Ghassán.

No debería ser el rey. Aquel pensamiento directo y traicionero restalló en la cabeza de Alí en un momento de terrible claridad. De repente le pareció evidente; la lealtad y el complicado amor hacia su padre con el que Alí siempre batallaba quedaron rotos en dos, como quien corta una cuerda en tensión.

Fatumai se internó aún más en la cámara, sin prestar atención a su dolor, aunque quizá era que, con razón, le daba igual el arrebato que pudiese sufrir el príncipe en el suelo. Pasó las manos por aquellos suministros apilados.

—Este sitio parece muy bien organizado y vivo —comentó—. Has hecho un trabajo extraordinario. Un trabajo que ha cambiado de verdad las vidas de innumerables shafit. Resulta irónico que lo hayas hecho aquí.

Esa frase lo sacó de inmediato de sus pensamientos.

—¿A qué te refieres?

Ella le devolvió la mirada.

—Oh, vamos, hermano, no finjamos. Sé que sabes lo que les pasó en su día a los shafit en este supuesto hospital. Tu tocayo desde luego lo sabía bien, por más que no se mencione en las canciones que se cantan sobre sus poderosas hazañas. —Se encogió de hombros—. Supongo que no hay mucha gloria en las historias de plaga y venganza.

Sus palabras eran demasiado precisas para ser un error.

—¿Quién te lo ha contado? —preguntó Alí con voz entrecortada.

—Anas, por supuesto. ¿Crees que eres el único con la habilidad de indagar en textos antiguos? —Su mirada descendió sobre Alí—. Pensó que era una historia que debería conocer más gente.

Alí cerró los ojos y apretó las manos hasta convertirlas en puños.

—Es cosa del pasado, hermana.

—Es cosa del presente —replicó de inmediato Fatumai—. Es una advertencia sobre lo que son capaces de hacer los daeva. Y lo que es capaz de hacer tu Nahid.

Alí abrió los ojos de golpe.

—Lo que todos somos capaces de hacer. No fueron los daeva quienes asesinaron a tus niños en el lago. Y tampoco fueron los daeva los que quemaron este lugar hasta los cimientos y masacraron a todos los que estaban dentro hace catorce siglos.

Ella se lo quedó mirando.

—¿Y por qué lo hicieron, hermano? Cuéntame por qué quemaron los geziri y los shafit este lugar con tanta furia.

Alí no pudo apartar la mirada, pero tampoco pudo evitar la respuesta:

—Porque el Consejo Nahid experimentaba aquí con los shafit —confesó en tono quedo.

—No se limitaban a experimentar —corrigió Fatumai—. Aquí crearon un veneno. Una viruela que podía mezclarse con la pintura. Pintura que podía aplicarse a... ¿a qué exactamente, amigo guerrero?

—A las vainas —respondió suavemente, con una sensación enfermiza y creciente en el pecho—. A las vainas de los soldados.

—De sus soldados geziri —aclaró ella—. No nos confundamos. Pues eso era lo que el Consejo Nahid decía que era lo único para lo que servía tu tribu. Para luchar y para... bueno, por evitar el término menos educado, digamos que para producir más soldados con los que aumentar sus filas. —Le devolvió a Alí su mirada pétrea—. Sin embargo, la viruela que contenían las vainas de esos soldados no estaba diseñada para matar a los puros de sangre, ¿verdad?

De las manos de Alí volvía a manar agua.

—No —susurró—. No lo estaba.

—Así es. A esos soldados, la viruela no les hizo absolutamente nada, maldita sea —replicó la hermana Fatumai con un soniquete cada vez más alterado en la voz—. Volvieron felices a su casa, a Am Gezira, esa provincia pequeña, insolente e incansable. Una provincia con demasiados shafit, con demasiados parientes djinn que los ocultaban en el desierto cuando venían los oficiales daeva a llevárselos a Daevabad. —Ladeó la cabeza—. Zaydi al Qahtani tenía familia shafit, ¿verdad? Su primera familia.

La voz de Alí le salía densa:

—Así es.

—¿Y qué sucedió cuando regresó de permiso a casa? ¿Qué sucedió cuando dejó que sus niños jugasen con su espada? ¿Qué sucedió cuando se desprendió de la vaina y tocó a aquella amada esposa a la que no había visto en meses?

—Se despertó a la mañana siguiente junto a sus cadáveres. —La mirada de Alí voló sin que él lo deseare a la empuñadura de su propia espada. Cuando era niño, Alí había leído sobre el destino que había corrido la familia de Alí en una biografía que alguien había dejado por ahí, a su alcance. Había sufrido pesadillas durante semanas. Ver a tus seres queridos muertos a manos de un contagio que habías traído inadvertidamente hasta ellos... era algo que podría volver loco a cualquiera. Lo bastante loco como para regresar a su guarnición y atravesarle la garganta con el janyar a su comandante daeva. Como para liderar una revuelta que cambiaría el mundo y que aliaría a su tribu con los marid en contra de sus congéneres de sangre ardiente.

Como para, quizá, en medio del silencio oscuro de su corazón, permitir conscientemente la masacre del hospital.

Fatumai escrutaba a Alí.

—No le has hablado a nadie de esto, ¿verdad? ¿Te da miedo que tus amigos shafit ejerzan su derecho a echar de aquí a la Banu Nahida?

Aquellas palabras le dolieron... pero en realidad, no era esa la razón de su silencio. La emoción en la voz de Nahri, el cauto interés que había visto en Subha cuando fueron a verla por primera vez... Alí no había sido capaz de destruir todo aquello. Pero ¿de qué había servido? Habían vuelto a recordarle por centésima vez los espeluznantes actos que había cometido su pueblo tantísimo tiempo atrás.

—No, no ha sido por miedo. Ha sido por cansancio. —La voz de Alí se rompió al pronunciar aquella palabra—. Estoy cansado de que la venganza alimente a todo el mundo en esta ciudad. Estoy cansado de enseñarles a nuestros niños a odiar y a temer a otros niños porque sus padres son nuestros enemigos. Y estoy cansado, harto, de comportarme como si el único modo de salvar a nuestro pueblo fuese pasar a cuchillo a todos los que puedan oponerse a nosotros, como si nuestros enemigos fuesen a hacer lo mismo en cuanto cambiasen las tornas del poder.

Ella se envaró.

—Valientes palabras para el hijo de un tirano.

Alí negó con la cabeza.

—¿Qué quieres de mí? —preguntó en tono cansado.

Ella esbozó una sonrisa triste.

—Nada, príncipe Alizayd. Con todo el respeto, el único modo en que podría volver a confiar en ti sería ver a tu padre morir por tus propias manos. No voy a volver a mezclarme en la política de esta ciudad. Quedan diez niños que dependen de mí. No pienso ponerlos en peligro.

—Y entonces, ¿por qué has venido?

Fatumai tocó una bandeja sobre la que descasaban varias herramientas.

—He venido a darte una advertencia.

Alí se tensó.

—¿Qué advertencia?

—Ese discursito sobre venganzas, Alizayd. Hay shafit que no están ansiosos por trabajar en tu hospital. Comparado con esos shafit, el Tanzeem casi parecería una asociación en favor de los daeva. Me refiero a gente cuya rabia podría poner a esta ciudad de rodillas, y que jamás perdonarán a una Nahid por lo ocurrido en el pasado, da igual a cuántos shafit cure. Algunos han matado a varios de mis niños de mayor edad. Vieron a sus amigos morir en el lago, a sus vecinos vendidos en subasta, y no quieren más que veros sufrir a los supuestos puros de sangre. Tu Nahid debería guardarse bien de ellos.

Un instante después, Alí ya estaba de pie. Fatumai alzó una mano.

—Se rumorea que va a haber un ataque durante Navasatem —explicó—. No voy a decirte quién me lo ha dicho, así que no me lo preguntes.

—¿Qué tipo de ataque? —preguntó Alí, horrorizado.

—No lo sé. No es más que un rumor, y sin mucho fundamento. Yo solo he venido a contártelo porque me aterra pensar en lo que nos harían los daeva y la Guardia Real como venganza, en caso de que sea cierto.

Se giró hacia la puerta. El bastón golpeteó el suelo de piedra.

—Hermana, espera. ¡Por favor!

Fatumai abría ya la puerta.

—Eso es todo lo que sé, Alizayd al Qahtani. Ahora haz lo que quieras.

Alí se detuvo. Un millar de respuestas acudieron a sus labios.

La única que los rebasó le supuso una sorpresa:

—La niña que salvamos. La niña de la taberna de Turán. ¿Está bien?

El frío dolor en los ojos de Fatumai le dijo la verdad antes de que la hermana respondiese:

—Estaba en el barco que quemó tu padre.

Había caído la noche. El cielo en la ventana a la espalda de Ghassán era del color plateado y púrpura del crepúsculo. El aire estaba cargado de niebla a causa de la lluvia templada que había caído todo el día. Alí no había hecho más que dar vueltas por el hospital antes de comprender que, por poco que quisiera ver a su padre, la seguridad de Navasatem dependía de ello.

Ghassán no parecían convencido.

—¿Un ataque durante Navasatem? ¿Quién te lo ha dicho?

—Una amiga —dijo Alí en tono seco— a quien no podré volver a localizar. De todos modos, no sabía nada más al respecto.

Ghassán suspiró.

—Le transmitiré tus preocupaciones a Wajed.

Alí se lo quedó mirando.

—¿Y ya está?

Su padre hizo un aspaviento.

—¿Qué más esperas que haga? ¿Sabes cuántas amenazas imprecisas hay hacia los daeva? ¿Hacia Nahri? Sobre todo después del ataque al campamento de trabajo.

—Pues aumenta la seguridad. Cancela la procesión. ¡Cancela todas las actividades en las que pueda estar vulnerable!

Ghassán negó con la cabeza.

—No pienso cancelar ninguna celebración daeva solo porque tú lo digas. No tengo ganas de oír las protestas de Kaveh. —Una expresión vagamente hostil le revoloteó por el rostro—. Además... Nahri parece tenerse a sí misma en bastante alta estima últimamente. ¿Por qué habría de proteger yo a alguien que me desafía tan abiertamente?

—¡Porque es tu deber! —dijo Alí, pasmado—. Eres su rey. Su suegro.

Ghassán soltó un resoplido desdeñoso.

—Teniendo en cuenta el estado de ese matrimonio, eso apenas es cierto.

Alí no podía creer lo que oía.

—Es una mujer a quien has dado cobijo bajo tu techo. Su protección es parte de tu más alto código de conducta, nuestra más sagrada...

—Y por eso voy a hablar con Wajed —interrumpió Ghassán en un tono que indicaba que la conversación se había acabado. Se puso en pie y se dirigió al alféizar de la ventana—. Pero, hablando de otra cosa, ha sido un buen momento para venir a hablar conmigo. ¿Está listo el hospital para la ceremonia de apertura de mañana?

—Sí —dijo Alí, sin molestarse en ocultar la amargura en la voz—. Puedo presentarme en las mazmorras en cuanto acabe, si te parece.

Ghassán echó mano de un estuchito de terciopelo negro que hasta aquel momento había descansado cerca de la ventana.

—No es a las mazmorras donde voy a enviarte, Alizayd.

La lúgubre rotundidad de su voz alertó de inmediato a Alí.

—¿Y adónde vas a enviarme?

Ghassán abrió el estuche y contempló el interior.

—Mandé hacer esto para ti —dijo en voz baja— cuando regresaste a Daevabad. Había esperado, implorado incluso, que pudiésemos pasar por todo esto como una familia.

Sacó una magnífica franja de seda teñida, con patrones azules, púrpuras y dorados que se entrelazaban sobre la resplandeciente superficie del tejido.

Un turbante. Un turbante real, como el que llevaba Muntadhir. Alí se quedó sin respiración.

Ghassán pasó los dedos por la seda.

—Quería que lo llevases durante Navasatem. Tenía tantas… ganas de volver a tenerte a mi lado.

«A mi lado».

Alí se esforzó por mantener el rostro desprovisto de emociones. Porque, por primera vez en su vida, aquellas palabras, aquel recordatorio de su deber como hijo geziri, la oferta de uno de los puestos más privilegiados y seguros de su mundo…

… lo colmaba de una absoluta revulsión.

Hubo un temblor en su voz cuando finalmente dijo:

—¿Qué planeas hacer conmigo, abba?

Ghassán lo miró a los ojos. En los del rey había una tormenta de emociones.

—No lo sé, Alizayd. Estoy a medio camino entre declararte emir o mandar que te ejecuten. —Alí desorbitó los ojos y el rey insistió—. Sí. Estás más que capacitado para ocupar el puesto. Es cierto que te falta diplomacia, pero tienes un dominio de los asuntos militares y económicos de la ciudad mucho mayor del que tu hermano conseguirá tener jamás. —Dejó caer la tela del turbante—. También eres la persona más imprudente y moralmente inflexible con la que me he cruzado jamás. Puede que seas la mayor amenaza a la que se ha enfrentado la estabilidad de Daevabad desde que una Nahid perdida entró en la ciudad acompañada de un Afshín.

Su padre rodeó el escritorio. Alí no pudo evitar dar un paso atrás. El aire entre los dos se había vuelto afilado, peligroso. Y, que Dios lo perdonase, cuando Ghassán se desplazó, los ojos de Alí cayeron sobre la daga que su padre llevaba al cinto.

La rebelión de Zaydi al Qahtani había empezado con una daga atravesando una garganta. Sería así de sencillo. Así de rápido. Alí sería ejecutado y probablemente iría al infierno por matar a su propio padre. Pero el tirano de Daevabad desaparecería.

Y entonces Muntadhir ocuparía el trono. Alí veía a su hermano en el puesto, aterrado, doliente, paranoico. Seguramente reaccionaría arrestando y ejecutando a cualquier persona que hubiese tenido relación alguna con Alí.

Se obligó a mirar a su padre a los ojos.

—Solo he actuado para defender los intereses de Daevabad.

No estuvo seguro de si se lo decía a su padre o al oscuro impulso que tenía en la mente.

—Pues ahora te voy a invitar a que actúes para defender los tuyos propios —dijo Ghassán, al parecer ignorante de los oscuros pensamientos que recorrían la mente de su hijo—. Después de Navasatem volveré a enviarte a Am Gezira.

Fuera lo que fuese lo que Alí había esperado… no era aquello.

—¿Qué? —repitió en tono débil.

—Vas a volver allí. Renunciarás formalmente a tus títulos y encontrarás el modo de sabotear por completo tu relación con los ayaanle, pero aparte de eso, volverás con mi bendición. Te casarás con alguna chica del lugar, te ocuparás de tus cosechas, de tus acequias y de los niños que Dios quiera darte.

—¿Es un truco? —Alí estaba demasiado aturdido como para ser diplomático.

—No —dijo a las claras Ghassán—. Es el último recurso de un hombre que no desea ejecutar a su hijo. —Le dedicó a Alí una mirada casi implorante—. No sé cómo obligarte a ceder a mi voluntad, Alizayd. Te he amenazado, he matado a tus aliados shafit, he desterrado a tu madre, he enviado asesinos a que te den caza… y aun así, no dejas de enfrentarte a mí. Mi única esperanza es que tu corazón resulte ser más débil que tu sentido de la rectitud… o más sabio, quizá.

Antes de que Alí pudiese evitarlo, Bir Nabat apareció en su mente. Sus estudiantes, sus campos, él mismo riéndose con una taza de café junto a Lubayd y Aqisa.

Una esposa. Una familia. Una vida… Un modo de escapar de la historia ensangrentada de Daevabad, de aquel lago embrujado por los Nahid.

Alí sintió como si le hubiesen dado un puñetazo en el estómago.

—¿Y si me niego?

Ghassán pareció exasperado.

—No es una propuesta, Alizayd. Vas a ir y punto. Por el amor de Dios… —un soniquete desesperado irrumpió en su voz—. ¿Puedes permitir que le proporcione aunque sea un poco de felicidad a uno de mis hijos? Querías volver, ¿no?

Sí que había querido volver, sí. Con toda su alma. Y parte de él aún lo deseaba. Pero si volvía le estaría entregando su hogar a un rey que ya no creía que mereciese gobernar.

—No me obligues a volver —suplicó—. Por favor.

Los sentimientos encontrados que sentía Alí debieron de quedar patentes en su rostro, porque un callado remordimiento asomó a las facciones de su padre.

—Supongo que he olvidado que hay situaciones en las que la amabilidad no es el arma más efectiva.

Alí temblaba.

—Abba…

Sin embargo, su padre ya lo llevaba hacia la salida.

—Mis hombres te llevarán al hospital. Aún no se te permite salir.

—Espera, por favor…

La puerta se cerró con suavidad frente a su cara.

26
NAHRI

Nahri se cruzó de brazos y contempló escéptica la silla que habían colocado sobre los almohadones apilados que tenía delante.

—Por supuesto que no.

—¡Pero si es muy seguro! —insistió Jamshid.

Se agarró a los asideros que habían colocado en la estructura sobre la que descansaba la silla y dio un impulso para auparse.

—Mira. —Señaló al respaldo alzado—. Está diseñado para compensar la debilidad de la mitad inferior de mi cuerpo. Puedo sujetarme las piernas y usar una fusta para desplazarme.

Ella negó con la cabeza.

—Te vas a caer y te vas a romper el cuello. Además, ¿una fusta? No se puede controlar un caballo con un palo y nada más.

Jamshid le clavó la mirada.

—Mi querida Banu Nahida… con todo el respeto te digo que eres la última persona de Daevabad de la que aceptaría consejos sobre cómo llevar un caballo. —Nahri frunció el ceño y él se echó a reír—. Vamos, vamos… pensé que te gustaría. La ha diseñado esa doctora shafit amiga tuya. ¡Estamos compartiendo nuestra sabiduría! —dijo, burlón—. ¿No era eso lo que querías?

—¡No! Lo que yo pensaba era que podríamos probar alguna de sus terapias, para que en unos pocos años pudieras montar a caballo sin necesitar guiarlo con un palo.

—Estoy seguro de que, para dentro de unos pocos años, la procesión de Navasatem ya habrá acabado. —Jamshid cambió de postura en la silla de montar, con aspecto satisfecho consigo mismo—. Con esto servirá. ¿Qué pasa? —preguntó cuando Nahri le clavó una mirada de enojo—. No eres mi madre, no necesito tu permiso. —Unió las manos juntas como si sujetase unas riendas imaginarias—. Además soy mayor que tú.

—¡Y yo soy tu Banu Nahida! —contraargumentó ella—. Podría... podría...

Dejó morir la voz, pensando a toda velocidad.

Jamshid, que se había formado como sacerdote, se giró hacia ella.

—¿Podrías qué? —preguntó educadamente, con ojos danzarines—. A ver, ¿qué es lo que podrías hacer exactamente, según los protocolos de nuestra fe?

—Déjalo. —La suave voz de Nisreen los interrumpió. Nahri echó una mirada hacia atrás y vio que su mentora estaba de pie junto a la cortinilla. Tenía la vista clavada en Jamshid y el rostro le resplandecía de pura calidez—. Si quieres ir a caballo en la procesión de Navasatem, adelante. Se me alegra el corazón de verte así... aunque ese semental en el que montas ahora deje mucho que desear —añadió, señalando con el mentón a la pila de almohadones que hacía las veces de montura.

Nahri suspiró, pero antes de que pudiera responder, en el dispensario se oyó el sonido de alguien vomitando.

Jamshid echó una mirada en aquella dirección.

—Parece que Seyyida Mhaqal vuelve a tener náuseas.

—Pues más vale que vayas —replicó Nahri—. Si tienes tiempo de construirte caballos con almohadones, mi brillante aprendiz, también lo tendrás para ocuparte de lombrices de fuego.

Jamshid puso una mueca, pero bajó de la silla y se dirigió a su paciente. No se llevó el bastón, y Nahri no pudo evitar sentir una callada sensación de triunfo al ver que Jamshid atravesaba con paso firme la estancia. Quizá no fuera tan rápido como él quería, pero estaba mejorando.

Le lanzó una mirada de reojo a Nisreen, ansiosa por compartir su misma felicidad. Sin embargo, Nisreen bajó la vista de inmediato y empezó a recoger el instrumental de cristal que Nahri había estado usando antes para preparar las pociones.

Nahri hizo ademán de detenerla.

—Puedo ocuparme yo. No hace falta que seas tú quien limpie mis cosas.

—No me importa.

Pero a Nahri sí que le importaba. Le quitó un par de matraces a Nisreen de la mano y los depositó en la mesa. Luego la agarró del brazo.

—Ven conmigo.

Ella emitió un sonidito sobresaltado.

—Pero...

—Nada de peros. Tenemos que hablar, tú y yo.

Agarró una de las botellas de soma que Razu le había regalado. Aquel líquido había resultado ser un alivio contra el dolor bastante efectivo.

—Jamshid —dijo en voz alta—. Quedas a cargo del dispensario.

Jamshid desorbitó los ojos mientras intentaba maniobrar bajo Seyyida Mhaqal, con lombrices de fuego pegadas a las muñecas.

—¿Que yo qué?

—Estaremos justo aquí fuera. —Llevó a Nisreen hasta la balconada, la sentó en un banco y le puso la botella de soma en las manos—. Bebe.

Nisreen pareció ofendida.

—¿Disculpa?

—Que bebas —repitió Nahri—. Está claro que tú y yo tenemos un par de cosas que decirnos la una a la otra. Con esto será más sencillo.

Nisreen dio un sorbo delicado y puso una mueca.

—Mucho tiempo debes de haber pasado entre los djinn para comportarte así.

—¿Ves? ¿No estás contenta de haberme podido decir eso por fin? —preguntó Nahri—. Dime que he arruinado mi reputación. Que los sacerdotes dicen que me he apartado del camino y que Kaveh me tilda de traidora. —Su voz adoptó un tono levemente desesperado—. Ninguno de vosotros es capaz de mirarme a los ojos y hablar conmigo, así que imagino que eso es lo que estáis comentando.

—Banu Nahri... —Nisreen suspiró... y dio otro sorbo de soma—. No sé bien qué quieres que te diga. Impusiste las manos sobre docenas de shafit a plena luz del día. Rompiste el código de Salomón.

—Para salvar vidas —dijo Nahri, en un fiero tono defensivo—. Las vidas de gente inocente a la que atacaron miembros de nuestra tribu.

Nisreen negó la cabeza.

—La situación nunca suele ser tan sencilla.

—Entonces, ¿piensas que me equivoqué? —preguntó Nahri, intentando que no le temblase la voz—. ¿Por eso apenas me has dirigido la palabra?

—No, hija, no creo que te hayas equivocado. —Nisreen le tocó la mano—. Creo que eres brillante y valiente, y que tienes buen corazón. Si contengo la lengua es porque eres igual de terca que tu madre, y prefiero servir calladamente a tu lado que perderte por completo.

—Haces que suene como Ghassán —replicó Nahri, dolida.

Nisreen le tendió la botella.

—Has sido tú quien me ha preguntado cómo me siento.

Nahri dio un largo trago de soma y se encogió ante la quemazón en la garganta.

—Creo que me extralimité con él —confesó. No era sencillo olvidar los fríos ojos de Ghassán en el campamento destrozado—. Con el rey, digo. Le desafié. Tenía que hacerlo, pero... —Se detuvo y recordó que Ghassán había amenazado con revelarle a todo el mundo que ella era shafit—. Creo que tarde o temprano me castigará por ello.

La expresión de Nisreen se ensombreció.

—¿Llegó a amenazarte?

—No le hace falta. Directamente, no. Aunque sospecho que el destierro de Hatset ha sido una advertencia, tanto para mí como para Alí. Un recordatorio del lugar que ocupan las reinas y las princesas en su corte, por más poderosa que sea su familia. —Nahri apretó los labios, asqueada—. Ahora mismo, Ghassán y yo nos tenemos

agarrados del cuello, pero si hay un ligero cambio en la situación...
—Dio otro sorbo de soma. Se le empezaba a embotar la cabeza—.
Estoy tan cansada de todo esto, Nisreen. De tantos complots y planes solo para seguir respirando. Me siento como si pataleara en el agua para mantenerme a flote... y, por Dios, qué ganas tengo que descansar.

Esa frase quedó entre las dos durante unos largos instantes. Nahri paseó la vista por el jardín. El sol del ocaso lo cubría de sombras. El aire tenía un olor fértil, la tierra húmeda a causa de la inesperada lluvia de aquel día. El soma en sus venas emitía un agradable tintineo.

Un hormigueo en la muñeca le llamó la atención. Nahri bajó la vista y vio que la tierna enredadera de una campanilla le acariciaba el brazo. Abrió la mano y una de las brillantes flores rosas floreció en ella.

—La magia del palacio reacciona cada vez más a tu presencia —dijo Nisreen en voz baja—. Cada vez más desde aquel día.

—Probablemente le guste pelearse con los Qahtani.

—No me sorprendería. —Nisreen suspiró—. Pero, a propósito... todo va a mejorar por aquí. Te lo prometo. Tu hospital está casi completo. Y aunque no apruebo que te mezcles con los shafit, has recuperado algo vital, algo increíblemente importante para nuestro pueblo. —Bajó la voz—. Y, por lo que has hecho por Jamshid, bendita seas. Acogerlo bajo tu ala ha sido una buena decisión.

Nahri dejó la flor, aún taciturna.

—Eso espero.

Nisreen le acarició la mejilla.

—De verdad que sí. —Sus ojos adoptaron una mirada cargada de intención—. Estoy orgullosa de ti, Nahri. Quizá no te lo haya dejado claro, en vista de los muchos puntos en los que no coincidimos, pero así es. Eres una buena Banu Nahida. Una buena... ¿cuál es esa palabra humana? Doctora. —Sonrió—. Estoy convencida de que tus ancestros también estarían orgullosos. Quizá algo horrorizados... pero orgullosos.

Nahri parpadeó, con los ojos de repente húmedos.

—Creo que es lo más bonito que me has dicho jamás.

—Feliz Navasatem —dijo Nisreen en tono seco.

—Feliz Navasatem —repitió Nahri, y alzó la botella—. Por el inicio de una nueva generación —añadió, intentando que no le patinase la lengua al hablar.

Nisreen le quitó la botella de entre las manos.

—Creo que ya basta de alcohol.

Nahri dejó que se la quitase y reunió valor para formular la siguiente pregunta:

—Has dicho que soy terca... ¿Crees... crees que estoy siendo demasiado orgullosa?

—No comprendo.

Nahri se miró las manos, de pronto avergonzada.

—Si tuviese algo de sentido común debería arreglar la situación con Muntadhir. Volvería con él. Encontraría el modo de darle a Ghassán el nieto que desea.

Nisreen vaciló.

—Me parece que esa es una razón malísima para traer un niño a este mundo.

—Es la razón más pragmática. Y se supone que justo eso tengo que ser —señaló Nahri con amargura en la voz—. Pragmática. Fría. Así se sobrevive a este lugar. Así he sobrevivido a todo.

Nisreen habló con voz suave:

—Pero ¿qué es lo que quieres tú, Nahri? ¿Qué es lo que anhela tu corazón?

Nahri soltó una risa que sonó levemente histérica.

—No lo sé. —Miró a Nisreen—. Cuando intento imaginar mi futuro aquí, Nisreen, no veo nada. Siento que el propio acto de intentar ver lo que me hace feliz bastaría para destruir mi felicidad.

Nisreen la miraba con patente compasión.

—Oh, Banu Nahida, no pienses eso. Mira, mañana empieza Navasatem. Disfrútalo. Disfruta de tu hospital y del desfile. Ghassán estará demasiado ocupado supervisando los festejos como para planear nada. —Hizo una pausa—. Intenta no preocuparte por tu futuro con los Qahtani. Que pasen los próximos días y ya nos sentaremos a discutirlo todo luego. —Se le quebró la voz—. Te prometo... que pronto todo será muy diferente.

Nahri se las arregló para asentir. Las palabras calmadas de Nisreen disiparon algo de miedo que le atenazaba el corazón. Siempre lo conseguía. Nisreen había sido una presencia firme junto a Nahri, había guiado sus manos temblorosas a través de incontables procedimientos. Había limpiado las cenizas de Dara del rostro estragado de lágrimas de Nahri, y le había dicho en voz baja lo que podía esperar de su noche de bodas.

Y sin embargo, Nahri comprendió de repente que, a pesar de todas las veces que se había desahogado con su mentora, en realidad sabía muy poco de ella.

—Nisreen, ¿puedo preguntarte algo?

—Claro.

—¿Eres feliz aquí?

La pregunta pareció sorprender a Nisreen.

—¿A qué te refieres?

—Me refiero a... —Retorció las manos—. ¿Lamentas haberte quedado en Daevabad después de que mi madre te curase? —Su voz se volvió más tierna—. Sé que perdiste a tus padres en el ataque a tu aldea. Pero podrías haber regresado a casa, haber tenido tu propia familia en lugar de servir a la mía.

Nisreen se quedó muy quieta, con una mirada reflexiva.

—Mentiría si dijera que no ha habido momentos en los que temía haberme equivocado de camino. Que jamás he soñado con haber hecho algo más, o que no me han dolido las otras vidas que podría haber vivido. Creo que es el tipo de incertidumbre que acompaña a todo el mundo siempre. —Dio un sorbo de soma—. Pero aquí he llevado una vida asombrosa. He trabajado con sanadores Nahid, he presenciado las cotas maravillosas que es capaz de alcanzar la magia. He salvado vidas y consolado a los moribundos. —Volvió a sonreír y agarró a Nahri de la mano—. Le he enseñado a la siguiente generación. —El asombro colmó su mirada, que parecía dirigirse a un lugar lejano que Nahri no podía ver—. Y están por llegar tiempos aún mejores.

—¿Significa esto que planeas quedarte? —preguntó Nahri, con una mezcla de burla y esperanza en la voz—. Porque lo cierto es que me vendría bien otra daeva a mi lado.

Nisreen le apretó la mano.

—Yo siempre estaré a tu lado.

Sentada muy rígida junto a Muntadhir en el enorme salón del trono, Nahri contemplaba cómo ardía lentamente el aceite del alto cilindro de cristal.

La multitud a sus pies se había sumido en el silencio, roto apenas por un murmullo expectante y emocionado. Aunque se había atendido a los súbditos de la corte de forma normal, la jornada había pasado en un suspiro. Las peticiones eran de lo más nimias, como al parecer solía ser la costumbre en el último día de cada generación. El salón del trono estaba atestado, y por las puertas que daban al jardín se esparcían más y más personas arrebujadas.

Nahri se esforzaba por compartir su misma emoción. Por un lado había bebido demasiado soma la noche anterior y aún tenía la cabeza embotada. Pero lo peor era el salón del trono en sí. Era allí donde se había visto obligada a condenar los actos de Dara. Cuanto más aprendía de su pueblo, más clara le quedaba la idea que había tras el diseño daeva de aquella estancia. El pabellón abierto y los cuidados jardines eran similares a los del Gran Templo. Las elegantes columnas tenían grabados de shedus y Nahid, de arqueros con marcas de ceniza y de bailarines que vertían vino. El suelo de mármol verde estaba atravesado con canales por los que fluía agua helada que hacía pensar en las verdes planicies y frías montañas de Daevastana, no en las arenas doradas de Am Gezira. Y luego estaba el trono en sí, un asiento magnífico y cubierto de joyas, tallado para imitar uno de aquellos hermosos shedu que sus ancestros habían domado en su día.

Ser una Nahid en el salón del trono suponía que le tirasen a la cara el legado que le habían arrebatado a su familia, al tiempo que la obligaban a inclinarse ante quienes lo habían robado. Era una humillación que Nahri no soportaba.

Sentía la mirada de Ghassán sobre ella. Intentó componer una expresión más feliz. Estaba harta de desempeñar el papel de alegre esposa real, sobre todo porque llevaba semanas sin hablar con su marido, aparte de que estaba bastante segura de que su suegro se estaba pensando si no debería asesinarla.

De pie junto a Ghassán se encontraba Kaveh. Siempre diplomático, el gran visir la había saludado con calidez al llegar. Nahri le había devuelto la sonrisa, si bien se había preguntado si no debería haber preparado alguno de los sueros de la verdad de sus ancestros y habérselo vertido a escondidas en el vino. Nahri no sabía si las acusaciones de Alí sobre la complicidad de Kaveh en el ataque al campamento de trabajo eran ciertas, pero su instinto le decía que había más astucia implacable de lo que había supuesto en un primer momento tras la máscara educada y leal del gran visir. Sin embargo, no sabía qué hacer al respecto. Nahri le había dicho la verdad a Subha: pensaba buscar justicia para las víctimas del campamento. Sin embargo, dado que estaba virtualmente prisionera en el dispensario de palacio (Ghassán ni siquiera la dejaba ir al Templo a hablar con su pueblo), no estaba muy segura de cómo podría conseguirlo.

Paseó una vez más la vista por la estancia. Alí no había aparecido, una ausencia que la preocupó. Según las órdenes de Ghassán, desde aquel día no habían vuelto a verse, aunque habían intercambiado cartas bastante a menudo mediante un mensajero dispuesto por el propio rey. En una maniobra astuta habían empezado a escribir en árabe egipcio, pero los mensajes de Alí solo se referían al proyecto: actualizaciones del estado del hospital y noticias sobre la construcción. En apariencia había entrado en razón, escarmentado tras el destierro de su madre y su propio confinamiento en el hospital.

Nahri no se lo creía en absoluto.

Hubo un aleteo de luz y empezaron a oírse vítores por la estancia. La atención de Nahri se centró en el cilindro ya apagado.

Ghassán se puso en pie.

—¡Queda concluida la vigésimo novena generación de la Bendición de Salomón!

Un rugido de aprobación respondió a sus palabras. Vítores y gritos resonaron por la estancia. Saltaron chispas allá donde la gente aplaudía… algunos, ya borrachos, soltaban carcajadas e invocaban fuegos artificiales resplandecientes.

Ghassán alzó la mano.

—Vete a casa, pueblo mío. Duerme al menos una noche antes de que todos nos entreguemos a los festejos.

Sonrió, y por una vez pareció una sonrisa forzada, para a continuación girar sobre sus talones.

Nahri se puso en pie... o lo intentó. Sintió una punzada en la cabeza y se encogió. Se llevó la mano a la sien.

Muntadhir le puso una mano en el hombro.

—¿Te encuentras bien? —preguntó. Sonaba casi medio preocupado.

—Sí —murmuró ella, aunque permitió que su esposo la ayudase a levantarse.

Él vaciló.

—¿Va todo bien con los preparativos del desfile de mañana?

Nahri parpadeó.

—Sí, todo bien...

—Bien. —Él se mordió el labio—. Nahri... supongo que los próximos días serán todo un torbellino tanto para ti como para mí, pero, si es posible, me gustaría aceptar tu oferta de visitar el Gran Templo.

Ella se cruzó de brazos.

—¿Para volver a dejarme plantada?

—No te dejaré plantada, lo prometo. No debería haberlo hecho. —Ella alzó una ceja con aire escéptico ante aquella disculpa a medias. Muntadhir emitió un sonido molesto con la garganta—. Está bien, lo que pasa es que Jamshid me ha estado acosando para que haga las paces contigo. Me parece que esto sería un buen primer paso.

Nahri reflexionó, mientras la conversación con Nisreen le pasaba por la mente. No estaba segura de cómo quería proceder con Muntadhir, pero visitar el Templo con su marido no implicaba que tuviese que volver a meterse de inmediato en la cama con él.

—Está bien.

Un susurro de magia aleteó por el salón del trono y le erizó el vello de la nuca. La temperatura aumentó de pronto y un movimiento cerca del suelo atrajo su mirada.

Se le desorbitaron los ojos. El agua en la fuente más cercana, un hermoso octágono cubierto con azulejos espejados parecidos a estrella, había empezado a hervir.

Hubo un grito sobresaltado a su espalda. Nahri se giró y vio que varios djinn retrocedían a toda prisa de las acequias que rodeaban los muros del perímetro, pues el agua que arrastraban también había empezado a hervir, y el hielo encantado que flotaba en su interior se deshacía en vapor con tanta rapidez que una neblina blanca empezó a ascender del suelo.

Duró apenas unos segundos. Hubo un sonido sibilante, un chisporroteo, y el agua caliente se convirtió en enormes nubes de humo. El resto del agua se perdió por entre las grietas del fondo de las fuentes.

Muntadhir se había acercado a ella.

—Por favor, dime que lo has hecho tú —susurró.

—No —replicó Nahri con voz temblorosa. De hecho, la familiar calidez de la magia del palacio parecía haber desaparecido brevemente—. Pero el palacio hace cosas así a veces, ¿no?

Muntadhir pareció inquieto.

—Por supuesto. —Carraspeó—. A fin de cuentas, la magia es impredecible.

Empezaban a oírse risas nerviosas por el salón del trono. Aquel estrambótico momento había dispersado a la mayor parte de la multitud festiva. Ghassán se había ido, pero Nahri vio a Kaveh, aún de pie junto al trono. Contemplaba la fuente vaporosa que tenía más cerca.

Y sonreía.

Fue una sonrisa breve y siniestra, pero inconfundible. Aquella expresión de frío placer envolvió de frío el corazón de Nahri.

Suero de la verdad, decidió. En cuanto concluyesen los festejos. Le tocó la mano a Muntadhir.

—¿Nos vemos en la fiesta del hospital esta noche?

—No me la perdería por nada.

27
ALÍ

L a cabeza de Alí palpitaba. Entró a trompicones en su pequeña habitación del hospital. La luz postrera de la tarde se colaba por la ventana y le quemaba en los ojos. Cerró las cortinas de un tirón, agotado tras supervisar las preparaciones para la inauguración de aquella noche.

Una montaña de papeleo amontonado sobre el escritorio le dio la bienvenida. Echó mano del primer trozo de pergamino. Era una invitación de uno de los ministros de comercio sahrayn, que proponía reunirse después de Navasatem para discutir algunas de las ideas de Alí para restaurar el puerto de la ciudad.

La amargura lo recorrió, dura, rápida. Para él no habría ningún «después de Navasatem».

Las palabras bailaban ante sus ojos. Alí estaba exhausto. Se había esforzado al máximo intentando arreglar la situación en Daevabad, pero nada de lo que había hecho importaba ya. De todos modos lo iban a expulsar.

Dejó caer la carta y se derrumbó en el almohadón de la cama. *Da igual*, intentó decirse a sí mismo. El hospital estaba listo, ¿verdad? Alí podría al menos dejárselo a Nahri y Subha.

Cerró los ojos y estiró las extremidades. Era una sensación estupenda poder tumbarse un rato, en silencio, entre el tentador arrullo del sueño. Resultaba irresistible.

Descansa un poco. Era justo eso lo que todo el mundo le decía constantemente. Inspiró hondo y se acomodó algo más en el almohadón a medida que el sueño se lo iba llevando, envolviéndolo en una paz tan fría y quieta como el agua…

Cuando llega se encuentra el lago tranquilo. Emerge de la limosa corriente que lo ha traído hasta aquí. El frío lo conmociona, se ve separado abruptamente de las aguas más calientes que él prefiere. Aunque este lago, con la deslumbrante capa de escamas de la Gran Tiamat que se amontonan en el fondo, es sagrado para su pueblo, él no lo considera su hogar. Su hogar es el enorme y serpenteante río que atraviesa tanto el desierto como la jungla, con cascadas que se desploman sobre estanques escondidos y un amplio delta que florece hasta encontrarse con el mar.

Se mueve con la corriente y atraviesa un banco de peces de tonos arcoíris. ¿Dónde está el resto de su gente? El lago debería estar atestado de marid, manos escamosas y extremidades tentaculares que lo abrazasen para darle la bienvenida, para compartir nuevos recuerdos en callada comunión.

Surge de la superficie del agua. El aire está quieto, cargado de una bruma que flota sobre el lago como una nube tormentosa siempre presente. Montañas de tono esmeralda ahítas de lluvia se ciernen en la distancia, con una playa pedregosa a sus faldas.

Una playa llena de gente. Sus congéneres se encuentran todos allí, siseando, chasqueando los dientes, los picos, las garras. En la orilla hay una escena que él no ha visto jamás en este lugar sagrado: un grupo de humanos protegidos por un grueso anillo de fuego.

Lo recorre la incredulidad. Ningún humano debería ser capaz de cruzar a este reino. Nadie excepto los marid debería poder venir aquí. Se acerca nadando. La sequedad que le asalta la piel resulta dolorosa. El fuego ante él ya empieza a cambiar la atmósfera, privando al aire de su humedad rica en vida.

Una onda baila sobre la superficie del lago cuando los otros marid captan su presencia. Una corriente lo arrastra hacia ellos. Lo abrazan y él abre la mente para dejar pasar a su pueblo, les ofrece los recuerdos de la crecida rica en nutrientes que les concedió a los humanos en la última estación, a cambio de los botes y pescadores que le entregaron para que devorase.

Las visiones que ellos le dan no son tan agradables. A través de los ojos de su piel, él ve cómo llegan los misteriosos invasores a la playa, cruzando el umbral como si ni siquiera existiese. Ve que uno de ellos se aleja accidentalmente más allá de la seguridad del fuego, y prueba el sabor de su carne tras arrastrarlo al agua con zarcillos de elodeas. Lo ahoga y consume sus recuerdos para saber más. Lo que le revelan esos recuerdos resulta estremecedor.

Esos invasores no son humanos. Son daeva.

Eso no puede ser. Se supone que los daeva han desaparecido, que el rey-profeta humano, Salomón, los derrotó hace un siglo. Él vuelve a escrutarlos desde el agua. Salomón los ha cambiado, les ha arrebatado el fuego de la piel y los ha convertido en una sombra de los demonios que en su día fueron.

Una de ellos se mueve. La ira se revuelve en su interior al reconocerla de entre las memorias del daeva muerto. Es Anahita, la ladrona, la supuesta sanadora que ha pasado siglos arrebatándoles con malas artes adoradores humanos a los marid. Ha quedado reducida a un jirón de lo que fue, una joven desastrada con rizos negros despeinados que el chal que lleva en la cabeza apenas puede contener. Él observa, y ella enciende una varita de cedro de entre las llamas de un cuenco de bronce y la lleva a la frente de su compañero muerto. Sus labios se mueven para formar una plegaria.

Luego se pone de pie y centra su atención en el lago. Pasa más allá del anillo protector de fuego.

Serpientes de agua, compañeros y mayores marid, se abalanzan al instante sobre ella. Sisean ante los pies desnudos y mojados de la mujer. Se retuercen entre sus tobillos.

Anahita les devuelve el siseo:

—Quietos.

Él se queda inmóvil, al igual que el resto de sus congéneres, pues la mujer ha pronunciado esas palabras en la lengua de los marid, un idioma que ningún daeva debería ser capaz de hablar.

Anahita prosigue:

—Ahora sabéis lo que somos..., pero tened por seguro que yo también sé lo que sois. —Sus ojos llamean—. Conozco a los espectros escamosos que atrapaban los pies de los niños que se adentraban demasiado en el Éufrates, los que se tragaban los navíos mercantiles por mera curiosidad. Os conozco... y Salomón también os conocía. Sabía bien lo que hicisteis. —Alza la diminuta barbilla. Tiene una marca oscura en la mejilla, una elegante estrella de ocho puntas—. Y me ha ordenado que os someta.

Esa arrogancia es demasiado. Un enjambre de sus congéneres se apelotona en la playa, agita el lago hasta formar olas en las que asoman dientes puntiagudos y afilados espinazos de plata. Criaturas de tiempos olvidados, de cuando el mundo no era más que fuego y agua. Peces acorazados y enormes cocodrilos de grandes hocicos.

—Necia —susurra otro marid—. Te arrastraremos a nuestras profundidades y extinguiremos todo lo que eres.

Anahita sonríe.

—No —replica—. No lo haréis.

El símbolo de la estrella en su mejilla resplandece.

Y el mundo se hace pedazos.

El cielo se rompe en fragmentos humeantes que se disuelven como polvo en el agua. El velo cae y revela un cielo de un doloroso tono azul perteneciente al más allá. Las montañas gimen; dunas de arena dorada se las tragan y asfixian la vida que hay en ellas.

Lo siguiente es el lago, que se evapora a su alrededor en una niebla caliente. Él grita a causa del dolor que le quiebra el cuerpo. La más sagrada de sus aguas se desvanece en un parpadeo. Las criaturas de su dominio, sus peces y serpientes y anguilas, chillan y se retuercen hasta morir. Tirado en el lodo agrietado, él ve que Anahita se acerca al centro del lago.

—Aquí —declara Anahita, al tiempo que la tierra se doblega ante ella: rocas y detritos empiezan a apilarse unas sobre otras. Ella empieza a ascender; un camino liso se abre a sus pies. Echa la vista atrás y, de pronto, la marca en su mejilla deja de brillar—. Aquí construiremos nuestra ciudad.

El lago regresa a toda velocidad. El cielo y las montañas vuelven a aparecer. Él se hunde agradecido en el agua, anhelando sumergirse del todo en sus profundidades, meterse en el frío lodo del fondo para aliviar sus heridas. Pero hay algo nuevo, algo muerto y opresivo, en el corazón de su lago sagrado.

Una isla, que crece y crece hasta que la mujer, de pie en un precipicio rocoso, se vuelve diminuta. Anahita cierra los ojos y sus dedos entretejen un barco hecho de humo a partir del viento caliente. De un soplido envía el barco hacia sus seguidores. Luego avanza por la orilla recién creada y se sienta. Alza la cabeza hacia el sol, que brilla más que nunca. Pasa una mano por el agua.

Una resplandeciente perla negra y dorada destella en un anillo de bronce en su dedo. A él lo recorre un dolor lacerante cuando esa perla se hunde en la superficie del lago.

Anahita debe de percibir esa rabia indefensa, porque vuelve a hablar:

—Acabáis de sufrir el mismo correctivo que Salomón le dio a mi gente. Me ayudaréis a construir mi cuidad, permitiréis que mi pueblo navegue por estas aguas indemne, y a cambio de todo ello tendremos paz.

Hay un chisporroteo caliente en el lago; un rayo que rompe en dos el cielo azul. Golpea la playa y consume en una explosión de llamas sagradas el cadáver del daeva que ellos mataron antes.

—Pero no lo olvidéis. —Las llamas se reflejan en los ojos negros de Anahita—. Si os cobráis una sola vida daeva más, os destruiré a todos.

El lago está salpicado de peces muertos. El horror crece entre su pueblo. Él siente que los marid de menores poderes huyen hacia el fondo, espíritus de fuentes y guardianes de estanques desesperados por escapar por los arroyuelos que se internan en las profundidades de la tierra, bajo montañas y planicies, desiertos y mares.

Arroyuelos que no dejan de cerrarse, que ya los atrapan aquí dentro, con esa daeva demoníaca.

Pero él no es ningún espíritu menor. Él es el río de sal y oro, no permitirá que subyuguen a su pueblo. Llama al lago y le pide que luche, que se trague a todos los invasores.

Unas manos escamosas lo sujetan y unos tentáculos se enrollan en sus extremidades. «NO». Es una orden; las voces de los mayores del lago se entretejen juntas en una súplica: «VETE. ANTES DE QUE TE VEA».

Él intenta liberarse, pero resulta inútil. Lo arrastran al fondo, usan los jirones moribundos de su magia para abrir a la fuerza un último portal. Y por él lo empujan.

«ENCUENTRA LA MANERA DE SALVARNOS». Él llega a atisbar el lago oscuro por última vez, los ojos implorantes de su gente. «VAN A REGRESAR».

—Alí, despierta. ¡Despierta!

Alí soltó un aullido rabioso y atacó a las criaturas que lo sujetaban.

—¡Soltadme! —siseó. Le salió la voz en una lengua carente de aliento, una lengua resbaladiza—. SOLTADME.

—Lubayd, haz que se calle.

Había sido Aqisa, que acababa de bloquear la puerta, con la daga en la mano.

—¡Príncipe Alizayd! —Hubo unos golpes en la puerta—. ¿Va todo bien?

Aqisa soltó un sonoro juramento y se arrancó el turbante. Las trenzas negras se le derramaron por los hombros. Escondió la daga tras la espalda y abrió la puerta lo justo para que se le viese el rostro.

—No queremos interrupciones —dijo con brusquedad, y volvió a cerrar de un portazo.

Alí se retorció. Lubayd le había tapado la boca con la mano. Le brotaba agua de la piel. Por las mejillas le corrían lágrimas.

—Alí, hermano. —Lubayd lo sujetaba, temblando. Tenía un tajo abierto en la mejilla, cuatro líneas rectas parecidas a garras—. Basta.

Sin dejar de temblar, Alí se las arregló para asentir. Lubayd apartó la mano.

—Estaban quemando el lago —lloró Alí. El truculento dolor del marid seguía empañándolo por dentro.

Lubayd compuso una expresión pasmada y temerosa.

—¿Qué?

—El lago. Los marid. Estaban en mi cabeza…

La mano de Lubayd volvió a cubrir la boca de Alí al instante.

—Yo no he oído una palabra.

Alí se apartó.

—No lo comprendes…

—No, quien no lo comprende eres tú.

Lubayd señaló al resto de la habitación con un gesto brusco de cabeza. El pequeño dormitorio de Alí estaba sumido en el caos. Parecía que se hubiese desatado una tormenta tropical allí dentro. Las cortinas eran jirones mojados, y en el suelo se había formado un pequeño estanque de agua resplandeciente. La mayoría de las pertenencias de Alí estaban empapadas. Una niebla brumosa rodeaba la cama.

Alí, conmocionado, se cubrió la boca con su propia mano. Retrocedió al oler sangre en sus dedos. Horrorizado, volvió a mirar a Lubayd a la cara.

—¿Te he...?

Lubayd asintió.

—Estabas... gritando en sueños. Gritabas en algún tipo de idioma que...

—Claro que no, no ha pasado nada de eso —dijo Aqisa al momento, con voz afilada y resuelta—. Has sufrido una pesadilla, ¿entendido?

Se dirigió a las ventanas y descolgó de un tirón las cortinas destrozadas, para a continuación tirarlas al suelo.

—Lubayd, ayúdame a limpiar todo esto.

Las náuseas se apoderaron del estómago de Alí al momento. El aire olía a sal. Un sudor frío le bañó la frente. La pesadilla se enturbiaba más y más a cada minuto que pasaba, pero aún sentía la desesperación del marid, el doloroso anhelo de regresar con su pueblo.

«Van a regresar». Eran las únicas palabras que recordaba. Una sensación de advertencia reverberó en su cabeza, un pánico que no llegaba a comprender le envolvió el corazón.

—Algo va mal —susurró—. Algo está a punto de suceder.

—Sí, que te van a tirar al lago como no cierres ya la boca. —Aqisa dejó a un lado la cortina mojada que usaba para fregar el suelo y le lanzó la tela del turbante a Lubayd—. Límpiate la sangre de la cara. —Su mirada osciló entre los dos hombres—. Esto no puede verlo nadie, ¿entendido? No ha sucedido nada. No estamos en Bir Nabat, esto no es una fuentecilla que podamos fingir que hemos tenido la suerte de encontrar.

Las palabras atravesaron el aturdimiento de Alí y destrozó por completo el delicado caso omiso que él y sus amigos solían hacer del tema.

—¿Qué? —susurró.

Lubayd estaba metiendo papeles echados a perder en un saco de tela goteante.

—Vamos, Alí, hermano. Cuando te encontramos en el desierto estaba creciendo un maldito oasis debajo de tu cuerpo. A veces te pasas horas debajo del agua en la cisterna de Bir Nabat.

—Creía... c-creía que no os habíais dado cuenta —tartamudeó Alí. El miedo le desbocó el corazón—. Ninguno de los dos habíais mencionado...

—Porque no es el tipo de cosa que haya que discutir —dijo Aqisa sin el menor tapujo—. Esas... criaturas. No se habla de esas criaturas, Alí. Y desde luego no puedes ir por ahí gritando que las tienes dentro de la cabeza.

Lubayd volvió a hablar, con aire casi de disculpa.

—Alí, no voy contando historias por ahí solo para molestarte. Lo hago para que no se cuenten otras historias sobre ti, ¿comprendes? Historias que quizá no tengan final feliz.

Alí los miró a ambos. No sabía qué decir. Por su mente pasaron explicaciones, disculpas, pero ninguna era suficiente.

Se oyó el adhan que llamaba a los fieles a la magrib por toda la ciudad. Alí comprendió que su padre daría por concluida la corte y anunciaría el inicio oficial de Navasatem en el momento en que el sol se hundiese bajo el horizonte.

Aqisa se envaró y se acercó al almohadón de Alí con una bolsa que contenía ropa.

—Aquí tienes el atuendo que te ha mandado tu hermana para la ceremonia de esta noche. —Se la puso en el regazo—. Vístete. Olvídate de lo que hemos hablado aquí. Por estos corredores está a punto de pasar toda tu familia y hasta el último noble chismoso y traicionero de esta ciudad. No puedes presentarte temblando como una hoja y diciendo incoherencias sobre los marid. —Le clavó la mirada—. Ha sido una pesadilla, hermano. Dilo.

—Ha sido una pesadilla —repitió Alí con voz hueca.

Llevaba meses teniendo pesadillas, ¿verdad? Trabajaba demasiado, estaba agotado. ¿Acaso era una sorpresa que el sueño de justo aquel día hubiese sido especialmente visceral? ¿Especialmente truculento? ¿O que sus habilidades acuáticas hubiesen respondido en consecuencia?

Había sido una pesadilla. Solo una pesadilla. Así debía ser.

28
NAHRI

Las festividades estaban ya en su apogeo para cuando Nahri llegó al hospital. El complejo vibraba con el tipo de frenesí mágico que tan bien les salía a los djinn. Libélulas hechas de cristal encantado con alas de colorido fuego revoloteaban por el aire. En las fuentes fluía vino de dátiles. Un trío de músicos tocaba instrumentos que parecían provenir de un reino acuático: los tambores estaban hechos de caracolas imposiblemente grandes y los sitares tallados de maderámenes rescatados del mar, con cuerdas hechas de seda marina. Una autómata de bronce de tamaño real con la forma de una bailarina de ojos encandiladores estrujaba cañas de azúcar para producir zumo; el líquido le caía por una de las manos, extendida y resplandeciente. Habían colocado un auténtico banquete en una de las estancias; el aroma a especias se propagaba por el aire cálido.

La multitud de festeros no resultaba menos impresionante. Nobles de las familias de más abolengo de la ciudad y los más ricos mercaderes se mezclaban y discutían con las élites políticas en el patio del jardín, mientras que los poetas y artistas más populares de Daevabad intercambiaban chismes y se desafiaban unos a otros a competiciones espontáneas desde sus almohadones de satén. Todos vestían sus mejores galas encantadas: fragantes capas de flores vivas, bufandas brillantes que contenían auténticos rayos, resplandecientes túnicas de cuentas espejadas.

Muntadhir y Nahri se vieron arrastrados de inmediato al atestado patio. Su marido, por supuesto, estaba en su elemento, rodeado de obsequiosos nobles y amigos leales. En el extremo del círculo de conocidos, Nahri se puso de puntillas en un vano esfuerzo de ver el hospital ya completado por encima de las cabezas de todos los jubilosos asistentes y los criados que iban de acá para allá a toda prisa. Creyó ver por el rabillo del ojo a Razu, que repartía cartas titilantes ante un grupo de espectadores absortos. Nahri decidió respetar el timo que la mujer hubiese planeado, fuera cual fuera, y dejarla en paz.

No tanto así, sin embargo, cuando vio a Subha, que contemplaba con el ceño fruncido a la multitud desde una sombría arcada.

—Emir, si me disculpas un momento...

Muntadhir, distraído con el relato exagerado que le contaba un ministro agnivanshi sobre haber salido a cazar un simurgh, le dedicó lo que podría haber sido un asentimiento. Nahri se apartó de él y se internó entre la multitud hasta llegar al lado de Subha.

—¡Doctora Sen! —saludó con afecto—. Pareces tan contenta como esperaba encontrarte.

Subha negó con la cabeza.

—No me puedo creer que nos hayamos dado tanta prisa para terminar este sitio por una fiesta. —Le lanzó una mirada hostil a dos mujeres nobles geziri que pasaron compartiendo una risita—. Como rompan algo...

—Alí me escribió para asegurarme que iban a poner a buen recaudo todo el material. —Nahri sonrió—. Debéis de hacer muy buen equipo. Ninguno de los dos tiene el menor sentido de la diversión. —La otra sanadora le lanzó una mirada enojada y Nahri se echó a reír—. Aunque sí te diré que tienes un aspecto encantador. —Hizo un gesto hacia las ropas de Subha, un sari púrpura oscuro con un estampado de diamantes granates y dorados—. Es muy bonito.

—¿Eres consciente de que cada vez que hablas suenas como una vendedora ambulante que intentase venderme fruta pasada?

—Lo que para unas es fruta pasada para otras es un dulce —dijo Nahri en tono seco.

Subha negó con la cabeza, aunque aquella irritabilidad adoptó un cariz algo más cálido.

—Tú sí que estás impresionante —dijo con un gesto del mentón hacia los ropajes de Nahri—. ¿Ahora los daeva hacen vestidos de oro?

Nahri se pasó el pulgar por el grueso bordado de la manga.

—Eso parece… y es tan pesado como te imaginas. Estaré encantada de cambiarlo por una bata médica en cuanto podamos empezar a recibir pacientes.

La expresión de Subha se suavizó.

—Jamás había imaginado que llegaría a trabajar en un sitio así. Parimal y yo hemos dado una vuelta por la botica y los almacenes de suministros, solo para ver lo bien pertrechado que está todo… —Un ápice de tristeza asomó a su voz—. Ojalá estuviera aquí mi padre.

—Honraremos su legado —dijo Nahri con sinceridad—. Espero que puedas compartir conmigo algo de su sapiencia a la hora de formar aprendices. Hablando de lo cual… ¡Jamshid! —llamó al verlo acercarse—. ¡Aquí! ¡Ven con nosotras!

Jamshid sonrió e hizo una reverencia al tiempo que unía las manos en gesto de bendición.

—Que los fuegos ardan con fuerza en vuestro honor.

Nahri le lanzó una mirada de soslayo a Subha.

—Me he enterado de que tú estás detrás de esa silla de montar tan peligrosa que pretende usar.

—Dijiste que querías que compartiese mis conocimientos con vosotros.

Nahri negó con la cabeza, pero consiguió no poner los ojos en blanco.

—¿Dónde está el otro miembro de nuestro equipo?

A Subha se le demudó el rostro.

—No lo sé. No he visto al príncipe desde esta tarde. No me sorprendería que se haya quedado dormido en alguna parte. Parece resuelto a matarse trabajando.

—Sería toda una lástima —murmuró Jamshid.

Subha sonrió de pronto, con la mirada prendada de su marido, que acababa de aparecer por una puerta en el otro extremo del jardín, con su hija en brazos. Los ojos oscuros del bebé estaban desorbitados, hipnotizados, ante aquel mágico festín.

Nahri le dio un empujoncito en el hombro.

—Ve a saludar a tu hija. Ya nos veremos luego.

Subha se alejó y Nahri se giró hacia Jamshid.

—No soportas para nada a Alí, ¿verdad?

No era la primera vez que veía a Jamshid reaccionar negativamente cuando se mencionaba al príncipe.

Él vaciló.

—No —dijo—. Lo cierto es que no. Cuando era más joven me daba más igual... siempre era intenso, pero se trataba del hermano pequeño de Muntadhir, que lo adoraba. Pero la noche que lo salvaste... —Bajó la voz—. Nahri, me obligó a lanzar a un hombre al lago. A un hombre que no estoy seguro de que estuviese muerto.

—Un hombre que intentó asesinarlo —señaló Nahri—. Un shafit. ¿Tienes la menor idea de lo que habría hecho Ghassán si se hubiese enterado de que un shafit estuvo a punto de asesinar a su hijo?

Jamshid no parecía convencido.

—Aun así, no me gusta que esté en Daevabad. No me gusta el efecto que ha tenido en Muntadhir. Me preocupa... —Apretó los labios hasta formar una fina línea—. Es muy ambicioso.

Nahri no podía negar que el estado de su esposo no había dejado de empeorar desde el regreso de Alí, pero no estaba segura de poder justificarlo.

—Muntadhir va a ser el rey, Jamshid. Es mejor político de lo que tú te crees. Aunque, si tanto te preocupa su bienestar... —adoptó un tono taimado—, quizá deberías ir a distraerlo un poco.

Jamshid le clavó una mirada cómplice.

—Tú lo que quieres es escabullirte.

—Soy la Banu Nahida. El mismísimo Creador me ha concedido el derecho de ir a explorar mi propio hospital.

Él soltó el aire de los pulmones, aunque en realidad aquella irritabilidad era fingida.

—Pues vete, anda —dijo, e inclinó la cabeza hacia el corredor del otro extremo—. Aprovecha ahora que no mira nadie.

Nahri unió las manos en gesto de bendición.

—Que los fuegos ardan con fuerza en tu honor.

El corredor que Jamshid había indicado estaba vacío. Nahri se apresuró a quitarse las sandalias para que no se oyesen sus pasos. En cuanto apoyó la planta desnuda del pie en el frío mármol, las pálidas paredes se iluminaron con un suave resplandor, como si quisieran guiarla en la oscuridad.

Sonrió. ¿No resultaría conveniente que hubiese alguna emergencia con un paciente en medio de la noche? Pasó las manos por la pared. El resplandor rosado se intensificó allá donde tocaban sus dedos. Su hospital, el hospital de sus ancestros, estaba restaurado. Era un sueño que casi no se había atrevido a formular hacía seis meses, y de pronto se había hecho realidad. Estaba allí, brillante, bajo la luz de la luna. Los ciudadanos más poderosos de Daevabad se reían entre sus habitaciones. Todo aquello parecía tan escandaloso, preñado de una esperanza tan audaz, que la asustaba.

Basta. Las palabras calmadas de Nisreen volvieron a ella. Nahri podía permitirse disfrutar de una noche de felicidad. Sus muchos problemas seguirían presentes por la mañana aunque se tomase un par de horas para saborear aquel extraño éxito.

Siguió avanzando y subió una escalera de caracol que, estaba bastante segura, llevaba hasta la biblioteca del hospital. Los sonidos de la fiesta menguaron a su espalda hasta desaparecer. Estaba claro que era la única idiota que se dedicaba a recorrer aquellos pasillos vacíos en lugar de disfrutar de la fiesta.

Llegó a la biblioteca. Era una estancia amplia, extensa, con espacios de lectura para docenas de estudiantes. En el extremo opuesto había una pared cubierta de estanterías. Nahri se acercó con curiosidad; quería saber qué volúmenes se habían reunido allí.

Entonces se detuvo. Al otro lado de la biblioteca había una pequeña arcada, con baldosas que formaban un patrón ajedrezado parecido al de los edificios de El Cairo. Qué extraño. No recordaba haber visto aquella habitación en los planos. Intrigada, cruzó el arco para investigar.

En el mismo momento en que pasó al otro lado se quedó sin respiración. No era solo la arcada lo que recordaba a Egipto.

Era todo.

Una mashrabiya que bien podría haber sido arrancada del corazón de El Cairo daba a la calle. El acogedor asiento junto a la ventana estaba cubierto de almohadones rojos y dorados. Las intrincadas mamparas de madera lo convertían en un recoveco íntimo. Adornaban las paredes tapices de brillantes bordados, idénticos a los que Nahri había visto en los mercados en su hogar. En la estancia descansaba un impresionante escritorio de teca con brillantes incrustaciones de enredaderas hechas de madreperla. Junto a una pared se alzaba una fuente de mármol que daba cobijo a lotos del Nilo y juncos en miniatura. De ella manaba un agua clara que fluía por entre piedras ocres y cálidas.

Un destello de plata se movió en las sombras de la mashrabiya.

—¿Nahri? —preguntó una voz somnolienta.

Ella dio un respingo de sorpresa.

—¿Alí?

Se estremeció. Restaurado o no, aquel hospital oscuro y vacío seguía siendo un lugar espeluznante, sobre todo para toparse con alguien inesperadamente.

Abrió la palma de la mano e invocó un manojo de llamas. No era de extrañar que no hubiese visto a Alí: estaba sentado entre las profundidades de la ventana mirador, aplastado contra la mampara de madera, como si hubiese estado mirando hacia la calle. Nahri frunció el ceño. Aunque iba vestido con la dishdasha formal, Alí llevaba la cabeza descubierta, y tenía un aspecto… bueno, horrible. El rostro gris y los ojos casi febriles.

Dio un paso al frente.

—¿Te encuentras bien?

Alí se enderezó, aún sentado. Sus movimientos eran lentos, llevaba un absoluto agotamiento pintado hasta el tuétano en cada uno de los ángulos de su cuerpo.

—Sí, estoy bien —murmuró. Se restregó el rostro con las manos—. Disculpa, no esperaba que nadie viniese por aquí.

—Bueno, no has elegido el mejor momento para echarte un sueñecito —dijo ella en tono ligero—. No sé si te acuerdas, pero abajo hay una fiesta.

Él parpadeó, aún con aspecto aturdido.

—Claro. La fiesta de inauguración.

Nahri lo volvió a estudiar.

—¿Seguro que te encuentras bien?

—Seguro —se apresuró a decir él—. Es que no estoy durmiendo muy bien. Tengo pesadillas. —Se puso en pie y dio un paso hacia la luz—. Pero en realidad me alegro de que me hayas encontrado. Lo cierto es que esperaba... —Sus ojos grises la recorrieron y se desorbitaron. —Oh. —Susurró—. Estás... estás... —Cerró de pronto la boca y apartó la mirada—. Disculpa... eh... bueno, ¿te gusta tu despacho?

Ella lo contempló, confundida.

—¿Mi despacho?

Él inclinó la cabeza.

—Tu despacho. Pensé que te gustaría tener un espacio privado donde refugiarte entre paciente y paciente. Como el naranjal que tienes en el dispensario. Donde... eh... me metí sin permiso —añadió con voz avergonzada.

Nahri se quedó boquiabierta.

—¿Tú has construido este sitio? ¿Para mí?

—Yo diría que el hospital entero es para ti, pero sí. —Alí se acercó y pasó las manos por el agua de la fuente—. Me crucé con un par de artesanos shafit provenientes de Egipto y les dije que echasen a volar la imaginación. —La miró con una sonrisilla—. Siempre me ha parecido que tienes mucho cariño a tu antiguo hogar.

Mi antiguo hogar. Nahri volvió a contemplar la mashrabiya. En aquel momento, si entrecerraba los ojos, casi podía imaginar que estaba en su antiguo hogar. Podía imaginarse el sonido de las bromas de los hombres, con la cadencia característica de El Cairo, el olor de las especias y las hierbas de la botica de Yaqub.

La nostalgia por su hogar perdido se apoderó de ella, afilada, rápida.

—Lo echo tanto de menos —confesó—. No dejo de pensar que esta sensación pasará, que me acabaré sintiendo más a gusto aquí... —Se apoyó contra el escritorio—. Pero hay días en los que daría casi cualquier cosa por volver a casa. Aunque fuese solo por una tarde. Unas cuantas horas de bromear con la gente en mi idioma, de sentarme junto al Nilo. De ser anónima en las calles y regatear para comprar naranjas. En Egipto tenemos las mejores frutas, ¿sabes? —Añadió con un nudo en la garganta—. No hay nada en Daevabad que tenga un sabor tan dulce.

Alí la miraba con patente conmiseración.

—Lo siento.

Ella negó con la cabeza, avergonzada por verse intentando contener las lágrimas.

—Olvídalo —dijo, y se restregó con fuerza los ojos—. Por Dios, has de pensar que estoy loca, echando de menos cítricos humanos mientras me rodean todos los lujos que contiene el mundo mágico.

—No, no creo que estés loca —le aseguró Alí, y se acercó a ella junto al escritorio—. Se trata de tus raíces. Gracias a ellas eres la persona que eres. Nadie debería cortar eso.

Nahri tocó una lámpara que descansaba sobre el escritorio y trasladó a ella las llamas de su mano. Qué sencillo sería si Alí tuviese razón. En un esfuerzo por reprimir sus emociones volvió a pasear la vista por el despacho. Era realmente encantador; los tapices relucían bajo la luz titilante de la lámpara. Habían pintado un mural en la pared opuesta, la réplica de una escena que podría haberse visto en uno de los antiguos templos de Egipto.

Aquello la conmovió más de lo que creía posible.

—Gracias —dijo al fin—. Ha sido... increíblemente amable... por tu parte.

Alí se encogió de hombros.

—Ha sido un placer. —Volvió a sonreír. Las sombras de su rostro cansado disminuyeron levemente—. Y, como tanto te gusta señalar, estoy en deuda contigo.

—Siempre lo estarás —dijo ella, para a continuación tomar asiento en el escritorio—. Tengo talento para alargar indefinidamente las deudas que los poderosos contraen conmigo.

La sonrisa de Alí se ensanchó.

—Me lo creo. —Pero entonces, la sonrisa se desvaneció—. Estoy contento de verte por fin. Estaba preocupado por ti.

—Estoy bien —dijo Nahri, y se obligó a sonar con indiferencia. Bastantes emociones había evidenciado ya al mencionar su nostalgia por Egipto—. Además, no soy yo quien se va quedando dormida en despachos vacíos. ¿Qué tal estás? Tu madre...

El dolor destelló en los ojos de Alí.

—Ambos seguimos con vida —replicó—. Lo cual es más de lo que pueden decir muchos.

Era una verdad de lo más amarga. Nahri suspiró.

—Si te sirve de algo, creo que hicimos lo correcto al intervenir. Habría muerto mucha más gente si no me hubieses llevado al campamento.

—Lo sé. Es que no soporto que salga tan caro hacer las cosas bien en Daevabad. —Se le demudó el rostro—. Zaynab... ha preferido no venir esta noche. Creo que jamás me perdonará por el destierro de nuestra madre.

Una compasión genuina recorrió a Nahri.

—Oh, Alí, estoy segura de que eso no es cierto. —Alargó la mano y le tocó la manga de la dishdasha, de un elegante tono plateado claro con rayas de color medianoche a juego con el cinto verdeazulado—. A fin de cuentas, ha sido ella quien ha elegido este atuendo.

Alí soltó un gemido.

—¿Tan evidente resulta?

—Sí. Siempre que llevas alguna prenda que no es sobria y está llena de mugre es porque te ha vestido otra persona. —La vergüenza volvió a pintarle el rostro. Nahri se echó a reír—. Es un cumplido, Alí. Estás muy guapo.

—Tú estás arrebatadora. —Las palabras parecieron escapársele de la boca sin haberlas pensado. Cuando Nahri lo miró a los ojos, algo sobresaltada por la emoción que había asomado a su voz, Alí apartó la vista—. El vestido, digo. —Se apresuró a explicar—. El peinado. Es muy... intrincado.

—Y pesa un montón —se quejó Nahri.

Alzó la mano y se tocó la diadema de oro que sujetaba el resplandeciente chador negro que llevaba. La nebulosa tela estaba encantada para que pareciese líquido hirviendo a fuego lento. Los adornos de rubíes y diamantes brillaban como el fuego. Nahri se desprendió de la diadema y la dejó sobre el escritorio, para a continuación meterse los dedos por debajo del chador y masajearse justo el punto donde se le clavaba el metal. Al ver que Alí la contemplaba decidió regañarlo:

—Ni se te ocurra juzgarme. Comparados con esta cosa, vuestros turbantes deben de pesar menos que una pluma.

—No... no te juzgo. —Se apartó del escritorio y carraspeó—. Aunque, ahora que estás aquí, ¿te importa decirme qué ha hecho mi padre para protegerte, en vista de la amenaza?

Nahri, confundida por el brusco cambio de tema, tardó un instante en procesar sus palabras.

—¿Amenaza? ¿Qué amenaza?

—La de mi conocida shafit. —Ella entrecerró los ojos en gesto confuso. En el rostro de Alí asomó una expresión de alarma—. Se lo conté a mi padre. Debió de decírtelo, ¿no?

—Es la primera noticia que tengo al respecto.

—¿Cómo que la primera noticia? —la rabia le cruzó el rostro—. ¿Está aquí el rey? ¿Lo has visto ahí abajo?

—Aún no, pero... ¡espera! —Agarró a Alí de la muñeca cuando este ya se giraba hacia la puerta—. ¿Quieres dejar de intentar que te metan en las mazmorras? —Lo obligó a regresar de un tirón—. Háblame de esa amenaza.

—Una mujer a quien conozco me dijo que unos shafit estaban planeando atacarte durante Navasatem.

Nahri esperó a que dijese algo más, pero Alí guardó silencio.

—¿Y ya está? —preguntó ella—. ¿Nada más?

—¿Es que no te basta? —Alí preguntó, incrédulo.

Ella lo miró a los ojos.

—No. Recibo amenazas así a diario, Alí. Toda mi tribu las recibe. Pero Kaveh, Muntadhir y Wajed llevan todo el año hablando de la seguridad del evento, y me han contado sus planes. A Kaveh le entra el pánico con todo, y Muntadhir es mi marido. Confío en ellos, al menos en esto.

Alí no parecía muy convencido.

—Solo hace falta un puñado de gente enfadada. Y, tras lo que pasó en el campamento de trabajo, hay un montón de gente enfadada.

—Estaré bien protegida —le aseguró ella—. Te lo prometo.

Él suspiró.

—¿Podrías al menos plantearte dejar que Aqisa te acompañe mañana en la procesión? Yo me ofrecería voluntario para venir también, pero no creo que le guste a tu gente.

Nahri reflexionó sobre el tema e intentó imaginar la reacción que tendría la fiera amiga de Alí, proveniente la parte más rural de Am Gezira, ante una multitud de daeva en su mayor parte criados en la ciudad. Por no mencionar lo que pensaría Muntadhir.

—Alí...

—Por favor.

Ella le soltó la muñeca y alzó las manos en gesto de derrota.

—Está bien. Siempre y cuando mantenga la daga guardada en todo momento a no ser que yo diga lo contrario. —Volvió a fruncir el ceño. La luz de la luna caía sobre el rostro de Alí; ella vio que temblaba—. Alí, ¿qué es lo que pasa de verdad? Te comportas de un modo más extraño que de costumbre.

Él soltó una risa que sonó hueca, y se pasó las manos por la cara.

—Han sido unos días muy duros.

Nahri vaciló. Se suponía que no debían ser amigos. Ya no. Pero la desesperación que irradiaba del príncipe le ablandó el corazón. A pesar del círculo de compañeros y familiares que lo rodeaban, estaba claro que Alí tenía secretos. Y Nahri sabía bien que los secretos eran una carga cuando se soportaban en soledad.

Además, Alí le había construido aquel hermoso despacho.

—¿Quieres hablar de ello? —preguntó.

La mirada del príncipe voló hacia ella. Tenía una desesperación inconfundible en el rostro.

—Sí —dijo con voz ronca—. No. No lo sé. Ni siquiera sabría por dónde empezar.

Ella lo llevó al asiento cubierto por almohadones junto a la ventana tras la mampara.

—¿Qué te parece si empiezas tomando asiento? —se sentó frente a él y se abrazó las rodillas—. ¿Es por tu padre?

Alí dejó escapar un profundo suspiro.

—En parte sí. Me va a mandar de nuevo a Am Gezira.

—¿Vas a volver a Am Gezira? —repitió ella, sorprendida. Desde luego, Alí no se comportaba como si fuese a marcharse a ninguna parte; parecía tener un millar de planes para el futuro de Daevabad—. ¿Durante cuánto tiempo?

—¿Para siempre? —se le rompió la voz, como si hubiese intentado que sonase a broma sin conseguirlo—. Mi padre no quiere que cause más problemas. Cuando pase Navasatem, tengo que rechazar mis títulos y regresar a la aldea en la que vivía. —Hundió los hombros—. Me ha dicho que me case y tenga familia. Que viva una vida pacífica, que no vuelva a fomentar disensiones en Daevabad.

Tanto las palabras como la repentina punzada de emoción que Nahri sintió en el pecho ante la idea de que se marchase la descolocaron por completo. Se esforzó por encontrar la respuesta adecuada.

—La aldea... ¿te refieres a Bir Nabat?

Él puso cara de sorpresa.

—No pensé que fueras a recordar el nombre.

Nahri puso los ojos en blanco.

—No queda nadie en el hospital que no haya oído tus poéticas alabanzas sobre las ruinas y los canales de Bir Nabat. —Negó con la cabeza—. Pero no entiendo por qué no quieres regresar. Está claro que lo adoras. Tus cartas siempre decían...

Alí se sobresaltó.

—¿Leías mis cartas?

Se le había escapado, pero Nahri fue consciente de que ya no podía echarse atrás. Soltó un resoplido de frustración tanto hacia sí misma como hacia él.

—Pues... sí, está bien, las leí. Eran interesantes —dijo a la defensiva—. Hablabas de plantas curativas locales y contabas historias sobre los humanos de la zona. ¿Cómo resistirse?

Una media sonrisa triste retorció la boca de Alí.

—Ojalá fuese la mitad de subversivo de lo que tú piensas que soy. Me iría mucho mejor en Daevabad.

—Pero tienes la oportunidad de marcharte de Daevabad. —Él puso un mohín y Nahri le dio un golpecito en el hombro—. ¿A qué viene esa cara tan larga? Podrás tener una nueva vida. Una vida pacífica en un lugar que adoras.

Alí guardó silencio durante varios latidos, con la mirada fija en el suelo.

—Es que este es mi hogar, Nahri, y... —Cerró los ojos con fuerza, como si lo que estaba a punto de decir le doliese—. No creo que pueda irme mientras mi padre siga en el trono.

Nahri podría haber jurado que la temperatura de la estancia se desplomó. Ella se echó hacia atrás y lanzó una mirada en derredor por puro instinto, pero estaban solos. Había empezado a negar con la cabeza; el miedo que Ghassán le había grabado por dentro era ya una respuesta instintiva.

—Alí, no puedes decir esas cosas —susurró—. Aquí, no. Nunca.

Alí le devolvió una mirada implorante.

—Nahri, sabes que es cierto. Ha hecho todo tipo de cosas horribles. Y sigue intentando hacerlas. Es el único modo de actuar que conoce...

Nahri llegó a taparle la boca con la mano.

—Basta —siseó, con los ojos repasando la habitación a toda prisa. Quizá estaban solos, pero Dios sabría qué formas podían adoptar los espías de Ghassán—. Ya nos tiene en el punto de mira. A mí, sobre todo. ¿Has cambiado de idea por lo que hizo en el campamento shafit?

Él le apartó la mano.

—No —dijo con toda intensidad—. Es justo al revés. Un buen rey no habría permitido ese derramamiento de sangre. Un buen rey se aseguraría de que se cumple la justicia tanto para los daeva como para los shafit, de modo que nadie decida cobrarse venganza por sí mismo.

—¿Eres consciente de lo ingenuo que suenas? —preguntó Nahri en tono desesperado—. Nadie es tan virtuoso. No puedes enfrentarte a él. Es capaz de cosas que ni siquiera imaginas. Te destruirá.

Los ojos de Alí llamearon.

—¿Acaso no hay momentos en los que vale la pena correr ese riesgo?

Todas las advertencias de Muntadhir acerca de su hermano pequeño regresaron en ese momento en tromba hasta Nahri.

—No —dijo en un tono tan cortante que casi no se reconoció a sí misma—. Porque cientos de personas podrían pagar por ese riesgo que tú quieres correr.

La amargura le arrugó el rostro.

—¿Y cómo enfrentarnos entonces a él, Nahri? Porque sé que tú quieres una Daevabad mejor. Te he oído en el templo. Te he visto plantarle cara a mi padre. —Hizo un gesto hacia el resto de la estancia—. ¿Acaso no era esa la razón para construir este hospital? ¿Avanzar y dejar atrás las rencillas?

—El hospital pretendía ser un paso nuevo —replicó ella—. Se supone que tiene que cimentar algo de paz y seguridad entre los daeva y los shafit, para el día en que tu padre no nos tenga a todos bajo su yugo. Pero ese día no ha llegado, Alí. Aún no.

—¿Y cuánta más gente ha de morir mientras esperamos a que llegue?

Se miraron a los ojos. En los de Alí, grises y cálidos, no había sino convicción. Ningún engaño, ninguna treta.

Le resultó aterrador. Porque, fuera lo que fuera lo que había entre ellos dos, Nahri no se creía capaz de ver cómo ejecutaban a aquel hombre que le había enseñado a leer y a invocar llamas por primera vez, aquel hombre amable que le había construido ese despacho, ese callado homenaje al hogar que aún amaba.

Nahri se echó hacia atrás en el asiento.

—Alí, dices que me debes la vida —empezó, reprimiendo el temblor en la voz—. Me voy a cobrar esa deuda. Vuelve a Am Gezira.

Él dejó escapar un suspiro exasperado y le dio la espalda.

—Nahri...

Ella alargó la mano y lo agarró de la barbilla para obligarlo a mirarla a los ojos. Alí dio un respingo evidente ante su contacto, con los ojos desorbitados.

—Acepta la oferta de tu padre —dijo ella en tono firme—. Puedes ayudar a la gente de Am Gezira y evitar que te maten. Cásate con alguna mujer a quien le encante oírte hablar sobre acequias, y ten un montón de niños con quienes sin duda serás demasiado estricto.

Le apoyó la palma en la mejilla y le acarició la barba con el pulgar. No se le escapó que, de pronto, el corazón de Alí empezó a galoparle en el pecho.

Como tampoco se le escapó la tristeza en su propia voz.

Alí pareció haberse quedado sin palabras. Sus ojos sobrevolaron, nerviosos, el rostro de Nahri. Tendría que bastar. Ella se puso en pie, apartó la mano y dio un paso atrás. Sentía el repentino picor de las lágrimas que luchaban por asomar a sus ojos.

—Ve a buscarte algo de felicidad, amigo mío —le dijo en tono quedo—. Hazme caso: la oportunidad de ser feliz no suele presentarse dos veces.

29
ALÍ

—B ueno, todavía no me has dicho dónde estuviste anoche —dijo Lubayd mientras se dirigían al estadio—.
Aqisa y yo te estuvimos buscando en la fiesta.

—No fui —replicó Alí—. No me sentía con ganas.

Lubayd se detuvo en seco.

—¿Otra pesadilla?

—No —se apresuró a decir Alí. No soportaba el miedo que había asomado a la expresión de su amigo—. Nada de pesadillas. Pero
estaba agotado y me temía que se me fuera a escapar algo que provocase a mi padre. O a mi hermano. —Compuso un gesto amargo
mientras reanudaban la marcha—. A cualquiera, en realidad.

—Bueno, pues me alegro de que hayas dormido y te hayas librado de acabar arrestado. Sin embargo, te perdiste una buena fiesta.
—Se estiró para crujirse el cuello—. ¿Va a venir Aqisa con nosotros
al estadio?

—La veremos más tarde. Le he pedido que proteja a la Banu
Nahida durante el desfile de esta mañana.

—El que se supone que imita la llegada de Anahid a Daevabad,
¿no? —Lubayd resopló—. ¿Vais a luchar tú y tu pequeña sanadora
a muerte en algún momento del desfile para representar la parte
más reciente de nuestra historia?

Alí se encogió ante aquella broma. «Regresa a Am Gezira, Alí.
Ve a buscarte algo de felicidad». Alí no había dejado de darles vueltas

a esas palabras, y al recuerdo de la mano de Nahri, apoyada en su barbilla, desde la noche anterior. Lo cual, y por ello debía dar gracias, había servido bastante bien para evitar que siguiera pensando más en la rebelión.

Cerró los ojos. Que Dios lo perdonase, Nahri había estado hermosísima la noche anterior. Tras semanas sin verla, Alí se había quedado anonadado al encontrársela en la oscuridad de aquella tranquila estancia, vestida con las galas de sus ancestros. Nahri tenía aspecto de leyenda que vuelve a la vida, y por primera vez, Alí se había sentido nervioso, genuinamente nervioso, en su presencia. Se había esforzado por no mirarla mientras ella esbozaba aquella astuta sonrisa y se pasaba los dedos bajo el chador. Y cuando le había tocado el rostro...

La esposa de Muntadhir. Es la esposa de Muntadhir.

Como si sus pensamientos tuviesen el poder de la invocación, Alí oyó una risa familiar algo más adelante. Una risa liviana que lo cortó como si de un cuchillo se tratase.

—No me burlo de ti —dijo Muntadhir en tono juguetón—. De verdad que ese aspecto de «Salomón ha barrido el suelo conmigo» tiene su atractivo. ¡Esos harapos que llevas huelen y todo! —Se volvió a echar a reír—. Resulta muy auténtico.

—Cállate ya, anda —oyó que replicaba Jamshid—. Tengo más de estos harapos y tu ayuda de cámara me debe un favor. Puedo mandar que te los metan entre ese turbante tan elegante.

Alí se asomó por la esquina. Muntadhir y Jamshid se encontraban en el otro extremo del pasillo, enmarcados bajo un arco iluminado por el sol. Alí frunció el ceño y se hizo sombra para ver a pesar del brillo. Durante medio segundo podría haber jurado que Muntadhir apoyaba las manos en el cuello a Jamshid y que inclinaba el rostro hacia él en gesto juguetón, como si lo olisquease. Sin embargo, Alí parpadeó para espantar las manchas negras que le enturbiaban la vista, y los dos hombres volvían a estar separados, aunque ninguno de los dos parecía contento de verlo.

—Alizayd. —La mirada desdeñosa de su hermano recorrió la dishdasha arrugada de Alí—. ¿Te acostaste tarde anoche?

Muntadhir siempre había sabido cómo hacer que Alí se sintiese muy pequeño. Su hermano iba inmaculado como siempre, con un atuendo de color ébano y un brillante turbante real. La noche anterior había ido incluso más distinguido, con un fajín de ikat y una brillante chaqueta de tono zafiro. Alí lo había visto por la fiesta, que había contemplado desde un balcón superior después de que Nahri se marchase. Su hermano se había pavoneado por allí entre risas, como si hubiese sido él mismo quien había construido aquel hospital.

—Como siempre —respondió Alí en tono ácido.

Los ojos de Jamshid destellaron al oír su tono de voz. El daeva iba vestido con harapos, era cierto. Llevaba la chaqueta negra rajada y manchada de ceniza. En los pantalones tenía franjas de polvo de ladrillo, en honor al templo humano que Salomón les había ordenado construir a sus ancestros.

Muntadhir carraspeó.

—Jamshid, ¿qué te parece si te adelantas hasta la procesión? Nos veremos luego. —Le apretó el hombro—. Sigo queriendo ver esa silla de montar.

Jamshid asintió.

—Nos vemos entonces, emir-joon.

Él se alejó y Muntadhir ignoró a Alí. Se introdujo por la entrada que llevaba a la plataforma real del estadio.

Lubayd soltó una risita.

—Supongo que a los emires, como a todo el mundo, no les gusta que los interrumpan.

La hilaridad en la voz de su amigo confundió a Alí.

—¿A qué te refieres?

—Bueno, ya sabes… —Lubayd se detuvo y escrutó a Alí—. Oh… no lo sabes. —Manchas de color asomaron a sus mejillas—. Olvídalo —dijo, y se giró para ir detrás de Muntadhir.

—¿Qué es lo que no sé? —preguntó Alí, pero Lubayd lo ignoró, muy interesado de pronto en el espectáculo algo más abajo.

Había que admitir que la escena era impresionante: media docena de arqueros daeva en plena competición que formaban un espectáculo diseñado para divertir a la muchedumbre allí apretujada mientras esta aguardaba a que llegase la procesión.

Lubayd silbó.

—Vaya —dijo al ver a un arquero daeva a caballo sobre un semental plateado que, a pleno galope sobre la arena, apuntaba una flecha en llamas a un odre con un hueco sobre una cucaña, que hacía las veces de diana. El odre, que estaba relleno de fajina y pintado con brea, estalló en llamas al alcanzarlo la flecha. La multitud vitoreó—. Son endemoniadamente buenos con esos arcos.

Alí le dedicó una mirada de ojos entrecerrados.

—Sí, lo sé bien.

—Alizayd —la voz de Ghassán resonó por el pabellón justo cuando Alí estaba a punto de tomar asiento junto con otros oficiales de la Guardia Real. Su padre, por supuesto, estaba en la fila delantera, reclinado sobre un almohadón cubierto de seda, con una copa de jade llena de vino color rubí en la mano—. Ven aquí.

Lubayd lo agarró de la muñeca antes de que llegase a moverse siquiera.

—Ándate con cuidado —advirtió—. Esta mañana estás de peor humor que de costumbre.

Alí no respondió. Era cierto que no confiaba en que no se le escapase algo de lo que realmente sentía ante su padre, pero no le quedaba más alternativa que acercarse a la fila delantera. Muntadhir ya se había sentado y había obsequiado aquella encantadora sonrisa suya a una hermosa criada que pasó a su lado. La criada se detuvo, ruborizada, y le llenó una copa de vino con una sonrisa.

Hace que parezca tan fácil. Aunque Alí no quería ir por ahí seduciendo a mujeres atractivas para que le echasen vino; todo aquello le estaba vetado. Por otro lado sabía que Muntadhir no se había visto convertido en un idiota tartamudo ante Nahri la noche anterior. Al mirar a su hermano, Alí no pudo negar los celos que se le clavaban en el pecho. Muntadhir se había inclinado para susurrarle algo al oído a la copera. La chica soltó una risita y le dio un golpecito juguetón en el hombro.

Tienes esposa. Una esposa hermosa y brillante. Aunque Alí supuso que, cuando uno lo recibía todo en bandeja de plata, tampoco se apreciaba tanto la bendición de una esposa hermosa y brillante.

—¿Va todo bien con la procesión? —le preguntó Ghassán a Muntadhir, sin prestar atención a Alí, que tomó asiento con aire envarado en una sencilla estera de oración, absteniéndose de ocupar los almohadones mullidos que estaban más cerca de ellos dos.

Muntadhir asintió y dio un sorbo al vino al tiempo que la copera se alejaba.

—Los sacerdotes y Nahri han celebrado ceremonias en el lago al alba. Kaveh se aseguró de que todos subieran a sus carruajes, y Jamshid acaba de marcharse para escoltarlos hasta aquí otro con otro grupo de arqueros. —Esbozó una sonrisilla—. Hoy va a ir a caballo.

—¿Y la seguridad de la procesión? —insistió Ghassán—. ¿Has hablado con Wajed?

—Pues sí. Me ha asegurado que sus soldados rodean toda la ruta de la procesión y que no se permitirá que participe ni un solo shafit.

Alí se esforzó por no poner los ojos en blanco. Por supuesto, excluir a los shafit de los festejos era justo el tipo de «seguridad» que llevaba a cabo el palacio. Aunque Alí supuso que debería alegrarse que hubiese sido su hermano y no su padre quien supervisaba Navasatem. Probablemente, Ghassán habría preferido ejecutar a plena luz del día a cualquier shafit que se acercase a cinco manzanas de la ruta de la procesión.

Totalmente consciente de que tenía justo el mal humor contra el que le había prevenido Lubayd, Alí intentó centrar su atención en el estadio. Los arqueros daeva vestían al estilo antiguo de sus ancestros y corrían de un lado a otro como si ellos también fuesen en parte caballos. Llevaban mallas de estrambóticos patrones a rayas, deslumbrantes capas de tono azafrán y yelmos de plata con cuernos. Se ponían de pie en las sillas de montar pintadas mientras galopaban describiendo amplios arcos y complejas formaciones. Los adornos de las crines de sus caballos destellaban mientras los jinetes tensaban estilizados arcos de plata.

La inquietud aumentó en el estómago de Alí. Aunque aquellos hombres de ahí abajo no eran Afshines, pues la familia de Darayavahoush había sido erradicada por completo durante la guerra, sí que eran los herederos directos de su legado. Uno de los hombres disparó una flecha con punta de hoz hacia una diana, y Alí no pudo evitar encogerse. No sabía con qué tipo de flecha le había atravesado la garganta Darayavahoush, pero estaba seguro de que sería una de las que estaban abajo, en el estadio.

—¿No resulta de tu agrado, Zaydi?

Muntadhir lo observaba. El sarcasmo con el que había pronunciado su apodo, junto con el sonido de otra flecha al impactar en el odre que hacía las veces de diana, le encogió el estómago.

—La verdad es que no —dijo entre dientes.

—Y pensar que eres el mejor guerrero de toda Daevabad —Muntadhir hablaba en tono ligero pero cargado de malicia—. El gran mata-afshines.

—Jamás he llegado a entrenar mucho con el arco, ya lo sabes.

Alí había aprendido a disparar, por supuesto, pero su futuro era ser caíd y la arquería necesitaba mucho tiempo y dedicación; un tiempo que Wajed prefirió que Alí dedicase al zulfiqar y a la estrategia. Los daeva que había ante él debían de haberse pasado a lomos de una silla de montar desde los cinco años, edad a la que también les debían de haber dado arcos de juguete.

Llegó un sirviente con café. Alí aceptó una taza, agradecido.

—Parece que te hacía falta —comentó Ghassán—. Me sorprendió no verte anoche en la inauguración.

Alí carraspeó.

—No me sentía bien.

—Qué lástima —dijo Ghassán—. He de decir que acabé muy complacido. Es un complejo impresionante. A pesar de tu comportamiento reciente, tanto tú como la Banu Nahida habéis hecho un trabajo excelente.

Alí reprimió el resentimiento que creía en su interior, pues sabía que sería más inteligente aprovecharse del aparente buen humor de su padre.

—Me alegro de oírlo. —Dio otro sorbo de café y saboreó aquel regusto con aroma a cardamomo—. Por cierto, me preguntaba si has visto mi propuesta.

—Tendrás que darme más detalles —replicó Ghassán—. Creo que ahora mismo tengo unas cincuenta propuestas sobre el escritorio.

—La de otorgarles reconocimiento oficial a los gremios de shafit del campo de trabajo. Me gustaría que pudieran presentarse a otras licitaciones gubernamentales…

—Dios mío, pero ¿es que no puedes parar ni un momento? —interrumpió bruscamente Muntadhir—. ¿No podemos pasar ni un día sin oír tus peroratas sobre la economía y los shafit?

Antes de que Alí pudiese hablar, Ghassán alzó una mano.

—Déjalo. Tal y como va la cosa hace bien en pensar en la economía. —Carraspeó y su mirada adoptó un cariz lejano—. He recibido una petición de la mano de Zaynab.

Alí se puso tenso al instante. El modo cuidadoso con que su padre les acababa de dar la noticia no le gustó en absoluto.

—¿Por parte de quién? —preguntó. No le importó sonar brusco.

—Nasir Ishak.

Alí parpadeó.

—¿Quién?

—Nasir Ishak. —Muntadhir palideció al repetir el nombre—. Es un mercader de especias de Malaca.

—Es más que un mercader de especias —corrigió Ghassán—. Aunque no tenga título es prácticamente el rey de los djinn de esas islas. Daevabad no tiene mucho control en esa zona.

Malaca. Alí paseó la vista entre su padre y su hermano. No podían decirlo en serio.

—Daevabad no tiene mucho control en esa zona porque está al otro lado del océano. ¡Suerte tendríamos si Zaynab pudiese venir de visita una vez cada siglo!

Ninguno de los dos respondió. Muntadhir parecía esforzarse por mantener la compostura.

—Me dijiste que habías decidido rechazar su oferta, abba —dijo.

—Eso fue antes de… ciertos eventos recientes. —Ghassán apretó los labios en una expresión de desagrado—. Tenemos que empezar a buscar otros aliados y recursos más allá de Ta Ntry. Nasir representa una oportunidad que no podemos permitirnos rechazar.

—¿Y Zaynab tiene algo que decir al respecto? —Alí percibió la tensión en su propia voz, pero aquello era demasiado. ¿Sería otro motivo por el que había desterrado a su madre, para que no pusiese objeciones cuando enviasen a su hija al otro lado del mar a cambio de llenar las Arcas?

—He comentado la posibilidad con ella —replicó Ghassán secamente—. Jamás la obligaría. Y jamás tendré que hacerlo. Zaynab se toma la lealtad y el deber hacia nuestra familia mucho más en serio que tú, Alizayd. Y, para serte franco, ese numerito que hiciste en el campamento shafit y el hecho de que tu madre se haya llevado a la mitad de la delegación ayaanle a Ta Ntry me ha obligado a tomar la decisión. —Se giró hacia Muntadhir—. Nasir llega para los festejos de la semana que viene. Quiero que pases algo de tiempo con él, que veas qué tipo de hombre es antes de decidir nada en firme.

Su hermano se contempló las manos, con emociones contradictorias en el rostro. Alí lo observó mientras imploraba en silencio: *Di algo. Lo que sea. Da alguna señal de que puedes llevarle la contraria, de que no te convertirás en lo mismo que él.*

Muntadhir carraspeó.

—Hablaré con él.

—Cobarde.

En el mismo momento en que la palabra se le escapó de entre los labios, Alí supo que no estaba siendo justo con él. Pero le dio igual.

Muntadhir lo contempló, sorprendido.

—¿Qué me acabas de decir?

—He dicho que eres un...

Abajo, otra flecha impactó en la diana con un sonoro golpe que desgarró el odre. Alí se encogió por mero instinto, y el movimiento lo dejó sin palabras.

Ghassán se había erguido y miraba a Alí con patente desprecio.

—¿Acaso has perdido todo el sentido del honor? —siseó en voz baja—. Debería mandar que te azotasen por hablar con semejante falta de respeto.

—No —se apresuró a decir Muntadhir—. Puedo ocuparme de esto, abba. Debería haberlo hecho ya.

Sin pronunciar más palabra, su hermano se levantó y se puso de cara al pabellón atestado. Le dedicó una deslumbrante sonrisa a la multitud. Su expresión había cambiado con la rapidez con la que cambia una vela cuando la soplan.

—¡Amigos! —exclamó. Los Qahtani habían estado hablando en voz baja en geziriyya, pero Muntadhir alzó la voz y cambió al djinnistani—. El gran mata-afshines está ansioso por demostraros su habilidad con la espada, ¡y yo estoy convencido de que os merecéis un espectáculo!

Un murmullo de expectación cayó sobre la multitud. Alí se dio cuenta de pronto de cuánta gente los estaba mirando: nobles siempre ansiosos de presenciar algo de drama por parte de la familia real de Daevabad.

Y Muntadhir sabía cómo llamar su atención.

—Así pues, me gustaría plantearle un desafío a mi hermanito... —Hizo un gesto hacia los arqueros de abajo—: A ver si puedes vencerme.

Alí lo miró sin comprender.

—¿Quieres competir conmigo? ¿En el estadio?

—Así es. —Muntadhir dejó la copa de vino con una floritura. Sus ojos bailaban como si todo aquello fuese una broma—. Vamos, mata-afshines —lo provocó al ver que Alí no se movía—. Imagino que no tendrás miedo, ¿no?

Sin esperar más respuesta, Muntadhir se echó a reír y se dirigió a las escaleras.

Los ojos del resto del pabellón descansaron sobre Alí, expectantes. Quizá había sido de broma, pero Muntadhir le había planteado un desafío. Alí quedaría mal si no respondía... sobre todo a un desafío que parecía tan inocente.

Así que se levantó, despacio.

Ghassán le lanzó una mirada de advertencia, pero Alí sabía que el rey no iba a interferir. Los hombres geziri no reculaban ante semejantes competiciones públicas, y mucho menos los príncipes en la línea sucesoria.

—Recuerda cuál es tu lugar —se limitó a decir su padre.

¿Recordar qué, que siempre he debido estar por detrás de él? ¿O que yo iba a ser su arma, el arma capaz de derrotar a cualquier hombre?

Lubayd se colocó junto a él en un segundo.

—¿Por qué tienes aspecto de haberte tragado una langosta ahora mismo? —susurró—. Puedes disparar una flecha mejor que ese idiota envuelto en oro, ¿verdad?

Alí tragó saliva, sin querer confirmar su debilidad.

—Es que... me dispararon, Lubayd. Me disparó el Afshín —tartamudeó. El recuerdo volvió a él como un rápido puñetazo—. Fue grave. Desde entonces no he tocado un arco.

Lubayd se quedó blanco, pero no tuvo tiempo de responder. Muntadhir había llegado ya junto a los jinetes daeva. Los saludó en divasti, idioma que Alí no sabía hablar, y ellos sonrieron y señalaron hacia Alí entre risas. Dios sabría lo que les estaba diciendo Muntadhir. Probablemente eran amigos suyos, los nobles acaudalados con quienes gustaba de celebrar cenas alcoholizadas entre salones de cortesanas y poetas. Un mundo que no veía con buenos ojos a los hombres como Alí.

Y aunque sabía que había provocado a su hermano, un dolor al que Alí rara vez solía hacer caso se hizo presente: un nudo de resentimiento y celos que intentaba rechazar con todas sus fuerzas, y que en aquel momento amenazó con desatarse. Las veces que se había obligado a sonreír cuando los compañeros de Alí se burlaban de él siendo joven, cuando le preguntaban a cuántos hombres había matado en la Ciudadela y si era verdad que jamás había tocado a una mujer. Las incontables celebraciones familiares que habían acabado con Muntadhir durmiendo en alguna cama sedosa de palacio mientras Alí dormía en el suelo en los barracones.

Basta. Gracias a esos barracones, el estadio de aquí abajo es tu hogar. Muntadhir y sus amigos no se lo podían arrebatar. Puede que la arquería no fuese la especialidad de Alí, pero sería capaz de derrotar a aquel hermano mimado y blando.

Uno de los jinetes bajó de la silla y Muntadhir, sin perder un instante, ocupó su lugar. Su hermano era mejor jinete que él, eso Alí lo sabía. Podía cabalgar bastante bien, pero jamás había compartido el mismo amor que tenía Muntadhir por aquel deporte. Su hermano tenía establo propio y probablemente había pasado incontables horas cabalgando fuera de las murallas de la ciudad, entre risas y maniobras, junto a Jamshid, que tenía aún más talento para cabalgar, mientras Alí entrenaba en la Ciudadela.

El caballo de Muntadhir se puso a medio trote.

—¿Y esa cara tan larga, Zaydi? —Su hermano se echó a reír y abrió los brazos—. Esto es lo tuyo, ¿no? Cuando eras niño solías hablar de estas competiciones marciales. De que ibas a arrasar y que te ganarías tu puesto como caíd a mi lado. Y yo que pensaba que el mejor guerrero de Daevabad tendría ahora mismo una sonrisa en la cara. —Muntadhir se acercó y la sonrisa desapareció de su rostro—. O quizá es que llevas tanto tiempo inmiscuyéndote en mi mundo... insinuándote a mi esposa, avergonzándome delante de abba... que se te ha olvidado cuál es tu lugar. —Pronunció esas últimas palabras en geziriyya, bajando la voz—. Quizá necesitas que te lo recuerden.

Decir algo así fue un error. Alí le devolvió la mirada. Los demás daeva se acercaron con sus monturas, bromeando en divasti. Los caballos los rodearon, entre pisotones a la arena.

—Me he pasado la infancia entrenándome para servirte —replicó—. Sé muy bien cuál es mi lugar; jamás me han permitido tener otro. Algo que sospecho que Zaynab está a punto de aprender a su vez.

Podría haber jurado que hubo un destello de incertidumbre en los ojos de su hermano, pero entonces Muntadhir se encogió de hombros con aspecto despreocupado.

—Pues empecemos. —Giró el caballo y alzó la voz, para que la multitud lo oyese—. Les estaba diciendo a mis compañeros aquí presentes que creo que ha llegado la hora de que unas cuantas moscas de la arena prueben esto.

Su hermano guiñó el ojo y le dedicó una sonrisa cautivadora a los miles de djinn sentados en los asientos del estadio. Volvía a ser un deslumbrante emir. Alí oyó suspirar a más de una mujer.

—Intenta contener la risa, pueblo mío, te lo imploro —añadió.

Otro daeva llegó a caballo y le entregó un paquete alargado.

—Aquí tienes, emir.

—Excelente —dijo Muntadhir. Volvió a dirigirse a la multitud—. Según he oído, los daeva tienen cierta arma. He pensado que a mi hermano le gustaría verla. A nuestro querido Zaydi le encanta la historia.

Abrió el paquete, deslió la tela que lo envolvía y se lo tendió a Alí.

Él sintió un nudo en la garganta. Era el arco del santuario del Afshín. Una réplica exacta del arma que había usado Darayavahoush para dispararle aquella flecha.

—¿Te gusta, akhi? —preguntó Muntadhir, con un leve soniquete cruel en la voz—. Se tarda un poco en acostumbrarse a usarlo, pero…

Se puso en pie de pronto y tensó la cuerda en dirección a Alí.

Alí dio un respingo, y el mero movimiento lo retrotrajo a aquella noche. El arco de plata que resplandecía bajo la luz de las llamas del barco, y los ojos de Darayavahoush, clavados en él. El dolor lacerante, la sangre en la boca que ahogó sus gritos mientras intentaba aferrar la mano de Muntadhir.

Miró a su hermano allí, en el estadio, pero no vio más que a un extraño.

—¿Me dejáis un caballo? —preguntó en tono frío.

Los daeva le trajeron un animal enseguida y Alí se subió a la silla de montar. El caballo se movía nervioso debajo de él. Alí apretó las piernas mientras la bestia retrocedía. Probablemente le habían dado el caballo con peor temperamento.

—Creo que a este no le gustan los cocodrilos —se burló uno de los daeva.

En otro momento, Muntadhir habría reprendido duramente a aquel hombre por sus palabras, Alí estaba seguro de ello. Pero en aquel instante, su hermano no hizo más que reírse con los demás.

—Ah, vamos a concederle a Zaydi un minuto para volver a acostumbrarse a ir a caballo. Es bien distinto de los órices de su aldea. —Muntadhir sacó una flecha—. Mientras, yo voy a probar este arco.

Su hermano salió disparado, dejando un rastro de albero revuelto. Se acercó a la diana, alzó el arco y se inclinó hacia un lado para apuntar.

La flecha impactó en el centro mismo. La brea encantada estalló en llamas azules.

Alí se quedó boquiabierto. Eso no había sido suerte. El aplauso del público fue atronador, embargado por un deleite sorprendido. En el nombre de Dios, ¿dónde había aprendido Muntadhir a hacer eso?

La respuesta llegó hasta él con la misma rapidez: Jamshid. Alí maldijo entre dientes. Pues claro que Muntadhir sabía disparar con arco; su mejor amigo era también uno de los mejores arqueros de Daevabad. Y había entrenado con el mismísimo Afshín.

Muntadhir debió de captar la conmoción en el rostro de Alí, porque al suyo asomó una expresión de triunfo.

—Supongo que, a fin de cuentas, no lo sabes todo. —Le lanzó el arco a Alí—. Te toca, hermanito.

Alí atrapó el arco y sus sandalias resbalaron en los estribos. Sin embargo, cuando el caballo retrocedió, nervioso, Alí se dio cuenta de que no eran solo las sandalias; era la silla entera. No la habían apretado con suficiente fuerza.

Se mordió el labio. Si desmontaba para comprobarla parecería un paranoico, o bien se vería como un gesto de desconfianza hacia los daeva que habían ensillado el caballo.

Acaba con esto. Alí presionó levemente los flancos del caballo con los tacones. Por un instante pareció funcionar, el caballo respondió con un suave trote. Sin embargo, luego empezó a aumentar velocidad hasta galopar enloquecido en dirección a la diana.

Puedes hacerlo, se dijo desesperado. Podía montar y luchar con la espada; un arco solo era un poco más complicado.

Apretó las piernas una vez más. Con manos firmes encocó la flecha y alzó el arco. Sin embargo, nunca le habían enseñado a adaptarse al movimiento del caballo, así que la flecha salió volando en una vergonzosa trayectoria muy lejos de la diana.

Las mejillas de Alí enrojecieron mientras los daeva se echaban a reír. Todo el ambiente era abiertamente hostil hacia él. Todos disfrutaban del espectáculo de ver humillada a la mosca de la arena que había matado a su Afshín, a manos de su propio hermano y con el arma que Dara tanto apreciaba.

Muntadhir le arrebató el arco.

—Ha sido un buen intento, Zaydi —dijo con falsa y burlona sinceridad. Le resplandecían los ojos—. ¿Lo intentamos de espaldas?

—Lo que tú desees, emir —siseó Alí.

Muntadhir se volvió a alejar al galope. Hasta Alí tuvo que admitir que su hermano presentaba una figura impresionante: su túnica negra ondulaba tras él como si de unas alas humeantes se tratase. Los brillantes colores del turbante real resplandecían bajo la luz del sol. Muntadhir ejecutó el movimiento con la misma facilidad; se puso en pie en la silla como si fuese el maldito Afshín hecho carne, se dio la vuelta y volvió a acertar en la diana. Todo el estadio se deshizo en aplausos. Hubo aullidos desde un grupo de geziri que había cerca del nivel más bajo. Alí reconoció entre ellos a Tariq, el primo de Muntadhir.

Alí miró hacia la balconada cubierta sobre la plataforma real. ¿Estaría allí Zaynab? Se le encogió el corazón. Solo podía imaginar cómo se sentiría su hermana al ver aquello, tras esforzarse tanto para que los dos hicieran las paces.

Muntadhir le lanzó el arco con más fuerza de la necesaria.

—Buena suerte.

—Que te jodan.

Aquellas duras palabras le salieron en un exabrupto de rabia. Vio que Muntadhir se sobresaltaba…

… para luego sonreír una vez más, con un destello de rencor en los ojos.

—Oh, ¿no te gusta que te avergüencen, Zaydi? Resulta extraño, porque a ti no te supone ningún problema avergonzarme a mí.

Alí no mordió el anzuelo; se alejó sin mediar más palabra. Sabía que no podía cabalgar tan bien como Muntadhir. Pero sí que podía girarse y apuntar una maldita flecha. Tensó el arco y se giró hacia la diana.

Pero lo hizo demasiado rápido… y la silla se desató.

Alí empezó a deslizarse junto a la silla. Soltó el arco y sacó los pies de los estribos. El caballo, espantado, reaccionó tal y como imaginaba que habían esperado los daeva: galopó a toda velocidad mientras la silla se seguía deslizando. Alí vio un torbellino de cascos y el suelo se acercó demasiado a su rostro. Varias personas gritaron.

Y todo acabó. Alí cayó de espaldas y giró sobre sí mismo para que el caballo no lo pisotease al escapar. Ahogó un grito, sin aire en los pulmones.

Muntadhir bajó con ligereza del caballo y recuperó el arco del lugar donde Alí lo había soltado.

—¿Te encuentras bien? —canturreó.

Alí se levantó y reprimió un siseo de dolor. Sintió el sabor de la sangre en la boca; se había mordido la lengua.

Escupió al suelo.

—Estoy bien. —Le arrebató el arco de las manos a su hermano y recogió la flecha de donde había caído entre el polvo. Echó a andar hacia la diana.

Muntadhir lo siguió, caminando a su misma altura.

—Me sorprende que no hayas entrenado más con el arco. Ya sabes lo mucho que adora tu Banu Nahida a los arqueros.

Aquellas palabras afiladas le dolieron más de lo que deberían.

—Eso no tiene nada que ver conmigo —dijo en tono acalorado.

—¿No? —replicó suavemente Muntadhir en geziriyya—. Porque podría darte un par de consejos. De hermano a hermano.

—No necesito tus consejos sobre cómo lanzar una flecha.

—¿Quién habla de flechas? —prosiguió Muntadhir mientras Alí tensaba el arco. Con voz mortalmente baja pronunció unas palabras que eran para Alí y para nadie más—: Yo me refería a Nahri.

La flecha de Alí se estrelló contra la pared. Resonaron las risas como respuesta a aquella pifia, pero Alí apenas las oyó. Le ardía el rostro ante aquella insinuación. Se giró de golpe hacia su hermano. Sin embargo, Muntadhir le volvió a quitar el arco de entre las manos.

Acertó de pleno en la diana, sin apenas apartar los ojos de los de Alí.

—Creo que he ganado. —Se encogió de hombros—. Me parece que es toda una suerte que, a fin de cuentas, no vayas a ser mi caíd.

Alí no tenía palabras. Estaba más dolido de lo que creía que fuese posible. Se sentía más joven e ingenuo de lo que se había sentido en años.

Muntadhir ya le daba la espalda, con intención de regresar a la plataforma.

Alí fue tras él, con la mirada gacha y derrotada, aunque el corazón le ardía de rabia. ¿De verdad quería Muntadhir ver qué parte de él se había entrenado en la Ciudadela?

Pues muy bien.

Apenas un segundo después de perderse de vista bajo la sombra de la escalera, Alí se abalanzó sobre su hermano y le puso una mano en la boca antes de que pudiese gritar. Abrió de una patada un almacén de armas que sabía que había bajo las escaleras y metió a Muntadhir de un empujón. Cerró de golpe tras entrar.

Muntadhir retrocedió a trompicones y le clavó la mirada.

—Ah, ¿acaso tienes algo que decirme, hipócrita? ¿Me vas a dar un sermón sobre rectitud, tú que…?

Alí le dio un puñetazo en la cara.

No se lo propinó con todas sus fuerzas, pero fue suficiente para que Muntadhir retrocediese. Su hermano lanzó un juramento y echó mano al janyar.

Alí se lo quitó de las manos de un golpe, pero no hizo gesto alguno de agarrarlo. En cambio empujó con fuerza a Muntadhir contra la pared opuesta.

—¿Acaso no es lo que se supone que soy? —siseó—. ¿No soy tu arma?

Sin embargo había subestimado la rabia de su hermano. Muntadhir se liberó y se lanzó sobre Alí.

Cayeron los dos al suelo. Los instintos de guerrero de Alí lo dominaron; había pasado demasiados años luchando por su vida en Am Gezira para no reaccionar de inmediato. Rodó sobre sí mismo, agarró el janyar e inmovilizó a Muntadhir en el suelo.

Le había puesto la hoja en la garganta antes de darse cuenta de lo que hacía.

Muntadhir lo agarró de las muñecas cuando Alí intentó apartarse de él. Tenía rabia en sus ojos grises.

—Vamos —lo provocó, y se acercó la hoja al cuello—. Hazlo. Abba estará orgullosísimo. —Se le quebró la voz—. Te nombrará emir, te dará a Nahri. Todo lo que finges que no deseas.

Alí, temblando, se esforzó por responder.

—Yo no… no…

La puerta se abrió de golpe. Lubayd y Zaynab aparecieron enmarcados en la luz polvorienta. Alí soltó de inmediato el janyar, pero ya era demasiado tarde. Su hermana los miró a ambos, despatarrados en el suelo, con una mezcla de furia y decepción en los ojos que habría enorgullecido a su madre.

—Gracias por ayudarme a encontrar a mis hermanos —le dijo secamente a Lubayd—. Si nos permites un momento...

Lubayd retrocedía ya por la puerta.

—¡De mil amores! —Y cerró tras de sí.

Zaynab inspiró hondo.

—Separaos ahora mismo. —Los dos príncipes obedecieron al punto y ella prosiguió con voz enojada—: Veamos, ¿a alguno de los dos le importaría explicarme, en el nombre de Dios, qué es lo que acaba de pasar en el estadio?

Muntadhir le clavó la mirada a Alí.

—Zaidy se ha enterado de lo de Nasir y ha perdido la cabeza.

—Alguien tenía que perderla —espetó Alí como respuesta—. ¡Y tú no te las des de inocente! ¿Acaso crees que no sé que me has aflojado la silla de montar? ¡Podríais haberme matado!

—¡Yo no he tocado tu maldita silla! —replicó Muntadhir al tiempo que se ponía en pie—. ¡No puedes enemistarte con media ciudad y luego ofenderte porque alguien intenta sabotearte! —Una límpida indignación le cruzaba el rostro—. Hace falta valor para acusarme de nada. He intentado decirte una docena de veces que aflojes un poco, ¡y te atreves a llamarme cobarde delante de abba! ¡Y encima, cuando lo que estoy haciendo es intentar arreglar los estropicios que vas dejando a tu paso!

—¡Lo que yo intentaba hacer es defender a Zaynab! ¡Y me lo pagas humillándome delante de todo el estadio! —Un cariz dolido asomó a la voz de Alí—. Has insultado a Nahri, has permitido que tus amigos me llamen cocodrilo... —Le dolía hasta decirlo—. Dios mío, ¿en qué te ha convertido abba? ¿Tanto tiempo llevas imitándole que la crueldad es lo primero a lo que recurres?

—Alizayd, basta —dijo Zaynab al ver que Muntadhir retrocedía como si Alí lo hubiese abofeteado—. Dado que ha sido mi futuro lo que ha provocado esta disputa, ¿sería posible que me permitieseis decir algo al respecto?

—Disculpa —murmuró Alí, y guardó silencio.

—Muchas gracias —dijo ella en tono ácido.

Suspiró y se desprendió del velo que había llevado delante de Lubayd. La culpabilidad se avivó en el pecho de Alí. Su hermana parecía más agotada de lo que nunca la había visto.

—Estoy al tanto de lo de Nasir, Alí. No me gusta, pero no necesito que vayas por ahí soltando improperios al respecto. Deberías haber venido a hablar conmigo antes. —Le lanzó una mirada a Muntadhir—. ¿Qué ha dicho abba?

—Que Nasir llega esta semana —respondió Muntadhir en tono sombrío—. Me ha dicho que pase un poco de tiempo con él y averigüe qué tipo de hombre es.

Un músculo se tensó en la mejilla de Zaynab.

—Pues quizás podrías contarme a mí también lo que descubras.

—¿Y ya está? —preguntó Alí—. ¿Es lo único que estáis dispuestos a hacer los dos?

Muntadhir le clavó la mirada.

—Me tendrás que perdonar, pero no estoy dispuesto a aceptar consejos políticos de alguien que lleva cinco años viviendo en una aldea. Alguien que habla antes de pensar. —Torció el gesto—. ¿De verdad crees que quiero ser lo mismo que abba, Zaydi? ¿Tienes la menor idea de todo a lo que he tenido que renunciar? —Unió las manos a la espalda y empezó a dar vueltas por la estancia—. Daevabad es un hervidero. El único modo que tiene abba de que no explote es mantenerlo aplastado bajo su yugo. Tiene que asegurarse de que todo el mundo sepa que se arriesga a perder la seguridad, que se arriesga a perder la vida de sus seres queridos.

—Tú no eres así, Dhiru —objetó Alí—. Y ese no es el único modo de gobernar.

—¿No? ¿Te apetece que probemos a tu manera? —Muntadhir se giró hacia él y lo atravesó con la mirada—. Porque lo cierto es que creo que te pareces más a abba de lo que quieres admitir. Lo que pasa es que, mientras que abba pretende mantener la estabilidad, tú quieres justicia. Al menos lo que tú entiendes por justicia; y quieres que todos compartamos esa misma justicia aunque tengas que llevarnos a rastras. Y una cosa te diré, hermanito… se me están abriendo los ojos en cuanto a ti. Tienes de tu parte a mucha gente enojada, gente con armas, gente que le guarda rencor a esta ciudad… qué oportuno que, además, cuentes con los ayaanle, listos y dispuestos a apoyarte con sus riquezas.

—Los ayaanle —dijo Zaynab con voz mordaz— somos mucho más sutiles de lo que tú quieres reconocer. Y esta ayaanle en concreto lleva meses dejándose la piel para que vosotros dos hagáis de una vez las paces. —Cerró los ojos y se masajeó las sienes—. Pero la situación en Daevabad ya estaba empeorando antes de que llegase Alí, Dhiru. Sé que no quieres verlo, pero es así.

Muntadhir hizo un aspaviento.

—¿Y qué queréis que haga yo? ¿Que eche por tierra una alianza financiera porque mi hermana va a sentirse muy sola? ¿Que le dé a Alizayd otra vez el título de caíd y pierda a todos mis apoyos por haberle entregado el ejército a un fanático? —En sus palabras había genuina desesperación—. Decidme cómo se arregla esta disputa entre los dos, porque de verdad que yo no veo modo alguno.

Alí carraspeó para deshacer el nudo que tenía en la garganta.

—Nosotros no somos el problema.

Vaciló, con la mente al galope. La fría certeza que había experimentado con Fatumai tras enterarse de lo que había hecho su padre con los niños del Tanzeem. Su conversación con Nahri la noche anterior. Todas las acusaciones que tan claras había dejado Muntadhir. Todo ello desembocaba en un único punto, una conclusión tan clara como el agua.

Miró a los ojos a sus hermanos.

—Hay que reemplazar a abba.

Hubo un momento de conmoción silenciosa, tras el que Zaynab dejó escapar un sonido estrangulado y horrorizado a partes iguales, un sonido que Alí jamás había oído proferir a su siempre refinada hermana.

Muntadhir lo contempló para, a continuación, enterrar el rostro entre las manos.

—No lo puedo creer. No puedo creer que te las hayas arreglado para encontrar la manera de empeorar aún más esta conversación. —Su voz sonaba amortiguada entre los dedos.

—Escuchadme, por favor —se apresuró a añadir Alí—. Hace años que abba se ha apartado del camino. Entiendo sus preocupaciones sobre la estabilidad de Daevabad, pero esta táctica de aplastar a pisotones cualquier oposición no va a funcionar siempre. No se puede construir nada sobre cimientos agrietados.

—Ah, bien, ahora hablas como un poeta —gimoteó Muntadhir—. De verdad, has perdido la cabeza.

—Es que estoy cansado de ver morir a inocentes —dijo Alí a las claras—. Estoy cansado de ser cómplice de tanto sufrimiento. Los daeva, los shafit... ¿sabéis que abba mandó quemar un barco entero lleno de niños refugiados con la excusa de ejecutar a un puñado de guerreros del Tanzeem? ¿Que le advertí de una amenaza contra la seguridad de Nahri y la desestimó porque consideró que la Banu Nahida se está volviendo muy arrogante? —Lanzó una mirada a Zaynab, consciente de que su hermana compartía al menos algunos de sus puntos de vista—. Se ha pasado de la raya demasiadas veces. No debe ser el rey.

Había sentimientos enfrentados en el rostro de Zaynab, pero su hermana inspiró hondo.

—Alí no anda del todo desencaminado, Dhiru.

Muntadhir soltó un gemido.

—Oh, Zaynab, ¿tú también?

Atravesó la estancia y empezó a toquetear entre los cofres de suministros. Sacó una botellita de plata y abrió el tapón.

—¿Esto es licor? Porque prefiero estar borracho del todo para cuando abba se entere de que sus hijos están planeando dar un golpe de estado dentro de una puta despensa.

—Es abrillantador para las armas —se apresuró a decir Alí.

Zaynab se acercó a Muntadhir y lo obligó de un manotazo a dejar caer la botella, al ver que su hermano se pensaba igualmente si dar o no un trago.

—Basta. Escúchanos un momento —insistió—. Quizá sí que tuviésemos los apoyos necesarios entre los tres. Si presentamos un frente unido, a abba le resultará difícil oponerse a nosotros. Necesitaríamos tener a la mayoría de los nobles y al grueso de la Ciudadela a nuestro lado. Además, sospecho que quienes sean inflexibles de corazón serán más maleables por el bolsillo.

—¿Crees que podríamos conseguirlo? —preguntó Alí—. Ya hemos gastado un dineral en el hospital.

—Hermanito, te sorprendería saber hasta dónde puede llevarte la promesa de riqueza, por más que tardes en cumplir dicha promesa —dijo Zaynab con aire malicioso.

—Dinero de los ayaanle —interrumpió Muntadhir en tono sarcástico—. Bueno, supongo que ya puedo ver hacia dónde se va a inclinar el trono.

—Pues no —Alí empezó a pensar en voz alta—: no sé quién debería reinar, ni cómo conseguirlo, pero tiene que haber más voces aparte de las nuestras a la hora de moldear el futuro de Daevabad. Quizá más de una voz. —Hizo una pausa. La cabeza le iba a toda velocidad—. Los Nahid... tenían un consejo. Quizá podríamos intentar algo así.

Zaynab se apresuró a responder:

—Hay muchas voces en Daevabad que no simpatizan con nosotros. Si empezamos a ceder algo de poder, podríamos acabar teniendo que huir a Am Gezira.

—Basta —Muntadhir los mandó callar y pasó la vista en derredor—. Basta de intrigas. Vais a conseguir que os maten por nada. No habrá manera de derrocar a abba a menos que podáis arrebatarle el anillo de sello de Salomón. ¿Acaso tenéis la menor idea de cómo conseguir tal cosa?

—Eh... no —confesó Alí. Ni siquiera había pensado en el anillo—. La verdad es que no lo lleva en la mano. Yo pensaba que lo guarda en alguna cripta o...

—Lo lleva en el corazón —dijo Muntadhir a las claras.

Alí se quedó boquiabierto. No se le había ocurrido aquella posibilidad.

Zaynab fue la primera en recuperarse de la sorpresa.

—¿En el corazón? ¿Lleva el sello en el corazón?

—Sí. —Muntadhir paseó la vista entre los dos, con expresión grave—. ¿Lo comprendéis ahora? No habrá manera de arrebatarle el sello de Salomón, a menos que estéis dispuestos a matar a vuestro padre para conseguirlo. ¿Estáis listos para pagar ese precio?

Alí se esforzó por apartar de su mente aquel impactante dato.

—El sello de Salomón debería dar igual. Al menos, para esta empresa. Ningún líder político debería tener el poder de arrebatarles la magia a sus súbditos. El sello se creó para ayudar a los Nahid a curar a su pueblo, y para luchar contra los ifrit. Cuando llegue la hora de legar el sello a quien pertenece... bueno, esa persona no se encuentra en esta estancia. Ambos lo sabéis bien.

Le tocó el turno a Zaynab de soltar un gemido. Se apretó con dos dedos el puente de la nariz, con aspecto exasperado.

—Alí...

Muntadhir hizo un brusco gesto entre ambos.

—¿Me crees ahora? —le preguntó a Zaynab—. Ya te dije que estaba enamoriscado.

—¡Que yo no estoy enamoriscado!

Sonaron golpes en la puerta, que se abrió de golpe. Lubayd volvió a asomar al dintel.

—¡Alí, emir Muntadhir! —dijo en tono ahogado, apoyado en las rodillas, intentando recuperar el aliento—. Tenéis que venir ahora mismo.

Alí se irguió de inmediato.

—¿Qué sucede?

—La procesión daeva ha sufrido un ataque.

30
NAHRI

Nahri jamás lo habría admitido ante Kartir, pero el sumo sacerdote había estado en lo cierto: la procesión de Navasatem era muy divertida.

—¡Anahid! —resonó otro grito a sus pies—. ¡Anahid la Bendita!

Nahri sonrió con timidez desde detrás del chador y realizó un gesto de bendición sobre la multitud.

—¡Que los fuegos ardan con fuerza en vuestro honor! —replicó a voz en grito.

La mañana estaba tan encantadora que casi costaba creerlo; no había una sola nube en el cielo, de un intenso azul. Nisreen y un círculo de bienhumoradas mujeres daeva la habían despertado horas antes del alba, con dulces de leche y té con aroma a pimienta. La sacaron de la cama a pesar de sus protestas cansadas y la vistieron con un sencillo camisón de lino sin tintar. Antes de que saliese el sol se unieron a una emocionada y creciente muchedumbre de daeva en los muelles de la ciudad, para esperar al alba. En cuanto los primeros y pálidos rayos atravesaron el cielo, todos encendieron coloridas lámparas con forma de bote hechas de papel encerado traslúcido y las soltaron flotando sobre el lago, cuyas aguas resplandecían con un pálido tono rosado bajo el sol del alba. El agua se transformó en un enorme y resplandeciente altar de fuego.

La alegría de la multitud resultaba contagiosa. Los niños correteaban, se perseguían unos a otros, y se embadurnaban alegremente el rostro con la lodosa argamasa que representaba el templo que sus ancestros habían construido para Salomón. Bulliciosos tenderos vendían a voz en grito las tartaletas de cebada azucarada y la rica cerveza de ciruela que constituían la comida tradicional de aquella festividad.

Entre cánticos y canciones, todos se dirigieron a las carrozas que llevarían a la procesión hasta el palacio. Las habían construido en secreto; la tradición daeva dictaminaba que eran los daeva de mayor edad quienes las construían, mientras que los más jóvenes irían sobre ellas; una celebración en sentido literal de la nueva generación. Había treinta carrozas en total; cada una representaba un siglo de libertad. Todas eran absolutamente espectaculares. Dado que su tribu no gustaba de medias tintas, aquellos vehículos eran enormes. Tenían aspecto de torres en movimiento, con espacio para docenas de pasajeros. Las ruedas doblaban en tamaño a una persona. Cada carroza estaba dedicada a un aspecto de la vida daeva: en una de ellas se alzaba una arboleda enjoyada de cerezos, troncos dorados que asomaban por entre un dosel de hojas talladas en jade entre las que destellaban frutos de rubíes; mientras que otra detrás de la de Nahri tenía un puñado de retozones caballos hechos de latón cuyos ojos de mercurio destellaban, con las profusas crines negras cargadas con borlas de flores blancas de jazmín.

El carruaje de Nahri era el de mayor tamaño. Con cierto azoramiento había comprobado que lo habían confeccionado para parecerse al barco sobre el que Anahid pudo haber atravesado el lago. Una bandera de seda blanquiazul ondulaba sobre su cabeza. De pie, orgulloso, en la proa había una magnífica estatua de madera que representaba un shedu. Nahri iba sentada sobre la estatua; la había obligado entre súplicas y amenazas pueriles el grupito de chiquillas emocionadas que iba a sus pies. Tradicionalmente habría sido una de ellas quien representase a Anahid, pero los intentos de Nahri de convencerlas para que siguieran la tradición aquel Navasatem habían tenido como respuesta idénticos pucheros decepcionados.

Sea como fuere, el júbilo de la gente era tan contagioso que, dejando aparte la vergüenza, Nahri se lo estaba pasando genial, cosa que evidenciaban tanto el calor de sus mejillas como la sonrisa tonta que tenía en la cara. Saludó a la multitud en la calle y unió las manos en gesto de bendición mientras pasaban junto a grupos de daeva que se deshacían en vítores.

—No es esto lo que me habían dicho que podía esperar de esta celebración —se quejó Aqisa, junto a Nahri, mientras se tironeaba de una de las muchas guirnaldas de flores que las niñas pequeñas le habían puesto al cuello, primero con timidez y luego con grandes aspavientos al comprobar que la guerrera no las había detenido.

Nahri reprimió una risa al contemplar las flores rosadas liadas en torno a la aterradora amiga de Alí.

—¿No se celebra Navasatem en Am Gezira?

La guerra lanzó una mirada de consternación a dos jóvenes borrachos en la plataforma a su espalda. Ambos soltaban risitas y giraban sin parar en aquellos caballos de latón. Cada uno tenía una botella de cerveza de ciruela en la mano.

—Nosotros no celebramos nada de este modo.

—Ah —dijo Nahri en tono suave—. No es de extrañar que a Alí le guste estar allí.

—¿Te lo estás pasando bien? —oyó que le gritaba Nisreen desde abajo. Cabalgaba junto a las carrozas con los demás mayores daeva, con monturas envueltas en telas resplandecientes del color del sol al alba.

Nahri se inclinó hacia ella para gritar:

—Habría estado bien que me comentases que iba a ir sentada en un shedu —se quejó—. Cuando Ghassán lo vea va a acabar prendiéndole fuego a algo.

Nisreen negó con la cabeza.

—No es más que un divertimento. La primera noche de la luna nueva suele ser la más alocada. —Señaló con el mentón a los jovencitos borrachos—. Esta noche, la mayoría de los daeva estarán igual que esos dos. No creo que supongamos ninguna amenaza para el rey.

Nahri suspiró.

—Qué alegría tener que pasarme toda la noche curando las heridas que se hagan.

Ya había estado pensando cuánto tardaría en llegar hasta esos dos cuando, inevitablemente, alguno se cayese de la carroza y se abriese la cabeza.

—Diría que es bastante probable, sí. Pero esta noche tendremos a Jamshid con nosotras en el dispensario. Ninguno de nosotros tendrá oportunidad de salir. —Hizo una pausa—. Quizá podría pedirle a la sanadora shafit con la que colaboras que viniese con nosotros. Y quizá pueda traer a su familia también.

Nahri la miró, sorprendida.

—¿Quieres que le pida a Subha y a su familia que pasen la noche en el dispensario?

Parecía una petición de lo más estrambótica, sobre todo viniendo de quien venía.

—Creo que es buena idea. Nos vendrá bien más ayuda, y ya me has dicho que su hija sigue mamando.

Nahri se lo pensó. Desde luego sería ideal contar con la ayuda de Subha, y llevaba tiempo queriendo enseñarle el dispensario a la doctora.

—Le mandaré un mensaje en cuanto lleguemos a palacio.

Se irguió y contempló la calle al frente, intentando orientarse. Parecía que estaban casi a la altura del midán.

Casi hemos salido del distrito de los shafit. Nahri se ruborizó. No le gustó la rapidez con la que aquella idea había brotado en su mente, y el alivio que le había supuesto. La preocupación de Alí había parecido sincera, pero resultaba difícil separar aquella advertencia del resto de la conversación que habían tenido. Una conversación en la que Nahri se negaba a pensar en aquel momento.

Aun así paseó la vista por la multitud. La mayoría era daeva, aunque junto a los parapetos había muchos puros de sangre de las otras tribus djinn, que se dedicaban a agitar bengalas chisporroteantes en el aire y a compartir tartaletas y cerveza. Una hilera de soldados los separaba de los mirones shafit, muchos de los cuales también vitoreaban, pero a quienes mantenían lejos.

Nahri sintió una puñalada de culpabilidad. Aquello no estaba bien, a pesar de la amenaza. Tendría que enterarse de si habría algún tipo de celebración adicional que pudiese organizar para los shafit, a modo de compensación.

Cambió de postura sobre el shedu de madera y se echó el chador por detrás de las orejas redondeadas. Aquella prenda era desacostumbrada y misericordiosamente ligera, nada de pesados adornos de oro en la cabeza. Lo habían tejido a base de capas y capas de seda tan delicada que casi era transparente, y estaba teñido con una hermosa paleta de colores, de modo que su apariencia imitase las alas de un shedu. Nahri alzó el rostro hacia el sol, mientras oía la encantadora cháchara de las niñas daeva que la rodeaban.

Ojalá estuviese aquí Dara para verlo. Aquel pensamiento apareció en su cabeza espontáneamente, sin anunciarse. Y sin embargo, en aquel instante no sintió la tumultuosa mezcla de emociones que solían despertar en ella los recuerdos de Dara. Puede que Dara y ella hubiesen visto el futuro de forma muy diferente, pero Nahri no pudo sino esperar que el Afshín se hubiese sentido orgulloso al verla sentada en ese shedu de madera aquel día.

Captó un movimiento algo más adelante. Una hilera de jinetes daeva se aproximaba para unirse a la procesión. Nahri esbozó una sonrisa al reconocer a Jamshid junto a ellos. Agitó una mano en el aire y lo miró a los ojos. Él se alzó el gorro y gesticuló hacia su caballo con una sonrisa amplia y atolondrada.

Se oyó un sonoro estallido, un trueno explosivo que sonó tan extraño como lejanamente familiar. Dios sabría qué era. Seguramente, algún daeva habría invocado unos tambores voladores.

El sonido volvió a repetirse, y en aquella ocasión se oyó un grito... que se convirtió en un chillido acompañado de una nube de humo blanco que brotó de una balconada al otro lado de la calle.

Un proyectil oscuro se estampó contra la balaustrada tallada sobre la cabeza de Nahri.

Ella dejó escapar un grito de sorpresa y se cubrió la cabeza para protegerse de las astillas de madera que cayeron. Hubo un movimiento en la balconada, un destello de metal, seguido de otra explosión de humo blanco.

Aqisa la sacó del shedu de un tirón.

—¡Agáchate! —chilló, y se tiró encima de ella.

Un instante después, el shedu se hizo pedazos; otro proyectil impactó la cabeza de la estatua con tanta fuerza que se la arrancó de cuajo. Aturdida, debajo de Aqisa, que la aplastaba contra la cubierta de madera, Nahri se quedó inmóvil. Oyó más gritos y otro restallido.

Disparos, reconoció al fin, cuando sus recuerdos de El Cairo regresaron a ella. Los enormes cañones turcos, los letales mosquetes franceses… una chica egipcia como ella, que vivía en las calles y evitaba a las autoridades, jamás habría tocado un arma así, pero las había visto y oído en numerosas ocasiones. Era el tipo de arma que los djinn apenas conocían, recordó. Recordó el miedo en el rostro de Alí cuando ella había agarrado la pistola en casa de los Sen.

Hubo otro disparo, que alcanzó la base del enorme barco.

Me están apuntando a mí, comprendió Nahri. Intentó apartar a Aqisa, sin efecto alguno.

—¡Vienen a por mí! —gritó—. ¡Hay que sacar de aquí a las niñas!

Un objeto se estrelló contra la cubierta de madera, a poca distancia del rostro de Nahri. Era algún tipo de agrietada jarra de cerámica que tenía un jirón de tela ardiente en un extremo. Nahri captó el picante olor del pino y la brea que brotaba del tarro. Aquella sustancia entró en contacto con las llamas.

La bola de fuego que explotó le abrasó el rostro. Por mero instinto, Nahri rodó sobre sí misma y derribó a una conmocionada Aqisa. En su cabeza ató cabos: aquellos jarros llenos de brea y llamas descontroladas estaban presentes en las peores historias que contaba su pueblo sobre los shafit.

—¡Es fuego de Rumi! —gritó, intentando agarrar a las niñas. Otro tarro impactó en la calle y su fuego envolvió a dos jinetes con tanta rapidez que apenas tuvieron tiempo de gritar—. ¡Corred!

Entonces se hizo el caos. La multitud que los rodeaba se disgregó. La gente empezó a empujar y apartar a los demás para escapar de las llamas cada vez más esparcidas. Nahri oyó los gritos de la Guardia Real, que intentaba poner orden mientras sus zulfiqares destellaban a plena luz.

Nahri reprimió su propio pánico. Tenían que salvar a las niñas. Aqisa y ella se apresuraron a llevarlas al otro extremo de la carroza. Varios daeva a caballo ya habían lanzado cuerdas hacia la carroza, y algunos hombres empezaban a ayudar a las niñas a bajar por ellas.

Aqisa agarró a Nahri del cuello del vestido.

—¡Agua! —dijo en tono urgente—. ¿Dónde está la bomba de mano más cercana?

Nahri negó con la cabeza, entre toses, mientras intentaba pensar.

—El agua no apaga el fuego de Rumi.

—¿Y qué lo apaga?

—La arena —susurró, contemplando con creciente horror las húmedas calles adoquinadas y los edificios de madera que la rodeaban. La arena era lo único que no abundaba en la neblinosa Daevabad.

Aqisa volvió a dar un respingo: una bola de metal se estrelló contra la madera justo donde la cabeza de Nahri había estado hacía un instante.

—Están ahí arriba —advirtió, señalando con el mentón a una balconada—. Son tres.

Nahri se atrevió a echar un rápido vistazo. Había tres hombres agazapados tras la estructura con mamparas. Dos de ellos iban armados con lo que parecían ser mosquetes.

La rabia ardió en su interior. Por el rabillo del ojo vio a un soldado agnivanshi, armado con un arco, que subía a los árboles enjoyados de la otra carroza. El soldado se aupó a las ramas y encocó el arco con un único movimiento.

Hubo un grito y uno de los atacantes cayó de la balconada, con una flecha enterrada en la espalda. El arquero se giró hacia los otros dos, pero cayó tras un disparo de moquete. Nahri soltó una exclamación. El soldado impactó contra el suelo, muerto. El arco se le escapó de las manos.

—¡Agáchate, Nahri! —chilló Nisreen, atrayendo su atención justo cuando otro disparo astillaba la cubierta y los hombres se llevaban a la última de las niñas que quedaba en la carroza.

Nahri saltó. Aqisa la agarró y echó a correr. La carroza empezó a partirse en dos a causa del calor de las llamas que se extendía por ella.

Las rodeó un círculo de daeva entre los que estaba Nisreen, que le arrancó el inconfundible chador.

—Sacad de aquí a la Banu Nahida —ordenó.

—No, espera... —Nahri intentó protestar, pero unas manos la auparon a un caballo.

Por un hueco de la multitud divisó a Jamshid, que cabalgaba a toda velocidad... demasiada velocidad... con una mano agarrada a la silla mientras se agachaba para agarrar el arco caído en el suelo...

... cuando un tarro de fuego de Rumi le impactó justo en la espalda.

—¡Jamshid! —Nahri se lanzó hacia delante al tiempo que Jamshid caía del caballo, con la chaqueta en llamas que le lamían la espalda—. ¡No!

Todo pareció ralentizarse. Un caballo sin jinete pasó al galope. El olor a humo y a sangre se espesó en el aire. Nahri consiguió no perder el conocimiento; la repentina presencia de cuerpos destrozados, huesos rotos y latidos menguantes amenazó con abrumar sus sentidos Nahid. Las calles que sus ancestros habían trazado con sumo cuidado estaban en aquel momento en llamas que rodeaban a los asistentes al desfile. Más adelante, Jamshid rodaba sobre sí mismo en un vano intento de apagar el fuego que se extendía sobre su atuendo.

La furia y la desesperación aumentaron dentro de Nahri. Apartó de un empujón a los daeva que intentaban llevársela a la fuerza.

—¡Jamshid!

Gracias a una absoluta determinación consiguió llegar a su lado, mientras él se retorcía en el suelo. Le dio igual ponerse en riesgo: agarró el borde del cuello de la chaqueta de Jamshid, que aún no habían prendido las llamas, y le arrancó la prenda de un tirón.

Él chilló. La tela derretida se llevó consigo un buen trozo de la piel de la parte superior de su espalda. La carne, sangrienta y despellejada, quedó al aire. Sin embargo, aquello era preferible a ser devorado por el fuego de Rumi... aunque daba igual, porque las llamas los rodeaban a ambos mientras consumían ansiosas los edificios de alrededor.

Un pesado objeto impactó en el suelo frente a Nahri: los restos del shedu quemado sobre el que había ido sentada para emular a sus ancestros. Mientras contemplaba el caos que la rodeaba, la desesperanza intentó ahogarla. Nahri no era Anahid. No contaba con ningún Afshín.

No tenía la menor idea de cómo salvar a su pueblo.

Afshín... como un relámpago de luz, uno de sus últimos recuerdos de El Cairo llegó hasta ella: aquel guerrero con impresionantes ojos verdes, cuyo nombre aún no había descubierto, de pie en medio de las tumbas de su hogar humano, alzando los brazos para conjurar una tormenta.

Una tormenta de arena.

Nahri tomó aire. *Por favor, Creador,* imploró. *Ayúdame a salvar mi ciudad.*

Inspiró hondo e inclinó la cabeza. Por mero instinto, intentó ver la ciudad como podría ver a un paciente; intentó visualizar la mugre entre los adoquines y el polvo que se acumulaba en cada esquina.

Y manipuló la energía. El viento empezó a soplar de inmediato, enredándole las trenzas contra el rostro. Aun así, Nahri captó cierta resistencia; su control sobre la magia seguía siendo demasiado débil. Gritó de frustración.

—Nahri —jadeó Jamshid con voz ronca. La agarró de la mano—. Nahri, no me siento bien...

Tosió. Sus dedos de tensaron entre los de Nahri.

Un truculento golpe de pura magia la golpeó con tanta fuerza que casi cayó de espaldas. Ahogó un grito y se bamboleó, intentando mantener el control. Aquella sensación era tan familiar como desconocida, un sobresalto como el que siente quien mete las manos en cubo lleno de hielo. Le recorrió las venas, enloquecida, como una criatura que llevase demasiado tiempo enjaulada.

Y se convirtió en el empuje que necesitaba. Nahri no vaciló. Su vista cayó sobre las calles en llamas. *Curaos,* ordenó con todas sus fuerzas.

Cada mota de polvo de la ciudad de su familia se abalanzó sobre ella.

El viento creó un embudo de polvo asfixiante. Nahri dejó escapar el aire y el polvo cayó en una lluvia que cubrió toda la calle y las carrozas destrozadas, que sopló hasta formar dunas en los edificios, cubriendo los cuerpos de los djinn y los daeva que huían y ardían por doquier. Y que extinguió el fuego con tanta precisión como si Nahri hubiese hundido una vela en un estanque de agua.

Y lo mismo sucedió con Nahri. Perdió el control sobre la magia y retrocedió a trompicones. El agotamiento la poseyó y unas manchas negras florecieron en su vista.

—¡Banu Nahida!

Nahri parpadeó y vio que Nisreen corría hacia ella, aún agarrando su brillante chador. A su lado, Jamshid intentaba enderezarse. La camisa le colgaba, convertida en jirones abrasados sobre el pecho.

Y tenía la espalda perfectamente curada.

Nahri contemplaba boquiabierta aquella piel inmaculada cuando se oyó otro restallido de mosquete. Jamshid la obligó a agacharse de un empujón.

Sin embargo, el mosquete no los apuntaba a ellos.

Parecieron pasar horas entre que Nahri vio a Nisreen corriendo hacia ellas y el momento en que su mentora se desplomó, como si aquel instante quisiese grabarse a fuego en su mente. Nahri se apartó de Jamshid y se abalanzó hacia Nisreen sin siquiera recordar haberse puesto en movimiento.

—¡Nisreen!

Una sangre negra le empapaba la túnica. Nahri rasgó la tela.

Y se quedó en el más absoluto silencio al ver la herida que tenía Nisreen en el estómago. Era escalofriante. Aquella arma humana había abierto la carne de Nisreen de un modo que Nahri no habría creído posible dentro del mundo mágico.

Oh, Dios… Sin perder un instante, Nahri impuso una mano sobre la sangre… y de inmediato la apartó, porque un dolor lacerante le recorrió la palma. El olor, la quemadura…

Los atacantes habían usado balas de hierro.

Hubo un chillido. Los hombres que quedaban en el balcón cayeron al suelo, con los cuerpos ensartados en numerosas flechas. Nahri apenas se percató de ello. Con el corazón en la garganta, ignoró el dolor e intentó volver a imponerle las manos a su mentora. *Cúrate*, imploró. *¡Cúrate!*

Un arañazo sanguinolento en la mejilla de Nisreen obedeció al instante y se cerró, pero no sucedió nada con la herida de bala. El proyectil en sí asomaba como una rabiosa cicatriz en medio del cuerpo de Nisreen, un intruso frío y ajeno.

Jamshid cayó de rodillas a su lado y soltó el arco.

—¿Qué puedo hacer? —sollozó.

No lo sé. Aterrorizada, Nahri escrutó el rostro de Nisreen. Necesitaba que su mentora la guiase en medio de todo aquello. Necesitaba a Nisreen, punto. Las lágrimas le inundaron los ojos mientras captaba la sangre en la comisura de los labios de su mentora, aquellos ojos preñados tanto de sorpresa como de dolor.

La respuesta llegó a ella un instante después.

—¡Necesito unas pinzas! —le chilló a la multitud—. ¡Algo punzante, una hoja, lo que sea!

—Nahri... —La voz de Nisreen llegó hasta ella convertida en un suspiro descorazonador. Tosió y más sangre se derramó de su boca—. Nahri... escucha...

La sangre empapaba las ropas de Nahri. Alguien, no le importó quién, le colocó la empuñadura de un cuchillo en la mano.

—Lo siento, Nisreen —susurró—. Seguramente esto te va a doler.

Jamshid había acunado en su regazo la cabeza de Nisreen. Con callado horror, Nahri comprendió que rezaba en voz baja, administrándole la extremaunción.

Nahri se negó a aceptarlo. Desterró de sí sus emociones. Ignoró las lágrimas que le pasaban por las mejillas y el firme y horrible ritmo con el que menguaban los latidos de Nisreen.

—Nahri —susurró Nisreen—. Nahri... tu...

Nahri insertó el cuchillo con manos firmes, gracias fueran dadas.

—¡La tengo!

Extrajo la bala junto con un chorro de sangre. Sin embargo, aquella maniobra tuvo su precio. Nisreen se estremeció y le brillaron los ojos de puro dolor.

Y entonces, en el momento en que Nahri extendía los dedos sobre la herida, el corazón de Nisreen se detuvo. Con un rugido de rabia, Nahri liberó la magia que le quedaba dentro, ordenó al corazón de Nisreen que volviese a ponerse en marcha, que las venas y la carne destrozadas se uniesen de nuevo.

Nada.

Jamshid rompió a llorar.

—Su corazón —sollozó.

No. Nahri contempló a su mentora con aturdida incredulidad. Nisreen no podía haber muerto. La mujer que le había enseñado a curar no podía ser la única persona a la que no pudiese ayudar. La mujer que, a pesar de las muchas, muchísimas peleas que habían tenido, se había convertido en lo más cercano a una madre que Nahri hubiese tenido jamás.

—Nisreen —susurró—. Por favor.

Lo intentó de nuevo. La magia salió a borbotones de sus manos, pero no hubo efecto alguno. El corazón de Nisreen se había detenido, la sangre y los músculos decaían a medida que se apagaban a ritmo constante los brillantes latidos de su cabeza. Los sentidos de Nahri le decían lo que, claramente, su corazón se negaba en aceptar.

Nisreen había muerto.

31

ALÍ

A lí abrió de golpe la puerta del hospital y agarró a la primera persona a la que vio.

—¡La Banu Nahida! ¿Dónde está?

Parimal, cubierto de sangre, casi dejó caer la bandeja de suministros que llevaba. Alí se apresuró soltarlo.

La expresión de Parimal era grave.

—En la cámara principal. No está herida, pero la situación es desesperada, príncipe. Hay muchos muertos.

Eso Alí ya lo sabía. Él y Muntadhir habían acudido a toda prisa a la procesión, pero las calles habían estado sumidas en el caos. Cuando por fin llegaron se enteraron de que Nahri se encontraba ya en el hospital, tratando a las víctimas.

Muntadhir se quedó en el sitio para ayudar a Jamshid a restaurar algo de orden, mientras que Alí se dirigió al hospital. Atravesó las ruinas de aquella celebración convertida en masacre, con creciente desesperación. Los muertos yacían allá donde habían caído, aún estaban cubriendo los cadáveres. Alí contó al menos cincuenta.

Una de las víctimas, le dijo Jamshid en tono lúgubre, había sido trasladada sin mucha ceremonia al Gran Templo, su cuerpo inmóvil cubierto por el chador de la Banu Nahida. El nombre de Nisreen impactó con fuerza en el corazón de Alí. El alcance de la violencia desatada aquel día resultaba inimaginable.

—Puedo preguntar… —Parimal le clavaba la vista, con aspecto enfermizo y vacilante—. ¿Han sido… identificados… los atacantes?

Alí le miró a los ojos, de sobra consciente de lo que preguntaba Parimal en realidad. La parte más oscura del corazón de Alí había albergado la misma horrible plegaria.

—Eran shafit —dijo en tono quedo—. Todos ellos.

Parimal hundió los hombros con expresión devastada.

—Oh, no —susurró—. Es terrible, pero había tenido la esperanza…

—Lo sé. —Alí carraspeó—. ¿Dónde está Nahri?

Parimal hizo un gesto con el mentón hacia la izquierda.

—En la sala principal.

Alí se apresuró en aquella dirección, a través de los pasillos cuya construcción él mismo había supervisado. Había tenido muchas ganas de que el hospital funcionase a pleno rendimiento, pero, Dios… así, no.

La cámara estaba atestada. El centenar de camastros estaba ocupado, y había más pacientes que yacían sobre mantas de lana en el suelo. La enorme mayoría era daeva. Alí vio a Nahri inclinada sobre un niño que lloraba mientras su madre lo sujetaba. Nahri tenía un fórceps en la mano y parecía estar extrayéndole trozos de metralla de la piel. Alí vio que Nahri dejaba a un lado el fórceps y tocaba el rostro del niño antes de ponerse de pie con dificultad. Hasta el último centímetro de su cuerpo parecía agotado. Giró sobre sus talones.

En cuanto sus miradas se entrecruzaron, el rostro de Nahri se derrumbó de dolor. Alí se apresuró a acudir a su lado. Temblando, ella negó con la cabeza. Parecía que empleaba hasta la última gota de sus fuerzas en no llorar.

—No puedo —dijo con voz estrangulada—. Aquí no.

Sin mediar palabra, Alí la tomó de la mano. Ella no se resistió; permitió que Alí la sacase de la estancia y la llevase al jardín. En cuanto las puertas se cerraron, Nahri rompió a sollozar.

—Han matado a Nisreen —lloró—. Le dispararon, y no pude hacer nada. No pude…

Alí la rodeó entre sus brazos. Ella empezó a llorar con más fuerza. Ambos cayeron poco a poco de rodillas.

—Me enseñó todo lo que sé —decía Nahri con voz ahogada, entre sollozos—. Todo. Y, maldita sea, no pude hacer nada para salvarla. —Se estremeció con fuerza, apretada contra Alí—. Estaba asustada, Alí. Lo vi en sus ojos.

—Lo siento mucho, Nahri —susurró Alí, sin saber qué más podía decir—. Lo siento muchísimo.

Tampoco podía hacer nada más, así que la sostuvo en sus brazos mientras ella lloraba. Sus lágrimas le empaparon la dishdasha. Ansiaba hacer algo, lo que fuese, para mejorar la situación.

No estuvo muy seguro de cuánto tiempo pasaron así, hasta que se oyó la llamada a la oración asr. Alí cerró los ojos húmedos y dejó que la llamada del almuédano lo recorriese, calmando un poco su espíritu. El ataque de aquel día había sido horrible, pero la adhan seguía sonando. El tiempo no se detenía en Daevabad, les tocaba a ellos asegurarse de que aquella tragedia no destrozara la ciudad.

La adhan también pareció calmar un tanto a Nahri. Dio una temblorosa inspiración y se apartó para secarse los ojos.

Se contempló las manos, con aspecto totalmente perdido.

—No sé qué decirles —murmuró, en apariencia tanto para sí misma como para Alí—. Le he dicho a mi pueblo que podíamos confiar en los shafit. Pero nos han atacado con armas humanas, con fuego de Rumi, mientras celebrábamos nuestra festividad, en nuestra ciudad. —Hablaba con voz hueca—. ¿Cómo puedo llamarme Banu Nahida, si ni siquiera soy capaz de proteger a mi propio pueblo?

Alí alargó una mano hacia ella y le sujetó el mentón.

—Nahri, no eres responsable de lo que ha pasado. De ninguna de las maneras. Un par de almas retorcidas aprovecharon un punto débil en las defensas que, para serte sincero, deberíamos haber cubierto en el mismo momento en que esas malditas armas aparecieron en esta ciudad. No tiene nada que ver con tu intento de estrechar lazos con los shafit, ni con tu puesto como Banu Nahida. Has salvado vidas —la tranquilizó—. He oído lo que hiciste para apagar el fuego. ¿Crees que alguien que no sea una Banu Nahida podría haber hecho lo mismo?

Nahri no pareció haberle oído, perdida en la oscuridad que le nublaba la mente.

—Algo así no puede volver a suceder —murmuró—. Nunca más. —Su expresión se afiló de repente, y centró la vista en él—. Esa mujer que te advirtió... ¿dónde está? Quiero hablar con ella.

Alí negó con la cabeza.

—No sabía nada más.

—¡Está claro que sabía más que suficiente! —Ella apartó la mano de un tirón—. Quizá tú no le hayas podido sacar más información, pero apostaría a que yo sí podré.

El tono de venganza en su voz lo intranquilizó.

—Ella no estaba detrás de todo esto, Nahri. Y por más que lo intente, tampoco voy a poder encontrarla.

—¿Cómo se llama? Si tú no quieres buscarla ya se encargará mi gente.

Una sensación gélida se extendió por la piel de Alí. En aquel momento habría hecho cualquier cosa para ayudar a Nahri... pero no podía hacer aquello. Se mordió el labio, en busca de las palabras correctas.

—Nahri, sé que sientes mucho dolor...

—Ah, ¿lo sabes? —Se apartó de él—. ¿Qué sabes tú del dolor? —Sus ojos húmedos destellaron—. ¿A quién has perdido tú, Alí? ¿Quién ha muerto en tus brazos? ¿Quién has suplicado que regrese, que vuelva a mirarte una última vez? —Se tambaleó—. Los daeva sangran, los shafit sangran, y los geziri siguen en pie. A salvo en los desiertos de su hogar, y a salvo aquí, en el palacio.

Alí abrió la boca y volvió a cerrarla, pero no podía negar aquella acusación.

—Nahri, por favor —suplicó—. Podemos... podemos arreglarlo.

—¿Y si no? —se le quebró la voz de puro agotamiento—. ¿Y si Daevabad está tan rota que ya no podemos arreglarla?

Él negó con la cabeza.

—Me niego a creer tal cosa.

Nahri se lo quedó mirando. La ira había desaparecido, había dado paso a una conmiseración que hizo que Alí se sintiese aún peor.

—Deberías marcharte, Alizayd. Escapar de este horrible lugar mientras puedes. —La amargura le arrugó las facciones—. Yo lo haría. —Se giró hacia la puerta—. Tengo que volver con mis pacientes.

—¡Nahri, espera! —Alí se puso en movimiento, desesperado—. Por favor. Yo arreglaré las cosas. Lo juro ante Dios.

Ella lo apartó y se alejó.

—Esto no puedes arreglarlo. —Abrió la puerta de un tirón—. Vuélvete a Am Gezira.

Lubayd y Aqisa lo estaban esperando a la salida del hospital.

Lubayd le echó un vistazo y lo agarró del brazo.

—¿Se encuentra bien?

Alí tenía la boca seca.

—Sigue con vida.

«Vuélvete a Am Gezira». De pronto, en un momento de debilidad, eso fue justo lo que quiso hacer Alí. Sería sencillo. La ciudad estaba sumida en el caos. Los tres podrían escabullirse en un instante. Su padre no lo culparía; le había dicho a Alí que se marchase, y seguramente se sentiría aliviado en secreto por no tener que obligar a su hijo a obedecer su mandato. Alí podría regresar a Bir Nabat en apenas unas semanas, alejarse de Daevabad, de aquel constante y sangriento dolor de corazón.

Se restregó los ojos. Captó algo más adelante la vista del campamento shafit. Lo habían vuelto a construir, a expandir, tras el ataque. En aquel momento estaba repleto de trabajadores tensos que entraban y salían del hospital.

Un miedo enfermizo se adueñó de su corazón. Los daeva habían atacado antes aquel lugar y habían matado a muchos shafit en venganza por la muerte de un solo hombre.

¿Qué les harían a los shafit por la destrucción que se había desatado aquel día?

Podrían ir a la guerra. Alí sabía que esa era justo la preocupación constante de su padre. Los daeva y los shafit constituían la mayoría de la población de Daevabad. Superaban con creces al resto de los djinn. Era posible que la Guardia Real no consiguiera detenerlos. Y quizá Ghassán ni siquiera quisiese intentarlo. Alí conocía bien los fríos cálculos de su mundo: enviarían a la Guardia a supervisar los demás barrios, para mantener a los djinn puros de sangre seguros mientras los «adoradores del fuego» y los «sucios de sangre» desgranaban su lucha final.

Sin embargo, su primera reacción instintiva sería detener todo aquello. Aplastar brutalmente cualquier posibilidad de escalada en el conflicto.

La puerta volvió a abrirse. Subha salió y se les acercó.

La doctora inspiró hondo.

—No pensé que vería algo peor que en el ataque al campamento —confesó a modo de saludo—. No puedo ni imaginar qué demonios habrán hecho algo así. Atacar un desfile lleno de niños...

Ellos mismos habían sido niños hacía algunos años. Alí sabía, en lo más profundo de su corazón, que detrás de todo aquello estaba el Tanzeem. Las pocas almas retorcidas que habían visto morir asesinado a su jeque, su orfanato reducido a cenizas, y a sus hermanos y hermanas de adopción morir en el lago. Tal y como había dicho la hermana Fatumai.

—Creo que de momento los supervivientes están fuera de peligro —prosiguió Subha con expresión abatida—. Ojalá hubiese estado allí —dijo en tono quedo—. La señora Nisreen... probablemente yo podría haberle extraído la bala.

—Por favor, no se lo digas a Nahri —se apresuró a decir Alí.

Subha negó con la cabeza.

—Te diré que ya le ronda por la cabeza. Cuando se pierde así a una paciente, una no deja de preguntarse qué podría haber hecho de manera diferente. Y si se trata de un ser querido...

Alí se encogió.

—¿Te vas a quedar con ella? —le preguntó—. ¿Con Nahri?

—¿A dónde vas tú?

Él vaciló, intentando pensar.

—A la Ciudadela —decidió al fin. No era bienvenido en el hospital, y no confiaba que su padre no lo fuese a encerrar si regresaba al palacio—. Quiero ver lo que podemos hacer para evitar más derramamiento de sangre, mientras intentamos averiguar quién ha sido.

Aqisa entrecerró los ojos.

—¿Se te permite entrar en la Ciudadela?

Alí inspiró hondo.

—Creo que estamos a punto de averiguar hasta qué punto me quieren en la Guardia Real.

Lo cierto fue que no le impidieron entrar. De hecho, Alí vio un manifiesto alivio en los rostros de unos cuantos.

—Príncipe Alizayd —lo saludó el primer soldado con quien se cruzó—. Que la paz sea contigo.

—Y que contigo sea la paz —replicó Alí—. ¿Está aquí el caíd?

El hombre negó con la cabeza.

—Acaba de salir en dirección al palacio. —Hizo una pausa—. Parecía enfadado. Salió en tromba de aquí con unos cuantos de sus oficiales de mayor rango.

A Alí se le encogió el estómago. No estaba muy seguro de qué pensar al respecto. Asintió y prosiguió. Se internó en el corazón de la Ciudadela, un lugar que, en muchos sentidos, había sido más hogar para él que el palacio. La torre se alzaba, orgullosa, contra el sol del ocaso.

En el interior había un puñado de oficiales geziri que discutían a voz en grito en torno a un pergamino. Alí los reconoció a todos, en particular a Daoud, el oficial que le había dado las gracias por sus esfuerzos en su aldea cuando llegó a Daevabad.

—Príncipe Alizayd, gracias a Dios —dijo el hombre al ver a Alí.

Alí se acercó con cautela y alzó una mano para que Lubayd y Aqisa no lo siguieran. Allí dentro era un soldado más, no un civil de Am Gezira.

—¿El caíd ha ido al palacio?

Daoud vaciló.

—Hemos recibido ciertas órdenes preocupantes del rey.

—¿Qué órdenes? —preguntó Alí, nervioso al instante.

Barghash, uno de los capitanes más vociferantes y atrevidos, habló:

—Quiere que arrasemos el barrio en el que ha tenido lugar el ataque. Pero algo así es innecesario. Hemos encontrado a los shafit que vivían en los apartamentos desde los que se produjo el ataque; todos tenían rajada la garganta. Debieron de matarlos los atacantes. ¡Que también están muertos! Nos han pedido que matemos a muchísimos shafit sin razón alguna...

—Ya basta —interrumpió Abu Nuwas—. Cuando ingresaste en la Guardia juraste obedecer al rey.

—El juramento no es ese —corrigió Alí—. Lo que se jura es servir a Dios y dedicarse en cuerpo y alma a la seguridad de su pueblo. Y los shafit también son su pueblo.

Abu Nuwas le dedicó una mirada molesta.

—Con todos los respetos, príncipe Alizayd, aquí no tienes rango alguno. Ni siquiera deberías estar aquí. Si así lo deseas puedo hacer que te escolten hasta el palacio.

La amenaza estaba clara. Alí vio que bastantes hombres se tensaban... aunque aquellas miradas hostiles no estaban dirigidas a él.

Alí hizo una pausa. En su mente veía a Muntadhir y a Zaynab. A su padre.

Bir Nabat, y la vida que podría haber vivido.

Que Dios me perdone. Que Dios me guíe.

—Lo siento mucho, Abu Nuwas —dijo en tono quedo. Bajó la mano hasta el janyar—, pero no pienso regresar al palacio.

Y le golpeó en el cráneo con la empuñadura de la hoja.

Abu Nuwas cayó inconsciente sobre el polvo. Dos de los oficiales echaron mano de inmediato a los zulfiqares, pero los superaban en número. El resto de los oficiales y varios soldados se abalanzaron sobre ellos y los inmovilizaron.

—Aseguraos de que se encuentra bien —prosiguió Alí con voz calmada. Echó mano del pergamino, que había caído al suelo. Repasó con la mirada aquella repugnante orden, con la firma de su padre en la parte de abajo.

El pergamino estalló en llamas en su mano. Alí lo dejó caer al suelo.

Contempló a los soldados que lo rodeaban.

—No me uní a la Guardia Real para asesinar inocentes —dijo en tono seco—. Como tampoco vinieron nuestros ancestros a Daevabad para arrasar hogares shafit con niños durmiendo dentro. —Alzó la voz—. Vamos a mantener la paz, ¿entendido? Eso es lo único que vamos a hacer.

Hubo un momento de duda entre los hombres. A Alí se le aceleró el corazón. Aqisa acercó la mano a la hoja...

Y entonces, Daoud asintió y se apresuró a hacer el saludo geziri.

—Vuestro príncipe os ha dado una orden —afirmó—. ¡Formad filas!

Primero lentamente y luego con la misma velocidad con la que habrían obedecido a Wajed, los soldados del patio formaron filas.

Daoud hizo una reverencia.

—¿Qué quieres que hagamos?

—Tenemos que proteger el distrito shafit. No quiero que nadie vaya a buscar venganza esta noche. Las puertas al midán tendrán que estar cerradas y fortificadas, rápido. Y tengo que enviar un mensaje al rey.

Y a mis hermanos, añadió en silencio, implorando que su conversación con ellos en aquella despensa hubiese supuesto algún avance.

—¿Y qué hacemos con el barrio geziri? —preguntó Daoud—. Ninguna puerta nos separa de los shafit.

—Lo sé. —Alí inspiró hondo y consideró sus opciones. De pronto le habría gustado trazar más intrigas con Zaynab. Jugueteó con las cuentas de oración que llevaba en la muñeca. ¿Con quién podía contar como apoyo?

Sus dedos se quedaron inmóviles entre las cuentas.

—Tráeme a todos los almuédanos geziri que puedas encontrar.

32
NAHRI

«**E**res una buena Banu Nahida».

Las palabras de Nisreen de la otra noche resonaron en la mente de Nahri mientras contemplaba el lavabo. «Una buena Banu Nahida». La sorpresa en el semblante de su mentora, el modo en que la chispa, aquella sorna y la cansada paciencia, todo lo que la hacía ser quien era… todo se había desvanecido de sus ojos oscuros. Las manos que habían guiado las de Nahri se enfriaban ya en la quietud del Gran Templo.

—Necesitas un descanso —la voz de Subha la sacó de sus cavilaciones. Le lanzó una toalla a Nahri—. Llevas tanto tiempo delante de esa pila que podrías haberte lavado las manos cien veces.

Nahri negó con la cabeza, se secó las manos y volvió a ponerse el delantal.

—Estoy bien.

—No es un ruego, es una orden. —Nahri miró a la doctora, sobresaltada, pero no vio más que determinación en sus ojos—. Querías trabajar con otra sanadora, ¿no? Bien, pues ahora actúo en nombre de tus pacientes. No estás en condiciones de tratar a nadie ahora mismo.

Antes de que Nahri pudiese protestar, la doctora la agarró del brazo y prácticamente la depositó en un sofá bajo. Una taza de té y una bandeja con comida descansaban sobre una mesita cercana.

Subha señaló a las viandas con un gesto del mentón.

—Los trabajadores del campamento han traído comida y ropa. Han pensado que a tu gente le vendría bien.

El gesto la conmovió.

—Muy amable por su parte —dijo en tono quedo. Echó mano del té, demasiado cansada como para resistirse, y dio un sorbo.

Subha se sentó a su lado. Suspiró y se enjugó una línea de ceniza de la frente cubierta de sudor.

—Por si no te lo había dicho aún, lo siento muchísimo. —Negó con la cabeza—. Hablé un poco con la señora Nisreen anoche mismo. —Una sonrisa diminuta asomó a sus labios—. Fue una charla apenas levemente tensa. En realidad se me antojaba una mujer muy capaz y bastante amable.

Nahri contempló el té.

—Me enseñó todo lo que sé sobre la ciencia Nahid. —La emoción se apoderó de su voz—. Era lo más cercano que he tenido a una familia en Daevabad. Y no fui capaz de salvarla.

Subha le tocó la mano.

—No te dejes arrastrar por lo que podrías haber hecho por un paciente, sobre todo si se trata de un ser querido. —Carraspeó—. Hazme caso, te hablo desde la experiencia. Después de lo de mi padre... me sentí inútil. Pasé semanas en vano sumida en la autocompasión y el dolor. Tú no cuentas con semanas; tu pueblo te necesita ahora.

Nahri asintió; aquellas palabras tan directas suponían un alivio. Desde luego eran más útiles que llorar en el hombro de Alí en el jardín. «Una debilidad». Así había denominado Nisreen a Alí, y estaba claro que tenía razón. Si Nahri hubiese sido la Banu Nahida que su pueblo necesitaba, habría obligado a Alí a soltar el nombre de aquella confidente que le había hablado del ataque.

—¿Banu Nahida? —llamó una voz familiar desde el grupo de gente que atestaba la entrada a la sala de auscultación. Jamshid. Alguien debía de haberle dado una camisa, aunque la llevaba cubierta de sangre y ceniza. Parecía igual de exhausto que Nahri. Su mirada cayó sobre ella y cruzó la estancia en segundos, con una celeridad y una agilidad que casi consiguió que Nahri dejase caer la taza de té. No era solo que se hubiese curado de las quemaduras, sino que Jamshid ni siquiera cojeaba.

—¿Jamshid? —Lo miró boquiabierta de arriba abajo. Desde más cerca pudo ver que temblaba, los ojos rebosantes de un pánico apenas reprimido.

Subha frunció el entrecejo.

—Nahri me dijo que te alcanzó el fuego de Rumi y que sufriste una grave quemadura. —Se puso en pie y alargó una mano hacia él—. ¿Quieres que te...?

Él se apartó con un respingo.

—Estoy bien —dijo con voz ronca—. Muy bien, muy bien —añadió con un toque de histeria en la voz—. ¿Y vosotras cómo estáis?

Nahri lo contempló. Desde luego, no sonaba como alguien que estuviese bien.

—Hacemos lo que podemos —respondió—. ¿Han terminado ya en el emplazamiento de la procesión?

Jamshid asintió.

—La cifra final de muertos asciende a ochenta y seis —dijo en tono quedo—. Muntadhir y el rey se marchaban ya cuando emprendí el camino hacia aquí. Solo han encontrado a los tres atacantes.

—¿Casi cien muertos por culpa de tres personas? —Nahri dejó el té, las manos temblorosas—. No entiendo cómo ha podido pasar algo así.

—Es la primera vez que sucede —dijo Jamshid con voz apenada—. No creo que nadie esperase nada parecido.

Nahri negó con la cabeza.

—Me alegro de haber estado presente para ver a los habitantes de Daevabad alcanzar una cota aún más baja de masacre entre sí.

Jamshid dio un paso al frente y le puso una mano en el hombro.

—Siento mucho lo de Nisreen, Nahri. —Parpadeó para contener las lágrimas—. La verdad es que no puedo creerlo. Me resulta difícil imaginar que no vaya a estar en el dispensario cuando volvamos.

Nahri se esforzó por hablar sin que su voz sonase acongojada:

—Tendremos que arreglárnoslas. Nuestro pueblo nos necesita.

Él se ruborizó.

—Tienes razón, claro. Pero, Nahri... si la situación está controlada aquí, ¿tendrías un momento para hablar? ¿A solas? —aclaró, señalando el pasillo con el mentón.

—Por supuesto. —Nahri se puso en pie—. Si me disculpas, doctora Sen.

En cuanto salieron los dos, Jamshid se giró hacia ella.

—Nahri, ¿estás segura de que lo que había en esos contenedores era fuego de Rumi?

La pregunta desconcertó un tanto a Nahri, al igual que el miedo que asomaba a los ojos de Jamshid.

—Sí, creo que sí. Es decir, ¿qué otra cosa podría arder de ese modo?

Jamshid retorcía las manos.

—¿Crees que podría haberse tratado de otra cosa? Algún tipo de... no sé... ¿suero curativo?

Ella parpadeó.

—¿Lo preguntas por tu espalda?

Entre el caos del ataque y la muerte de Nisreen, Nahri apenas había tenido tiempo para pensar en la rapidez con la que se habían desvanecido las heridas de Jamshid.

Él estaba pálido.

—No, no solo por mi espalda... —Abrió la boca y volvió a cerrarla, como si intentase encontrar las palabras correctas—. Nahri, vas a pensar que estoy loco, pero...

—¡Banu Nahida! —se trataba de Razu—. ¡Ven, rápido! —dijo, y añadió en tukharistaní—. El padre de este está montando una escena fuera.

Jamshid se giró hacia Razu.

—¡Pues decidle que espere!

En cuanto las palabras salieron de la boca de Jamshid, este ahogó un grito y se la cubrió con una mano. Nahri desorbitó los ojos. Acababa de hablar en una perfecta imitación del antiguo dialecto del tukharistaní que hablaba Razu; un idioma que Nahri no había oído pronunciar a nadie más que a Razu y a ella misma.

—Jamshid, ¿cómo sabes hablar...?

—¡Jamshid! —Kaveh llegó a la carrera por el pasillo—. ¡Banu Nahida! ¡Venid, no hay tiempo que perder!

Jamshid aún parecía demasiado asombrado como para hablar, así que fue Nahri quien dijo:

—¿Qué sucede?

Kaveh estaba pálido.

—Se trata del emir.

El pánico dominaba a Jamshid mientras galopaban hacia el midán. Fuera lo que fuese lo que había intentado decirle antes, su mente estaba ahora ocupada con otro asunto más apremiante.

—¿Cómo que se ha desplomado? —le volvió a preguntar a Kaveh a gritos, por encima del estruendo de los cascos.

—Te he dicho todo lo que sé —respondió Kaveh—. Quiso hacer una parada para visitar a los supervivientes arracimados frente al Gran Templo, y allí mismo se desmayó. Lo llevamos dentro, y yo he venido a buscaros tan rápido como he podido.

Nahri apretó las piernas en torno al caballo y aferró las riendas. El barrio geziri pasaba a su alrededor convertido en un borrón.

—¿Por qué no lo habéis traído al dispensario o al hospital?

—Lo siento, no se nos ocurrió.

Atravesaron la puerta geziri. El midán estaba espectralmente vacío, al igual que muchas de las calles. Desprendía un leve fulgor en medio de la noche cada vez más oscura. Debería haber estado repleto de celebraciones, de daeva que se hubiesen pasado con la cerveza de ciruela bailando en las fuentes, de niños invocando fuegos artificiales.

En cambio estaba en completo silencio. El olor de la carne quemada y el humo flotaban por el polvoriento aire. Un carromato que vendía delicadas guirnaldas y flores de cristal soplado yacía volcado, abandonado. Nahri se temía que era bastante probable que su dueño estuviese bajo uno de los ochenta y seis sudarios ensangrentados frente al Templo.

Un sonido de cánticos captó su atención. Nahri alzó una mano y ralentizó al caballo. Era la melodiosa entonación de la llamada a la oración… aunque ya se había realizado la llamada a la isha. Además se dio cuenta de que no era en árabe.

—¿Eso es geziriyya? —susurró Jamshid—. ¿Por qué iban a hacer los almuédanos la llamada en geziriyya? ¿Y por qué ahora?

Kaveh se había puesto pálido.

—Creo que deberíamos apresurarnos al templo.

Azuzó al caballo en dirección a la puerta daeva. Las dos estatuas de los shedu proyectaban estrambóticas sombras contra los muros de cobre del midán.

Habían recorrido la mitad del camino cuando una hilera de jinetes les salió al paso y cortó su avance.

—¡Gran visir! —exclamó un hombre—. ¡Alto!

Era el caíd, reconoció Nahri. Seis miembros de la Guardia Real lo acompañaban, armados con hoces y zulfiqares. Nahri vio que otros cuatro arqueros habían asomado de las demás puertas. Aún no habían tensado los arcos, pero el miedo la recorrió igualmente, como un susurro.

—¿Qué significa esto? —quiso saber—. Dejadnos pasar. ¡Tengo que llegar al Gran Templo y asegurarme de que mi marido sigue con vida!

Wajed frunció el ceño.

—Tu marido no está en el Gran Templo. El emir Muntadhir está en el palacio. Lo vi justo antes de ponernos en movimiento.

Jamshid adelantó el caballo, ignorando al parecer el movimiento con el que los soldados echaron mano a sus hojas.

—¿Se encuentra bien? Mi padre me dijo que había caído enfermo en el Gran Templo.

La confusión en el rostro de Wajed y el rubor avergonzado en el de Kaveh. Nahri no necesitó más:

—¿Nos has mentido? —preguntó, girándose hacia el gran visir—. En el nombre de Dios, ¿por qué?

Kaveh se encogió con aire avergonzado.

—Lo siento —dijo a toda prisa—. Tenía que poneros a salvo, y el único modo que se me ocurrió para sacaros a los dos del hospital fue mencionar a Muntadhir.

Jamshid se envaró, con aspecto tan conmocionado como dolido.

—¿Cómo te has atrevido a hacerme creer que le había pasado algo?

—Lo siento, hijo mío. No tenía…

Wajed los interrumpió:

—Da igual. Ninguno de vosotros puede acercarse al Gran Templo. Tengo órdenes de escoltaros a los dos al palacio —dijo, señalando con el mentón a Kaveh y a Nahri. Vaciló y, durante apenas un minuto, pareció agotado, al límite de sus fuerzas. Luego prosiguió—: Jamshid, tú vienes conmigo.

Kaveh se colocó al instante delante de su hijo y de Nahri.

—¿Disculpa?

La llamada a la oración volvió a resonar, espectrales oleadas de palabras en geziriyya que rompían el tenso silencio. Wajed se puso rígido y tensó un músculo de la cara, como si, fuera lo que fuese lo que estaban diciendo, le causase un gran dolor. Y no era el único. La mitad de los soldados, que eran geziri, también parecían visiblemente alterados.

Uno de ellos, el único arquero geziri de pie bajo el dintel de la puerta tukharistaní, llegó incluso a gritar algo en su idioma. Wajed le respondió con una frase brusca y cortante.

Estaba claro que las palabras de Wajed no apaciguaron al soldado, que volvió a replicar, a señalarles primero a ellos y luego a la puerta que llevaba hacia los barrios de los shafit. Nahri no tenía la menor idea de lo que decía, pero al parecer tuvo su efecto. Los demás geziri se revolvieron, incómodos. Un par de ellos pasearon la vista entre sí.

De pronto, el arquero dejó caer su arco. Giró sobre sus talones, pero no llegó lejos, porque Wajed dio una única y seca orden y otro arquero lo mató de un flechazo.

Nahri ahogó un grito. Jamshid desenvainó la espada y se acercó a ella al instante.

Sin embargo, el caíd no les prestaba atención. Contemplaba a sus hombres.

—Esa es la pena por traición, ¿entendido? No habrá detenciones ni perdón. No me importa lo que oigáis. —Clavó la mirada en sus soldados—. Aceptamos órdenes de un solo hombre en toda Daevabad.

—En el nombre del Creador, Wajed, ¿qué sucede? —volvió a preguntar Nahri. Tanto ella como Kaveh y Jamshid se habían acercado a caballo tanto como podían.

—Podrás formularle todas tus preguntas al rey en cuanto lo veas. —Wajed vaciló—. Discúlpame, Banu Nahida, pero tengo órdenes que cumplir.

Alzó la mano y los demás arqueros tensaron los arcos y apuntaron con sus flechas a los daeva.

—¡Esperad! —exclamó Nahri—. ¿Qué hacéis?

Wajed sacó un par de esposas de hierro del cinturón.

—Tal y como te he dicho, el rey ha ordenado que os llevemos tanto a ti como a Kaveh ante su presencia. Jamshid tendrá que quedarse conmigo.

—No —Kaveh sonaba desesperado—. Ghassán no me va a arrebatar a mi hijo. Otra vez no.

—En ese caso tengo órdenes de mataros a los tres —dijo Wajed en tono quedo—. Empezando por la Banu Nahida.

Jamshid se bajó de la silla.

—Llevadme con vosotros —dijo de inmediato, y dejó caer la espada al suelo—. No les hagáis daño.

—¡No! Wajed, por favor, te lo suplico —imploró Kaveh—. Deja que se quede conmigo. No suponemos ninguna amenaza. Seguro que lo que Ghassán quiera decirnos a mí y a Nahri...

—Tengo órdenes, Kaveh —interrumpió Wajed sin brusquedad alguna—. Prendedlo —les dijo a sus hombres, y luego miró a Nahri—. Y te sugeriría que te guardases para ti cualquier tormenta de arena que se te ocurra invocar. Todos somos bastante rápidos con nuestras armas. —Le lanzó las esposas de hierro—. Si te importan sus vidas, más vale que te pongas las esposas.

Kaveh se abalanzó sobre su hijo.

—¡Jamshid!

Un soldado le golpeó en la nuca con la parte plana de la hoja. Kaveh se desplomó en el suelo.

—¡Baba! —Jamshid dio un salto hacia su padre, pero apenas había dado dos pasos, un par de hombres lo agarraron y le pusieron un cuchillo en la garganta.

—Tú decides, Banu Nahida —dijo Wajed.

La mirada preocupada de Jamshid osciló entre el cuerpo desplomado de su padre y Nahri.

—Deja que me lleven, Nahri. Por favor. Puedo cuidar de mí mismo.

No. Pensando a toda velocidad, Nahri giró sobre sus talones hacia Wajed.

—Quiero hablar con mi marido —insistió—. ¡El emir jamás permitiría esto!

—No es el emir quien me da órdenes —replicó Wajed—. Las esposas. Ahora —aclaró mientras el cuchillo apretaba aún más la garganta de Jamshid.

Nahri maldijo en voz baja, pero se las puso. El hierro le quemó la piel. Su magia no desapareció del todo, pero menguó. Al instante, un par de soldados se acercaron a ella y le apretaron las muñecas con más fuerza, para que no pudiese desprenderse de las esposas.

Nahri le clavó la mirada a Wajed.

—Si le haces daño, mataré a tu rey. Te lo juro, caíd, sobre las cenizas de mis ancestros. Mataré a tu rey y luego te mataré a ti.

Wajed se limitó a inclinar la cabeza. Otro par de soldados esposaban las manos de Jamshid.

—Volveré a por ti —afirmó Nahri—. Te lo prometo. Hablaré con Muntadhir.

Jamshid tragó saliva.

—Primero ponte tú a salvo, Banu Nahida, por favor —gritó mientras se lo llevaban—. ¡Te necesitamos con vida!

33
ALÍ

Desde una ventana en lo alto de la torre de piedra de la Ciudadela, Alí escrutaba el lago a sus pies. En aquella noche sin luna tenía un aspecto más oscuro de lo normal. Una hoja de vidrio negro en perfecta calma que reflejaba el cielo. En la lejanía, la estrecha franja de arena dorada de una playa era lo único que lo separaba de unas montañas igualmente oscuras.

Inspiró una bocanada de aire frío y vigorizante.

—¿Están cerradas las puertas?

—Sí, mi príncipe —respondió Daoud—. Hemos asegurado tanto como ha sido posible el distrito shafit. La puerta del Gran Bazar ha sido sellada con magia y fortificada con barras de hierro. Y en nuestro barrio se ha hecho lo mismo. —Carraspeó—. El discurso que has mandado recitar a los almuédanos ha tenido bastante efecto.

Ese discurso que he mandado recitar será la primera de las acusaciones que leerán en mi juicio. Alí había mandado que revelasen el cruel plan de su padre ante todo el barrio geziri: los almuédanos lo habían entonado, así como hasta el último imán y jeque que conociese a Alí; todos ellos clérigos respetados, en cuya palabra confiaría la gente. Después de contarles los planes al pueblo seguía un llamamiento bastante sencillo:

«Ghassán al Qahtani os pide que toleréis la masacre de nuestros hermanos shafit.

Zaydi al Qahtani os pide que la detengáis».

Sus planes habían tenido el efecto deseado de sobras... incluso más de lo que Alí había anticipado. Ya fuese porque su gente sentía nostalgia de la orgullosa causa que los había traído hasta Daevabad, porque estuviesen hartos de corrupción, o sencillamente porque creyesen que el hombre a quien había que seguir era el mata-afshines que había cavado pozos en su tierra de origen y había compartido el pan con sus parientes, Alí no podía estar seguro de la razón que los impulsaba. Pero se habían rebelado: hombres y mujeres geziri habían empezado a recorrer las calles, apresando a todos los soldados geziri que intentaban impedir que entrasen en el distrito shafit. Los dos barrios estaban ahora bajo el control de Alí. Una mezcla de soldados leales a Alí y civiles bien armados habían tomado posiciones por doquier.

—¿Y el hospital? —preguntó, con inquietud creciente en el corazón—. ¿Estaba la Banu Nahida...?

—Acababa de marcharse —respondió Daoud—. Con el gran visir y su hijo. Al parecer se fueron con mucha prisa. Tenemos soldados posicionados fuera del hospital, pero según las órdenes que les has dado, ninguno va a entrar. Razu, la esclava liberada, protege la entrada y amenaza con convertir en araña a cualquiera que se le acerque.

El hombre pronunció aquellas palabras con una mirada nerviosa, como si esperase que Razu apareciese para convertirlo a él en un insecto en aquel mismo momento y lugar.

—Bien. Que se sepa que si uno de nuestros hombres le hace daño a un solo daeva esta noche, yo mismo ejecutaré a quien lo haga.

Pensar en los daeva heridos que seguían dentro del hospital le daba náuseas a Alí. No podía imaginar lo aterrados que debían de estar al enterarse de que estaban atrapados dentro de aquel edificio, mientras los barrios circundantes se habían rebelado bajo el liderazgo del mata-afshines.

La mirada de Alí cayó sobre el escritorio de Wajed. Puesto que necesitaba acceso a los numerosos mapas de la ciudad con los que contaba el caíd, Alí había tomado posesión de su despacho, pero no había podido evitar sentir que se arrancaba un trozo de su propio corazón. No podía estar en medio de aquella estancia sin recordar las horas que había pasado jugando a las peleas con piedras y palos cuando era niño, mientras el caíd trabajaba allí. Había leído todos y cada uno de los libros de aquel lugar, examinado hasta el último diagrama de batalla, al tiempo que Wajed le iba haciendo preguntas sobre sus estudios con muchísimo más afecto que su propio padre.

Jamás me perdonará por esto. Alí lo sabía. La lealtad de Wajed no conocía límites; había sido el compañero más cercano de su padre desde que eran niños. Alí se giró hacia Lubayd:

—¿Crees de verdad que Aqisa va a poder entrar a escondidas en el harén?

—Creo que Aqisa es capaz de conseguir todo lo que se proponga —respondió Lubayd—. Y probablemente mejor que tú y que yo.

Bien. Alí necesitaba que Aqisa le hiciese llegar su carta a Zaynab. Estaba seguro de que al menos su hermana intentaría ayudarle.

—Si Dios quiere, mi hermana podrá convencer a Muntadhir para que nos apoye.

—Y entonces, ¿qué? —Lubayd se cruzó de brazos—. Has tomado la Ciudadela. ¿Cómo se la vas a entregar a nadie, mucho menos al hermano con el que llevas meses de pelea? —Su mirada se volvió punzante—. La gente no está tomando las calles para que Muntadhir sea rey, Alí.

—Y yo no lo estoy haciendo para sentarme en el trono. Quiero que mi hermano y mi hermana estén a mi lado. Necesito que así sea.

Estaba bastante seguro de que su padre tenía un plan preparado en caso de que Alí se rebelase y tomase la Ciudadela. Había dejado clara su oposición al rey, y no era ningún secreto que los soldados junto a los que había crecido le tenían gran simpatía. Alí conocía a su padre; no era posible que Ghassán no hubiese desarrollado alguna estrategia para neutralizarlo.

No estaba tan seguro en cuanto a Muntadhir, el emir devoto y leal; como tampoco lo estaba en cuanto a Zaynab, que era abiertamente la niña de los ojos de su padre. Alí sospechaba que la reacción de Ghassán sería más turbia, más lenta y emocional. Aunque Alí hubiese tomado la Ciudadela, la clave del éxito residía en sus hermanos. Su vida estaba con ellos. De buena gana le había ofrecido una tregua a su padre; una carta que enumeraba todos los pasos que quería tomar para asegurar la paz mientras se investigaba el ataque de la procesión. Sin embargo, Alí sabía que, tras haberles ordenado a los almuédanos que revelasen los planes de Ghassán hacia los shafit, ya no había vuelta atrás. Su padre no iba a perdonar semejante traición.

—Rezo para que tu hermano tenga más sentido común que tú.

Había sido Abu Nuwas quien había hablado. Estaba atado en el suelo, y rabioso. Alí lo había traído hasta allí, en lo que sospechaba que sería un intento inútil por enterarse de cuál sería el siguiente paso de su padre.

—Eres un necio y un atrevido. Deberías haber ido a hablar en persona con tu padre en lugar de airear todas esas acusaciones. Así no se comporta nuestro pueblo.

—Diría que hay bastantes geziri que están en desacuerdo con lo que acabas de decir —argumentó Alí—. Al igual que la mayor parte de la Guardia.

Abu Nuwas soltó un resoplido.

—Les has ofrecido doblarles el salario. Yo de ti no me las daría de santurrón, príncipe Alizayd.

—Mi padre se equivocó cuando decidió dejar que el ejército se muriese de hambre en lugar de obligar a que los ricos pagasen lo que les correspondía.

Alí tamborileó con los dedos sobre el escritorio, inquieto. No había mucho que hacer aparte de aguardar a que llegase la respuesta del palacio. Cada minuto que pasaba se le antojaba una hora.

Más vale que disfrutes de este tiempo, pensó en tono lúgubre. *Hay bastantes posibilidades de que sean los últimos instantes que vivas.* Caminó arriba y abajo ante el amplio ventanal, mientras enumeraba sus opciones. Debía de ser ya medianoche.

Un par de moscas volaron, perezosas, por delante de su rostro. Alí las apartó de un manotazo, pero entonces captó un movimiento al otro lado de la ventana por el rabillo del ojo. Un movimiento acompañado de un creciente zumbido. Se asomó al alféizar.

Lubayd acudió a su lado.

—¿Qué es eso?

Alí no respondió. Estaba tan pasmado como su amigo. Sobrevolaban el lago lo que parecían ser cientos, quizá incluso miles, de moscas. Todas zumbaban y aleteaban mientras se alzaban a ritmo constante por el aire, cada vez más altas, avanzando hacia la ciudad.

Algunas más entraron por la ventana. Lubayd atrapó una con la mano y la agitó para aturdirla. El insecto cayó al suelo, inmóvil.

—Parece una mosca de la arena, como las que tenemos en casa. —Lubayd la tocó con la punta del dedo y la mosca se convirtió en ceniza—. ¿Quién iba a invocar una mosca de la arena?

Alí frunció el ceño y pasó un dedo por los restos del animal.

—¿Quién se molestaría en invocar un enjambre enorme de moscas de la arena?

¿Se trataba de algún tipo de estrambótica tradición de Navasatem que él desconociese? Se asomó a la ventana y vio que las últimas moscas dejaban atrás el lago y se internaban en la ciudad.

Entonces se quedó helado. Oculto tras el zumbido de la masa de moscas en las alturas, algo más se había puesto en movimiento. Algo que no debería poder moverse. Alí abrió la boca para soltar una exclamación.

Y una presencia atronó en su cabeza.

Cayó de rodillas, ahogando un grito. El mundo entero se puso gris. Se aferró el cráneo y soltó un chillido de dolor al tiempo que el cuerpo entero se le empapaba de sudor. En su mente resonó un grito que no fue un grito. Una advertencia impulsiva carente de palabras lo instó a huir, a nadar, a escapar.

La sensación desapareció con la misma rapidez con la que había llegado. Lubayd lo estaba sujetando, repetía su nombre mientras Alí se aferraba al alféizar.

—¿Qué sucede? —preguntó Lubayd, mientras sacudía el hombro de Alí—. ¡Háblame, hermano!

De pronto, todas las moscas que revoloteaban por la estancia cayeron muertas, una lluvia de cenizas descendió entre ellos. Alí apenas se percató; tenía la vista clavada en la ventana.

El lago se movía.

Las aguas muertas se agitaron, rota la quietud acostumbrada del lago, que empezó a danzar, a levantar pequeñas ondas y corrientes que pasaban por su superficie. Alí parpadeó, convencido de que sus ojos le jugaban una mala pasada.

—¡Alí, di algo!

—El lago —susurró—. Han regresado.

—¿Quién ha regresado? ¿De qué…? —Lubayd dejó morir la voz—. En el nombre de Dios, ¿qué es eso? —exclamó.

El agua se alzaba.

Se separó de la tierra convertida en una masa ondulante, un cuerpo de líquido negro en movimiento que se apartó de la orilla y dejó a su paso un lecho lodoso de grietas escarpadas y huesos de antiguos pecios. Se alzó más y más hasta tapar las estrellas y las montañas, cerniéndose sobre la ciudad.

La tosca forma de una cabeza reptiliana se formó y abrió la boca, para revelar hileras de colmillos resplandecientes. El atronador rugido que emitió sacudió a Alí hasta los huesos y ahogó los gritos alarmados de los centinelas que había más abajo.

Alí estaba demasiado conmocionado como para hacer nada más que contemplar, incrédulo, aquella absoluta imposibilidad que había ante él.

Habían convertido el río Gozán en una bestia, una serpiente del tamaño de una montaña que se alzó para aullar a la luna. Aquel cuento aparentemente ridículo que habían contado el Afshín ya fallecido y la chica que se había autoproclamado hija de Manizheh pasó por la cabeza de Alí, al tiempo que la bestia-lago aullaba al cielo.

Y de pronto, la criatura se giró y su terrible rostro apuntó directamente a la Ciudadela.

—¡Corre! —gritó Lubayd, obligándolo a moverse un tirón—. ¡Fuera!

Hubo un crujido violentísimo y el suelo cedió bajo sus pies. La estancia entera empezó a girar mientras Alí volaba por los aires.

Chocó con todo su peso contra la pared opuesta. Se quedó sin respiración. Por la ventana captó apenas un atisbo del agua que entraba en tromba…

Y entonces se lo tragaron las tinieblas.

34
NAHRI

Nahri les clavó una mirada rabiosa a los guardias.

—Se me da muy bien recordar caras —advirtió—. Os aseguro que no me olvidaré de las vuestras.

Uno de los hombres soltó una risita.

—Suerte con esas ataduras.

Nahri, roja de ira, siguió caminando arriba y abajo por el parapeto de piedra. La habían llevado junto con un inconsciente Kaveh e-Pramukh hasta el palacio. A ambos los habían dejado en un pabellón en la parte alta de las murallas, desde donde se veía el lago, a esperar a que acudiese el rey. Era el mismo lugar desde donde había contemplado las estrellas con Alí, aunque ya no había rastro del elegante mobiliario ni el abundante festín que recordaba. En cambio estaban ellos dos solos, aparte de los cuatro guerreros geziri armados hasta los dientes. Guerreros cuyos ojos no se habían apartado de ella.

Se detuvo en el borde de la muralla y contempló el agua lejana y mortal mientras intentaba aflojar un poco las ataduras, que le hacían tanto daño que se encogió de dolor. Sin embargo, mucho peor que el dolor era la sensación de impotencia. Kaveh y ella llevaban allí lo que se le antojaba horas. Nahri contemplaba cómo el cielo se iba tornando cada vez más negro, mientras que a Jamshid lo estarían llevando Dios sabría adónde.

El lago inmóvil llamó su atención. De no haber estado maldito, Nahri habría sentido la tentación de saltar desde las murallas al agua, en un intento de escapar. Era una gran caída que, a buen seguro, podría partirle uno o dos huesos. Por otro lado, al ser Nahid, siempre podría curarse.

Sin embargo, está maldito y podría hacerte pedazos. Frustrada, Nahri se giró e intentó reprimir las ganas de prenderle fuego a lo primero que viese.

La expresión en su semblante debía de resultar evidente.

—Ándate con cuidado, adoradora del fuego —advirtió uno de los guardias—. Hazme caso; ninguno de nosotros tiene paciencia para la zorra del Flagelo.

Nahri se envaró al instante.

—Vuelve a llamarme así y me aseguraré de que mueras antes del alba.

De inmediato, el soldado dio un paso al frente y llevó la mano a la empuñadura del zulfiqar, pero uno de sus compañeros siseó una advertencia en geziriyya, y tiró de él para que retrocediese.

—¿Banu Nahida? —la voz de Kaveh, hecho un guiñapo contra el muro, sonó débil.

Nahri se olvidó del guardia geziri y se apresuró a acudir al lado del gran visir, que acababa de abrir los ojos y parecía aturdido. Incapaz de curarle, Nahri se había conformado con arrancar un trozo de tela de su camisola y liárselo en la cabeza. Manchurrones de sangre negra empapaban la tela.

—¿Te encuentras bien? —preguntó ella en tono urgente.

Él se llevó la mano a la cabeza y se encogió.

—Creo… creo que sí. —Se enderezó despacio—. ¿Qué… dónde está Jamshid?

—No lo sé —confesó Nahri—. Wajed se lo llevó del midán, y luego nos trajeron aquí.

Kaveh se enderezó con la alarma pintada en el rostro.

—¿Qué hora es?

—Alrededor de medianoche, quizá. ¿Por qué? —preguntó al ver que esa sensación alarmada destellaba en los ojos del gran visir.

—¿Medianoche? —susurró él—. Por el Creador, no. Tengo que encontrarlo.

La agarró del hombro con las manos atadas. Nahri dio un respingo ante aquella falta de etiqueta.

—Necesito que pienses, Nahri. ¿Dijeron algo sobre dónde pensaban llevar a Jamshid? ¿Lo que sea? —Bajo aquella luz tenue, el rostro de Kaveh se veía demacrado—. No lo irían a llevar a la Ciudadela, ¿verdad?

Ella se apartó de su contacto de un tirón.

—No lo sé. Además, tú no eres el único que tiene preguntas. ¿Por qué me mentiste sobre Muntadhir? ¿Por qué me dijiste que le había pasado algo?

Kaveh pareció apenas arrepentido.

—Porque necesitaba poneros a salvo a Jamshid y a ti esta noche. La señora Nisreen... tenía que quedarse con vosotros dos en el dispensario... —El dolor le arrugó el semblante—. El Gran Templo me pareció la opción más segura.

—¿Te preocupa que los shafit estén planeando otro ataque?

Kaveh negó con la cabeza. Jugueteaba con uno de los anillos de su mano, un aro de oro coronado con lo que parecía ser una ágata engarzada en cobre.

—No, Banu Nahri. No es por los shafit.

La puerta se abrió justo en aquel momento. Los guardias inclinaron la cabeza: Ghassán acababa de entrar en el pabellón. Nahri se echó hacia atrás mientras el pánico la recorría por completo. Había una rabia patente en los ojos del rey... una expresión que contrastaba agudamente con aquellos hombros hundidos, agotados. Un escalofrío le recorrió la columna. Ghassán al Qahtani no era el tipo de hombre que dejase ver sus emociones.

Se detuvo y le lanzó una mirada fría a los dos daeva sentados en el suelo.

—Dejadnos —les espetó a sus guardias.

Los soldados se marcharon un instante después y cerraron la puerta tras de sí.

Nahri se puso en pie con dificultad.

—¿Qué queréis? —quiso saber—. ¿Cómo os atrevéis a traernos aquí a rastras mientras hay tanta gente herida y doliente debido a un fallo en vuestra seguridad?

Ghassán le lanzó un pergamino enrollado a los pies.

—¿Estás tú detrás de esto? —preguntó.

Nahri agarró el pergamino. Reconoció de inmediato la letra de Alí. Lo leyó... y luego volvió a leerlo, convencida de que no lo había entendido. Los planes bien trazados de iniciar una investigación sobre el ataque de aquel mismo día y de asegurar la paz en la ciudad hasta que se calmasen los ánimos.

Y la calmada afirmación de que le devolvería el ejército a su padre en cuanto estuviese convencido de que los shafit no sufrirían represalia alguna.

Nahri contempló las palabras como si pudiese cambiarlas a base de fuerza de voluntad. *Necio. Podrías haberte ido a Am Gezira. Podrías haberte buscado alguna esposa complaciente y haber vivido una vida en paz.*

—¿Qué? —intervino Kaveh con voz preocupada—. ¿Qué dice?

Nahri dejó caer el pergamino.

—Alí ha tomado la Ciudadela.

Kaveh ahogó un grito.

—Que Alí ha hecho ¿qué?

Ghassán interrumpió:

—La pregunta sigue en pie, Banu Nahida. ¿Estás colaborando con mi hijo en esto?

—No —dijo ella en tono ácido—. Lo creáis o no, hoy no me ha dado tiempo a participar en un golpe de estado; estaba ocupada poniéndole sudarios a los muertos y curando niños abrasados.

—¿Por eso nos habéis traído aquí? —preguntó Kaveh, mirando al rey—. Habéis perdido el control de ese fanático que tenéis por hijo. Un peligro del que deberíais haberos ocupado hace años. Y ahora queréis echarnos la culpa a nosotros, ¿no?

Los ojos de Ghassán destellaron, ofendidos.

—¿Acaso le han salido por fin agallas al timorato de mi gran visir? Toda una acusación, Kaveh, sobre todo teniendo en cuenta que tú mismo has desempeñado un papel a la hora de incendiar los ánimos del pueblo. —Adoptó una expresión tormentosa—. ¿Creías que no iba a investigar las sospechas de Alí sobre el ataque al campamento shafit? ¿De verdad creías que podías avivar semejante chispa en esta ciudad, en mi ciudad, y que no te explotase en la cara?

A Nahri se le encogió el estómago. Oír la acusación de labios de Alí era una cosa, pues el príncipe podía ser todo un exaltado... pero la certeza en la voz de Ghassán y el rubor que asomó a las mejillas de Kaveh le confirmó lo que su corazón había intentado negar. Puede que no confiase en el gran visir, pero era un daeva como ella, un amigo de Nisreen, y padre de Jamshid.

—Aquel ataque a la pareja daeva era mentira —susurró—. Lo organizaste tú, ¿verdad?

El rostro de Kaveh había adoptado un intenso tono rojo.

—Jamshid y tú teníais que ver la verdad sobre los shafit. Habría sucedido tarde o temprano por sí solo. ¡Así ha sido hoy! ¿Cómo puedes defender a los sucios de sangre después de lo que han hecho en la procesión? Jamás se debería haber permitido que se acercasen al hospital de tus ancestros. ¡No tienen cabida alguna en nuestro mundo!

Nahri retrocedió como si la hubiesen abofeteado.

Sin embargo, Kaveh aún no había terminado. Le clavó la mirada a Ghassán.

—Y vos tampoco. Daevabad no ha vivido un solo día de paz desde que Zaydi al Qahtani la empapó de sangre daeva. Sois igual de traicionero que el bárbaro de vuestro padre. —Hablaba con la voz tomada de emoción—. Casi me lo creí, ¿sabéis? Esa farsa que montasteis. El rey que quería unir a nuestras tribus. —Nahri vio que unas lágrimas de rabia pura se le derramaban de los ojos—. Todo era mentira. Os he servido veinte años; mi hijo recibió veinte flechazos para salvar al vuestro, y usasteis su vida para amenazarme. —Escupió a los pies de Ghassán—. No finjáis que os importa nadie que no sean los vuestros, asquerosa mosca de la arena.

Por puro instinto, Nahri dio un paso atrás. Nadie le hablaba así a Ghassán, que no toleraba la menor disidencia, mucho menos insultos graves de un advenedizo gran visir daeva.

Que Ghassán sonriese en lugar de rajarle el gaznate a Kaveh resultó aterrador.

—Hacía tiempo que querías decirme todo eso, ¿verdad? —dijo arrastrando las palabras—. Mírate, tanto rencor, tanta indignación...

como si yo no hubiese prestado atención a todas las frívolas quejas de tu tribu una y otra vez. Como si no hubiese sido yo quien te permitió ascender, a ti y a tu hijo, dejar atrás vuestras tristes vidas de nobles provincianos. —Cruzó los brazos—. Permíteme que te devuelva el favor, Kaveh. Hay algo que también quiero decirte desde hace mucho tiempo.

—Basta ya —interrumpió Nahri. Jamshid había desaparecido y Alí había iniciado una rebelión; no pensaba perder tiempo en los rencores que tuviesen entre sí Ghassán y Kaveh—. ¿Qué queréis, Ghassán? ¿Y dónde está Jamshid?

—Jamshid... —Los ojos de Ghassán destellaron—. Por extraño que parezca, a ese daeva sí que le tengo cariño. Desde luego es más leal que vosotros, aunque no sé de quién habrá heredado tanta sabiduría. Desde luego no proviene de ninguna de las dos partes de su familia.

Kaveh, junto a Nahri, se envaró. Ella frunció el ceño.

—¿Y eso qué significa?

Ghassán se le acercó despacio, con el preocupante aspecto de un halcón que se cerniese sobre una presa pequeña y frágil.

—¿Nunca te ha parecido raro lo seguro que estaba yo de tu identidad, Banu Nahri? ¿Cómo es que estuve tan convencido de inmediato?

—Me dijisteis que me parezco a Manizheh —dijo Nahri con lentitud.

El rey chasqueó la lengua.

—Pero ¿tanto como para hacer una escena en plena corte habiéndote visto solo desde lejos? —Le lanzó una mirada a Kaveh—. ¿Qué piensas tú, gran visir? Me parece que tú sí conocías más que bien a Manizheh. ¿Tanto se parece nuestra Nahri a ella?

A Kaveh parecía costarle respirar. No respondió. Tenía las manos apretadas hasta formar puños, los nudillos pálidos, carentes de sangre.

—Sí —susurró.

Los ojos de Ghassán emitieron un destello triunfante.

—Oh, vamos, sabes mentir mucho mejor. Aunque da igual. Nahri tiene algo más. Algo que también tenía su madre, y que también tenía su tío. Aunque ninguno de los dos lo sabía. Un tanto vergonzoso, la verdad. —Se dio unos golpecitos en la estrella de ocho puntas que llevaba grabada en la sien—. Uno se piensa que es el único poseedor de algo, y luego...

Un peligroso escalofrío le recorrió la piel. No soportaba seguirle el juego, pero tampoco veía modo alguno de escapar, así que insistió:

—¿Qué tal si, por una vez, habláis sin tapujos?

—El sello de Salomón, niña. Llevas una sombra de su marca... aquí. —Ghassán alargó la mano para tocarle un lado de la cara, pero ella se echó hacia atrás—. Lo veo tan claro como el día.

El rey se giró hacia Kaveh y sus ojos grises emitieron un fulgor triunfante, acompañado de algo más; un tono malicioso, vengativo.

—Todos lo tienen, gran visir. Todas y cada una de las personas que llevan sangre Nahid. Manizheh. Rustam. Nahri. —Hizo una pausa, al parecer para saborear el momento—. Y tu Jamshid.

Kaveh se puso en pie de un salto.

—Siéntate —espetó Ghassán. Aquel soniquete de humor cruel desapareció de su voz en apenas un instante, reemplazado por el frío tono de un déspota—. O lo único que le espera a Jamshid, a tu Baga Nahid, es un sudario.

Nahri retrocedió y se cubrió la boca con una mano.

—¿Jamshid es Nahid? —Pasmada, conmocionada, intentó encontrar las palabras—. Pero si no tiene...

Poderes. La palabra murió en sus labios. Las desesperadas preguntas de Jamshid sobre el fuego de Rumi que lo había abrasado para luego sanar bruscamente sus heridas. Aquel dialecto antiguo del tukharistaní que había hablado con Razu... la cruda ráfaga de poder que Nahri había sentido cuando Jamshid la agarró de la mano justo antes de ser capaz de conjurar la tormenta de arena.

Jamshid era un Nahid. A Nahri se le humedecieron de pronto los ojos. Jamshid era familia suya.

Y no era posible que él ya estuviera al tanto; no era tan buen mentiroso. Nahri se giró hacia Kaveh. Él había vuelto a desplomarse en el suelo, sentado, ante la orden de Ghassán, pero seguía con una expresión igual de fiera.

—Se lo ocultaste —acusó Nahri—. ¿Cómo pudiste hacer algo así?

Kaveh temblaba, se mecía adelante y atrás.

—Era el único modo de protegerle de Ghassán.

El rey soltó un resoplido desdeñoso.

—Qué bien te salió la jugada; supe que el chico era Nahid en el mismo momento en que lo trajiste a mi corte. No me costó nada atar los cabos. —La hostilidad rezumaba por su voz—. El chico nació el mismo verano en que murió Saffiyeh. El mismo verano en que Manizheh ignoró mis súplicas de que regresase a Daevabad para salvar a su reina.

—Saffiyeh jamás fue la reina de Manizheh —replicó Kaveh—. Y además, ella apenas pudo disfrutar de una semana con su propio hijo antes de que la obligasen a volver a vuestro lado.

—Tiempo de sobra, por lo visto, para hacer algo que ocultó las habilidades de Jamshid, ¿verdad? —La malicia retorcía las facciones de Ghassán—. Tan lista que se consideraba Manizheh... y sin embargo, su hijo podría haber utilizado sus habilidades cuando se enfrentó a Darayavahoush. Qué ironía: el último Baga Nahid casi muere a manos de su Afshín mientras intentaba salvar a un Qahtani.

Nahri apartó la vista. Sentía el corazón roto. Si Dara hubiese sabido la verdad seguramente se habría atravesado con su propia espada. Se apoyó en el parapeto; de pronto le fallaban las piernas. Ghassán y Kaveh seguían discutiendo. Nahri sabía que no iban a prestarle atención. Lo único que quería hacer era escapar de aquel horrible palacio y encontrar a su hermano.

—Deberíais darme las gracias —dijo Ghassán—. Os he dado a los dos una vida aquí. Ricos, respetados, poderosos...

—Siempre que bailásemos a vuestro son —espetó Kaveh—. Que olvidásemos nuestros deseos, nuestras ambiciones, que rindiésemos todo a los pies de los grandes planes de Ghassán al Qahtani —su voz era cruel—. Y aún os preguntáis por qué os rechazó Manizheh.

—Sospecho que el motivo por el que Manizheh me rechazó, por más decepcionante que resulte, está sentado ahora mismo frente a mí. —Ghassán le lanzaba a Kaveh una mirada despectiva, pero había en ella un resentimiento que no era capaz de ocultar del todo—. Está claro que Manizheh tenía un gusto... peculiar.

La paciencia de Nahri se quebró de repente.

—Oh, dejad ya de pavonearos —siseó—. No pienso quedarme aquí escuchando a dos viejos pelearse por un amor perdido. ¿Dónde está mi hermano?

La expresión de Ghassán se oscureció, pero aun así respondió:

—Está en un lugar seguro. Y allí se quedará, junto con gente de mi confianza, hasta que la ciudad vuelva a estar en calma.

—Hasta que vuestra violencia nos obligue a agachar de nuevo la cabeza. Eso es lo que queréis decir, ¿no? —dijo Nahri con amargura—. Ya he vivido lo mismo con vos. ¿Qué tal si nos decís qué es lo que queréis?

Ghassán negó con la cabeza.

—Siempre tan directa, Banu Nahri... pero yo conozco bien a tu pueblo. Ahora mismo imagino que habrá unos cuantos daeva deseosos de derramar sangre shafit. Y está claro que los shafit sienten los mismos deseos. Así pues, vamos a arreglar las cosas. —Se giró hacia Kaveh—. Serás tú quien asuma la culpa. Confesarás haber organizado el asalto al campamento y haber suministrado armas a los shafit que atacaron vuestra procesión.

—Yo no he tenido nada que ver con lo que sucedió en la procesión —dijo Kaveh en tono alterado—. ¡Jamás haría algo así!

—No me importa —dijo Ghassán en tono seco—. Serás tú quien asuma la responsabilidad. El gran visir, fracasado, conducido a la destrucción por culpa de su propio fanatismo. Confesarás haber trazado un plan contra tu Banu Nahida, y después de haber confesado, Kaveh... —Hizo un gesto frío con el mentón hacia el muro—. Te quitarás la vida.

Kaveh desorbitó los ojos. Nahri se apresuró a dar un paso al frente.

—No voy a permitir...

—No he terminado. —Algo distinto, más difícil de descifrar, sobrevoló el rostro de Ghassán—. En cuanto a ti, Banu Nahida, necesito que envíes una carta a mi hijo menor y le digas que has sido detenida y acusada de haber conspirado con él para organizar este intento de golpe de estado. Y que serás ejecutada mañana al alba en caso de que se niegue a rendirse.

Nahri sintió que la sangre le abandonaba el rostro.

—¿Qué?

Ghassán hizo un gesto despectivo.

—Lo creas o no, yo preferiría no tener que mezclarte en este asunto, pero conozco a mi hijo. Alí puede estar felizmente dispuesto a hacerse el mártir, pero no tengo la menor duda de que en cuanto vea la carta escrita de tu puño y letra se postrará a mis pies.

—Y entonces, ¿qué? —insistió ella—. ¿Qué pensáis hacer con él?

El frío humor se desvaneció del rostro de Ghassán.

—Será ejecutado por traición.

No. Nahri dejó escapar el aire de los pulmones y apretó las manos hasta convertirlas en puños.

—No pienso ayudaros a atraparle —replicó—. Me alegro de que haya tomado la Ciudadela. ¡Espero que lo próximo que conquiste sea el palacio!

—No lo logrará antes del alba —dijo Ghassán en tono ecuánime—. Y no solo escribirás esa carta, sino que te arrastraré hasta el midán para que puedas pedirle llorando que te salve, si hace falta. O mataré a tu hermano.

Nahri retrocedió.

—No seréis capaz —le temblaba la voz—. No os atreveríais a hacerle algo así a Muntadhir.

Ghassán alzó las cejas con cierta sorpresa.

—No se te escapa una, ¿verdad? Aunque sí, Banu Nahida, sí que me atrevería. De hecho, a Muntadhir más le valdría aprender a no dejarse llevar tanto por el corazón. Siempre permite que sus afectos lo pongan en riesgo.

—¿Qué sabréis vos de afectos? —intervino Kaveh con ojos iracundos—. Sois un monstruo. Vos y vuestro padre os aprovechasteis del amor de Manizheh para controlarla, y ahora planeáis hacer lo mismo con su hija. —Le clavó la vista a Ghassán—. ¿Cómo podéis afirmar que habéis sentido nada por ella alguna vez?

Ghassán puso los ojos en blanco.

—Ahórrate esa fachada santurrona, Kaveh. Bastante sangre tienes ya en las manos, y lo sabes.

Sin embargo, las palabras de Kaveh fueron el recordatorio que Nahri necesitaba.

Cerró los ojos. Intentó apartarse del rey en su interior, enmascarar sus vulnerabilidades y asegurarse de que no había muesca alguna en la armadura que iba a levantar frente a sí. Ghassán ya tenía en el puño el destino de toda su tribu; a lo largo de los años los había amenazado innumerables veces con violencia para obligarla a obedecer.

Y los esfuerzos de Nahri para resistirse habían dado igual, porque Ghassán siempre había tenido algo mucho más cercano, precioso, para ella. Había abierto brecha en su armadura desde el principio. Una brecha cuya existencia Nahri ni siquiera había sospechado.

Intentó pensar. Si Alí se había hecho con el control de la Ciudadela, aquello era mucho más que una mera revuelta. Ghassán había perdido a la mayor parte de la Guardia Real. Recordó los espectrales cánticos en geziriyya que flotaban por el aire, intentó acordarse de lo que sabía de los barrios de Daevabad. Era posible que Alí ya tuviese el control del barrio geziri. Del distrito shafit.

Abrió los ojos.

—Creéis que puede vencer, ¿verdad? —le preguntó a Ghassán—. Creéis que Alí puede salir victorioso.

El rey estrechó los ojos.

—Te estás pasando de la raya, Banu Nahida.

Nahri sonrió a pesar de las náuseas que sentía.

—Lo cierto es que no. Esto solía dárseme muy bien, ¿sabéis? Yo era muy buena analizando a mis víctimas, descubriendo sus debilidades. En esto, vos y yo nos parecemos. —Le picaba la garganta—. Y Jamshid… apostaría a que os deleitabais con su secreto. —Inclinó la cabeza hacia Kaveh—. Apostaría a que cada vez que lo mirabais os dedicabais a pensar en todos los modos en que podríais vengaros del hombre que disfrutaba del amor de la mujer a la que vos deseabais. No estabais dispuesto a dejar escapar algo así con facilidad.

Ghassán se tensó. El rostro del rey estaba tranquilo, pero a Nahri no se le escapó el fuego que se avivaba en su voz.

—Esta pose no te servirá para recuperar a tu hermano.

Lo siento, Jamshid. Lo siento. Nahri soltó el aire de los pulmones y reprimió la profunda y horrible tristeza que se apoderó de su corazón.

—No pienso ayudaros.

Los ojos de Ghassán destellaron.

—¿Disculpa?

—No pienso ayudaros —repitió Nahri, odiándose a sí misma—. No os permitiré usar a mi hermano contra mí. Jamás.

De pronto, Ghassán dio un paso al frente, hacia ella.

—Banu Nahida, si no me obedeces, lo mataré. Lo mataré lentamente y te obligaré a ver cómo lo hago. Más vale que nos hagas a todos el favor de obedecer.

Kaveh se puso en pie a trompicones, con el semblante retorcido de pura alarma.

—Banu Nahri...

Ghassán le cruzó la cara de un revés. El rey era evidentemente más fuerte de lo que parecía; el golpe derribó a Kaveh al suelo, con un chorro de sangre en la boca.

Nahri ahogó un grito. Sin embargo, aquel exabrupto de violencia despreocupada no hizo sino aumentar su resolución. Ghassán era un monstruo, pero un monstruo desesperado. Nahri temblaba al pensar en todo lo que haría en Daevabad si fracasaba el golpe de estado de Alí.

En otras palabras, tendría que hacer todo lo que pudiese para asegurarse de que no fracasaba.

—Estáis perdiendo el tiempo, Ghassán. No pienso ceder. Esta ciudad late con la sangre de mi familia. Con mi sangre. —Le tembló ligeramente la voz—. Con la sangre de mi hermano. Si los últimos Nahid han de morir para salvarla... —Sin dejar de temblar, alzó el mentón, desafiante—, habremos servido bien a nuestro pueblo.

Ghassán la contempló durante un largo instante. Su expresión era inescrutable, y ni siquiera se molestó en discutir con ella. Nahri había descifrado bien las intenciones de su víctima.

Y sabía que, por ello, Ghassán estaba a punto de destruirla.

El rey dio un paso atrás.

—Voy a decirle a Jamshid quién es en realidad —dijo—. Y luego le diré que su hermana, harta ya de acostarse con el hombre a quien él ama, los ha traicionado a ambos para salvar al hombre a quien más odia. —Las palabras eran crueles, el último intento de un viejo rabioso que había vendido la decencia que pudiera tener por un trono, y que estaba a punto de verse arrancado de ese mismo trono por su propia sangre—. Luego acabaré lo que empezó tu Afshín. Haré que flagelen a tu hermano hasta la muerte.

—¡No, Ghassán, esperad! —Kaveh se arrojó a los pies del rey—. Nahri no pretendía contravenir vuestros deseos. Escribirá la carta… ¡ah!

Lanzó un chillido al recibir una patada de Ghassán en la cara. El rey rodeó el cuerpo de Kaveh y se dirigió a la puerta.

Con un gemido, Kaveh dio un puñetazo contra la piedra. Nahri oyó un crujido; el anillo de Kaveh se había roto.

Una extraña niebla cobriza brotó de la gema quebrada.

En lo que Nahri tardó en dar una rápida inspiración, el vapor se había expandido hasta rodear al gran visir.

—¿Qué es eso, Kaveh? —se apresuró a preguntar, al tiempo que los zarcillos cobrizos de niebla se abalanzaban, como la mano de una bailarina, hacia adelante, buscando. Había algo familiar en aquel movimiento, en aquel resplandor metálico.

El rey miró por encima del hombro, más molesto que otra cosa.

El vapor se abalanzó sobre la reliquia de cobre que tenía en la oreja…

…que se derritió al instante. Ghassán soltó un chillido y se llevó las manos a la cabeza, al tiempo que el metal derretido se le introducía por el oído. El sello de Salomón destelló en su mejilla. Nahri casi se desmayó; su magia había desaparecido.

Pero la sensación no duró mucho. El rey desorbitó los ojos, que se quedaron inmóviles cuando la niebla cobriza cubrió sus profundidades grises.

Y entonces, Ghassán al Qahtani cayó muerto a sus pies.

Nahri recuperó sus poderes de golpe. Se cubrió la boca para amortiguar un chillido sobresaltado y contempló la sangre negra manchada de cobre que brotaba de las orejas del rey, de su boca, de su nariz.

—Por el Altísimo, Kaveh —susurró—. ¿Qué has hecho?

—Lo que era necesario hacer.

Kaveh se acercó de pronto al cadáver de Ghassán y pisó aquel charco creciente de sangre sin la menor vacilación. Extrajo el janyar del rey y lo usó para cortarse las ataduras—. No tenemos mucho tiempo —advirtió—. Tenemos que encontrar a Jamshid y poner a salvo a Muntadhir.

Nahri se lo quedó mirando. ¿Acababa de perder el juicio? Al otro lado de la puerta estaban los guardias de Ghassán. No iban a escapar de allí, mucho menos encontrar a Jamshid y «poner a salvo» a Muntadhir, significase lo que significase aquello.

—Kaveh, creo...

—Me importa poco lo que creas. —La hostilidad apenas reprimida de su voz la sorprendió—. Con todo el respeto... —sonaba como si se esforzase por no gritar—. No eres tú quien está al mando esta noche. Y está claro que es mejor que así sea. —Le clavó una mirada que rebosaba ira—. Se te juzgará por la decisión que has tomado. No será esta noche ni seré yo quien lo haga... pero serás juzgada.

Una mosca pasó junto a la oreja de Nahri. Ella apenas se percató, se había quedado sin palabras. Luego pasó otra, que le rozó la mejilla.

Kaveh se giró y miró al cielo. Más moscas se acercaban, todo un enjambre que provenía del lago.

Una sombría determinación se adueñó de las facciones del visir.

—Ha llegado el momento.

Se oyó un grito enojado desde el otro lado de la puerta. Nahri reconoció la voz al instante.

—¡Muntadhir!

Se abalanzó sobre la puerta. Puede que su padre yaciese en un charco de sangre en el suelo, pero en aquel momento, Nahri confiaba más en el marido a quien había dado la espalda que en el demente gran visir que había orquestado una revuelta y asesinado al rey.

—¿Nahri? —La voz de Muntadhir llegó amortiguada desde el otro lado de la puerta, pero a juzgar por su tono, no quedaba duda de que estaba discutiendo con los guardias.

Kaveh se colocó entre Nahri y la puerta.

—Muntadhir no puede entrar, Banu Nahri. No puede acercarse a esto.

—¿Por qué no? —exclamó ella—. ¿No quieres que vea que acabas de matar a su madre?

Sin embargo, mientras intentaba forcejear con el visir para pasar, de pronto comprendió a qué se refería Kaveh.

Una bruma cobriza empezaba a formarse alrededor del rey muerto. Partículas resplandecientes, como minúsculas estrellas de metal, brotaban en remolinos del charco de sangre de Ghassán y formaban una nubecilla que doblaba en tamaño a la que había escapado del anillo de Kaveh.

Al instante, Nahri retrocedió. Sin embargo, el vapor flotó junto a ella y Kaveh sin hacerles daño, separándose y ondulando alrededor de su cintura como una onda. Las moscas revoloteaban sobre todo ello. Debía de haber docenas.

Muntadhir echó la puerta abajo.

—¡No me importa lo que haya dicho! —gritó e intentó abrirse paso entre un par de guardias—. Maldita sea, es mi esposa y pienso... —Muntadhir retrocedió, con los ojos clavados en el cadáver ensangrentado de su padre—. ¿Abba?

Los guardias reaccionaron con más rapidez que él.

—¡Mi rey!

Dos se abalanzaron sobre Ghassán, mientras que otros dos fueron a por Kaveh y Nahri. Muntadhir no se movió del dintel. Se apoyó pesadamente en el umbral como si no hubiera nada más que fuese a mantenerlo en pie.

Las moscas estallaron de pronto en pequeñas llamitas y se disolvieron en una lluvia de cenizas.

—¡Muntadhir, no he sido yo! —exclamó Nahri al tiempo que uno de los guardias la sujetaba—. ¡Lo juro! ¡Yo no he tenido nada que ver con esto!

Un rugido rompió el aire, un grito que sonó como las olas del océano al restallar, como el bramido de un cocodrilo. Sonó lejano, pero aun así, hasta el último vello del cuerpo de Nahri se encrespó.

Pues ya había oído antes un sonido así.

El vapor volvió a atacar.

Los guardias que se habían abalanzado sobre Ghassán chillaron y se agarraron la cabeza. El soldado que había sujetado a Nahri la soltó y retrocedió con un grito, pero no fue lo bastante rápido. Su reliquia se le introdujo en la cabeza con vengativa celeridad. Chilló de dolor y se arañó su propio rostro.

—No —el horrorizado susurró de Kaveh se dejó oír entre los gemidos. Su mirada se centró en Muntadhir, aún bajo el dintel—. ¡No tenía que suceder así!

El miedo destelló en los ojos de Muntadhir.

Nahri no vaciló. Se puso en movimiento al instante y atravesó el pabellón a la carrera, mientras la nube cobriza, que ya había triplicado su tamaño, volaba hacia su marido.

—¡Banu Nahida, espera! —chilló Kaveh—. No...

Nahri no oyó lo demás. Con el vapor justo detrás de ella, Nahri se lanzó sobre Muntadhir.

35
NAHRI

Demasiado tarde, Nahri recordó que la puerta daba a unas escaleras.

Muntadhir gruñó al recibir el impacto del cuerpo entero de Nahri contra el estómago, para luego gritar al perder el equilibrio. Ambos cayeron escaleras abajo en un revuelo de extremidades que se golpearon contra la piedra polvorienta hasta que ambos aterrizaron al pie de los escalones en un guiñapo.

Aplastado bajo el peso de Nahri, Muntadhir soltó un juramento. Nahri ahogó un grito, no le quedaba aire en los pulmones. Sus habilidades aún estaban amortiguadas por culpa de las ataduras de hierro, estaba magullada, con moratones. Un dolor lacerante le atravesaba la muñeca izquierda.

Muntadhir parpadeó y desorbitó los ojos, fijando la vista en algo más allá del hombro de Nahri.

—¡Corre! —chilló. Se puso en pie a duras penas y la levantó de un tirón.

Ambos echaron a correr.

—¡Tu reliquia! —resolló Nahri. En el pasillo de enfrente al que recorrían ellos, alguien gritó en geziriyya. Y de pronto el grito se interrumpió, lo cual le heló la sangre a Nahri—. ¡Quítate la reliquia!

Sin dejar de correr, Muntadhir se echó mano a la reliquia con dedos temblorosos.

Nahri miró por encima del hombro y vio horrorizada que la niebla cobriza se abalanzaba sobre ellos como una ola hambrienta y malévola.

—¡Muntadhir!

Él se la arrancó y la arrojó lejos de sí en el mismo momento en que el vapor los envolvía. Nahri aguantó la respiración, aterrada. Y entonces la niebla siguió adelante, corredor abajo.

Muntadhir cayó de rodillas. Temblaba tanto que Nahri oyó el castañeteo de sus dientes.

—¿Qué demonios era eso? —jadeó él.

El corazón de Nahri retumbaba, con un eco que le reverberaba en la cabeza.

—No tengo la menor idea.

El rostro de Muntadhir estaba estragado de lágrimas.

—Mi padre... Kaveh... lo voy a matar.

Se puso en pie a trompicones y giró en la dirección por la que habían venido, con una mano apoyada en la pared.

Nahri se interpuso frente a él.

—Eso ahora da igual.

Muntadhir le clavó la mirada, con una sospecha en el rostro.

—¿No habrás...?

—¡No! —espetó ella—. ¿En serio, Muntadhir? Acabo de rodar por unas escaleras para salvarte.

Él se ruborizó.

—Lo siento. Es que... él...

Se le quebró la voz y se restregó con fuerza los ojos.

El dolor que ribeteaba su voz amainó el temperamento de Nahri.

—Ya lo sé. —Carraspeó y le tendió las manos atadas—. ¿Te importa quitarme esto?

Él sacó el janyar y se apresuró a cortar las ataduras, tras lo cual le quitó los grilletes de hierro. Ella inspiró hondo, aliviada, mientras sus poderes volvían a latir por sus venas. La piel ampollada y las magulladuras se curaron al instante.

Muntadhir había abierto la boca para decir algo más cuando, de pronto, una voz resonó por el pasillo.

—¡Banu Nahida!

Era Kaveh.

Nahri le puso una mano a su marido sobre los labios y lo arrastró a las sombras.

—Prefiero no descubrir si tiene más trucos guardados bajo la manga —susurró—. Tenemos que advertir al resto de los geziri que hay en el palacio.

Aunque los rodeaban las sombras, Nahri vio que el rostro de Muntadhir palidecía.

—¿Crees que se extenderá por todo el palacio?

—¿A ti te ha parecido que fuera a detenerse?

—Joder. —Parecía la respuesta adecuada—. Dios mío, Nahri... ¿sabes cuántos geziri hay en palacio?

Ella asintió con aire sombrío.

De repente se oyó un estruendo y el suelo se sacudió bajo sus pies. Apenas duró un segundo y se detuvo.

Nahri respiró hondo.

—¿Qué ha sido eso?

Muntadhir se estremeció.

—No lo sé. Es como si se hubiese estremecido la isla entera. —Se pasó una mano por la barba con gesto nervioso—. Ese vapor... ¿tienes idea de qué puede ser?

Nahri negó con la cabeza.

—No. Se parecía un poco al veneno que usaron contra tu hermano, ¿no?

—Mi hermano. —La expresión de su marido se oscureció. El pánico le sobrevoló el rostro—. Mi hermana.

—¡Muntadhir, espera! —gritó Nahri, pero él ya había echado a correr.

Los aposentos de Zaynab no estaban cerca. Para cuando llegaron al jardín del harén, Muntadhir y Nahri estaban sin aliento. Había perdido hacía tiempo el velo con el que se había cubierto la cabeza en el hospital. Tenía los rizos pegados a la piel húmeda.

—Jamshid siempre me decía que debería hacer más ejercicio —jadeó Muntadhir—. Debería haberle hecho caso.

Jamshid. Aquel nombre era como una puñalada en el corazón.

Nahri le lanzó una mirada a Muntadhir. Bueno, la situación se acababa de complicar mucho más.

—Tu padre mandó que lo detuvieran —dijo.

—Ya lo sé —replicó Muntadhir—. ¿Por qué crees que había ido a echar la puerta abajo? He oído que Wajed lo ha sacado de la ciudad. ¿Le dijo mi padre a Kaveh dónde se lo han llevado?

—¿Lo ha sacado de la ciudad? No, tu padre no dijo nada al respecto.

Muntadhir soltó un gemido de frustración.

—Debería haber parado todo esto mucho antes. Cuando me enteré de que también te había capturado a ti... —dejó morir la voz; sonaba enfadado consigo mismo—. ¿Te dijo al menos qué quería hacer con Jamshid?

Nahri vaciló. Puede que Ghassán fuera un monstruo, pero seguía siendo el padre de Muntadhir, y no era necesario que Nahri contribuyese en aquel momento a su dolor.

—Te lo cuento luego.

—Si seguimos vivos —murmuró Muntadhir—. Por cierto, Alí ha acabado por perder la razón. Se ha hecho con el control de la Ciudadela.

—Me parece una noche excelente para estar en la Ciudadela en lugar de en el palacio.

—Tienes razón —cruzaron la elegante arcada que daba al pabellón delante de los aposentos de Zaynab. Una preciosa plataforma de teca pendía sobre el canal, enmarcada entre ralas hojas de esbeltas palmeras.

Zaynab se encontraba allí, sentada en un sofá a rayas, examinando un pergamino. El alivio embargó a Nahri, así como una rápida confusión al ver quién estaba sentada junto a la princesa.

—¿Aqisa?

Muntadhir atravesó la plataforma.

—Por supuesto que tenías que estar tú aquí. Estás haciendo el trabajo sucio de mi hermano, supongo.

Aqisa se echó hacia atrás, un movimiento que dejó a la vista la espada y el janyar que llevaba a la cintura. Sin parecer alterada, dio un sorbo de café de la taza de porcelana fina como el papel que tenía en la mano, para luego responder:

—Me ha pedido que entregase un mensaje.

Zaynab volvió a enrollar el pergamino con gesto rápido. Parecía desacostumbradamente nerviosa.

—Parece que nuestra última conversación inspiró bastante a Alí —dijo, aunque las últimas palabras le salieron en un tartamudeo—. Quiere que le arrebatemos el trono a abba.

El rostro de Muntadhir se demudó.

—Eso ya da igual, Zaynab. —Se dejó caer en el sofá junto a su hermana y la agarró con suavidad de la mano—. Abba ha muerto.

Zaynab apartó la mano de un tirón.

—¿Qué? —Muntadhir no dijo nada, así que Zaynab se cubrió la boca con la mano—. Oh, Dios… no me digas que Alí…

—Ha sido Kaveh. —Muntadhir echó mano de la reliquia de su hermana y se la quitó con gesto delicado de la oreja—. Ha desatado algún tipo de vapor mágico que actúa sobre nuestras reliquias.

Sostuvo la reliquia frente a ella antes de arrojarla a las profundidades del jardín.

—La situación es grave, Zaynab. He visto morir por su culpa a cuatro guardias en apenas unos segundos.

Al oír eso, Aqisa se desprendió de su propia reliquia y la arrojó por los aires hasta que se perdió en la noche.

Zaynab se echó a llorar.

—¿Estás seguro? ¿Seguro que está muerto?

Muntadhir la abrazó con fuerza.

—Lo siento, ukhti.

Puesto que no quería interrumpir a los dos hermanos en su dolor, Nahri se acercó a Aqisa.

—¿Has venido de la Ciudadela? ¿Se encuentra bien Alí?

—Cuenta con un ejército y no está atrapado en el palacio con una niebla asesina —replicó Aqisa—. Diría que le va mejor que a nosotros.

Nahri miró al jardín entenebrecido, con los pensamientos al galope. El rey había muerto, el gran visir era un traidor, el caíd se había marchado y Alí... el único de todos ellos que tenía experiencia militar... había empezado un motín al otro lado de la ciudad.

Inspiró hondo.

—Creo... creo que estamos al mando.

De pronto, el cielo nocturno se oscureció aún más... cosa que a Nahri le pareció bastante apropiada. Sin embargo, al alzar la vista, se le secó la boca. Media docena de formas equinas, hechas de humo y dotadas de alas de resplandecientes llamas se acercaba a toda velocidad al palacio.

Aqisa siguió su mirada. La agarró y tiró de ella hacia el interior de los aposentos de Zaynab, que seguía detrás de ellas dos, junto a Muntadhir. Cerraron la puerta y oyeron varios golpes, así como el eco lejano de gente gritando.

—Creo que Kaveh no lo ha organizado todo él solo —susurró Muntadhir, con el rostro ceniciento.

Tres pares de ojos grises se centraron en Nahri.

—Yo no he tenido nada que ver con todo esto —protestó ella—. Por Dios, ¿de verdad creéis que estaría aquí si lo hubiese organizado yo? Pensaba que me conocíais mejor.

—Yo creo que dice la verdad —murmuró Zaynab.

Muntadhir se dejó caer al suelo.

—Entonces, ¿con quién está colaborando Kaveh? Jamás he visto una magia parecida.

—Creo que saber el origen de esa magia no es lo más importante ahora mismo —dijo Zaynab en tono suave. Se oyeron más gritos en las entrañas del palacio. Todos guardaron silencio un instante, escuchando, hasta que Zaynab prosiguió—: Nahri... ¿podría extenderse el veneno hasta el resto de la ciudad?

Nahri recordó la salvaje energía del vapor que los había perseguido y asintió lentamente.

—El barrio geziri —susurró, poniendo en palabras el miedo que vio en los ojos de Zaynab—. Dios mío, si llega hasta allí...

—Hay que advertirles de inmediato —dijo Aqisa—. Yo me encargo.

—Voy contigo —afirmó Zaynab.

—Por supuesto que no —replicó Muntadhir—. Si crees que voy a permitir que mi hermanita se vaya por ahí de aventuras mientras la ciudad está bajo ataque...

—Tu hermanita no te está pidiendo permiso, y hay gente más dispuesta a creer en mi palabra que en la de Aqisa. Además, tú haces falta aquí. Los dos, en realidad —añadió Zaynab, señalando con el mentón a Nahri—. Dhiru, si abba ha muerto, tienes que recuperar el sello antes de que Kaveh o quienquiera que colabore con él encuentre el modo de hacerlo.

—¿El sello de Salomón? —repitió Nahri. Ni siquiera se le había ocurrido. La sucesión del rey parecía a un mundo entero de distancia—. ¿Lo tiene tu padre?

Muntadhir parecía a punto de vomitar.

—Sí, algo así. Tenemos que volver con él. Adonde está el cadáver.

Aqisa le clavó la mirada a Zaynab.

—El cofre —se limitó a decir.

Zaynab asintió y les hizo un gesto para que se internasen aún más en sus aposentos, tan elegantes y bien amueblados como los de Muntadhir, aunque no tan repletos de obras de arte... ni de copas de vino.

La princesa se arrodilló junto a un cofre grande y ornamentado. Susurró un encantamiento de apertura sobre él. La tapa se abrió y Nahri se asomó al interior.

Estaba todo lleno de armas. Dagas envainadas y cimitarras envueltas en seda descansaban junto a una maza extrañamente hermosa, así como una ballesta y una especie de cadena enjoyada con púas.

Nahri no sabía qué expresión parecía más asombrada, si la suya propia o la de Muntadhir.

—Dios mío —dijo—. Sí que eres la hermana de Alí, sí.

—¿Qué... dónde has...? —intentó decir en tono débil Muntadhir.

Zaynab pareció ruborizarse un poco.

—Me ha estado enseñando —explicó con un leve asentimiento hacia Aqisa.

La guerrera ya se había puesto a seleccionar las hojas más adecuadas, imperturbable ante la reacción de Nahri y de Muntadhir.

—Una mujer geziri de su edad debería haber dominado el uso de al menos tres armas. He estado intentando cubrir esa abominable laguna en su educación. —Le puso una ballesta y una espada en las manos a Zaynab y chasqueó la lengua—. Deja de temblar, hermana. Lo harás bien.

Nahri negó con la cabeza y contempló el cofre, consciente de sus limitaciones. Rápidamente sacó un par de pequeñas dagas, cuyo peso le hizo pensar en el tipo de herramienta que podría haber usado para cortar bolsos de mano en El Cairo. Durante un instante pensó, anhelante, en la daga de Dara, que seguía en su habitación.

Ojalá hubiese dado un par de clases más de lanzamiento de cuchillo junto a él, pensó. Por no mencionar que, en un palacio bajo asedio, el legendario Afshín probablemente habría sido mejor compañero que aquel marido evidentemente amedrentado que Nahri tenía.

Inspiró hondo.

—¿Algo más?

Zaynab negó con la cabeza.

—Haremos sonar la alarma en el barrio geziri y luego nos dirigiremos a la Ciudadela para avisar a Alí. Él ordenará a la Guardia Real que se repliegue. Advertid a todos los geziri que veáis en palacio, decidles que se escondan.

Nahri tragó saliva. Podían pasar horas hasta que Alí consiguiese que la Guardia regresase. Ella y Muntadhir estarían solos hasta entonces, para enfrentarse a Dios sabría qué.

—Podéis con esto —dijo Zaynab—. Tenéis que poder. —Abrazó a su hermano—. Lucha, Dhiru. Ya habrá tiempo para el duelo, pero ahora eres nuestro rey, y Daevabad es lo primero. —Su voz adoptó un tono fiero—. Volveré con tu caíd.

Muntadhir hizo un asentimiento tembloroso.

—Que Dios os acompañe. —Miró a Aqisa—. Por favor, mantén a salvo a mi hermana. —Señaló con el mentón hacia el pabellón—. Bajad por las escaleras por las que hemos venido nosotros. Hay un pasadizo cerca que lleva a los establos.

Zaynab y Aqisa se marcharon a toda velocidad.

—¿Estás listo? —preguntó Nahri cuando se quedó a solas con Muntadhir.

Él se rio al tiempo que se enganchaba una espada de aspecto temible al cinto.

—En absoluto. ¿Y tú?

—Dios, no. —Nahri agarró otra daga afilada como una aguja y se la metió en la manga—. Venga, vamos a que nos maten.

36
ALÍ

A lí flotaba tranquilamente en una cálida oscuridad, envuelto en el abrazo del agua. Olía a sal y a lodo, a una vida que tironeaba suavemente de sus ropas. Un zarcillo pedregoso y suave le acariciaba la mejilla, mientras otro se iba enrollando en su tobillo.

Un latido doloroso en la parte de atrás de la cabeza lo trajo poco a poco al presente. Aturdido, Alí abrió los ojos. La oscuridad lo rodeaba. Estaba sumergido en unas aguas tan profundas y tan turbias de barro cenagoso que apenas alcanzaba a ver nada. Los recuerdos volvieron a él, fragmentarios. Aquella bestia de agua. La torre de la Ciudadela, que se derrumbaba…

El lago. Estaba en el lago de Daevabad.

Lo recorrió el más absoluto pánico. Se revolvió, intentando desesperadamente liberarse de lo que lo sujetaba. Era su chaqueta, se dio cuenta mientras forcejeaba con ella, ciego. Los restos destrozados de alguna pared de ladrillos la había aprisionado contra el lecho del lago. Alí se desprendió de ella y pataleó frenético hacia la superficie. El olor a ceniza y a sangre aumentó en el agua, pero lo ignoró y puso todo su empeño en abrirse camino entre restos flotantes.

Por fin asomó a la superficie. Inspiró hasta llenar los pulmones, con un dolor que lo recorría de cabo a rabo.

El lago se había convertido en un caos.

Era como si Alí hubiese irrumpido en medio del círculo más oscuro del infierno. Los chillidos pululaban por el aire, gritos de auxilio, de clemencia, en todos los idiomas djinn que conocía. Y por encima de ellos resonaban gemidos, sonidos fieros y hambrientos que Alí no conseguía ubicar.

Oh, Dios... y el agua. No solo lo rodeaban escombros, sino también cadáveres. Cientos de soldados djinn que flotaban, muertos, aún con los uniformes puestos. Cuando Alí vio lo que había sucedido, él mismo profirió un grito, con lágrimas en los ojos.

La Ciudadela de Daevabad, el orgulloso símbolo de la rebelión de Zaydi al Qahtani, de la tribu geziri, el que había sido el hogar de Alí durante casi dos décadas... había sido destruida.

Aquella torre antaño orgullosa había sido arrancada de sus cimientos y arrastrada hasta el lago. Solo quedaba un bulto medio derruido sobre el agua. Aberturas escarpadas, como si una enorme criatura le hubiese clavado las garras, asomaban por entre los demás edificios, los barracones de los soldados, los campos de entrenamiento; eran hendiduras tan profundas que el lago las había llenado de agua. El resto del complejo estaba en llamas. Alí vio figuras esqueléticas que se movían en medio del humo.

Las lágrimas corrieron, silenciosas, por sus mejillas.

—No —susurró. Aquello era una pesadilla, otra de las horribles visiones de los marid—. ¡Basta!

Pero no sucedió nada. Alí volvió a contemplar los cadáveres. Cuando la maldición de los marid asesinaba a un djinn, el cadáver no permanecía flotando en el agua, sino que lo arrastraban las profundidades para despedazarlo, y jamás se lo volvía a ver.

La maldición del lago había desaparecido.

—¡Veo a alguien!

Alí se giró hacia la voz que resonó y vio un bote improvisado, que en realidad era una de las puertas de madera tallada de la torre, y que se acercaba a él. Lo empujaban un par de soldados ayaanle que usaban vigas rotas como remos.

—Te tenemos, hermano —dijo uno de los soldados, y lo ayudó a auparse. Sus ojos dorados se desorbitaron al mirar a Alí—. Bendito sea Dios... ¡es el príncipe!

—Traedlo aquí —oyó Alí que gritaba otro hombre desde lejos.

Remaron como pudieron por el agua. Alí tuvo que apartar la vista de la puerta que se abría camino entre una densa maraña de cadáveres, de compañeros de uniforme. Había demasiados rostros conocidos entre ellos.

Esto no es real. No puede ser real. Pero tampoco parecía otra de sus visiones. No había presencia desconocida que le susurrase en la cabeza. Lo único que había era desconcierto, dolor y aquella carnicería.

A medida que se acercaban a las ruinas de la Ciudadela, los restos de la torre derribada se hicieron más grandes, alzándose del lago como una isla perdida. Un trozo destrozado del exterior escudaba a una docena de guerreros que se había amontonado en aquella zona. Algunos lloraban, hechos un ovillo. Sin embargo, la mirada de Alí salió disparada de inmediato hacia aquellos que luchaban; varios soldados peleaban con unas criaturas delgadas con pinta de espectro, vestidas con harapos deshechos que apenas colgaban, empapados, de sus cuerpos medio consumidos.

Uno de aquellos soldados era Lubayd, que lanzaba mandobles a diestro y siniestro. Con un grito de repugnancia decapitó a una de aquellas maliciosas criaturas y arrojó el cuerpo al lago de una patada.

Alí podría haber llorado de puro alivio. Al menos, su mejor amigo había sobrevivido a la destrucción de la Ciudadela.

—¡Hemos encontrado al príncipe! —gritó el soldado ayaanle a su lado—. ¡Está vivo!

Lubayd giró sobre sus talones. Llegó hasta ellos cuando detuvieron el bote improvisado. Se acercó a Alí de un tirón y lo rodeó con los brazos con todas sus fuerzas.

—Alí, hermano, gracias a Dios… —dijo en tono estrangulado—. Lo siento… el agua llegó tan rápido que no pude encontrarte en la estancia…

Alí apenas consiguió responder:

—Estoy bien —graznó.

Un grito cortó el aire, una súplica en geziriyya.

—¡No! ¡Por Dios, no!

Alí se acercó al borde de la torre destrozada y vio al hombre que acababa de gritar. Era un soldado geziri que había conseguido llegar a la playa, pero a quien habían rodeado aquellos seres esqueléticos. Entre todos los agarraron y lo arrojaron a la arena. Alí vio dientes, uñas y bocas que caían sobre el soldado...

Y no pudo seguir mirando. Le dio un vuelco el estómago. Giró sobre sus talones al tiempo que el chillido gutural del djinn se interrumpía.

—Están... están... —Ni siquiera pudo pronunciar la palabra.

Lubayd asintió, descorazonado.

—Son necrófagos. Eso es justo lo que hacen.

Alí negó con la cabeza.

—No pueden ser necrófagos. En Daevabad no hay ifrit que puedan invocar necrófagos... ¡y desde luego tampoco hay humanos muertos!

—Eso de ahí son necrófagos —dijo Lubayd con firmeza—. Mi padre y yo nos cruzamos con un par de ellos en cierta ocasión; estaban devorando a un cazador humano. —Se encogió—. Una visión así no se olvida con facilidad.

Alí se sintió desvanecer. Inspiró hondo; no podía derrumbarse, en aquel momento, no.

—¿Ha visto alguien qué es lo que ha atacado la Ciudadela?

Lubayd asintió y señaló a un sahrayn delgado que no hacía más que mecerse adelante y atrás mientras se abrazaba con fuerza las rodillas.

—Él fue el primero en verlo, y lo que nos ha dicho... —dejó morir la frase, con aire enfermizo—. Deberías hablar con él.

Con el corazón en la garganta, Alí se acercó al sahrayn. Se arrodilló a su lado y le puso una mano sobre el brazo tembloroso.

—Hermano —empezó a decir con calma—. ¿Puedes contarme lo que has visto?

El hombre siguió meciéndose adelante y atrás, con los ojos brillantes de puro terror.

—Yo vigilaba mi nave —susurró—. Estábamos anclados ahí. —Señaló al muelle destrozado en el que flotaban los restos de una nave sahrayn hecha pedazos—. El lago... el agua... se convirtió en un monstruo. Atacó la Ciudadela. La hizo pedazos y arrastró consigo todo lo que pudo a las profundidades del lago. Yo pensé que la maldición me mataría... pero no morí, así que empecé a nadar... y entonces los vi.

—¿Qué viste? —insistió Alí.

—Guerreros —susurró el hombre—. Salieron del lago a la carrera, montados sobre caballos hechos de humo, con los arcos prestos. Empezaron a disparar a los supervivientes, y entonces... entonces... —Le caían lágrimas por las mejillas—. Los muertos salieron del agua. Un enjambre de muertos rodeó mi barco. —Sus hombros se estremecían—. Mi capitán... —Empezó a llorar aún más—. Le arrancaron la garganta de un mordisco.

A Alí se le encogió el estómago, pero se obligó a mirar entre la oscuridad, a la playa. Sí, en aquel momento vio a un arquero: un caballo al galope, el destello de un arco de plata. Y una flecha que salió volando...

Otro grito, seguido del silencio. La rabia embargó a Alí, quemando sus miedos, su pánico. Esos que estaban ahí eran sus hombres. Se giró para escrutar las ruinas de la Ciudadela. Y de pronto se le paró el corazón. Había un agujero escarpado en las murallas que daban a la calle.

Alí volvió a agarrar el brazo del sahrayn.

—¿Has visto si ha entrado algo por esa brecha? —preguntó—. ¿Están esos seres dentro de la ciudad?

El marinero negó con la cabeza.

—Los necrófagos no han entrado... pero los jinetes... —Asintió—. Al menos la mitad de ellos. Una vez dejaron atrás las murallas de la ciudad... —Su voz adoptó un tono incrédulo—. Príncipe Alizayd, sus caballos... sus caballos volaban...

—¿Dónde? —preguntó Alí—. ¿Hacia dónde los viste volar?

La compasión en los ojos del hombre colmó a Alí de un pánico horrible, consciente.

—Hacia el palacio, mi príncipe.

Alí se puso en pie de golpe. Aquello no había sido un ataque arbitrario. No se le ocurría quién, o qué, sería capaz de algo así, pero era capaz de reconocer una estrategia nada más verla. Habían ido primero a por la Guardia, aniquilando al ejército djinn antes de que pudiese reunirse para proteger al siguiente objetivo: el palacio.

Mi familia.

—Tenemos que llegar a la playa —afirmó.

El sahranyn lo miró como si se hubiese vuelto loco.

—No vas a poder llegar a la playa. Esos arqueros disparan a todo lo que se mueve, y esos necrófagos devoran vivos a los pocos djinn que llegan en cuanto salen del agua.

Alí negó con la cabeza.

—No podemos permitir que entren en la ciudad. —Vio que un soldado mataba a otros dos necrófagos que intentaban subir a la torre en ruinas, con las bocas abiertas repletas de dientes podridos. El hombre los mató con bastante facilidad; bastó un tajo del zulfiqar llameante para cortarlos a ambos en dos.

No son invencibles, comprendió Alí. En absoluto. Lo que les confería ventaja era su superioridad numérica. Un único djinn, asustado y agotado tras avanzar esquivando flechas, no tenía la menor oportunidad contra docenas de necrófagos hambrientos.

Desde el otro lado del agua, otro djinn intentaba subirse a un resto flotante. Alí vio, impotente, cómo un torrente de flechas lo atravesaba. Un pequeño grupo de aquellos misteriosos arqueros se habían colocado en una sección de la muralla destruida que corría entre el agua y el complejo destrozado de la Ciudadela. En aquel momento, Alí y sus compañeros supervivientes estaban a salvo, pues un trozo curvo de la torre los protegía de la vista de los arqueros. Sin embargo, Alí imaginaba que aquel respiro no duraría mucho.

Examinó el estrecho de agua que separaba su pequeño refugio de la orilla de Daevabad. Podría haberse recorrido a nado, de no ser por el hecho de que quienquiera que lo intentase sería un blanco fácil para los arqueros.

Tomó una decisión.

—Venid aquí —dijo, alzando la voz—. Todos.

Alí aguardó a que se reuniesen en tono a él y aprovechó el momento para estudiar a los supervivientes. Era una mezcolanza de las cinco tribus djinn, en su mayor parte hombres. Conocía prácticamente a todos, si no de nombre, al menos reconocía sus caras. Todos eran de la Guardia Real, excepto el marinero sahrayn. Algunos cadetes, un puñado de oficiales y el resto, infantería. Tenían aspecto aterrado y confuso; Alí no podía culparlos. Habían entrenado toda su vida como guerreros, pero su pueblo no había visto una guerra de verdad desde hacía siglos. Se suponía que Daevabad era un refugio del resto del mundo mágico; estaba protegida de necrófagos e ifrit, de bestias de agua capaces de derribar una torre que llevaba siglos en pie.

Inspiró hondo, del todo consciente de la naturaleza casi suicida del contraataque que estaba a punto de proponer.

—No sé lo que está pasando —comenzó—. No creo que ninguno lo sepamos. Pero aquí no estamos seguros. —Hizo un gesto hacia las montañas, que se cernían sobre ellos desde la orilla en el extremo opuesto del lago—. Puede que la maldición del lago haya desaparecido, pero no creo que muchos podamos cubrir toda esa distancia a nado. Las montañas están demasiado lejos. Lo que no está lejos es la ciudad.

El marinero sahrayn se estremeció.

—Todos los que han llegado a esa playa han sido masacrados —alzó la voz—. Deberíamos rajarnos el gaznate los unos a los otros… es un destino preferible a ser devorado vivo.

—Nos están matando uno a uno —argumentó Alí—. Tenemos más posibilidades si luchamos juntos… —Miró a los ojos a los hombres a su alrededor—. ¿Queréis permanecer aquí y dejar que os maten? Mirad lo que le han hecho a la Ciudadela. ¿Creéis que no ha sido deliberado? Vinieron primero a por la Guardia Real. Si crees que lo que sea que no está atacando va a tener piedad de un grupito de supervivientes aislados, es que eres un necio.

Tomó la palabra un capitán geziri que tenía una cicatriz horrible que le cruzaba el rostro:

—Estaríamos a la vista de los arqueros. Nos verían nadando y nos coserían a flechazos antes de que pudiéramos siquiera acercarnos a la orilla.

—Cierto, pero a mí no me verán acercarme. —Alí se quitó las sandalias. Sería más sencillo nadar sin ellas—. Me quedaré bajo el agua hasta llegar a la muralla.

El capitán se lo quedó mirando.

—Príncipe Alizayd… tu valor es admirable, pero no puedes nadar tanto tiempo por debajo del agua. Y aunque pudieras, no eres más que un hombre. He contado como mínimo una docena de esos guerreros, además de probablemente un centenar de necrófagos. Es un suicidio.

—Puede lograrlo. —Había sido Lubayd quien había hablado, con voz tensa. Miró a Alí a los ojos, y a juzgar por la mezcla de dolor y admiración en los ojos de su amigo, Alí entendió que Lubayd había comprendido lo que pretendía hacer—. No lucha como el resto de nosotros.

Alí aún veía bastante incertidumbre en los demás rostros, así que alzó la voz:

—¡Daevabad es nuestro hogar! Todos jurasteis defenderla, defender a los inocentes que la habitan, y que están a punto de ser masacrados por los mismos monstruos que han matado a muchos de nuestros hermanos y hermanas. Vais a volver a la playa. Reunid todas las armas que podáis. Ayudaos a nadar los unos a los otros. Remad sobre trozos de madera. No me importa cómo lo hagáis, pero llegad a la playa. Luchad. Detened a esos seres antes de que entren en la ciudad.

Con aquellas últimas palabras, un buen número de soldados se puso en pie, sombríos pero resueltos. Aunque no todos.

—Moriremos —dijo con voz ronca el marinero sahrayn.

—Pues moriréis como mártires. —Alí les clavó la mirada a aquellos que seguían sentados—. ¡En pie! —rugió—. Vuestros compañeros han muerto, vuestras mujeres e hijos están indefensos, y vosotros estáis ahí sentados lloriqueando. ¿Es que no tenéis vergüenza? —Hizo una pausa y miró a todos los ojos, uno tras otro—. Tenéis una elección. Podéis acabar esta noche como héroes, poniendo a salvo a vuestras familias, o bien acabar con ellos en el Paraíso, pagar con vuestra sangre la entrada a la otra vida. —Desenvainó el zulfiqar y el fuego recorrió la hoja—. ¡EN PIE!

Lubayd alzó la espada con un chillido salvaje, si bien algo amedrentado.

—¡Vamos, niñatos de ciudad! —los arengó—. ¿Qué ha pasado con todos esos cacareos que he oído sobre vuestra valentía? ¿Acaso no queréis aparecer en las canciones que se canten sobre esta noche? ¡Vamos!

Eso consiguió que el resto también se pusiera en pie.

—Preparaos —ordenó Alí—. Estad listos para nadar en cuanto se distraigan.

Con el corazón al galope, Alí volvió a envainar el zulfiqar y se arrancó un trozo de la dishdasha hecha jirones para anudar las hojas y que no se le escaparan.

Lubayd lo agarró de la muñeca y se lo acercó.

—Alizayd al Qahtani: no dejes que te maten, joder —dijo, y apretó la frente contra la de Alí—. No te saqué medio muerto de hambre de una hendidura en la roca para que te devoren ahora esos necrófagos.

Alí reprimió las lágrimas que quemaban los ojos. Ambos sabían que había muy pocas probabilidades de que llegase a la playa con vida.

—Que Dios sea contigo, amigo mío.

Giró sobre sus talones. Antes de que se le notase el miedo que le corría por las venas, antes de que los otros pudiesen siquiera atisbar aunque fuese un segundo de vacilación, Alí se zambulló en el lago.

Descendió a mucha profundidad, con unas brazadas que avivaron el recuerdo de la pesadilla de los marid. Aunque el agua estaba turbia a causa del cieno, Alí alcanzó a ver el lecho del lago, algo más abajo. Estaba lodoso y gris, una pálida imitación de la lozana planicie marina de su sueño.

¿Podría ser que los marid estuviesen detrás de este ataque?, se preguntó Alí, recordando la rabia de aquellos seres. ¿Habían regresado para hacerse con el control de su hogar?

Siguió nadando. Alí era rápido y no tardó mucho en atisbar la muralla que andaba buscando. Se apretó con sumo cuidado contra la piedra y, en absoluto silencio, emergió a la superficie.

Voces. Alí escuchó con atención. No estaba muy seguro de qué esperar; quizá la cháchara incomprensible de demonios desconocidos, o la lengua reptante de los marid. Sin embargo, lo que oyó le heló la sangre en las venas.

Era divasti.

¿Los estaban atacando los daeva? Alí alzó la mirada, más allá de un estrecho saliente de roca, y atisbó a un hombre joven. Tenía aspecto de daeva; iba vestido con una chaqueta color carbón y unas mallas negras, tonos oscuros que se mezclaban a la perfección con las sombras.

En el nombre de Dios ¿cómo había conseguido un grupo de daeva atravesar el lago, pertrechados con necrófagos y caballos voladores?

El daeva se envaró de pronto, con la atención fija en el lago. Sacó el arco...

Y Alí salió del agua en apenas una inspiración después. Se aupó a la muralla ante los ojos sobresaltados del daeva, desenvainó el zulfiqar y le hundió la hoja llameante en el pecho al arquero.

Este ni siquiera tuvo tiempo de gritar. Alí extrajo el zulfiqar con una sacudida y arrojó el cuerpo al agua. Se giró para enfrentarse a los otros antes incluso de que se oyese el chapoteo.

Eran tres daeva. Una arquera con una larga trenza y dos soldados armados, uno con una espada ancha y otro con una maza. La llegada de Alí parecía haberlos sobresaltado, se habían quedado perplejos al presenciar la muerte de su camarada. Sin embargo, no tenían miedo.

Y reaccionaron mucho más rápido de lo que Alí habría esperado.

El primero de ellos desenvainó la espada ancha. Un olor ácido advirtió a Alí de que estaba hecha de hierro, un segundo antes de que se estrellase contra su zulfiqar. El hombre fintó y retrocedió, poniendo toda su atención en evitar la hoja envenenada. Era el tipo de maniobra que Alí asociaba con los demás geziri, con guerreros que se habían entrenado luchando contra zulfiqares.

¿Dónde había aprendido ese movimiento aquel daeva?

Alí se agachó y esquivó por poco la maza tachonada que pasó cerca de su rostro. Los daeva se desplegaron en perfecta sincronía para rodearlo, moviéndose al unísono sin intercambiar palabra alguna.

Entonces la arquera susurró en djinnistani:

—Es el mata-afshines —dejó escapar una risotada burlona—. Un título de lo más hipócrita, mosca de la arena.

El espadachín se abalanzó sobre él. Alí se vio obligado a bloquear el ataque, y el que llevaba la maza aprovechó la distracción para atacar. En esa ocasión, la maza impactó contra el hombro de Alí y las aletas del cabezal le arrancaron un trozo de carne.

Alí ahogó un grito y uno de los daeva le dedicó una mirada maliciosa.

—Te van a devorar vivo, ¿sabes? —dijo con un gesto hacia los necrófagos de abajo—. A nosotros no, claro. Se lo han ordenado. Pero apostaría a que ya pueden oler tu sangre en el aire. Seguro que los vuelve locos.

Los tres guerreros se acercaron, obligando a Alí a retroceder hasta el borde de la muralla. Él no sabía quién habría entrenado a aquellos daeva, pero había hecho un trabajo excelente, maldición. Los soldados se movían como si respondiesen a una sola voluntad.

Pero entonces, el espadachín se acercó demasiado. Alí se zambulló al ver un hueco por el que colarse y atacó al que llevaba la maza. Le abrió un tajo en el muslo y las llamas envenenadas trazaron una línea de carne negra que empezó a extenderse con rapidez.

—¡Bahram! —gritó la arquera, horrorizada. El hombre compuso una expresión de sorpresa y se llevó la mano a la herida mortal. Luego miró a Alí con ojos rabiosos.

—Por la Banu Nahida —susurró, y se lanzó sobre él.

El juramento de aquel hombre lo tomó por sorpresa. Confundido, Alí no consiguió prepararse para encajar aquella carga desesperada. Alzó el zulfiqar para protegerse, pero fue en vano. La hoja se hundió en el estómago del hombre, que aun así impactó contra Alí. Ambos cayeron muralla abajo.

Alí aterrizó en la arena con un impacto que le resonó en todos los huesos. Una ola le salpicó la cara y el agua le entró hasta la garganta. Le palpitaba el hombro. Había perdido el zulfiqar, que seguía clavado en el cadáver del daeva al que había matado, y que yacía en medio de los bajíos.

Un gemido agudo obligó a Alí a hincar la rodilla para auparse. Los gimoteos hambrientos y chillidos carentes de lengua de los necrófagos no-muertos empezaron a aumentar. Alí giró la cabeza.

Desorbitó los ojos. Montones de necrófagos corrían hacia él; algunos eran cuerpos hinchados de carne putrefacta y dientes sanguinolentos, mientras que otros eran apenas esqueletos con garras afiladas como cuchillos. Estaban a pocos segundos de rodearlo. Lo iban a devorar vivo, a destrozarlo, y luego aguardarían a la llegada de sus amigos; los pocos que sobrevivieran a la arquera que, incluso en aquel momento, Alí vio encocando el arco.

No. No sería aquel su destino. Su familia, su ciudad. Alí hundió las manos en la arena húmeda y el agua le recorrió los dedos.

—¡Ayudadme! —suplicó en un grito a los marid.

Los antiguos monstruos ya lo habían utilizado; sabía que tendría que pagar un alto precio por su ayuda, pero en aquel momento le daba igual.

—¡Por favor!

Nada. El agua seguía silenciosa, muerta. Los marid habían desaparecido.

Sin embargo, algo se agitó en un rincón remoto de su mente. No era la presencia ajena que había esperado, sino otra que resultaba familiar, tranquilizadora. La parte de Alí que disfrutaba merodeando por los campos inundados de Bir Nabad, contemplando el modo en que el agua hacía florecer la vida. El recuerdo del niño a quien su madre había enseñado a nadar. El instinto protector que lo había salvado de incontables asesinos.

Una parte de sí mismo que Alí se negaba; un poder que lo asustaba. Por primera vez desde que cayese al lago en aquella aciaga noche... Alí abrazó ese poder.

Cuando la siguiente ola golpeó la orilla, el mundo entero guardó silencio. Suave, lento, gris. De pronto dio igual tener o no el zulfiqar a mano. Dio igual que lo sobrepasasen en número.

Porque Alí contaba con todo lo demás. El agua a sus pies era como un animal rabioso y letal que daba vueltas en una jaula. La humedad del aire era densa, embriagadora, y lo cubría todo. Las venas de las corrientes de agua eran lanzas de poder y vida latente, y los manantiales en los acantilados rocosos estaban ansiosos por salir a chorro de su prisión de piedra.

Sus dedos se curvaron alrededor de la empuñadura del janyar. Los necrófagos que lo rodeaban parecieron de pronto una nada humeante, insustancial. Los daeva, poco más que eso mismo. Tenían sangre de fuego, sí; sangre que ardía con fuerza.

Pero el fuego podía apagarse.

Alí profirió un grito que atravesó la noche, y la humedad del aire estalló a su alrededor. Cayó una lluvia que lamió sus heridas, que calmó el dolor y sanó su cuerpo magullado. Chasqueó los dedos y se alzó una niebla que envolvió la playa. Oyó que la arquera soltaba un grito, sorprendida al verse de pronto ciega.

Sin embargo, quien no estaba ciego era Alí. Se abalanzó hacia el zulfiqar y lo arrancó del cadáver del daeva en el mismo momento en que los necrófagos atacaban.

Con el zulfiqar en una mano y el janyar en la otra, con gotas de agua recorriendo las hojas húmedas, Alí se abrió paso a cuchilladas por entre la muchedumbre de muertos. No dejaban de acudir, implacables; por cada necrófago que decapitaba aparecían otros dos. Un borrón rabioso de fauces mordientes y manos huesudas, de elodeas liadas en extremidades podridas.

Los daeva de la muralla sobre Alí echaron a correr. El calor de sus cuerpos de sangre ardiente se desvaneció. Había más; Alí sintió que otros tres se unían a ellos, mientras que en los restos de la Ciudadela había cinco más. Diez en total, estuvo seguro.

Alí podía matar a diez hombres. Cortó la cabeza del necrófago que le bloqueaba el camino, le asestó una patada a otro en el pecho y corrió en dirección a los daeva.

Se detuvo el tiempo justo para hundirle el janyar en la espalda al daeva que estaba más cerca. La clavó tan profundo como pudo y giró el mango hasta que el hombre dejó de gritar. Luego la extrajo.

Unos golpes atrajeron su atención. Miró entre la niebla que había conjurado y vio dos archeros montados sobre caballos de humo que sobrevolaban la orilla. Uno de ellos tensó el arco.

Alí siseó e invocó al lago. Unos dedos acuosos se enredaron entre las patas de los caballos y arrastraron a los arqueros a las profundidades, al tiempo que las monturas desaparecían en una rociada de bruma. Alí siguió corriendo. Dos de los daeva que huían se detuvieron, quizá inspirados por una repentina oleada de valor que los impulsó a mantener la posición y defender a sus compañeros.

Alí le atravesó el corazón al primero con el zulfiqar, mientras que su daga le rajó la garganta al segundo.

Quedaban siete.

Sin embargo, los necrófagos lo alcanzaron cuando intentaba retreparse al muro exterior de la Ciudadela. Lo agarraron y tironearon de él antes de que pudiese empezar a subir. Hubo un revuelo de huesos, el aroma a podredumbre y a sangre lo abrumó mientras los demonios empezaban a destrozarlo. Uno de ellos le clavó los dientes en la herida del hombro y Alí chilló. Estaban por todas partes. El pánico lo embargó y empezó a perder el control de aquella poderosa magia de agua.

Daevabad, Alizayd, susurró la voz de su padre. *Daevabad es lo primero.* Sangrando, malherido, Alí se entregó del todo y abrazó aquella magia pura que recorría furiosa su interior, con tanta fuerza que parecía que iba a explotar por dentro.

A cambio, esa magia le otorgó un don: de pronto fue consciente de una profusa corriente de agua que corría bajo el terreno a sus pies, un río subterráneo que fluía bajo la arena, muy profundo. Alí lo invocó y azotó con él como si de un látigo se tratase.

La piedra, la arena y el agua volaron por los aires. Alí azotó a los necrófagos con aquella corriente, que se llevó consigo a suficientes demonios de la horda como para que pudiera escapar. Avanzó a trompicones y se aupó sobre la maltrecha muralla de la Ciudadela.

Otro par de daeva se había quedado atrás para encargarse de él. Su valentía tuvo como recompensa verse decapitados con dos rápidos tajos del zulfiqar. La sangre le corría por la cara a Alí, trozos de carne llameante se le pegaban a la dishdasha hecha jirones.

Le dio igual. Alí se abalanzó sobre la brecha en la muralla. Llovieron flechas sobre él mientras se abría paso por aquel patio destrozado en el que había aprendido a luchar. Los cadáveres de sus compañeros djinn yacían por doquier, algunos atravesados por flechas, otros devorados por los necrófagos, y otros sencillamente aplastados en medio del violento caos que la bestia del lago había desatado sobre el complejo. El dolor y la rabia le corrieron por las venas y lo impulsaron a continuar. Aunque los arqueros no pudiesen ver con claridad en medio de aquella niebla encantada, uno de ellos casi le acertó: una flecha le abrió un tajo en el muslo. Alí ahogó un grito.

Pero no se detuvo.

Se escudó tras un montón de escombros de arenisca que reconoció como lo que quedaba del soleado diwan en el que solía dar clases de economía a grupos de cadetes aburridos. El mismo espadachín que se había burlado de él se encontraba allí. Alzó la espada, temblando.

—¡Demonio! —gritó el daeva—. ¿Qué haces...?

Alí lo silenció con el janyar.

Quedaban cuatro. Inspiró hondo y se tomó un instante para echar un vistazo en derredor. Bastó una mirada para ver a dos arqueros en posición en la muralla de la Ciudadela, un lugar desde el que podrían acertar con facilidad a los soldados que llegasen a la playa. Los otros dos daeva iban armados con espadas. Se encontraban a pocos pasos de la brecha en el muro de la Ciudadela que daba al interior de la ciudad. Había una muchedumbre de necrófagos tras ellos.

Alí cerró los ojos, dejó caer las armas y volvió a hincarse de rodillas en el suelo. Hundió las manos en uno de los charcos de agua que se habían formado tras el ataque del lago. Sentía a sus compañeros, en la lejanía, los últimos supervivientes de la Guardia Real, que empezaban a salir a trompicones del agua. Sin embargo, ninguno de ellos estaba cerca de la Ciudadela. Aún no.

Bien. Volvió a invocar al lago, sintiéndolo moverse en su mente. Estaba enfadado. Quería vengarse de aquella isla de piedra que había mancillado su corazón. Alí estaba a punto de permitir que se cobrase parte de esa venganza. Invitó a las olas a que azotasen la muralla. *Venid.*

Y las olas respondieron.

El agua rugió al chocar contra la Ciudadela. Los arqueros se vieron arrojados al patio de piedra. El agua se apartó al acercarse a Alí y se desvió para arrastrar a los necrófagos hasta hacerlos pedazos. Un único grito hendió el aire cuando el agua se tragó al último de los daeva y se abalanzó hacia la brecha, ansiosa por devorar el resto de la ciudad.

Alí necesitó de todo el poder que albergaba para frenarla. Hubo un aullido en su cabeza. De pronto se encontró gritando, arañando el suelo, mientras obligaba al lago a regresar por donde había venido. El agua cayó a sus pies, se filtró por la arena y se introdujo en remolinos por las grietas rocosas de las ruinas.

Contener la magia del agua destrozó por completo a Alí, que se desplomó. De él brotaba sangre y sudor a partes iguales. Yacía despatarrado en el suelo. Le pitaban los oídos y le latían las cicatrices que el marid le había trazado en el cuerpo. Sufrió espasmos en los músculos y se le nubló la vista.

Y de pronto se encontró yaciendo sobre un suelo frío y húmero. El cielo era de un negro vívido, un lienzo en el que se pintaban estrellas hermosas, acogedoras.

—¡Alizayd!

Aunque Alí oyó a Lubayd gritar su nombre, su amigo parecía a un mundo de distancia. Todo estaba lejos, excepto aquellas estrellas que lo invitaban, la sangre cálida que se extendía bajo él.

Resonó un trueno. Qué extraño, percibió Alí de forma lejana, pues la noche estaba despejada.

—¡Alí! —El rostro de Lubayd apareció sobre el suyo—. Oh, hermano, no... —Miró por encima del hombro—. ¡Necesitamos ayuda!

Sin embargo, el suelo se volvía frío una vez más. El agua ascendía por la arena para abrazarlo. Alí parpadeó, con la mente algo más clara. Las manchas que bailaban ante sus ojos también se desvanecieron... justo a tiempo para que Alí percibiese un humo negro y oleoso que se alzaba detrás de Lubayd. Zarcillos que danzaban y se retorcían juntos.

Alí intentó graznar el nombre de su amigo.

—Lu-lubay...

Lubayd lo acalló.

—No te preocupes, aguanta. Vamos a buscar a tu Nahid. Te repondrás. —Volvió a ponerle el zulfiqar al cinto y esbozó una sonrisa que no consiguió borrar la preocupación de sus ojos—. No se te ocurra...

Un crujido estremecedor cercenó las palabras de Alí. La expresión de su amigo se congeló. Todo su cuerpo se estremeció levemente y volvió a oírse aquel crujido, seguido de un sonido de succión. Lubayd abrió la boca como si fuese a hablar.

De sus labios se derramó un chorro de sangre. Una mano llameante lo apartó del camino. Su amigo se desplomó.

—Por el Creador —dijo una voz de humo, arrastrando las palabras—. ¿Se puede saber qué eres…? Estás hecho un pedacito encantador de puro caos.

Alí, boquiabierto, contempló a la criatura que se cernía sobre él. En una garra sostenía un hacha de guerra manchada de sangre. Era un ser espectral, delgadísimo, con extremidades que más bien parecían luz apelmazada hasta solidificarse, y ojos dorados que destellaban y llameaban. Solo había un tipo de criatura en todo el mundo que tuviese un aspecto semejante.

Un ifrit. Un ifrit había atravesado el velo y había llegado a Daevabad.

El ifrit lo agarró de la garganta y Alí ahogó un grito al verse alzado por los aires. La criatura se lo acercó, aquellos ojos resplandecientes estaban a pocos centímetros del rostro de Alí. El olor a sangre y a ceniza lo recorrió. El ifrit se pasó la lengua por los dientes afilados, con un hambre y una curiosidad inconfundibles en aquella expresión salvaje.

Inspiró hondo.

—Sal —susurró—. Eres ese al que poseyó el marid, ¿verdad? —Una de sus garras afiladas como cuchillas se apretó contra la garganta de Alí, que tuvo la impresión de que al demonio no le costaría nada rajársela—. Pero esto… —Hizo un gesto hacia el patio destrozado y los daeva ahogados—. Jamás había visto nada parecido. —Pasó la otra mano por el brazo de Alí, examinándolo rápidamente—. Y tampoco había visto jamás el tipo de magia que rezuma de ti. —Los ojos llameantes destellaron—. Me encantaría hacerte pedazos, pequeño. Ver cómo funciona, capa a capa.

Alí intentó liberarse, y vio el cuerpo de Lubayd; sus ojos ciegos, vidriosos, fijos en el cielo. Con un grito ahogado de negación, Alí echó mano del zulfiqar.

Los dedos del ifrit se cerraron bruscamente sobre su garganta. Chasqueó con la lengua en gesto de desaprobación.

—Ahora, no.

—¡Príncipe Alizayd!

Alí forcejeó con la tenaza de hierro que era la mano del demonio en su garganta. Atisbó un grupo de hombres que corría en la lejanía: el resto de los supervivientes de la Guardia Real.

—¿Príncipe? —repitió el ifrit. Negó con la cabeza, decepcionado—. Lástima. Hay alguien que te anda buscando, y tiene tan mal carácter que ni siquiera yo me atrevo a contravenirle. —Suspiró—. Espera un momento. Esto te va a doler, seguro.

No hubo tiempo de reaccionar. Un rayo de puro fuego recorrió a Alí y los envolvió a los dos en un remolino de llamas y nubes negras y enfermizas. El trueno retumbó en sus oídos y le sacudió hasta los huesos. La playa se desvaneció y los chillidos de sus hombres desaparecieron, reemplazados por el borrón de los tejados de la ciudad y el rugido del viento.

Y de pronto, todo desapareció. Aterrizaron, y el ifrit lo soltó. Alí golpeó el suelo con fuerza y quedó despatarrado sobre las baldosas de piedra. Desorientado, intentó levantarse, pero las náuseas se apoderaron de él, rápidas y furiosas. Se le revolvió el estómago y Alí consiguió a duras penas no vomitar. Cerró los ojos con fuerza e intentó recuperar la respiración.

Cuando volvió a abrirlos, lo primero que vio fueron las familiares puertas del despacho de su padre. Las habían arrancado de sus goznes. La estancia había sido saqueada y estaba en llamas.

Alí había llegado demasiado tarde.

El ifrit que había asesinado a Lubayd se alejaba. Aún mareado, él intentó seguirlo, pero la escena ante él se hacía pedazos, no conseguía centrar la vista. Un puñado de jóvenes guerreros vestidos con los mismos uniformes negros moteados de los daeva de la playa estaban dispuestos alrededor de otro hombre, que quizá era su comandante. Le daba la espalda a Alí e impartía a ladridos lo que parecían ser órdenes en divasti.

Un enorme arco de plata, horriblemente familiar, colgaba de sus anchos hombros.

Alí negó con la cabeza, seguro de que estaba soñando.

—Te traigo un regalito —cacareó juguetón el ifrit al comandante daeva, y señaló a Alí con el pulgar—. Es el príncipe que busca tu Banu Nahida, ¿verdad? El que se supone que tenemos que encerrar.

El comandante daeva giró sobre sus talones y el corazón de Alí se detuvo. Los fríos ojos verdes de sus pesadillas, el tatuaje negro que declaraba el puesto que ocupaba en el mundo...

—No es él —dijo Darayavahoush e-Afshín con una voz grave, letal. Sus ojos llamearon, un destello de fuego amarillo bajo aquel verdor—. Pero servirá.

37
DARA

Dara llegó a dar dos pasos hacia Alizayd antes de detenerse. Casi le costaba creer que aquel ayaanle ensangrentado ante sí fuese aquel niñato santurrón de la familia real con el que había practicado en Daevabad hacía tantos años. Había crecido, había perdido aquel mismo rasgo infantil en las facciones que había impedido que Dara concluyese aquella lucha de un modo más drástico. También tenía un aspecto horrible; casi parecía que Vizaresh lo hubiese pescado del lago, medio muerto. Llevaba la dishdasha hecha jirones empapados; tenía los brazos cubiertos de heridas sangrantes y marcas de mordiscos.

Y sin embargo, sus ojos… eran los mismos ojos grises de geziri que Dara recordaba. Los ojos de su padre, que eran también los mismos ojos de Zaydi al Qahtani. Por si le quedasen dudas, el zulfiqar que aún le colgaba de la cintura a Alizayd suponía una confirmación más que suficiente.

El príncipe se enderezó hasta quedar sentado. Parecía del todo desorientado, sus ojos aturdidos y conmocionados recorrieron a Dara.

—Pero… estabas muerto —susurró, confuso—. Te maté.

La rabia se avivó en la sangre de Dara. Apretó las manos hasta formar puños ardientes.

—Lo recuerdas bien, ¿verdad? —se esforzaba por mantener su forma mortal, dolorosamente ansioso de dejar escapar a las llamas que querían consumirlo.

Las manos de Nahri en su rostro. «Nos iremos, viajaremos por el mundo». Dara había estado cerca, cerquísima, de escapar de todo aquello.

Y entonces, Alizayd al Qahtani se había entregado a los marid.

—¿Afshín? —la voz tentativa de Laleh, su recluta más joven, se abrió paso entre la niebla de sus pensamientos—. ¿Quieres que lleve a mi grupo al harén?

Dara dejó escapar el aire de los pulmones. Sus soldados. Su deber.

—Retenlo —le dijo a Vizaresh en tono seco. Ya se encargaría él mismo de Alizayd al Qahtani, pero solo después de impartirles sus órdenes a sus soldados—. Y quítale ese maldito zulfiqar de inmediato.

Giró sobre sus talones y cerró brevemente los ojos. En lugar de la negrura de sus párpados cerrados, Dara vio a través de cinco pares de ojos, los de los animales de humo que había invocado de su propia sangre y había desatado junto con cada grupo de guerreros. Captó un atisbo tranquilizador de Manizheh, que había insistido en separarse de inmediato de ellos y dirigirse al dispensario, a lomos del karkadann que Dara había conjurado para ella.

Las criaturas invocadas tironeaban de su consciencia, la magia le pesaba, lo agotaba. Pronto tendría que abandonar su forma mortal, aunque fuese solo para recuperarse.

—Dividíos —dijo en divasti—. Habéis oído a la Banu Nahida. Nuestra prioridad primera y principal es encontrar al gran visir y el cadáver de Ghassán. Laleh, que tu grupo busque en el harén. Gushtap, el tuyo, en el pabellón del tejado que mencionó Kaveh. —Les clavó la vista a todos—. Espero que os comportéis. Haced lo necesario para asegurar el palacio y mantener a salvo a nuestro pueblo, pero nada más. —Hizo una pausa—. Aunque esa clemencia no se aplica a los supervivientes de la Guardia Real con los que os crucéis. A esos matadlos de inmediato. No les deis la oportunidad de sacar el arma. No le deis a nadie la oportunidad de sacar arma alguna.

Gushtap abrió la boca y dijo:

—Pero la mayoría de los hombres lleva algún tipo de arma.

Dara le clavó la mirada.

—Esas son las órdenes.

El guerrero inclinó la cabeza. Dara esperó hasta que sus soldados hubieron desaparecido, y entonces giró sobre sus talones.

Vizaresh le había arrebatado el zulfiqar a Alizayd y lo sostenía contra la garganta del príncipe, aunque el djinn ensangrentado no tenía aspecto de poder luchar. Ni siquiera parecía capaz de tenerse en pie. Al comprenderlo, Dara se detuvo. Hacer pedazos a un enemigo en combate era bien distinto de ejecutar a un joven que apenas podía mantener los ojos abiertos.

Es peligroso. Líbrate de él. Dara extrajo la espada corta que llevaba al flanco. Y de pronto se detuvo para contemplar más de cerca al príncipe empapado.

Marcas de mordiscos. Se giró hacia Vizaresh.

—Se suponía que tenías que estar con mis soldados y tus necrófagos en la playa. ¿Han asegurado los restos de la Ciudadela?

Vizaresh negó con la cabeza.

—Tus soldados han muerto —dijo a las claras—. Y no queda ni uno de mis necrófagos. No tenía sentido seguir allí. Los djinn ya estaban tomando de nuevo el control de la playa.

Dara lo contempló, incrédulo. Él mismo había visto las ruinas de la Ciudadela y había enviado allí a sus guerreros junto con un centenar de necrófagos. Deberían haber sido rivales para los supervivientes que quedasen.

—Eso es imposible. —Estrechó los ojos y se acercó más a Vizaresh—. ¿No los habrás abandonado? —gruñó.

El ifrit alzó las manos en gesto burlón de rendición.

—Claro que no, idiota. Aquí tienes al culpable de que tus guerreros hayan muerto —dijo, y señaló con la cabeza a Alizayd—. Controló el lago como si fuese un marid. Jamás había visto nada parecido.

Dara retrocedió. Había enviado a la playa a una docena de sus mejores solados. A Irtemiz.

Y Alizayd al Qahtani los había matado a todos con magia marid. Apartó a Vizaresh de un empujón.

Alizayd se tambaleó y echó las manos hacia el ifrit, como si quisiese agarrar el zulfiqar.

No lo consiguió. Dara le cruzó la cara, lo bastante fuerte como para oír un crujido de huesos rotos. Alizayd cayó redondo al suelo. Empezó a brotarle sangre de la nariz destrozada.

Demasiado enfadado como para mantener aquella forma, Dara liberó su magia. El fuego le lamió las extremidades, garras y colmillos brotaron de su piel. Apenas se dio cuenta.

Aunque Alizayd sí, sin duda. Soltó un chillido de sorpresa y retrocedió a rastras mientras Dara volvía a acercársele. Bien. Que la estirpe de Zaydi muriese aterrorizada. Pero no lo haría con magia. No, Dara pensaba atravesarle la garganta con metal a aquel hombre y ver cómo se desangraba. Agarró a Alizayd del cuello hecho trizas de la dishdasha y alzó la hoja.

—Espera.

La voz suave de Vizaresh sonó tan urgente que atravesó la niebla de la rabia de Dara, que se detuvo.

—¿Qué? —escupió, y miró por encima del hombro.

—¿De verdad quieres matar al hombre que te asesinó delante de tu Nahri y que ha masacrado a tus jóvenes soldados? —dijo Vizaresh, arrastrando las palabras.

—¡Sí! —espetó Dara—. Es justo lo que voy a hacer.

Vizaresh se acercó un paso.

—¿Le vas a conceder a tu enemigo la misma paz que a ti te ha sido negada?

El humo se curvó en las manos de Dara. El calor aumentaba en su rostro.

—¿Qué pasa, quieres morir con él? ¡Ahora mismo no me queda paciencia para tus malditos acertijos, Vizaresh!

—Nada de acertijos, Darayavahoush. —Vizaresh sacó la cadena de metal de debajo de la placa pectoral de bronce que llevaba—. Solo te planteo otra opción.

Los ojos de Dara contemplaron los anillos de esmeraldas que colgaban. Se le aceleró la respiración.

—Dámelo a mí —susurró Vizaresh en divasti—. Sabes su nombre, ¿no? Puedes matarlo de un golpe y cumplir las órdenes de Manizheh, pero déjame que me quede antes con su alma. —Se acercó, su voz apenas un ronroneo—. Cóbrate la venganza que te mereces.

Se te ha negado la paz de la muerte. ¿Por qué ibas a concederle esa misma paz a tu enemigo?

Los dedos de Dara temblaron sobre el cuchillo, la respiración cada vez más rápida. Manizheh se iba a vengar de Ghassán, ¿por qué no habría él de tener su propia venganza? ¿Sería aquello peor que lo que ya estaban haciendo, que lo que ya habían hecho?

Alizayd debió de percatarse de que algo no marchaba bien. Paseó la mirada entre Dara y el ifrit, hasta que finalmente vio la cadena de anillos de esclavo.

Sus ojos de desorbitaron. Un terror absoluto, salvaje, los recorrió. Se echó hacia atrás, ahogando un grito, intentando librarse del agarre de Dara, pero este lo sujetó sin mayor problema. Lo inmovilizó contra el suelo y le puso la hoja en la garganta.

Alizayd gritó y se retorció.

—¡Suéltame! —chilló, aparentemente sin prestar atención al cuchillo que tenía al cuello—. Suéltame, pedazo de…

Con un único y brutal movimiento, Vizaresh agarró la cabeza del príncipe y la golpeó contra el suelo. Alizayd puso los ojos en blanco y guardó silencio al instante.

Vizaresh dejó escapar un suspiro enojado.

—Te juro que estos djinn hacen aún más ruido que los humanos, aunque supongo que es lo que pasa cuando uno vive tan cerca de esos insectos con sangre de tierra.

Agarró la mano de Alí y le puso un anillo en el pulgar.

—Detente —susurró Dara.

El ifrit le clavó la mirada, con los dedos aún cerrados sobre el anillo.

—Has dicho que no es el príncipe que buscabas. Yo no he tocado a ninguno de tus congéneres. Al menos podrías darme a este.

Sin embargo, si la frialdad con la que Vizaresh había golpeado la cabeza del príncipe contra el suelo, como quien aplasta una mosca, ya había despertado las dudas de Dara; aquel tono posesivo y enojado en su voz consiguió que se lo pensase dos veces. ¿Así lo había visto Qandisha a él? ¿Como una posesión, un juguete para su disfrute, para soltar entre los humanos y juguetear con ellos, para regodearse con el caos que iba a causar?

Sí. Somos los descendientes del pueblo que los traicionó. Los daeva que optaron por humillarse ante Salomón, que permitieron que un humano los transformase para siempre. Para los ifrit, su pueblo, ya fuesen djinn o daeva, era execrable. Una abominación.

Dara había sido un idiota al olvidarlo. Por más que le hubiesen devuelto la vida, él no era ningún ifrit. No iba a permitir que esclavizasen el alma de otro djinn.

—No —volvió a decir, embargado de repugnancia—. Quítale esa asquerosidad ahora mismo —ordenó al ver que Vizaresh no obedecía. En cambio, el ifrit se enderezó; algo tras él había captado su atención. Dara siguió su mirada.

Y se le paró el corazón.

38
NAHRI

—¿**S**eguro que esto lleva al muro exterior? —susurró Nahri mientras ella y Muntadhir avanzaban por el retorcido pasadizo del servicio. Todo estaba a oscuras, excepto por la pequeña llama que había invocado.

—Te lo he dicho ya dos veces —contestó Muntadhir con malos modos—. A ver, ¿cuál de nosotros dos ha pasado toda la vida aquí?

—¿Cuál de los dos empleaba estos pasadizos para colarse en cualquier dormitorio? —replicó Nahri, e ignoró la mirada enojada de Muntadhir—. ¿Qué pasa, estoy mintiendo?

Él puso los ojos en blanco.

—Este pasadizo termina algo más adelante, pero podemos recorrer el siguiente corredor hasta el extremo oriental y llegar a las escaleras exteriores desde allí.

Nahri asintió.

—Entonces, el sello de Salomón... —empezó a decir, intentando poner un tono ligero—. ¿Cómo lo recuperamos? ¿Tenemos que cortárselo de la cara a tu padre o...?

Muntadhir emitió un sonidito estrangulado.

—Por Dios, Nahri, ¿en serio?

—¡Has sido tú quien se ha puesto tan melindroso cuando hemos sacado el tema!

Él negó con la cabeza.

—¿Planeas clavarme la daga en la espalda y echar a correr en cuanto te lo cuente?

—Es posible, sobre todo si sigues sugiriendo ese tipo de cosas. —Nahri suspiró—. ¿Podemos intentar estar en el mismo bando aunque sea por una noche?

—Está bien —gruñó Muntadhir—. Supongo que es mejor que lo sepa alguien más, en vista de la situación. —Inspiró hondo—. La mejilla de mi padre da igual; solo es una marca que aparece cuando se acepta el anillo.

—¿El anillo? ¿El sello de Salomón está en un anillo? —Nahri pensó en las joyas que había visto en los dedos de Ghassán durante los últimos cinco años. Evaluar en silencio los objetos de valor que llevaban los demás era más o menos su especialidad—. ¿Es el rubí que lleva en el pulgar? —aventuró.

Muntadhir puso una expresión sombría.

—No lo lleva en la mano —contestó—. Sino dentro del corazón. Tenemos que extraerle el corazón y quemarlo. El anillo toma forma a partir de la ceniza.

Nahri se detuvo en seco.

—Que tenemos que hacer ¿qué?

—Por favor, no me obligues a repetirlo —Muntadhir tenía aspecto de ir a vomitar en cualquier momento—. El anillo toma forma, te lo pones en la mano y ya está. Mi padre decía que uno puede tardar días en recuperarse del impacto de la magia. Y luego te quedas atrapado en Daevabad para siempre —añadió en tono oscuro—. ¿Ves por qué no tengo la menor prisa por ser rey?

—¿Qué es eso de quedarse atrapado en Daevabad para siempre? —preguntó Nahri, con la mente al galope.

—No se lo pregunté. —Ella lo miró, incrédula, y él hizo un aspaviento—. Nahri, creo que no tenía ni ocho años de edad cuando mi padre me lo contó todo. Yo estaba demasiado ocupado intentando no vomitar de terror como para pedirle que me aclarase todos los detalles que implicaba llevar ese anillo que, se supone, ahora tengo que arrancar de su cuerpo ensangrentado. Lo que mi padre me dijo es que el anillo no puede salir de la ciudad. Así que, a menos que alguien esté dispuesto a dejar su corazón atrás...

—Qué poético —murmuró ella mientras seguían avanzando por el tenue pasadizo.

Él se detuvo frente a los contornos sombríos y apenas visibles de una puerta.

—Aquí estamos.

Nahri se asomó tras su hombro mientras Muntadhir la abría despacio. Ambos se internaron en las tinieblas.

A Nahri se le demudó el rostro. Una geziri vestida con atuendo de criada yacía en el suelo de piedra. Le salía sangre de las orejas.

—El veneno ya ha pasado por aquí —dijo en tono quedo.

No era el primer cadáver que encontraban. Aunque habían podido advertir a un puñado de nobles geziri, encontraban a más muertos que vivos: soldados con los zulfiqares aún envainados, una estudiosa entre pergaminos desparramados y, lo más doloroso: un par de niños vestidos de gala, con pequeñas bengalas en las manos. Los zarcillos de aquella niebla cobriza aún se aferraban a sus pequeños pies.

Muntadhir cerró los ojos de la mujer.

—Pienso arrojar a Kaveh al karkadann —susurró en tono rabioso—. Lo juro por el nombre de mi padre.

Nahri se estremeció. Imposible llevarle la contraria.

—Sigamos.

En cuanto se pusieron en marcha, Nahri oyó unos pasos. Al menos tres personas se acercaban desde el otro lado de un recodo. No había tiempo de volver al pasadizo del que habían salido, así que se apresuraron a aplastarse contra un hueco oscuro en la pared. Las sombras los envolvieron, una reacción protectora del palacio, justo cuando varias figuras giraron el recodo.

A Nahri se le encogió el corazón. Eran todos daeva. Jóvenes y desconocidos, vestían uniformes moteados negros y grises. También iban bien armados. Parecían más que capaces de acabar con el emir y su esposa. Muntadhir debió de llegar a la misma conclusión, porque no hizo el menor movimiento para enfrentarse a ellos. Se quedó inmóvil hasta que se perdieron de vista.

Al fin, carraspeó.

—Creo que tu tribu está llevando a cabo un golpe de estado.

—Nahri tragó saliva.

—Eso parece —dijo, temblorosa.

Muntadhir la miró.

—¿Sigues en mi bando?

La mirada de Nahri cayó sobre la mujer asesinada.

—Estoy en el bando de quien no desencadena algo así.

Siguieron avanzando por el corredor desierto. El corazón de Nahri iba al galope; ni siquiera se atrevía a hablar, sobre todo porque estaba claro que había enemigos merodeando por el palacio. De vez en cuando sonaba algún grito o una advertencia que se veía interrumpida de pronto, y que reverberaba como un eco por los pasadizos laberínticos del complejo real.

Un extraño hormigueo le recorría la piel. Nahri se estremeció. Era una sensación extrañamente familiar, pero no conseguía ubicarla. Acercó la mano a una de las dagas mientras avanzaban. Oía el latido de su propio corazón en la cabeza, constante. Como un tableteo de advertencia: *tap-tap-tap-tap*.

Muntadhir alzó un brazo. Se oyó un grito amortiguado en la lejanía.

—¡Suéltame!

El emir ahogó una exclamación.

—Nahri, parece la voz de...

Pero Nahri ya había echado a correr. Se oyó el sonido de alguien que discutía, otra voz que ella apenas captó. Se protegió los ojos con el brazo al girar un recodo, la repentina luz la cegó después de tanto tiempo avanzando a tientas en la oscuridad.

Sin embargo, aquella luz no provenía de ninguna antorcha, ni de llamas invocadas. Brotaba de dos ifrit que inmovilizaban a Alí en el suelo.

Nahri se detuvo de pronto con un chillido estrangulado. Alí era una ruina ensangrentada. Yacía, demasiado inmóvil, bajo un ifrit de gran tamaño, inexplicablemente vestido con el mismo uniforme que llevaban los soldados daeva. Le había puesto un cuchillo en la garganta al príncipe. Otro ifrit más delgado, con una armadura de placas de bronce, agarraba la mano de Alí, le sujetaba la muñeca en un ángulo que debía de ser muy doloroso.

Ambos ifrit se giraron y contemplaron a la pareja real. Nahri soltó una exclamación ahogada al ver la gema verde que destellaba en uno de los dedos de Alí.

Un anillo. La esmeralda de un anillo de esclavo.

El ifrit vestido con ropajes daeva abrió la boca y sus ojos destellaron.

—Nah...

Nahri no le dejó terminar siquiera. La rabia fluyó de ella. Se abrió un tajo en la palma de la mano y luego se abalanzó sobre ellos sin la menor vacilación.

Impactó sobre el pecho del ifrit, que rodó con ella. Alzó la daga manchada de su propia sangre e intentó clavársela en la garganta, pero el ifrit se la arrebató con facilidad de la mano, sin soltar su propio cuchillo.

Nahri intentó alcanzarlo, pero el ifrit era más fuerte que ella. Soltó la hoja, que repiqueteó en el suelo, y sujetó ambas muñecas de Nahri. Luego rodó sobre sí mismo y se situó sobre ella, inmovilizándola con su peso.

Nahri gritó. Los ojos ardientes del ifrit se clavaron en los de ella. Nahri se quedó sin respiración al ver lo que parecía ser pesadumbre en las profundidades de aquel color ajeno.

Y de pronto, el tono amarillo llameante desapareció. Los ojos del ifrit adoptaron el color verde que tantas veces había visto Nahri en sueños. Unos rizos negros brotaron de aquel cráneo humeante, y la luz ardiente desapareció del rostro para verse reemplazada por un tono marrón claro, luminiscente. Un tatuaje de ébano apareció en su frente. Una flecha que atravesaba el ala de un shedu.

Dara la miró, con el rostro a centímetros del de ella. El olor a cedro y a cítrico quemado le picó en la nariz. Pronunció una palabra, una única palabra que abandonó sus labios como una plegaria:

—Nahri.

Ella aulló. Una sensación truculenta y salvaje la recorrió.

—¡Basta! —gritó, y se retorció bajo él—. ¡No adoptes ese rostro o te mataré!

Él le sujetó las manos con fuerza, mientras ella intentaba desgarrarle la garganta.

—¡Nahri, basta! —gritó el ifrit—. ¡Soy yo, lo juro!

Su voz la hizo pedazos por dentro. Dios, incluso sonaba igual que él. Pero era imposible. Imposible. Nahri había visto morir a Dara. Se había bañado las manos en sus cenizas.

Era un truco. Un truco de ifrit. La piel se le crispaba ante su contacto. Nahri intentó retorcerse una vez más para liberarse y vio que la daga manchada con su propia sangre estaba cerca de sus pies.

—¡Zaydi! —Muntadhir acudió como un rayo junto a su hermano, para verse al instante lanzado al otro extremo del corredor por un empujón del otro ifrit. Se estrelló contra una de las delicadas fuentes. Hubo un estallido de agua y cristal a su alrededor.

Pensando a toda velocidad, desesperada por quitarse de encima al ifrit, Nahri le arreó un rodillazo en la entrepierna.

Él ahogó una exclamación y sus ojos aún verdes se iluminaron de dolor y sorpresa, tras lo que se separó lo suficiente como para que Nahri pudiese escabullirse y ponerse de pie. Con el rabillo del ojo vio que Muntadhir había vuelto a levantarse y corría hacia Alí. El joven príncipe había rodado hasta ponerse boca arriba; le corría sangre por el rostro. El segundo ifrit echó mano del hacha de guerra que llevaba a la espalda.

—¡BASTA!

El corredor entero tembló con el eco de la orden del primer ifrit.

—Vizaresh, detente —espetó al tiempo que se alzaba. El segundo ifrit obedeció al instante y se separó un paso de los dos hermanos Qahtani con un chapoteo, pues el agua de la fuente ya empezaba a formar un charco a sus pies.

El ifrit que llevaba el aspecto de Dara se giró hacia Nahri con una mirada suplicante.

—Nahri —dijo con voz estrangulada. Pronunció aquel nombre como si le causase dolor. Dio un paso hacia ella y alargó una mano como si quisiese agarrar la suya.

—¡No me toques! —El sonido de la voz de Dara le causaba dolor físico. Le costaba no taparse la orejas—. No sé quién eres, pero te envenenaré con mi sangre si no cambias de apariencia.

El ifrit cayó de rodillas ante ella y unió las manos en el gesto de bendición de los daeva.

—Nahri, soy yo. Lo juro sobre las cenizas de mis padres. Te encontré en el cementerio de El Cairo. Te dije mi nombre en las ruinas de Hierápolis. —El mismo dolor hueco se arremolinó en sus ojos—. Me besaste en las cavernas sobre el Gozán. —Se le quebró la voz—. Dos veces.

El corazón de Nahri se encogió y una negación rabiosa la recorrió.

—No es cierto. —Un sollozo le brotó del pecho—. Estás muerto. ¡Estás muerto! ¡Te vi morir!

Dara tragó saliva. La tristeza le retorció el semblante, mientras sus ojos desesperados la recorrían.

—Y morí, sí. Pero nadie parece dispuesto a dejarme en paz en el más allá.

Nahri se tambaleó, pero retrocedió cuando él tendió una mano para sujetarla. Había demasiados cabos que se iban atando en su cabeza. La cuidadosa traición de Kaveh. Aquellos soldados daeva bien armados.

Dara. El resplandeciente guerrero que la había tomado de la mano en El Cairo y la había llevado a una tierra de leyenda. Su Afshín malogrado, conducido a la destrucción por culpa de las aplastantes políticas de la ciudad que no podía salvar.

Él volvió a hablar.

—Lo siento, Nahri.

El hecho de que fuese capaz de captar el leve cambio en su expresión, pues Nahri no solía quitarse jamás la careta, fue prueba más que suficiente.

—¿Qué eres? —susurró, incapaz de ocultar el horror en la voz—. ¿Eres… ahora eres uno de ellos? —Señaló con la cabeza al ifrit, temiendo oír la respuesta.

—¡No! —Dara atravesó la distancia que los separaba y la tomó de las manos. Ella sintió el contacto caliente de sus dedos. No fue capaz de apartarse. Parecía que Dara se esforzaba al máximo para no agarrarla y escapar de allí—. Por el Creador, no. Soy… soy daeva —dijo en tono quedo, como si las propias palabras lo asqueasen—. Pero soy como fue nuestro pueblo antaño. Estoy libre de la maldición de Salomón.

Aquella respuesta no tenía sentido. Nada de todo aquello tenía sentido. Nahri se sentía como si acabase de toparse con un espejismo, una alucinación demencial.

Dara se acercó aún más a ella y le acarició la mejilla.

—Lo siento. Quería decírtelo, venir directamente a… —Su voz adoptó un tono desesperado—. Pero no podía cruzar el umbral. No podía regresar a por ti. —Prosiguió a toda velocidad, cada vez más incomprensible—. Pero todo saldrá bien, te lo prometo. Ella lo arreglará todo. Nuestro pueblo será libre y…

—Joder —maldijo Muntadhir—. Eres tú de verdad. Solo tú podrías regresar de entre los muertos otra vez para empezar otra maldita guerra.

Los ojos de Dara destellaron. A Nahri se le heló el corazón.

—Estás colaborando con Kaveh —susurró—. ¿Significa eso…? —Se le retorció el estómago—. ¿Significa que el veneno que está matando a los geziri…? —*No, por favor, no*—. ¿Lo sabías?

Él bajó la mirada, enfermo de puro remordimiento.

—Se suponía que no debías verlo. Se suponía que ibas a estar con Nisreen. A salvo. Protegida.

Pronunció aquellas palabras a un ritmo frenético, como si intentase convencerse a sí mismo tanto como a ella.

Nahri se libró de su contacto de un tirón.

—Nisreen ha muerto. —Contempló a Dara, ansiosa por ver apenas un destello del guerrero bienhumorado que había bromeado con ella en la alfombra voladora, el que había suspirado cuando le dio un beso en aquella recóndita cueva—. Todo lo que dicen de ti es cierto, ¿verdad? —preguntó, con la voz pastosa a causa de pánico creciente—. Todo lo que dicen de Qui-zi. De la guerra.

No estaba segura de qué esperar: negación, vergüenza, quizá una rectitud furiosa. Sin embargo, lo que relució en los ojos de Dara la tomó por sorpresa: amargura.

—Por supuesto que todo es cierto —dijo en tono monocorde. Se tocó la marca en la sien, una suerte de sombrío saludo—. Soy el arma en la que me convirtieron los Nahid. Nada más y nada menos. Y, al parecer, eso mismo seré por toda la eternidad.

Alí, inoportuno como siempre, eligió ese momento para hablar:

—Oh, sí —graznó desde el suelo, donde seguía sentado, apoyado en su hermano. Sus ojos, poseídos por el dolor, resaltaban en medio del rostro sanguinolento—. Pobrecito, miserable asesino...

Muntadhir le cubrió la boca con la mano. Demasiado tarde.

Dara se giró hacia los príncipes Qahtani.

—¿Qué me has llamado, hipócrita asqueroso?

—Nada —se apresuró a decir Muntadhir, claramente forcejeando para que su hermano mantuviese la boca cerrada.

En cualquier caso, Alí consiguió llamar su atención... aunque no por las palabras que había pronunciado.

El agua de la fuente rota fluía hacia él. Corría por el suelo y ascendía por sus ropas ensangrentadas en pequeños arroyuelos que discurrían por entre sus dedos. Alí dio una profunda inspiración y hundió la cabeza. El aire se volvió más frío.

Entonces, el príncipe Alizayd echó la cabeza hacia atrás con un movimiento rápido y antinatural. Una negrura oleosa se mezcló con el gris de sus ojos.

Hubo un momento de silencio conmocionado.

—Ya te lo advertí —dijo el ifrit—. Te dije que había algo raro en él.

Dara contemplaba a Alí con un odio patente.

—Nada de lo que no pueda ocuparme. —Se apartó de Nahri—. Vizaresh, llévate de aquí al emir y a la Banu Nahida. Me reuniré con vosotros en un momento. —Suavizó la voz—: No hace falta que vean esto.

Nahri dio un salto para detenerlo.

—¡No!

Ni siquiera consiguió acercarse. Dara chasqueó los dedos y un tentáculo de humo envolvió el cuerpo de Nahri, tan tensa como una cuerda.

—¡Dara! —Nahri perdió el equilibrio y cayó de rodillas, asombrada de que se hubiese atrevido a usar magia contra ella—. ¡Dara, detente, te lo ruego! ¡Te lo ordeno! —intentó decir, mientras daba forma, desesperada, a sus propios poderes. Los antiguos ladrillos retumbaron con un ruido sordo—. ¡Afshín!

El fuego lamió los brazos de Dara.

—Lo siento muchísimo, Nahri —dijo Dara, y Nahri oyó el dolor de corazón que anidaba en su voz—. Pero ya no son tus órdenes las que obedezco.

Echó a andar hacia Alí, que se puso en pie a duras penas y apartó a Muntadhir de un empujón. Aquel color oleoso volvió a destellar en sus ojos y de pronto el zulfiqar voló hacia su mano a lomos de un estallido de agua, como si acabase de cortar en dos una ola. Las llamas lamieron la hoja de cobre.

Vizaresh no hizo movimiento alguno para obedecer la orden de Dara. Su mirada osciló entre los dos; recorrió a ambos guerreros con sus cansados ojos amarillos.

Y luego negó con la cabeza.

—No, Darayavahoush. Este combate tendrás que lucharlo tú solo. No pienso enfrentarme a aquel a quien los marid han bendecido.

Y sin mediar más palabra se desvaneció en medio del restallido de un trueno.

Alí avanzó. Nahri soltó un grito al tiempo que él alzaba el zulfiqar...

... y entonces retrocedió, como si lo hubiese golpeado una barrera invisible. Se tambaleó, con aspecto aturdido, pero recuperó la compostura sin la menor vacilación y volvió a saltar hacia Dara.

En esa ocasión cayó de espaldas al suelo.

Dara soltó un siseo.

—Así es. Tus amos marid tampoco podían tocarme.

Se abalanzó sobre el príncipe y le arrebató el zulfiqar de las manos. Las llamas se avivaron como si Dara fuese también geziri. Alzó la hoja. Nahri volvió a gritar y se retorció contra las ataduras de humo que la inmovilizaban. La magia del palacio empezaba a acrecentarse en su sangre.

Muntadhir se interpuso entre Alí y el zulfiqar que enarbolaba Dara.

Hubo un olor a sangre y a carne abrasada. Un destello de dolor en los ojos del marido de Nahri, seguido de un gemido por parte de Alí, un sonido tan truculento que ni siquiera pareció real.

La ira recorrió a Nahri. Y de pronto, la magia apareció. El tentáculo de humo que se había atrevido a inmovilizarla... a ella, en su maldito palacio, se desvaneció con un estallido. Nahri inspiró hondo, de pronto consciente de la presencia de hasta el último ladrillo, piedra y mota de polvo en el edificio a su alrededor. Los muros que habían alzado sus ancestros, los suelos que se habían teñido de negro con su sangre.

El pasillo se estremeció lo bastante como para que trozos de escayola empezasen a caer del techo. Entre los dedos de Nahri comenzaron a retorcerse llamas, el humo se arremolinaba en el cuello de su túnica. Su atuendo revoloteó, frenético, en medio de la brisa caliente que brotaba de su cuerpo. Alzó las manos.

Dara se giró hacia ella. Nahri lo veía y también lo sentía, ahí de pie, brillante y furioso, justo al borde de su magia.

Nahri lo arrojó al otro extremo del corredor.

Dara golpeó la pared con tanta fuerza que dejó una hendidura en la piedra, y se desplomó en el suelo. Al verlo, parte del corazón de Nahri se hizo pedazos, pues seguía enlazado traicioneramente a aquel hombre que no dejaba de encontrar nuevas maneras de rompérselo.

Y entonces, Dara se levantó.

Se miraron a los ojos. Dara parecía asombrado. Traicionado. Y sin embargo, aún preso de una sombría determinación, seguía siendo un guerrero entregado a su causa. Tocó la sangre dorada que le corría por la cara y alzó las manos. Una ráfaga de humo negro envolvió su cuerpo. Hubo un resplandor de escamas y un destello de colmillos. Dara creció hasta alcanzar el doble de su tamaño.

En una explosión de yeso y piedra, Nahri derrumbó el techo sobre él.

Con la magia que le quedaba casi agotada, cayó redonda al suelo en medio de una nube de polvo.

Los gritos de Alí le devolvieron la conciencia. Apartó de sí el gran dolor de corazón que amenazaba con partirla por la mitad y se puso en pie a duras penas. Muntadhir había caído de rodillas, apoyado contra su hermano. Tenía la dishdasha empapada de sangre.

Nahri corrió hacia él y le rasgó la tela de las vestiduras. Los ojos se le llenaron de lágrimas. Si le hubiesen atacado con un arma que no fuese un zulfiqar, Nahri habría respirado aliviada, pues era un corte limpio que le atravesaba el estómago. Aunque sangraba, no era profundo.

Sin embargo, nada de eso importaba, porque la piel alrededor de la herida ya había adoptado un enfermizo tono negruzco, el color de una horrible tormenta. Y se extendía en delicados zarcillos que trazaban las líneas de venas y nervios.

Muntadhir dejó escapar un gemidito abatido.

—Oh —susurró. Tocó la herida con manos temblorosas—. Supongo que resulta irónico.

—No. No, no, no —tartamudeó Alí, como si aquella negativa susurrada pudiese deshacer la horrorosa escena ante sí—. ¿Por qué lo has hecho? Dhiru, ¿por qué lo has hecho?

Muntadhir alargó una mano y le acarició el rostro a su hermano. La sangre de sus manos manchó la piel de Alí.

—Lo siento, akhi —replicó en tono débil—. No podía quedarme quieto y ver cómo te mataba. Otra vez, no.

Las lágrimas corrían por el rostro de Alí.

—Te vas a poner bien —tartamudeó—. Nahri puede curarte.

Muntadhir negó con la cabeza.

—No lo hagas —dijo, apretando la mandíbula cuando Nahri alargó la mano hacia él—. Todos sabemos que será una pérdida de tiempo.

—¿Puedes dejarme al menos intentarlo? —suplicó ella, con la voz rota.

Muntadhir se mordió el labio. Tenía aspecto de intentar reprimir su propio miedo. Asintió levemente.

Al instante, Nahri extendió las manos y se concentró en los latidos y el calor del cuerpo de su esposo. Y sin embargo, al momento se dio cuenta de que todo era inútil. No podía curar aquella carne abierta ni aquella sangre envenenada, porque no sentía la herida. El cuerpo de Muntadhir parecía terminar allá donde empezaba la carne ennegrecida, cuyos bordes expulsaban la consciencia de Nahri al avanzar. Era peor que sus esfuerzos con Jamshid, peor que aquella lucha desesperada por salvar a Nisreen. Nahri, que acababa de lanzar a un hombre al otro lado de la estancia, que había invocado una tormenta de arena, no podía hacer nada para curar el veneno del zulfiqar.

Muntadhir apartó sus manos con delicadeza.

—Basta, Nahri. No tenéis tiempo para esto.

—Sí que tenemos tiempo —interrumpió Alí—. Inténtalo otra vez. ¡Esfuérzate más!

—No, no tenéis tiempo —la voz de Muntadhir era firme—. Zaydi, mírame. Necesito que escuches sin interrumpirme. Abba ha muerto. Tienes que acompañar a Nahri a recuperar el anillo de Salomón. Ella sabe cómo hacerlo.

Alí se quedó boquiabierto, pero antes de que pudiese responder se oyó un rumor bajo entre los escombros.

Muntadhir palideció.

—Imposible. Le has tirado el maldito techo encima.

Respondió otro rumor. El polvo y el yeso empezaron a estremecerse. Alí alargó una mano hacia su hermano.

—Tenemos que sacarte de aquí.

—Por supuesto que no. —Muntadhir inspiró hondo para darse fuerzas y se aupó hasta quedar sentado del todo. Paseó la vista en derredor y su mirada aterrizó sobre un objeto que resplandecía en medio del polvo.

Un arco de plata.

Un atisbo vengativo sobrevoló sus facciones.

—Nahri, ¿te importaría acercarme ese arco y ver si encuentras el carcaj?

Nahri, a pesar de las náuseas, se sintió obligada a obedecer. En su corazón sabía a quién pertenecía aquel arco.

—¿Qué pretendes hacer? —preguntó mientras Muntadhir se ponía en pie a duras penas, arco en mano, con el dolor y la determinación pintados en las facciones.

El emir se bamboleó y sacó el janyar. Le hizo un gesto a Alí para que se acercase y le metió la daga en el cinto a su hermano.

—Os voy a ganar algo de tiempo. —Tosió y señaló con el mentón al janyar—. Llévate esta daga y tu zulfiqar, akhi. Y lucha bien.

Alí no se movió. De pronto parecía muy joven.

—Dhiru… no puedo dejarte —dijo con voz temblorosa, como si de verdad pudiese convencer a Muntadhir—. Se supone que tengo que protegerte —susurró—. Se supone que soy tu caíd.

Muntadhir le ofreció una sonrisa triste.

—Estoy bastante seguro de que eso implica que debes obedecer mis órdenes. —Su expresión se suavizó—. No te preocupes, Zaydi. Todo queda perdonado. —Encocó una flecha y algo se quebró en su expresión, aunque le guiñó un ojo a su hermano—. Maldición, creo que esto implica que puede que me acepten en ese Paraíso del que tanto hablas.

Las lágrimas fluían sin cesar por las mejillas de Alí. Nahri, en silencio, agarró su zulfiqar y dio un paso al frente. Lo tomó de la mano y miró a Muntadhir a los ojos. Entre los dos cruzó una mirada de entendimiento.

—Recuperaremos el sello de Salomón —le prometió—. Y encontraré a Jamshid. Tienes mi palabra.

Ante ello, los ojos de Muntadhir se humedecieron al fin.

—Gracias —dijo en tono quedo—. Por favor, decidle… —Inspiró hondo y perdió levemente el equilibrio, haciendo un esfuerzo evidente por mantener la compostura. Cuando volvió a mirar a los ojos a Nahri, en los suyos había una mezcolanza de remordimiento y disculpa—. Por favor, decidle que le amé. Decidle que siento mucho no haberlo defendido cuando debí hacerlo. —Se restregó los ojos con la manga y se enderezó. Apartó la mirada—. Y marchaos ya. Si convenzo a las dos personas más tercas de la ciudad para que hagan algo que no quieren hacer, puedo dar mi breve reinado en Daevabad por exitoso.

Nahri asintió. Su propia visión se nubló, al tiempo que arrastraba consigo a Alí.

—Dhiru —volvió a decir él con voz estrangulada—. Akhi, por favor…

Los escombros se estremecieron enormemente, y de pronto se oyó un rugido horrible. Un rugido descorazonador, familiar... y muy enojado.

—¡Marchaos! —gritó Muntadhir.

Y ellos echaron a correr.

39
DARA

L o primero que percibió fue una agonía, el tipo de dolor que no había sentido desde que había regresado a la vida. Extremidades quebradas, dientes rotos, carne desgarrada y un latido en la cabeza tan doloroso que casi quiso dejarse arrastrar por la negrura.

Crispó los dedos y sintió la rugosa piedra y la madera astillada que había bajo ellos. Parpadeó, con la vista empañada, pero no vio más que oscuridad. Gruñó e intentó liberar el brazo que tenía dolorosamente torcido bajo su propio cuerpo.

No podía moverse. Estaba aplastado, atrapado desde todos los flancos.

Nahri. Me ha tirado el techo encima. De verdad me ha tirado el techo encima. Se había quedado conmocionado al verla como una suerte de diosa iracunda, con aquellas volutas de humo que se retorcían en sus manos y los rizos negros que latigueaban salvajemente en medio del viento abrasador que había conjurado. Había tenido el aspecto de un ícono Nahid ante el que Dara se habría arrodillado en el Templo.

Sin embargo, el dolor en sus ojos, la sensación traicionada... ahí estaba la mujer de El Cairo.

Si no sales de aquí vas a poner en riesgo a la mujer a quien sirves de verdad. Pensar en Manizheh y en su misión bastó para que Dara se pusiese de nuevo en movimiento, y al diablo el dolor. El destino de

Daevabad estaba en juego. Inspiró y captó el aroma nebuloso de la sangre mientras intentaba salir de allí.

Era su propia sangre. *Por el Creador, no.* Dara cerró los ojos e intentó alcanzar la magia dentro de sí, pero no había nada.

Había perdido el control de las bestias de sangre que había invocado. Por el ojo de Salomón, había conjurado al menos una docena de ellas. Un karkadann, un zahhak, un pájaro roc. Si escapaban a su control se convertían en seres carentes de mente, destructivos; algo que ya había aprendido mientras entrenaba con los ifrit. Y ahora, salvajes, habían quedado libres junto a sus guerreros y Manizheh.

Dara soltó un juramento entre dientes e intentó salir de allí, pero solo consiguió mover los escombros que tenía más cerca. Sintió aún más dolor en todo el cuerpo.

Abraza aquello que eres, necio. Los breves momentos que había pasado en su otra forma habían sido como un bálsamo instantáneo para él. Dara necesitaba aquel poder.

El fuego chisporroteó en su sangre y recorrió su piel. Sus sentidos se agudizaron, brotaron las garras y los colmillos. Tocó los ladrillos en ruinas que tenía sobre la cabeza y los hizo explotar, convertidos en polvo.

Ascendió con más lentitud de la que habría deseado. Tenía el cuerpo rígido, y el dolor seguía presente. Era un recordatorio aterrador: Dara era fuerte, pero no invencible. Por fin consiguió salir de entre las ruinas. Tosió a causa del polvo e intentó recuperar el aliento.

Una flecha le atravesó el brazo. Dara soltó un gañido de sorpresa. Siseó y se llevó la mano a la herida.

La flecha que le atravesaba el brazo era de las suyas.

Otra flecha pasó volando junto a su rostro. Dara se echó hacia atrás justo antes de que le atravesase el ojo. Se parapetó tras un trozo destrozado de mampostería y asomó la cabeza entre los escombros.

Muntadhir al Qahtani le lanzaba flechas con su propio arco. Dara escupió, ultrajado. ¿Cómo se atrevía aquel despojo lascivo y deshonroso...? Otra flecha voló directa hacia su escondite.

Dara se agachó y soltó una maldición. ¿No le había dado un tajo a Muntadhir con el zulfiqar? ¿Desde cuándo sabía una mosca de la arena manejar un arco daeva de esa manera?

Apretando los dientes, rompió el asta emplumada de la flecha que le atravesaba el brazo y se la extrajo. Reprimió un gruñido de dolor. Su piel llameante cerró la herida y dejó una cicatriz negra como una línea de carbón. Poder curarla fue un pequeño alivio, pero Dara les ponía puntas de hierro a sus flechas, así que aquel flechazo había sido un recordatorio muy necesario de los límites que tenía su propio cuerpo. No quería descubrir qué pasaría si Muntadhir lo alcanzaba en alguna parte más vulnerable que su brazo.

¿Qué tal si intentas disparar en la oscuridad, djinn? Dara impuso las manos sobre la pila de escombros y ordenó a la madera que estallase en llamas. Todo empezó a arder, la pintura aceitosa y las antiguas mamposterías emitieron una nube de denso humo negro que Dara dirigió hacia el emir.

Esperó hasta que oyó toses, y entonces se levantó de un salto y cargó hacia adelante, medio agachado. Muntadhir lanzó otra flecha en su dirección, pero Dara la esquivó y consiguió arrancarle el arco de las manos antes de que pudiese disparar otra vez. Golpeó con el arco al emir en la cara. Muntadhir se desplomó en el suelo.

Dara se cernió sobre él en un segundo. Disipó el humo. La dishdasha de Muntadhir estaba rasgada; le sangraba el vientre, en el que se apreciaban una líneas verde oscuro y vetas de ceniza agrietada, la horrible confirmación de que Dara le había alcanzado con el zulfiqar.

No había rastro de Nahri y Alizayd.

—¿Dónde está? —preguntó Dara—. ¿Dónde están tu hermano y la Banu Nahida?

Muntadhir le escupió en la cara.

—Que te jodan, Flagelo.

Dara le dio un rodillazo en la herida a Muntadhir y apretó. El emir ahogó un grito.

—¿DÓNDE ESTÁN?

Por las mejillas de Muntadhir corrían las lágrimas, pero Dara tenía que reconocer su entereza: por más que sus ojos ardiesen de dolor, contuvo la lengua.

Dara pensó a toda velocidad. Nahri y Alizayd eran muy listos. ¿Adónde podrían haber ido?

—El sello de Salomón —susurró. Apartó de inmediato la rodilla del vientre de Muntadhir, recordando su misión—. ¿Han ido a buscarlo? ¿Dónde está?

—En el infierno —tosió Muntadhir—. ¿Qué tal si vas tú también a por él? Debes de pasar mucho por allí.

Dara empleó todo su autocontrol para no zarandear a aquel hombre. Necesitaba la ayuda de Muntadhir. Fuese o no un Qahtani, Muntadhir se había quedado allí, con una herida fatal, para que su hermano y su esposa pudieran escapar.

Se inclinó hacia Muntadhir.

—Tu pueblo ha perdido. Sea como sea voy a alcanzar a tu hermano. Dime cómo recuperar el sello de Salomón y Alizayd tendrá una muerte rápida. Sin dolor. Te lo juro por mi honor.

Muntadhir se echó a reír.

—Tú no tienes honor. Has dejado entrar a un ifrit en nuestra ciudad. Hay niños geziri que deberían estar encendiendo fuegos artificiales ahora mismo en el palacio, jugando, y están muertos por tu culpa.

Dara retrocedió, intentando acudir a las justificaciones que le había dado Manizheh.

—¿Y cuántos niños daeva murieron cuando tu pueblo nos invadió? Muchos más que los niños geziri que morirán esta noche.

Muntadhir lo miró, sorprendido.

—¿Te oyes a ti mismo al hablar? ¿Qué tipo de hombre es capaz de realizar semejante cálculo? —El dolor le rebosó por los ojos—. Dios, espero que sea ella quien lo haga. Espero que sea Nahri quien te atraviese con un cuchillo eso que tienes por corazón.

Dara apartó la mirada. Nahri parecía muy capaz de algo así cuando lo había mirado furibunda desde el otro lado del corredor, con llamas latigueando en las manos. Como si Dara fuese un monstruo.

Pero se equivocaba. *No lo comprende.* La misión tenía que salir bien, era la correcta. Todo lo que Dara había hecho por su pueblo, desde Qui-zi hasta el ataque de aquella misma noche, no podía quedar en nada.

Se centró en Muntadhir.

—Sé que sabes lo que le sucedió a mi hermana pequeña cuando Daevabad cayó. Bien que te aseguraste de recordármelo cuando nos conocimos. Concédele a tu hermano una muerte más sencilla.

—No te creo —susurró Muntadhir, pero las palabra de Dara parecieron afectarle. La preocupación asomó al rostro del emir—. Le odias. Le harás mucho daño.

—Lo juro por la vida de Nahri —replicó Dara al instante—. Dime cómo puedo recuperar el sello de Salomón y le concederé a Alizayd la misericordia de una muerte rápida.

Muntadhir no dijo nada. Sus ojos escrutaron el rostro de Dara.

—Está bien —dijo al fin—. Primero tienes que encontrar el anillo. —Su respiración cada vez estaba más agitada—. Ve a la biblioteca de palacio, y de ahí a las catacumbas que hay debajo. Hay una... —Una repentina tos—. Una escalera.

—¿Y luego?

—Tendrás que bajar por ella. Es muy profunda, tardarás mucho en descenderla. Notarás que aumenta la temperatura.

Muntadhir hizo una mueca y se hizo un ovillo sobre el estómago.

—¿Y luego qué? —preguntó Dara, cada vez más impaciente y algo asustado. No quería perder tiempo yendo tras Nahri y Alizayd para que Muntadhir se muriese sin haberle dado la respuesta.

Muntadhir frunció el ceño, con aspecto algo confundido.

—Pues tarde o temprano llegarás al infierno, ¿no? He supuesto que querías volver a casa.

Un instante después, las manos de Dara se cerraron sobre la garganta de Muntadhir. Los ojos del emir despidieron un brillo febril. Le clavó la vista a Dara en un último momento de desafío.

De victoria.

Dara lo soltó al instante.

—Me estás... me estás intentando engañar para que te mate.

Muntadhir volvió a toser, y la sangre le manchó los labios.

—Asombroso. En su día debiste de ser un estratega brillan... ¡ah! —chilló cuando Dara le apretó de nuevo la rodilla contra la herida.

Sin embargo, el corazón de Dara iba al galope; apenas controlaba el embrollo que eran sus emociones. No podía perder tiempo torturando a un moribundo por un dato que este se negaba a proporcionarle.

Apartó la rodilla y volvió a mirar a los bordes humeantes de todo verde oscuro de la herida de Muntadhir. No era el mismo tajo letal que había matado enseguida a Mardoniye. Lo que mataría al emir sería el veneno, no el tajo en sí.

Qué suerte, pues, que Muntadhir hubiese caído en las manos de un hombre que sabía a la perfección cuánto tiempo tardaba en llegar una muerte así. Dara había acunado a más amigos de los que podía recordar en sus últimos momentos, sujetando sus extremidades espasmódicas y escuchando sus últimos gritos ahogados de sufrimiento mientras el veneno los consumía poco a poco.

Alargó la mano y sujetó el turbante de Muntadhir. Poco a poco lo fue aflojando.

—¿Qué diablos haces? —jadeó Muntadhir mientras Dara empezaba a vendar la herida—. Dios, ¿es que no puedes dejarme morir en paz?

—Aún no vas a morir. —Dara obligó al emir a levantarse, ignorando el estremecimiento de dolor que lo recorrió—. Quizá no quieras decirme cómo recuperar el sello de salomón. Pero sospecho que hay otra persona que conseguirá que lo cuentes todo.

40
NAHRI

Corrieron y corrieron. Nahri arrastraba a Alí por el palacio entenebrecido. Lo único en lo que pensaba era en poner tanta distancia como fuera posible entre ellos dos y aquello en lo que se había convertido Dara. La magia de sus ancestros le palpitaba en la sangre y ayudaba en cierta medida a su huida. Las estrellas ascendían con sus pasos y los pasadizos más estrechos se bloqueaban después de que los recorriesen, para borrar su rastro. En otra ocasión, Nahri quizá se habría maravillado ante todo aquello.

Sin embargo, no estaba segura de volver a maravillarse ante nada de Daevabad nunca más.

Alí, junto a ella, se tambaleó.

—Necesitó parar —dijo en tono ahogado, apoyado junto a ella. Le goteaba sangre de la nariz rota—. Ahí. —Señaló pasillo abajo, hacia una puerta anodina.

Con la daga presta, Nahri abrió la puerta y los dos entraron en un pequeño patio hundido, repleto de fuentes y limoneros brillantes como joyas. Cerró la puerta tras ella y se dejó caer al suelo para recuperar el aliento.

Y entonces todo lo que había sucedido le cayó encima. Cerró los ojos con fuerza, pero aún podía verlo. Aquellos ojos brujos de color verde sobre ella, el remolino de magia humeante, sus facciones desafiantes justo antes de que derrumbase el techo sobre él.

Dara.

No, no era Dara. Nahri no podía reconciliar la imagen del Afshín a quien había conocido y aquel monstruo de rostro llameante que había rajado a Muntadhir y había entrado en Daevabad junto con una oleada de muerte.

Y Muntadhir... Nahri se llevó el puño a la boca y ahogó un sollozo.

Ahora no puedes derrumbarte. Su marido se había enfrentado al letal Afshín para ganarles tiempo a su esposa y su hermano. Nahri honraría aquel sacrificio. Tenía que hacerlo.

Junto a ella, Alí había caído de rodillas. Un resplandor cobrizo captó la atención de Nahri.

—Dios mío, Alí, dame eso.

Se inclinó hacia la reliquia que Alí llevaba en la oreja, se la quitó y la lanzó hacia los arbolillos. Se estremeció, horrorizada ante la idea de que Alí la había llevado puesta durante toda su huida. Si se hubiesen cruzado con el vapor...

Recompónte. Ni ella ni Alí podían permitirse otro error.

Con delicadeza, le impuso las manos en la frente y el hombro.

—Voy a curarte.

Alí no respondió. Ni siquiera la miraba. Con expresión aturdida y hueca, le temblaba todo el cuerpo.

Nahri cerró los ojos. Su magia parecía más cercana de lo habitual. El velo entre ambos, la extraña capa de salada oscuridad con la que la posesión del marid había cubierto a Alí, cayó de pronto. Debajo, Nahri vio que estaba destrozado: tenía la nariz hecha trizas, el hombro torcido y gravemente perforado, así como dos costillas rotas. Por no mencionar los innumerables mordiscos y tajos. Nahri le ordenó a su cuerpo que se curase. A Alí se le aceleró la respiración. La nariz volvió a ocupar la posición que le correspondía y él soltó un gruñido. El poder de Nahri, la capacidad sanadora que se había negado a obedecerla en dos ocasiones aquel día, brotó de ella, brillante, vivo.

Lo soltó y reprimió una oleada de agotamiento.

—Qué bien saber que aún puedo hacerlo.

Alí se agitó al fin.

—Gracias —susurró. Se giró hacia ella, con lágrimas prendadas en las pestañas—. Mi hermano...

Nahri negó con fuerza.

—No, Alí, no tenemos tiempo para esto... de verdad que no tenemos tiempo para esto —repitió cuando él apartó el rostro y lo hundió entre las manos—. Daevabad se encuentra bajo ataque. Tu pueblo se encuentra bajo ataque. Tienes que recomponerte y luchar. —Le tocó la mejilla y lo obligó a volverse hacia ella—. Por favor —suplicó—. No puedo hacerlo sola.

Él dio una inspiración temblorosa, y luego otra. Cerró brevemente los ojos y, al volver a abrirlos, había en sus profundidades una leve determinación.

—Cuéntame todo lo que sabes.

—Kaveh ha desatado algún tipo de vapor venenoso parecido a lo que casi te mató en el banquete. Se extiende con gran rapidez y actúa sobre las reliquias geziri. —Bajó la voz—. Eso es lo que ha matado a tu padre.

Alí se encogió.

—¿Y se está extendiendo?

—Con rapidez. De momento nos hemos encontrado con al menos tres docenas de muertos.

Al oír eso, Alí se enderezó de golpe.

—Zaynab...

—Está bien —lo tranquilizó Nahri—. Tanto ella como Aqisa. Fueron a advertir al barrio geziri y a dar la alarma en la Ciudadela.

—La Ciudadela.... —Alí se apoyó en la pared—. Nahri, la Ciudadela ha sido destruida.

—¿Cómo que ha sido destruida?

—Nos atacaron allí primero. El lago... se alzó bajo la forma de algún tipo de bestia... como lo que dices que sucedió en el Gozán cuando llegaste a Daevabad. Derribó la torre de la Ciudadela y arrasó todo el complejo. La mayor parte de la Guardia ha muerto. —Se estremeció. Gotas plateadas de líquido le perlaron la frente—. Yo recuperé el conocimiento en el lago.

—¿El lago? —repitió Nahri—. ¿Crees que los marid tienen algo que ver?

—Creo que los marid se han marchado. Su presencia... siento... siento que se han ido —aclaró, dándose unos golpecitos en la cabeza—. Y la maldición del lago se ha roto. Aunque da igual. Los pocos que no nos ahogamos tuvimos que enfrentarnos a necrófagos y arqueros. Estábamos a punto de tomar la playa cuando ese ifrit me agarró, pero quedaban menos de dos docenas de nosotros. —El dolor le sobrevoló el rostro y las lágrimas volvieron a asomar a sus ojos—. El ifrit mató a Lubayd.

Nahri sintió que se mareaba. Dos docenas de supervivientes. Debía de haber cientos... quizá miles, de soldados en la Ciudadela. Y una multitud de geziri en el palacio. Todos muertos en cuestión de momentos.

«Es cierto lo que dicen de ti, ¿verdad? Lo que dicen de Qui-zi. De la guerra».

Nahri cerró los ojos.

Pero lo que la recorrió en aquel momento no fue dolor de corazón. Estaba claro que el hombre que Nahri conocía como Dara había desaparecido... si es que había llegado a existir. Aquel Dara era el Afshín, el Flagelo. Había traído la guerra a las puertas de Daevabad, se había declarado a sí mismo «arma de los Nahid».

Pero no tenía ni idea de a qué Nahid se enfrentaba.

Nahri se puso en pie.

—Tenemos que recuperar el sello de Salomón —afirmó—. Es la única esperanza que tenemos de derrotarlos. —Miró a Alí y le tendió la mano—. ¿Estás conmigo?

Alí inspiró hondo, pero le agarró la mano y se puso en pie.

—Hasta el fin.

—Bien. Pues lo primero que tenemos que hacer es encontrar el cuerpo de tu padre —dijo, intentando no pensar en lo que tendrían que hacer una vez que lo encontrasen—. La última vez que lo vi fue en la plataforma donde me llevaste a ver las estrellas.

—En ese caso, no estamos lejos. Podemos tomar un atajo por la biblioteca.

Se pasó la mano por la barba con gesto inquieto y luego se echó hacia atrás; acto seguido se quitó el anillo de esmeralda que aún llevaba en el pulgar.

—¡Alí, espera!

Pero él ya lo había lanzado lejos antes de que Nahri acabase de hablar. Ella se encogió al oír el repiqueteo del anillo en el suelo, casi esperando que Alí se convirtiese en ceniza. Sin embargo, Alí siguió de una pieza, mirándola sorprendido.

—¿Qué? —preguntó.

—¿Cómo que qué? —Hizo un aspaviento y se acercó a recoger el anillo—. ¿Y si aún hay parte de la maldición que te vincula de alguna manera a este anillo, pedazo de idiota?

—No hay maldición alguna —insistió Alí—. Apenas me lo habían puesto en el pulgar cuando llegasteis. Creo que estaban discutiendo si debían hacerlo o no.

¿Discutiendo? Dios, Nahri casi habría esperado que así fuera. Jamás habría imaginado que Dara fuese capaz de entregar a otro djinn a los ifrit. Ni siquiera a su peor enemigo.

—Aun así, prefiero tenerlo cerca —dijo, y se metió la joya en el bolsillo. Luego extrajo el zulfiqar que se había enganchado sin mucha pericia al cinturón—. Deberías quedarte con esto.

Alí pareció sufrir náuseas al ver el arma que había acabado con su hermano.

—Lucharé con otra arma.

Nahri se inclinó y le puso el zulfiqar en las manos.

—Lucharás con esto. Es el arma que mejor manejas. —Lo miró a los ojos—. No permitas que Muntadhir haya muerto por nada, Alí.

La mano de Alí se cerró sobre la empuñadura. Acto seguido echaron a andar. Él abrió camino, salieron por una puerta que daba a un pasadizo largo y estrecho. El suelo descendía en pendiente, y la temperatura bajó a medida que avanzaban. Bolas flotantes de fuego siseaban en las alturas, un sonido que tenía a Nahri de los nervios.

Ninguno de los dos hablaba, pero poco tiempo después oyeron el estruendo de una explosión. El suelo tembló ligeramente.

Alí alzó una mano y la detuvo. Se llevó un dedo a los labios. Oyeron el inconfundible sonido que hacía un objeto pesado al arrastrarse por entre la roca polvorienta en algún lugar tras ellos.

Nahri se tensó. No fue solo eso lo que oyó: desde más allá de la puerta plateada de la biblioteca, al final del pasadizo, también resonó un chillido.

—Quizá deberíamos buscar otro camino —susurró, con la boca seca como el polvo.

La puerta se abrió de golpe.

—¡Un zahhak! —Un estudioso sahrayn pasó a la carrera junto a ellos, con los ojos desorbitados de pánico y la túnica en llamas—. ¡Un zahhak!

Nahri se apartó de Alí. Los dos se pegaron contra la pared al pasar el estudioso. El calor que emanaba de aquella túnica en llamas le abrasó levemente la cara. Nahri se giró y abrió la boca para gritarle que se detuviese...

...justo a tiempo de ver una serpiente humeante, cuyo cuerpo era casi tan ancho como el mismísimo corredor, girar un recodo. El sabio ni siquiera tuvo oportunidad de gritar. La serpiente se lo tragó de un bocado, con unos brillantes dientes de obsidiana tan largos como el brazo de Nahri.

—¡Corre! —chilló, y empujó a Alí hacia la biblioteca.

Corrieron tanto como les permitieron las piernas y se zambulleron a través de la puerta. Alí la cerró tras de sí y se apoyó contra el metal, al tiempo que la enorme serpiente chocaba con ella. Hasta el marco se sacudió.

—¡Dile al palacio que nos ayude! —gritó.

Nahri se apresuró a imponer las manos contra los montantes de metal de la puerta. Apretó tanto que casi se rasgó la piel. Aún no dominaba del todo la magia del palacio; que parecía tener mente propia y respondía a sus emociones según caprichos propios.

—Protégeme —suplicó en divasti.

No sucedió nada.

—¡Nahri! —chilló Alí, cuyos pies resbalaron ante un nuevo embate de la serpiente.

—¡PROTÉGEME! —gritó Nahri en árabe, aderezando el grito con unas cuantas maldiciones que Yaqub no habría visto con buenos ojos—. ¡Te lo ordeno, maldita sea!

Sus manos empezaron a despedir humo, y entonces la plata de los montantes se derritió hasta sellar la puerta contra la pared. Nahri se dio la vuelta y se dejó caer contra el marco, con la respiración alterada.

Sus ojos se abrieron de golpe. Una criatura del tamaño de la Esfinge atravesaba el aire en dirección a ellos dos.

Tenía que tratarse de una pesadilla. Ni siquiera en la encantada Daevabad volaban en libertad bestias hechas de humo capaces de devorar una aldea entera. La criatura sacudió cuatro alas ondulantes. Un fuego carmesí le brillaba bajo las escamas resplandecientes. Tenía unas fauces repletas de colmillos lo bastante grandes como para tragarse un caballo, y seis extremidades rematadas por afiladas garras. Nahri la contempló y la bestia soltó un chillido que sonó casi perdido, al tiempo que se zambullía hacia uno de los estudiosos que había en la estancia. Lo atrapó con las garras y lo arrojó con gran fuerza contra la pared del otro extremo, al tiempo que dejaba escapar una ráfaga de llamas de la boca.

Nahri sintió que la sangre le abandonaba el rostro.

—¿Eso es un dragón?

Alí, junto a ella, tragó saliva.

—En realidad... más bien parece un zahhak. —Sus ojos dominados por el pánico se cruzaron con los de ella—. No suelen ser tan grandes.

—Oh —dijo Nahri.

El zahhak volvió a chillar y prendió fuego al hueco de lectura que había justo sobre ellos. Ambos dieron un salto.

Alí alzó un dedo tembloroso hacia una hilera de puertas al otro lado de la enorme librería.

—Hay un montacargas para libros justo ahí enfrente. Lleva hasta el pabellón al que queremos ir.

Nahri miró en la lejanía. Había que ascender varias plantas y la biblioteca estaba sumida en el más absoluto caos; se había convertido en un laberinto de muebles en llamas y djinn que huían adonde podían, mientras el zahhak caía sobre todo lo que se movía.

—Esa cosa nos va a matar. No. —dijo, y agarró a Alí cuando este intentó lanzarse en dirección a un joven escriba a quien el zahhak acababa de agarrar—. Si te metes ahí no podrás ayudar a nadie.

Un crujido captó su atención. La serpiente seguía embistiendo la puerta sellada. El metal empezaba a combarse.

—¿Había parte de tu entrenamiento en la Ciudadela que cubriese enfrentarse a monstruos gigantes de humo y llamas?

Alí tenía la mirada clavada en la pared del extremo oriental de la biblioteca.

—No, en la Ciudadela no… —dijo, pensativo—. Eso que hiciste antes con el techo… ¿crees que podrías hacerlo con esa pared?

—¿Quieres que derribe una de las paredes de la biblioteca? —repitió Nahri.

—El canal pasa justo por detrás. Espero poder usar el agua para extinguir a esa criatura —explicó mientras el zahhak viraba demasiado cerca de ellos.

—¿Agua? ¿Y cómo piensas controlar…? —dejó morir la voz al recordar el modo en que había llamado a su zulfiqar mientras luchaba con Dara. Se percató de la expresión culpable que asomó a su semblante—. Así que el marid no te hizo nada, ¿no? ¿No fue eso lo que me dijiste?

Él soltó un gemido.

—¿Podemos pelearnos por esto más tarde?

Nahri lanzó una última y triste mirada a las estanterías de la pared del extremo oriental de la biblioteca.

—Si sobrevives pagarás por haber destruido todos estos libros.

Inspiró hondo e intentó centrarse, modulando la magia del palacio tal y como había hecho en el pasillo. El último empujón a sus poderes lo había causado una oleada de rabia y dolor por lo que Dara le había hecho a Muntadhir.

En el otro extremo de la estancia, un grupo de sabios que habían estado escondidos tras una mesa volcada en el segundo piso captó la atención de Nahri. Eran hombres y mujeres del todo inocentes, muchos de los cuales se habían encargado de traerle libros e instruirla con paciencia en la historia de Daevabad. Aquel era su hogar; aquel palacio que ahora habitaban los cadáveres de aquellos a quienes no había podido proteger. Que la condenasen si iba permitir que aquel zahhak se cobrase una sola vida más bajo su techo.

Le hormigueó la piel. La magia hervía en su sangre y le cosquilleaba en la mente. Dio una inspiración, casi paladeando el sabor de la piedra antigua. Sentía el canal, el agua fría que se apretaba contra la gruesa pared.

Alí se estremeció como si Nahri lo hubiese tocado.

—¿Eso has sido tú?

A Nahri le bastó una mirada para comprobar que aquella película negra y oleosa volvía a cubrir los ojos de Alí. Asintió y examinó en su mente aquella pared. De pronto todo el proceso se le antojó familiar, parecido al modo en que examinaría una columna vertebral artrítica en busca de puntos débiles. Y vaya si había puntos débiles: la biblioteca había sido construida hacía dos milenios. Había raíces que serpenteaban por entre ladrillos destrozados, riachuelos que se separaban del gran canal y que se extendían como tentáculos ansiosos.

Nahri manipuló aquella magia y les pidió a los puntos más débiles que cediesen. Sintió que la pared se estremecía, que el agua se agitaba al otro lado.

—Ayúdame —pidió, y agarró la mano de Alí.

El tacto de su piel, que solía ser frío y pegajoso, le provocó una descarga helada por la columna. Como consecuencia, toda la pared se sacudió. Vio que el agua se esforzaba por entrar, y puso todo su empeño en aflojar aún más la piedra.

Primero fue una pequeña vía de agua. Luego, en lo que tardaba un corazón en dar un vuelco, una parte entera de la pared cayó con una tromba de ladrillos rotos y agua chorreante.

Nahri abrió los ojos. De no haber estado preocupada por su propia vida y por los manuscritos de valor incalculable que pronto iban a quedar destruidos, la repentina aparición de una cascada de varios pisos de altura en medio de la biblioteca se le habría antojado una visión extraordinaria. El agua se derramó sobre el suelo y creó un turbulento remolino de muebles rotos y olas espumosas.

El chorro impactó contra el zahhak, que voló demasiado cerca. La criatura soltó un chirrido y lanzó un torrente de llamas hacia el agua atronadora. Alí ahogó un grito y dio un respingo hacia atrás, como si el fuego le provocase daño físico.

Aquel respingo captó la atención del zahhak. La criatura giró de pronto en el aire y se lanzó directa hacia ellos.

—¡Muévete! —Nahri agarró a Alí y lo apartó de un tirón justo en el momento en que el zahhak vaporizaba de una llamarada las estanterías tras las que se habían ocultado—. ¡Salta!

Ambos saltaron. El agua estaba fría y aumentaba su volumen con rapidez. Nahri pataleaba para mantenerse a flote, pero la túnica pesaba demasiado. Alí la metió bajo el agua de un tirón cuando otro penacho de llamas cayó sobre ellos.

Nahri volvió a sacar la cabeza en busca de aire. A duras penas consiguió esquivar una viga rota que flotó a toda velocidad a su lado.

—Maldita sea, Alí, me has obligado a romper mi biblioteca. ¡Haz algo!

Él se alzó para enfrentarse al zahhak. Se movió con una gracilidad mortal, con gotas de agua pegadas a la piel, como si de miel se tratase. Alzó las manos y clavó la vista en el zahhak, que volvía a volar directamente hacia ellos. Con un crujido atronador, la cascada dio un latigazo en el aire y cortó en dos a la criatura.

Aquel pequeño alivio no duró mucho. Alí se tambaleó y cayó sobre Nahri.

—La puerta —se las arregló para decir, mientras ella volvía a emplear su magia curativa sobre él—. ¡La puerta!

Avanzaron a toda prisa, abriéndose camino como podían en medio de aquel repentino río. Nahri se lanzó sobre el pomo en cuanto tuvieron la puerta al alance.

Una ráfaga de flechas se clavó en la puerta. Por poco no atravesaron la mano de Nahri.

—¡Por el ojo de Salomón!

Giró sobre sus talones. Media docena de jinetes sobre monturas hechas de humo atravesaban en aquel momento la entrada principal de la biblioteca, con los arcos extraídos y prestos en las manos.

—¡Sigue! —Alí abrió la puerta y metió a Nahri de un empujón. La cerró de un portazo tras ellos y amontonó varios muebles delante para bloquearla, mientras Nahri recuperaba el aliento.

Habían entrado en una cámara pequeña y perfectamente circular. Se asemejaba a un pozo; el techo desaparecía en la lejana penumbra de las alturas. Unas desvencijadas escaleras de metal ascendían en espiral, alrededor de dos columnas que desprendían un suave resplandor de luz ambarina. Por ellas pasaban canastos llenos de libros y pergaminos; una columna los subía y la otra los bajaba.

Alí señaló con el mentón a las escaleras.

—Por ahí se va directo al pabellón. —Desenvainó el zulfiqar—. ¿Lista?

Nahri inspiró hondo y los dos empezaron a ascender. Con cada estremecimiento y cada chirrido de la escalinata se le aceleraba el corazón.

Tras lo que se le antojaron horas, pero seguramente no fueron más que minutos, se detuvieron delante de un pequeño portal de madera.

—Oigo voces —susurró ella—. Creo que hablan en divasti.

Alí pegó la oreja a la puerta.

—Son al menos tres hombres —concordó en tono bajo—. Y hazme caso: el Afshín ha entrenado bien a sus soldados.

Nahri reflexionó a toda prisa sobre las opciones que tenían.

—Tómame como prisionera.

Alí la miró como si hubiese perdido del todo el juicio.

—¿Disculpa?

Ella se lanzó sobre sus brazos y se llevó el janyar de Alí a la garganta.

—Sígueme el juego —siseó—. Suéltales cualquier perorata sobre pecadores y adoradores del fuego. Entre mi gente, tu reputación te precede.

Abrió la puerta de una patada antes de que Alí pudiese siquiera protestar, y lo arrastró consigo.

—¡Ayudadme! —chilló lastimosamente en divasti.

Los guerreros daeva giraron sobre sus talones y los contemplaron. Eran tres, vestidos con los mismos uniformes oscuros, y armados hasta los dientes. Desde luego parecía que los había entrenado Dara; uno de ellos tensó una flecha en el arco y les apuntó en apenas un segundo.

Por suerte, Kaveh no estaba allí.

—¡Soltad las armas! —suplicó Nahri, retorciéndose contra el brazo de Alí—. ¡Me va a matar!

Alí reaccionó con más soltura de la que Nahri hubiese deseado; le apretó la hoja contra la garganta con un gruñido.

—¡Soltadlas, adoradores del fuego! —ordenó—. ¡Ahora! ¡O destriparé a vuestra preciada Banu Nahida!

El daeva más cercano ahogó un grito.

—¿Banu Nahri? —preguntó, los ojos negros desorbitados—. ¿Eres tú de verdad?

—¡Sí! —exclamó ella—. ¡Bajad las armas!

Se miraron entre ellos no muy seguros, hasta que el arquero se apresuró a bajar el arco.

—Hacedlo —ordenó—. Es la hija de Banu Manizheh.

Los otros dos obedecieron al instante.

—¿Dónde está mi padre? —preguntó Alí—. ¿Qué habéis hecho con él?

—Nada, mosca de la arena —escupió uno de los daeva—. ¿Qué tal si dejas a la chica y te enfrentas a nosotros como un hombre? Hemos lanzado los cadáveres de los guardias de tu padre al lago, pero tú aún estás a tiempo de unirte a tu abba.

Dio un paso lateral y dejó a la vista al rey muerto. Nahri se echó hacia atrás, horrorizada. Habían vapuleado el cuerpo de Ghassán; tenía huellas de bota ensangrentadas en las ropas; le habían arrebatado las joyas y desprendido el turbante. Sus ojos vidriosos de tono cobrizo contemplaban vacíos el cielo nocturno, con el rostro sanguinolento.

Alí la soltó de repente. Le retorció el rostro una expresión de rabia que no se parecía a nada que Nahri hubiese visto en él jamás.

Antes de que ella tuviese siquiera tiempo de reaccionar, Alí ya se había abalanzado sobre los soldados daeva, con el zulfiqar en llamas. Ellos se movieron con rapidez, pero no eran rivales para la celeridad de aquel príncipe doliente. Con un grito le clavó la hoja al soldado que había hablado, para luego liberar la hoja y lanzar un tajo de revés que decapitó al arquero que había reconocido a Nahri.

Y con eso, Nahri se vio catapultada de nuevo a aquella aciaga noche en el barco. La noche en que había visto de primera mano todo aquello de lo que era capaz Dara, el modo en que había destrozado a los hombres que lo rodeaban como un instrumento de muerte, impasible ante la sangre, los gritos y la brutal violencia a su alrededor.

Contempló horrorizada a Alí. En aquel guerrero furibundo ante ella no había nada del príncipe leído, del hombre que a veces se mostraba demasiado tímido como para mirarla a los ojos.

¿Es así como empieza? ¿Había sido así como se había malogrado Dara, con el alma arrancada de sí al contemplar la masacre que se llevó a cabo con su familia y con su tribu? ¿Así habían acabado su alma y su cuerpo convertidas en un arma, por culpa de la furia y la desesperación? ¿Así lo habían convertido en un monstruo que revivía la misma violencia con cada nueva generación?

Y sin embargo, Nahri se encontró abalanzándose sobre el último daeva, que alzó la espada listo para atacar. Nahri agarró el brazo del hombre y lo desequilibró de un empujón cuando este se giraba hacia ella, con una expresión absolutamente traicionada en el rostro.

Alí le hundió el zulfiqar en la espalda.

Nahri se apartó, y se cubrió la boca con la mano. Le pitaban las orejas y la ahogaba la bilis.

—¡Nahri! —Alí tomó su rostro entre las manos, que estaban manchadas de la sangre de sus congéneres de tribu—. ¡Nahri, mírame? ¿Estás herida?

Parecía una pregunta ridícula. Nahri estaba mucho más que herida. Su ciudad se derrumbaba y sus seres queridos o bien morían o bien se transformaban en criaturas que era incapaz de reconocer. De pronto no quiso hacer nada más que huir; correr escaleras abajo y salir del palacio. Subirse a un barco, a un caballo, a lo que fuese que la ayudarse a volver a aquel momento de su vida en que había decidido entonar un zar en divasti.

El sello. Recupera el sello y podrás arreglarlo todo. Se apartó de golpe del contacto de Alí y sacó una daga mientras se acercaba de forma automática al cadáver de Ghassán.

Alí fue tras ella y se arrodilló junto a su padre.

—Debería haber estado aquí —susurró. Le asomaron lágrimas a los ojos, y parte del viejo amigo de Nahri regresó a aquel rostro—.

Todo esto es culpa mía. Estaba demasiado ocupado con mi rebelión como para ver venir nada de esto.

Nahri no dijo nada. No tenía consuelo alguno que darle en aquel momento. En cambio, rajó la dishdasha de Ghassán a la altura del pecho.

Alí la detuvo con un gesto.

—¿Qué haces?

—Tenemos que quemar su corazón —dijo ella con voz temblorosa—. El anillo volverá a formarse a partir de las cenizas.

Alí apartó la mano como si se la hubiesen abrasado.

—¿Qué?

Ella consiguió reunir suficiente conmiseración como para suavizar la voz.

—Lo haré yo. De los dos, soy la que tiene más experiencia abriendo cuerpos de personas.

Alí pareció a punto de vomitar, pero no le llevó la contraria.

—Gracias.

Cambió de postura y acunó la cabeza de su padre en el regazo. Cerró los ojos y empezó a rezar con suavidad.

Nahri dejó que aquellas tiernas palabras en árabe la recorrieran. Como siempre, le recordaron a El Cairo. Se aplicó con presteza y abrió la piel y el músculo del pecho de Ghassán. No salió tanta sangre como habría sido de esperar; quizá el rey ya había perdido demasiada.

Aunque daba igual. Nahri estaba igualmente bañada en sangre. No esperaba que las manchas abandonasen ya jamás su cuerpo.

Aun así fue un trabajo siniestro. Alí pareció a punto de desmayarse para cuando Nahri extrajo el corazón del pecho de Ghassán. Sus dedos se cerraron alrededor del corazón quieto. Mentiría si dijese que no sintió un ápice de oscuro placer. El tirano que había jugado con las vidas de todos ellos como si fueran peones en un tablero. El que la había obligado a casarse con su hijo porque su propia madre lo había rechazado. El que había amenazado la vida de su hermano... en más de una ocasión.

De repente, una chispa de calor floreció en la palma de la mano de Nahri, una llama invocada que empezó a danzar. Nahri apartó rápidamente la mano, pero el corazón ya se había convertido en cenizas.

En la mano había quedado algo duro y caliente. Nahri abrió los dedos, su propio corazón al galope.

El anillo con el sello del profeta Salomón; el anillo cuyo poder había dado forma al mundo y lanzado a la guerra a su pueblo. El anillo destellaba en la palma ensangrentada de su mano.

Alí ahogó una exclamación.

—Dios mío, ¿es real?

Nahri dejó escapar una respiración entrecortada.

—Considerando las circunstancias...

Contempló el anillo. No era el tipo de joya que impresionaría a Nahri. Carecía de gemas elegantes o de oro pulido. En cambio, no era más que un aro de oro deslucido que coronaba una perla negra y algo hundida. La perla había sido tallada con esmero, cosa que Nahri no creía posible: la estrella de ocho puntas del sello de Salomón resplandecía en su superficie. A su alrededor había diminutos símbolos que no alcanzaba a leer.

Tembló, y casi pudo jurar que el anillo vibró como respuesta, latiendo al compás de su propio corazón.

No quería tener absolutamente nada que ver con él. Se lo tendió a Alí.

—Para ti.

Él se echó hacia atrás.

—Por supuesto que no. Te pertenece a ti.

—Pero... ¡pero si tú eres el sucesor al trono!

—¡Y tú la descendiente de Anahid! —Alí la obligó a cerrar los dedos sobre el anillo, aunque Nahri captó el destello anhelante de remordimiento en sus ojos—. Salomón se lo dio a tu familia, no a la mía.

Una negativa tan fuerte que casi le dio náuseas recorrió a Nahri.

—No puedo —susurró—. Yo no soy Anahid, Alí. ¡Soy una timadora de El Cairo! —Y El Cairo... la advertencia de Muntadhir reverberó en su mente. Había dicho que el anillo no podía salir de Daevabad—. No me corresponde tocar nada que perteneciese a un profeta.

—Vaya que sí. —La expresión de Alí se tornó fervorosa—. Yo creo en ti.

—Pero ¿es que no te conoces en absoluto? —estalló ella—. ¡Que tengas fe en mí no juega a mi favor! No lo quiero —prosiguió a toda prisa, y de pronto lo tuvo claro—. Si acepto el anillo quedaré atrapada aquí. ¡Jamás volveré a ver mi hogar!

Alí compuso una expresión de incredulidad.

—¡Este es tu hogar!

La puerta se abrió de golpe. Nahri había estado tan centrada en sus sentimientos encontrados que no había oído a nadie aproximarse. Alí cubrió con la túnica de su padre el agujero espeluznante que este tenía en el pecho. Nahri retrocedió a trompicones y se metió el anillo de Salomón en el bolsillo, justo antes de que un grupo de daeva irrumpiese ante ellos.

Se detuvieron de golpe. Uno alzó el puño al ver la escena ante ellos. El rey muerto y aquellos dos jóvenes ensangrentados a sus pies.

—¡Está aquí! —gritó en divasti hacia la escalera—. ¡Junto con un par de djinn!

Un par de djinn… no, Nahri supuso que, en aquel momento, no había nada que la señalase como daeva. Se puso en pie, con las piernas temblorosas.

—Yo no soy ninguna djinn —declaró, al tiempo que llegaba otro par de guerreros—. Soy Banu Nahri e-Nahid, y os ordeno que bajéis las armas ahora mismo.

El hombre no tuvo tiempo de responder. Apenas había Nahri pronunciado su nombre cuando una esbelta figura cruzó la puerta. Era una daeva que le clavó la vista a Nahri. Vestida con un uniforme oscuro, tenía una figura imponente. Llevaba un sedoso chador negro en la cabeza, bajo un yelmo de plata. Una espada de acero con el filo ensangrentado colgaba de su cinto negro.

Se apartó el velo de la cara. Nahri casi cayó redonda al suelo. Aquel rostro podría ser el suyo propio dentro de unas cuantas décadas.

—Nahri… —susurró la mujer, con ojos negros que parecieron absorberla por completo. Unió los dedos—. Oh, hija, hacía tanto que no contemplaba tu rostro.

La daeva se acercó, sin apartar la vista de Nahri, cuyo corazón iba al galope. La cabeza le daba vueltas... el olor a papiro quemado, los gritos en árabe. Unos brazos suaves que la rodeaban con fuerza, agua que le cubría el rostro. Recuerdos que no tenían el menor sentido. Nahri se encontró esforzándose por respirar. Unas lágrimas que no comprendía asomaron a sus ojos. Alzó la daga.

—¡No te acerques!

De inmediato, cuatro arcos apuntaron hacia ella. Retrocedió hasta tropezar con el parapeto de piedra, y Alí la agarró de la muñeca antes de que perdiese el equilibrio. El parapeto era más bajo en aquella sección, un muro a la altura de las rodillas era lo único que impedía que cayese a plomo hasta el lago.

—¡Basta! —La brusca orden de la mujer restalló como un látigo, contradiciendo la suavidad en su voz cuando se había dirigido a Nahri—. Bajad las armas, la estáis asustando. —Le lanzó una mirada a los guardias e hizo un gesto con el mentón hacia la puerta—. Dejadnos.

—Pero, mi señora, al Afshín no le agradará saber...

—Quien os da órdenes soy yo, no Darayavahoush.

Nahri no sabía que unos hombres pudieran moverse tan rápido. Se marcharon en un instante, repiqueteando escaleras abajo.

Alí se le acercó.

—Nahri, ¿quién es? —susurró.

—No... no lo sé —consiguió decir. Tampoco sabía por qué todos y cada uno de los instintos que había cultivado en El Cairo le gritaban que saliera corriendo.

La mujer contempló a los guerreros marcharse con la gravedad de un general. Cerró la puerta tras ellos y clavó un dedo en la plancha metálica que la cubría... que se selló al instante y los dejó encerrados.

Nahri ahogó un grito.

—Eres una Nahid.

—Lo soy —replicó la mujer. Una sonrisa suave y triste asomó a sus labios. —Eres hermosa —añadió, observando a Nahri—. Al infierno la maldición de los marid, aún tienes sus ojos. Me preguntaba si sería así. —El rostro se le preñó de dolor—. ¿Me... me recuerdas?

Nahri no estaba segura de lo que recordaba.

—Creo que no. No lo sé. —Sabía que no debía confesarle nada a la mujer que había afirmado estar al frente de las fuerzas que estaban atacando el palacio, pero el hecho de que dijese ser Nahid no la ayudó a pensar con claridad—. ¿Quién eres?

La misma sonrisa quebrada, el aspecto de alguien que había pasado por demasiadas penurias.

—Me llamo Manizheh.

El nombre, increíble y evidente a partes iguales, la atravesó. Manizheh.

Alí ahogó una exclamación.

—¿Manizheh? —repitió—. ¿Tu madre?

—Sí —dijo Manizheh en djinnistani.

Solo entonces pareció percatarse de que Alí estaba allí. Fue la primera vez que su mirada se apartó de la de Nahri. Sus ojos lo recorrieron y se detuvieron sobre el zulfiqar. Parpadeó, con aspecto desconcertado.

—¿Es este el hijo de Hatset? —le preguntó a Nahri una vez más en divasti—. ¿El príncipe Alizayd? —frunció el ceño—. Nahri, se suponía que tenías que estar en el dispensario con Nisreen. ¿Qué haces con él?

Nahri abrió la boca, aún echada hacia atrás. *Manizheh. Mi madre.* Parecía incluso más imposible que el regreso de Dara de entre los muertos.

Se esforzó por encontrar las palabras.

—Es... es amigo mío. —Era una respuesta ridícula, y sin embargo fue la primera que le salió. También parecía más prudente que admitir que estaban robando el sello de Salomón—. ¿Qué haces tú aquí? —inquirió, mientras notaba que parte de su agudeza regresaba a ella—. Me dijeron que habías muerto. Kaveh me dijo que te asesinaron hace décadas, ¡que te encontró él mismo!

La expresión de Manizheh se volvió solemne.

—Un engaño necesario, que espero que puedas llegar a perdonarme. Los marid te robaron de mi lado cuando eras una niña.

Temía haberte perdido para siempre. Cuando me enteré de que habías caído en las garras de Ghassán... las cosas a las que, no me cabe duda, debe de haberte sometido... lo siento mucho, Nahri. —Dio un paso al frente como si quisiese tomarle la mano a su hija, pero se detuvo al ver que esta se encogía—. Pero te prometo que ahora estás a salvo.

A salvo. La palabra reverberó en el interior de su cabeza. *Mi madre. Mi hermano. Dara.* En apenas unas horas, Nahri había pasado de ser la única Nahid viva a tener una familia entera de parientes, suficientes como para volver a formar un consejo, con un Afshín de propina.

Sus ojos se humedecieron. La constante soledad que albergaba en el pecho se expandió tanto que le costó respirar. Aquello no era posible.

Sin embargo tenía ante sí la más brutal de las pruebas. ¿Quién sino una Nahid sería capaz de crear un veneno que dispensase así la muerte a la tribu geziri? ¿Quién sino la Banu Nahida que, según se decía, era la más poderosa desde hacía siglos, podría haber traído a Dara de entre los muertos, haberlo obligado a obedecerla por completo?

El anillo con el sello de Salomón le quemaba en el bolsillo. Era el único as en la manga con el que contaba Nahri. Porque, daba igual lo que dijese aquella mujer, Nahri no sentía que estuviesen en el mismo bando. Le había dicho la verdad a Muntadhir: no estaba en el bando de quien había planeado las muertes de tantos inocentes.

Manizheh alzó las manos.

—No pretendo hacerte daño —dijo con cautela. Empezó a hablar en djinnistani; se dirigió a Alí con voz más fría—: Depón tus armas. Ríndete ante mis hombres y no sufrirás daño alguno.

Recibió la respuesta que se esperaba: los ojos de Alí destellaron y él alzó el zulfiqar.

—No pienso rendirme ante la persona que ha orquestado la masacre de mi pueblo.

—En ese caso morirás —se limitó a decir Manizheh—. Has perdido, al Qahtani. Haz lo que puedas para salvar a los geziri que quedan. —Su voz se volvió persuasiva—. Tienes una hermana en el palacio, y una madre, a quien conocí en el pasado, en Ta Ntry. ¿Me equivoco? Con toda sinceridad te digo que preferiría no tener que informar a otra mujer de que sus hijos han muerto.

Alí resopló.

—Pretendes convertirnos en peones. —Alzó el mentón, desafiante—. Prefiero morir.

Nahri no tenía la menor duda de que aquello era cierto; y tampoco tenía duda de que la mayoría de los geziri pensaría lo mismo. Lo cual implicaba que tenían que salir de aquellas malditas murallas y alejarse de Manizheh.

Ponte el anillo, necia. Podía meterse la mano en el bolsillo y reclamar para sí el sello de Salomón. Tardaría lo mismo que Manizheh en abalanzarse sobre ella.

Y luego ¿qué? ¿Qué pasaría si no podía invocar su poder de manera correcta? Nahri supuso que las habilidades que el profeta había imbuido en el anillo requerirían algún tipo de aprendizaje. Aunque se lo pusiese, Alí y ella seguirían encerrados en aquel pabellón con una Banu Nahida vengativa y un enjambre de guerreros abajo.

Se interpuso entre Alí y Manizheh.

—¿Y qué nos ofreces? —quiso saber—. Si nos rendimos... ¿podrás contener el veneno?

Manizheh abrió las manos y dio un paso al frente.

—Por supuesto. —Su mirada volvió a centrarse en Nahri—. Pero no pienso hacerlo después de que os rindáis, hija. ¿Por qué habría de hacerlo?

Dio otro paso hacia ellos, pero se quedó inmóvil al descubrir el cadáver de Ghassán.

La expresión de su rostro cambió por completo al contemplar la cara del rey.

—La marca de Salomón ha desaparecido de su sien.

Nahri bajó la vista. Lo que había dicho Manizheh era cierto; el tatuaje negro que había marcado la cara de Ghassán se había desvanecido.

—¿Le has quitado el sello? —pregunto Manizheh. Su voz había cambiado; un deseo apenas contenido estaba presente bajo sus palabras—. ¿Dónde está?

Dado que ninguno de los dos respondió, Manizheh apretó los labios hasta formar una fina línea. Parecía que la postura desafiante de ambos la exasperaba cada vez más. Adoptó una expresión casi maternal.

—No me obliguéis a preguntar de nuevo.

—No lo tendrás jamás —estalló Alí—. No me importa quién afirmes ser. Eres un monstruo. Has traído necrófagos e ifrit a nuestra ciudad. Tienes las manos manchadas con la sangre de miles...

Manizheh chasqueó los dedos.

Hubo un crujido bien audible y Alí soltó un grito. Se desplomó al tiempo que se agarraba la rodilla izquierda.

—¡Alí! —Nahri se giró y alargó una mano hacia él.

—Si intentas sanarlo, lo siguiente que le romperé será el cuello. —Aquella fría amenaza cortó el aire. Al instante, Nahri apartó la mano, sobresaltada—. Perdóname —dijo Manizheh, y parecía decirlo con sinceridad—. No era así como quería que se desarrollase nuestro primer encuentro, pero no puedo permitir que interfieras. Llevo demasiadas décadas planeando esto. —Le lanzó una mirada a Alí—. No me obligues a torturarte delante de ella. El anillo. Ahora.

—¡Él no lo tiene! —Nahri se metió la mano en el bolsillo y sus dedos tocaron dos anillos antes de sacar uno de los dos. Alargó el puño sobre el parapeto y dejó que el anillo colgase precariamente de su dedo—. Y a menos que estés dispuesta a pasar el próximo siglo buscándolo en el lago, yo que tú lo dejaría en paz.

Manizheh se echó hacia atrás y estudió a Nahri.

—No te atreverás.

Nahri alzó una ceja.

—Tú no me conoces.

—Claro que te conozco —Manizheh hablaba con tono implorante—. Nahri, eres mi hija... ¿acaso crees que no he intentado sacarle algo de información sobre ti a todos y cada uno de los daevabaditas con los que me he cruzado? El propio Dara no deja de hablar de ti. Tu valentía, tu ingenio... a decir verdad, jamás he conocido a alguien que tenga más devoción por otra persona que Dara. Algo muy peligroso en nuestro mundo —añadió en tono delicado—, eso de mostrar tan a las claras los propios afectos. Ghassán siempre estuvo más que dispuesto a dejarme claro con toda crueldad lo peligroso que era semejante comportamiento.

Nahri no supo qué decir. Las palabras de Manizheh sobre Dara fueron como sal sobre una herida; sintió que su madre la escrutaba, que evaluaba hasta el último movimiento de sus músculos. Alí seguía agarrándose la rodilla y respiraba hondo, dominado por el dolor.

Su madre se acercó.

—Eso mismo te ha hecho Ghassán a ti, ¿verdad? Era el único modo que tenía de controlar a mujeres como nosotras. Te conozco, Nahri. Sé qué se siente al tener ambiciones, al ser la persona más inteligente allá donde vas. Sé lo que se siente cuando aplastan esas ambiciones. Cuando hay hombres inferiores a ti que te maltratan y amenazan con ponerte en una posición a la que no perteneces. Me he enterado de los extraordinarios avances que has hecho en apenas unos años. Ah, las cosas que podría enseñarte, Nahri. Serías una diosa. Jamás tendrías que volver a inclinar la cabeza.

Sus miradas se entrelazaron. Nahri no pudo negar la oleada de anhelo puro que le nació en el pecho. Pensó en las incontables veces que había hecho una reverencia ante Ghassán, sentado en el trono de sus ancestros. El modo en que Muntadhir había despreciado sus sueños y sus planes sobre el hospital. La condescendencia de Kaveh hacia ella en el Templo.

Las ataduras de humo que Dara había conjurado para sujetarla. La magia que había recorrido su sangre, rabiosa, como respuesta.

Nahri inspiró hondo. *Este es mi hogar.*

—¿Qué tal si llegamos a un punto intermedio? —sugirió—. ¿Quieres que los Nahid vuelvan a estar al mando? Me parece bien. Yo misma soy Nahid. Me quedaré con el sello de Salomón. Estoy segura de que puedo negociar la paz mejor que una mujer que abandonó a su tribu para planear la masacre de otra tribu.

Manizheh se envaró.

—No —dijo—. No puedes ser tú quien se quede con el sello.

—¿Por qué no? —preguntó ella en tono artero—. ¿Acaso no hablamos de lo que sea mejor para los daeva?

—Me has malinterpretado, hija mía —respondió Manizheh. Nahri se maldijo por dentro, porque, por más que lo intentase, no encontraba nada en el rostro de aquella mujer que traicionase sus pensamientos—. Tú no puedes tomar el control del sello, porque no eres del todo daeva. Eres una shafit, Nahri. Tienes sangre humana.

Nahri la contempló en silencio, porque, con esas palabras, esas palabras preñadas de seguridad, Nahri comprendió que la mujer que tenía delante no mentía al afirmar que era su madre. Su naturaleza era un secreto que solo conocía Ghassán, la verdad que decía que le había revelado el sello de Salomón.

—¿Cómo que es shafit? —Alí, aún en el suelo, ahogó una exclamación.

Nahri no replicó nada. No sabía qué decir.

—No pasa nada —la tranquilizó Manizheh con dulzura mientras se acercaba aún más—. No hace falta que nadie más lo sepa. Pero no puedes usar el sello. Poseerlo te mataría. Lo cierto es que no eres lo bastante fuerte.

Nahri se echó hacia atrás.

—Soy lo bastante fuerte como para usar magia Nahid.

—Sí, pero ¿lo serás para emplear el sello de Salomón? —presionó Manizheh—. ¿Para ser la portadora del sello que cambió nuestro mundo? —Negó con la cabeza—. Te consumirá, hija mía.

Nahri guardó silencio. *Está mintiendo. Tiene que ser mentira.* Pero, por el Altísimo, Manizheh había plantado una duda en lo más profundo de su alma.

—Nahri —dijo Alí—. Nahri, mírame. —Ella obedeció, aturdida. Todo aquello era demasiado—. Está mintiendo, Nahri. El propio Salomón tenía sangre humana.

—Salomón era un profeta —interrumpió Manizheh, reflejando con una efectividad brutal la misma inseguridad que Nahri había expresado—. Además, nadie te ha dado venia para interceder en asuntos Nahid, djinn. He dedicado más tiempo del que tú llevas vivo a leer todos los textos que mencionaban el anillo. Y todos son muy claros al respecto.

—Pues yo diría que resulta de lo más oportuno para ti —replicó Alí. Alzó la vista hacia Nahri con expresión implorante—. No la escuches. Ponte el… ¡ah!

Soltó un gañido de dolor y las manos con las que se sujetaba la rodilla se retorcieron.

Manizheh volvió a chasquear los dedos y las manos de Alí volaron hacia el janyar que llevaba al cinto.

—¿Qué... qué me estás haciendo? —gimoteó mientras sus dedos se cerraban sobre la empuñadura de la daga con un crujido. Bajo las mangas hechas jirones se veía que los músculos de sus muñecas se estremecían. Sacó el janyar entre espasmos.

Dios mío... ¿Era Manizheh quien le estaba haciendo aquello? ¿Sin siquiera tocarle? Por mero instinto, Nahri intentó manipular la magia del palacio.

Apenas consiguió que una única piedra empezase a moverse cuando la conexión se cortó de inmediato. La pérdida fue como un golpe. El frío la invadió.

—No te atrevas, niña —advirtió Manizheh—. Tengo mucha más experiencia que tú. —Unió las manos—. No quiero hacer esto, pero si no me das ahora mismo el anillo, lo mataré.

El janyar se acercaba a la garganta de Alí. Él se retorció, y una pequeña línea de sangre le apareció bajo la mandíbula. El miedo brillaba en sus ojos. Le corría el sudor por la cara.

Nahri estaba paralizada de horror. Sentía la magia de Manizheh a su alrededor, tensándole los músculos de su propia mano. Ella no era capaz de hacer nada parecido; y tampoco sabía cómo enfrentarse a alguien que supiera usar así la magia.

Pero sí que sabía una cosa: no podía darle el sello de Salomón. Manizheh volvió a hablar:

—Ya han perdido. Hemos ganado nosotras. Tú, Nahri, tú has ganado. Dame el anillo. Nadie sabrá jamás que eres shafit. Ocupa tu lugar como hija mía, con tu hermano a tu lado. Da la bienvenida a la nueva generación como una de las gobernantes legítimas de esta ciudad. Con un hombre que te ama.

Nahri se devanó los sesos; no sabía qué debía creer. Pero, si Manizheh estaba en lo cierto, si Nahri se ponía el anillo y este la mataba, Alí no tardaría en ser el siguiente. Y entonces, nadie podría detener a aquella mujer que acababa de asesinar a miles de personas para hacerse con el control del objeto más poderoso de su mundo.

Nahri no podía arriesgarse a algo así. Además sabía que, fuera o no shafit, contaba con sus propias habilidades a la hora de tratar con la gente. Al abordar así a Nahri, Manizheh había dejado claro dónde pensaba que residían las debilidades de su hija.

Y Nahri podía aprovecharse de ello. Dio una inspiración temblorosa.

—¿Prometes que dejarás vivir al príncipe? —susurró, los dedos temblorosos sobre el anillo—. ¿Y que nadie sabrá que soy shafit?

—Por el honor de nuestra familia, lo juro.

Nahri se mordió el labio.

—¿Ni siquiera Dara?

El rostro de Manizheh se suavizó levemente, tanto de tristeza como a causa de un ligero alivio.

—Haré todo lo posible, hija mía. No tengo el menor deseo de causarte más dolor. A ninguno de los dos, en realidad —añadió, y pareció genuinamente conmovida, más de lo que Nahri había visto hasta entonces—. De hecho, nada me complacería más que veros conseguir algo de felicidad juntos.

Nahri dejó que aquellas palabras la atravesasen. Aquello no volvería a suceder.

—Pues tómalo —dijo, y arrojó el anillo a los pies de su madre.

Manizheh cumplió su palabra: en cuanto el anillo salió disparado de la mano de Nahri, el janyar se apartó de la garganta de Alí. Nahri cayó a su lado, mientras el príncipe intentaba recuperar el aliento.

—¿Por qué lo has hecho? —resolló.

—Porque iba a matarte. —Mientras Manizheh se agachaba para recuperar el anillo, Nahri abrazó a Alí con rapidez y aprovechó el momento para volver a meterle las armas en el cinto—. ¿Seguro que la maldición ha desaparecido del lago? —le susurró al oído.

Alí tensó los brazos.

—Pues… ¿sí?

Ella lo levantó de un tirón y le sujetó la mano.

—En ese caso, perdóname, amigo mío.

Manizheh se irguió, con el anillo en la mano. Frunció el ceño, estudiando la esmeralda.

—¿Este es el anillo del sello?

—Claro que sí —dijo Nahri en tono frívolo. Entonces sacó el otro anillo, el auténtico anillo de Salomón, del bolsillo—. ¿Quién sería capaz de mentirle a su madre?

Y le puso el anillo en el dedo a Alí.

Alí intentó librarse de un tirón, pero Nahri actuó con rapidez. Su corazón dio un leve vuelco de remordimiento, y en ese momento, justo cuando Manizheh alzaba la mirada, sintió que el viejo aro se desvanecía de entre sus dedos.

Una decepción traicionada floreció en los ojos de su madre. Ah, así que Manizheh también tenía emociones. Sin embargo, Nahri no pensaba aguardar a su reacción. Aferró con fuerza la mano de Alí y saltó por la muralla.

Oyó que Manizheh chillaba su nombre, pero ya era demasiado tarde. El frío aire nocturno latigueó contra su rostro mientras los dos caían. El agua oscura parecía más lejana de lo que recordaba. Intentó prepararse para el impacto, consciente de que les esperaba mucho dolor, así como un par de huesos temporalmente rotos.

Y de hecho fue un gran impacto, sí: el golpe del agua contra su cuerpo fue frío y doloroso como un millar de puñaladas. Palmoteó con los brazos, que se enredaron en los de Alí mientras se hundían.

Se estremeció de dolor, conmocionada. El recuerdo que había despertado Manizheh volvió a ella: el olor a papiro quemado, los gritos de una niña pequeña.

Un par de ojos marrones y cálidos justo antes de que las aguas turbias la cubrieran.

Nahri no llegó a la superficie. La oscuridad se cernió sobre ella, así como el olor del cieno y la sensación de que algo la atrapaba.

Hubo un susurro solitario de magia, y luego todo se volvió negro.

41

DARA

Dara no aguantaría ni un minuto más con Muntadhir al Qahtani.

Para estar muriéndose, el emir parloteaba a una velocidad notable. No dejaba de soltar una retahíla interminable de pullas, evidentemente calculadas para obligar a Dara a matarlo.

—Y en nuestra noche de bodas —prosiguió Muntadhir—. Bueno... noches de boda, más bien. O sea, llegó un punto en que perdimos la noción del tiempo y...

De repente, Dara apretó la daga contra el cuello del emir. Debía de ser la décima vez que lo hacía.

—Como no te calles —siseó—, voy a empezar a arrancarte pedazos del cuerpo.

Muntadhir parpadeó. Sus ojos eran una sombra oscura en medio de aquel rostro macilento. Había palidecido hasta adoptar el tono del pergamino; la piel se le deshacía, convertida en ceniza; y las arrugas verde oscuro del veneno del zulfiqar, que eran marcas reptantes y retorcidas, le llegaban ya a la garganta. Abrió la boca y se encogió, tras lo que cayó de espaldas sobre la alfombra que Dara había encantado para transportarlos a ambos a toda velocidad hasta Manizheh. Un destello de dolor en sus ojos debió de llevarse consigo la respuesta desagradable que había planeado.

Pero dio igual; la atención de Dara se vio atraída por una escena mucho más extraña: por el corredor que sobrevolaban corría el agua, un caudal antinatural que aumentaba en volumen y rapidez a medida que se acercaban a la biblioteca. Habían ido a toda prisa al dispensario, pero allí les habían dicho que Kaveh e-Pramukh, aterrado y errático, había interceptado a Manizheh y la había enviado en aquella dirección.

Atravesaron las puertas y Dara parpadeó, alarmado. Había una cascada que entraba a raudales por un agujero escarpado cerca del techo. Se estaba formando un estanque en el suelo inundado de la biblioteca. Por todas partes había muebles rotos y libros chamuscados, por no mencionar los cadáveres de al menos una docena de djinn. Sin embargo, no se veía a Manizheh por ninguna parte. En el otro extremo de la sala, Dara atisbó a un puñado de los guerreros que la acompañaban.

Llegó hasta ellos en segundo y aterrizó con la alfombra tan suavemente como pudo sobre un islote de escombros. El agua chapoteó.

—¿Dónde está la Banu...?

No llegó a terminar la pregunta.

Un temblor recorrió el palacio entero. El suelo bajo sus pies se sacudió tan violentamente que Dara se tambaleó. Toda la biblioteca se estremeció, montones de escombros cayeron al suelo, y varias de las enormes estanterías se desgajaron de las paredes.

—¡Cuidado! —exclamó Dara. Una cascada de libros y pergaminos llovió sobre ellos.

Siguió otro temor y una grieta se abrió en la pared de enfrente, con tanta fuerza que el suelo se rajó en dos.

El temblor acabó en segundos, y sobre ellos flotó un silencio espectral. El agua empezó a colarse por la grieta del suelo como un animal en plena huida. Y de pronto... como si alguien hubiese apagado de un soplido una lámpara invisible, Dara sintió que algo cambiaba en el aire.

Con un crujido estremecedor, los orbes de luz mágica que flotaban cerca del cielo se apagaron de repente y se estrellaron contra el suelo. Los estandartes de los al Qahtani, que ondeaban al viento, quedaron de pronto inmóviles. La puerta frente a Dara se abrió de golpe, al igual que todas las demás puertas. Al parecer, todos los encantamientos que las mantenían cerradas se habían roto.

Un escalofrío le recorrió la columna en medio de aquel silencio, aquella frialdad extraña y vacía que se había adueñado de la estancia. Dara invocó un puñado de llamas, que danzaron entre los muros húmedos y abrasados. Algo más al frente, sus hombres parecían esforzarse por hacer lo mismo, entre gestos bruscos en la oscuridad.

—¿Podéis invocar llamas? —oyó Dara que preguntaba uno de ellos.

—¡Yo no puedo invocar nada!

Otra exclamación más sorprendida captó su atención. Giró sobre sus talones.

Muntadhir se había puesto en pie a duras penas. Tambaleándose, extendió los brazos y contempló boquiabierto su propio cuerpo.

Bajo la tenue luz de la biblioteca destrozada, aquellas líneas oscuras y mortales del veneno mágico que recorrían la piel del emir habían empezado a retroceder.

A Dara se le descolgó la mandíbula al ver aquella absoluta imposibilidad frente a sí. Al igual que una araña que se encogía sobre sí misma, el veneno retrocedía de los hombros de Muntadhir, de su pecho. El emir se arrancó las vendas que tenía sobre el vientre, justo a tiempo para ver que aquel tono verde oscuro desaparecía de la herida por completo con un levísimo rastro de humo.

El emir cayó de rodillas con un sollozo ahogado. Se tocó el vientre ensangrentado, llorando de alivio.

El pánico se adueñó del corazón de Dara. Algo iba terriblemente mal.

—¡Atad a ese hombre! —consiguió espetarles a sus soldados. Dara no necesitaba más sorpresas por parte de Muntadhir y sus armas—. A ver, ¿dónde está la Banu Nahida?

Uno de sus hombres señaló con un dedo hacia las escaleras sombrías.

—Lo siento, Afshín —dijo; le temblaba el brazo sin control—. Nos ordenó que nos fuéramos cuando encontramos a Banu Nahri.

Nahri. Dara olvidó al instante a Muntadhir y atravesó la puerta a la carrera. Tuvo que agacharse cuando los restos de un montacargas encantado cayeron a plomo junto a él. Ignoró la destrucción que se estaba desatando y subió los escalones de dos en dos, hasta llegar a otra puerta.

—¡Banu Nahida! —exclamó a voz en grito. No hubo respuesta, así que echó la puerta abajo de una patada.

Manizheh estaba sola, muy quieta, de espaldas a él, en medio de un montón de cadáveres. El miedo aferró el estómago de Dara, que se obligó a contemplar los rostros de los muertos. *No, Creador, no. Te lo imploro.*

Sin embargo, Nahri no se encontraba entre los cadáveres. Eran sus propios hombres. Los habían asesinado; aún tenían cenizas ardientes que se desprendían de sus cuerpos.

Un zulfiqar. Alizayd. Dara sintió la certeza en los huesos. Y todo había sido culpa suya. Debería haber asesinado al príncipe en cuanto le echó las manos encima, en vez de dejar que Vizaresh lo retrasase con sus fantasías vengativas.

Mardoniye. Sus guerreros en la playa. Y ahora, esos otros tres. Dara apretó los puños y reprimió el calor que anhelaba salir en tromba de su cuerpo. Todo el plan se había echado a perder... y no solo por culpa de los ifrit.

Se había echado a perder porque, en su corazón, Dara sabía que aquella invasión era un error. Había sido demasiado precipitada, demasiado brutal. Se habían aliado con criaturas en las que no confiaba, habían usado magia que no comprendía. Y él había seguido el juego, había vuelto a inclinar la cabeza en gesto de sumisión ante una Nahid, ignorando la inquietud en su alma. Y todo le había estallado en la cara.

Ni siquiera era la primera vez que sucedía. No había aprendido nada de su propio pasado.

Manizheh seguía inmóvil. Estaba ahí, de pie, contemplando el lago oscuro.

—¿Banu Manizheh? —volvió a decir.

—Se ha ido —dijo en un desacostumbrado susurro—. Se han marchado. Le ha dado el anillo a esa mosca de la arena.

Dara se echó hacia atrás.

—¿Qué? No querrás decir...

—Quiero decir justo lo que he dicho —dijo Manizheh con voz afilada—. Debería haberlo sabido —murmuró—. Debería haber comprendido que no podía confiar en ella. Me ha engañado, se ha burlado de mí y le ha dado el sello de Salomón, el sello de nuestros ancestros, a quienes nos lo robaron.

La mirada de Dara volvió a caer sobre los soldados muertos. Por primera vez, se sintió verdaderamente traicionado. ¿Cómo podía Nahri haberle dado algo tan poderoso, tan preciado, a un hombre a quien había visto asesinando a su propia gente?

Tragó saliva y reprimió sus emociones en ebullición.

—¿Dónde están? —preguntó, en un intento de controlar el temblor en la voz—. Banu Nahida, ¿dónde están? —insistió al ver que ella no respondía.

Manizheh alzó una mano temblorosa y señaló a las aguas oscuras.

—Han saltado.

—¿Qué? —Dara llegó al parapeto en segundos. No vio más que aquella agua negra ahí abajo.

—Han saltado —la voz de Manizheh estaba preñada de amargura—. Intenté razonar con ella, pero ese djinn tenía su mente entre las garras.

Dara cayó de rodillas. Se aferró a la piedra y captó un movimiento con el rabillo del ojo, pequeños remolinos y ondas que destellaban en el lago oscuro.

Dejó escapar el aliento en los pulmones.

—El agua se mueve —susurró. Se inclinó aún más y oteó en la distancia. Por supuesto, una sanadora Nahid podía sobrevivir a una caída semejante. Si no chocaba con las rocas, si aterrizaba en la posición correcta...

La esperanza y el dolor se enfrentaron en su pecho. *Por favor, Creador... que siga con vida.* A Dara le daba igual que le acabase clavando una daga en el corazón. Después de aquella noche, casi la recibiría con gusto. Pero aquel no podía ser el fin de la historia de Nahri.

Se puso en pie con dificultad.

—Voy a buscarla.

Manizheh lo agarró de la muñeca.

—Detente.

Aquella palabra seca, pronunciada como quien le da una orden a algún tipo de animal, rompió el frágil control que Dara tenía sobre sus emociones.

—¡He hecho todo lo que me has pedido! —dijo con voz estrangulada, y se libró de su contacto de un tirón—. He sido tu Afshín. He matado a tus enemigos y manchado de sangre nuestro hogar. Has de concederme unos instantes para averiguar si sigue con vida.

Los ojos de Manizheh se iluminaron, traicionados, pero habló con voz fría:

—Ahora Nahri no importa, Darayavahoush. —Señaló con el dedo hacia las alturas—. Lo que importa es eso.

Dara alzó la vista.

El cielo sobre el palacio se hacía pedazos.

Parecía una cúpula de cristal ahumado que se agrietase. La negra noche se quebraba para revelar los tonos más cálidos del alba, el resplandor del cielo del desierto, en lugar de la turbia niebla que siempre imperaba sobre Daevabad. Y se extendía en ondas que llegaban hasta el horizonte. La mirada de Dara siguió aquel cielo que se hacía pedazos y vio los fuegos que empezaban a apagarse por los tejados de la ciudad. Tiendas de viajeros, creaciones de seda y humo, que se derrumbaron, al igual que hicieron dos torres mágicas de mármol.

Dara estaba completamente perplejo.

—¿Qué está pasando? —Miró a Manizheh, pero ella no lo miraba a él. Extrajo la espada y se hizo un corte en el pulgar con la hoja. Brotó sangre negra. Y siguió brotando.

Manizheh se quedó pálida.

—Mi magia… ha desaparecido.

El frío lo envolvió mientras veía cómo iban desaparecieron más y más luces. La quietud que había caído sobre la biblioteca, el veneno que había desaparecido del cuerpo del emir…

—Creo que no se trata solo de tu magia —susurró—. Creo que es toda la magia de Daevabad.

EPÍLOGO

La consciencia regresó a Nahri con un cosquilleo. El vívido olor del barro y el dulce canto de los pájaros la sacaron de las tinieblas.

Luego vino el dolor que dominaba tanto su espalda como sus hombros. Su cabeza. Sus brazos. Todo el cuerpo, en realidad.

Ese maldito sol. Demasiado brillante. Más brillante de lo que el sol tenía derecho a ser en Daevabad. Nahri se hizo sombra sobre los ojos con una mano y parpadeó. Intentó enderezarse hasta quedar sentada.

Su otra mano se hundió en el barro. *En el nombre de Dios, ¿qué...?* Nahri miró en derredor a medida que recuperaba la vista. Estaba sentada en algún tipo de marjal medio inundado, sumergida hasta la cintura en agua turbia. Tras ella había un profuso palmeral, arbustos que crecían sin control por un muro medio derruido y embarrado.

Algo más adelante había un amplio río de corriente lánguida que discurría por terrenos inundados. En la otra orilla se veía una franja de verdor, tras cuyo otro extremo se abría el desierto, brillante bajo la luz del sol.

Nahri contempló aquel río sin comprender nada en absoluto. Debía de haberse dado un golpe en la cabeza, porque juraría que parecía...

—¡No! —una voz familiar rompió el silencio, acompañada de un gemido—. ¡No!

Alí. Nahri se puso en pie a trompicones. Le dolía todo el cuerpo. ¿Qué pasaba con sus habilidades curativas? El barro tiraba de sus piernas; tuvo que esforzarse para salir del marjal hasta un terreno más firme. Atisbó más edificios en ruinas entre los árboles. Un palomar roto y las estructuras de ladrillos de lo que en su día podrían haber sido pequeñas casas.

Se abrió paso entre un puñado de frondosas palmeras. Algo más adelante se alzaba lo que parecía ser la mezquita de una aldea, abandonada largo tiempo atrás. El minarete estaba roto y la cúpula agujereada, abierta al cielo.

La recorrió el alivio: Alí estaba dentro. Le daba la espalda y contemplaba lo alto del minarete. Ella avanzó a trompicones; le dolían las extremidades con cada movimiento, y la piel le hormigueaba. Nahri no sabía dónde estaban; desde luego no parecía Daevabad. Sin embargo, tenía la sensación de que ya había estado allí antes.

Ascendió por las escaleras de piedra del minarete. Para cuando llegó arriba estaba sin aliento. Cayó de bruces y consiguió agarrarlo del hombro al tiempo que resollaba su nombre:

—Alí.

Él se giró hacia ella. Estaba sollozando.

El sello de Salomón se marcaba, brillante, en su sien.

De pronto, todo lo sucedido la noche anterior volvió a la mente de Nahri, todos los horribles acontecimientos que habían vivido. Alí se abalanzó sobre ella y le puso las manos en los hombros en un gesto que jamás se había atrevido a hacer hasta entonces.

—¡Tienes que llevarnos otra vez a Daevabad! —suplicó. Al estar más cerca, Nahri vio que Alí tenía el rostro febril, que todo su cuerpo se retorcía—. ¡Nahri, por favor! ¡Tienen a mi hermana! Tienen todo... ¡ah!

Se le quebró la voz y se llevó la mano al corazón, intentando recuperar el aliento.

—¡Alí!

Él la apartó de un empujón.

—No puedo controlarlo. —La marca humeante del sello refulgió en su piel—. ¡No deberías haberme puesto el anillo! ¡No deberías habernos sacado de Daevabad!

—¡Yo no nos he sacado de ninguna parte!

Alí alzó una mano temblorosa.

—¿Y por qué estamos aquí?

Nahri contempló el lugar al que señalaba Alí. Se puso en pie.

La escena ante ella, en aquel horizonte no tan lejano, le resultó de inmediato familiar. Las antiguas mezquitas de piedra y los altos minaretes. Los fuertes y palacios de sultanes y generales muertos largo tiempo atrás; dinastías perdidas en el tiempo. Los incontables bloques de edificios de varias plantas, todos de un color terroso, marrón, un marrón cálido y humano. Nahri reconoció todos aquellos edificios que se alzaban sobre calles ajetreadas llenas de tenderos que anunciaban sus mercancías a voz en grito, de personas que bebían café mientras intercambiaban chismorreos, de niños que corrían de aquí para allá. De boticarios.

Se le llenaron los ojos de lágrimas. *No es posible.* Su mirada voló al instante desde aquella ciudad que habría reconocido en cualquier parte del mundo hasta el ancho río. El río del que había recibido medio en broma su nombre, por parte de los pescadores que la sacaron de allí siendo niña.

En la orilla opuesta, inmóvil y eterna bajo el cielo del alba, se alzaban las tres Pirámides de Giza.

Las palabras le salieron en árabe primero, por supuesto.

—Ya masr —susurró con suavidad mientras el sol de Egipto le calentaba las mejillas y el aroma del cieno del Nilo se aposentaba en su piel—. Estoy en casa.

GLOSARIO

Seres de fuego

DAEVA: antiguo término que identificaba a todos los elementales antes de la rebelión de los djinn, así como el nombre de la tribu que reside en Daevastana, a la que pertenecen tanto Dara como Nahri. En su día fueron cambiaformas capaces de vivir durante milenios, pero vieron disminuidos sus poderes cuando el profeta Salomón los castigó por hacerles daño a los seres humanos.

DJINN: término humano para "daeva". Después de la rebelión de Zaydi al Qahtani, todos sus seguidores, y al cabo todos los daeva, empezaron a usar este término para referirse a su raza.

IFRIT: los daeva originales que desafiaron a Salomón y quedaron desprovistos de sus poderes. Enemigos jurados de la familia Nahid, los ifrit suelen vengarse esclavizando a otros djinn para causar el caos entre los seres humanos.

SIMURG: pájaros con escamas que los djinn gustan de usar como monturas.

ZAHHAK: una enorme bestia reptiliana que respira fuego.

Seres de agua

MARID: elementales de agua extremadamente poderosos. Los djinn los consideran prácticamente criaturas mitológicas. No se ha visto a un marid desde hace siglos, aunque se rumorea que el lago que rodea Daevabad les perteneció en su día.

Seres de aire

PERI: elementales de aire. Más poderosos que los djinn y mucho más reservados, los peri se ocupan únicamente de sus propios asuntos.

ROC: enormes pájaros de fuego depredadores que los peri usan para cazar.

SHEDU: leones alados mitológicos, son el emblema de la familia Nahid.

Seres de tierra

ISHTAS: pequeñas criaturas con escamas obsesionadas con el calzado y el orden.

KARKADANN: bestia mágica similar a un enorme rinoceronte con un cuerno tan grande como un hombre.

NECRÓFAGOS: cadáveres reanimados y caníbales de humanos que han hecho pactos con los ifrit.

NASNAS: criaturas venenosas con aspecto de humano bifurcado que merodea por los desierto de Am Gezira, y cuya mordedura causa que la carne de marchite.

Idiomas

DIVASTI: el idioma de la tribu daeva.

DJINNISTANI: el idioma común de Daevabad, una lengua criolla que los djinn y los shafit usan para hablar con quienes no pertenecen a sus tribus.

GEZIRIYYA: el idioma de la tribu geziri, que solo pueden hablar y entender los miembros de dicha tribu.

Términos generales

ABAYA: vestido holgado de manga larga que cubre el cuerpo entero de las mujeres.

AFSHÍN: nombre de la familia de guerreros daeva que en su día sirvió al Consejo Nahid. También se usa como título.

AKHI: «hermano mío» en geziri, expresión de afecto.

BAGA NAHID: título protocolario de los sanadores masculinos de la familia Nahid.

BANU NAHIDA: título protocolario de las sanadoras femeninas de la familia Nahid.

CHADOR: tapa abierta semicircular de tela, con la que se cubre la cabeza. Suelen llevarla las mujeres daeva.

CAÍD: Jefe de la Guardia Real, básicamente el oficial de mayor rango del ejército djinn.

DÍRHAM/DINAR: tipo de moneda que se usa en Egipto.

DISHDASHA: túnica masculina que cubre el cuerpo entero, muy popular entre los geziri.

EMIR: príncipe de la corona y heredero designado al trono de los Qahtani.

FAJR: hora del alba y de la oración que la acompaña.

GALABIYA: ropaje tradicional egipcio, básicamente una túnica que cubre todo el cuerpo.

HAMÁN: casa de baños.

GUTHRA: tocado masculino para la cabeza.

ISHA: hora de la tarde y de la oración que lo acompaña.

JEQUE: educador o líder religioso.

MAGRIB: hora del ocaso y de la oración que lo acompaña.

MIDÁN: plaza central de una ciudad.

MIHRAB: nicho en una pared que indica hacia dónde hay que orientarse para la oración.

MUHTASHIN: funcionario inspector de mercados.

NAVASATEM: festividad que tiene lugar una vez cada siglo para celebrar una nueva generación de libertad de la esclavitud de Salomón. En un principio fue un festival daeva, pero se ha convertido en una tradición muy querida en Daevabad, donde atrae a djinn de todo el mundo para participar en festivales que duran semanas, así como desfiles y competiciones.

RAKA'AH: cada una de las iteraciones de movimientos que componen la oración.

SELLO DE SALOMÓN: el sello del anillo que Salomón usó para controlar a los djinn, que fue entregado a los Nahid y luego robado por los Qahtani. Quien lleve el anillo de Salomón puede anular toda magia.

SHAFIT: mestizos de sangre humana y djinn.

TALWAR: espada agnivanshi.

TANZEEM: grupo fundamentalista de Daevabad dedicado a luchar por los derechos de los shafit y la reforma religiosa.

UKHTI: "hermana mía".

ULEMA: cuerpo legal de eruditos religiosos.

VISIR: ministro de gobernación.

ZAR: ceremonia tradicional para exorcizar djinn.

ZULFIQAR: espada bífida de cobre característica de la tribu geziri. Puede estallar en llamas y su filo envenenado destruye hasta la carne Nahid, con lo cual es una de las armas más mortales del mundo.

AGRADECIMIENTOS

Hace ya dos años que presenté a editoriales lo que sería el primer libro de la futura trilogía de Daevabad. Ni en mis sueños más alocados habría imaginado que aquel homenaje de más de quinientas páginas al mundo islámico llegase a ser recibido de forma tan extraordinaria. Ahora que estoy acabando de dar las últimas pinceladas a su secuela, me siento muy agradecida por la oportunidad que se me ha dado de compartir con el resto del mundo la historia y los personajes que tanto han vivido en mi cabeza. Ha sido todo un viaje, que jamás habría sido posible sin un asombroso grupo de lectores, fantásticos colegas escritores, un equipo editorial de primera y una familia extremadamente comprensiva, así como, para ser sincera, la gracia de Dios.

En primer lugar quiero dar las gracias a todos los lectores, a quienes han escrito reseñas, a los blogueros y a los libreros que han adorado mi libro y han hablado de él. Muchas gracias a todos y a todas. Si todo esto vale la pena es por vosotros y vosotras.

Muchísimas gracias también a los asombrosos estudiosos y «tuitistoriadores» que me han ayudado a forjar este libro, ya fuese ayudándome a localizar vistas increíblemente específicas de la ribera del Cairo en el siglo XIX, o a elaborar bromas en acadio. Vuestro amor por la historia y vuestra disponibilidad a la hora de compartir vuestros conocimientos con el público en general es justo lo que necesitamos hoy en día.

Gracias al asombroso grupo Brooklyn Speculative Fiction Writers, en especial a Rob Cameron, Jonathan Hernandez y Cynthia Lovett, que acudieron en mi ayuda cuando más desesperada estaba en la redacción del segundo volumen. Sois los mejores, no veo la hora de que vuestros libros también empiecen a venderse como rosquillas en las librerías.

He tenido la bendición de cruzarme con un maravilloso número de compañeros autores y autoras en los últimos años, cuyas frases promocionales, consejos y sencillamente disponibilidad para escuchar han ayudado muchísimo a esta novata asustada. S. K. Ali, Roshani Chokshi, Nicky Drayden, Sarah Beth Durst, Kate Elliot, Kevin Hearne, Robin Hobb, Ausma Zehanat Khan, Khaalidah Muhammad-Ali, Karuna Riazi, Michael J. Sullivan, Shveta Thakrar, Sabaa Tahir, Laini Taylor, Kiersten White... os estoy muy muy agradecida. Fran Wilde, eres todo un tesoro. Tu mantra me ha ayudado a superar muchísimos baches.

Gracias a Jen Azantian, mi increíble agente y amiga. Te debo más de lo que jamás podría llegar a expresar, por acompañarme durante estos últimos dos años. ¡Gracias también a Ben por ayudarnos a las dos! Gracias a mi editora, Priyanka Krishnan; ha sido un honor trabajar contigo, conocerte y ver cómo mis personajes y mi mundo cobraban vida bajo tu cuidadosa supervisión. Gracias a todo el equipo de Harper Voyager a ambos lados del Atlántico, en concreto a David Pomerico, Pam Jaffee, Caro Perny, Kayleigh Webb, Angela Craft, Natasha Bardon, Jack Renninson, Mumtaz Mustafa, Shawn Nicholls, Mary Ann Petyak, Liate Stehlik, Paula Szafranski, Andrew DiCecco, Shelby Peak, Joe Scalora y Ronnie Kutys. Gracias por apostar por mí y por todo vuestro duro trabajo. Gracias a Will Saehle por una nueva cubierta hermosísima.

Gracias a mi maravillosa y clemente familia, que ha sido un apoyo espectacular a medida que yo me abstraía y me estresaba más y más. Gracias de corazón. Gracias a mi madre y mi padre; jamás podría haberlo logrado sin vosotros. Toda mi gratitud a mi abuela y a mi suegra, que contribuyeron a cuidar de mí cuando sufrí un percance y aún tenía que acabar este libro.

Gracias a mi marido, Shamik, mi mejor amigo y primer lector. Gracias por mantenerme con los pies en la tierra y por auparme cada vez que lo necesité. Me encanta poder soñar y planear tramas en este extraño mundo ficticio que me has ayudado a crear. Para Alia, mi pequeña Nahri en miniatura. Eres la luz de mi vida, mi amor, y tus historias son mucho mayores que las mías.

Por último, gracias a mis hermanos y hermanas *frikis* musulmanes: escribí esta historia para vosotros y vosotras, para nosotros y nosotras. Vuestra reacción y recibimiento ha sido tono un honor. Os doy las gracias con todo mi corazón de conversa. ¡Espero que vivamos las mayores aventuras!